JAN GUILLOU

Über jeden Verdacht erhaben

W0471549

SERIE PIPER

Zu diesem Buch

Nach einer erfolgreichen Jagd richten die Hamiltons ein Fest auf ihrem prunkvollen Familiensitz aus. Doch die Feierlichkeiten finden ein jähes Ende: Estelle Gräfin Hamilton wird kaltblütig erschossen. Als Coq Rouge alias Carl Gustav Graf Hamilton, der soeben zum Chef der Sicherheitspolizei ernannt wurde, vom gewaltsamen Tod seiner Mutter erfährt, bleibt ihm wenig Zeit zum Trauern. Denn er muß zwei grausame Morde im nordschwedischen Umeå aufklären, die den Ermittlern ein schier unlösbares Rätsel aufgeben. Während das Täterprofil sehr bald klar ist, finden sich keinerlei Hinweise auf ein Motiv oder einen möglichen Verdächtigen. Die Mordserie reißt nicht ab – und nur Coq Rouge scheint den Schlüssel zu allen Fällen in den Händen zu halten... Der meisterhafte Schlußakkord der zehnbändigen Serie um den charismatischen Agenten Coq Rouge.

Jan Guillou, 1944 in Södertälje geboren, ist mit seinen »Coq-Rouge«-Romanen zum erfolgreichsten Thriller-Autor Skandinaviens avanciert. Mit Coq Rouge hat er eine der eindrucksvollsten Agentenfiguren nach James Bond geschaffen. Zuletzt erschienen von ihm die ersten beiden Teile seiner großen Kreuzfahrer-Trilogie, »Die Frauen von Götaland« und »Die Büßerin von Gudhem«.

JAN GUILLOU

Über jeden Verdacht erhaben

Ein Coq-Rouge-Thriller

Aus dem Schwedischen von
Hans-Joachim Maass

Piper München Zürich

Von Jan Guillou liegen in der Serie Piper außerdem vor:
Im Namen Ihrer Majestät (2932)
Coq Rouge (5578)
Der demokratische Terrorist (5592)
Feind des Feindes (5632)
Im Interesse der Nation (5634)
Der ehrenwerte Mörder (5644)
Unternehmen Vendetta (5654)
Niemandsland (5656)
Der einzige Sieg (5682)

Ungekürzte Taschenbuchausgabe
Oktober 2000
© 1995 Jan Guillou
Titel der schwedischen Originalausgabe:
»En medborgare höjd över varje misstanke«,
Norstedts Förlag, Stockholm 1995
© der deutschsprachigen Ausgabe:
1999 Piper Verlag GmbH, München
Umschlag: Büro Hamburg
Stefanie Oberbeck, Katrin Hoffmann
Foto Umschlagvorderseite: CSA Archive/photonica
Foto Umschlagrückseite: Michael Brannäs
Satz: Buch-Werkstatt GmbH, Bad Aibling
Druck und Bindung: Clausen & Bosse, Leck
Printed in Germany ISBN 3-492-23210-8

1

Erst erschossen sie das falsche Weibsstück. Das wäre in der Formulierung des einzigen überlebenden Mörders die Erklärung für den einen Mord auf Vrångaholm. Reine Schlamperei also.

Sonst fand sich im Verhalten der Täter nicht viel, was auf Schlamperei hindeutete. Der Zeitpunkt für den Angriff war bemerkenswert gut gewählt. Das Ganze war überdies in weniger als fünfzehn Sekunden vorbei, und das einschließlich der Zeit, die es kostete, ein aus einer Wochenzeitschrift herausgerissenes Foto hochzuhalten, den Irrtum zu entdecken und ihn zu korrigieren.

Am Sonntag, dem 13. November 1994, begab sich eine gespaltene schwedische Nation an die Wahlurnen, um über die Frage abzustimmen, ob Schweden Mitglied der Europäischen Union werden sollte oder nicht. Während des gesamten Herbstes hatten die Beitrittsgegner in allen Meinungsumfragen klar geführt, und erst in der allerletzten Zeit hatten sich die Befürworter so weit angenähert, daß der Ausgang der Wahl nicht mehr als gewiß gelten konnte.

In jeder zufällig zusammengewürfelten Gruppe von Staatsbürgern hätte es an diesem Abend hitzige Diskussionen über das Für und Wider gegeben. Und wenn man auch noch die Menge guten Weins in Betracht zog, den gutes Essen und ein Fest erfordern, hätte die Diskussion empört, ja sogar gehässig werden können, nachdem die eine Seite behauptet hatte, Schweden sei jetzt dabei, ein Vasallenstaat Deutschlands zu werden. Die Deutschen würden bald auf schwedischem Boden einmarschieren, sofern dieser überhaupt noch schwedisch und noch nicht von Deutschen aufgekauft sei. Und die andere Seite hätte betont, das Land riskiere einen sofortigen Ruin und die Verlagerung aller schwedischen Industrieunternehmen in das Ausland, wonach nur noch die Eigentümer von Rentierherden eine anständige Möglichkeit hätten, ihr tägliches Brot zu verdienen, falls die Beitrittsgegner sich durchsetzten.

Die sechzehn Personen auf Vrångaholm hatten das Thema im Lauf des Tages überhaupt nicht diskutiert. Das lag jedoch keineswegs daran, daß sie in der Sache nicht engagiert waren. Im Gegenteil, sie hatten bei der Volksabstimmung alle mit Ja gestimmt. Allerdings schon früher in der Woche per Briefwahl, da sie ja wußten, daß sie den ganzen Sonntag auf Vrångaholm verbringen würden. Außerdem waren sie tief und ehrlich davon überzeugt, daß der Anschluß Schwedens an die EU notwendig sei, da sie in dieser oder jener Form alle ihr Einkommen aus der Landwirtschaft bezogen – was nicht unbedingt Landwirtschaft bedeutet, sondern ebensosehr, daß man gegen bestimmte staatliche Subventionen auf Landwirtschaft *verzichtet*, und diese Entschädigungszahlungen waren in der EU mit Sicherheit höher als in Schweden. Gerade in dieser Gesellschaft gab es für eine Diskussion also nicht sonderlich viel Anlaß.

Überdies hatte man den ganzen Tag der Jagd gewidmet, einer der besten Jagden des Jahres in Skåne, da Vrångaholm wegen seines Rothirschbestands einen guten Ruf genoß. Man würde also Rothirsch jagen, Damhirsch, Rehwild und gegebenenfalls auch Schwarzwild. Unter solchen Umständen ist es nicht nur unpassend, den Versuch zu machen, über Politik zu diskutieren, sondern es bleibt überdies kaum Zeit, über anderes zu sprechen als die eigentliche Jagd.

Der Tag hatte sehr gut angefangen. Nach den üblichen Zeremonien auf dem Rasen vor dem Schloß, wo der Gastgeber schnell die Beschränkungen herunterleierte, die bei der Jagd galten – keine Keiler über einer bestimmten Körpergröße, keine führenden Bachen, bei Damhirschen keine Halbschaufler, selbstverständlich keine Rothirsche zwischen acht und zwölf Enden, ebensowenig Rehböcke, die abgeworfen haben, und keine Ricken, wenn man nicht absolut sicher ist, daß kein Kitz in der Nähe ist, und so weiter –, hatten die Jäger einen sehr gelungenen Start gehabt.

Während des erstens Treibens waren zwölf Schuß abgefeuert worden, davon ein Doppelschuß (was darauf hindeuten könnte, daß einer der Jagdgenossen sich einen Fehlschuß erlaubt hatte, da er mit dem ersten Schuß nicht perfekt getroffen hatte), und aus diesem Grund hatte der Gastgeber der Jagdgesellschaft, Claes Peiper, mit einer gewissen Unruhe, von der er natürlich mit keiner Miene etwas verriet, alle Jäger zu sich gerufen, um zu besprechen, was geschehen war.

Es war lediglich folgendes geschehen: Zwölf Tiere waren mit zwölf Schuß erlegt worden. Der Doppelschuß wurde damit erklärt, daß einer der Vettern, Claude Hamilton, eine Doublette geschossen hatte: Das eine Tier war ein kapitaler Damhirsch mit einem Geweih an der Grenze zum Bronzemedaillen-Format, und das zweite Stück Damwild war ein Schmaltier. Sämtliche Tiere waren perfekt erlegt worden, und die Suchpatrouille, die sich mit vielsagendem Grinsen, das sich deren Mitglieder immer dann erlaubten, wenn sie der Ansicht waren, daß »die Grafen und Barone« gerade nicht hinsahen, bereitgemacht hatte, nach weidwund geschossenen Tieren zu suchen, mußte unverrichteter Dinge zu ihrem VW-Bus zurückkehren und ihre eifrigen und bellenden Hunde einsammeln.

Und danach war der Tag ebenso erfolgreich weitergegangen, wie er angefangen hatte. Einen ganzen Tag lang wurden ebenso viele Tiere erlegt, wie Schüsse abgefeuert worden waren, was sogar bei den Gelegenheiten ungewöhnlich ist, bei denen der Schloßadel sich zusammenfindet und ohne Außenstehende auf die Jagd geht.

Eine derart gelungene Jagd ist anschließend eine Garantie für ein gelungenes Festessen. Unter den Gästen ist niemand, der sich schämt und getröstet werden muß; alle haben einen erfolgreichen Tag hinter sich, und die Ehre dafür läßt sich in einer fast sozialistisch zu nennenden Ordnung freigebig verteilen, einer Ordnung, in der niemand vornehmer ist als der andere.

Das Essen begann also wie gewöhnlich um 19.00 Uhr, eine Stunde nach Schließung der Wahllokale, und damit war das Schicksal der Nation definitiv entschieden. Die Stimmung war natürlich ausgezeichnet, was nicht so sehr daran lag, daß die Jagd erfolgreich verlaufen war, sondern daran, daß niemand einen Mißerfolg hatte hinnehmen müssen. Es wurden die Reden gehalten, wie die Sitte sie verlangt. Feierliche Ansprachen der verschiedensten Art, angefangen bei der Rede Claude Hamiltons, des Jagdkönigs, die von seinem Vetter Raoul Hamilton mit gespieltem Neid kommentiert wurde, bis hin zur Ansprache Thottens, der sich im Namen aller für die Einladung bedankte, da die Gastgeberin seine Tischdame war.

Merkwürdig war nur eins: Alle saßen dort und waren jeder für sich davon überzeugt, daß in diesem Augenblick das Schicksal der Nation und vielleicht auch des eigenen *Hofs* – die Bezeichnung Schloß ist in Adelskreisen verpönt – entschieden wurde, ohne daß man erfuhr, wie die Abstimmung ausgegangen war. Es wäre unverschämt gewesen, die Tafel nur aus einem solchen Grund zu verlassen.

Die Problematik war der Gastgeberin durchaus bewußt. Natürlich fühlte sie sich erleichtert, weil die Jagd erfolgreich gewesen war, denn ein Mißerfolg hätte das Essen auf mehr als nur eine Weise zerstört. Erstens ist es überhaupt traurig, wenn eine große Jagd mit bestimmten Ansprüchen zum Teufel geht. Zweitens gibt es beim Essen ohnehin besondere Probleme.

Das eine Problem war die Doppelgräfin. Sie hieß jetzt Wachtmeister-Hamilton, war jedoch eine geborene Jönsson. Sie war nacheinander mit einem Wachtmeister und dann einem Hamilton verheiratet gewesen. Sie hatte beide überlebt, um danach mit einem pensionierten sozialdemokratischen Politiker zusammenzuziehen, der zwar mit einigem Anstand einen dunklen Anzug tragen konnte, in allem übrigen aber *Sozi* war, wie sehr er auch den Staatsmann und nach seiner Pensionierung als Botschafter auch den frischbekehrten Konservativen zu spielen versuchte. Die Doppelgräfin wurde hier nicht gern gesehen, und dieser Spitzname leitete sich natürlich von der Tatsache her, daß sie jetzt mit ihrem Emporkömmling nur »verlobt« war, da sie bei einer Heirat die beiden gräflichen Namen verlieren würde. Aus verschiedenen gesellschaftlichen Gründen wäre es jedoch schwierig gewesen, sie nicht einzuladen. Ihr »Verlobter« war zum Essen und zur Jagd offiziell eingeladen worden, hatte jedoch wie erwartet abgesagt.

Das zweite Problem war Estelle Hamilton. Dieses war aus der Sicht der Gastgeberin ein komplizierteres und schwerer zu meisterndes Problem; wenn die Gäste auf die Idee gekommen wären, der Doppelgräfin den Rücken zuzukehren, hätte man dies nicht der Gastgeberin anlasten können.

Doch bei Estelle Hamilton sah das auf mehr als eine Weise anders aus. Sie war wahrhaftig keine Jönsson, die eingeheiratet hatte. Das war es nicht.

In gesellschaftlicher Hinsicht war es eher umgekehrt. Sie war inzwischen so alt, daß sie von jedem der Anwesenden besondere Aufmerksamkeit und Höflichkeit verlangen konnte. Sie war auf diese oder jene Weise mit mehr als der Hälfte der Anwesenden verwandt. Gelegentlich setzte sie sich aber in den Kopf, steife altmodische Manieren an den Tag zu legen und von ihrer Umgebung zu verlangen, daß jeder so auftrat, wie es früher einmal üblich war. Das konnte zum Beispiel bedeuten, daß sie plötzlich verlangte, von allen mit »Tante« angeredet zu werden. Oder sie hielt demonstrativ auf Etikette oder andere Umgangsformen, womit sie bei allen Anwesenden Irritationen auslöste.

Und in ihrer derzeitigen Lage, hätte sie eine besonders gute Möglichkeit gehabt, das Essen zu dominieren und Feierlichkeit und Verstimmung zu verbreiten. Trauer läßt sich nicht einfach ignorieren. Ihr Sohn war vor kurzem Witwer geworden, und ihre beiden Enkelkinder waren ums Leben gekommen. Und um allem Elend noch die Krone aufzusetzen, fand sie sich mit einem Begleitwagen ein, in dem zwei Personen saßen, die sie die beiden »Wachtmeister« nannte, die sie neuerdings überall mit sich herumschleppen müsse. Sie hatte jedoch versichert, daß »die Wachtmeister« keine Umstände machen würden, da sie ihnen befohlen habe, in ihrem Wagen zu bleiben oder möglicherweise im Schloßpark spazierenzugehen, falls ihnen danach zumute sei, jedoch dürften sie nicht in Sichtweite des Hauses urinieren.

Die Gastgeberin war absolut davon überzeugt, daß Estelle Hamilton die Sicherheitspolizei des Landes so herumkommandieren konnte und daß man ihr sofort gehorchte. Estelle Hamilton hatte sich nämlich ihr ganzes Leben lang bei allen sofort Gehorsam verschafft, möglicherweise mit Ausnahme ihres Sohnes.

Auch das war eine quälende Komplikation. Alle Anwesenden an der Tafel wußten, daß sie in den letzten Jahren nur selten Kontakt mit ihm gehabt und daß er sie sogar in seiner Trauer auf Abstand gehalten hatte. Die Gastgeberin hatte die Angstvorstellung gehabt, daß irgendein Idiot vielleicht auf die Idee kam, die Stimmung aufzulockern, die vielleicht düstere Stimmung nach einer mißglückten Jagd, nach der die Angestellten immer noch nach irgendeinem weidwund geschossenen Tier suchten, obwohl man schon längst zu Tisch saß, und fröhlich nach ihrem Sohn fragte. Oder, noch schlimmer: daß jemand sein tiefes Mitgefühl in dieser schweren Stunde ausdrückte, und so weiter.

Die Gastgeberin hatte lange nachgedacht, bevor sie einen ihrer besten Freunde, Blixen, als Tischherrn Estelle Hamiltons unterbrachte. Es war unmöglich, daß jemand Blixen nicht mochte, nicht einmal normale Leute in der Stadt. Blixen konnte sogar von seinen Gästejagden erzählen und seiner Methode, die Schüsse auf Enten zu zählen, ohne daß es langweilig wirkte.

Insoweit war aus Sicht der Gastgeberin alles gut, sogar sehr gut, als sie wie ein Habicht am schmalen Ende des langen Tischs saß und darüber wachte, daß sich alle teuflisch gut amüsierten.

Ihr war aber auch klar, daß keiner ihrer Gäste auf die verdrehte Idee kommen würde, während des Essens eine Pause zu machen, vielleicht zwischen zwei Gerichten, um in Erfahrung zu bringen, wie die Volksabstimmung verlaufen war. Die Gäste hatten immerhin alle von Geburt und aus ungehemmter Gewohnheit, wie der Mittelstand aus irgendeinem Grund zu sagen pflegte, so viel Respekt vor dem Essensritual, daß sie weder Ungeduld zeigten oder gar – noch schlimmer – das Thema zur Sprache brachten. Dabei wollten alle wissen, wie es ausgegangen war. Sie waren alle davon überzeugt, daß soeben über ihr Leben und ihre Zukunft entschieden worden war; es ging um staatliche Subventionen Schwedens oder die bedeutend großzügigeren EU-Subventionen, wenn man auf dem fruchtbarsten Boden Schwedens *keine* Landwirtschaft betrieb.

Doch an diesem Tisch würde niemand auf die Idee kommen, darüber zu sprechen. Im Gegenteil, man widmete sich mit fast übertriebenem Enthusiasmus dem kollektiven Jagderfolg.

Der Habichtsblick der Gastgeberin suchte die Tafel ab. Die Sache mit der Doppelgräfin hatte sie geregelt. Es sah gut aus. Dabei hatte sie Johan Klingspor die Lage in vielleicht überdeutlichen Worten erklärt:

»Teufel auch, Johan, du bist doch immerhin Immobilienmakler. Da mußt es dir gelingen, jeden Menschen zu charmieren. Du mußt mir in dieser Sache helfen. Halte sie bei Laune. Ich verspreche dir, daß du beim nächsten Mal eine der Freundinnen der Jungs als Tischdame bekommst, wenn du mir diesen Gefallen tust.«

Der Mann entledigte sich seiner Aufgabe, und es war gleichgültig, ob aus Loyalität und Freundschaft oder aufgrund der Zusage, beim nächsten Mal eine fünfundzwanzigjährige Blondine als Tischdame zu bekommen. Die Doppelgräfin war unter Kontrolle und schien sich sogar zu amüsieren.

Blixen hielt Estelle Hamilton mit seinem Charme in einem eisernen Griff. Alles unter Kontrolle – bis auf das, worüber niemand zu sprechen wagte.

Die Gastgeberin erkannte, daß sie die Entscheidung treffen mußte. Ihr Mann war gerade mit starkem und echtem Engagement in eine Diskussion über deutsche Wildschweine vertieft. Und die Entscheidung mußte vernünftigerweise jetzt fallen, bevor der Nachtisch aufgetragen wurde.

Sie stieß gegen ihr Glas und erreichte damit ein ebenso unmittelbares wie verblüfftes Schweigen, da von ihr im Moment ja kaum erwartet wurde, daß sie eine Rede hielt oder einen besonderen Toast ausbrachte, nicht jetzt vor dem Nachtisch.

»Genossen!« rief sie aus und reckte ironisch eine klassenkämpferische Faust in die Höhe. »Ich habe einen Vorschlag zu machen!«

Damit erreichte sie sofort eine amüsierte und verblüffte Aufmerksamkeit, und die Blicke aller richteten sich auf sie.

»In diesem Augenblick kann man erfahren, wie es für Schweden ausgegangen ist«, fuhr sie fort. »Wir sitzen zufällig bei Tisch, wollen aber alle wissen, wie es ausgegangen ist, nicht wahr? Wir machen folgendes!«

Ihr Blick fuhr suchend um den Tisch, bis sie ihren ältesten Sohn entdeckte, der ebenfalls Claes hieß.

»Claes! Geh bitte nach oben und erkundige dich, wie die Volksabstimmung ausgegangen ist!«

Dem jungen Claes fiel es keinesfalls schwer, der Aufforderung seiner Mutter nachzukommen. Teils war er selbst von brennender Neugier erfüllt, obwohl er das mit keiner Miene verraten hatte, teils hörte er ja die gegrunzte fröhliche Zustimmung der älteren Jäger am Tisch. Er eilte unter fröhlichen Anfeuerungsrufen los, während das für den Abend angemietete Personal ein stark kalorienhaltiges Dessert auftrug, dem selbst der stärkste Sauternes kaum beikommen würde.

Als er nach seiner kurzen Kontrolle im Fernsehzimmer im Obergeschoß zurückkam, war sein Gesicht vollkommen ausdruckslos. Möglicherweise hatte sich seine Miene ein wenig verfinstert, doch das war kaum auszumachen. Jedenfalls brachte er keine Siegesbotschaft mit.

»Ich habe eine gute Nachricht und eine schlechte. Welche wollt ihr zuerst hören?« begann er mit angestrengter Baßstimme.

Eine erschreckte Verwunderung breitete sich am Tisch aus.

»Erst die gute Nachricht«, schlug Blixen vor.

»Alles deutet darauf hin, daß die Ja-Seite gewinnen wird«, erwiderte Claes Junior mit dumpfer Stimme. Er machte jedoch kein glückliches Gesicht dabei. Seine Worte lösten eine verwunderte Verstimmung aus, denn in dieser Gesellschaft war alles andere als hundert Prozent für Ja eine undenkbare politische Einstellung.

»Nun, was ist denn die schlechte Nachricht?« fragte seine Mutter.

»Die schlechte Nachricht ist, daß die erste Prognose für das gesamte Land soeben gekommen ist«, fuhr der Sohn mit der gleichen unergründlich verschlossenen, düsteren Miene fort. »Und sie nennt folgende Zahlen. Also die erste Prognose für das Wahlresultat im ganzen Land. Ja: fünfunddreißig Prozent. Nein: fünfundsechzig Prozent.«

Es wurde vollkommen still am Tisch.

»Du hast dich doch nicht versprochen ...«, tastete sich die Schwester des Gastgebers mit einer Miene vor, die zur Hälfte Schrecken und zur Hälfte mühsamen Humor ausdrückte.

»Nein, Tante, die erste Prognose für das ganze Land sieht genauso aus, wie ich es gesagt habe«, fuhr der junge Mann mit perfekt gewahrter Miene fort. »Fünfundsechzig Prozent für *nein* und fünfunddreißig Prozent für *ja*. Das ist die erste Prognose der Computer für das ganze Land, und Computer irren sich ja nie ...«

Er wurde seines Knalleffekts beraubt, weil seine Tante in Ohnmacht zu fallen schien. Sie wäre nach hinten gefallen und vom Stuhl gerutscht, wenn ihr Tischherr sie nicht mit der Geistesgegenwart des Jägers aufgefangen hätte.

»Aber dann gibt es doch keine gute Nachricht«, keuchte sie.

»Aber ja doch, Tante, gibt es doch«, fuhr der jetzt sichtbar verlegene junge Mann fort. »Die Prognose für das gesamte Land soll nämlich nur auf der Grundlage der schon ausgezählten Wahlbezirke erstellt worden sein. Und jetzt sieht es so aus ... Na ja, die haben die Stimmen bisher nur in solchen kleinen Gemeinden in Norrland mit zwanzig Personen oder so fertig ausgezählt ... und ... na ja, das weiß ja schließlich jeder, wie die Leute da oben sind ... Aber sie rechnen damit, daß es ganz anders aussehen wird, wenn die großen Wahlbezirke ausgezählt sind, und dann ...«

Er verlor den Faden, weil es am Tisch vollkommen still geworden war und alle ihn anstarrten. Er hatte bei der Jagd ein Damhirschkalb geschossen und war nahe daran gewesen, ein Schwein zu erlegen, was selbstverständlich verboten war. Dann hatte er doch darauf verzichtet und den gesamten Tag im großen und ganzen gut bewältigt. Jetzt hatte er eine schwere Sünde begangen und über etwas gescherzt, worüber man nicht scherzen darf. Doch er mußte sich jetzt aus dieser Situation herauswinden. Unbedingt. Er holte tief Luft und fuhr dann schnell fort:

»Eigentlich ist die Sache klar, Tante. Wir haben gewonnen. Die Frage ist nur, ob es am Ende zweiundfünfzig zu achtundvierzig zu unseren Gunsten stehen wird oder ob das Verhältnis noch besser wird, aber gewonnen haben wir.«

Was er sagte, überzeugte nicht. Alle am Tisch taten, als akzeptierten sie seine Erklärung, doch niemand machte ein richtig frohes Gesicht. Murmelnd kehrte man zu den Speiseritualen zurück.

Später, gegen halb elf, als die Zukunft der Nation definitiv entschieden sein mußte, begaben sich alle Anwesenden ohne jedes Anzeichen der Ungeduld ins Obergeschoß, in die Regionen der Kinder, in der Dinge wie Fernsehen und Computerspiele gehalten wurden. Man schaltete das erste Programm ein, um zu sehen, ob es eine Wahlprognose gab.

Zum Sitzen wurde es eng. Das Fernsehzimmer war schließlich nur für die Familie gedacht. So mußten einige Stühle hereingetragen werden, damit die ältesten weiblichen Verwandten gut sitzen und sehen konnten. Und als schließlich jeder einen Sitzplatz hatte und auch der Gastgeber saß, der sich bislang unten in der Küche aufgehalten hatte, um dort etwas zu erledigen, wurde das Fernsehgerät eingeschaltet.

Als erstes bekam man den sozialdemokratischen Ministerpräsidenten zu sehen, der sichtlich erleichtert und glücklich aussah. Nach einigen Sekunden wurde klar, daß es sich um ein Sieges-Interview handelte. Der Regierungschef sagte, es sei für Schweden so etwas wie eine Schicksalsstunde gewesen, doch jetzt empfinde er tiefe Erleichterung. Gleichzeitig werde er jedoch unermüdlich daran weiterarbeiten, die Verliererseite davon zu überzeugen, daß der Wahlausgang für Schweden das Beste sei.

Darauf wurde der sozialdemokratische Ministerpräsident mit spontanem und fast südländisch begeistertem Beifall des Publikums im Raum bedacht, das ihm normalerweise oder vielmehr weder früher noch später je Beifall zollen würde.

Darauf folgte eine, wie es schien, routinemäßig präsentierte Prognose für das Land insgesamt. Wie es hieß, bestätige sie nur das, was man schon wisse. Der Sieg der Ja-Seite sei völlig sicher. Nichts könne das Endergebnis mehr beeinflussen. Die Frage sei nur, wie hoch der Sieg ausfallen werde. Die Tante, die bei dem kühnen Scherz ihres Neffen vorhin fast in Ohnmacht gefallen wäre, strahlte jetzt wie ein Kind am Heiligen Abend. Alle Anwesenden faßten sich bei den Händen, als wollten sie sich gegenseitig gratulieren. Der Gastgeber, der dies schon geahnt hatte, stahl sich schnell hinaus und kehrte mit einem Tablett zurück, auf dem vier Flaschen Champagner standen. Ihm folgten zwei der für den Abend angeheuerten Kellnerinnen und Abwäscherinnen mit Gläsern, die sie schnell verteilten, während der Gastgeber einschenkte. Er verschüttete den Champagner achtlos, so wie es bei besseren Herrschaften üblich ist, wenn etwas mit Champagner gefeiert werden soll.

Dann hoben alle ihre Gläser und prosteten, wenn auch nicht ganz klar war, worauf, ob nun auf das Vaterland, die selten gelungene Jagd, die jetzt zu erwartenden Subventionen für stillgelegte Flächen oder auf etwas ganz Allgemeines: Das Glück war jedoch vollkommen. Ein perfekter Abschluß eines höchst gelungenen Jagdtages auf Vrångaholm, eines Tages, der Thotten zufolge »in die Geschichte eingehen würde«.

Was er auch tat.

Im nächsten Augenblick traten zwei Männer in dunkler Kleidung und Wollkapuzen durch die Tür. In den Händen hielten sie Schrotgewehre des Typs Pump Action; sämtliche acht Männer im Zimmer bemerkten es sofort, da es ein Typ Schrotgewehr war, den kein Gentleman auch nur im Traum verwenden würde.

Einer der beiden Eindringlinge feuerte einen Schuß an die Decke ab, so daß dreihundert Jahre alter Stuck wie weißer und schwarzer Schnee auf die Anwesenden herabrieselte. Dann schrie er auf englisch, alle sollten vollkommen still sitzen bleiben.

Alle kamen seinem Befehl sofort nach. Es war vollkommen still im Zimmer. Falls jemand geglaubt hatte, dies sei ein eigenartiger Scherz, so war diese Vorstellung jetzt verflogen. Es war ein Alptraum, aber trotzdem Wirklichkeit, und das war im ganzen Raum zu spüren und auch dem Stuck anzusehen, der wie Schnee oder glitzernder Tand im Haar derer lag, die den Männern am nächsten saßen.

Die beiden Männer sahen sich sorgfältig um. Danach schoß der eine, der an der Tür stand, der Doppelgräfin direkt in die Brust, lud mit einer schnellen Bewegung der linken Hand nach und feuerte einen weiteren Schuß auf sie ab, als sie schon dabei war, vom Stuhl zu fallen. Sie zappelte noch einige Sekunden krampfhaft mit dem rechten Bein und blieb dann reglos liegen.

Jetzt richteten die beiden Männer ihre Waffen auf die zusammengedrängt sitzende Gesellschaft. Einer der beiden, der einige Schritte vorgetreten war, hob warnend die Hand zum Zeichen, daß alle sich still verhalten sollten. Er gab seinem Kollegen ein Zeichen. Dieser faßte seine Waffe mit beiden Händen und richtete sie auf die Mitte des Tischs mit den Champagnergläsern, während er selbst behutsam einen Zettel aus der Tasche zog, darauf starrte und unmittelbar danach Estelle Hamilton mit drei Schuß tötete; er repetierte so schnell, daß es den Anschein hatte, als hätte er nur einmal gefeuert. Dann hob er erneut warnend die Hand. Vermutlich sollte es bedeuten, daß alle die Ruhe bewahren sollten. Es folgte ein Kopfnicken zu seinem Kollegen, worauf dieser durch die Tür verschwand. Im nächsten Augenblick folgte der zweite Mann und schlug die Tür hinter sich so hart zu, daß einige Deckenleisten zu Boden fielen.

Nachdem die Tür zugeschlagen worden war, dauerte die Stille noch höchstens zwei Sekunden an. Dann stürzten die Männer zu den beiden erschossenen Frauen, brüllten einander Befehle zu und versuchten, mit der gleichen kalten Präzision zu handeln wie zuvor bei dieser selten gelungenen Schloßjagd in Schonen.

Auf der Polizeiwache in Ystad herrschte wie erwartet friedliche Ruhe. Es war eine allgemeine Erfahrung bei der Polizei, daß die Kriminalität an bestimmten Wochenenden und gerade an Wahltagen zu sinken pflegte. Kriminalkommissar Kurt Wallander hatte dieses Problem mit seinen beiden Kollegen, die an diesem Abend Dienst hatten, eher zerstreut diskutiert. Man war zu keiner spontanen Erklärung gekommen, hatte aber darüber gewitzelt, daß die Klientel der Polizei immerhin einen gewissen Respekt vor der demokratischen Grundordnung an den Tag lege. Obwohl die Ruhe eher darauf zurückzuführen sei, daß überall Menschen unterwegs waren und die Leute sich nach Einbruch der Dunkelheit zu Hause hielten, um im Fernsehen den Wahlabend zu verfolgen. Und im Gegensatz zu Weihnachten erfordere ein Wahlabend nicht die gleich große Einnahme von Alkohol, was die naheliegendste Erklärung dafür sei, daß selbst Delikte wie das Verprügeln von Ehefrauen und häusliche Schlägereien im Verhältnis zu gewöhnlichen Wochenenden abnahmen.

Kurt Wallander blieb allein im Fernsehzimmer sitzen und versuchte Argumente gegen die Versicherung der Experten zu finden, daß das Ganze entschieden sei. Er hatte am Nachmittag seine Stimme abgegeben, und da er sich nach langem Zögern dazu entschlossen hatte, mit nein zu stimmen, fühlte er sich jetzt auf unklare Weise verletzt, weil eine Mehrheit der Bevölkerung der Ansicht war, daß er unrecht hatte. Vielleicht war es so, na wenn schon. Aber wie konnte mehr als die Hälfte der Bevölkerung es wissen?

Die Bürokratisierung, dachte er müde. Die muß letztlich das stärkste Argument für nein sein. Man brauchte ja nur den Versuch zu machen, das Ganze in der eigenen Welt zu sehen, um zu begreifen, was passieren konnte; als ob er nicht selbst seinen Polizeidirektor Björk als höchste entscheidende Instanz hätte, wenn es eilig war, als wäre es wirklich notwendig, daß Björk sich zunächst an einen noch höheren Vorgesetzten in Malmö wenden mußte, der wiederum seine Vorgesetzten in Stockholm anrief, der allerdings nicht gestört werden durfte, weil er gerade an einem wichtigen Essen teilnahm. Ungefähr so würde es jetzt vielleicht werden, wenn auch für ein ganzes Land.

Er hätte seinen Bereitschaftsdienst ebensogut zu Hause in der Mariagatan ableisten können. Er brauchte ja nicht lange, um zur Wache zu kommen, wenn etwas passierte. Die Wochenenden neigten jedoch dazu, ihn melancholisch zu machen. Er versuchte, das Fernsehen zu vermeiden, da er so leicht dabei hängenblieb und den ganzen Abend vor dem Bildschirm auf dem Sofa hockte, wenn er erst einmal angefangen hatte. Aus ungefähr den gleichen Gründen versuchte er auch, hochprozentige Getränke zu meiden.

Als er sich nach dem letzen Kopenhagener auf dem Tisch vor sich streckte, spannte es ein wenig in der Taille. Er lächelte zufrieden, weil er es gut fand, allmählich sein normales Gewicht zurückzugewinnen, als normalisierte auch das seinen Gemütszustand. Er war jetzt dabei zu genesen, redete sich aber oft ein, daß es noch längst nicht vorbei war.

Als er den Kopenhagener gerade zögernd zum Mund führte, läutete das Telefon neben ihm. Mit einer dankbaren Grimasse warf er das süßliche Gebäck von sich, wischte sich die Finger und nahm den Hörer ab.

Die Mitteilung, die man ihm jetzt machte, war knapp und klar. Doch der Inhalt war so geartet, daß kein normal gebauter Mensch so etwas mitteilen und dennoch so klar und beherrscht sprechen konnte, als ginge es nur darum, einen kleineren Verkehrsunfall zu melden. Wallander fühlte sich genötigt nachzufragen.

»Können Sie so nett sein, das zu wiederholen«, sagte er langsam.

»Wie ich gerade sagte«, teilte ihm die Stimme am anderen Ende mit einem kleinen Anflug von Irritation mit, »hier spricht Graf Claes Peiper auf Vrångaholm. Zwei meiner Essensgäste sind vor einer Minute erschossen worden. Die Schützen waren maskiert. Es waren zwei Täter, die englisch sprachen und mit Schrotgewehren des Typs Pump Action geschossen haben.«

»Haben die Täter den Tatort verlassen?« fragte Kurt Wallander.

»Natürlich«, entgegnete der andere gemessen. »Wir hörten einen Wagen, der in Richtung Snogeholm verschwand.«

»Sind alle anderen noch am Tatort?«

»Ja, natürlich.«

»Gut. Wir sind in zwanzig Minuten da. Ich schicke Krankenwagen. Bitte versuchen Sie, am Tatort nicht die Spuren zu verwischen«, erwiderte Kurt Wallander schneidiger, als er vorgehabt hatte. Da war etwas in der Stimme dieses Grafen, was ihm nicht gefiel. Er hätte einem normalen, anständigen, verzweifelten und verwirrten Staatsbürger den Vorzug gegeben.

Er legte auf, riß sofort den Hörer wieder hoch und alarmierte den Bereitschaftsdienst im Krankenhaus von Ystad. Danach ging er auf sein Zimmer und nahm die Liste der diensthabenden Beamten an sich, die er bei seinem Eintreffen nicht gelesen hatte. Er war davon ausgegangen, daß an einem solchen Abend nichts passieren würde, was die Kriminalpolizei betraf. Während er in der Liste blätterte, rief er die Einsatzzentrale der Malmö-Polizei an, da sie die einzigen im südwestlichen Schonen waren, die einen größeren Einsatz mit Straßensperren organisieren konnten.

Dann sah er zu seiner Zufriedenheit, daß Ann-Britt Höglund für dieses Wochenende als erste auf der Liste stand.

»Hej, Ann-Britt, hier Kurt. Bist du nüchtern?« sagte er in fast munterem Tonfall, nachdem sie abgenommen hatte. Sie erlaubte sich sofort zu bezweifeln, daß er es war, doch er tat diese Diskussion schnell ab und sagte, er werde sie in drei Minuten abholen, und dann würde sie erfahren, worum es gehe. Dann legte er auf, ohne eventuelle Proteste abzuwarten.

Als er vorfuhr, stand sie auf dem Kiesweg vor dem Haus. Sie trug Sportschuhe, dunkelblaue lange Hosen und eine dicke hellblaue wattierte Jacke und sah insoweit schon nach Polizistin aus. Und sie war ohne Zweifel nüchtern, vielleicht auch sauer, ob das nun an ihm lag oder dem Wahlergebnis. Sie setzte sich in den Wagen und grüßte nur mit einem kurzen Kopfnicken.

»Nun?« sagte sie auffordernd, als er ein paar Straßenblocks gefahren war. »Der Teufel soll dich holen, wenn es nichts Wichtiges ist.«

»Das ist es natürlich«, erwiderte er betont ruhig. »Auf Vrångaholm hat es einen Doppelmord gegeben. Zwei unbekannte maskierte Täter, die englisch sprachen, sind ins Schloß eingedrungen und haben zwei Essensgäste mit Schrotgewehren erschossen.«

»Essensgäste?« fragte sie und warf ihm einen forschenden Blick zu. »Wieso Essensgäste?«

»Na ja, der Mann, der mich anrief, der Gastgeber, hat sich so ausgedrückt«, knurrte Wallander mißbilligend. »Er hat also nicht gesagt, zwei Männer oder zwei Frauen seien erschossen worden, sondern nur zwei Essensgäste. Und jetzt sollen wir beiden Hübschen nämlich einen Besuch in der feinen Welt machen, in der man Essensgast ist, wenn man mit einer Schrotflinte erschossen wird.«

Er trat aufs Gaspedal und gab ihr mit einem Kopfnicken zu verstehen, sie solle das Blaulicht aufs Wagendach praktizieren. Er hatte während seines langen unbezahlten Urlaubs noch nicht gelernt, all die neuen Dinge zu beherrschen, die inzwischen entwickelt worden waren. Anschließend bat er sie, per Funk mit der Einsatzzentrale in Malmö und den Diensthabenden zu Hause in Ystad Kontakt aufzunehmen, um herauszufinden, was inzwischen angelaufen war.

Aus Malmö erfuhren sie, daß Einsatzwagen von Malmö und Lund unterwegs seien und daß in der angegebenen Fluchtrichtung bald einige Straßensperren fertig sein würden.

Von Fluchtrichtung konnte allerdings kaum die Rede sein, wie sich herausstellte, als Ann-Britt Höglund die Karte des Polizeibezirks von Ystad studierte, die nach neuester Dienstanweisung in jedem Einsatzwagen mitgeführt werden sollte. Der Maßstab war jedoch so groß, daß man nur ein flatterndes Blatt Papier in der Hand hatte, wenn man beim Fahren die Karte zu lesen versuchte. »In Richtung Snogeholm« konnte alles mögliche bedeuten und sagte im Grunde nur aus, daß der Wagen mit den beiden Tätern sich auf dem einzig möglichen Weg vom Tatort entfernt hatte, vermutlich auf dem gleichen Weg, auf dem die Männer auch gekommen waren.

Von der Wache in Ystad erfuhren sie nichts, was mit der angelaufenen Jagd zu tun hatte. Wahrscheinlich wollten die großen Jungs in Malmö alle wichtigen Dinge selbst in der Hand behalten. Seit sie Ystad verlassen hatten, hatte nur jemand per Handy angerufen und einen scheußlichen Autounfall kurz vor Snogeholm gemeldet; ein PKW sei bei hoher Geschwindigkeit mit einem Traktor zusammengestoßen, der offenbar von einer Stichstraße auf die Hauptstraße gefahren sei. Der Traktor sei umgekippt, und es sei unklar, wie es um die Beteiligten stehe, da der Anrufer nicht gewagt habe, sich an Ort und Stelle davon zu überzeugen. Die Wache in Ystad habe in Sjöbo zusätzliche Krankenwagen alarmiert, die jetzt unterwegs seien.

»Wie weit vom Tatort entfernt ist es zu diesem Autounfall gekommen?« fragte Wallander, als seine Kollegin die laute und durch Knacken gestörte Unterhaltung per Funk beendet hatte.

»Ein paar Kilometer oder so«, erwiderte sie nach einer langen raschelnden Konsultation der Karte.

Ann-Britt Höglund sah ihm an, was er dachte und welche Entscheidung er jetzt traf. Sie bewunderte Wallander, gerade weil er mit so etwas wie Instinkt gegen jede beliebige polizeiliche Dienstanweisung verstieß, nämlich in dem Moment, in dem er davon ausging, daß das die Sache wirklich voranbringen würde. Das war eine bemerkenswerte Eigenschaft, fast so etwas wie ein sechster Sinn und vermutlich etwas, was man nicht ohne weiteres lernen konnte, wie sehr man sich auch darum bemühte, mit ihm zusammenzuarbeiten.

Obwohl es tatsächlich darauf ankam, recht zu haben, wenn man so handelte wie Wallander. Als sie zum letzten Mal gemeinsam an einer großen Sache gearbeitet hatten, hatte er bei kleinlicher Betrachtungsweise in der Schlußphase eines Fahndungsauftrags drei oder vier Verbrechen hintereinander begangen: Einbruch, Nötigung und noch ein paar Kleinigkeiten. Hätte er am Ende nicht recht gehabt, wäre er in den Knast gegangen und gefeuert worden, doch da er recht hatte und die Täter kurz nach der Wallanderschen Deliktserie hatten gefaßt werden können, hatte sich niemand beklagt.

Sie dachte, daß ein Mensch, der sich so verhielt, entweder ein unendliches Selbstvertrauen oder eine fast gleichgültige Einstellung zu sich selbst haben mußte. Und was Wallander anging, war unendliches Selbstvertrauen leicht auszuschließen.

Doch jetzt raste er also zu einem trivialen Autounfall statt zu einem Tatort, an dem sich zwei Mordopfer sowie eine unbekannte Zahl von Menschen befanden, die in sowohl praktischer als auch psychologischer Hinsicht der Polizei bedurften. Dennoch empfand sie eine schwer zu erklärende Zuversicht.

Als sie auf der kurvenreichen und schmalen Asphaltstraße ganz in der Nähe des Schlosses Snogeholm am Unglücksort anhielten, hatte sich dort schon eine kleine Gruppe ratloser Gaffer eingefunden. Ann-Britt Höglund hatte das Blinken der gelben Warnleuchten der Autos schon von weitem gesehen.

Als Wallander seinen Wagen so parkte, daß er den eigentlichen Unfallschauplatz von der Gruppe der Gaffer trennte, spürte er, daß er richtig gehandelt hatte. Er nickte seiner jungen Kollegin kurz zu, zog die Handschuhe an und nahm eine Taschenlampe aus dem Handschuhfach. Dann stiegen beide aus. Sie ging auf die Gruppe der Neugierigen und er auf den umgekippten Traktor zu.

Der Motor des Traktors lief immer noch, doch die Scheinwerfer brannten nicht. Wallander leuchtete in die Fahrerkabine und entdeckte zu seinem Erstaunen, daß sie leer war. Er manövrierte den Oberkörper hinein, tastete nach dem Zündschlüssel und stellte den Motor ab.

Er holte tief Luft, bevor er sich der nächsten Aufgabe zuwandte. Er wußte, daß es schwierig werden würde. Der PKW war dem Traktor direkt in die Seite gefahren, und die ganze Vorderseite des Wagens war zerdrückt. Die Windschutzscheibe war von innen hinausgesprengt worden, da der Mann auf dem Beifahrersitz offenbar nicht angeschnallt gewesen war. Er war wie ein Geschoß durch die Scheibe geflogen und klebte jetzt in einer Körperhaltung in der Seite des Traktors, die keinen Zweifel daran ließ, daß er tot war. Wallander schluckte und schloß die Augen. Es fiel ihm schwer, menschliche Überreste zu betrachten.

Der Fahrer war ebenfalls nicht angeschnallt gewesen, war jedoch vom Lenkrad abgefangen worden, bevor sein Kopf die Windschutzscheibe erreichte. Möglicherweise war er noch am Leben, denn er blutete sichtlich aus einer Kopfwunde, blutete stark. Wallander sah auf die Armbanduhr. Es würde noch zehn Minuten und vielleicht länger dauern, bis ein Krankenwagen aus Sjöbo da sein konnte. Er wußte, daß er es versuchen mußte, und ging zu Ann-Britt Höglund, um sie um Hilfe zu bitten.

Inzwischen war es ihr gelungen, alle Gaffer zu verscheuchen, die sich nach und nach getrollt hatten. Der einzige Wagen, der noch da war, gehörte dem Mann, der Augenzeuge des Unfalls geworden war und die Polizei in Ystad angerufen hatte. Sie hatte die ersten notwendigen Angaben des Mannes aufgenommen, Namen und Telefonnummer und wollte ihn gerade freundlich bitten, den Schauplatz zu verlassen, als Wallander dazukam.

Als sie allein waren, wuchteten sie die Tür auf der Fahrerseite auf und zogen den verletzten Mann, der ein leises Stöhnen hören ließ, vorsichtig heraus. Bei seiner Lebensäußerung wechselten sie einen aufmunternden Blick. Offenbar gab es doch noch die Chance, dem Mann das Leben zu retten. Ann-Britt Höglund ging zum Streifenwagen zurück und holte ein paar Wolldecken, die sie auf dem Boden ausbreiteten, bevor sie ihn in Seitenlage darauflegten, was Ann-Britt auf der Polizeischule oft geübt haben mußte, da jede ihrer Bewegungen ohne Zögern erfolgte.

Anschließend durchsuchte sie die Taschen des bewußtlosen Mannes, um vielleicht etwas zu finden, was ihn identifizierte, während Wallander um den zertrümmerten Wagen herumging, um ein Kennzeichen zu finden. Als er es aufgeschrieben hatte und zum Streifenwagen zurückging, um sich nach dem Namen des Halters zu erkundigen, warf er zufällig einen Blick auf den Rücksitz. Er erstarrte, als müßte er noch einmal genau hinsehen, damit das Gehirn akzeptierte, was die Augen meldeten. Auf dem Rücksitz lagen zwei Waffen, zwei schwarze Gewehre eines Typs, den Wallander noch nie gesehen zu haben glaubte. Er machte mit einiger Mühe die hintere Tür des Wagens auf und entnahm ihm vorsichtig eine der beiden schwarzen Waffen. Als er sich zu seiner Kollegin umdrehte, richtete er unbeholfen die Mündung der Waffe auf sie, so daß sie erschrocken nach Luft schnappte. Sie hielt selbst eine große schwarze Pistole, die sie am Lauf festhielt, in der behandschuhten Hand. In der anderen hielt sie einen Paß und eine Brieftasche. Sie wedelte damit.

»Italiener«, sagte sie. »Die Pistole ist übrigens auch ein italienisches Fabrikat. Wir haben also die Täter?«

»Ja«, erwiderte Wallander tonlos. »Es sieht tatsächlich so aus.«

Im selben Moment entdeckten sie rotierendes Blaulicht, das schnell näher kam, und hörten die Krankenwagensirenen.

Auch im folgenden wich Wallander von den polizeilichen Vorschriften ab, die er nur dann befolgte, wenn es nicht ernst war. Die weitere Behandlung des nachweislich gestorbenen verdächtigen Täters konnte unter keinen Umständen ein besonderes Problem darstellen. Der Tote würde in aller Ruhe zur Gerichtsmedizin in Lund gefahren werden. Aber was jetzt den überlebenden und im technischen Sinn festgenommenen Täter anging, waren die Vorschriften schon komplizierter. Zunächst mußte man ihn in ein Krankenhaus bringen, das stand fest, wenn auch unter Polizeibewachung, da ein Laie seinen Gesundheitszustand nicht beurteilen konnte, der allem Anschein nach alles bedeuten konnte, angefangen bei einem unmittelbar bevorstehenden Tod bis zu einem schnellen und wütenden Aufwachen. Wallander sorgte dafür, daß der Überlebende in den ersten Krankenwagen gebracht wurde, zog Handschellen aus dem Handschuhfach des Streifenwagens und kettete den immer noch bewußtlosen Mann an dessen Trage fest. Dann wies er die Krankenwagenbesatzung an, zum Krankenhaus von Ystad zu fahren. Dort würden Kollegen Wallanders sie in Empfang nehmen, die er über Funk vorwarnen werde, damit sie nötigenfalls die Handschellen aufschließen könnten.

Als der erste Krankenwagen mit dem noch lebenden, aber festgeketteten Verdächtigen nach Ystad losfuhr, begannen die Männer des zweiten Krankenwagens gemächlich und scherzend damit, die Überreste des Mannes einzusammeln, der aufgrund seiner ablehnenden Einstellung gegenüber Sicherheitsgurten gestorben war. Wallander rief seinen Polizeidirektor an, schilderte kurz die Lage und beendete dann das Gespräch. Dann gab er Ann-Britt Höglund durch ein Kopfnicken zu verstehen, daß es Zeit sei aufzubrechen.

»Warum hast du das getan?« fragte sie vorsichtig, nachdem Wallander den Motor angelassen und mit kreischendem Getriebe den zweiten Gang eingelegt hatte.

»Was denn?« fragte er mit gespielter Unschuld.

»Na ja? Björk einfach so anzurufen und ihn dann aus der Leitung zu werfen?«

»Weil du und ich jetzt in Wahrheit in zwei Fällen zu ermitteln haben, und da fand ich schon, daß wir selbst entscheiden sollten, mit welchem Delikt wir anfangen.«

»Zwei Delikte?«

»Ja. Wir haben hier den Fall des unbemannten Traktors vorliegen, der ohne Licht auf eine größere Straße hinausfährt, auf der sich unsere nichts Böses ahnenden südländischen Täter auf der Flucht befinden, oder wie man das nennen soll. Zu ihrem Pech waren ihnen einige der besonderen Verkehrsgefahren des ländlichen Schonen unbekannt.«

»Wie etwa unbemannte Traktoren, die plötzlich ohne Licht auftauchen?«

»Genau. Der Fahrer dürfte jetzt wohl zu Hause sein, um seiner Frau als künftiger Zeugin einzuschärfen, daß er erst jetzt damit begonnen hat, Schnaps zu trinken – natürlich im Schockzustand. Doch als er fuhr, war er selbstverständlich nüchtern.«

»Das sind aber mehrere Delikte – Trunkenheit am Steuer, fahrlässige Tötung, grob verkehrswidriges Verhalten und Unfallflucht«, sagte sie in einem Tonfall, der Wallander eine Spur zu hochnäsig vorkam.

»Langsam, langsam«, sagte er, »wir sollten nicht so kleinlich sein. Unser zweites Verbrechen ist nämlich Mord, und da ist die Aufklärung vielleicht wichtiger als dieser Fall von Unfallflucht. Im Grunde genommen müßten wir dem Mann dankbar sein.«

Als sie auf dem knisternden Kies des Schloßhofs vorfuhren, war das ganze Haus erleuchtet, und die gesamte Hofbeleuchtung brannte. Vor dem Haupteingang stand ein Volvo, dessen Antennen darauf hindeuteten, daß es ein ziviler Polizeiwagen war. Von anderen Polizisten war nichts zu sehen.

Wallander empfand vages Unbehagen, als er vor der drei Meter hohen Tür stand und läutete. Es wurde nicht besser, als ein junger Mann im Smoking aufmachte und Wallander auf die Idee kam, daß es eine Art Bediensteter war. Er zeigte seinen Dienstausweis, murmelte etwas davon, daß er die Leute sprechen wolle, die hier wohnten, und machte Anstalten, ins Haus zu stiefeln.

Der junge Mann erstarrte, als hätte er eine Ohrfeige erhalten, fing sich jedoch schnell wieder und streckte Wallander eine Hand entgegen.

»Willkommen, Herr Kommissar, ich heiße Claes Peiper«, sagte er.

Wallander fühlte sich wie ein Idiot.

»Aber du hast doch nicht angerufen?« fragte er mißtrauisch.

»Nein, Herr Kommissar, das war mein Vater. Er heißt auch Claes. Wenn Sie mir folgen wollen … ach nein, das ist nicht nötig, ziehen Sie sich nicht die Schuhe aus.«

Der junge Mann ging eine breite steinerne Hallentreppe hinauf. Wallander und Ann-Britt Höglund warfen einander einen fragenden Blick zu und folgten ihm; keiner von ihnen hatte Anstalten gemacht, die Schuhe auszuziehen.

Sie wurden durch ein paar große Räume in einen Salon geführt, in dem ein totales Chaos herrschte, weil annähernd zwanzig Personen durcheinanderredeten. Wallander und Ann-Britt Höglund blieben zögernd in der Türöffnung stehen. Die meisten Männer im Raum trugen einen Smoking, und sämtliche Frauen waren festlich gekleidet. Es hätte eine strahlende Gesellschaft sein sollen. Der junge Mann trat zu einem der Smoking tragenden Männer, flüsterte etwas und nickte mit dem Kopf zu Wallander und Ann-Britt Höglund hin, die immer noch in der Türöffnung standen und sich zutiefst unentschlossen fühlten. In diesem Moment wurden sie von zwei Männern entdeckt, die keinen Smoking trugen, sondern gewöhnliche dunkle Anzüge und zudem Hörgeräte, wie Wallander zunächst glaubte. Die beiden Männer unterhielten sich gerade aufgeregt mit zwei Frauen. Diese saßen, während sie selbst über sie gebeugt dastanden. Als sie jetzt die neuen Besucher entdeckten, unterbrachen sie ihre Unterhaltung und gingen selbstsicher auf Wallander und Ann-Britt Höglund zu, während sie mit einer komischen gleichzeitigen Bewegung in ihre Innentaschen griffen, um ihre Dienstausweise zu zücken.

»Högefjärd, Säk«, meldete er der erste kurz angebunden. »Und ihr seid Kollegen von hier, was?«

»Kommissar Wallander, Morddezernat Ystad. Dies ist meine Kollegin Ann-Britt Höglund«, erwiderte Wallander zögernd. »Was hat denn die Sicherheitspolizei hier zu suchen? Wie ist es möglich, daß ihr so schnell herkommen konntet …?«

»Oh, mach dir deswegen keine Sorgen, wir haben die Lage unter

Kontrolle, erwiderte der eine Sicherheitsbeamte. »Wir haben die ganze Sache in der Hand. Verstärkung ist unterwegs«, erwiderte der zweite Säpo-Mann.

Wallander begriff zunächst nichts. Dann wurde er plötzlich wütend?«

»Was habt ihr in der Hand?« knurrte er. »Dies hier ist, wenn ihr erlaubt, der Polizeidistrikt Ystad, und *hier* hat die Polizei von Ystad alles in der Hand, und das sind wir! Laßt mich also für den Anfang fragen, was ihr hier zu suchen habt, und dann will ich eure Namen erfahren.«

»Personenschutz«, erwiderte der eine Sicherheitsbeamte, als verriete er damit etwas streng Geheimes.

»Personenschutz? Für wen denn?« fragte Wallander und hob die Stimme, so daß das Gemurmel im Raum plötzlich erstarb.

Er erhielt zunächst keine Antwort, was ihn noch wütender machte.

»Personenschutz für wen, habe ich gefragt?« brüllte er fast.

»Ja, also, das Objekt ... eine der Ermordeten war unser Objekt. Da oben im Obergeschoß ... aber wir haben den Tatort gesichert«, erwiderte der zweite mit demonstrativ gesenkter Stimme.

Wallander glaubte zunächst, sich verhört zu haben. Ein nervöses unterdrücktes Gekicher seiner jungen Kollegin überzeugte ihn jedoch davon, daß er sah, was er sah, und hörte, was er hörte.

»Mit euch müssen wir uns später beschäftigen«, seufzte er, schob die beiden beiseite und stiefelte mit mühsam erzwungener Selbstsicherheit mitten in den Raum und trat zu dem Mann hin, von dem er jetzt annahm, daß es Claes Peiper der Ältere sein mußte, folglich der Mann, der angerufen und den Mord gemeldet hatte. Der Mann erhob sich sofort und gab Wallander mit einer weichen Verbeugung die Hand.

»Sie müssen Claes Peiper sein«, sagte Wallander. »Ich bin Kommissar Wallander von der Polizei Ystad. Wir haben vorhin miteinander telefoniert.«

»Sie haben sich reichlich Zeit gelassen, um herzukommen. War das Haus schwer zu finden?« fragte der hochgewachsene schnauzbärtige Mann. Er trug ebenfalls einen Smoking. Sein Tonfall war entweder Ironie oder einfach nur freundliche Höflichkeit. Wallander konnte es nicht ausmachen.

»Wir wurden unterwegs aufgehalten«, brummte er. »Sagen Sie,

können wir unter vier Augen sprechen und uns zunächst zum Tatort begeben, nur Sie und ich?«

»Natürlich … Aber die Wachtmeister hier sagen, der Tatort sei … gesichert, sagten sie, wenn ich mich recht erinnere.«

»Genau«, bestätigte Wallander und machte gleichzeitig eine Geste, die »Sofort mitkommen« bedeutete. »Und das bedeutet, daß nur Polizeibeamte den Tatort betreten dürfen. Wenn Sie so freundlich sein wollen?«

Als sie die breite Steintreppe zum Obergeschoß hinaufgingen, erst der Gastgeber, dicht gefolgt von Wallander und Ann-Britt Höglund einige Schritte dahinter, verfluchte sich Wallander wegen des albernen Ausdrucks »Wenn Sie so freundlich sein wollen«. Er wußte nicht, woher er plötzlich diesen Ausdruck hatte, hatte jedoch das Gefühl, daß es sich wie ein Zitat aus irgendeinem schwedischen Kitschfilm anhörte.

Die Tür zum Fernsehsalon im Obergeschoß war mit einem roten Seidenband versperrt, das jemand mit Heftzwecken am Türrahmen befestigt hatte. Wallander riß die provisorische Absperrung irritiert herunter und griff nach der Türklinke. Dann überlegte er es sich anders und wandte sich an den finster dreinblickenden, aber dennoch erstaunlich kühlen und gemessenen Gastgeber.

»Wenn es Ihnen unangenehm ist, möchte ich nicht darauf bestehen, aber ich würde es zu schätzen wissen, wenn Sie mit mir hineingingen und uns erklärten, was geschehen ist«, sagte er mit einer gezwungenen Höflichkeit, die ihn selbst erstaunte; es gab nicht den geringsten Anlaß, anders aufzutreten als so höflich und feinfühlig wie nur möglich.

»Natürlich ist es nicht angenehm, aber etwas muß schließlich geschehen, nicht wahr?« erwiderte der Gastgeber leichthin und zeigte mit einer Handbewegung auf die Tür. »Sagen Sie mir einfach, was ich tun soll und was nicht.«

Wallander öffnete die Tür und trat ein. Er ging mit ein paar langsamen Schritten ins Zimmer und überblickte die Szene. Man hatte die beiden Leichen mit weißen Laken bedeckt. Bei der Leiche, die der Tür am nächsten lag, war Blut durch das Laken gesickert. Die Einrichtung des Zimmers war moderner als die, die er im Erdgeschoß gesehen hatte. Es sah komisch überladen aus, da man eine große Zahl antiker Stühle hereingetragen hatte, wie sie in den übrigen Zimmern des Schlosses herumstanden. Es sah aus, als hätten sich alle hier zu einer Art Kinovorstellung vor dem Fernseher versammelt, den man in die Mitte des Raums gerollt hatte. Überall lagen Stuck und Putz herum, als hätte es geschneit. Wallander hob intuitiv den Blick und sah an der Decke ein großes Einschußloch mit schwarzen Pulverspuren. Auf einem Klavier standen vier Champagnerflaschen. Zwei waren leer, eine halb voll, und eine vierte war gerade erst aufgemacht worden.

Plötzlich ging Wallander auf, was die Leute hier getan hatten, und die Erkenntnis traf ihn mit einer ebenso unmotivierten wie heftigen Wut. Sie hatten also hier gesessen, um sich ihren Sieg in der Volksabstimmung anzusehen. Er schluckte und sah sich um. Eine Zeitlang bekämpfte er mit Mühe seinen aufflammenden Zorn, bevor er sich fähig glaubte, in einem normalen Tonfall Fragen zu stellen. Der Gastgeber stand ruhig und abwartend hinter ihm und hatte die Hände auf den Rücken gelegt.

»Wir wollen versuchen, das Geschehen zu rekonstruieren«, begann Wallander mit mühsamer Ruhe. »Sie haben heute abend hier offenbar ein Essen gegeben, wie ich der Kleidung der Anwesenden entnehme. Nach dem Essen sind Sie nach oben gegangen, um fernzusehen. Ich nehme an, daß es um das Ergebnis der Volksabstimmung ging?«

»Das stimmt ... ja, viele von uns interessierten sich dafür. Wir wollten ja gern erfahren, wie die Sache ausgegangen war«, erwiderte der Gastgeber verbindlich, immer noch mit den Händen auf dem Rücken.

»Wie spät war es zu diesem Zeitpunkt?« unterbrach ihn Wallander.

»Zwischen zwanzig nach zehn und halb elf.«

»Aber die Wahl war zu diesem Zeitpunkt doch längst entschieden?«

»Das ist möglich, aber wir hatten ja ein Festessen.«

»Verzeihung?«

»Wir hatten ein Essen. Wir saßen bei Tisch, und das Essen war erst nach zehn zu Ende«, erwiderte der Gastgeber mit gerunzelter Stirn, da er offenbar nicht verstehen konnte, daß Wallander die Selbstverständlichkeit seiner Argumentation nicht aufging.

Wallander begriff immer noch nichts. Er sah jedoch die Falte auf der Stirn und beschloß, diese Art der Befragung bis auf weiteres aufzugeben und gleich zur Hauptsache zu kommen.

»Und was geschah, als die Täter das Zimmer betraten?« fragte er abrupt.

»Zwei maskierte Männer kamen dort herein ... durch diese Tür. Einer blieb an der Tür stehen, der zweite ging bis etwa hierher ... Der Mann, der hier auf dem Teppich stand, feuerte sofort einen Schrotschuß an die Decke. Das Ergebnis sehen Sie selbst.«

»Wo standen Sie in diesem Augenblick?« fragte Wallander.

»Ich stand dort drüben, bei den Champagnerflaschen«, entgegnete der Gastgeber ruhig und zeigte. »Ich war gerade dabei, weitere Gläser zu füllen.«

»Sie standen also fünf Meter von diesem Mann entfernt?«

»Es sind dreieinhalb Meter, aber dort habe ich gestanden.«

»Nun, und was geschah dann?«

»Der Mann, der hier stand, etwa hier, wo wir uns jetzt befinden, richtete seine Waffe auf uns und forderte uns in sehr entschlossenem Ton auf, uns ruhig zu verhalten. Angesichts der Situation vielleicht ein bißchen übertrieben ...«

»Aha, und was passierte dann?« fragte Wallander, der mit einer unmotivierten Aggressivität zu kämpfen hatte.

»Der Mann, der an der Tür stand, eröffnete dann ohne jede Vorwarnung das Feuer. Er erschoß die Doppelgrä... ähm ... er erschoß die Gräfin Wachtmeister-Hamilton mit zwei gutgezielten Schüssen ...«

Er zeigte auf die hintere der beiden zugedeckten Leichen, und Wallander folgte mit dem Blick dem ausgestreckten Arm des Mannes.

»Mit zwei Schüssen, sagten Sie?«

»Ja. Er gab einen Schuß ab. Ein guter Treffer. Dann repetierte er und feuerte erneut, aber ohne zu repetieren.«

»Hatten Sie den Eindruck, daß die Schüsse tödlich waren?«

»Ohne Zweifel. Beides waren gute Treffer. Herz-Lunge, sicher grobe Schrotkugeln.«

»Was haben Sie und Ihre Gäste da getan?«

»Wir haben absolut nichts getan. Zwei Schrotgewehre des Typs Pump Action besitzen eine große Überzeugungskraft.«

»Schrotgewehre des Typs Pump Action? Sind Sie da absolut sicher?« fragte Wallander, der jetzt mit seinem Mißtrauen gegenüber der Exaktheit der ihm gemachten Angaben kämpfte.

»Ja, dessen bin ich sicher«, entgegnete der Gastgeber mit dem

Anflug eines feinen Lächelns, das erneut Wallanders Wut aufflammen ließ. Da der Gastgeber ihm seine Reaktion offensichtlich anmerkte, folgte schnelle eine begütigende Erklärung.

»Herr Kommissar, Sie müssen schließlich bedenken, daß sämtliche Männer, die sich hier im Raum aufhielten, mit Waffen sehr vertraut sind«, fuhr er diplomatisch fort. »Ich meine, es war immerhin ein Jagdessen.«

»Was geschah dann?« unterbrach ihn Wallander abrupt.

»Der Mann, der hier mitten im Raum stand, hob die Hand, zog etwas aus der Tasche, das aussah wie ... ja, es war sogar ein Zeitungsausschnitt. Er sah ihn an, zerknüllte ihn und eröffnete dann erneut das Feuer. Jetzt schoß er auf die Gräfin Estelle Hamilton ... die also dort liegt ... Es ging sehr schnell. Er muß ein sehr guter Schütze sein.«

»Und sie starb auch auf der Stelle?«

»Soweit wir es beurteilen konnten, ja.«

Wallander ging zögernd ein paar Schritte ins Zimmer und trat dabei auf eine leere Schrotpatrone. Er bückte sich und hob sie erstaunt mit einem Kugelschreiber auf, den er in die verrußte Öffnung steckte, und hielt sie dann dem Gastgeber hin.

»Die Täter haben sich nicht die Mühe gemacht, ihre leeren Geschoßhülsen einzusammeln«, stellte er fest.

»Nein, es muß hier irgendwo im Zimmer vier leere Schrotpatronen geben. Das, was Sie da in der Hand halten, ist wahrscheinlich eine davon. Darf ich mal sehen?«

Wallander hielt ihm zögernd seinen Kugelschreiber mit der leeren Schrotpatrone hin. Es wurmte ihn, daß es Schrotpatronen hieß und nicht Geschoßhülse. Der Gastgeber zog langsam eine Lesebrille aus der Brusttasche und studierte den Text auf der Patrone, während er sie höflich drehte. Dann nickte er nachdenklich und bemerkte, es verhalte sich etwa so, wie er angenommen habe.

»Und was haben Sie angenommen?« fragte Wallander.

»Nun, es ist sogenannter Hirsch-Schrot, der für die Hirschjagd in Schweden nicht zugelassen ist. Neun große Bleikugeln in jeder Patrone, die auf kurze Entfernung sofort tödlich wirken. Sogar bei Wildschweinen, falls Sie verstehen ...«

Wallander verstand nicht, hatte andererseits aber auch keinen Anlaß, die Expertise des Gastgebers anzuzweifeln. Er hielt Ann-

Britt Höglund seinen Fund hin und gab ihr durch ein Kopfnicken zu verstehen, sie solle die restlichen Patronen aufsammeln. Sie streifte sich einen Plastikhandschuh über und zog dann noch eine Plastiktüte aus einer ihrer geräumigen Jackentaschen. Dann machte sie sich sofort ans Werk.

»Die Wachtmeister dort unten sagten, niemand dürfe hier im Raum etwas anrühren ...« bemerkte der Gastgeber mit einer Höflichkeit, der ein vorsichtiger Protest die Waage hielt.

Das war endlich ein Tonfall, der Wallander zusagte.

»Warum sagen Sie Wachtmeister?« fragte er ebenso plötzlich wie scheinbar unbegründet amüsiert.

»Nun ja, hm ... Estelle, ich meine die Gräfin Hamilton, die diese ... Herren bei sich hatte, sie nannte sie Wachtmeister.«

»Ich verstehe«, sagte Wallander. »Wir werden später darauf zurückkommen, doch lassen Sie mich zunächst fragen, ob Sie glauben, die von den Tätern verwendeten Waffen beschreiben zu können. Überlegen Sie sorgfältig, denn das kann wichtig sein.«

»Natürlich«, entgegnete der Gastgeber gemessen und warf Wallander einen zweifelnden Blick zu, als wäre er nicht ganz sicher, ob dieser einen Scherz gemacht hatte. »Es war ein Schrotgewehr des Typs Pump Action, Kaliber zwölf, vermutlich ein amerikanisches Fabrikat. Schwarze Läufe, und die sogenannte Pumpe und der Kolben waren dunkelgrün, eventuell tarnfarben, das heißt schwarz und grün.«

»Und dessen sind Sie sicher?«

»Natürlich.«

»Und wenn wir uns dann den beiden Tätern zuwenden, was können Sie über die sagen?«

»Männer, vermutlich Ausländer, gut gekleidet. Sie trugen sogar Anzug und Krawatte. Handschuhe an den Händen. Maskiert, trugen solche Wollkapuzen mit Sehschlitzen. Gute Schützen ... Vielleicht zwischen dreißig und vierzig Jahren, aber das läßt sich nur schwer sagen. Es ist schnell gegangen, sehr schnell.«

»Wie schnell?«

»Nun ja ... es sind natürlich solche Augenblicke, die man als *Ewigkeiten* auffaßt. Aber so ist es ja selten ... ich würde sagen, höchstens fünfzehn Sekunden seit dem Betreten des Raums, bis sie ihn verließen.«

Ann-Britt Höglund hatte inzwischen offenbar vier Schrotpatronen sowie einen Zeitungsausschnitt gefunden, die sie vor Wallander vielsagend hochhielt.

»Ja, so ist es ...«, bestätigte Wallander. »Wie viele Schüsse sind hier drinnen abgefeuert worden?«

»Es waren sechs Schüsse. Einer an die Decke, zwei auf Gräfin Wachtmeister-Hamilton und dann drei auf Estelle Hamilton.«

»Müßten wir hier dann im Zimmer nicht sechs leere Hülsen ... also sechs leere Schrotpatronen haben?«

»Nein. Das Interessante am Verhalten der Schützen war nämlich, daß sie nach ihrem letzten Schuß nicht repetierten.«

»Ich fürchte, ich kann nicht ganz folgen.«

»Ja aber ... das ist doch selbstverständlich.«

Der Gastgeber machte ein resigniert fragendes Gesicht, doch Wallander schüttelte nur den Kopf über das vermeintlich Selbstverständliche, das sich zumindest ihm nicht erschloß. Da holte der Gastgeber ungeduldig Luft, spannte sich an und begann von vorn. Jetzt sprach er plötzlich wie zu einem Kind.

»Bei diesem Waffentyp funktioniert es also wie folgt: Man gibt einen Schuß ab, worauf man mit der linken Hand nachlädt. Dann wird die leere Patrone hinausgeschleudert, und eine neue rutscht in den Lauf. Der Mann, der als erster schoß, gab einen Schuß ab, lud nach und schoß erneut. Der zweite Schütze machte es genauso. Folglich müssen sich im Raum vier leere Schrotpatronen befinden.«

Wallander wurde in seinen Überlegungen unterbrochen, als sich an der zerschossenen Decke und den Wänden blaue Lichtreflexe zeigten. Dann waren die Fahrgeräusche weiterer Wagen zu hören, die auf dem Kiesweg auf das Schloß zufuhren.

»Verzeihen Sie, wenn ich mich einmische«, sagte der Gastgeber, »aber müssen die ... nicht hier liegen bleiben?«

»Nein«, erwiderte Wallander schnell. »Die Krankenwagenbesatzung erhält sofortigen Zutritt zum Zimmer, und danach halten wir die Absperrung nicht mehr aufrecht. Sie können mit dem Aufräumen beginnen, sobald Sie ... na ja, sobald Sie es für richtig halten ...«

»Unser Fernsehzimmer ist also sozusagen kein Tatort mehr?«

»Doch«, gab Wallander zögernd zurück, während ihn eine neue Attacke von Bosheit befiel. »Dieser Raum wird für immer ein Tatort bleiben. Ihre Urenkel können ihn Touristen zeigen, aber die Polizei braucht ihn nicht mehr.«

»Diese letzte Bemerkung finde ich unverschämt«, kommentierte der Gastgeber, ohne sich aus dem Gleichgewicht bringen zu lassen oder die Stimme zu heben.

»Ja, das war sie«, bestätigte Wallander. »Ich bitte um Entschuldigung, aber jetzt gilt folgendes: Ich möchte Sie bitten, mit mir zu meinem Wagen hinunterzugehen, um sich zwei Waffen anzusehen. Dann wäre es mir lieb, wenn Ihre Gäste so schnell wie möglich nach Hause führen, jedoch mit einer Ausnahme.«

»Aber natürlich. Hier auf Vrångaholm haben wir der Polizei von Ystad immer zur Verfügung gestanden, zumindest in den letzten dreihundert Jahren«, entgegnete der Gastgeber mit einer ironischen Verbeugung.

Wallander erkannte, daß er die Ironie verdiente, und breitete die Arme in einer unbeholfen entschuldigenden Geste aus.

»Wir brauchen die Namen Ihrer sämtlichen Gäste und aller anderen Leute, die heute abend hier gewesen sein können oder denen bekannt war, daß Sie ein Fest gaben. Ich vermute, daß die sogenannten Wachtmeister da unten sich diese Informationen schon beschafft haben. Mir ist klar, daß es eine für Sie unangenehme Situation ist und daß ... ja, wer es wünscht, kann nach Hause fahren.«

»Aber?« fragte der Gastgeber mit ruhig hochgezogenen Augenbrauen.

».Genau. Es gibt ein Aber. Ich würde mich gern mit zwei, mindestens zwei Ihrer Gäste von heute abend unterhalten, bevor sie wegfahren. Und dann möchte ich Sie wie schon gesagt bitten, mit mir zum Wagen hinauszugehen, um sich etwas anzusehen.«

Der Gastgeber antwortete nicht, sondern machte nur eine höfliche Handbewegung zur Tür. Wallander brauchte eine ärgerliche Sekunde, bis ihm aufging, was damit gemeint war: Er sollte Ann-Britt Höglund den Vortritt lassen, was er jedoch gerade nicht tat. So verfluchte er sich auf der Treppe zum Erdgeschoß.

Dort trafen sie auf die Krankenwagenbesatzung und einige Sicherheitsbeamte aus dem Polizeibezirk Malmö, die links und rechts Befehle brüllten. Wallander drängte sich durch das Gewimmel zur Krankenwagenbesatzung durch, wies sich aus und sagte den Männern, sie könnten die Leichen mitnehmen, die im Obergeschoß lägen. Sie sollten sie zum Gerichtsmedizinischen Institut in Lund fahren. Anschließend führte er Ann-Britt Höglund und Claes Peiper den Älteren durch das Gewimmel zu seinem geparkten Wagen. Er legte die Hand auf den Türgriff zum Rücksitz, überlegte es sich anders, ging zum Fahrersitz und zog ein paar Handschuhe aus der Seitentasche, die er dem Mann im Smoking überreichte.

»Ziehen Sie die Handschuhe an, und sehen Sie sich die Waffen auf dem Rücksitz an«, befahl er kurz.

Der Gastgeber zog sich die Handschuhe an, tat es jedoch mit einer erhobenen Augenbraue, was etwas betonen sollte – wahrscheinlich, daß es ihm nicht gefiel, von irgendwelchen Wachtmeistern so im Befehlston herumkommandiert zu werden. Dann nahm er eins der Schrotgewehre an sich, nickte kurz und legte es zurück.

»Ja«, sagte er. »Ich kann natürlich nicht sagen, ob gerade diese Waffen verwendet worden sind, doch es steht fest, daß es dieser Waffentyp war, dessen sich die Mörder bedienten.«

»Gut«, sagte Wallander. »Es ist also wie folgt: Wenn es stimmt, was Sie da oben gesagt haben, müßten sich in den Läufen dieser Waffen leere Schrotpatronen befinden?«

»Das läßt sich unmöglich sagen«, entgegnete der Gastgeber und hob erneut die Augenbraue. »In dem Augenblick, in dem sie das Zimmer dort oben verließen, befanden sich die leeren Patronen auf jeden Fall noch in den Läufen.«

»Nun ja«, sagte Wallander, den erneut etwas irritierte, was er nicht klar definieren konnte. »Versuchen wir es doch mal. Sie wissen ja, wie man sich anstellt, und außerdem haben Sie Handschuhe an. Können Sie einmal durchladen?«

Der Gastgeber sah ihn mit einer Miene an, die Wallander erkennen ließ, was der Mann dachte: Als würde seine *Fähigkeit* angezweifelt, eine Waffe durchzuladen. Vermutlich beherrschte er diese Kunst bei jeder der auf der Welt existierenden Waffen. Dann lud er durch und hielt die Waffe vorsichtig über den Rücksitz des Wagens, so daß die leere Schrotpatrone auf die Polsterung fiel und nicht zu Boden.

Wallander nickte und gab Ann-Britt Höglund ein Zeichen. Diese kramte ihre Plastiktüte hervor. Dann wiederholte der Gastgeber das Durchladen bei der zweiten Waffe – mit dem gleichen Ergebnis.

»Gut«, sagte Wallander. »Sie sind uns eine sehr große Hilfe gewesen, Herr Peiper.«

»*Herr?*« sagte der Gastgeber und hob zum drittenmal die Augenbraue.

Wallander kam plötzlich der Gedanke, daß der Graf auf Vrångaholm noch nie in seinem Leben mit Herr angeredet worden war, sofern es nicht beleidigend gemeint gewesen war. Wallander blickte zu Boden und versuchte seine Gedanken auf das Wesentliche zu konzentrieren, was ihm ungewöhnlich schwerfiel.

»Was wollen wir jetzt tun, *Herr* Kommissar?« frage der Gastgeber mit einer förmlichen Höflichkeit, die den ironischen Unterton bei der Aussprache von *Herr* nicht im mindesten verbarg.

»Also!« sagte Wallander ungerührt. »Wie ich schon sagte, würde ich mich gern mit einem Ihrer Jagdgefährten unterhalten, der sozusagen in guter Verfassung ist, und sobald wir wissen, daß wir die Namen aller haben, die hiergewesen sind … das haben wir doch? Nun ja, Sie können Ihre Gäste bitten, nach Hause zu fahren, wie immer es ihnen paßt.«

Der Gastgeber warf einem melancholischem Blick auf seinen Schloßhof, der jetzt von Krankenwagen, zivilen Polizeiautos und Streifenwagen sowie blitzendem Blaulicht beherrscht wurde.

»Wirklich, dann werden wir wohl eine Art Transportdienst damit betrauen müssen«, sagte er kurz und ging mit entschlossenen Schritten auf das Haus zu.

Wallander sah ihm lange nach und schüttelte den Kopf. Sein erstes Gefühl, daß etwas in rein polizeilicher Hinsicht grundlegend falschgelaufen war, war durch etwas anderes abgelöst worden, was er sich nicht klarmachen konnte. Das hier waren ganz einfach ungewöhnliche Menschen, die nicht in derselben Welt lebten wie er selbst. Er wurde in diesen Überlegungen gestört, als Ann-Britt Höglund laut hinter seinem Rücken loskicherte. Als er sich fragend umdrehte, um zu erfahren, was so lustig war, führte sie die Hand nur ein paarmal zum Kopf, als wollte sie auf Trunkenheit oder Verwirrung hindeuten, und dann lachte sie.

»Was glaubst du wohl, wie die Essensgäste normalerweise nach Hause kommen?« fragte sie, um ihr Verhalten zu erklären.

Wallander begriff immer noch nichts.

»Ich meine, mit dem Auto«, fuhr sie fort. »Wahrscheinlich aber nicht von einem Hof, auf dem es von Bullen wimmelt …?«

Wallander nickte und zeigte mit einem dünnen Lächeln, daß er endlich kapiert hatte. Er schloß den Wagen ab und forderte sie auf, mit ihm wieder ins Haus zu gehen.

Auf dem Weg dorthin legte er den Arm um sie, als wollte er sie beschützen, doch es konnte auch eine Geste der Hilflosigkeit sein.

»Verstehst du dich auf solche Menschen?« fragte er, als wäre die Frage selbstverständlich.

»Nein«, gab sie zurück. »Die sind nicht wie wir, das dürfte es sein. Warum hast du ihn da oben bei den Leichen verhört?«

»Gute Frage«, seufzte Wallander. »Strenggenommen hätte ich das wohl nicht tun dürfen, es sei denn, er wäre verdächtig.«

»Das ist er doch nicht?«

»Aber nein«, erwiderte Wallander mit einem schnellen unterdrückten Lachen. »Aber nein, sonderlich verdächtig ist er nicht gerade. Ich habe mich nur gefragt, ob er es schafft, sich auf Dauer so zu benehmen. Und das konnte er tatsächlich. Verdammt merkwürdige Menschen.«

Als sie das Haus betraten, stellte sich heraus, daß die Sicherheitspolizei inzwischen »übernommen« hatte. Das war zumindest die Erklärung, die einer der aufgeregten Gäste gab. Wallander wurde erneut wütend und ging mit langen und entschlossenen Schritten in den Salon hinein, in dem die Gäste noch immer wie Gefangene gehalten wurden. Er blieb in der Tür stehen und brüllte laut, wer jetzt nach Hause fahren wolle, könne es tun. Auf jede nur vertretbare Weise, fügte er vorsichtig hinzu.

Ein Mann in einem dunklen Anzug, den er noch nie gesehen hatte, rannte zu ihm hin und hielt einen Polizeiausweis hoch. Er stellte sich als Polizeioberrat bei Säk, Abteilung Malmö, vor und meinte indiskret laut, es komme nicht in Frage, die Arbeit abzubrechen.

»Welche Arbeit denn?« fragte Wallander in dem übertriebensten Schonen-Dialekt, den er aufbieten konnte.

»Falls Sie erlauben, hier läuft eine Fahndung gegen zwei Doppelmörder«, teilte der Polizeioberrat in einem sehr lauten Tonfall mit, der alles Gemurmel im Raum ersterben ließ.

»Aber nein«, unterbrach ihn Wallander mit der gleichen Parodie von Schonen-Dialekt. »Die Polizei von Ystad hat die Mörder schon festgenommen. Sie befinden sich in sicherer Verwahrung!«

Es wurde totenstill im Raum. Wallander nutzte blitzschnell seine Überlegenheit aus.

»Ja, meine Damen und Herren, es ist für Sie alle ein schwerer Abend gewesen, und wir von der Polizei wollen Ihnen nicht noch unnötigen Kummer machen. Ich schlage vor, daß Sie sich alle nach Hause begeben, und zwar so, wie Sie es selbst am geeignetsten finden.«

Seine Worte zeigten eine unmittelbare Wirkung. Die Leute erhoben sich und verließen das Zimmer. Jemand ging zu dem Telefon, das sich im Raum befand, während andere vermutlich zu Telefonen in anderen Teilen des Hauses unterwegs waren. Da es sich um Menschen handelte, die in einem bestimmten konservativen Sinn alle wohlerzogen waren, sich aber andererseits nicht ohne weiteres von einfachen Staatsbeamten einschüchtern ließen, deren Titel »Polizeioberrat« sie kaum mehr erschreckte als »Wachtmeister«, brach jetzt alle sicherheitspolizeiliche Disziplin einfach zusammen.

Der Polizeioberrat packte Wallander an den Revers, als er gerade das Zimmer verlassen wollte.

»Hör mal! Wie war noch dein Name?« fauchte er.

»Wallander von der Polizei in Ystad«, erwiderte Wallander und entfernte die Hände des Vorgesetzten demonstrativ langsam von seinen Revers.

»Oh, Teufel auch, bist du dieser Wallander, der …«

»Genau«, bestätigte Wallander. »Der bin ich. Und dies ist mein Fall. Dies ist der Polizeidistrikt von Ystad. Und wenn du dich mit mir anlegen willst, mußt du bitte ›Polizeidirektor‹ Björk in Ystad anrufen.«

Wallander machte sich frei und suchte erneut seinen Gastgeber auf, der einige Schritte hinter ihm gewartet hatte.

»Hier entlang«, sagte der Mann und wies mit dem Arm den Weg. Wallander war jetzt besser vorbereitet als beim letzten Mal und schob seine jüngere Kollegin demonstrativ vor sich her in die Richtung, die ihnen gewiesen worden war.

Sie betraten eine Küche, in der zwei Frauen und ein Mann saßen. Die eine Frau war die Gastgeberin, die zweite war mit dem Mann gekommen. Dieser hatte sein Smokingjackett hinter sich auf einen Stuhl gehängt und seine Fliege aufgeknotet. Sein Hemd war blutig. Alle drei hatten ein Weinglas vor sich.

Wallander schloß die Tür hinter sich. Der Gastgeber hatte sich voller Feingefühl zurückgezogen. Wallander stellte sich und Ann-

Britt Höglund vor. Beiden wurde ein Stuhl angeboten, und beide lehnten mit einer Handbewegung das Glas Wein ab, das die Gastgeberin ihnen automatisch anbot, und setzten sich.

»Ich habe nicht viele Fragen. Es geht um das, was wir Polizeibeamten Kontrollfragen nennen«, begann er leise, als wäre das, was er zu sagen hatte, weder schwer verständlich noch langwierig. »Darf ich fragen, warum du Blut am Hemd hast? Ich schlage vor, daß wir du zueinander sagen. Wie heißt du übrigens?« fuhr er fort.

»Rick Blixen«, erwiderte der Angesprochene schnell. »Ich habe nichts dagegen, daß wir uns duzen. Das Blut stammt von der Doppel… von einer der ermordeten Frauen. Wir haben versucht, etwas zu unternehmen, doch es war hoffnungslos. Man muß es aber versuchen, so empfindet man es wenigstens in einem solchen Augenblick. Das kann ich jetzt so sagen …«

»Ich glaube, ich habe nur eine Frage«, unterbrach ihn Wallander und rieb sich die Nasenwurzel, als dächte er nach. »Eine einzige Frage. Ich möchte dich bitten zu beschreiben, in welcher Reihenfolge die Schüsse fielen, wie viele Schuß abgefeuert wurden und welchen Waffentyps sich die Täter bedienten.«

»Ist es wahr, daß Sie die Täter gefaßt haben?« meldete sich jetzt die Gastgeberin mit einem Enthusiasmus, der in Wallander die Phantasievorstellung weckte, sie würde sich im nächsten Augenblick auf ein Telefon stürzen.

»Ja, das ist wahr, doch dazu kommen wir später«, sagte Wallander und hielt abwehrend eine Hand hoch. »Aber wenn wir jetzt zu meiner Frage zurückkommen könnten?«

»Es wurden sechs Schuß abgegeben«, begann Blixen konzentriert und faßte sich an die Stirn, als überlegte er. »Der Mann an der Tür gab zwei Schuß ab, der Mann, der mitten im Zimmer stand, vier Schuß, wovon der erste an die Decke gefeuert wurde. Alle Schüsse trafen. Die Waffen waren Gewehre des Typs Pump Action, Kaliber zwölf, würde ich zu behaupten wagen.«

»Würdest du ihre Waffe wiedererkennen, wenn du sie vor dir hättest?« fragte Wallander etwas müde, als handelte es sich um eine höchst hypothetische Frage.

»Ja, den Waffentyp, die Farbe des Kolbens und solche Dinge, ja, wahrscheinlich«, erwiderte Blixen zögernd.

Wallander gab Ann-Britt Höglund mit einem Kopfnicken ein

Zeichen. Sie erhob sich und bat Blixen, mit ihr hinauszugehen, um sich etwas anzusehen.

»Wir können dies jetzt abschließen«, sagte Wallander. »Sollten wir noch mehr wissen wollen, muß das bei einer späteren Gelegenheit geschehen, doch im Augenblick können wir die Polizeiarbeit in Ihrem Haus sicher beenden. Mir ist klar, daß es für Sie sehr unangenehm ist.«

»Ist es wahr, daß Sie die Täter gefaßt haben?« fragte die Gastgeberin nochmals. Sie machte ein Gesicht, als würde sie gleich explodieren, ob es nun stimmte oder nicht.

»Ja«, erwiderte Wallander. »Alles deutet darauf hin. Doch das bedeutet nicht, daß die Polizeiarbeit damit beendet ist. Wir haben zwei Mordopfer und zwei Mörder, und insoweit ist alles klar. Doch dann bleibt noch die Frage nach dem Warum. Damit auch die Frage, ob vielleicht noch andere als die Männer, die wir festgenommen haben, beteiligt gewesen sein können. Aus diesem Grund möchte ich Sie alle bitten, höchst vorsichtig zu sein, wenn unsere hochgeehrten Vertreter der Massenmedien von sich hören lassen. Aber das ist für Sie ohnehin eine Selbstverständlichkeit, wie ich annehme.«

Es wurde vollkommen still im Raum. Wallander fiel auf, daß er sich auf irgendeine Weise schon wieder danebenbenommen hatte, konnte aber nicht verstehen, warum. Es kam ihm nicht besonders wahrscheinlich vor, daß die Menschen, die er jetzt vor sich hatte, ein übertriebenes Verständnis für das unerläßliche Recht der freien Presse haben könnten, das Elend jedes einzelnen in der Öffentlichkeit breitzutreten. Die beiden Frauen vor ihm immerhin waren Menschen, die mit Ja für den Anschluß Schwedens an ausländische Oberhoheit gestimmt hatten; die Champagnerflaschen da oben am Tatort hatten einen starken Eindruck auf ihn gemacht, den er immerzu aus dem Kopf zu bekommen versuchte. Mord war Mord und mußte aufgeklärt werden, mochten die Opfer vielleicht auch das eine oder andere verdient haben.

»Jetzt ist es so«, sagte die Gastgeberin zögernd und drehte das Weinglas zwischen den Fingern, »daß ich zufällig Journalistin bin. Ich bin Reporterin bei der *Sydsvenskan*.«

»Oh, Teufel auch«, entfuhr es Wallander spontan. »Das ist gar nicht gut … Also, ich meine also, daß ich nichts dagegen habe, daß du

Journalistin bist. Aber … Darf ich fragen, ob es in rein technischer Hinsicht möglich ist, daß morgen etwas in deiner Zeitung steht?«

»Nein, das ist unmöglich. Wir sind schon längst in Druck gegangen.«

»Das ist im Grunde schon erfreulich«, sagte Wallander. »Abgesehen davon, daß uns Polizisten nie gefällt, wenn unsere laufenden Verbrechensermittlungen in den Medien allzu ausführlich beschrieben werden … haben wir tatsächlich Probleme mit den Angehörigen. Habt ihr von hier aus schon einigen Angehörigen etwas mitgeteilt?«

Leises Kopfschütteln war die Antwort. In diesem Moment kamen Blixen und Ann-Britt Höglund wieder, und Wallander brauchte nur ihren Blick zu sehen, um zu erkennen, daß Blixen die gleichen bemerkenswert exakten Beobachtungen gemacht hatte, was die in Verwahrung genommenen Waffen betraf, wie der Gastgeber.

Wallander nickte seiner Kollegin zu, doch dann verlor er den Faden. Er betrachtete die Gastgeberin, die vor ihm saß, sah die hellblauen Linien um die Augen, deren Umrisse sich aufzulösen begannen. Sonst deutete nichts darauf hin, daß sie in einen Doppelmord verwickelt war. Augenzeugin eines Doppelmordes geworden war, korrigierte er sich. Dann sah er zu dem Mann hinüber, der Blixen hieß. Die gleiche korrekte Teilnahmslosigkeit, sogar die Smokingfliege saß jetzt plötzlich perfekt am Kragen des blutigen Hemds. Diese Menschen kamen Wallander nicht wirklich vor, und er konnte sich nicht dazu durchringen, was er eigentlich von ihnen hielt. Er war nur selten Angehörigen der Oberschicht begegnet und schämte sich, weil er bei ihnen Züge entdeckte, die er durchaus schätzte. Als Zeugen waren sie offenbar nicht zu überbieten. Zumindest wenn es in ihren Kreisen zu Morden kam und es dabei um Schußwaffen ging.

»Und was tun wir jetzt?« fragte die Gastgeberin ungeduldig und machte erneut eine Miene, als wollte sie sich auf das nächstgelegene Telefon stürzen. Es hing übrigens in nur wenigen Metern Entfernung an der Küchenwand.

»Nun!« sagte Wallander und riß sich von seinen belanglosen Überlegungen los. »Es ist sehr wichtig, daß die Angehörigen benachrichtigt werden, bevor etwas in den Massenmedien herauskommt. Normalerweise ist das Aufgabe der Polizei.«

»Und wie geschieht das?« fragte die Gastgeberin mit unüberhörbarer Neugier, fast amüsiert, als hielte sie jetzt schon ihren Reporterblock in der Hand.

»Wenn wir die Opfer identifiziert haben, werden Anweisungen erlassen, und der Polizeidistrikt, in dessen Bereich die Angehörigen ihren Wohnsitz haben, schickt einen Streifenwagen los, und dann … ja, und dann kommt diese alptraumhafte Szene. Alptraumhaft sowohl für die jungen Beamten, die diesen Job erledigen müssen, aber auch für die Angehörigen. Ungefähr so.«

Es war still im Raum. Niemand kommentierte das Gehörte, und es wurden auch keine Fragen gestellt. Wallander hatte wieder dieses eigenartige Gefühl, ins Fettnäpfchen getreten zu sein, als hätte er Regeln verletzt, die normalen Menschen nicht bekannt sind.

Doch jetzt stand immerhin eine Aufgabe bevor, die erledigt werden mußte. Er holte tief Luft und entschloß sich, es so schnell wie möglich hinter sich zu bringen.

»Da Ihnen die beiden Opfer bekannt waren, wissen Sie sicher auch, wer ihre nächsten Angehörigen sind«, stellte er in einem Ton fest, der ein Versuch sein sollte, berufsmäßig zu klingen.

Die anderen im Raum nickten nur. Keiner antwortete.

»Aha«, fuhr er unsicher fort und verstummte dann kurz, um einen Notizblock aus einer Jackentasche zu ziehen und einen Kugelschreiber aus der Brusttasche.

»Das Opfer, das der Tür am nächsten lag. Wenn wir mit ihr anfangen könnten. Wie hieß sie?«

»Estelle Hamilton«, erwiderte Blixen einen Sekundenbruchteil vor den anderen.

Wallander fühlte sich eigenartig beobachtet, als er den Namen hinkritzelte. Etwas stimmte hier nicht, soviel war ihm klar.

»Aha«, sagte er leichthin, »und wer sind ihre nächsten Angehörigen?«

Es wurde still im Zimmer. Es war ein Schweigen, das nicht weichen wollte.

Wallander blickte hoch. Er machte ein fragendes und unsicheres Gesicht, als er von einem zum anderen blickte, während er seinen Kugelschreiber hochhielt.

»Wissen Sie das wirklich nicht?« fragte die Gastgeberin und riß die Augen auf. Jetzt sah sie zum ersten Mal erschüttert aus.

»Nein«, entgegnete Wallander mürrisch, »das weiß ich nicht. Aber Sie wissen es offenbar?«

»Hamilton«, sagte die Gastgeberin.

Alle Anwesenden blickten Wallander starr an und bestätigten mit den Blicken, was er soeben gehört hatte.

»Jaaa ...«, sagte er unsicher und machte mit dem Kugelschreiber eine vielsagende Geste. »Das kann man sich ja schon denken, aber wenn Sie die Angabe vielleicht präzisieren könnten?«

»Hamilton«, wiederholte die Gastgeberin. »Carl Gustav Hamilton, der neue Chef der Sicherheitspolizei. Estelle war seine Mutter.«

Erik Ponti hörte die Meldung im Autoradio, als er zur Arbeit fuhr. Seine ersten Gedanken drehten sich ausschließlich um praktische Dinge. Sein bestens geplanter Arbeitstag würde chaotisch verlaufen, und er würde Unmengen von Zeit anderen Dingen widmen müssen als denen, die er sich vorgenommen hatte, und außerdem würde er eine besonders lange und geschwätzige Konferenz zu Beginn des Arbeitstages absitzen müssen. Folglich würde die schlechte Laune nicht lange auf sich warten lassen. Beim *Echo des Tages* hatte nämlich ein neuer Chef seinen Dienst angetreten, ein moderner schwedischer Vorgesetzter mit Krawatte und Jackett, der von außerhalb kam und folglich den Job nicht beherrschte. Folglich hielt er lange Konferenzen ab, bei denen er vorwiegend selbst redete, während die Mitarbeiter sich drehten und wanden und auf die Uhr sahen und das Gefühl hatten, als wären sie auf dem Weg zu einer Direktsendung irgendwo mit der U-Bahn steckengeblieben. Der frühere Chef hatte sich aus dem Staub gemacht und war zum Fernsehen gegangen, obwohl er ständig versichert hatte, er habe keinerlei Pläne in dieser Richtung. Doch Erik Ponti hatte darauf gesetzt und bei einer Wette tausend Kronen gewonnen. Diese Leute, die zum Fernsehen wollten, um dort ihre »Kommentare« zu allem und jedem abzugeben, waren leicht zu erkennen.

Etwa in solchen Bahnen verliefen seine ersten Gedanken. Als er vor dem Gebäude von Sveriges Radio parkte und nach Münzen für den Parkautomaten suchte, durchdrang die Nachricht schließlich seinen beruflichen Schutzpanzer, so daß sein Denken auch die eigentliche Tragödie streifte. Hamiltons Mutter war also ermordet worden. Erst seine frühere Frau und Tochter, im vorigen Sommer. Dann jetzt, in diesem Sommer, seine zweite Frau und sein Sohn. Und gestern seine Mutter.

Er versuchte kurz, sich Hamiltons Situation im Augenblick vorzustellen, wischte die jedoch im doppelten Sinn hoffnungslose Phantasie schnell beiseite und kehrte zu dem Konkreten zurück; er war nun einmal so. Er war seit dreißig Jahren Reporter, und wenn er jetzt von einem Erdbeben in Kalifornien hörte, dachte er nicht zuerst an Tausende toter Menschen, sondern daran, was die neun Stunden Zeitunterschied rein praktisch für den örtlichen Rundfunkkorrespondenten bedeuteten. Dann überlegte Ponti, ob der Mann schon seinen Beitrag fertig hatte und wann dieser gesendet werden konnte.

Wenn Hamilton selbst ermordet worden wäre, hätte es die Sendung des Tages wirklich durcheinandergewirbelt, doch Gott sei Dank ist es nur seine Mutter, dachte Erik Ponti, als er im Korridor auf sein Zimmer zuging. Auf dem Schreibtisch lag der Zettel, den er dort erwartet hatte. Er nahm ihn an sich, zog den Mantel aus und tat, wozu ihn der Zettel aufforderte – er begab sich zum Konferenzraum.

Als er zu den anderen Angehörigen der Führungsgruppe in den Raum trat, zur Begrüßung mit dem Kopf nickte und sich setzte, stellte er fest, daß es in etwa so traurig aussah, wie er es sich vorgestellt hatte. Der neue Chef war gerade dabei zu erklären, wie wichtig es sei, daß das *Echo des Tages* bei der Berichterstattung über die gestrige Volksabstimmung gute Arbeit leiste. Die Zuhörer erwarteten nicht nur, das Ergebnis zu erfahren, das ihnen vermutlich schon bekannt sei, erklärte der neue Mann. Die Hörer wollten auch Kommentare, nicht nur von der siegreichen Ja-Seite, sondern vielleicht ebensosehr von den Verlierern, der Nein-Seite.

Erik Ponti seufzte laut und demonstrativ, was ihm ein vorsichtig zustimmendes Lächeln der beiden Inlandsreporter eintrug, die schon seit zehn Minuten die moderne Menschenführung hatten ertragen müssen.

Auf die übrigen Nachrichten des Tages eingehend, beurteilte der neue Chef den Mord an der Mutter des Säpo-Chefs als wichtiges Ereignis, dem man ebenfalls Aufmerksamkeit widmen müsse. Diese Sache werde in den Aushängen der Abendpresse vermutlich genauso groß aufgemacht werden, vielleicht sogar noch größer, als das Ergebnis der Volksabstimmung, doch das sei für einen seriösen

Nachrichtenvermittler kein Grund, sich von der Sensationsmacherei mitreißen zu lassen.

»Je schneller du damit aufhörst, dummes Zeug zu reden und hier den Chef zu spielen, um so schneller können wir mit der Arbeit anfangen«, unterbrach ihn Erik Ponti so plötzlich, daß es ihn selbst erstaunte.

Es wurde sehr still im Raum. Der Chef schloß fest die Augen, als konzentrierte er sich oder als bekämpfte er eine Schmerzreaktion. Dann zeigte er wie ein Militär mit der ganzen Hand auf Erik Ponti.

»Kannst du erklären, was du damit meinst?« sagte er mit einem unbeabsichtigten Wechsel in die Stimmlage eines Baritons.

»Ja, das kann ich«, entgegnete Erik Ponti. »Ich wünsche dir viel Glück bei deiner weiteren Karriere, damit du möglichst schnell Landeshauptmann wirst oder was du dir sonst als Ziel deiner Laufbahn vorgestellt hast. Aber wir haben wirklich sehr viel zu tun, und diese Arbeit wird liegenbleiben, wenn du weiterhin die Grundsätze der modernen Menschenführung an uns ausprobierst. Können wir statt dessen nicht zu den konkreten Dingen übergehen?«

Erik Ponti hatte seiner Stimme bei den letzten Worten einen fast flehentlichen Tonfall gegeben, als wollte er trotz seiner groben Beleidigung tatsächlich einen Streit vermeiden. Er registrierte, daß es wohl tatsächlich so war, und stellte überdies fest, daß er eigenartigerweise nicht mal einen spürbar höheren Puls bekommen hatte, daß er etwas sagte, worüber er schon seit mehr als einem Monat nachdachte.

Der neue Chef hängte sich schnell an diesen flehentlichen Tonfall an, kletterte schnell an Bord und entging damit einer sofortigen Schlacht vor der versammelten Führungsgruppe.

»In Ordnung«, sagte er demonstrativ zurückhaltend, »dann machen wir es so. Was machen wir also in der zweiten großen Frage des Tages? Was meinst du, Hempel?«

Der Inlandschef Hempel hörte die Frage nicht, da er gerade an seinem Hörgerät herumhantierte. Er begriff jedoch rasch und steckte das Hörgerät ins Ohr, worauf die Frage wiederholt wurde.

»Wir haben einen vorläufigen Geschäftsplan«, begann er, ohne auch nur mit einer Miene zu zeigen, ob seine Wortwahl grobe Ironie über die modernen Führungsgrundsätze oder ein gedanklicher Lapsus war. »Erstens wird die Polizei in Ystad in einer Stunde eine

Pressekonferenz geben. Einer von uns ist dorthin unterwegs. Zweitens arbeiten wir daran, Angehörige oder Zeugen aufzutreiben, die erzählen können, was passiert ist, falls die Polizei es nicht tut. Drittens könnte ich mir irgendeinen Kommentar seitens der Polizei vorstellen, nämlich ob es stimmt, wie es heißt, daß Hamiltons Mutter von zwei Sicherheitsbeamten begleitet wurde.«

»Kommentar seitens der Polizei?« fragte der neue Chef und machte ein scharfsinniges Gesicht. »Warum denn das?«

»Weil man sich fragen muß, wie es kommt, daß jemand, der Sicherheitsbeamte bei sich hat, in ihrem Beisein ermordet wird. Wir haben nämlich Sicherheitsbeamte für hundert Millionen Kronen in dem neuen Schweden«, erwiderte der Inlandschef müde.

»Aha, ich verstehe«, sagte der neue Chef. »Aber auf einen Kommentar des Säpo-Chefs können wir wohl nicht hoffen, oder? Was meinst du, Erik?«

»Nein, das glaube ich nicht«, erwiderte Erik Ponti. »Ich kann natürlich anrufen und fragen, aber die Aussichten dürften minimal sein.«

»Gut!« sagte der neue Chef. »Du kümmerst dich um alles, was mit Hamilton persönlich zu tun hat, und die Inlandscrew kümmert sich um die Polizei und derlei. Können wir so verfahren?«

Kaum hatte er die Frage ausgesprochen, erhoben sich alle Anwesenden.

Auf dem Weg hinaus wurde Erik Ponti nicht ganz überraschend von dem neuen Chef zurückgehalten, der ein paar Worte mit ihm wechseln wollte; Ponti erhaschte noch ein munteres und schadenfrohes Blinzeln eines der Kollegen, der anders als er selbst jetzt endlich arbeiten konnte.

»Okay«, sagte der neue Chef, als sie allein waren. »Wozu diese Obstruktion bei unseren Konferenzen? Ich finde das nicht besonders konstruktiv.«

»Du findest, ich mache dir das Leben schwer?« fragte Erik Ponti mit entwaffnender Heiterkeit.

»Ja, wenngleich das ein wenig salopp ausgedrückt ist«, sagte der Vorgesetzte mit angestrengt bewahrter Selbstsicherheit, da alles andere mit seiner Körperhaltung unvereinbar gewesen wäre.

»Das liegt nur daran, daß du die Zeit mit soviel Gefasel vertust«, fuhr Erik Ponti fort. »Du mußt verstehen, daß es passende und unpassende Momente gibt, uns deine Weisheiten zu vermitteln. Und gerade heute beispielsweise war der Augenblick selten unpassend.«

»Warum?«

Erik Ponti sah auf die Armbanduhr. Es war *tatsächlich* ein unpassender Zeitpunkt, eine Auseinandersetzung zu beginnen. Er hatte an ein Gewimmel eingehender Berichte aller Auslandskorrespondenten zu denken, an die Reaktionen der Welt auf den Eintritt Schwedens in die Europäische Gemeinschaft. Und dann die Sache mit Hamiltons Mutter.

Doch andererseits waren die Würfel schon gefallen, und die Auseinandersetzung mußte ohnehin damit enden, daß einer einen Rückzieher machte. Die allerschnellste Methode wäre vielleicht, einfach um Entschuldigung zu bitten, um sich dann sofort an die Arbeit zu machen. Doch mit einer solchen Lösung ließ sich schon eine langwierige und unangenehme Fortsetzung ahnen.

»*Warum* also?« wiederholte der neue Vorgesetzte ungeduldig und sehr entschlossen, als hätte er in Erik Pontis langer Bedenkzeit so etwas wie Unsicherheit geahnt.

»Weil wir gerade heute ungewöhnlich viel zu tun haben. Ich selbst muß eine Flut eingehender Berichte der Korrespondenten im Auge behalten. Ja, und dann ist da noch die Sache mit Hamilton. Und in dem Augenblick, *in dem Augenblick*, fängst du an, uns Unterricht in Journalismus zu erteilen – eine deiner immer wiederkehrenden Schwächen. Begreifst du nicht, daß du dich lächerlich machst, wenn ich davon absehe, daß du auch unsere Arbeiten sabotierst?«

Erik Ponti erkannte, daß er sich für den Kampf entschieden hatte. Er wollte ihn jedoch so kurz wie möglich halten, und das ausschließlich aus dem trivialen Grund, daß er es eilig hatte.

»Wenn es in der Führungsgruppe zu solchen Feindseligkeiten kommt«, begann der neue Vorgesetzte und betonte dabei mit großer Härte jedes Wort, »könnte für dich durchaus der Anlaß bestehen, über deine Stellung nachzudenken.«

»Jetzt hör mir mal zu, du Dummkopf«, entgegnete Erik Ponti mit einem demonstrativen Seufzen. »Im Gegensatz zu dir bin ich seit bald dreißig Jahren Journalist, und für die anderen Angehörigen der Führungsgruppe gilt in etwa das gleiche. Trotzdem müssen wir uns deine kleinen Seminare anhören. Den Konflikt, den du mit mir hast, hast du mit allen. Der Unterschied besteht möglicherweise darin, daß ich mich direkter äußere. Es kann aber auch sein, daß ich im Lauf meines Lebens schon zu viele Chefs kennengelernt und interviewt habe.«

»Wenn du meinst, keinen konstruktiven Einsatz in der Führungsgruppe zu leisten, solltest du dir überlegen, ob du nicht lieber die Konsequenzen ziehen solltest, finde ich«, erwiderte der neue Vorgesetzte und preßte plötzlich mit beiden Händen fest seine Ellbogen.

»Wie du weißt, ist dies ein Arbeitsplatz von öffentlichem Interesse«, erwiderte Erik Ponti und sah erneut auf die Armbanduhr. »Ein großer Krach zwischen dir und mir wird dich dumm dastehen lassen und deine weitere Karriere zerstören. Jede Form einer öffentlichen Diskussion, die einem solchen Krach unvermeidlich folgt, wird dazu führen, daß du dich lächerlich machst, genau das, wovor du am allermeisten Angst hast. Dies ist eine Warnung in aller Freundschaft, und jetzt muß ich wirklich an die Arbeit.«

»Und was ist, wenn ich dich feuere«, sagte der neue Chef in entschlossenem Tonfall und mit unentschlossener Miene.

»Falls du versuchst, mich zu feuern, wirst du über die weitere Entwicklung staunen, nicht zuletzt über die anschließende Diskussion. Du bist nur eine kleine Nummer hier in der Hierarchie, wenn auch ein höchst moderner Vorgesetzter, dem Begriffe wie *Geschäftsidee* leicht über die Lippen kommen. Aber du bist kein Journalist, nun, vielleicht bist du es jetzt gerade geworden. Wenn ich es nachsichtig ausdrücken soll, habe ich dir ein rundes Dutzend Journalistenpreise voraus. Mit anderen Worten: Quatsch nicht soviel bei unseren Konferenzen, sondern laß uns statt dessen arbeiten.«

Erik Ponti nahm das kurze Zögern seines Kontrahenten zum Anlaß, genau das zu tun, was seine Kollegen schon getan hatten – er ging.

Der Grund, daß er weder aufgeregt noch wütend war, als er sein Zimmer betrat, der bemerkenswerte Grund war die Tatsache, daß er keine Zeit hatte. Je nach Standpunkt konnte man dies als Berufskrankheit oder Professionalität bezeichnen.

Bevor er sich setzte, nahm er den Hörer ab, wählte die Nummer, die er auswendig kannte, 7368001, und ließ sich dann auf den Stuhl fallen.

Die Sekretärin, die am anderen Ende abnahm, war ihm unbekannt. Er erklärte mit automatischer Höflichkeit, wer er sei, gab seinem Verständnis dafür Ausdruck, daß der Säpo-Chef im Augenblick nicht gleich zur Verfügung stehe, und hinterließ eine Nachricht, wie und wann man ihn anrufen könne. Dann sah er erneut auf die Armbanduhr. Anschließend bewältigte er innerhalb von drei Minuten eine Besprechung und gewann einen vorläufigen Eindruck davon, wie die Begrüßung Schwedens durch die anderen europäischen Staaten sich im *Echo des Tages* ausnehmen würde.

Anschließend dachte er erneut über Hamilton nach. Plötzlich bekam er eine Ahnung von der Tragödie, denn als er die Ereignisse rekapitulierte, war das unvermeidlich. Er legte seinen Gefühlen und seiner Phantasie jedoch sofort Zügel an. Dann erkundigte er sich in seinem PC über Hamilton, las die Überschriften und die Verweise aufs Archiv.

Nachdem seine Frau, Teresia Corazón, und der Sohn Ian Carlos getötet worden waren, hatte der italienische Fernsehsender RAI 2 den Mafia-Boß interviewt, der als Hintermann der Morde galt, und dieser hatte eine bemerkenswerte Äußerung getan:

»Der Mann, der seine Familie nicht beschützen und verteidigen kann, ist kein richtiger Mann.«

Es folgten einige heuchlerische Vorbehalte: Der interviewte Mafia-Boß erklärte, es sei ihm natürlich vollkommen unbekannt, was in Stockholm geschehen sei, und seine Bemerkung sei ganz allgemein gewesen. Derlei machte sich gut im Fernsehen. Erik Ponti hatte die Kassette angesehen, von der die Äußerung stammte, und gesehen, wie der Mafia-Boß mit seiner zufriedenen Miene ausdrückte, daß er für die Tat verantwortlich sei, während sein Mund es pflichtschuldigst dementierte.

Im Rundfunk hatte er es beim letzten Mal nicht verwenden können, und diesmal würde es wahrscheinlich auch nicht möglich sein. Doch weiter mit dem Archivmaterial.

Also. Erst die Rekapitulation. Schwedische Geschäftsleute waren vor drei Jahren von der sizilianischen Mafia entführt worden. Hamilton und eine unbekannte Zahl ähnlicher Militärs hatten die Geiseln um einen recht hohen Preis befreit – es hatte zahlreiche tote Mafiosi gegeben.

Jetzt erkannte Erik Ponti, daß ihm die Arbeit trotz allem recht schnell von der Hand gehen würde. Bei Hamilton selbst gab es nicht sehr viel zu tun. Es blieb Erik Ponti nichts anderes übrig, als bestimmte Dinge zu rekapitulieren, da keine der in dieser Sache interessanten Personen einen Kommentar abgeben würde.

Nicht einmal dieser Mafia-Boß, obwohl sein früherer Kommentar sich auch heute noch gut machte.

Also weiter in der Vergangenheit graben. Teile der Arbeit waren schon fertig, und da konnte er gegenüber dem letzten Mal einiges an Zeit sparen.

Nach dem Debakel auf Sizilien schickte die Mafia Leute nach Stockholm. Zwei Mann versuchten, Hamilton vor dem Regierungsgebäude Rosenbad zu töten. Sie verwundeten ihn, doch er erschoß beide. Danach tötete ein anderes Team von Sizilien seine frühere Frau und seine Tochter. Wie hieß sie noch ... genau, Johanna Louise. Und danach glaubte jeder, es sei vorbei. Aber nein, dann töteten sie das Kind aus der ersten Ehe seiner Frau, den Vater des Jungen und außerdem einige Bedienstete in Kalifornien.

Erik Ponti bestellte einige Dinge aus dem Archiv und machte sich gleichzeitig Notizen auf seinem großen Schreibblock, eine Gewohnheit aus frühen Zeiten als Journalist.

Er zog einen Strich quer über den Block und sah erstaunt auf die Armbanduhr.

Mit dem Wahlsieg der Sozis wurde Hamilton überraschend zum neuen Säpo-Chef ernannt und nahm ebenso überraschend an.

Die neue Regierung hatte ihn gleichzeitig befördert und zwei Besoldungsstufen nehmen lassen. Sie hatten ihn zum Vizeadmiral ernannt, was zahlreiche Militärs erbost hatte. Das war im Augenblick unwesentlich, doch der Grund war unbestätigten Berichten zufolge, daß Hamilton Forderungen gestellt hatte: Er wollte deutlich erkennbar werden lassen, daß der Säpo-Chef keinesfalls dem Reichspolizeichef unterstellt war; es war wohlbekannt, was Hamilton über einen Reichspolizeichef dachte, »dessen Hauptarbeit bei Kinopremieren und frühmorgens auf Fernsehsofas bewältigt wird, was ein so großartiger Einsatz ist, daß er sich im Dienst genötigt sieht, vor Kindertagesstätten zu schnell zu fahren«. Etwa in der Richtung.

Dann kam der Mord an seiner Frau und dem Sohn. Man glaubte zu wissen, wie es passiert war und wer schuldig war – ein verschwundener ABAB-Wachmann.

In der Hinsicht war nicht viel zu tun, da blieb nur eine Rekapitulation. Später am Nachmittag würde man vielleicht die moralischen Fragen ansprechen können, da man hinterher immer schlauer ist. Beispielsweise die Frage, ob es richtig gewesen sei, Hamilton zum Säpo-Chef zu machen, obwohl über ihm selbst und seiner Familie diese ewige Todesdrohung geschwebt hatte.

Ebensogut konnte man das Ganze aber auch umdrehen, das vielleicht sogar lieber, um einen positiven Blickwinkel zu finden: Was für einen Sinn hatte Hamiltons Leben noch? Wo lag der positive Auftrag, dem er den Rest seines traurigen Lebens widmen sollte? Aha, der Chef der Säpo, natürlich. War dies der Gedankengang der Regierung gewesen, Lars Kjellsson? Natürlich hatte die Regierung so gedacht.

Und sachlich gab es keinerlei Grund, diese Einstellung zu ändern. Es war ja keineswegs so, daß die Mutter des Säpo-Chefs verschont worden wäre, wenn ... Nun ja, *Hamiltons* Mutter wäre nie verschont worden, welchen Beruf oder welche Funktion er in der schwedischen Gesellschaft auch gehabt hätte.

Ein interessanter Blickwinkel. Erik Ponti rief den neuen und alten Staatssekretär in der Kanzlei des Ministerpräsidenten an, Lars Kjellsson, staunte, daß er die alte Telefonnummer behalten hatte, und staunte ebensosehr darüber, daß am anderen Ende sofort abgenommen wurde.

Kurt Wallander verabscheute Pressekonferenzen. Das Gefühl des Unbehagens hielt sich und nagte noch nach zwei Tagen an ihm. Björk war hinterher über ihn hergefallen und hatte ihn wegen seiner sauren Miene kritisiert und gelinde gesagt eingehend das Recht der demokratischen Gesellschaft auf Offenheit dargelegt sowie auf die eindeutige Schuldigkeit der Behörden hingewiesen, mit den Medien zusammenzuarbeiten. An diesen Argumenten war intellektuell nichts auszusetzen, doch was Wallander gegenüber Björks demokratischer Gesinnung so mißtrauisch machte, war der spürbare Eifer, den der Polizeidirektor immer dann an den Tag legte, wenn er Anlaß sah, diese sehr spezielle Form der Demokratie umzusetzen. Außerdem gab es einen selbstverständlichen Gegensatz zwischen Medien und Polizei, besonders bei Ermittlungen in einem Mordfall, der noch nicht aufgeklärt war. Die Medienleute wollten möglichst viel erfahren und möglichst viele saftige Details in die Finger bekommen. Die Polizei hatte eher ein Interesse daran, möglichst viele Details für sich zu behalten, da es sich später als entscheidend erweisen konnte, ob ein Zeuge oder ein Verdächtiger wichtige Erkenntnisse aus den Zeitungen hatte oder nicht.

Doch jetzt hatte man glücklicherweise beide Täter erwischt. Oder richtiger: Durch Gottes Vorsehung oder durch das unverhoffte Eingreifen des notorischen Trinkers Åla-Nisse war die Flucht der beiden Täter sehr kurz geraten.

Wallander hatte mit Hilfe der Interpol-Sektion in Stockholm beide Täter identifizieren lassen Sie hießen Guido und Salvatore Sanglieri, waren entweder Vettern oder Brüder, jedenfalls Sizilianer. Sie hatten Verbindung zu derselben Mafia-Organisation, die schon einmal in der Nähe des Säpo-Chefs gewütet hatte. Der überlebende Mann, der unten in der Beobachtungsabteilung des Krankenhauses von Ystad allmählich wieder zum Leben erwachte, war Salvatore. Zwei Mann der Schutzpolizei hielten vor seiner Tür Wache, was vielleicht nicht ausreichend war, da die Medien inzwischen in Erfahrung gebracht hatten, wo sich der Mann befand. Sie hatten seinen Aufenthaltsort veröffentlicht. Die Ärzte weigerten sich jedoch, den »Patienten« aus ihrer Obhut zu entlassen, bevor er »ohne jedes medizinische Risiko« transportfähig war. Es wäre trotzdem bedeutend angenehmer für die Polizei gewesen, ihn in ihrem Gebäude in sicherer Verwahrung zu wissen.

Die Ärzte hatten für den Nachmittag ein kurzes Verhör des »Patienten« genehmigt, vorausgesetzt, daß es bis dahin keine medizinischen Komplikationen gegeben habe; der Mann habe eine schwere Gehirnerschütterung, einige Gesichtsverletzungen sowie vier gebrochene Rippen.

Die kleine Nebenermittlung in Sachen Åla-Nisse hatte Martinsson geführt. Dieser Teil der Gesamtermittlungen war inzwischen erledigt, und Wallander empfand einige Dankbarkeit darüber, daß der Fall jetzt auf dem Tisch des Staatsanwalts lag und daß dieser sich jetzt genötigt sehen würde, zu der Frage Stellung zu nehmen, ob gegen Åla-Nisse Anklage erhoben werden sollte oder nicht.

Martinsson hatte die Ermittlungsarbeit offenbar viel Spaß gemacht. Er hatte im Dienstzimmer von Björk mit seinen drastischen Formulierungen die halbe Morgenbesprechung bestritten.

Åla-Nisses wenig glaubwürdiger Version zufolge sei es auf der Straße nach Snogeholm vor allem deshalb zu dem Verkehrsunfall gekommen, weil die Ausländer wie die Irren gefahren seien, während er selbst sich geradezu mustergültig verhalten habe.

Åla-Nisse habe einen Bekannten unten in einer Fischerbude am Ufer des Snogeholmsees besucht. Dort habe man »über gemeinsam interessierende Fischereifragen diskutiert«, und danach sei er, Åla-Nisse, nüchtern natürlich, in langsamem Tempo nach Hause gefahren. Er leugnete, daß die Scheinwerfer des Traktors nicht eingeschaltet gewesen sein könnten, und wehrte sich entrüstet gegen jede Unterstellung, er fahre immer ohne Beleuchtung, wenn er betrunken sei. Das behaupteten seine Nachbarn.

Die Tatsache, daß er beim Eintreffen der Polizei weit später am Abend betrunken gewesen sei, sei darauf zurückzuführen, daß er sich aufgrund des Schocks ein paar kräftige Schnäpse hinter die Binde gegossen habe. Daß er sich vom Unfallort entfernt habe, sei darauf zurückzuführen, daß er möglichst schnell ein Telefon habe erreichen wollen, um einen Krankenwagen zu holen. Er selbst halte sich nicht für qualifiziert, Erste Hilfe zu leisten. Er behauptete auch, einen Krankenwagen gerufen zu haben, und konnte nicht verstehen, weshalb sein Anruf nirgends registriert war (offenbar war ihm nicht bewußt, daß solche Anrufe immer registriert werden, daß man sie außerdem auf Band aufnimmt und mit einem Zeitcode versieht). Er wies jede Verantwortung für eventuelle technische Mängel des Notrufsystems in Schonen von sich.

Damit wies er auch jede Anschuldigung zurück, die auf Unfallflucht hinauslief. Sein Traktor liege zwar noch am Unfallort, ja. Da könne er doch keine Unfallflucht begangen haben? Immerhin wisse jeder, daß es sein Traktor sei. Außerdem sei das auch an den Kennzeichen erkennbar, und überdies sei er auf direktem Weg nach Hause gegangen, um als guter und verantwortungsbewußter Staatsbürger einen Krankenwagen zu holen. Das könne man doch nicht als Unfallflucht werten?

Er bestritt auch den Vorwurf der fahrlässigen Tötung, nämlich weil er der Ansicht sei, die »Ausländer« hätten durch ihre irrsinnige Fahrweise den Unfall verursacht.

In dem letztgenannten Punkt widersprach die technische Untersuchung der Darstellung Åla-Nisses ganz entschieden. Die Techniker schätzten, daß Bremsspuren und die Schäden an den beiden Fahrzeugen darauf hindeuteten, daß der Wagen mit den beiden Tätern mit höchstens siebzig Stundenkilometern gefahren sei.

Wallander hatte dieser Angabe spontan Glauben geschenkt. Es erschien ihm logisch, daß zwei Berufskiller im Straßenverkehr nicht auffallen wollten, sondern ein normales Tempo hielten.

Die Männer hatten zwei Wagen gemietet, einen im Hafen von Malmö und einen weiteren auf dem Flughafen von Sturup. Sie hatten gefälschte Führerscheine und gefälschte Pässe gezeigt, die allerdings auf italienische Namen lauteten. Das ließ vermuten, daß sie nichts dagegen gehabt hatten, daß die Polizei in Schweden gerade italienische Staatsbürger verdächtigte – allerdings erst, wenn die Täter sich längst in Sicherheit gebracht hatten. Eine Art Gruß der Mafia, wie Wallander vermutete.

Wahrscheinlich waren die beiden gerade unterwegs gewesen, um den Wagen zu wechseln. Den zweiten Mietwagen hatte man jedoch noch nicht gefunden. Dann wäre der eine wohl mit dem Flugboot nach Kopenhagen gefahren, und der andere … nun ja, was auch immer.

Wahrscheinlich hätte man die Mörder nie erwischt, wenn nicht Åla-Nisse auf so dramatische Weise in den Ablauf der Ereignisse eingegriffen hätte.

Dieser würde wohl so gut wie ungeschoren aus der ganzen Sache herauskommen, und Wallander sah keinen Grund, sich darüber zu empören. Wenn Åla-Nisses Opfer gewöhnliche Bürger Schonens gewesen wären, ob sie nun aus einem Schloß oder einer Hütte stammten, hätten weder Polizei, Staatsanwalt noch Gericht große Umstände gemacht. Wahrscheinlich wäre er dann für all die denkbaren Delikte verurteilt worden, auf Jahre im Knast verschwunden und zum letzten Mal Traktor gefahren, zumindest legal.

Doch so wie die Dinge standen und angesichts dieses Glücks im Unglück würde der Staatsanwalt wahrscheinlich die Trunkenheit am Steuer und die Unfallflucht unter den Tisch fallen lassen und nur das Verkehrsdelikt und die fahrlässige Tötung vor Gericht bringen. Und dort würde Åla-Nisse zu seinem Erstaunen entdecken, daß sein Fall das Interesse der Massenmedien erregt hatte und er überdies so etwas wie ein Volksheld geworden war. Am Ende würde er mit einer kleineren Geldstrafe davonkommen. Rein juristisch wäre das natürlich total daneben, aber, wie Martinsson gesagt hatte, so ganz falsch konnte es doch auch nicht sein?

Es gab jedoch noch eine verkehrstechnische Frage, die bedeutend ernster war, da sie die Ermittlungen in dem Mordfall betraf. Wallander war nämlich der Ansicht, daß diese Ermittlungen noch längst nicht beendet seien, und das trotz der triumphalen Meldungen, die Björk neulich auf seiner Pressekonferenz verbreitet hatte.

An und für sich war es gut, daß Björk diese irrige Ansicht verbreitet hatte, so daß sie jetzt in allen Medien zu finden war. Dadurch blieb mehr Zeit zum Denken und Arbeiten.

Wallander nahm sich einen Notizblock und legte ihn auf seine fast leere Schreibtischplatte. Er hatte noch rund eine Stunde Zeit, bis er zum Krankenhaus hinunterfahren konnte, um festzustellen, ob der überlebende Mörder der schwedischen Polizei etwas zu sagen hatte.

Zeit und Ort, woher wissen? schrieb er oben auf das leere Blatt und unterstrich es zweimal.

Den Weg nach Vrångaholm zu finden war im Grunde nicht sehr kompliziert. Das Schloß war auch auf den Schonen-Karten verzeichnet, die in jedem Mietwagen lagen. Dort lag das Problem nicht.

Woher wußten aber zwei sizilianische Berufsmörder, daß das Opfer sich gerade an diesem Abend auf Vrångaholm aufhalten würde? Woher wußten sie, daß ihr Opfer nur zwei Sicherheitsbeamte bei sich hatte? Oder wußten sie sogar, daß ihr Opfer die Gewohnheit hatte, seine Sicherheitsleute wie etwas zu behandeln, was die Katze ins Haus geschleppt hatte? Woher wußten sie, daß sie in einiger Entfernung vom Schloß parken mußten, nämlich in einer Kurve der Allee, so daß man sie von der Position vor dem Haupteingang aus nicht sehen konnte, welche die Sicherheitspolizisten eingenommen hatten?

Wallander zeichnete das Schloß, die Allee und den Wagen mit den zwei Sicherheitsbeamten auf das leere Blatt.

Vielleicht haben sie ganz einfach improvisiert, dachte er. Gerade dieses Vorgehen schien nicht ganz unmöglich zu sein. Die Mörder parken vorsichtig ein Stück entfernt, in genügender Entfernung, um nicht gesehen zu werden, und in ausreichender Nähe zum Schloß, um schnell zum Wagen zurückkehren und flüchten zu können.

Sie entdecken die beiden Polizeibeamten, die sich übrigens in einem Auto befinden, das tatsächlich sehr deutlich verkündet, daß es ein ziviles Fahrzeug der Polizei ist. Die Sizilianer gehen um das Schloß herum, ohne entdeckt zu werden, da niemand im Haus in der Dunkelheit etwas sehen kann und weil die beiden »Wachtmeister« nun mal in ihrem Wagen sitzen.

Die Italiener mußten gesehen haben, daß die ganze Gesellschaft beim Essen saß. Warum sind sie da nicht einfach ins Haus gegangen? Waren sie so kalt und beherrscht, daß sie auf eine bessere Gelegenheit warten wollten? Was könnte besser sein als eine große Tafel, an der alle sitzen?

Die Täter konnten doch wohl nicht wissen, daß alle Essensgäste sich anschließend in einen kleinen Raum im Obergeschoß drängen würden? Außerdem war es kalt draußen. Wie schafften sie es dann, in ihren dunklen Anzügen Stunde um Stunde zu warten?

So konnte es sich also nicht abgespielt haben. Die Mörder mußten viel später gekommen sein. Waren sie darauf eingestellt gewesen, erst dann zuzuschlagen, als die Gäste das Schloß verließen? Hatten sie demnach vorgehabt, zunächst die beiden Sicherheitsbeamten zu erledigen?

Wallander erkannte, daß er auf seine selbstgestellten Fragen keine sonderlich überzeugenden Antworten erhalten würde. Das Wesentliche blieb, wie er die Angelegenheit auch drehte und wendete: Die Mörder mußten entweder von einem der Gäste, den Gastgebern oder von dem für den Abend angemieteten Personal, das bei Tisch auftrug und in der Küche abwusch, Informationen erhalten haben. Oder von einer Person, die mit jemandem aus diesem Personenkreis bekannt war.

Informationen von innen, schrieb Wallander und zog einen entschlossenen Strich unter seine Schlußfolgerung. Folglich befand sich ein Mittäter in diesem Augenblick auf freiem Fuß. Der Betreffende konnte überzeugt sein, daß die Polizei ihre Jagd nach den Mördern beendet hatte.

Bei den indirekten Kontakten zu rund zwanzig Personen konnte es um eine beträchtliche Zahl von Menschen gehen. Um also an den- oder diejenigen heranzukommen, die Planung und Durchführung der Morde möglich gemacht hatten, mußten zahlreiche

Menschen vernommen werden, überdies in einer unangenehmen Angelegenheit, die sich nicht mißverstehen ließ:

Wer außer Ihnen selbst wußte, daß Sie an diesem Abend zu einem Essen in Vrångaholm eingeladen waren?

Engagieren Sie bei solchen Festlichkeiten immer das gleiche Hilfspersonal?

Kann ein anderer hier im Haus diese Information erhalten und die Möglichkeit gehabt haben, sie an andere weiterzugeben? Wußten beispielsweise Ihre Kinder, wohin Sie gehen wollten und wie es bei solchen Essen zugeht?

Björk würde wahnsinnig werden. Er hatte Wallander schon verstohlen erklärt, man müsse bei eventuellen Verhören von Zeugen und Angehörigen »eine besondere Rücksicht an den Tag legen«, was immer das bedeuten mochte. Björk spielte Golf, war Mitglied des Rotary-Clubs und gelegentlich sogar schon zu Jagden auf Schlössern in Schonen eingeladen worden. Es gab viele, die den Hörer von der Gabel nehmen, Björk anrufen und ihrem »Erstaunen« oder ihrer »Irritation« Ausdruck geben konnten, was man wohl schon fast als Kraftausdrücke sehen mußte, nämlich darüber, daß so ein einfacher Polizist daherkam und den Säulen der Gesellschaft Schonens unangenehme Fragen stellte. Das würde gar nicht so leicht werden. Es könnte sich sogar die Frage stellen, ob man diesen ganzen Ermittlungsabschnitt nicht völlig fallenlassen mußte, obwohl es möglicherweise darum ging, eine oder mehrere Personen zu finden, die sich der Mittäterschaft schuldig gemacht hatten.

Wenn man den Willen dazu hatte, und Wallander rechnete damit, daß Björk ihn schon bald an den Tag legen würde, konnte man sich außerdem juristisch zu der Schlußfolgerung durchargumentieren, daß man die Jagd nach dem entscheidenden Informanten der Mörder abblasen mußte. Denn wenn man davon ausging, daß derjenige, der Informationen weitergegeben hatte, die später zu Mord führten, dafür nicht bezahlt worden war und den Ernst der Lage nicht begriffen hatte, war dies strafrechtlich nicht relevant.

Eine solche Person hätte sich vielleicht bei der Polizei melden sollen? Nun ja, aber das brauchte sie nicht, wenn wie jetzt in allen Zeitungen stand, daß der Fall erledigt sei.

Eine solche Person würde aber vielleicht im Bekannten- und Freundeskreis darüber reden. Damit würde es bei der bevorstehenden Reihe von Vernehmungen recht schnell bekannt werden. Und umgekehrt. Wenn bei den Ermittlungen kein solcher unschuldiger Informant auftauchte, lag die Schlußfolgerung nahe, daß man es mit einem schuldigen Informanten zu tun hatte.

Wallander sah voraus, daß es in diesem Punkt Krach geben konnte, und empfand überhaupt so etwas wie starke Unlust angesichts dessen, was getan werden mußte. Denn so sah er es: Es mußte getan werden.

Strohhalm, notierte er auf seinem Block und ging dann zu Björk, um zu fragen, ob die bei der Reichskripo angeforderten Akten schon gekommen seien. Das waren sie nicht. Er mußte sich mit der Telefonnummer eines Kommissars namens Rune Jansson beim Gewaltdezernat der Reichskripo begnügen. Es war dieser Jansson, der das gesamte Material über Hamilton in Händen hatte.

Als Wallander wieder in seinem Zimmer war, saß er zögernd vor dem Telefon, während er zerstreut in einer Aktenmappe mit dem gerichtsmedizinischen Gutachten blätterte. Es enthielt nichts Unerwartetes. Die Angaben, die er von einigen Teilnehmern des Essens mit ihren ungewöhnlichen Schußwaffenkenntnissen erhalten hatte, hatten sich in allen wesentlichen Punkten natürlich als korrekt erwiesen.

Der Strohhalm betraf die Möglichkeit einer Hintertür, um zu Erkenntnissen zu gelangen. Als die Sizilianer Hamiltons Frau und das Kind ermordet hatten, hatten sie sich ganz offensichtlich eines Insiders bedient, und möglicherweise ließ sich etwas mehr über ihr Vorgehen erfahren, wenn man sich der Erkenntnisse bediente, auf denen die Reichskripo saß. Dort befand sich vielleicht eine ganze Menge an bedeutenden Informationen, die noch nicht den Weg in die Zeitungen gefunden hatten.

Wallander sah auf die Uhr, als wollte er sich vor dem Telefonat drücken, weil er noch ins Krankenhaus fahren mußte. Doch es ging nicht, er würde sich erst in zwanzig Minuten auf den Weg machen müssen. So riß er entschlossen den Hörer hoch und wählte die Nummer.

Sein Kollege oben in Stockholm erwies sich als Mann aus Östergötland mit einem unüberhörbaren Dialekt. Wallander konnte es sich nicht erklären, doch diese Erkenntnis besserte seine Laune schlagartig.

Der Kollege aus Östergötland versicherte zunächst, das bestellte Ermittlungsmaterial sei unterwegs und werde spätestens am nächsten Tag ankommen. Es befinde sich darin allerdings nicht sehr viel, was nicht schon allgemein bekannt sei, darüber hinaus aber auch anderes, was man auch durch einfache Schlußfolgerungen erarbeiten könne. Der Kollege hatte sich jedoch ausgiebig mit dem Material befaßt und begann sofort mit dessen Rekapitulation.

Hamiltons Frau und Kind zu ermorden war zunächst ein verbrechenstechnisches Kunststück. Es wäre kaum erfolgversprechend gewesen, den Versuch zu machen, in das Hamiltonsche Haus einzudringen, mochte es draußen auf dem Land auch einsam und abgeschieden am See liegen. Das Haus war von Mauern und Elektronik umgeben, die es unmöglich machen würden, unentdeckt einzudringen ... Es war keine sehr attraktive Idee, sich nachts einzuschleichen und zu wissen, daß man entdeckt war. Außerdem war es bekannt, wer dort in dem dunklen Haus wartete. Ein warnendes Beispiel waren auch alle früheren Berufskiller, die es mit Hamilton persönlich zu tun gehabt hatten.

Außerdem hatte seine Frau sehr unregelmäßige Gewohnheiten. Sie verließ das Haus nie zu einer vorhersehbaren Zeit und arbeitete meist zu Hause. Sie war bei IBM als Expertin für ausländisches Recht und Verträge angestellt gewesen, erledigte diese Arbeit aber jetzt zu Hause am Computer. Ihr Wagen und der ihres Mannes waren gepanzert und überdies mit allerlei Finessen versehen wie etwa einer automatischen Alarmanlage, automatischen Feuerlöschern, Schutz vor Gasangriffen und so weiter. Ein Angriff auf die Wagen versprach wenig Erfolg, da es zwei davon gab und man nie wissen konnte, wen man gerade attackierte, Hamilton selbst – mit gefährlichen Konsequenzen – oder seine Frau.

Theoretisch hätte es ein schwaches Glied in der Kette gegeben, wenn das Kind in einer Kindertagesstätte untergebracht gewesen wäre, doch das war aus einleuchtenden Gründen nicht der Fall. Also keine leichte Möglichkeit, das Kind zu ermorden oder zu entführen.

Folglich gab es nur ein schwaches Glied in der Sicherheitskette, welche die Familie Hamilton umgab, obwohl auch das bedacht worden war. Von Zeit zu Zeit mußte Hamiltons Frau das Hauptbüro von IBM besuchen und ihren Wagen folglich vor dem Gebäude parken. Das Verwaltungsgebäude von IBM hatte draußen in Kista eine einsame und abgeschiedene Lage, und der Parkplatz der Angestellten lag mehrere hundert Meter vom Hauptgebäude entfernt und war überdies von allen Seiten schlecht einzusehen.

Doch auch daran hatte man gedacht. Die Direktoren parkten ihre Wagen direkt vor dem Haupteingang. Sie waren die einzigen, denen das gestattet war. Folglich war entschieden worden, auch Tessie Hamilton das Parken dort zu erlauben. Doch damit nicht genug. Um die vier oder fünf Direktionswagen hatte man einen Stahlkäfig gebaut. Die Wache im Empfang konnte diesen Käfig ständig im Auge behalten. Dieser hatte zum Empfang hin große Glasscheiben, welche die Überwachung erleichterten. Die ABAB-Wachen hatten Schlüssel zu dem Stahlkäfig, so daß niemand unentdeckt bis zu den Autos vordringen konnte.

»Genau das haben sie aber geschafft«, überlegte Wallander laut, als sein Kollege in seinem schnellen Vortrag eine unerwartete Pause einlegte.

»Genau«, bestätigte Rune Jansson. »In rein operativer Hinsicht sind die Attentäter sehr gründlich vorgegangen. Man kommt um die Annahme nicht herum, daß sie zunächst eingehende Feldstudien absolviert haben.«

»Und erkannt hatten, daß alle normalen Methoden undurchführbar waren. Aber dann haben sie doch etwas gefunden, was Erfolg versprach«, brummte Wallander.

»Ja, theoretisch ist das ja die einzige Möglichkeit«, erwiderte Rune Jansson. »Aber was mir Kummer macht, ist folgendes: Ich frage mich, wie sie einen Schweden dazu gebracht haben, an einer Operation teilzunehmen, die auf die Ermordung einer Mutter mit ihrem Kind abzielte, außerdem das Kind Hamiltons.«

»Was glaubt ihr denn? Ihr habt da oben schließlich schon lange an der Sache gearbeitet? Wenn man es spontan zu begreifen versucht, ist es nicht sehr wahrscheinlich«, sagt Wallander. Gleichzeitig strich er das Wort Strohhalm auf dem vor ihm liegenden Notizblock durch.

»Geld«, bemerkte Rune Jansson kurz. »Geld ist die einzige Erklärung. Mitglieder der sizilianischen Mafia dürften es schließlich nicht so ohne weiteres schaffen, hier oben herumzuschleichen und Feldstudien zu betreiben, ohne Aufmerksamkeit zu erregen. Folglich müssen sie Schweden kaufen.«

»Eine solche Kriminalitätstradition ist in Schweden aber so gut wie unbekannt«, wandte Wallander lahm ein. »Ich meine, in unseren Breiten hilft doch keiner bei den Vorbereitungen eines Mordes mit, wenn man ihm ein bißchen Taschengeld zusteckt?«

»Nein, natürlich nicht«, erwiderte Rune Jansson schnell. »Für ein Taschengeld tut man das nicht. Für viel Geld oder gar teuflisch viel Geld aber sehr wohl. Du hast sicher eine Vorstellung davon, welche Geldmittel die sizilianische Mafia mobilisieren kann? Diese Figuren machen einen Gewinn von rund einer Milliarde im Jahr. Dollar.«

»Ist das eure Theorie über den ABAB-Wachmann?« fragte Wallander und notierte gleichzeitig Geld, sehr viel Geld auf seinem Notizblock und unterstrich die Worte zweimal.

»Ja«, erwiderte sein Stockholmer Kollege, der zum Glück gar kein Stockholmer war. »Wir haben ein Sprengstoffattentat. Jemand kam an ihren Wagen heran, schaffte es, eine Bombe im Tank unterzubringen. Und das muß er mit Hilfe des Autoschlüssels getan haben, da der im Empfang bei den Wachposten aufbewahrt wurde.«

»Warum haben die den Schlüssel denn gehabt?« unterbrach ihn Wallander schnell. »Ohne Schlüssel hätte man den Tankdeckel doch nicht öffnen können?«

»Volltreffer«, bemerkte Rune Jansson. »Da es dort bei den Vorstandswagen ein bißchen eng war, mußte manchmal rangiert werden, wenn einer dieser Leute mal vor den anderen wegmußte. Daher die Schüssel bei den ABAB-Wachen.«

»Der verschwundene ABAB-Mann hat also viel Geld dafür erhalten, daß er bereit war, einen Mord zu begehen? Gilt diese Hypothese immer noch?« fragte Wallander.

»Ja, die gilt immer noch«, bestätigte Rune Jansson. »Er bringt die Bombe unter, behauptet, er habe etwas Dringendes zu erledigen, und verschwindet dann für immer. Fünfundzwanzig Minuten später explodiert der Wagen unten im Zentrum von Kista in der Nähe der Autobahn. Wäre der Wagen nicht vollgetankt gewesen, hätte das Ganze vielleicht ein etwas glücklicheres Ende gefunden. Das Kind lebte noch, als die Feuerwehr eintraf. Aber die schweren

Brandwunden … na ja, das ist inzwischen Geschichte. Entscheidend ist, daß der Mann, den wir aus guten Gründen für schuldig halten, so viel Geld erhalten hat, daß es zu einem angenehmen Leben irgendwo auf der Welt reicht.«

»Wieviel hat er wohl bekommen? Was glaubst du?« fragte Wallander und malte gleichzeitig Dollarzeichen auf den Block.

»Na ja, was würdest du selbst annehmen, zwei Millionen? Drei Millionen?«

»Hatte dieser ABAB-Mann eine kriminelle Vergangenheit?« fragte Wallander.

»Natürlich, eine illustre Vergangenheit als Rausschmeißer. Das alte Lied also.«

»Dann würden zwei Millionen vielleicht genügen«, überlegte Wallander. »Und was kostet wohl eine Frau in Schonen, die sich als Kellnerin etwas nebenbei verdient?«

»Du suchst einen Insider, der über das Bescheid wußte, was auf Vrångasjö oder wie das heißt geplant war«, stellte Rune Jansson fest.

»Ja«, erwiderte Wallander. »Es macht mich besorgt, woher die Mörder wissen konnten, wann, wie und wo. Daß sie mit Schrotgewehren umgehen konnten, erstaunt mich nicht, doch dieses andere Wissen stört mich.«

»Kann ich mir denken«, murmelte Rune Jansson. Es hörte sich an, als dächte er nach. »Kann ich mir vorstellen … Wenn ich du wäre, würde ich prüfen, wer sich plötzlich einen teuren Urlaub geleistet hat oder so etwas. Es wäre nicht schlecht, wenn wir solche Leute erwischen könnten, die ausländischen Mördern Hilfestellung leisten. Um es mal ganz sanft auszudrücken.«

»Ja«, sagte Wallander. »Ich muß gleich los, um den überlebenden Mörder zu verhören, aber ich habe das dunkle Gefühl, daß er nicht besonders redselig sein wird.«

»Ach nein«, sagte Rune Jansson lachend, »das glaube ich auch nicht. Man kann über die Mafia sagen, was man will, aber es kommt wirklich nur selten vor, daß ihre Leute singen. Ruf mich an, wenn du etwas brauchst.«

Wallander fühlte sich aufgemuntert, als er zum Krankenhaus fuhr. Immerhin hatte er einige gute Argumente gefunden, um zumindest für den Anfang Björk zu widerstehen. Dieser würde es mit Sicherheit mißbilligen, daß die Polizei von Ystad der Oberschicht in Schonen lästig fiel.

Im Krankenhaus suchte er zunächst den Oberarzt auf, der den festgenommenen Sizilianer unter seine medizinischen Fittiche genommen hatte. Dieser hatte zunächst vorgehabt, zum Thema *gefangener und gepflegter Mörder* eine Pressekonferenz zu geben, was Björk jedoch hatte verhindern können.

Der Oberarzt empfing ihn in seinem Dienstzimmer zusammen mit einigen Untergebenen, deren Funktionen Wallander unklar waren. Es begann mit einem etwas pompösen medizinischen Vortrag, der ebensogut, wie Wallander klar war, sehr kurz und ohne Latein hätte erledigt werden können. In diesem Falle hätte es geheißen, daß der Patient infolge einer Gehirnerschütterung noch einige Kopfschmerzen habe.

Als diese Mitteilung endlich geäußert worden war, fragte Wallander ruhig, ob man den Festgenommenen nicht schon im Lauf des Abends ins Polizeihaus überführen könne, da dieser ja offenbar nur an Kopfschmerzen leide.

Er holte sich eine empörte Abfuhr und wurde erneut mit einer Dosis medizinischer Fachbegriffe überspült, die er über sich ergehen ließ, ohne Irritation zu zeigen, da er sein Gegenargument schon gefunden hatte.

»Ich habe eher an die Sicherheitsaspekte gedacht«, erklärte er gemessen. »Wie aus allem, was in dieser Sache schon geschrieben worden ist, hervorgeht, haben wir es mit Personen zu tun, die mit Schrotgewehren in den Händen in ein Haus stürmen und alles niederschießen, was sich ihnen in den Weg stellt. Ich meine, da jetzt bekannt ist, wo dieser Ganove sich befindet, richtet sich die Drohung ja nicht nur gegen unser Bewachungspersonal, sondern auch gegen Sie, die Sie hier arbeiten.«

»Gibt es ein ernstzunehmendes Risiko, daß es zu einem Befreiungsversuch kommen könnte?« fragte der Oberarzt nervös.

»Ja, das möchte ich schon behaupten«, sagte Wallander im Brustton der Überzeugung. »Dieser *Patient* ist zufällig Mitglied der größten Gangsterorganisation der Welt, die sich als absolut fähig erwiesen hat, hier in Schonen zuzuschlagen. Und jetzt wissen die Leute, wo sich der Mann aufhält ...«

Seine Worte hatten die gewünschte Wirkung. Wie sich herausstellte, hatte sich der Patient entscheidend erholt und war somit imstande, sofort verhört zu werden. Und konnte später am Abend auch in die Untersuchungshaft überführt werden, und zwar ohne drohendes medizinisches Risiko.

»Gut«, sagte Wallander. »Spricht er englisch?«

»Er verfügt jedenfalls über einen außerordentlich reichen Vorrat angelsächsischer Flüche«, erwiderte der Oberarzt müde. Es hatte den Anschein, als hätte er jetzt schon jedes Interesse an seinem Patienten verloren.

Als Wallander das Krankenzimmer des Gefangenen betrat, fiel ihm als erstes der Standort des uniformierten Polizeibeamten auf. Dieser saß mit dem Rücken zum Fenster und las einen Kriminalroman; von außen mußte er als deutliche Silhouette erkennbar sein. Der Beamte erhob sich natürlich und grüßte, als Wallander eintrat, und fing sich sofort einen brüsk geäußerten Rüffel ein, weil er sich so schlecht postiert hatte. Er erhielt den Befehl, sich weiter in die Mitte des Zimmers zu setzen und seine Leselampe mitzunehmen.

Während der Polizeibeamte eingeschüchtert im Zimmer umzuräumen begann, betrachtete Wallander den Mörder im Bett. Dieser war wach und erwiderte Wallanders Blick dreist und frech; sein Gesicht war geschwollen und verbunden, und überdies hatte er einen Verband um den Kopf, doch sein Blick war scharf und arrogant.

»Ich bin Kommissar Wallander von der hiesigen Polizei«, begann Wallander auf englisch. Er zog einen Stuhl ans Bett und setzte sich. »Man hat mir gesagt, daß Sie Englisch sprechen. Stimmt das?«

»Jedenfalls genug, um alle Scheißbullen aufzufordern, sich zum Teufel zu scheren«, entgegnete der Mörder aggressiv. Er sprach wie ein amerikanischer Filmgangster.

»Gut«, sagte Wallander. »Sehr gut, das macht es leichter für uns. Ich bin natürlich dienstlich hier. Nach schwedischem Gesetz habe ich jetzt die Pflicht, Ihnen mitzuteilen, daß Sie des Mordes verdächtigt werden und vorläufig festgenommen sind.«

»Wenn das die gute Nachricht ist, wie sieht dann die schlechte aus?« knurrte der Mörder, den das soeben Gehörte weder sonderlich zu erstaunen noch zu erschüttern schien.

»Sie haben also den Inhalt meiner Worte erfaßt?« fuhr Wallander fort, ohne auf die makabre Witzelei des Mörders einzugehen.

»Rechtsanwalt? Wann und wen?« fragte der Mörder.

»Sie werden einen Anwalt bekommen, den Ihnen das hiesige Amtsgericht zum Haftprüfungstermin beiordnet. Außerdem werden wir Sie bald in Untersuchungshaft überführen«, fuhr Wallander konzentriert fort, da er den Eindruck hatte, daß sein Englisch eingerostet war.

Der Mörder nickte nur zum Zeichen, daß er verstanden hatte.

»Ich muß Sie jetzt offiziell fragen, wie Sie sich zu der Anschuldigung stellen«, fuhr Wallander fort.

»Unschuldig, natürlich!« entgegnete der Häftling. Sein Gesicht hellte sich zu etwas auf, was seit langer Zeit sein erstes Lächeln sein mußte, denn ihn überraschten die Schmerzen verschiedener Wunden im Gesicht, was ihn sofort veranlaßte, wieder seine ausdruckslose Maske anzulegen.

»Sie haben nicht zusammen mit einer Person namens Sanglieri in Schloß Vrångaholm jemanden ermordet? Soll ich Ihre Worte so verstehen?« fragte Wallander langsam.

»Natürlich«, erwiderte der Mörder. »Warum sollten mein Vetter und ich zwei alte Weiber ermorden wollen? Das wäre doch idiotisch, finden Sie nicht auch?«

»Woher wissen Sie, daß zwei ältere Damen ermordet worden sind?« fragte Wallander schnell.

Der Mörder setzte ein breites Lächeln auf, reagierte jedoch schnell wieder auf seine Schmerzen.

»Bullen sind sich überall gleich«, sagte er. »Sie halten sich wohl für verdammt schlau, was? Vielleicht hatte ich eine göttliche Vision dieser verdammten ermordeten alten Weiber. Vielleicht hat mir auch ein Vögelchen etwas ins Ohr geflüstert. Vielleicht hat es mir eine Krankenschwester erzählt. Herr Kommissar! Tun Sie mir doch einen einzigen Gefallen. Versuchen Sie nicht, bei mir den Bullen zu spielen. Haben Sie übrigens diesen Bauernlümmel mit dem Traktor eingebuchtet?«

»Ja«, erwiderte Wallander steif. Er spürte, wie ihn zunehmend großes Unbehagen befiel. Die arrogante Gleichgültigkeit dieses Mörders machte ihm zu schaffen. »Der Mann, der den Traktor fuhr, wird zu gegebener Zeit vor Gericht gestellt werden.«

»Gut!« stöhnte der Mörder. »Es ist wirklich zum Kotzen. Ich stamme selbst aus einer Bauernfamilie und müßte eigentlich wissen, wie sich besoffene Bauerntölpel auf dem Land benehmen.

Aber ich dachte, ihr hättet hier oben keinen Wein. Wie viele Jahre bekommt dieser Scheißkerl?«

»Er dürfte kaum eine so lange Gefängnisstrafe erhalten«, erwidert Wallander lahm.

»Gut«, sagte der Mörder und machte einen sichtlich erleichterten Eindruck. »Das bedeutet also, daß mein Vetter lebt?«

»Das habe ich nicht gesagt«, entgegnete Wallander. Ihm kam plötzlich ein absurder Gedanke. »Ich kann auf diese Frage aber antworten, wenn Sie eine einzige meiner Fragen beantworten. Sie ist höchst inoffiziell, da ich es einfach nur wissen will.«

»Dann nur raus mit der Frage, Kommissar«, erwiderte der Mörder mit einem neuen schmerzhaften Versuch zu einem Lächeln.

»Ich verstehe, weshalb Sie Mrs. Hamilton erschossen haben«, sagte Wallander langsam. »Ich kann aber nicht verstehen, warum Sie auch diese zweite Frau getötet haben. Was für einen Grund gab es dazu?«

Der Mörder sah Wallander forschend und mit fast freundlichem Interesse an. Dann seufzte er und hob theatralisch den Blick zur Decke, bevor er etwas sagte.

»Wie ich schon betont habe, Kommissar, bin ich unschuldig wie ein Lamm. Ich habe aber Visionen und Vorstellungen. Eine dieser Visionen sagt mir, daß die Männer, die Sie suchen, zuerst das falsche Weibsstück erschossen. Reine Schlamperei, verdammt schlampig, da so was überflüssige Zeit kostet, und es war eilig. Jedenfalls wurde der Fehler später korrigiert. Aber das ist natürlich reine Spekulation und nichts sonst. Und wie geht es meinem Vetter Guido?«

»Er ist tot«, erwiderte Wallander kalt. »Er starb auf der Stelle. Sie hätten die Sicherheitsgurte anlegen müssen.«

Der Sinneswandel des Mörders traf Wallander vollkommen unvorbereitet. Zunächst betrachteten die schwarzen Augen Wallander eine Sekunde lang, um zu begreifen, ob das ein Scherz war oder Ernst. Mit der Einsicht befiel den Mann dann eine ungeheure Trauer, die sich zunächst in der Form eines unartikulierten Brüllens äußerte, das in einem großen Teil des Krankenhauses zu hören war. Dann fing der Mann ungehemmt an zu weinen.

Wallander fühlte sich vollkommen hilflos. Einige Sekunden lang befiel ihn ein Mitleid, das er jedoch schnell verdrängte. Der Mörder schluchzte jetzt laut, und ein Schwall unbegreiflicher italienischer Worte strömte ihm aus dem Mund.

Wallander blieb mit schlaff herabhängenden Armen eine Weile stehen und beobachtete den Gefühlsausbruch. Er versuchte zu verstehen, was er sah, doch seine Phantasie reichte nicht aus. Vielleicht war es wie bei einem Unfall im Arbeitsleben. Der geliebte Vetter war bei seiner Arbeit als Maurer vom Dach gefallen, etwas in der Richtung. Und die Ermordung alter Weiber in einem fremden Land war eben nur ein Job.

Wallander schüttelte den Kopf und verließ das Zimmer, um die herbeieilenden Krankenschwestern zu warnen und darüber aufzuklären, was passiert war. Anschließend mußte er sich ins Polizeihaus begeben, um eine möglichst schnelle Überführung des Mörders sicherzustellen.

2

Die Universität in Umeå unterscheidet sich kaum von den anderen großen Universitäten, zumindest nicht in der Organisation der Studentenschaft. Allerdings bezeichnen sich die Verwaltungsangestellten der landsmannschaftlich organisierten Studenten nur als Verwaltungsangestellte und nicht als gewählte Vertreter. Zudem gibt es einen Universitätsrektor, der in den USA gelebt und das Wort »Campus« statt Universitätsgelände eingeführt hat.

Unter den wenigen belastenden Aufgaben dieser Verwaltungsangestellten findet sich der stehende Auftrag, interessante Persönlichkeiten dazu zu bringen, nach Umeå zu kommen, um interessante Vorträge zu halten und das Vergnügen zu genießen, die Studenten Norrlands kennenzulernen, wie es in den Einladungen zu heißen pflegt. Während des Wintersemesters hatten unter anderem Finanzministerin Anne Wibble und Ministerpräsident Carl Bildt zugesagt; dieser fand sich jedoch erst ein, als er nicht mehr Regierungschef war, doch dafür sprach er über die Frage des Beitritts zur EU.

So war es eben: Bei Politikern konnte eine große Universität mit einer angemessenen Zahl von Zusagen rechnen, besonders vor einer Wahl. Bekannte Schriftsteller und sonstige interessante Männer und Frauen entschuldigten sich jedoch normalerweise mit Zeitmangel, langen Reisen und ähnlichem.

Bei den zwei jährlichen Treffen der Verwaltungsangestellten, bei denen ein Brainstorming stattfand, um interessante Vortragsgäste außerhalb der akademischen Welt zu gewinnen, tauchten manchmal – mehr oder weniger scherzhaft – die seltsamsten Namen auf. Eine große Zahl von Einladungen wurde verschickt. Einige wurden überhaupt nicht beantwortet, einige mit Nein und sehr wenige mit Ja. Das überraschte niemanden.

Nach Carl Hamiltons Ernennung zum neuen Chef der schwedischen Sicherheitspolizei hatte irgendein heller Kopf routinemäßig eine Einladung an die »Säpo in Stockholm« abgeschickt – tatsächlich mit diesem Adressaten – und nach einiger Zeit die höfliche, aber keineswegs überraschende Antwort einer Sekretärin erhalten. Der Zeitplan des Generaldirektors sei im Augenblick sehr eng, er hoffe aber, daß die Einladung noch gelte, falls es sich ihm als möglich erweisen werde, etwas später im Herbst zu kommen.

Das Schreiben war nicht einmal als halbe Zusage aufgefaßt worden, sondern vielmehr als Mangel an Urteilsvermögen desjenigen, der auf den Einfall gekommen war, die Einladung abzuschicken. Hamilton hatte sich nach seiner Ernennung überhaupt nicht mehr in der Öffentlichkeit gezeigt, und es war nicht schwer zu erraten, daß dies in erster Linie mit seiner privaten Situation zu tun hatte. Wer würde sich schon gern als Vortragsredner engagieren und vor Studenten den Intellekt sprühen lassen, nachdem seine Familie von Mafia-Mördern ausgelöscht worden war?

Nachdem die Einladung beantwortet worden war, war unten in Schonen überdies seine Mutter ermordet worden.

Folglich fiel es dem Verwaltungsangestellten Mattias Johansson schwer, etwas anderes anzunehmen, als daß jemand den Studenten einen Streich spielen wollte, als er den Brief las. Daß er ihn als erster las, lag daran, daß er am Morgen als erster im Verwaltungstrakt erschienen war, wenn auch recht spät, da er am Vorabend noch ein anstrengendes Fest mitgemacht hatte.

Der Brief machte jedoch einen sehr echten Eindruck. Umschlag und Briefpapier waren mit überzeugendem Text bedruckt – so stand etwa unter dem Emblem der Säpo »Der Generaldirektor«.

Die Mitteilung war kurz. Falls die Studentenschaft immer noch ein Interesse daran habe, daß der Generaldirektor zu einem Vortrag erscheine, werde er es gerne tun. Das erfordere jedoch einige praktische Arrangements, die in einem Brief nicht formuliert werden könnten. Wenn daher irgendein Verantwortlicher die Freundlichkeit haben wolle, entweder den Generaldirektor persönlich oder die Sekretärin anzurufen, die den Brief unterschrieben habe, werde man vermutlich einen passenden Termin und eine geeignete Regelung finden können.

Es war kurz vor halb elf am Vormittag. Mattias Johansson las den Brief noch einmal. Dann rief er die Auskunft an und erhielt die Telefonnummer der Sicherheitspolizei in Stockholm. Er betrachtete sie eine Weile und entschloß sich dann, während nach und nach seine Kolleginnen und Kollegen erschienen, einen klaren Bescheid zu verlangen. Er wollte eine klare Antwort, ob das Ganze nun ein Scherz oder ernst gemeint war.

Er wählte die Nummer. Es läutete fünfmal, bis sich am anderen Ende eine Telefonistin meldete.

»Carl Hamilton«, sagte Mattias Johansson und fühlte sich ein wenig albern dabei, als könnte man eine solche Person nicht einfach anrufen wie andere Menschen.

Einen Augenblick, erwiderte die Telefonistin ungerührt, als wäre es die natürlichste Sache der Welt, mit Carl Hamilton sprechen zu wollen.

Er meldete sich jedoch nicht selbst, sondern eine Frau. Sie sagte, es sei aber sein Apparat. Dann fragte sie, womit sie dienen könne.

Mattias Johansson erklärte sehr unsicher, es sei ein Brief von der Säpo gekommen, und er vertrete die Studentenschaft von Umeå, und in diesem Brief stehe also … nun ja, er habe den Eindruck, als könne der Generaldirektor …

»Aber ja, wie schön, daß du gleich angerufen hast«, unterbrach ihn die Sekretärin. »Einen Augenblick, der Generaldirektor kommt gerade!«

Mattias Johansson wurde verbunden, ohne daß er die Zeit fand zu protestieren. Er wußte gar nicht, wogegen er hätte protestieren sollen, empfand es aber so. Es läutete dreimal, und er hatte das Gefühl, Baumwolle im Kopf zu haben.

»Hamilton«, meldete sich plötzlich die bekannte Stimme, die er sowohl vom Fernsehen als auch vom Rundfunk her kannte.

»Hej, ich rufe von der Studentenschaft Umeå an«, sagte Mattias Johansson unsicher. »Wir haben hier einen Brief bekommen, und ich wollte gern wissen …«

»Genau«, unterbrach ihn die bekannte Stimme, die sich völlig normal und neutral anhörte, wie die eines Menschen, dessen Familie noch intakt ist. »Ich werde gern nach Umeå kommen, um die Studenten kennenzulernen. Ich nehme an, ich soll über die schwedische Sicherheitspolizei in dieser Zeit der Veränderung sprechen oder etwas in der Richtung?«

»Aber gern«, erwiderte Mattias Johansson. Er fühlte sich ein wenig albern, als wäre seine kurze Antwort typisch für die Parodie auf einen Norrland-Bewohner.

»Ausgezeichnet«, sagte die bekannte Stimme. »Ich habe aber einige Bedingungen, und ich bitte dich, sie zu notieren.«

»Aber gern«, erwiderte Mattias Johansson erneut. Langsam begann er zu erkennen, daß das Unwirkliche wirklich war.

»Erstens: Ihr dürft den Termin des Treffens frühestens drei Tage vorher bekanntgeben. Zweitens wünsche ich, daß wir um acht Uhr abends beginnen. Drittens wünsche ich, daß ihr Übernachtungsmöglichkeiten besorgt, am liebsten in Studentenwohnungen oder derlei. Ich brauche Zimmer für fünf Personen, mich eingeschlossen. Viertens darf außer dem engsten Kreis in eurer Verwaltung niemand etwas von dieser Einquartierung erfahren. Fünftens müßt ihr akzeptieren, daß Beamte der Sicherheitspolizei vorab erscheinen und einige praktische Dinge mit euch besprechen. Könnt ihr das alles regeln?«

»Aber ja«, erwiderte Mattias Johansson. Dann ging ihm auf, daß er sich vielleicht etwas ausführlicher äußern sollte. »Doch, das werden wir schon können«, verdeutlichte er.

»Gut«, sagte die Stimme am anderen Ende. »Teilt es mir doch gleich mit, sobald ihr euch für einen Zeitpunkt entschieden habt.«

Dann wurde das Gespräch so schnell beendet, daß es den Anschein hatte, als wäre es unterbrochen worden. Mattias Johansson saß mit dem Hörer in der Hand da und betrachtete ihn, bevor er langsam auflegte. Dann ging ihm auf, daß seine vermutlich noch müden Kollegen erstaunlich schnell munter werden würden.

So hatte es angefangen. Und zunächst hatten die Kollegen in der Führung der Verwaltung geglaubt, daß auch Mattias Johansson sie auf den Arm nehmen wollte. Dann hatte man schnell ein Datum ausgewählt, für das ein Mitglied der Grünen abgesagt hatte, ein Mann, der jetzt nach Brüssel gehen würde, statt weiterhin gegen die EU zu agitieren. Anschließend hatte sicherheitshalber der Verwaltungschef persönlich angerufen, um das Datum mitzuteilen. Und war auf die gleiche selbstverständliche Höflichkeit gestoßen wie Mattias Johansson, obwohl er nicht mit Hamilton persönlich gesprochen hatte.

Anschließend waren tatsächlich drei Mann der Sicherheitspolizei nach Umeå gekommen. Sie gingen zwei Tage lang mit Blaupausen und Zeichnungen herum, prüften Ausgänge, Eingänge sowie Dinge, bei denen es sich nur um Schußwinkel und Fluchtwege handeln konnte. Die drei Sicherheitsbeamten mit den düsteren Mienen hatten mit keinem Wort angedeutet, daß ihre Arbeit unnötig oder übertrieben war; einer von ihnen hatte vor dem Besuch des früheren Ministerpräsidenten bereits einen ähnlichen, aber weniger sorgfältigen Rundgang gemacht.

Am Ende hatten sie jedenfalls zugestimmt, daß der Vortrag in der sogenannten Rotunde stattfinden sollte. Aus dem Blickwinkel der Sicherheitsbeamten war die Aula der Universität, in der zudem achthundert Personen Platz fanden, geeigneter erschienen. Ein sitzendes Publikum bei guter Beleuchtung war offenbar viel leichter zu kontrollieren als ein Auditorium, das nicht nur saß, sondern teilweise auch stand. Für die Rotunde, die gelegentlich auch als Diskothek diente, entschied man sich meist bei Musikdarbietungen. Der Nachteil der großen Aula war jedoch aus der Sicht der Veranstalter, daß man dort nicht mit drahtlosen Mikrophonen zu jedem gehen konnte, der dem Vortragenden Fragen stellen wollte. Hamilton hatte ausdrücklich mitteilen lassen, daß ihm die Diskussion mit den Studenten wichtiger sei als sein einleitender Vortrag.

Die Säpo-Leute schienen über die Wahl des Veranstaltungsorts nicht ganz glücklich zu sein, arbeiteten jedoch eine Reihe von Vorschriften aus. So schrieben sie beispielsweise vor, daß die Türen an einer Seite der Rotunde, die zu dem großen Restaurant führte, während des Vortrags verschlossen bleiben sollten, andererseits sollten aber dort Wachen postiert werden, die sie von innen öffnen könnten. Das machte auf die Verwaltungsangestellten den Eindruck, als ginge es um eine Brandschutzfrage.

In dem Regelwerk, das durch einen Boten überbracht wurde, wurde auch genau beschrieben, durch welche Eingänge, nämlich durch die beiden Pubs, das Publikum eingelassen werden dürfe und welchen Eingang Hamilton selbst verwenden werde.

Es wurden auch Ansichten dazu geäußert, wie Hamilton auf dem Podium untergebracht werden sollte. Es war eine vier Meter breite Bühne, auf der ein ganzes Orchester Platz fand. Sie war zwar weniger als einen Meter höher als der Fußboden, aber hoch genug. Hamiltons Rednerpult sollte ganz hinten auf der Bühne stehen, so daß er vor sich fast drei Meter freie Fläche hatte.

Vom Bühnenrand bis zum hinteren Ende der Rotunde waren es siebzehn Meter, und dort begannen einige steile Terrassen, auf denen noch weitere Besucher Platz finden konnten. Der Bühne gegenüber befand sich ein kleiner Projektorraum mit Fenstern zur

Rotunde. Dieser Projektorraum sollte verschlossen gehalten werden. Außerdem, so wurde betont, müsse sich während der ganzen Zeit ein Sicherheitsbeamter dort aufhalten.

Die Säpo-Leute legten außerdem einige kürzere Wege zurück und stoppten die dafür nötige Zeit. Das galt besonders für die Stelle an der Rückseite des Gebäudes, wo der Wagen mit Hamilton vorfahren würde, bevor dieser das Gebäude betrat. Das Ergebnis war, daß das Ganze bei mäßigem Gedränge etwa fünfundvierzig Sekunden in Anspruch nehmen würde.

Die beiden Verwaltungsangestellten, denen die Aufgabe anvertraut worden war, Hamiltons Arrangement zu überwachen, Mattias Johansson und Anna Lind, begannen fast schon zu glauben, daß die Angelegenheit allzu große Proportionen angenommen habe und zumindest zuviel Zeit in Anspruch nehmen werde. Doch als sie darüber murrten, was sie natürlich nur hinter verschlossenen Türen zusammen mit den anderen Angehörigen der Verwaltungsspitze tun konnten, stellte sich wie von selbst auch das Gegenargument ein: Dieser Abend würde die interessanteste und folglich auch am besten besuchte Veranstaltung sein, welche die Universität je erlebt hatte. Seit die neue sozialdemokratische Regierung ihren unerwarteten Beschluß bekanntgegeben hatte, Hamilton zum neuen Chef der Sicherheitspolizei zu ernennen, hatte dieser kein Wort öffentlich geäußert.

Als die Verwaltungsleute schließlich der Meinung waren, an alles gedacht und sogar die eigenartige Forderung erfüllt zu haben, Hamilton und einige weitere Personen (vermutlich Leibwächter) in einem anonymen Studentenwohnheim draußen auf Ålidhem unterzubringen, wurden sie jedoch brutal daran erinnert, daß die Welt bedeutend größer ist als Umeå.

Denn als sie endlich, voller Stolz, das Geheimnis einigermaßen bewahrt zu haben – obwohl einige merkwürdige Gerüchte kursierten –, die Plakate kleben ließen, auf denen der Vortrag angekündigt wurde, dauerte es nur rund eine Stunde, bis die Telefone zu läuten begannen. Und eine weitere Stunde später waren sämtliche Leitungen zum Verwaltungstrakt blockiert.

Ein paar hundert Journalisten meldeten ihr Interesse an, verlangten besondere Plätze, wollten akkreditiert werden, wünschten Auskünfte über akustische Details, wollten wissen, wann Hamilton in Umeå erwartet werde, wo er wohnen werde, wann er wieder wegfahren werde – lauter Dinge, welche die Verwaltungsbeamten um jeden Preis geheimhalten sollten. Erik Ponti erhielt die Nachricht auf dem schlechtesten nur denkbaren Weg, nämlich dadurch, daß sein neuer Vorgesetzter zu ihm ins Zimmer kam und ihm »befahl«, sofort alles liegenzulassen, was er in Händen habe, und nach Umeå zu eilen.

Hamiltons angebliches Auftreten vor den Studenten in Umeå würde zwar erst in sechsunddreißig Stunden stattfinden. Aber selbst Erik Pontis neuem Vorgesetzten war klar, daß es sicher gut sein würde, sich rechtzeitig dorthin zu begeben.

Die Entscheidung, Erik Ponti zu schicken, enthielt eine unbestreitbare Logik. Er war der einzige Reporter, von dem Hamilton sich je hatte interviewen lassen, zumindest ausführlicher. Für Erik Ponti war es keine unkomplizierte Situation, da er sowohl von den Kollegen bei Funk und Fernsehen als auch den schreibenden Journalisten als »Hofberichterstatter« bezeichnet wurde. Das darf bei einem Berufsstand, dem es weder an sprachlicher Phantasie noch an Böswilligkeit gebricht, schon als relativ grobe Schmähung betrachtet werden.

Hamiltons »Hofberichterstatter« zu sein brachte überdies weitere Komplikationen mit sich. Erik Ponti konnte seine Arbeit so gut wie nie mit Sicherheit planen, da Hamilton dazu neigte, Ereignisse von großem Nachrichtenwert zu erzeugen, ob er nun selbst etwas tat oder jemand in seiner Familie ermordet wurde.

Mit zusammengebissenen Zähnen erklärte sich der Journalist einverstanden, auch diesmal die Hamilton-Sache zu erledigen. Dann bestellte er ein Hotelzimmer und ein Flugticket.

Erik Ponti hatte Glück. Vielleicht könnte man es auch so ausdrücken, wie er es vermutlich lieber formuliert hätte, daß die Tugend ihren Lohn erhielt. Er hätte Hamilton bemerkenswerterweise wohl verpaßt, wenn er sich nicht eisern vorgenommen hätte, ausgerechnet in Umeå die Arbeit an einem anderen Thema zu Ende zu führen, bevor er an Hamilton auch nur zu denken begann.

Er redigierte seinen Beitrag in den Räumlichkeiten des lokalen Senders in Umeå, nachdem er telefonisch die letzten Puzzlestücke zusammengesetzt hatte.

Während der fertige Bericht überspielt wurde, erkundigte sich Erik Ponti kurz nach der Lage beim Stockholmer Sender. Das einzige, was seinen Beitrag noch kippen konnte, wäre etwas Großes und völlig Unerwartetes. Oder ein Vorausbericht über Hamiltons bevorstehendes Auftreten in Umeå, wie der Chef der Abendsendungen scherzhaft meinte. Es erschien ja nicht sehr wahrscheinlich, daß Erik Ponti seinen eigenen Bericht dadurch kippte, daß er über etwas berichtete, was noch gar nicht stattgefunden hatte.

Als er seine Kollegen beim Lokalradio befragt hatte, wußten diese ebensowenig wie die Leute beim *Echo des Tages*, ob Hamilton wirklich nach Umeå kommen würde oder nicht. Alle, die bei der Säpo in Stockholm angerufen hatten, hatten den gleichen Bescheid erhalten: Der Generaldirektor ist im Augenblick nicht erreichbar, und wir können leider auch nicht sagen, wann er wieder zu sprechen ist. Punkt Ende.

Doch als Erik Ponti nun erstaunt fragte, weshalb die Reporter des Lokalradios sich bereitzumachen schienen, schon jetzt zur Universität hinauszufahren, mehrere Stunden vor der festgesetzten Zeit, zogen sie ihn ins Vertrauen. Das war unter Konkurrenten keineswegs selbstverständlich, doch vermutlich hatten sie das totale Fehlen von Hochnäsigkeit bei ihm zu schätzen gewußt, wie es sonst bei den Stockholmer Reportern der großen Medien recht typisch war.

Sie hatten gehört, daß keine besonderen Presseplätze zur Verfügung standen. Die Journalisten sollten sich wie alle anderen anstellen, und wenn die Halle voll war, würde niemand mehr hineinkommen, ob er nun Vertreter von Rapport oder CNN war. Soweit die Kollegen von einem der Verwaltungsangestellten erfahren hatten, war das eine Entscheidung Hamiltons. Er sollte gesagt haben, er komme nach Umeå, um Studenten zu treffen, die ihn eingeladen hätten, und keine Journalisten, mit denen er sich in Stockholm jederzeit treffen könne.

Erik Ponti erfaßte intuitiv, daß dies wahr sein konnte, wie schockierend es sich auch in den Ohren des journalistischen Establishments anhörte. Er eilte zurück ins Hotel Plaza, in dem schon zahlreiche Kollegen aus nah und fern die Bar belagerten, eilte auf sein Zimmer, ohne in die Bar zu gehen, kramte möglichst warme Kleidungsstücke hervor, warf sich mit einem geübten Schwung die Schultertasche mit Bändern und Tonbandgerät über die Schulter, ging an der Bar vorbei hinaus und fuhr mit dem Taxi in die Stadt.

Es war dunkel draußen, und es herrschte dichtes Schneetreiben. Als er das Universitätsgelände erreichte, brauchte er nicht lange zu suchen, um zu wissen, wo er sich anstellen mußte. Es hatte sich schon eine lange Schlange gebildet. Soviel er sehen konnte, befanden sich außer den Leuten des Lokalradios keine anderen Journalisten dort. Die Lokalreporter hatten sich ja schon lange vor ihm auf den Weg gemacht und befanden sich jetzt auch viel weiter vorn in der Schlange als er selbst. Nachdem er überschlägig berechnet hatte, wie viele Menschen dort standen, und sich erkundigt hatte, wie viele in dem Saal Platz hatten, kam er zu dem Schluß, daß auch er noch hineinkommen würde. So gab es keinen Grund, sich vorzudrängen oder darauf zu bestehen, zu seinen Kollegen vorzurücken. In Schweden füllen die Menschen einen Saal nicht von vorn nach hinten, also nicht von der ersten Bank an, sondern es ist genau umgekehrt. Erik Ponti würde also als Belohnung für die Stunden, in denen er hier draußen frieren mußte, einen guten Platz mit guter Akustik erhalten.

Punkt halb acht erschien ein Wagen mit Sicherheitspolizisten, die vorn beim Einlaß das Kommando übernahmen. Dann begann eine sehr langwierige Prozedur, weil die Beamten Metalldetektoren in den Händen hatten und jeden Besucher einzeln unter die Lupe nahmen.

Als Erik Ponti an der Reihe war, wurde er beiseite genommen. Er mußte sein Tonbandgerät vorzeigen, das sorgfältig untersucht wurde, ebenso seinen Presseausweis. Er glaubte schon, sie würden ihm ohne Begründung den Zutritt verweigern. Sie unterhielten sich murmelnd über Funk. Jeder hatte einen kleinen Kopfhörer mit Empfänger sowie ein am Handgelenk befestigtes Mikrophon. Wenn sie sprachen, sah es aus, als sprächen sie in ihre Uhrarmbänder.

Doch dann kam offenbar von irgendwoher der Bescheid, das *Echo des Tages* sei in Ordnung. Und so schlüpfte Erik Ponti hinein. Auf dem Weg durch das Nadelöhr drehte er sich noch einmal um und stellte fest, daß es am Ende der Menschenschlange zu einem Streit gekommen war, da eine Reihe von Leuten mit Fernsehkameras sich vorzudrängen versuchten. Im Gebäude markierte ein von Absperrgittern begrenzter Korridor, wie man weitergehen mußte. Dort standen auch einige uniformierte Polizeibeamte. Somit bestand nicht die geringste Möglichkeit, von dem einzigen Weg abzuweichen, der in die sogenannte Rotunde führte.

Als er eintrat, fand er seine Vermutung bestätigt. Die Leute hatten damit begonnen, den Saal von hinten zu füllen, und saßen in dicken

Menschentrauben an den Wänden und ganz hinten auf dem Fußboden des Saals. Folglich war es vorn an der Bühne noch leer. Genau dorthin stellte sich Erik Ponti und machte sein Tonbandgerät bereit. Daraufhin trat sofort ein Sicherheitsbeamter zu ihm und prüfte nochmals das Tonbandgerät und den Presseausweis.

Um acht Uhr war der Saal schon hoffnungslos überfüllt. Erik Ponti vermutete, daß jetzt da draußen irgendwo die Türen geschlossen wurden. Er hörte dumpfen Lärm, als fände dort eine Schlägerei statt. Keine einzige Fernsehkamera war in den Saal hineingekommen, so daß es wenigstens Erik Ponti nicht schwerfiel, sich die Szenen da draußen in der Dunkelheit und dem Schneegestöber vorzustellen.

Hamilton trat um Punkt acht Uhr ein. Ein junger Mann, der unmöglich ein Polizist sein konnte, drängte sich vor ihm durch die Menschenmenge, und hinter ihm folgten zwei Sicherheitsbeamte.

Der junge Mann trat an das Mikrophon auf dem Rednerpult, während Hamilton noch im Hintergrund wartete.

»Im Namen der Studentenschaft begrüße ich alle Anwesenden zu diesem Treffen«, begann er sichtlich nervös. »Als Vorsitzender habe ich die große Ehre, den Gast des heutigen Abends vorzustellen, Generaldirektor Hamilton von der Sicherheitspolizei. Es ist wohl nicht nötig, unseren Gast ausführlich vorzustellen, so daß ich ihm gleich das Wort erteile.«

Damit entfernte er sich schnell vom Rednerpult, und als Hamilton einige Schritte vortrat, ertönte der erste zögernde Beifall, der einen donnernden Applaus auslöste, der so lang war, daß Erik Ponti schnell erkannte, wieviel er davon schneiden mußte.

Er musterte den gut drei Meter entfernt stehenden Hamilton. Dieser trug helle Hosen und ein Tweedjackett, das nicht zugeknöpft war. Der Mann sah angesichts des lang anhaltenden Beifalls verlegen und vielleicht leicht gerührt aus. Am linken Revers trug er ein Trauerband.

Erik Ponti betrachtete das Gesicht des Mannes. An der Ähnlichkeit mit dem Hamilton, den er seit vielen Jahre kannte, war nicht zu zweifeln. Doch Ponti glaubte einen Zug von Steifheit und Kühle zu sehen, der aber durchaus auf die Belastung des Augenblicks vor einem Mikrophon und einem Publikum mit großen Erwartungen zurückzuführen sein konnte. Er räusperte sich und beugte sich ein wenig vor. Das Stimmengewirr wurde leiser, bis es vollkommen erstarb. Erik Ponti bemerkte, daß der Mann kein Manuskript hatte.

»Auf die Notwendigkeit eines zivilen schwedischen Sicherheitsdienstes gedenke ich nicht einzugehen, es sei denn, jemand aus dem Publikum möchte hinterher etwas Polemisches zu dem Thema sagen«, begann Hamilton und ließ eine kurze Pause folgen.

»Überhaupt freue ich mich vor allem auf eine Diskussion mit euch, denn ich möchte nicht nur Dinge sagen, die vielleicht selbstverständlich sind«, fuhr er fort.

Und im folgenden sagte er drei Dinge, die man kaum als schwedische Selbstverständlichkeiten ansehen konnte. Er begann nämlich mit der Beschreibung des Feindes. Und der Feind, so erklärte er, sei in erster Linie ein gutgekleideter Geschäftsmann unklarer Herkunft und mit interessanten Kontakten in Ost und West, in zweiter Linie junge, erst vor kurzem ins Land gekommene und hochqualifizierte Offiziere des russischen Nachrichtendienstes, die an der hiesigen Botschaft arbeiteten, und drittens Terroristen, dann allerdings *richtige* Terroristen, also beispielsweise keine Mitglieder der PLO.

Linksgerichtete Studenten waren also kein vorrangiges Ziel mehr für den schwedischen Sicherheitsdienst.

Erik Ponti erkannte, daß darin ein Körnchen Ironie steckte, doch die war schwer zu erkennen, da in Hamiltons Gesicht auch nicht mal der Anflug eines dazu passenden Lächelns zu entdecken war.

Wie sich zeigte, war Hamiltons Vortrag klar gegliedert. Die drei Thesen, die er zu Anfang genannt hatte, wurden dann nacheinander schnell erläutert. Er begann damit, was in Zusammenhang mit der Sowjetunion in spionagetechnischer Hinsicht geschehen war. Die sogenannte zivile Spionage, die die Russen als politische Spionage ansahen, also die Tätigkeit, die in erster Linie von den verschiedenen Auslandsdirektoraten des KGB betrieben worden war, war fast auf den Nullpunkt zurückgefahren worden. Interessant in diesem Zusammenhang war jedoch, daß die militärisch-technische Spionage, die in den Tätigkeitsbereich des GRU fiel, völlig intakt geblieben war, ja, mehr noch, vielleicht war auf dieser Seite sogar ein Aufschwung erkennbar. Geopolitisch, so Hamilton, sei das nicht bemerkenswert. Rußland sei ein Staat, der einen geradezu verzweifelten Bedarf an ökonomischem, technischem und militärischem Wissen habe. Da vor allem das Letztgenannte vielleicht merkwürdig erscheine, sei da wohl eine nähere Erläuterung erforderlich.

Erik Ponti notierte sich verschiedene Möglichkeiten zum Schneiden, fühlte sich aber schon bald in einem gleichmäßigen Strom nicht sonderlich aufregender Standpunkte oder Erklärungen verloren. Plötzlich ging ihm auf, daß Hamilton den Äther-Medien schon in den ersten Sätzen alles Notwendige mitgeteilt hatte und jetzt nur pflichtschuldigst eine recht standardisierte Darlegung abspulte, die man in jedem außenpolitischen Seminar hätte vortragen können. Es wurde ganz einfach langweilig.

Hamilton endete mit einer halben Entschuldigung, daß es vielleicht ergiebiger wäre, auf Fragen des Publikums zu antworten. Dann breitete er mit einer auffordernden Geste die Arme aus.

In der folgenden Stunde kam es zu einer langen Auseinandersetzung um die Kurden in Schweden, da einige kurdische Studenten es geschafft hatten, eins der drahtlosen Mikrophone an sich zu reißen. Sie ließen nicht locker und wurden von den anderen Studenten auch nicht unterbrochen, da es in der Sache um etwas ging, was den Fragestellern am Herzen lag und ihr volles Mitgefühl hatte. Erik Ponti hörte nur mit einem Ohr zu, während er seine Notizen überflog und das Band wechselte.

Plötzlich sah Hamilton auf seine Armbanduhr und sagte, jetzt müsse er leider gehen. Dann bat er alle Anwesenden, auf ihren Plätzen zu bleiben, bis er abgefahren sei. Und dann ging er und hatte schon den Saal verlassen, als es zu einem verwirrten Beifall kam.

Erik Ponti stürzte sich ins Menschengewimmel, um die Leute vom Lokalradio zu finden. Er wollte sich von ihnen zum Studio mitnehmen lassen, da sowohl sie als auch er dort noch zu arbeiten hatten. Er wurde jedoch von den verschiedenen Fernsehteams abgefangen, die draußen standen und einander gegenseitig interviewten. Sie konnten nichts anderes sagen, als daß sie gar nicht wüßten, was im Saal gesprochen worden sei, da man die freie Presse und das Fernsehen nicht eingelassen habe. Sie waren sehr erregt. Und als sie Erik Ponti entdeckten, kamen sie mit ihren Kameras angerannt und stellten ihn wegen der undemokratischen Verfahrensweise zur Rede. Einige deuteten an, man habe wohl nur Hofberichterstattern Zutritt gewährt.

Als erster der entrüsteten Journalisten erschien ein Reporter der

Nachrichtensendung *Aktuellt* mit Kameramann und fragte, ob der Säpo-Chef persönlich entschieden habe, welche Massenmedien Zutritt erhalten sollten.

Erik Ponti entgegnete gemessen, er habe sich wie alle anderen in der Schlange angestellt und sei deswegen in den Saal hineingekommen. Das gelte im übrigen auch für die Vertreter des Lokalradios und einige Journalisten von Zeitungen in Västerbotten.

Auf die Frage, ob etwas Neues oder Sensationelles gesagt worden sei, erwiderte Erik Ponti mit einem schlichten Ja. Ohne sich näher zu erklären.

Und als da *Aktuellt* und andere herbeieilende Kollegen ihm Fragen zu stellen begannen, wie diese sensationellen Neuigkeiten aussähen, erwiderte er, es seien sehr interessante Äußerungen gefallen, so sehr, daß er es jetzt eilig habe, mit der Redaktionsarbeit zu beginnen, da sein Beitrag im *Echo des Tages* viel Raum einnehmen werde. Mit diesen Worten verneigte er sich ironisch vor den Fernsehkameras und empfahl dem Fernsehpublikum, sich die Sendungen des Morgen-Echos anzuhören. Dann machte er sich lachend frei und ging.

Die beiden Leichen beim Glockenturm der Ålidhems-Kirche warfen in mehrerer Hinsicht Rätsel auf. Schon der Student, der die Polizei in Umeå anrief und von seiner Entdeckung berichtete, sprach von Mord, was ihn später in eine ebenso traurige wie peinliche Lage versetzen würde.

Doch die Polizeistreife, die als erste am Fundort erschien, kam sofort zu der gleichen Schlußfolgerung wie der Student, der angerufen hatte. Sie sperrten das Gelände um den Glockenturm ab, alarmierten das Ermittlungsdezernat und die Kriminaltechniker im Zentrum.

Zwei zum Teil zugeschneite Männer lagen dicht nebeneinander an der Rückseite des Glockenturms, weniger als fünfzig Meter von der modernistischen Holzkirche und weniger als zwanzig Meter von dem Fußweg zwischen den Studentenwohnheimen von Ålidhem und dem Universitätsgelände entfernt, der jeden Tag sicher von ein paar tausend Personen begangen wurde.

Der Glockenturm war aus Holz und stand auf einem Betonfundament. In Sitzhöhe zeigten kräftige Holzbalken in alle Himmelsrichtungen. Ob diese Balken eine praktische Funktion hatten oder nur Ausdruck irgendwelcher künstlerischen Absichten waren, ließ sich nur schwer ausmachen. Diese Balken wurden jedoch oft als Sitzplätze benutzt, und zwar von Personen, die draußen im Freien Wein und Schnaps trinken wollten. Insofern war der Glockenturm stadtbekannt. Es ließ sich jedoch nur schwer vorstellen, daß jemand an einem dunklen Dezemberabend bei Schneesturm sich dort hinsetzte, um zu trinken.

Nachdem die Leichen fotografiert worden waren, wurden sie ins Gerichtsmedizinische Institut gebracht, um dort identifiziert und obduziert zu werden. Unterdessen hatten die Kriminaltechniker der Polizei damit begonnen, am Fundort Schnee zu schippen und ihn zu schmelzen, um etwas zu finden, was die Todesfälle erklären konnte. Den beiden Männer waren nämlich keinerlei Spuren äußerlicher Gewaltanwendung anzumerken, so daß sie bei oberflächlicher Betrachtung auch erfroren sein konnten, nachdem sie vielleicht einen selbstgebrannten Fusel geteilt hatten, der keinen einwandfreien Alkohol enthielt. Wäre da nicht das Wetter der letzten vierundzwanzig Stunden gewesen. Unter den beiden Leichen fand man große Flecken geschmolzenen Schnees, den die beiden mit ihrer entweichenden Körperwärme zum Schmelzen gebracht hatten. Es sah also aus, als wären sie im Lauf der letzten vierundzwanzig Stunden gestorben.

Die rasche Abkühlung der Leichen, zu der es offenbar gekommen war, machte es den Gerichtsmedizinern zunächst schwer, sich eine Auffassung vom Zeitpunkt des Todeseintritts zu machen. Es ließ sich nämlich nur schwer ausmachen, was Totenstarre war und was gewöhnliche Tiefkühlung.

Die Identifizierung bot hingegen keine Schwierigkeiten, da beide Ausweispapiere verschiedener Art bei sich hatten.

Der eine Mann hieß Memo Baksi, war einunddreißig Jahre alt und geschieden. Er hatte zwei Kinder. Bei der Polizei von Umeå war er recht gut bekannt, weil er ein Trainingsstudio betrieb, in dem er jugendliche Einwanderer in verschiedenen Kampfsportarten ausbildete. Er hatte von der Gemeinde für sein Geschäft finanzielle Beiträge erhalten, nämlich mit Hinweis darauf, daß er durch den Kampfsport junge Leute, die in die Kriminalität abzugleiten drohten, dazu bringen könne, sich auf bessere Dinge als Verbrechen zu konzentrieren. Seine Tätigkeit war bei der Polizei von Umeå schon zum Gegenstand einiger hitziger Diskussionen geworden. Einige waren nämlich der Ansicht, daß gerade fernöstliche Kampfkunst wohl der denkbar ungeeignetste Zeitvertreib für kleine Nachwuchsgangster sei. Mit der Gewalt junger Leute habe man in der Stadt auch so schon alle Hände voll zu tun. Einige andere meinten, die Hauptsache sei, daß man arbeitslose Jugendliche aus Einwandererfamilien nach Möglichkeit von Straße und Kneipen fernhalte. Beide Seiten suchten in der Statistik der letzten zwei Jahre Beweise für die Auffassung zu finden, daß es angemessen oder unangemessen sei, daß die Gemeinde Baksis Nahkampfschule finanzierte.

Wie auch immer: Der Nahkampfsspezialist Memo Baksi war jetzt in einer Schneewehe tot aufgefunden worden, ohne jedes äußere Zeichen von Gewaltanwendung.

Der zweite Mann, den man gefunden hatte, war Abdel Rahman Fayad, eine an der Universität in Umeå recht bekannte Person, allgemein Abbe genannt.

Er war palästinensischer Herkunft und bei seinem Tod achtundzwanzig Jahre alt. Er hatte an der Universität gearbeitet, nämlich als Assistent am Physikalischen Institut. Zugleich hatte er an seiner Dissertation gearbeitet. Er war mit einer Schwedin verheiratet gewesen, hatte drei minderjährige Kinder und hatte seit fünf Jahren die schwedische Staatsbürgerschaft besessen. In den Akten der Polizei fehlte jede Angabe über ihn. Der Mann hatte sich offenbar nie einer Gesetzesübertretung schuldig gemacht und, soweit bekannt, auch keinen Kampfsport gepflegt. Seine Frau hatte jedoch in der Nacht unruhig bei der Polizei angerufen und ihn als vermißt gemeldet, obwohl er erst einige Stunden weg gewesen war.

Es gab für die Polizei also eine ganze Menge Fragen, denen sie nachgehen konnte, doch man beschloß zu warten, bis die gerichtsmedizinische Untersuchung der beiden Toten beendet war. Erst dann würde feststehen, ob man in zwei Mordfällen ermittelte oder nicht.

Es war Mord. Oder, wie die Schlußfolgerung medizinisch etwas förmlicher lautete, es handelte sich um »Tod durch Fremdeinwirkung«. Das stand schon bald zweifelsfrei fest.

Wie es dazu gekommen war, ließ sich hingegen nicht so leicht sagen.

Als die Gerichtsmediziner mit einiger Gewalt die gekrümmten und zum Teil steifgefrorenen Extremitäten der beiden Toten geradegebogen und ihnen die Kleider ausgezogen hatten, so daß sie mit der eigentlichen Obduktionsarbeit beginnen konnten, war es schon Abend geworden. Wenn die Polizei nicht so gedrängt hätte, hätte man mit dem Beginn der Obduktion vielleicht bis zum nächsten Arbeitstag gewartet. Professor Anders Eriksson hätte an diesem Abend eigentlich an einem Treffen der Jagdhundeigner Västerbottens teilnehmen sollen und war zunächst gar nicht begeistert, als er den ersten der beiden Toten zu untersuchen begann. Seine zunehmende Neugier weckte jedoch rasch sein Interesse an der Arbeit.

Vor ihm lag ein offenbar extrem durchtrainierter Mann im Alter zwischen fünfundzwanzig und dreißig Jahren. Gesicht oder Brust wiesen keinerlei Spuren von äußerer Gewaltanwendung auf; sämtliche Extremitäten waren unversehrt, nirgends Knochenbrüche. Alles deutete darauf hin, daß die Todesursache im Körperinneren zu suchen war und daß man schlimmstenfalls zu chemischen Untersuchungen greifen mußte, die langwierig werden konnten.

Doch als sie den scheinbar unverletzten Mann umdrehten, entdeckten Anders Eriksson und seine Mitarbeiter gleichzeitig einen kleinen Blutfleck neben dem Rückgrat, nämlich zwischen dem zwölften Brust- und dem ersten Lendenwirbel. Als sie anschließend diese Region näher untersuchten, sah es aus, als könnte die Haut auf zwei oder drei Zentimeter Länge penetriert worden sein. Die Wunde hatte sich infolge der Elastizität der Haut geschlossen, ließ sich jedoch mit den Fingern auseinanderziehen. Es konnte sich tatsächlich um die Einstichöffnung eines Messers handeln.

Der Verdacht bestätigte sich rund eine halbe Stunde später, als sie den Leichnam geöffnet und die ersten Organe beiseite gehoben hatten. Zu ihrem Erstaunen entdeckten sie eine Blutmenge von zwei Litern, die jedoch zum größten Teil geronnen war. Sie arbeiteten sich weiter vor und trockneten die Bauchhöhle, bis sie den Fund machten, den sie schon geahnt hatten.

Ein Messer war schräg zum Rückgrat eingedrungen, hatte die Verbindung zwischen dem zwölften Brust- und dem ersten Lendenwirbel gekappt und gleichzeitig die Aorta zerschnitten.

Das war eine sehr bemerkenswerte Entdeckung. So etwas hatte es vermutlich in der schwedischen Kriminalgeschichte noch nie gegeben.

Die rein medizinische Logik war dennoch einfach. Der Messerstich hatte zu sofortiger Lähmung des gesamten Unterkörpers und einem blitzschnellen Blutdruckabfall infolge der angeschnittenen Aorta geführt.

Der Tod mußte auf der Stelle eingetreten sein. Zumindest mußten die meisten motorischen Körperfunktionen der unteren Körperhälfte so schnell erloschen sein, als hätte man einen Elektroschalter betätigt. In juristischem Sinn war der Tod demnach einige Minuten später beim Erlöschen der Hirnfunktionen eingetreten.

In medizinischer Hinsicht war nichts davon problematisch. Diese Dinge waren nicht schwer zu begreifen. Hingegen fragten sich die beiden Pathologen, wer einen solchen Mord ausführen konnte, wenn er nicht gerade ein Chirurg mit besonderen Kenntnissen in Orthopädie war. Wenn man das Ganze als Mord betrachtete, handelte es sich um eine geradezu artistische Leistung von höchstem Niveau, was bei den beiden Gerichtsmedizinern sofortiges berufliches Entzücken auslöste. Dieser Mord war wahrhaftig nicht von schlechten Eltern.

Der Umstand, daß die beiden Ärzte auch später – wovon sie von Anfang an ausgegangen waren – keine andere Spur von Gewaltanwendung finden konnten, kein einziges sonstiges Detail, das sich mit dem Tod in Verbindung bringen ließ, überzeugte sie ebenfalls davon, daß der Täter tatsächlich genau gewußt hatte, was er tat. Er hatte nicht einfach Glück gehabt, sondern mit verblüffender Präzision gearbeitet.

Ihre Schlußfolgerungen im Fall Memo Baksi bewirkten, daß sie sich auch des zweiten Opfers mit großen Erwartungen annahmen, Treffen von Jagdhundhaltern oder nicht.

Sie stellten fest, daß es sich um einen Mann im gleichen Alter, wenn auch von eher normaler Körperkonstitution handelte.

Doch hier war kein Messer verwendet worden. Schon bei der ersten oberflächlichen Untersuchung des Toten fanden sie die Ursache seines Todes, einen Bruch der Halswirbelsäule.

Die beiden Ärzte brachten die innere Besichtigung und die Analyse schnell hinter sich, um sich dann der Frage zuzuwenden, wie in diesem Fall die äußere Gewalt appliziert worden war.

Die Frage ließ sich im Lauf des Abends nicht entscheiden, zumindest nicht genau. Es stand jedoch fest, daß irgendeine sehr kräftige Gewalt auf die Halswirbelsäule eingewirkt hatte, da sich an mehreren Stellen Brüche fanden. Doch die Risse in der Muskulatur deuteten auch auf eine andere Art von Gewalt hin. Es sah aus, als wären Kopf und Hals kräftig gedreht worden, vermutlich nachdem die Brüche der Halswirbelsäule entstanden waren. Zunächst konnten die Pathologen nur Vermutungen anstellen. Sie vermuteten, daß mit irgendeinem stumpfen Gegenstand gegen den Nacken geschlagen worden war. Denkbar war etwa ein Baseballschläger. Der bewußtlose und in medizinischem Sinn schon sterbende Mann war danach einer neuen Attacke ausgesetzt worden. Irgendwie hatte man seinen Kopf seitlich verdreht. Und da die Halswirbelsäule schon an zwei Stellen gebrochen war, hatte das Skelett nicht widerstehen können. So war der Tod gekommen: Der oder die Täter hatten dem Opfer buchstäblich den Hals umgedreht.

Soweit Anders Eriksson sich erinnerte, würde auch das ein Novum in der schwedischen Kriminalgeschichte sein; die Redensart, »jemandem den Hals umzudrehen«, wie es im Volksmund heißt, war bei Vorlesungen von Pathologen ein gängiger Scherz. In der Praxis hatte er so etwas für unmöglich gehalten. Doch hier schien es geschehen zu sein.

Als Anders Eriksson den Chef des Ermittlungsdezernats bei der Polizei von Umeå anrief, hatte er folglich, wie er sagte, sehr interessante Neuigkeiten. Es liege kurz gesagt in beiden Fällen Mord vor. Die Gewaltanwendung sei präzise und mit Absicht erfolgt, und in technischer Hinsicht handele es sich um medizinisch erstaunlich fähige Täter, die hier fast artistische Leistungen zustande gebracht hätten.

Der Kriminalkommissar am anderen Ende brummte mißbilligend, der Ausdruck artistisch gefalle ihm nicht, fragte jedoch dann, ob die Möglichkeit bestehe, daß die beiden Opfer eine interne Auseinandersetzung gehabt hätten. Ob es ihnen möglich gewesen sei, sich gegenseitig umzubringen.

Das konnte Eriksson schnell und einfach ausschließen. Derjenige der beiden, der mit einem Messer ermordet worden war, war in dem Augenblick, in dem das Messer in den Körper eingedrungen sei, im größeren Teil des Körpers gelähmt gewesen. Er sei danach gestorben, ohne sich bewegen zu können, und infolge des Blutdruckabfalls sei er vermutlich schnell bewußtlos geworden.

Das zweite Opfer sei mit einem einzigen Einsatz äußerer Gewalt bewußtlos geschlagen worden und habe sich folglich nicht bewegen können, als die Halswirbelsäule anschließend auseinandergedreht worden sei. Folglich müsse sich mindestens eine weitere Person am Tatort befunden haben. Selbst wenn einer der beiden Ermordeten den anderen umgebracht habe, sei er auf eine Weise gestorben, die unmöglich Selbstmord sein könne.

Als das Ermittlungsdezernat bei der Polizei von Umeå den definitiven Bescheid erhalten hatte, wurde zusätzliches Personal eingesetzt. Als erste Maßnahme wurden Überstundenlisten erstellt. Danach kam es in einem der größeren Konferenzzimmer im Haus zu einer kurzen Einsatzbesprechung. Es wurde zusammengefaßt, was bisher bekannt war, bevor die praktischen Aufgaben unter den Beamten verteilt wurden.

Vorläufig war also folgendes bekannt: Zwei Männer in ungefähr dem gleichen Alter, beide ausländischer Herkunft, waren am selben Ort und zu ungefähr dem gleichen Zeitpunkt ermordet worden. Davon mußte man bis auf weiteres ausgehen. Der Zeitpunkt mußte nach 1.00 Uhr liegen, da aufgrund einer Vermißtenmeldung um 3.00 Uhr eins der Opfer sein Zuhause verlassen hatte, Abdel Rahman Fayad. Und da man die beiden kurz vor 10.00 Uhr gefunden hatte, lag der logische Todeszeitpunkt zwischen 1.00 und 6.00 Uhr. Schließlich mußte man bedenken, daß beide schneebedeckt gewesen waren, und der Schneefall hatte gegen sieben Uhr morgens aufgehört. Ein noch wahrscheinlicherer Todeszeitpunkt lag zwischen 1.00 und 3.00 Uhr, da man wußte, wann Fayad von zu Hause weggegangen war. Außerdem war das Wetter nicht für einen längeren Aufenthalt im Freien geeignet gewesen.

Es gab keine bekannte Verbindung zwischen den beiden Opfern. Sie hatten sich in völlig verschiedenen Kreisen bewegt.

Der Täter (oder die Täter) war mit einer handwerklichen Geschicklichkeit vorgegangen, die bei den Gerichtsmedizinern offenbar Begeisterung ausgelöst hatte.

Dies war bislang alles, was mit Sicherheit feststand.

Jetzt ging es folglich darum, die Verbindung zwischen den beiden Opfern zu finden. Da gab es nur eine Möglichkeit: Man mußte unter ihren Freunden und Bekannten suchen. Fayads Frau sollte als erste verhört werden, da sie vielleicht etwas darüber wußte, was ihr Mann vorgehabt hatte. Die Tatsache, daß sie schon um 3.00

Uhr bei der Polizei angerufen hatte, deutete an, daß sie schon böse Ahnungen gehabt hatte. Die Frage war, was sie geahnt hatte. Folglich war es zweckmäßig, sich sie als erste vorzunehmen.

Und dann natürlich dieser Student, der die beiden Leichen am Morgen entdeckt hatte. Woher wußte er, daß es sich um Mord handelte, obwohl das erst nach sorgfältiger Untersuchung durch den Gerichtsmediziner festgestellt worden war?

Da gab es nur eins: loslegen und mit der Arbeit beginnen.

Während der folgenden Stunden wurden unter anderem zwei Verhöre durchgeführt, die für die Vernommenen ebenso unangenehm wie kränkend waren.

Der Philosophiestudent Martin Arnhög wurde hart bedrängt und gefragt, wie er zufällig die beiden zugeschneiten Leichen habe entdecken können. Außerdem wollten die Beamten wissen, woher er hatte wissen können, daß die beiden einem Mord zum Opfer gefallen waren.

Der Fundort lag zwar in der Nähe seines täglichen Morgenspaziergangs vom Fysikgränd im Studentenwohngebiet von Ålidhem und der Universität. Er war auf dem Weg zu einer Vorlesung gewesen, die nachweislich um zehn Uhr angefangen hatte. Insoweit war nichts merkwürdig. Doch was hatte ihn dazu gebracht, ausgerechnet an diesem Morgen auf seinem gewohnten Spaziergang bei der Kirche plötzlich zum Glockenturm zu gehen und einen ungewöhnlichen Fund zu machen? Von dem zusammengetretenen Schneematsch hinten am Spazierweg her hatte er nichts sehen können. Woher also diese plötzliche Abweichung? Und wie hatte er wissen können, daß es sich um Mord handelte? Er studierte nämlich nordische Sprachen und nicht Medizin. Stand er in irgendeiner Verbindung zu den beiden Opfern? Hatte er einen der beiden Männer gekannt? Oder jemanden aus deren Bekanntenkreis?

Für den Anfang wehrte sich der junge Student meist mit einer Art aggressiver Ironie, da es ihm sichtlich schwerfiel, die Fragen oder vielmehr das, was die Fragen andeuteten, ernst zu nehmen.

Und als ihm aufging, daß es ernst war, da er nicht nach Hause gehen durfte, als er erklärte, er habe diese Albernheiten jetzt satt, sondern im Gegenteil darüber aufgeklärt wurde, man könne ihn sechs Stunden festhalten, bevor von einer vorläufigen Festnahme die Rede sein könne, war es zu spät, mit Erklärungen zu beginnen.

Plötzlich hörten sich seine Erklärungen wie nachträgliche Konstruktionen an, wie Dinge, die er nur erfunden hatte.

Er habe plötzlich pinkeln müssen. Was sei schon dabei? Deshalb sei er hinter den Glockenturm gegangen, und da habe er die Männer dort liegen sehen.

Natürlich habe er nicht »gewußt«, daß es sich um Mord handelte. Anscheinend habe er einfach angenommen, daß die beiden nicht wie zwei Betrunkene ausgesehen hätten, die dort vielleicht erfroren seien. Vielleicht habe er deshalb spontan ein Verbrechen vermutet. Beide hätten ja in einer merkwürdigen Körperhaltung dagelegen, als hätte man sie dort hingeworfen. Und dann noch der Schnee ... ja?

Wie sei es möglich gewesen, daß er habe pinkeln müssen, nachdem er weniger als fünfhundert Meter von zu Hause zurückgelegt habe? Er habe sicher am frühen Morgen zu Hause gepinkelt? Außerdem seien um diese Zeit viele Leute auf dem Weg zwischen Universität und Studentenwohnheim unterwegs. Sei es nicht ein bißchen merkwürdig, sich dann am Glockenturm hinzustellen und zu urinieren?

Und so weiter.

Der junge Mann wurde natürlich nicht festgenommen. Es fehlte schließlich an jedem Verdacht gegen ihn. Doch als er gehen durfte, fühlte er sich wie ein Verdächtiger. Außerdem attackierten ihn Fotografen und Reporter der örtlichen Presse, als er das Polizeihaus verließ.

Für Abdel Rahman Fayads Ehefrau Annalena wurde das Verhör schon bald schauerlich quälend, obwohl die Polizeiassistentin, die am meisten sprach, ihr Möglichstes tat, um sanft vorzugehen.

Die beiden Kriminaler fanden sie hysterisch weinend mit einem kleinen Kind auf dem Arm vor. Sie hatte es schon erfahren: Ein Streifenwagen war vor eine Stunde da gewesen.

Die beiden Polizisten fühlten sich zunächst ebenfalls sehr gequält und versuchten, sie mit der Hilflosigkeit zu trösten, die angesichts des Kummers und der Tränen der Frau unvermeidlich war. Doch es mußten unweigerlich bestimmte Fragen gestellt werden, und das überdies schnell, so schnell wie möglich.

Die Frau hatte keine Ahnung, wen ihr Mann hatte treffen wollen. Sie erklärte, er habe nichts darüber gesagt. Und von einem Memo Baksi habe sie noch nie etwas gehört. Nein, es sei unüblich, daß er auf diese Weise verschwunden sei. Gerade deswegen habe sie sich ja so schnell solche Sorgen gemacht.

Die Beamten bearbeiteten sie, anfänglich mit einer weichen und verständnisvollen Haltung. Aber sie glaubten ihr nicht, was sich schon bald an ihrer Art zu fragen zeigte. Sie bekam einen hysterischen Zusammenbruch, als ihr aufging, was man ihr zutraute: daß sie etwas wußte, was sie verbergen wollte.

Das Verhör konnte nicht zu Ende geführt werden, und nach einer kurzen Beratung mit dem Chef des Ermittlungsdezernats wurde beschlossen, die Frau und ihre Kinder für die Nacht Mitarbeitern des Sozialamts zu übergeben, während man in ihrer Wohnung und der ihres ermordeten Mannes eine Hausdurchsuchung vornahm.

Ohne auch nur andeutungsweise mit der Formulierung irgendwelcher Hypothesen zu beginnen, ging die Polizeiführung in Umeå davon aus, daß es eine klare Verbindung zwischen den beiden Opfern geben mußte. Und daß es angezeigt war, diese Verbindung umgehend zu finden. Es gab zwei einfache Wege, die sie einschlagen konnten: erstens Beschlagnahmen, Hausdurchsuchungen in den Wohnungen der beiden Opfer und an ihren Arbeitsplätzen sowie Sicherung von Beweismitteln.

Zweitens Verhöre, vor allem Vernehmungen junger Männer mit Verbindung zu dem Karate-Club, dessen Leiter und Ausbilder Memo Baksi gewesen war. Eins der Opfer, Abdel Rahman Fayad, war immerhin mit einer karateähnlichen Methode getötet worden.

Doch keiner dieser wohlerprobten polizeilichen Methoden führte zu einem schnellen Ergebnis. Nach vierundzwanzig Stunden hatte man noch immer nichts Konkretes gefunden, was die beiden Opfer miteinander verband. Nirgends in ihren Aufzeichnungen oder Adreßbüchern fand sich die Telefonnummer des anderen oder auch nur eine Nummer mit einer indirekten Verbindung zu dem jeweils anderen. In Abbe Fayads Bekanntenkreis an der Universität oder an seinem Arbeitsplatz im Haus der Naturwissenschaften gab es niemanden, der von Memo Baksi oder dessen Karate-Club auch nur gehört hatte. Und die jungen Männer, die in dem Karate-Club unten in der Stadt verkehrten, stellten ganz offenkundig einen vollkommen anderen sozialen Kreis dar als der draußen auf dem Universitätsgelände.

Memo Baksi war gelegentlich mit Drogendelikten in Verbindung gebracht worden, und es war vollkommen klar, daß er im Club mit einigen jugendlichen Delinquenten Umgang hatte. Gerade deshalb hatte er ja kommunale Mittel erhalten, um junge Schläger dazu zu bringen, unter geordneten Formen miteinander zu trainieren, statt sich in der Stadt zu prügeln.

In Abbe Fayads Bekanntenkreis gab es ausschließlich Akademiker der Universität sowie einige Palästinenser, die als Krankenpfleger im Universitätskrankenhaus oder in einem der Restaurants auf dem Gelände arbeiteten.

In sozialer Hinsicht waren die beiden Gruppen klar verschieden. Es gab nur zwei Dinge, die sie miteinander verbanden: Sie waren gleichzeitig am selben Ort ermordet worden, und beide waren ausländischer Herkunft.

Als die Polizei in Umeå mehr als vierundzwanzig Stunden nach der Auffindung der beiden Mordopfer eine Pressekonferenz einberief, konnte sie folglich nur ein bedeutend magereres Material präsentieren, als sie geglaubt und gehofft hatte.

Aus journalistischer Sicht waren die Fakten mager, aber dennoch recht interessant. Doppelmord. Ausländer. Karate-Experte.

Das war eine gute Mischung. Daraus ließ sich eine gute Suppe kochen mit Fleisch auf den Knochen. Und folglich schilderten die Medien aus Stockholm das Ereignis bedeutend ausführlicher als die lokale Presse und der lokale Rundfunk. Es gab nämlich eine pikante Verbindung zu einer sehr bekannten Person: Die beiden Mordopfer waren in weniger als zehn Minuten Fußweg Entfernung von der Stelle aufgefunden worden, an der der Säpo-Chef Hamilton am Vorabend einen Vortrag gehalten hatte.

3

Carl war seit mehr als einer Woche zum ersten Mal wieder zu Hause. Er hielt vor den Stahltoren, nahm den Sender aus dem Handschuhfach, richtete ihn auf das Tor und gab den Code ein. Die Tore glitten lautlos zur Seite. Dort unten, am anderen Ende der Allee, lag Stenhamra schwarz und still da. Er betrachtete das Haus und stellte fest, daß es eine sehr merkwürdige Sparsamkeit war, die ihn dazu gebracht hatte, den Timer abzustellen, der das Einschalten des Lichts regelte. Vielleicht hatte er das Licht auch ganz einfach abgestellt, weil er ein dunkles Haus sehen wollte, wenn er nach Hause kam, weil das ein wahreres Bild ergab, das keine Erinnerungen hervorrufen konnte und keine Halluzinationen. Die beiden hielten sich schließlich nicht mehr dort drinnen auf. Die Dunkelheit war wahr und paßte zu seiner Gemütsverfassung. Eine erleuchtete Allee und ein hell erleuchtetes Erdgeschoß wären als Anblick unerträglicher gewesen, so als wären die beiden noch da, als erwarteten sie ihn, als würde Tessie jetzt im Salon an der Seeseite sitzen und lesen oder vor ihrem Computer in dem neuen Arbeitszimmer im Obergeschoß sitzen, als würde sie jetzt seinen Wagen hören und herunterkommen, um ihn zu begrüßen; als würde Ian Carlos in seinem Kinderbett im Zwischengeschoß schlafen. Die Dunkelheit war besser, weil sie nicht log.

Er fuhr den Wagen hinein, richtete den Sender auf das Stahltor und schloß es. Der Wagen rutschte ein wenig im Schnee. Auf dem Grundstück waren keine Wagenspuren zu sehen und auch keine Fußabdrücke von Menschen.

Carl stellte den Wagen ab und nahm seine vollgestopfte Sporttasche vom Rücksitz. Das war der triviale Grund für seine Heimkehr – sein Vorrat an Hemden war aufgebraucht, und er mußte jetzt alle waschen und neue holen. Neben seinem Dienstzimmer auf Kungsholmen in Stockholm hatte er sich ein kleines Kabuff mit Kochnische zum Übernachten eingerichtet. Wären da nicht Hemden und Unterwäsche gewesen, die immer wieder gewaschen werden mußten, hätte er monatelang in seinem Dienstgebäude wohnen können. Er arbeitete gern nachts, wenn alle anderen nach Hause gegangen waren.

Er schloß die Garage ab und schaltete die Alarmanlage ein. Dann ging er auf das Haus zu. Schnee schwappte ihm in seine Halbschuhe, grobkörniger Schnee, da es erst getaut hatte und dann wieder kalt geworden war.

Das Türschloß klickte ungerührt und höflich, als er den Code eingab, als ob alles normal wäre, als ob nichts geschehen wäre. Er ging in die Dunkelheit hinein und schaltete die Alarmanlage aus. Dann gab er seine Fragencodes auf der Tafel neben der Alarmanlage ein und bekam eine Serie von Zahlen zur Antwort. Diese beschrieben die Bewegungen, die im Haus registriert worden waren, seit er es verlassen hatte. Bewegungen, die zu klein waren, um den Alarm auszulösen. Soweit er sehen konnte, hatten sich wie gewohnt einige Mäuse im Keller bewegt. Vielleicht hatten sich auch die Fledermäuse auf dem Dachboden bewegt und sich eine bequemere Schlafstellung gesucht. Ein großes warmblütiges Tier hatte sich in der letzten Zeit jedoch nicht im Haus aufgehalten.

Carl ging in die Küche, ohne Licht zu machen. Er zählte seine Schritte sorgfältig, bevor er die Hand ausstreckte und genau den Türgriff erreichte. Ein leicht abgestandener Geruch schlug ihm entgegen. Er blieb stehen und schnupperte. Er kam zu dem Schluß, daß er irgendwo eine Milchpackung vergessen haben mußte. Die Milch war vermutlich sauer geworden und verschimmelt.

Er ging zur Waschküche, machte die Tür auf und trat ein. Er wollte auch hier kein Licht machen, und das lag nicht nur daran, daß er gelernt hatte, die Dunkelheit als Freund zu betrachten, als eine zusätzliche Sicherheit. Er phantasierte davon, daß er hätte wählen dürfen. Blindheit oder das, was geschehen war. Er hätte sich dafür entschieden, blind zu werden, und dann ein gutes Leben führen können.

Er verstaute die Wäsche in der Waschmaschine, immer noch ohne Licht. Doch als er den Deckel geschlossen hatte und die Hand auf den Programmierknopf legte, ließ er einen leisen Fluch hören. Er wußte nicht mehr, wie er zuletzt eingestellt gewesen war, und so konnte er nicht das richtige Programm in Gang setzen, ohne vorher Licht zu machen. Das Verdrängungsspiel war zu Ende. Er machte Licht und blinzelte, als ihn der plötzliche scharfe Lichtschein blendete. Dann sah er genau das, was er nicht hatte sehen wollen, wovor er sich gefürchtet hatte. Tessies Morgenmantel, auf den sie Kaffee verschüttet hatte, lag auf dem Wäschetrockner. Er hatte es nicht über sich gebracht, ihn wegzuwerfen. Wie er so dalag mit seinen frischen braunen Kaffeeflecken, als wäre es erst heute morgen passiert, gab er Carl in seiner menschlichen Alltäglichkeit zu verstehen, daß alles so sei wie immer, daß Tessie von ihm erwartete, daß er etwas gegen den Fleck unternahm. In dem roten Wäschekorb aus Kunststoff lagen einige Kleidungsstücke von Ian Carlos, ganz oben ein kleines Matrosenhemd.

Carl nahm zuerst Waschpulver, dosierte und schob das Fach zu. Dann stellte er die Waschmaschine auf Buntwäsche und sechzig Grad ein und schaltete sie an.

Während die Maschine brummend Wasser aufzunehmen begann, betrachtete er den Wäschekorb. Dann nickte er still vor sich hin, als hätte er tatsächlich eine Entscheidung getroffen, warf Tessies fleckigen Morgenmantel in den Wäschekorb und nahm diesen mit. Auf dem Weg zu dem großen Wohnzimmer im Erdgeschoß machte er alle Lichter an.

Wie gewohnt war in dem offenen Kamin ein Feuer vorbereitet. Paraffinampullen lagen bereit, und er brauchte nur ein Streichholz an alles zu halten. Er öffnete die Drosselklappe und zündete das Kaminfeuer an. Es begann sofort zu qualmen, als der Rauch und die Wärme auf dem Weg nach oben auf eine Mauer aus Kälte stießen. Als die Wärme gesiegt hatte und das Feuer ordentlich brannte, begann Carl, langsam Ian Carlos' Kleider ins Feuer zu werfen, obwohl er bei den kleinen Sportschuhen mit den drei roten Streifen zögerte. Es hatte etwas mit Umweltverschmutzung zu tun. Man sollte Kunststoff und künstlichen Gummi nicht verbrennen. Dann schnaubte er über seinen Gedanken, in dem das Religiöse einen absurden Gegensatz zum Gewissen des verantwortungsvollen Verbrauchers gebildet hatte, und warf Schuhe, getrocknete, urinfleckige Hosen, einen kleinen dunkelbraunen Overall, Tessies Morgenrock und zuletzt das kleine Matrosenhemd ins Feuer. Er sah fasziniert und fast erstarrt zu, wie das Feuer über die drei weißen Ränder der blauen Borte des Matrosenkragens kroch.

Als der Matrosenkragen lichterloh brannte, ging Carl in die Knie und betrachtete ihn. Er konnte nicht verstehen, weshalb er nicht weinte. Vielleicht hatte er keine Tränen mehr, vielleicht hatte auch irgendein erzieherischer Rückenmarksreflex in ihm jedes unwürdige Auftreten während eines Gottesdienstes niedergerungen.

Die menschliche Natur kann sich doch an alles anpassen, dachte er. Menschen haben zu allen Zeiten alles aushalten können, um dann ein neues Leben zu beginnen. Das war eine ewige Erfahrung – all dies, was er sich immerzu selbst einzureden versucht hatte, was ihm der Alte immer wieder gesagt hatte. Es gab sogar ewige Erzählungen davon.

Briseis mußte erleben, wie Achilles ihre Söhne und ihren Mann bei einem Angriff vor Troja ermordete. Sie wurde zu seiner Kriegsbeute, obwohl sie eine Frau war, welche die griechischen Belagerer vermutlich nicht sehr hoch geschätzt haben konnten. Vermutlich hätten sie aus Angst vor Geschlechtskrankheiten jungen Jungfrauen den Vorzug gegeben.

Doch die Liebe zwischen Briseis und Achilles wurde so stark, daß er aus Verzweiflung zu kämpfen aufhörte, als ihm der König in einer Geste der Arroganz Briseis wegnahm. Damit wurde vielleicht der gesamte Krieg entschieden.

Wie hatte sie Achilles lieben können? Der Alte hatte diesem Thema vor dem Kamin unten in Kivik fast einen ganzen Abend gewidmet, als es aus Sicht des Alten vielleicht in erster Linie darum ging, Carl von jeder Art von Selbstmordgedanken abzubringen. Die naheliegendste Variante wäre vielleicht gewesen, nach Palermo zu fliegen und Don Tommasos Söhne nach und nach in Stücke zu schießen, bis sich das Kriegsglück unausweichlich wendete und Carl umkommen ließ.

Gerade damals hätte er gegen eine solche Lösung nichts einzuwenden gehabt. Er hatte sogar wie im Fieberwahn, an der Grenze zu dem, was nachträglich wie eine Art Wahnsinn erschien, betont, das sei eine außerordentliche Lösung, da auch die Vendetta damit enden müsse, wenn er selbst sterbe. Man hatte mehrmals auf ihn geschossen. Soviel er wisse, sei das ein schmerzfreier Tod, und dort unten werde nichts anderes in Frage kommen können. Lebend würden sie ihn nie schnappen können.

Er war darüber hinweggekommen und hatte den Gedanken an Rache erstaunlich schnell aufgegeben. Der Alte hatte gesagt, das sei vollkommen natürlich, denn sein Leben werde weit stärker von der linken Hirnhälfte bestimmt als von der rechten.

Und die linke Hirnhälfte klärte ihn inzwischen mit erhellender Kraft darüber auf, daß eine Vendetta gegen Sizilianer nicht gewonnen werden kann, wenn diese so viele Ressourcen, das heißt also Geld, zur Verfügung haben wie Don Tommasos Familie. Sie haben eine Waffe, gegen die es keine Abwehr gibt, die *vendetta transversale*. Wenn wir dich nicht schnappen können, holen wir uns deine Familie, alle, die mit dir verwandt sind, alle, die den Namen Hamilton tragen. Und dann mußt du mit etwas weit Schlimmerem leben, als wenn wir an dich selbst herangekommen wären. Sehr einfach.

Carl wühlte in den verkohlten Kleiderresten, so daß das Feuer erneut aufflammte. Er nahm einen Blasebalg und begann, mit langsamen, gleichmäßigen Bewegungen die Asche von Ian Carlos' Matrosenhemd, Tessies Morgenmantel und den anderen Kleidern durch den Schornstein zu blasen.

Er erhob sich ein wenig steifbeinig, da sich das Blut durch sein Hocken vor dem Feuer um die Knie gestaut hatte. Ihm ging jetzt auf, daß er alle ihre Kleider verbrennen mußte.

Doch nicht gerade jetzt, das würde zuviel Zeit erfordern. Er hatte am nächsten Morgen eine wichtige Konferenz mit der Führung und wollte ausgeruht und gut vorbereitet erscheinen.

Er legte einige neue Birkenscheite auf das Feuer, um diesem mehr Glanz zu geben, etwas Helles, was seine Gedanken von dem ablenkte, was er gerade getan hatte.

Widerwillig drehte er eine langsame Runde durchs Zimmer. Fast glaubte er, die Stimmen der beiden zu hören. Als er vor dem sehr amerikanischen Barwagen stehenblieb, den er gekauft hatte, zögerte er. Alkohol hatte er nie als Trost aufgefaßt. Wahrscheinlich hatte er in dem vergangenen Monat keinen Tropfen Alkohol getrunken. Wein konnte er sich nämlich ohne Gesellschaft und ein Essen kaum vorstellen, und Hochprozentiges trank er nur, wenn er satt war, nach dem Wein.

Sie waren ja in Schottland gewesen und hatten einiges darüber gelernt, was richtig und falsch war. Ein Whisky durfte kein gemischter sein und absolut nicht amerikanisch. Plötzlich flatterte ein kurzer Erinnerungsfetzen an ihm vorbei: Er dachte daran, als er drauf und dran gewesen war, »seinen Clanchef«, den Herzog von Hamilton, um einen Jack Daniels on the rocks zu bitten, was lästerlich gewesen wäre. Jetzt standen hier Whiskysorten, die als anständig galten. Tessie hatte große Mühe darauf verwandt, alles darüber zu lernen. Macallan war am besten; Highland Park war am besten, wenn man allein war, da dieser Whisky Konversation machen konnte. Etwas in der Richtung.

Carl goß vorsichtig ein paar Zentiliter in ein Glas ein. Er stellte fest, daß der Eiskühler leer war. Dabei fielen ihm ihre Ermahnungen ein, daß echte Schotten kein Eis nehmen. Er setzte sich fast demonstrativ auf ihren Platz und streckte die Hand nach der Fernbedienung der Stereoanlage aus.

Bei den ersten Tönen von Mozarts Requiem, der Totenmesse, zuckte er zusammen. Es war tatsächlich so: Die einzige Musik, die er sich in den letzten Monaten angehört hatte, war das wenige, was es von Mozarts dunkler Musik gab. Er schaltete rasch zum zweiten Programm um und hörte etwas, was er für eine Partie aus Rimskij-Korsakows »Scheherazade« hielt.

Das war für ihn in diesem Augenblick besser.

Er war vierzig Jahre alt. Vor ein paar tausend Jahren wäre er ein alter Mann gewesen, der seine Lebensleistung schon hinter sich hatte. Der Whisky schmeckte schockierend stark, eher stark als gut. Er hatte einen zu großen Schluck genommen, war dafür aber auch kein richtiger Schotte. Beide Erklärungen konnten genauso wahr sein. Vor einigen tausend Jahren wäre er das gleiche biologische Wesen gewesen wie in diesem Augenblick, derselbe Mensch. Aber schon verbraucht, nicht mehr stark genug, um überlegen zu können. Reichlich Stoff zum Nachdenken. Eine Erklärung konnte sein, daß die Lebensbedingungen damals so hart waren, daß weniger als ein Prozent der Männer sich nach der Vollendung des vierzigsten Lebensjahrs noch behaupten konnten. Es war überdies eine Zeit, in der die Menschen an einer Blinddarmentzündung starben. Damals gab es noch ein göttliches Moment, das im Leben aller eine Rolle spielte. Eine andere Erklärung war, daß die Versorgung inzwischen so effektiv geworden war, daß selbst schwache Individuen überleben konnten, ohne unbedingt ständig andere Männer totschlagen zu müssen. Für diese Erklärung entschied Carl sich jetzt spontan. Es war folglich normal, daß er noch ein Vierteljahrhundert bis zu einer Pensionierung hatte, bis er überhaupt in sozialem und politischem Sinn als alt galt.

Ihm fiel ein schwedischer Olympiaschütze ein, der beim Fünfkampf gegen das Dopingverbot verstoßen hatte, weil er vor dem

Schießen ein Bier getrunken hatte. Carl betrachtete jetzt sein leergetrunkenes Whiskyglas und beschloß impulsiv, es zu versuchen. Er ging schnell in den Keller und schaltete alle Neonröhren ein.

Er wählte die Waffe, die er immer im Ernstfall verwendet hatte, nämlich um andere Menschen zu töten. Die Pistole hatte einen mit Perlmutt eingelegten Kolben, und dort, wo sich die Finger schlossen, war das Familienwappen eingraviert. Er würde diese Waffe nie mehr anwenden, um jemanden zu töten, obwohl das jetzt nichts mit der Sache zu tun hatte. Im Augenblick klammerte er sich nur an seiner Neugier fest. Er war noch nie betrunken Auto gefahren, hatte in betrunkenem Zustand niemals auf eine Zielscheibe geschossen, nicht einmal leicht angetrunken.

Nachdem er ein Magazin eingelegt hatte – diese eingeübten Bewegungen, die er in der Dunkelheit genauso schnell vollführen konnte wie in kaltem Neonlicht –, berechnete er, was ein Bier, das Bier, durch das Schwedens Fünfkampfmannschaft bei den Olympischen Spielen einmal eine Goldmedaille verloren hatte, etwa in Whisky gerechnet bedeuten würde. Doch, es kam ungefähr hin.

Doch als er die Waffe hob, spürte er, daß er sie zu fest in der Hand hielt. Die Zielscheibe dort hinten wartete. Sie war gut beleuchtet. Doch er hielt die Waffe zu fest in der Hand, weil er Haß in sich spürte.

Als er mit gesenkter Waffe ein paarmal ein- und ausgeatmet hatte, beschloß er, alle Schüsse außer dem letzten in die Mitte zu setzen. Den letzten Schuß würde er auf die Neun um sechs Uhr schießen, direkt unter dem Mittelpunkt

Er schoß schnell und mit gutem Selbstvertrauen und glaubte, genau das getan zu haben, wozu er sich entschlossen hatte. Doch als er an die Zielscheibe trat, um das Ergebnis zu kontrollieren, mußte er sich sammeln und erneut nachsehen, da nichts stimmte. Bis auf den letzten Schuß direkt unter der Mitte.

Er hatte nur eine Zehn erreicht, drei Neunen in verschiedenen Richtungen und eine Acht oben rechts. Es war die schlechteste Serie, die er in den letzten zehn Jahren geschossen hatte.

Als er eine neue Zielscheibe eingelegt hatte und erneut schußbereit war, beschloß er, sein Äußerstes zu geben. Keine weiteren Überlegungen wegen eines letzten Schusses oder sonstiger Scherze.

Die großkalibrige Waffe hatte das Zentrum der Zielscheibe zerschossen. Man konnte nur noch erkennen, daß es fünfzig Punkte waren. Die Zielscheiben waren klein und eigentlich für kleinkalibrige Waffen gedacht. Sie entsprachen in etwa einer Entfernung von fünfundzwanzig Metern mit einer Dienstwaffe.

Er konnte jetzt keine Schlußfolgerung ziehen, sondern sich um seines Seelenfriedens willen nur vornehmen, jeden Tag eine Zeitlang zu schießen. Militärische Hintergründe für diese Übung gab es nicht mehr, denn er würde nie mehr ein Neun-Millimeter-Geschoß auf einen Menschen abfeuern. Was er jetzt brauchte, war so etwas wie ein Wasserloch oder eine Stunde der Kontemplation. Beim Pistolenschießen hatte er immer die gesamte Umwelt auf Abstand halten können. Doch gerade jetzt hatte er zum ersten Mal das, was einmal Training zu militärischen Zwecken gewesen war, Training Training Training, mit etwas anderem vermischt.

Er schloß seine Waffe ein, machte das Licht aus, ging wieder in das große Wohnzimmer mit den gepanzerten Fensterscheiben hinauf und goß sich zu seinem eigenen Erstaunen einen zweiten Whisky ein.

Er erkannte, daß er sich vor dem Bett fürchtete. Seit es passiert war, hatte er zwar mehrmals die Bettwäsche gewechselt, doch ihr Duft war immer noch da. Kurz vor dem Einschlafen würde er die Hand nach ihr ausstrecken, und beim Aufwachen würde es ihn zunächst erstaunen, daß sein tastender Arm sie nicht fand. Er fürchtete sich vor dem Bett.

Er wechselte jetzt zu Macallan, da sie gesagt hatte, der schmecke am besten. Er kam ihm jedoch immer noch eher stark als aromatisch vor.

Der neue Job war natürlich eine Rettung gewesen, und es war ihm völlig gleichgültig, ob sie so gedacht hatten. Es stimmte trotzdem.

Es war ihm schwergefallen, sich eine Rückkehr in sein Büro im Generalstab vorzustellen. Dort hätte er sich mit den neuesten Nachrichten aus Tschetschenien befassen müssen oder mit der Frage unidentifizierter Vermißter, die beim Untergang der Ostseefähre »Estonia« den Tod gefunden hatten.

Als er einige Wochen nach der Wahl in die Kanzlei des Ministerpräsidenten gerufen worden war, hatte er geglaubt, ihm stehe jetzt ein freundlicher Abschied oder Urlaub auf unbestimmte Zeit bevor, und er hatte sich schon darauf eingestellt, ein solches Angebot zu akzeptieren. Das war direkt nach der Beerdigung gewesen, und damals wäre er ohnehin nicht imstande gewesen, irgendeine Arbeit zu bewältigen. Es fiel ihm schon schwer genug, sich mit den notwendigen juristischen und ökonomischen Konsequenzen zu befassen; absurderweise hatte er sie beide beerbt, da Ian Carlos laut Aussage der Feuerwehrleute nach dem Tod seiner Mutter immer noch am Leben gewesen sei; er habe noch schwache Lebenszeichen von sich gegeben, als …

Carl überführte Tessie und Ian Carlos' Geldmittel in Tessies Stiftung in San Diego, mit der mexikanische Einwanderer unterstützt und gefördert werden sollten. Dann brachte er über eine Bank in Luxemburg mehr als die Hälfte seiner eigenen Guthaben in die Stiftung ein. Es war, als wollte er ebenfalls sein Haus bestellen und alle Dinge ordnen. Und in diesem Moment rief man ihn nach Rosenbad, wo er Lars Kjellsson treffen sollte.

Der Vorschlag, neuer Säpo-Chef zu werden, war so erstaunlich, daß er einen üblen Scherz vermutet hätte, wenn seine persönliche Lage alle Scherze dieser Art nicht unmöglich gemacht hätte.

Zunächst brachte er kein Wort hervor, da in seinem Kopf totaler Stillstand herrschte. Doch als ein etwas gequält dreinblickender Lars Kjellsson seinen Vorschlag dargelegt hatte, fand Carl ihn ansprechend, sowohl in dem Teil, den man ihm mit klaren Worten serviert hatte, als auch dem zweiten Teil, der ihm in rücksichtsvoll gedrechselten Wendungen geboten wurde.

Die rein sachlichen Argumente waren einfach. Bisher war es unmöglich gewesen, die Säpo zu kontrollieren, weil die dortigen Kommissare in einer eigenen Kultur lebten und es ihnen schwerfiel, Beamte zu respektieren, die etwa Generalreichsanwälte gewesen waren und ihre Beamtenlaufbahn als Säpo-Chef beendeten. Mit anderen Personen, die den Anspruch erhoben, hartgesottene Bullen zu sein, die mit dem Fahrrad zur Arbeit fuhren und dabei Lederkleidung trugen, war es ebenfalls nicht gegangen, denn diese Männer waren eben niemals hartgesottene Bullen gewesen, sondern hatten sich ausschließlich ihrer Chefkarriere gewidmet. Folglich hatten sie von ihrem neuen Job keine Ahnung; das war das besondere schwedische Chef-Modell, das Lars Kjellsson »das Phänomen« nannte.

Folglich war es Ingvar Persson (Carl Bildt zu seiner Zeit vermutlich auch nicht) nie gelungen, eine Kontrolle über die Arbeit der

Säpo oder auch nur gediegene Kenntnisse über sie zu gewinnen, da die Chefs von ihren Untergebenen eher hinters Licht geführt als mit korrekten Unterlagen für Vorträge in der Kanzlei des Ministerpräsidenten versehen wurden.

So sah das in sachlicher Hinsicht logische Argument aus. Lars Kjellsson und der Ministerpräsident waren zu dem Ergebnis gekommen, daß die Neigung der Kommissare, den Chef hinters Licht zu führen, ein abruptes Ende finden konnte, wenn ein gewisser Hamilton Chef wurde.

Der Teil des Vorschlags, der in eher gewundenen Formulierungen vorgetragen wurde, betraf Carls persönliches Leben und die Frage, ob man es nicht doch trotz allem als recht sinnvolle Aufgabe sehen könne, sich dem Kampf gegen Terrorismus und organisierte Kriminalität zu widmen, weil … nun ja, wenn man daran denke, daß Carl möglicherweise ein starkes persönliches Engagement empfinden könne, wenn man ihn mit dieser Aufgabe betraue, oder wie man das ausdrücken könne. Und so weiter.

Carl hatte nur kurz genickt und gesagt, er werde sich das Angebot vierundzwanzig Stunden überlegen. Dann war er sofort nach Hause gefahren und hatte den Alten angerufen.

Wäre die Situation anders gewesen, hätte der Alte gelacht. So empfand es Carl jedenfalls, als er den Vorschlag der neuen Regierung kurz erläutert hatte. Doch dann ließ sich der Alte viel Zeit und überlegte laut in den Gegensatzpaaren, die für seine Art zu denken typisch waren. Im Affenhaus auf Kungsholmen zu landen, das müsse ein guter Offizier natürlich als so etwas wie den ersten Schritt in den Trichter von Dantes Inferno betrachten. Andererseits sei die Säpo jedoch sachlich gesehen eine außerordentlich wichtige Institution in der Gesellschaft, überdies eine Einrichtung, die, genau wie Kjellsson gesagt habe, schon lange führungslos dahintreibe. Wenn man das Affenhaus in einen normalen Sicherheitsdienst normalen westlichen Standards verwandeln könne, dürfe man diesen Einsatz für die Gesellschaft nicht unterschätzen.

Einerseits würde Carl eine direkte operative Verantwortung für die Bekämpfung des Terrorismus und die organisierte Kriminalität aus dem Ausland erhalten, andererseits war sein persönlicher Haß, den er einfach empfinden mußte und über den schon so viel gesprochen worden war, ebensosehr ein Vorteil wie ein Nachteil. Und daß dieser Job großen Fleiß erforderte, lag auf der Hand.

In welchem anderen Job würde Carl rein persönlich in den nächsten Jahren ein so starkes Engagement erleben?

Außerdem war es vermutlich notwendig, daß die Verbindungen zwischen Polizei und dem militärischen Nachrichtendienst effektiver gestaltet wurden. Dies nicht zuletzt im Hinblick auf bestimmte offenkundige Zukunftsperspektiven, etwa Gangster aus Estland. Carl würde das perfekte Bindeglied zwischen den beiden Organisationen sein. Allmächtiger Chef der einen, und bei der anderen wurde ihm unerschütterliches Vertrauen entgegengebracht.

Folglich blieb nur noch, bestimmte Forderungen zu formulieren. Am wichtigsten war es, die Regierung dazu zu bringen, deutlich kenntlich zu machen, daß der Säpo-Chef zwar *stellvertretender* Vorsitzender der Reichspolizeiführung war, aber dennoch wahrlich nicht dem »Vorsitzenden« der Reichspolizeiführung unterstellt. Dem Mann, den man von Diskussionssofas beim Fernsehen und anderen eher komischen Veranstaltungen kannte. Und Carl, bemerkte der Alte, müsse in diesem Vertragspunkt eine *sehr* deutliche Abgrenzung verlangen.

Als der Alte seine Vorstellungen so weit vorgetragen hatte, ging Carl auf, daß sein Gesprächspartner die Entscheidung schon formuliert hatte. Er fügte sich sofort, so wie er es fast immer getan hatte, wenn der Alte eine Entscheidung getroffen hatte.

Er trug seine von dem Alten diktierten Bedingungen Lars Kjellsson vor und erhielt sofort eine Antwort, als wäre es für den inneren Machtzirkel der Regierung keineswegs überraschend, daß sich angesichts der Tatsache, wer im Lande Reichspolizeichef war, Komplikationen ergeben konnten.

»Um diesen Komiker brauchst du dich nicht zu kümmern«, hatte Lars Kjellsson geantwortet, bevor Carl überhaupt zu Ende gesprochen hatte. »Wir haben schon daran gedacht. Erstens regeln wir das Verhältnis mit einer Verordnung. Diese besagt, daß der Generaldirektor, ja, das bist natürlich du, allein für die operative Tätigkeit der Säpo zuständig ist. Das bedeutet, daß du der Regierung direkt unterstellt bist, niemandem sonst. Du berichtest mir oder Ingvar.«

»Und zweitens?« fragte Carl lahm.

»Zweitens wirst du in der nächsten Woche im Zusammenhang

mit der Ernennung zum Vizeadmiral befördert werden. Das sind also zwei Beförderungsstufen statt einer.«

»Aha?« sagte Carl und machte ein fragendes Gesicht. »Als Marineoffizier müßte ich mich wohl sehr froh und geschmeichelt fühlen, aber steckt irgendeine praktische Absicht dahinter?«

»Und ob! Eine sehr handfeste sogar«, erwiderte Lars Kjellsson mit einem schnell unterdrückten Lächeln. »Normalerweise entspricht Generaldirektor dem Rang eines Konteradmirals, wie übrigens auch der Reichspolizeichef. Wir machen also einen kleinen Unterschied. Du wirst der Vorgesetzte des Reichspolizeichefs, zumindest wenn es um die Tischordnung bei einer Einladung des Königs geht.«

Lars Kjellsson machte ein Gesicht, als hätte er sich nach diesem arroganten Scherz am liebsten die Zunge abgebissen. Carl war im Moment kein Mann, mit dem man scherzte.

Doch dieser war nur aufgestanden und hatte ohne ein Wort die Hand ausgestreckt, um sein Einverständnis zu erklären. Dann sagte er nur *abgemacht* und ging.

Das Kaminfeuer ging langsam aus, doch Carl war weder betrunken noch müde und erkannte, daß er sich jetzt nicht hinlegen konnte. Er würde nicht einschlafen, sondern nur daliegen und aus dem Fenster starren und spüren, wie die Einsamkeit im Körper aufstieg wie Kälte.

Er ging zum Kamin, legte ein paar neue Birkenscheite nach und betätigte eine Zeitlang den Blasebalg, bis das Feuer wieder aufflammte. Dann ging er unentschlossen zum Barschrank und musterte die von Tessie aufgebauten Whiskyflaschen. Er hatte keine Lust, seinen Kummer und seine Schlaflosigkeit mit Alkohol zu bekämpfen. Er überlegte kurz, ob er in den Weinkeller gehen und etwas holen sollte, was wenigstens gut schmeckte, schlug sich den Gedanken dann aber aus dem Kopf, da Wein in seinen Augen nur in Gesellschaft getrunken werden konnte, zumindest guter Wein, und niemals allein.

Doch in diesem Punkt würde er in seinem neuen Leben wohl umlernen müssen. Ein Ende der Einsamkeit konnte er sich nicht einmal vorstellen. Er goß sich einen neuen Whisky ein und ging zu dem CD-Ständer hinüber. Er suchte nach etwas, was ihn durch sein bisheriges Leben begleitet hatte und bei jeder Gemütsverfassung brauchbar war. Er fand die Goldberg-Variationen mit Glenn

Gould und setzte sich erneut in den großen Ledersessel, der leise ächzte, als die ersten sanften Töne im Raum zu hören waren; diese Stücke waren einmal für einen Fürsten geschrieben worden, der Einschlafschwierigkeiten hatte.

Carl trank vorsichtig und fand, daß der Whisky jetzt etwas besser schmeckte. Die Musik Bachs beruhigte ihn, wie es schon beim Besteller der Musik gewesen war, und schuf ein Gefühl des Zuhauseseins und der Normalität.

Das Kaminfeuer drohte erneut auszugehen, doch jetzt beschloß er, keine Holzscheite mehr nachzulegen und abends nichts Hochprozentiges mehr zu trinken. Statt dessen konnte er sich in seinem Trainingsraum körperlich erschöpfen. Das mußte sowohl gegen die Schlaflosigkeit wie gegen ihren immer noch vorhandenen Duft funktionieren, ob dieser nun eingebildet oder wirklich war. Er würde jedenfalls in seinem Nachtschweiß ertränkt werden.

Erik Ponti graute vor der Konferenz der Führungsgruppe am Montag morgen. Zu Recht. Wie sich herausstellte, hatte der neue Vorgesetzte wieder nachgedacht. Eine unmittelbare und konkrete Folge dieses Nachdenkens war ein ausgedehntes Geschwafel über die Kriminalität ganz allgemein. Dann hielt er kurz inne, als er ein boshaftes ironisches Glitzern in Erik Pontis Augen zu sehen meinte. Statt sich eine neue Herausforderung einzuhandeln, bei der er seine Führung aufs Spiel setzen würde, kam er endlich direkt zur Sache.

Der neue Chef meinte, daß es gerade jetzt besondere Gründe gebe, einen Fehdehandschuh des Fernsehens aufzuheben; er entschuldigte sich kokett für die Verwendung des häßlichen Worts.

Sachlich gesehen liege etwas Bestechendes, ja etwas geradezu Beunruhigendes in der Möglichkeit, daß man vielleicht einen Zusammenhang zwischen dem Doppelmord an zwei Moslems in Umeå und dem neuen Ereignis in Linköping finden könne. Denn wenn nun drei Moslems auf eine Weise ermordet worden seien, die schlichtere und kommerzieller eingestellte Journalisten als *Ritualmorde* bezeichnet hätten, obwohl das gerade im Linköping-Fall ein wenig hergeholt erscheine, gebe es doch einen theoretischen Zusammenhang. Der bekannte »Laser-Mann Ausonius« sei im Moment zwar vollauf damit beschäftigt, seinen eigenen Prozeß zu torpedieren, aber was wäre, wenn draußen im Dschungel ein neuer Irrer aufgetaucht sei? Sollte man nicht …? Nun ja, Erik, wenn du fortfahren könntest?

Es gab zwei Eriks im Raum, und Erik Ponti glaubte keine Sekunde, daß die Frage an ihn gerichtet war. Das war sie auch nicht, sondern sie ging an den Chef der Gerichtsredaktion; das *Echo des Tages* hatte keine Kriminalreporter wie die vulgären Medien, sondern *Gerichtsreporter*.

Der Leiter der Gerichtsredaktion blätterte peinlich berührt in seinem Notizblock und berichtete dann kurz und stoßweise.

Das Opfer sei ein Ali Akbar Kermani, siebenunddreißig Jahre, Iraner, aktiv beim iranischen Kulturverein der Universität Linköping. Arbeitsloser Arzt. Habe zu einem bestimmten Thema geforscht. Man habe ihn durch den Kopf geschossen, als er in seiner Küche stand. Die Polizei habe den Abstand zu der Stelle gemessen, an der der Schuß abgefeuert worden sei. Dreihundertdreißig Meter.

»Das kann nicht stimmen«, fiel Erik Ponti ein. »Dreihundertdreißig Meter, durch den Kopf?«

»Doch, die Polizei hat den Abstand mit Laser gemessen. Sie sind sich ihrer Sache völlig sicher«, erwiderte sein Kollege unsicher, da er sich Erik Pontis Erfahrung als Jäger sehr wohl bewußt war. »Meinst du, das sei ein bißchen extrem?«

»Ja, schon«, entgegnete Erik Ponti nachdenklich und zurückhaltend. Er hatte keinerlei Anlaß, an der Richtigkeit der Angabe zu zweifeln, zumindest nicht daran, daß die Polizei diese Entfernung *genannt* hatte. »Das Ziel ist ungefähr genauso groß wie die Zielfläche eines Rehs. Ich habe einmal ein Reh auf zweihundertzwanzig Meter Entfernung erschossen, und zwar unter extrem guten Verhältnissen. Ich konnte das Gewehr stützen, es herrschte Windstille, und so weiter. Natürlich gibt es Jäger, die mit Dreihundert-Meter-Schüssen prahlen, doch im allgemeinen kann man sagen, daß das meist auf ein schlechtes Urteilsvermögen hindeutet.«

»Jetzt sollten wir uns vielleicht nicht in ballistischen Details vertiefen«, unterbrach ihn der neue Vorgesetzte, sichtlich zufrieden, einen Punkt gemacht zu haben.

»Nun ja«, sagte Erik Ponti und hielt abwehrend die Hand hoch. »Wenn das alles tatsächlich stimmt, ist dieser Schütze in einer hohen Leistungsklasse, ich meine, technisch gesehen. Außerdem durch ein Fenster … das bedeutet, daß er eine Menge wissen muß, was normale Teilnehmer an einem Wettschießen nicht wissen. Meine Vermutung ist, daß wir soeben *Return of Batman II* erlebt haben.«

»War es nicht auch oben in Umeå so? Diese Geschichte, die Ponti höchst bedauerlicherweise verpaßt hat, obwohl er sich am Ort befand?« fuhr der neue Vorgesetzte eifrig fort.

Alle Anwesenden sahen Erik Ponti an, als würde er antworten, doch er wies mit einer ausholenden Handbewegung zu seinem Kollegen vom Gerichtsressort, daß dieser fortfahren solle.

»Ja, aber die Polizei da oben ist ziemlich verschwiegen. Sie rückt nicht damit heraus, wie diese Morde durchgeführt worden sind«, sagte der zweite Erik nachdenklich. »Da scheinen sowohl ein Messer als auch eine Art Karate im Spiel gewesen zu sein. Sie haben dem Gerichtsmediziner jetzt einen Maulkorb verpaßt, doch er schaffte es noch, ›Artist im Morden‹ oder etwas Ähnliches zu sagen, jedenfalls etwas, was diese Gerichts-Quacksalber so absondern, wenn ein Mikrophon in der Nähe ist. Der Mann war jedenfalls begeistert.«

»Hier gibt es unleugbar gewisse Zusammenhänge«, stellte der neue Vorgesetzte übertrieben nachdenklich fest. Plötzlich sah er wieder aus wie frisch aus dem Managerseminar. »Wir haben drei Moslems, die wahrhaft fachmännisch hingerichtet worden sind. Das sind zwei Verbindungen. Und wenn nun dieser Fernsehsender, dessen Namen ich nicht nennen will, recht haben sollte? Ich meine, selbst ein blindes Huhn findet manchmal ein Korn? Ja. Stellt euch vor, der Iran hat damit begonnen, moslemische Überläufer in Schweden zu ermorden? Ich fände es höchst peinlich, wenn wir diesen Zug verpaßten, nur weil wir nicht recherchiert haben. Was meint ihr?«

Erik Ponti sank demonstrativ und stöhnend zusammen, ein Trick, um schnell das Wort an sich zu reißen.

»Eins der beiden Opfer in Umeå war offenbar Kurde, wahrscheinlich ein Christ. Der Iraner kann Schiite gewesen sein, und der Palästinenser war dem Namen nach zu urteilen Sunnite«, sagte er schnell. »Falls der Iran sich vornehmen wollte, alle religiösen Überläufer oder Regimekritiker der Welt hinzurichten, hätten die Mullahs reichlich zu tun. Allein in Schweden gibt es dreißigtausend iranische Regimekritiker – mindestens.«

»Es ist ja ausgezeichnet, daß du in diesen Dingen so gut Bescheid weißt«, sagte der neue Chef und machte ein Gesicht, als hätte er soeben Seite einhundertsechsundzwanzig im Handbuch für moderne Vorgesetzte aufgeschlagen, das Kapitel über positives Denken. »Wenn wir Angaben über die Opfer einholen, kannst du der Gerichtsredaktion vielleicht eine hilfreiche Hand leihen. Vielleicht gibt es auch internationale Vergleiche?«

»Nein, das kann ich nicht«, entgegnete Erik Ponti sauer. »Erstens muß ich nach Grosnyi. Ich glaube, daß es in Tschetschenien bald Krieg geben wird. Zweitens gibt es keine religiöse oder kulturelle Verbindung zwischen einem vermutlich christlichen Kurden und einem vermutlich sunnitischen Palästinenser und einem vermutlich schiitischen Iraner. Sie haben nur zwei Dinge gemeinsam: Alle drei sind Kanaken, und sie sind geschickt ermordet worden.«

Der neue Chef machte ein Gesicht, als wollte er plötzlich Streit anfangen. Doch ebenso plötzlich sah man ihm an, daß er es sich überlegt hatte. Vielleicht weil die Tschetschenien-Reise schon vor einer Woche beschlossen worden war, vielleicht auch, weil Erik Ponti unleugbar bestimmte Reportagereisen in seinem Arbeitsvertrag zugestanden wurden, vielleicht auch, weil ein Streit über die Religionen des Nahen Ostens für ihn von vornherein verloren war.

»Na schön«, sagte er. »Aber dann verwenden wir doch ein wenig Mühe darauf, eine Verbindung zwischen diesen Ereignissen zu finden, und berichten zusammenhängend über sie. Können wir so vorgehen?«

Er hatte den letzten Satz noch gar nicht beendet, als die Anwesenden schon aufstanden und der Inlandschef sein Hörgerät wieder einschaltete. Alle mit Ausnahme des neuen Chefs verließen schnell das Zimmer.

Sie hatten es eilig, wieder an die Arbeit zu gehen. Nach einstündigem Gefasel war nichts weiter beschlossen worden, als einen Beitrag zu senden, der schon zweimal gesendet worden war.

Als Carl Rosenbad erreichte, ging er anscheinend völlig unberührt, ohne sich auch nur umzusehen, quer über den Platz, auf dem er direkt vor dem Eingang niedergeschossen worden war. Seine beiden Sicherheitswachen schlossen dicht zu ihm auf, und als sie die ersten Türen hinter sich hatten, eilte einer voraus und hielt sich schräg vor Carl, als sie der Schleuse und den Fahrstühlen zustrebten. Bis dorthin durften sie mitkommen. Carl hatte ausdrücklich zu verstehen gegeben, daß er sich bei einem Besuch der Justizministerin nicht mit

Sicherheitswachen blamieren wolle. Überdies hielt er an seiner alten Routine fest, das Wachhäuschen zu betreten, wo er sich seines Pistolenholsters entledigte und es zusammen mit der Waffe übergab, bis er das Gebäude wieder verließ. Das war eine Regelung, die der Sicherheitsverantwortliche der Firma höchst abenteuerlich gefunden hatte. Doch jetzt war der Wille des Generaldirektors gerade in diesem staatlichen Amt Gesetz. Carl hatte bei dem Gedanken nur geschnaubt, daß er mit umgeschnallter Waffe bei der Justizministerin und deren Sachverständigen einen Vortrag halten sollte. Es fiel ihm offenbar auch so schwer genug, vor den Augen der Justizministerin Gnade zu finden, doch er wußte nicht, warum das so war.

Vielleicht hatte er jetzt nur unter den Schnitzern früherer Säpo-Chefs zu leiden. Einige seiner Vorgänger waren alles andere als helle Köpfe gewesen. Wie auch immer: Es war unangenehm.

Sie hatte sich im übrigen schon verspätet. Mehr als eine Minute, stellte er mit einem Blick auf die Uhr fest.

In diesem Moment rauschte sie auf dem Weg zu ihrem Zimmer an ihm vorbei. Sie hatte ein paar Einkaufstüten in der einen Hand und ein Kind an der anderen. Sie sah ihn nicht einmal oder übersah ihn vielleicht absichtlich. Er stellte erstaunt fest, daß ihr ein langer Bisampelz um die Beine schlackerte. Bisam? Bei wem wollte sie sich damit beliebt machen? Beim Volk? Bei Umweltschützern? Oder war es nur schlechter Geschmack? Sie kleidete sich überhaupt steif und eigenartig.

Zwei Minuten später gingen die Türen zu dem großen Vortragssaal auf, und ein Beamter führte ihn ins Zimmer. Dort begrüßte er zunächst die Justizministerin und deren Staatssekretärin. Diese wiederum stellten ihn einigen Abteilungsleitern vor. Danach ging er um den runden Tisch mit dem Loch in der Mitte herum und stellte sich abwartend der Justizministerin gegenüber hin; er vermutete, daß diese Tischordnung richtig war, auch wenn damit ein großer Abstand zwischen ihm und den übrigen entstand, die sich um ihre Chefin gruppiert hatten. Als sie sich setzte, setzte sich auch Carl. In diesem Moment fiel sein Blick auf eine schwedische Flagge hinter ihr, und er kommentierte sie spontan und scherzhaft:

»Müßte die nicht eigentlich dreizüngig sein?« fragte er mit einem Kopfnicken zur Flagge hin.

»Keine Ahnung. Damit haben früher die Konservativen das

Haus gefüllt. Mein Vorgänger hatte eine in meinem Zimmer, und die habe ich rausgeworfen, aber wenn wir auch die da noch rauswerfen, würde man uns wohl mangelnden Patriotismus vorwerfen«, erwiderte sie schnell und ausdruckslos. Dann gab sie Carl zu verstehen, er könne beginnen.

In diesem Moment betrat ein Beamter auf leisen Sohlen das Zimmer und begann, die Vorhänge an den Fenstern zuzuziehen. Carl war so verblüfft, daß er mitten im Satz den Faden verlor, was die anderen Anwesenden mit kaum verhehltem Entzücken bemerkten.

»Verzeihung«, sagte er, »es ist vielleicht nicht so wichtig, aber was soll das?«

Er zeigte mit einem Kopfnicken auf den zuletzt zugezogenen Vorhang.

»Unsere Sicherheitsexperten sind dahintergekommen, daß *Expressen* oder der böse Feind unsere Lippenbewegungen vom Dach des Reichstagsgebäudes aus filmen könnten. Anschließend könnte sie einen Labiologen daransetzen, eine Abschrift zu machen«, erwiderte die Staatssekretärin fast munter.

»Labiologen?« sagte Carl verblüfft. »Verzeihung, aber das ist wirklich unmöglich. Das ließe sich nicht durchführen. Der Abstand ist zu groß. Außerdem haben wir ein Fenster dazwischen, und das Licht reicht nicht für genügend Schärfe aus. Unsere Münder wären nicht zu sehen, und so weiter.«

»Na ja, sei dem, wie dem wolle, fangen Sie jetzt bitte an!« sagte die Justizministerin und zwang Carl, erneut Anlauf zu nehmen. Er hatte sich entschlossen, direkt zu dem zu kommen, was er als wesentlich ansah. Daran wollte er sich halten und auf Fragen warten, falls es noch andere Themen gab, deren Erörterung hier gewünscht wurde.

»Die Säpo hat ihre Haltung zu der sogenannten Moslemfrage überprüft. Wir sind dabei, was Schweden angeht, zu anderen Schlußfolgerungen gelangt als etwa die Sicherheitsdienste in den USA und Frankreich. In Europa leben heute rund fünfzehn Millionen Moslems. Die meisten in Frankreich, und zwar sind sie nordafrikanischer Herkunft, und in Deutschland, dort überwiegend Türken. In Schweden können wir mit etwa zweihunderttausend Personen rechnen, was den Islam zur zweitgrößten Religion im Lande macht. Wir haben beispielsweise erheblich weniger Anhänger des mosaischen Glaubens und Katholiken.

Unter den Moslems macht die iranische Gruppe mit gut dreißigtausend Personen die größte Einheit aus. Die überwältigende Mehrzahl dieser Iraner ist jedoch nach dem Sturz des Schah-Regimes nach Schweden gekommen. Sie waren also Flüchtlinge, die mit dem iranischen Gottesstaat nichts zu tun haben wollten. Sie sind folglich überzeugte Gegner der fundamentalistischen Ideen des jetzt herrschenden Regimes über die Sünde, Frauen, Gotteslästerung, Terror gegen den weißen Satan und ähnliches.

Und etwa genauso verhält es sich mit jeder größeren Gruppe, die wir aufgrund mehr oder weniger guter Kriterien als ›moslemisch‹ definieren können.

Es ist daher nur logisch, daß es in Schweden zu keiner meßbaren Terroristentätigkeit oder anderer politischer Gewalt mit ›moslemischem‹ Hintergrund gekommen ist. Aus dieser einfachen Tatsache müßten wir operative Schlußfolgerungen ziehen.

Konkret bedeutet dies, daß wir bei der Säpo eine ganze Abteilung umorganisiert haben. Diese hat sich zuvor aus außerordentlich eigenartigen Gründen mit ›Terroristentätigkeit mit islamischem Hintergrund‹ beschäftigt. Das hat bei uns inzwischen zu einiger Personalverringerung, aber auch einem personellen Umbau geführt, da wir mehr Leute für realistische Aufgaben abgestellt haben. Einige Leute beschäftigten sich jetzt mit der Frage. Sie sind vor allem darauf eingestellt, in Zusammenarbeit mit französischen Kollegen bestimmte Algerier im Auge zu behalten. Es gibt da einige, die in Europa herumreisen und entweder der algerischen Militärdiktatur oder der fundamentalistischen Opposition zuarbeiten. Und die Fundamentalisten sind ja dafür bekannt, daß sie vor Terroranschlägen im eigenen Land nicht zurückschrecken. Hingegen fällt es mir schwer zu erkennen, was sie durch entsprechende Aktionen in Schweden erreichen könnten.

Der Grund dafür, daß diese Ausrichtung der Sicherheitspolizei grundlegend überdacht werden mußte, der Anlaß dazu, daß wir uns überhaupt mit diesen etwas eigenartigen Aufgaben beschäftigt haben und das auch noch mit erheblichen Mitteln, war schlicht und einfach die Tatsache, daß amerikanische Kollegen sich in den Kopf gesetzt haben, daß der Islam der neue Hauptfeind der Welt ist. Selbst wenn diese Einstellung für einige republikanische Senatoren in den USA politisch korrekt aussehen mag, ist sie in Schweden operativ sinnlos.

Dies sind in aller Kürze die Veränderungen der jüngsten Zeit beim schwedischen Sicherheitsdienst. Wenn es dazu Fragen gibt, werde ich sie natürlich beantworten, so gut ich kann.«

Er hatte genau zwanzig Minuten gesprochen, die Zeit, die ihm der Staatssekretär am Telefon vorgeschlagen hatte. Er konnte nicht beurteilen, wie die Anwesenden seine Darlegungen aufgenommen hatten, ob sie ihnen gefallen oder nicht gefallen hatten. Sie hatten sich jedoch recht viele Notizen gemacht.

»Wenn ich anfangen darf«, sagte einer der Abteilungsleiter und reckte einen Bleistift hoch. »Das wirft ja eine ganze Menge Fragen auf. Ich meine, das steht ja alles in krassem Widerspruch zu ... dem, was wir uns vielleicht vorgestellt haben. Können Sie wirklich garantieren, daß der moslemische Terror für Schweden keinerlei Bedrohung darstellt?«

»Natürlich nicht«, erwiderte Carl. »Ebensowenig wie wir garantieren können, daß es bei uns zu keinem jüdischen Terror kommt. Vereinzelte Verrückte gibt es in allen Lagern. Wir haben neulich eine Person in Malmö des Landes verwiesen, die französischen Angaben zufolge versucht hat, Terrorzellen in Europa zu organisieren. Es lassen sich auch Attentate gegen irgendeinen Verleger oder Übersetzer denken, der den Iran besonders gereizt hat. Na ja, Sie wissen schon, was ich damit meine. Aber auch das müssen wir gegebenenfalls als vereinzelte Initiative betrachten. Die Pointe der Analyse besteht darin, daß es keine kollektive moslemische Bedrohung unseres Staates gibt, weder von außen, etwa von Staaten wie Iran oder Algerien, noch von Gruppen wie dem Jihad. Aber auch auf hiesigem Boden sehe ich keine solche Bedrohung.«

»Wie sieht die derzeitige Bedrohung aus?« fragte der Staatssekretär.

»Russische Spione mit militärisch-technischer, möglicherweise auch ökonomischer Ausrichtung«, erwiderte Carl schnell. »Auf diesem Gebiet scheint im Augenblick *business as usual* zu herrschen. Das ist die Beurteilung meines Vorgängers, und bislang habe ich noch nichts gefunden, was darauf hindeutet, daß diese Analyse falsch sein könnte. Danach kommt nichts, dann noch mal nichts, und dann erst kommen die Skinheads.«

»Sind die nicht eine Aufgabe für die normale Polizei?« warf die Justizministerin abrupt ein. Carl hatte das Gefühl, daß sie ihm irgendwie ans Leder und auf die Finger klopfen wollte.

»Das kommt darauf an«, begann er langsam und konzentriert. »Sofern sie im Zusammenhang mit ihren nächtlichen Saufereien auf den Straßen Stockholms Verbrechen begehen, sind sie natürlich eine unmittelbare Aufgabe für die normale Polizei. Wenn sie sich aber bewaffnen und Aktionen gegen Einwanderer planen, möchte ich schon behaupten, daß sie damit für uns bei der Säpo zu einer strategischen Frage werden.«

»Haben Sie Ihr Vorgehen angesichts dieses Problems irgendwie geändert?« fragte einer der Abteilungsleiter.

»Ja, in gewisser Weise«, sagte Carl vorsichtig. Er wollte nicht offen sagen, was er von dem hielt, was er bei seinem Amtsantritt vorgefunden hatte. »Wir haben die äußere Fahndung verringert und unsere Einsätze bei der inneren Fahndung verstärkt.«

»Verzeihung, aber was bedeutet das ganz konkret?« fragte die Justizministerin schnell und deutlich ironisch. Zumindest glaubte Carl, Ironie herauszuhören.

»Das bedeutet, daß wir uns nicht mehr so oft an sie anschleichen, sondern mehr Gewicht darauf legen, uns ihre sämtlichen Schriften zu besorgen, zu lesen, was sie planen und womit sie herumstolzieren. Das alles speichern wir in einem jetzt schnell wachsenden Arbeitsregister, in dem auch alle Aktivisten verzeichnet sind«, entgegnete Carl fast aggressiv.

Zu seinem Erstaunen war die Zusammenkunft damit beendet. Bei seiner Vorbereitung hatte er sich auf rund hundert Fragen ungefähre Antworten ausgedacht, doch mehr als das, was er bis jetzt gehört hatte, würde offenbar nicht kommen.

»Wir danken sehr für den vorbildlichen Vortrag«, sagte die Justizministerin, nickte Carl zu und ging dann durch die Hintertür, also durch das Sekretärinnenzimmer, hinaus.

Carl verneigte sich zu den anderen und ging durch die Seitentür zum Wartezimmer und den Fahrstühlen. Ein Beamter hielt ihm fast demonstrativ die Tür auf. Er hatte das Gefühl, als verließe er den Raum wie ein Hund mit eingeklemmtem Schwanz. Das war ein Eindruck, der noch dadurch verstärkt wurde, daß der Beamte sofort und laut die Tür hinter ihm schloß.

Auf dem Weg zum Korridor des Ministerpräsidenten verfluchte er sich selbst. Er konnte nicht verstehen, was er falsch gemacht hatte oder was es war, was die Justizministerin ihren Widerwillen gegen ihn so deutlich hatte zeigen lassen. Er konnte allerdings immer noch Lars Kjellsson und die anderen fragen, die er gleich treffen würde, denn dies war der große Vortragstag des Monats.

Sein Eindruck war jedoch vollkommen falsch, was er jedoch nie erfuhr. Ganz im Gegensatz zu dem, was er sich vorstellte, waren die Menschen, die vor ihm steif und düster gewirkt hatten, jetzt in einer sehr lebhaften, fast munteren Diskussion begriffen.

»Also, es geht um diese Kanaken«, begann Gösta Almblad, der etwas saloppe Chef der Reichskripo.

Die Kommissare Rune Jansson und Willy Svensén, beide von der Einheit, die nach alter Tradition »Reichsmordkommission« genannt wurde, blickten ihren Chef perplex und verständnislos an. Der Ausdruck schockierte sie, und außerdem begriffen sie auch in der Sache nicht, worum es ging. Sie hatten noch nicht einmal Zeit gehabt, sich zu setzen.

»Also, wie folgt. Setzt euch doch, übrigens«, fuhr ihr Chef fort. »Die Reichskripo, das heißt wir, das heißt ihr beide, soll eine koordinierte Operation in Gang setzen. Es geht um bestimmte unaufgeklärte Verbrechen, genauer um Morde an Einwanderern. Wir haben zwei Fälle in Umeå, einen Palästinenser und einen Kurden, einen Iraner in Linköping und einen verdächtigen Fall außerhalb von Västerås.«

»Das sind doch große Polizeidistrikte. Die haben selbst genügend Kräfte«, wandte Rune Jansson vorsichtig ein.

»Wir warten meist, bis sie uns von selbst um Hilfe bitten«, verdeutliche Willy Svensén ebenso vorsichtig.

Ihr Chef war natürlich kein Polizist. Ein Polizist kann bei der schwedischen Polizei nicht so hoch in der Hierarchie aufsteigen. Der Mann war Staatsanwalt gewesen, später Sektionschef oder etwas noch Besseres bei der Säpo und war jetzt Polizeidirektor und Chef der Reichskripo. Die beiden Kommissare gingen davon aus, daß er von Polizeiarbeit nur das wußte, was ein Staatsanwalt wissen kann, und folglich das diplomatische Problem nicht kapierte: Die Reichskripo durfte den Kollegen draußen im Land nie auf die Hühneraugen treten.

»Jaja«, sagte Gösta Almblad, »ich weiß genau, was ihr denkt. Aber nun ist es so, daß wir hier einen gewissen Befehlsgang der

Behörde haben, der zwar nicht von Gott erfunden worden ist, aber dennoch gültig ist, als wäre er von Gott erfunden.«

»Der Reichspolizeichef!« stöhnte Willy Svensén.

»Genau!« fuhr Gösta Almblad amüsiert fort. »Höchstderselbe. Er hat einen sogenannten Vorstoß gemacht, zumindest nennen die Politiker ein solches Verhalten so. Das *Echo des Tages* bringt es schon seit einer Weile … Ich weiß nicht, ob die Herren sich so etwas anhören …?«

Die beiden Kommissare schüttelten mit verbissenen Gesichtern den Kopf.

»Nein, hätte ich mir denken können«, fuhr der Chef der Reichskripo ebenso unverdrossen munter fort. »Und die Kriminaljournaille in der Abendpresse lest ihr wohl auch nicht? Und diese sagenhaften Leichtnachrichten tut ihr euch sicher auch nicht an?«

Mürrisches Schweigen war die Antwort.

»Gut, dann werde ich den Herren die Lage vortragen«, sagte Gösta Almblad, der plötzlich etwas ernster geworden war. »Drei, und was unsere hochgeschätzten Freunde von der freien Presse noch nicht wissen, möglicherweise vier Personen sind ermordet worden. Es gibt zwei gemeinsame Faktoren. Die Opfer sind Kanaken. Der oder die Mörder sind, wie es ein Gerichtsmediziner formuliert hat, ›artistisch geschickt‹. Das hat in der Presse zu teils empörten, teils albernen Kommentaren geführt, wie ihr euch sicher vorstellen könnt, da ihr die gesunde Gewohnheit zu haben scheint, solchen Journalismus nicht zu lesen. Ja, die Spekulationen gehen etwa von Dracula über den Lasermann II bis zu kleinen grünen Männchen vom Mars. Wie auch immer: Unser hochgeschätzter höchster Chef hat die Freundlichkeit gehabt, an die Öffentlichkeit zu gehen und koordinierte Einsätze zur Lösung des Rätsel zu versprechen. Und das seid ihr beide.«

Weder Rune Jansson noch Willy Svensén verzog eine Miene. Die beiden gehörten zu den verdienstvollen Mordermittlern des Landes und hatten im Lauf ihrer langen Berufstätigkeit schon manches Merkwürdige gehört. Ihren erstarrten Gesichtern nach zu urteilen war das, was sie jetzt gehört hatten, *sehr* merkwürdig.

»Worin besteht das Problem, das die Herren zu haben scheinen, ohne es mir zu sagen?« fragte Gösta Almblad freundlich.

»In der beruflichen Beziehung«, entgegnete Willy Svensén mürrisch. »Du weißt, was die Leute in der Truppe von diesem … na ja, von unserem höchsten Chef halten. Wenn ich mich vorsichtig ausdrücken soll, kann ich sicher sagen, daß es nicht gerade eine vertrauensbildende Maßnahme ist, wenn man im Auftrag dieses Mannes zu den Kollegen auf dem Land geschickt wird. Und ohne deren Vertrauen gibt es kein Ergebnis.«

»Genau«, bestätigte Gösta Almblad gedehnt. »Ich hätte es selbst nicht besser sagen können, abgesehen davon, daß es viel besser gewesen ist, daß du es gesagt hast. Aus diesem Grund habe ich nach reiflicher Überlegung beschlossen, daß gerade ihr beiden in dieser Sache die Fäden in der Hand behalten sollt. Rune, wie es heißt, kannst du mit den Kollegen in Östergötland gut umgehen. Und du, Willy, bist im Lauf der Jahre ein paarmal oben in Umeå gewesen. So habe ich mir das gedacht.«

Rune Jansson und Willy Svensén nickten resigniert und nachdenklich. Sie erkannten die Logik in der Argumentation und erkannten ebenfalls, daß der Chef gar nicht so dumm war, obwohl er ihr Chef war.

»Womit sollen wir anfangen? Was hast du dir vorgestellt?« fragte Willy Svensén vorsichtig.

»Genau darüber wollte ich mit euch diskutieren, wenn ihr euren selbstverständlichen Widerwillen erst mal überwunden habt, und das habt ihr jetzt ja geschafft«, sagte Gösta Almblad. »Wir haben einen Job, den wir erledigen müssen, da Gott so entschieden hat. Also, was tun?«

»Zunächst einmal sollten wir klarstellen, daß man es auf keinen Fall so sehen darf, als hätte ›die Reichskripo die Sache übernommen‹. Denn wenn die Kollegen da draußen so etwas hören, werden sie wahnsinnig«, sagte Willy Svensén, versank aber sofort in Grübeleien.

»Wir müssen hier in Stockholm eine zentrale Datenbank einrichten«, fuhr Rune Jansson fort. »Mit Registern und dem Sammeln von Erkenntnissen kennen wir uns aus. Und dieser Fall hört sich ja an, na ja, als gebe es einen großen Bedarf dafür. Unsere Aufgabe muß so formuliert werden, als wären wir das Bindeglied zwischen den verschiedenen Polizeibezirken. Es darf auf keinen Fall heißen, wir hätten die Sache an uns gezogen.«

»Und außerdem müssen wir dafür sorgen, daß die Kommunikation funktioniert. Jeder einzelne Polizeidistrikt erhält alle Erkenntnisse, die wir zentral erfassen und ordnen«, fuhr Willy Svensén fort.

»Und wie fangt ihr an, ganz konkret?« fragte Gösta Almblad.

»Wir fangen damit an, daß wir erst mal auf Reisen gehen«, seufzte Willy Svensén. »Es kann nicht schaden, wenn wir die Kollegen persönlich treffen, um die Initiative der Reichskripo auf verständliche Weise darzustellen. Außerdem ist es für uns ein guter Einstieg. Wir könnten auf eine gute Idee kommen, wenn wir das, was wir bei dieser Reise sehen, mit dem vergleichen, was wir schon haben. Und das können die anderen ja nicht. Das heißt, falls es einen Zusammenhang gibt.«

»Den muß es doch wohl geben«, bemerkte der Chef vorsichtig. »Sämtliche Opfer sind Kanaken, und sämtliche Opfer sind auf höchst effektive Weise ermordet worden. Es gibt keine Spuren, nichts ist aufgeklärt. Wenn das kein Zusammenhang ist?«

»Doch, schon«, stimmte Willy Svensén düster zu. »Doch ja, so könnte es aussehen. Wir haben aber ein recht breites Feld von Möglichkeiten, angefangen bei Dracula bis hin zu einer Epidemie. Warum sagst du übrigens Kanaken?«

»Weil Einwanderer kein geeignetes Wort ist«, entgegnete Gösta Almblad blitzschnell. »Mit dem Wort Einwanderer werden manchmal auch Leute bezeichnet, die hier geboren sind und folglich nicht mehr Einwanderer sind als ihr und ich. Birgit Friggebo hat vorgeschlagen, man solle *neue Schweden* sagen. Aber wenn ich gesagt hätte, drei neue Schweden seien ermordet worden, wäre es damit auch nicht gerade kristallklar geworden.«

»Aha«, sagte Willy Svensén.

»Wann könnt ihr abreisen, und wohin fahrt ihr zuerst?« fragte Gösta Almblad, als wäre das sprachliche Problem damit restlos geklärt.

»Wir werden wahrscheinlich erst nach Umeå fahren«, erwiderte Willy Svensén mit einem Seitenblick zu Rune Jansson, der zustimmend nickte. »Ja, wir werden wohl einen Tag dafür ansetzen müssen, diese Frage der Identifizierung der Estonia-Opfer anderen zu übergeben, dann verschwinden wir.«

»Arbeitet ihr gerade an der Estonia?« fragte ihr Chef verblüfft. »Seid ihr für so was nicht ein bißchen zu überqualifiziert?«

»Es ist ja nicht so leicht, wie du glaubst«, sagte Willy Svensén, als er sich erhob, um zu gehen. Rune Jansson stand ebenfalls auf, und so verabschiedeten sich die drei mit Handschlag, ohne noch etwas zu sagen.

4

Kriminalinspektor Patrik B. Vargemyr gestand sich höchst widerstrebend ein, daß er Angst hatte. Es gehörte zwar nicht zu seinem Bild von sich selbst, daß er vor etwas so Alltäglichem wie einer Konferenz Angst haben konnte. Wenn man aber um 07.00 Uhr zusammen mit seinem nächsthöheren Vorgesetzten zum *Schwarzen Admiral* gerufen wurde, konnte das nur zwei Dinge bedeuten: Entlassung oder Beförderung. 07.00 Uhr bedeutete im übrigen 07.00 Uhr auf die Sekunde. Es gab einige Geschichten über Kollegen, die zu spät gekommen waren.

Patrik Vargemyr war Hamilton bisher nur bei einer Inspektion und einigen Vorträgen in der Abteilung begegnet. Doch zu mehr als einem Händeschütteln war es nicht gekommen. Er kannte seinen höchsten Chef mehr aus den Legenden, die schon jetzt in der Firma kursierten. Hamilton konnte mehrere Tage hintereinander arbeiten, ohne seine Räume zu verlassen. Nachts saß er Stunde um Stunde an seinem PC. Niemand wußte genau, was er tat. Bekannt war nur, daß er einen Zugangscode hatte, eine Art Sesam-Öffne-Dich zu jedem Rechner in der Firma; alle Mitarbeiter hatten ihre privaten Paßwörter in verschlossenen Umschlägen abgeben müssen. Es war vorgekommen, daß Mitarbeiter am Morgen erschienen, ihre persönlichen Programme einschalteten und auf dem Bildschirm, mit einem Zeitcode versehen, die Notiz TRIDENT vorfanden. Das bedeutete, daß der oberste Chef einem mitteilte, er habe die Nacht in Gesellschaft der Arbeitsnotizen des betreffenden Mitarbeiters verbracht. Es war wie in einer »1984«-Welt: Der Große Bruder sieht dich immer. Hinzu kam eins der vielen Dinge, in denen Hamilton sich von früheren Chefs unterschied: Er beherrschte die Welt der Computer offenbar so gut, daß selbst der einfallsreichste junge Hacker vor Neid erblassen würde. Das hatte niemand erwartet, als die Nachricht von einem »Admiral« als Chef wie eine Bombe in der Firma einschlug. Vielmehr hatte einer der jüngeren Kollegen mit zahlreichen Fortbildungskursen in moderner Computertechnik sich ein bißchen gespreizt und gewitzelt, er werde bei dem neuen Boß gern den Lehrer spielen. Wenn die Gerüchte den Tatsachen entsprachen, verhielt es sich also genau umgekehrt. Der neue Chef konnte sogar in der computertechnischen Dienstleistungsabteilung ohne weiteres Lehrer werden. Einer der dortigen Experten hatte ihn vorbeigehen und fast auf der Stelle ein Problem lösen sehen, mit dem die Abteilung sich schon seit zwei Tagen beschäftigt hatte.

Seit Vargemyr die Signatur TRIDENT in seinen Computernotizen entdeckt hatte, waren drei Tage vergangen. Die Kollegen hatten ihm zum Scherz auf den Rücken geklopft und gesagt, so, Vargemyr, jetzt wartet auch auf dich der Augenblick der Wahrheit.

Er war ins Archiv gegangen und hatte einige Stichproben in Akten gemacht, die er selbst angelegt hatte. Jede einzelne war mit TRIDENT abgezeichnet worden. Daß der Chef einen Mitarbeiter so gründlich unter die Lupe nahm, war offenbar nicht ungewöhnlich. Es war ja sogar mit den Leuten geschehen, die man befördert hatte.

Doch jetzt war nicht leicht auszumachen, worauf die Sache hinauslief, denn was die Computer und Archive über Kriminalinspektor Patrik B. Vargemyr zu erzählen hatten, ergab vermutlich eine Mischung aus guten, erträglichen und weniger guten Jobs.

Er sah nervös auf die Uhr, die er am Vorabend nach dem Fernseher gestellt hatte. Noch sechs Minuten. Er ging auf den Korridor hinaus, zögerte, ging dann aber plötzlich auf die Toilette und wusch sich das Gesicht mit kaltem Wasser. Dann rückte er seinen Krawattenknoten zurecht. Er versuchte, sich selbst aufmunternd zuzulächeln, und verneigte sich ironisch vor seinem Spiegelbild. Er sagte *Willkommen, Herr Kommissar,* als wäre es eine Beschwörung. Doch der Versuch hatte nicht die gewünschte Wirkung.

Sein direkter Vorgesetzter stand vor Hamiltons Tür und warf gerade einen Blick auf die Uhr. Noch dreißig Sekunden.

Sie nickten sich ein »Guten Morgen« zu. Es hatte den Anschein, als wüßte sein Chef auch nicht, was ihnen bevorstand.

»Setz dich nicht hin, bevor du dazu aufgefordert wirst«, brummte der Chef und sah erneut auf seine Armbanduhr. Dann hob er langsam die Hand und klopfte deutlich hörbar an, als die Uhr auf genau 07.00 Uhr stand.

Dann traten sie ein, ohne auf eine Aufforderung zu warten.

Das Chefzimmer war für Patrik B. Vargemyr eine vollständige Überraschung, obwohl er schon einige Geschichten gehört hatte. Grober Kokosteppichboden, Möbel aus Eibe mit Messingbeschlägen, Marinegemälde an den Wänden, ein Porträt des Königs und der Königin hinter Hamiltons Schreibtisch, weinrote Ledersessel, grüne Schirme an den Wandlampen, Taue, Messingdetails, ein leichter Teerduft. Es war tatsächlich ein Admiralsquartier.

Hamilton erhob sich, als sie eintraten. Er war durchtrainiert, frisch rasiert und hatte noch nasses Haar, als wäre er vor weniger als einer Viertelstunde aus der Dusche gekommen. Der Blick, der Vargemyr traf, war nicht freundlich.

Hamilton ging zu Vargemyrs Vorgesetztem, gab ihm die Hand und zeigte wortlos auf einen der Sessel. Vargemyrs Vorgesetzter setzte sich und zupfte nervös seinen Krawattenknoten zurecht.

Hamilton gab Vargemyr nicht die Hand, sondern setzte sich schnell wieder hinter seinen Schreibtisch. Vargemyr tat, was ihm sein Vorgesetzter eingeschärft hatte: Er setzte sich nicht, sondern blieb mitten im Raum stehen. Wenn er es nicht schon früher begriffen hatte, so war ihm jetzt klar, daß ihm kaum eine Beförderung bevorstand.

»Ich habe mit zunehmender Faszination einige Märchen angehört, wie sie in den sogenannten Leichtnachrichten wiedergegeben werden«, begann Hamilton und wandte sich dann mit einer vielleicht überflüssigen Erklärung demonstrativ an Vargemyrs Chef. »Also, das ist ein sogenanntes Nachrichtenprogramm im kommerziellen Alternativ-Fernsehen.«

Dann machte er eine Pause und sah starr zu Vargemyr hin, dem plötzlich aufging, daß der Mann hinter dem Schreibtisch, der für sein Alter unerhört durchtrainierte Mann mit der perfekten Kleidung und dem Trauerband am Revers, tatsächlich auch Berufsmörder war, denn genau dieses Signal sandten Hamiltons Augen aus.

»Diese illustren Leichtnachrichten haben in der letzten Zeit einige verwickelte Theorien zu den Morden an einigen Personen entwickelt, an Einwanderern«, fuhr Hamilton kalt fort, ohne den Blick von Vargemyr zu wenden. »Sie zitieren eine ›hochgestellte Stelle bei der Säpo‹, wie sie es nennen, wenn sie schildern, wie – und ich zitiere jetzt – ›fundamentalistischer Terror von Moslems gegen moslemische Überläufer‹ – Ende des Zitats – den Hintergrund zu diesen Morden bildete. Wie euch beiden jetzt sicher klar ist, haben wir hier eine Serie intellektueller und administrativer Probleme vor uns. Die Abteilung für sogenannten moslemischen Terror ist geschlossen. Diese Tätigkeit ist inzwischen in dem Papierkorb gelandet, in den sie gehört. Was nun die Frage betrifft, was ein *moslemischer Überläufer* eigentlich für ein Typ von Mensch ist, muß ich gestehen, daß meine Phantasie nicht ganz ausreicht. Wir probieren den Begriff mal bei einer anderen Religion aus, dann werdet ihr sehen. Jüdischer Überläufer? Katholischer Überläufer? Wirklich, ich finde es sehr traurig, daß die Massenmedien über Moslems solche Produkte einer überhitzten Phantasie verbreiten. Man könnte sagen, daß das schon an sich eine politische Frage darstellt. Ein komplizierteres Problem ist, wie eine angeblich hochgestellte Quelle bei der Säpo hinter Theorien stehen kann, die wir schon längst von der Tagesordnung abgesetzt haben und an die wir uns nicht mehr erinnern wollen, es sei denn mit Scham. Hast du zu diesen Fragen eine Meinung, Vargemyr?«

»Nein, das habe ich nicht«, erwiderte Vargemyr angestrengt. Ihm drehte sich alles im Kopf, und er hatte das Gefühl zu schwanken. Hamiltons Blick schnitt in ihn hinein, so daß er einen fast körperlichen Schmerz spürte.

»Das solltest du aber«, fuhr Hamilton langsam und mit leicht gesenkter Stimme fort. »Obwohl ich gestehen muß, daß du den Ereignissen ein wenig vorgegriffen hast, als du dich eine hochgestellte Quelle bei der Säpo genannt hast. Denn inzwischen dürfte dir ja schon klargeworden sein, daß du künftig in dieser Firma nicht sehr hochgestellt sein wirst. Kommentar?«

»Die Quellen von Massenmedien werden durch das Pressegesetz geschützt. Eine Behörde darf solchen Quellen nicht einmal nachspüren«, sagte Vargemyr in seiner Desperation.

»Interessante Ansicht«, sagte Hamilton leise und griff nach einer Mappe aus dunkelblauer Pappe mit Gummibändern an den Ecken, welche die Dokumente zusammenhielten. »Was unsere ehrwürdigen Grundgesetze angeht, gibt es einige unanständige Ausdrücke für das, was du meiner Ansicht nach mit ihnen machen kannst. Zumindest solange du dich hier drinnen befindest. Wir sind dazu da, die Grundgesetze zu verteidigen, und nicht dazu, ihren Inhalt zu sabotieren. Wenn ich mich auf juristische Haarspalterei verlegte, könnte ich auch sagen, daß das Pressegesetz den Beamten im Sicherheitsdienst des Landes keineswegs schützt, der vertrauliches Material durchsickern läßt, ob nun an die Russen oder die Leichtnachrichten.«

»Aber wenn es nicht stimmt, kann es doch auch nicht vertraulich sein«, tastete Vargemyr sich vor. Er begriff selbst nicht, weshalb er so widerstrebte. Es kam ihm vor, als wäre es ein Reflex.

»Pfiffig gedacht«, sagte Hamilton. »Noch pfiffiger aber ist, daß selbst der größte Unfug aus diesem Haus vertraulich ist. Du bist sogar dann ein Spion, wenn du den Russen konkret fehlerhafte Angaben lieferst. Bevor wir auseinandergehen, habe ich eigentlich nur eine Frage. Warum hast du ihnen diesen Blödsinn eingeredet? Weil du selbst daran glaubst oder weil du ein höheres und für mich noch nicht klar durchschaubares Motiv hast, obwohl du weißt, daß du dummes Zeug verbreitest?«

Hamilton stand auf und ging langsam auf Vargemyrs Abteilungsleiter zu, der nervös aufstand. Hamilton drückte ihm die blaue Mappe in die Hand.

Vargemyr war schweigend stehen geblieben.

»Nun?« sagte Hamilton scharf und drehte sich plötzlich zu ihm um.

»Es könnte im Prinzip doch wahr sein«, brummte Vargemyr und blickte zu Boden, da ihm Hamiltons Blick wie ein Schweißbrenner zusetzte.

»Sehr interessant«, bemerkte Hamilton in einem Tonfall, der sich fast amüsiert anhörte. Dann ging er wieder an seinen Schreibtisch und setzte sich. Vargemyrs Chef setzte sich ebenfalls zögernd hin.

»Wirklich sehr interessant«, fuhr Hamilton mit gespielter Nachdenklichkeit fort und blickte an die Decke, da er sein Opfer nicht mehr mit dem Blick erreichen konnte. »Es hätte wahr sein *können,* war es jedoch nicht. *Im Prinzip* wahr? Das bedeutet wohl, daß du etwas beschreibst, was du als politisch passend beurteilst. Etwa nach dem Motto: Das weiß schließlich jeder, wie Moslems *eigentlich* sind. Etwas in der Richtung? In fünf Minuten hast du das Haus verlassen. Bergklint begleitet dich zu deinem Zimmer und sorgt dafür, daß du nur persönliche Dinge mitnimmst. Schlüssel und Codekarte läßt du auf deinem Schreibtisch zurück. Auf Wiedersehen!«

Vargemyr schluckte, drehte sich auf dem Absatz um und ging zur Tür. Sein Vorgesetzter folgte ihm mit einem scheuen Blick auf Hamilton und machte sehr vorsichtig die Tür zu.

Kommissar Bergklint durfte anschließend etwas miterleben, wovon er bislang nur Gerüchte gehört hatte. Alles stimmte mit dem überein, was man ihm erzählt hatte. Als sie unten in der Abteilung ankamen, warteten zwei Kollegen vor Vargemyrs Zimmer. Keiner von ihnen sagte etwas. Sie gaben nur durch Zeichen zu verstehen, daß Vargemyr die Tür aufschließen solle. Die vier traten ein. Vargemyr nahm eine Aktentasche und stopfte den Inhalt seiner obersten Schreibtischschublade hinein, worauf man ihm die Aktentasche sofort wegnahm. Der Inhalt wurde wieder in die Schublade zurückgelegt. Man erlaubte ihm nur, einige persönliche Dinge aus dem Zimmer mitzunehmen. Ferner erhielt er die kurz angebundene Zusage, daß einige Bilder und anderes per Post nachgeschickt werden würden. Danach mußte er seine Codekarte abgeben, seinen Dienstausweis sowie den Schlüssel. Die beiden Kollegen begleiteten ihn zur Tür und ließen ihn hinaus, da er selbst die Sperren nicht mehr überwinden konnte. Das alles war in wenigen Minuten vorbei.

Bergklint ging zur Kaffeeküche am Ende des Korridors und kaufte sich einen Plastikbecher mit schwarzem Kaffee. Drei Kollegen saßen im Raum, und er glaubte sich vage zu erinnern, daß sie zumindest zu Beginn von Vargemyrs Rausschmiß vor der Kaffeeküche gestanden und zugesehen hatten. Sie warteten jedoch lange, bis sie erste Fragen stellten.

Als einer schließlich nicht mehr an sich halten konnte, bestätigte Bergklint nur, es sei gerade passiert, und zwar genau so, wie man es sich immer erzählt habe. Als sie sich vorsichtig nach dem Grund erkundigten, sagte er nur, der Schwarze Admiral sei sehr kurz angebunden gewesen und habe nur etwas von Plaudereien der Presse gegenüber erwähnt. Der ausführliche Kündigungsgrund sei vermutlich in den Dokumenten zu finden, die sich in dem blauen Aktendeckel befänden. Auch das stimme mit den Gerüchten überein. Er gestikulierte mit der Mappe. Im selben Augenblick ging ihm auf, daß er sie so schnell wie möglich lesen sollte. Er entschuldigte sich und ging zu seinem Zimmer.

Im Aktendeckel befanden sich ungefähr vierzig DIN-A4-Blätter, meist Kopien verschiedener Berichte, die Vargemyr unterzeichnet hatte. Die ältesten waren zehn Jahre alt und stammten etwa aus der Zeit, um die Vargemyr zur Firma gekommen sein mußte.

Auf den ersten Seiten befand sich eine zusammenfassende Darlegung der dienstlichen Aufgaben, die Vargemyr in seiner Zeit bei der Sicherheitspolizei gehabt hatte. Es folgte eine kritische, um nicht zu sagen äußerst kritische Beurteilung von Teilen von Vargemyrs operativer Tätigkeit. Und in dem weiteren Material befanden sich zwei Anklagepunkte, die mit einer Vielzahl numerierter Anlagen versehen waren. Diese stammten aus Archivmaterial.

Als Vargemyr neu war, hatte man ihn schon bald zu der Gruppe von Kurden-Spezialisten geholt, die sich um Köge und Barrling, Hans Holmérs Ratgeber in Kurdenfragen, scharten.

Einige der von Vargemyr gesammelten Erkenntnisse hatten operative Konsequenzen gehabt, unter anderem eine Reihe von Abschiebungen. Doch die wichtigste Quelle von Vargemyrs Erkenntnissen, zu »Quelle K« anonymisiert, wie es damals üblich war, war vermutlich – Hamilton war sich vollkommen sicher – eine erfundene Quelle, deren Grundlage wiederum ein allgemeines Gebräu von Erkenntnissen war, die aus anderen Quellen stammten. Etwa Abhöraktionen am Telefon, Versuche der Dolmetscher, bestimmten Gesprächen einen kriminellen oder zumindest politischen Inhalt zu geben, sowie eigene Vermutungen oder reines Wunschdenken.

Kommissar Bergklint fiel es schwer, der kurzen Anklageschrift Glauben zu schenken. Doch da sich in der Mappe auch zahlreiche Hinweise auf verschiedene Archivauszüge befanden, begann er in Quellenverzeichnissen und Dokumenten zu blättern. Er brauchte nicht lange, um sich überzeugen zu lassen. Die logischen Mängel in einigen Berichten im Vergleich mit Auszügen aus abgehörten Telefonaten und anderem bewirkten, daß Bergklint sich recht bald von dem Bild überzeugen ließ, das in der Aktenmappe fixiert war. Jetzt kam es ihm nicht mehr seltsam vor. Alles schien zu stimmen. Eigenartig war nur, daß es jemandem gelungen war, dieses gesamte Material hervorzukramen und zu vergleichen, damit die Zusammenhänge erkennbar wurden. Es schien wohl zu stimmen, was man sich über Hamiltons geschickten Umgang mit Computern erzählte.

Der zweite Anklagepunkt betraf Ereignisse neueren Datums, nämlich nach dem Zeitpunkt, zu dem Hamilton in die Firma eingetreten war. Eine seiner ersten Maßnahmen war gewesen, eine Einheit zu schließen, die sich mit »moslemischem Terrorismus« befaßt hatte.

Das Personal war auf andere Einheiten verteilt worden. Im Zusammenhang mit dem Stillegungsbeschluß war auch die Anweisung erfolgt, daß die Quellen, die zu diesem ganzen »Moslem-Komplex« gehörten (ob erfunden oder nicht), abgewickelt werden sollten, notfalls mit Abfindungen. Alle Angaben über diese Quellen, die zu der stillzulegenden Abteilung gehörten, sollten anschließend verbrannt werden. Die gesamte Dokumentation sollte also verschwinden.

Aus der ergänzenden Dokumentensammlung ging hervor, daß Vargemyr diese Anweisung nicht befolgt hatte. Er hatte eine Quelle in Uppsala behalten, die Angaben der Quelle mit neuen Überschriften versehen, als handelte es sich um eine Neuentdeckung, und dann Entscheidungsunterlagen auf der Grundlage der Angaben dieser Quelle vorgelegt. All dies ging eindeutig aus Vergleichen bestimmter Dokumente von früher und jetzt hervor. Identische Formulierungen, die nicht zufällig entstanden sein konnten, waren unterstrichen.

Danach wurde lakonisch festgestellt, die Angaben der nicht abgewickelten Quelle seien einerseits als Fahndungsmaterial wertlos, hätten andererseits aber dennoch in zwei Fällen zu Abschiebungen geführt.

Kommissar Bergklint zweifelte nicht an dem, was er las. Im Gegenteil, es war alles sehr überzeugend. Alles war einfach und klar dargestellt. Die Vergleiche der verschiedenen Dokumente sprachen eine deutliche Sprache. Es fiel ihm jedoch trotzdem schwer zu verstehen, wie das Ganze gemacht worden war. Immerhin deckte es fast ein Jahrzehnt ab, und das Archivmaterial mußte einer großen Menge von Berichten entnommen worden sein, die in verschiedenen Zeitabschnitten archiviert worden waren. Es war schwer zu begreifen, wie jemand aus eigener Kraft die verschiedenen Puzzlestücke hatte finden können, mochte er auch Zugang zu allen Daten haben.

Schließlich hatte Hamilton noch die Empfehlung angefügt, die Angelegenheit nicht der Staatsanwaltschaft zu übergeben. Schwere Dienstvergehen und möglicherweise auch vereinzelte Betrugsdelikte kämen mit Sicherheit in Frage. Hamilton kam jedoch zu dem Schluß, daß ein solcher Prozeß unpraktisch sei. Er verwies auf seinen Entscheidungsspielraum, der es ihm ermöglichte, selbst zu bestimmen, ob Anklage erhoben werden sollte oder nicht. Der Generaldirektor der Säpo hatte in mancherlei Hinsicht mehr Macht als ein Staatsanwalt, wenn es um solche Entscheidungen ging. Für den Fall, daß Bergklint den Fall anders beurteile, solle er sofort schriftlich zu dieser Frage Stellung nehmen. Andernfalls solle er die blaue Aktenmappe nur in seinem Panzerschrank deponieren.

Bergklint dachte nicht im Traum daran, den Fall anders zu beurteilen als Hamilton. Er deponierte den blauen Aktendeckel in seinem Panzerschrank und beschloß, Vargemyr zu vergessen, aber niemals das, was mit dem Mann geschehen war.

Die Vernehmungen der Schüler des Karate-Lehrers Memo Baksi waren in vier DIN-A4-Ordnern unter dem Sammelbegriff »Karate-Kids« zusammengefaßt. Inzwischen lagen relativ ausführliche Verhöre mit einem guten Dutzend von ihnen vor.

Rune Jansson und Willy Svensén hatten einen langen Arbeitstag damit verbracht, das zu lesen, was schriftlich über die Arbeit der Kollegen in Umeå vorlag. Sie hatten angrenzende Zimmer im siebten Stock des Hotels Plaza und besuchten sich gelegentlich gegenseitig zu einem Meinungsaustausch oder um Lesematerial zu tauschen.

Kurz vor dem Essen trafen sie sich in Willy Svenséns Zimmer, um ihre Eindrücke zu vergleichen. Sie waren sich sofort darin einig, daß die Kollegen in Umeå ihre Arbeit gut machten. Sie brauchten nur ein paar Sekunden, um zu dieser Schlußfolgerung zu kommen. Die Papiere waren wohlgeordnet und schlüssig, und niemand war mit irgendwelchen Theorien oder »wichtigen Spuren« vorgeprescht.

Sie bildeten sich keine Sekunde lang ein, daß es ihnen nach so kurzer Zeit hier oben gelingen könnte, ihre Kollegen zu überstrahlen. Ihnen fiel nicht im Traum ein, ihnen könnte etwas einfallen, was den Kollegen nicht eingefallen war. Sie hatten nicht einmal den Wunsch, daß es so sein könnte.

Sie begannen damit, über die Vernehmungen zu sprechen. Als erstes über die der Schlägerstudenten dieses Memo, oder wie man diese Karate-Jünger nennen sollte. Es stand außer Zweifel, daß sie sehr an ihrem Ausbilder hingen. Mehrere von ihnen hatte das Ereignis so erschüttert, daß es ihnen schwerfiel, sich auszudrücken. Keiner von ihnen wußte etwas. Alle leugneten mit Nachdruck, es könnte zwischen Memo und Drogenkriminalität einen Zusammenhang geben. Memo wurde durchgehend als enthaltsam lebender Mann beschrieben, der kurdischen Honig sogar anabolen Steroiden vorzog; es war verboten gewesen, in seinem Club solche Präparate zu verwenden.

Hätte einer von ihnen auch nur die allerleiseste Ahnung davon gehabt, wer Memo hatte ermorden wollen, hätten sie es wohl auch gesagt. Sie wurden ja nur zur Information vernommen und waren immer wieder aufgefordert worden, Vorschläge zu machen oder Ideen vorzutragen. Die vernehmenden Polizeibeamten hatten nicht ganz wahrheitsgemäß versichert, dies alles werde vertraulich behandelt.

Das meiste sprach dafür, daß dieser Memo, der im übrigen eine der treibenden Kräfte der kurdischen Kulturvereinigung in Umeå gewesen war, sich tatsächlich nichts Kriminelles hatte zuschulden kommen lassen. Was immer man über Karate dachte, denn diese Sportart weckt bei Polizisten nicht gerade positive Gefühle.

Die Vernehmung seiner früheren Frau, die ebenfalls Kurdin war, war recht unergiebig gewesen. Sie arbeitete als Hilfsschwester im Universitätskrankenhaus und übernahm gelegentlich Nachtdienste. In der Nacht, in der die Morde begangen worden waren, hatte sie ebenfalls gearbeitet und erst am frühen Morgen davon erfahren, als die Polizei eintraf. Sie wußte nichts darüber, ob ihr früherer Mann Feinde gehabt hatte, und konnte sich nichts anderes als rassistische Motive vorstellen, obwohl sie sich nur an gelegentliche rassistische Beschimpfungen bei Kinobesuchen und derlei erinnern konnte.

Die Vernehmungen Annalena Fayads waren interessanter, jedoch eher verblüffend als klärend.

Sie war vermutlich der letzte Mensch, der Abbe, wie sie ihn nannte, lebend gesehen hatte, bevor er den Tätern oder dem Täter begegnet war.

Als man sie zwei Tage nach den Morden verhört hatte, hatte sie, was nicht unerwartet war, kaum mehr zu sagen als bei dem ersten Verhör, bei dem sie offenbar zusammengebrochen war.

Abbe habe am letzten Abend ein wenig angespannt gewirkt, nicht aggressiv, keineswegs, aber irgendwie geladen. Sie hätten ferngesehen, doch es sei ihm schwergefallen, sich zu konzentrieren. Gegen Mitternacht habe er gesagt, er wolle noch aufbleiben und ein wenig arbeiten, was ihr eigenartig vorgekommen sei, da er das schon früh am Abend hätte erledigen können, statt sich Fernsehsendungen anzusehen, die ihn nicht besonders interessierten. Er hatte sich ins Arbeitszimmer gesetzt, und sie hatte sich schlafen gelegt. Sie war jedoch nicht eingeschlafen – vielleicht hatte sie auch nur sehr leicht geschlafen –, denn sie merkte plötzlich, daß er sich bereit machte, aus dem Haus zu gehen. Darauf war sie aufgestanden und hatte ihn gefragt, was er vorhabe. Es war nicht gerade ein Wetter zum Spazierengehen gewesen. Er hatte einen verlegenen Eindruck gemacht und nur gesagt, er müsse eine Weile hinaus, werde aber bald wieder dasein.

Da sie unruhig gewesen war, hatte sie nicht wieder einschlafen können. Und als er um drei Uhr noch nicht wieder da war, rief sie die Polizei an. Nicht weil sie glaubte, es sei etwas geschehen, sondern weil sein ungewöhnliches Verhalten sie beunruhigt hatte. Und das Wetter habe natürlich auch eine Rolle gespielt.

Als die Vernehmungsbeamten sie mit dem Konto konfrontiert hatten, das Abbe bei der Nordbank besaß, ein Konto ohne Sparbuch mit einem Saldo von 73 300 Kronen, hatte sie sehr spontan und erstaunt reagiert. Von diesem Geld hatte sie noch nie etwas gehört.

Ihr war völlig unklar, woher es gekommen war. Sie hatten eine gemeinsame Kasse, und sie hielt es für ausgeschlossen, daß er so viel Geld verdient haben könnte, ohne daß sie es merkte.

Das Bankkonto war natürlich auf dem Dienstweg untersucht worden. In den letzten sieben Jahren waren in regelmäßigen Abständen jeweils fünftausend Kronen eingezahlt worden, einmal im Frühjahr und einmal im Herbst. Es war jedoch nie Geld abgehoben worden.

In diesem Jahr war einmal Geld eingezahlt worden, im April. Es sah also aus, als wäre Abbe unterwegs gewesen, um seine Herbstzahlung zu kassieren.

Was dieses Geld anging, blieb bedauerlicherweise viel Spielraum für Vermutungen. Man konnte sich schließlich kaum etwas anderes denken, als daß es die Bezahlung für eine kriminelle Gegenleistung gewesen war, von der seine Frau nichts wußte.

Die Kollegen in Umeå hatten erhebliche Mühe darauf verwendet, in den Finanzen des Karatelehrers Memo ein ähnliches Phänomen zu finden. Doch zum einen war er ein Unternehmer mit erheblicher Unordnung in seinen Papieren, zum anderen lebte er nach seiner Scheidung offensichtlich auf eine Weise von der Hand in den Mund, bei der Bankkonten keine Rolle spielten.

Der technische Teil der Ermittlungen hatte vom gerichtsmedizinischen Teil abgesehen nur ein mageres Ergebnis. Die Tatortuntersuchung war natürlich durch das kräftige Schneetreiben erschwert worden. Es hatte einige Stunden nach dem Zeitpunkt eingesetzt, zu dem die Morde vermutlich stattgefunden hatten, nicht allzu lange, nachdem Abbe Fayad seine Wohnung verlassen hatte. Er wohnte in der Nähe der Mariehems-Schule, gut fünfzehn Minuten Fußweg vom Tatort entfernt.

Alle Spuren waren zugeschneit, und das einzig Brauchbare, was man in Verbindung mit dem Tatort gefunden hatte, war Urin, der von einem Menschen stammte; die gerichtschemische Analyse war jedoch noch nicht beendet. Bis auf weiteres mußte man davon ausgehen, daß der Urin sehr gut zu dem paßte, was der Student Martin Arnhög von seinem Vorhaben am Tatort erzählt hatte.

Der gerichtsmedizinische Teil hatte in einer Hinsicht jedoch sofort Klarheit geschaffen: Derjenige, der die Tat begangen hatte, war bemerkenswert geschickt vorgegangen. Der Gerichtsarzt Anders Eriksson hatte in einem ergänzenden Gutachten festgehalten, daß die verwendeten Mordmethoden seines Wissens in der schwedischen Kriminalgeschichte unbekannt seien; er suche nach internationalem Vergleichsmaterial, doch es könne noch etwas dauern, auf diesem Weg etwas in Erfahrung zu bringen.

Die Polizei in Umeå hatte einige vorsichtige Vermutungen angestellt. Nur zwei Dinge ließen sich als Verbindung zwischen den Opfern ansehen, soweit sich bislang absehen ließ. Beide waren ausländischer Herkunft, und beide hatten einem oder mehreren Tätern mit tödlichen Talenten genügend Vertrauen entgegengebracht, um sich mitten in der Nacht mit ihm oder ihnen zu treffen.

Da denkbar war, daß zumindest Abdel Rahman Fayad eher eine Zahlung erwartet hatte als Gewalttätigkeit, mußte das Geld vernünftigerweise mit irgendeiner kriminellen Tätigkeit in Verbindung stehen. Die Polizei war inzwischen dabei, sich ein Bild vom Drogenkonsum unter den Studenten zu machen, doch bislang hatte das nicht viel ergeben.

»Beim nächsten Mal werden wir uns wohl in deiner wilden Heimat tummeln müssen«, bemerkte Willy Svensén, als sie den Fahrstuhl betraten, um zum Restaurant hinunterzufahren.

»Du meinst Linköping? Na ja, dann werden wir uns die Kollegen da unten mal ein bißchen vornehmen«, sagte Rune Jansson mit scherzhafter Übertreibung seines Östergötland-Dialekts.

Er blickte nachdenklich auf Umeå, als sie abwärts sausten. Der Fahrstuhl bewegte sich in einer Glastrommel – zum Vergnügen derer, die gern die Aussicht genossen, und zum Unbehagen derer, die in einem Fahrstuhl Platzangst bekamen.

Während des Essens sprachen sie vorwiegend von Kindererziehung und Willy Svenséns Schrebergartenhäuschen draußen in Frescati. Sie hatten seit langem eine stillschweigende Übereinkunft, die sie nicht immer hatten befolgen können, beim Essen nicht über die Arbeit zu sprechen. Was sie bisher von der Arbeit der Kollegen gesehen hatten, war ohnehin gut genug. Die Kollegen schienen alles im Griff zu haben, und ihre Berichte und sonstigen Papiere waren geordnet. Und Ordnung war für sie beide ein wichtigerer Teil der Polizeiarbeit, als über rätselhafte Morde nachzugrübeln, besonders beim Essen.

Erik Ponti war Ehrenmitglied der Stockholmer Landsmannschaft in Uppsala. Das lag jedoch eher daran, daß er dort einige Male Vorträge über investigativen Journalismus gehalten hatte, über das Zusammenspiel zwischen Politikern und Massenmedien sowie ähnliche Themen, als daran, daß er in Uppsala studiert hatte. Zwar hatte er an der Universität von Uppsala Jura studiert, doch das nur vierzehn Tage lang. Das lag daran, daß zu der Zeit die fröhlichen Sechziger herrschten und er mit unschuldsvoller Anfängerfreude in einen Wirbel aus freizügiger Erotik und feuchtfröhlichen Studentenfesten eintauchte. In sozialer Hinsicht waren es gewiß zwei sehr ereignisreiche Wochen gewesen, doch das Jurastudium war dabei zu kurz gekommen. An einem stark verkaterten Morgen war er plötzlich zur Einsicht gekommen und sofort nach Stockholm zurückgezogen, bestens kuriert von allen romantischen Vorstellungen, man müsse »den Studien obliegen«, und das in einem völlig anderen Sinn, als er es erlebt hatte.

Seine Mitgliedschaft in der Stockholmer Landsmannschaft kam ihm jetzt zum ersten Mal in fast dreißig Jahren gut zupaß; schon rein praktisch war jeder Versuch unmöglich, den Auftrag mit dem Hinweis, er sei nach Tschetschenien unterwegs, auf einen anderen abzuwälzen. Komischerweise gab es beim *Echo des Tages* keinen anderen Angehörigen der Stockholmer Landsmannschaft in Uppsala.

Und als jetzt bekannt wurde, daß Hamilton erneut vor Studenten auftreten werde, nämlich in Uppsala, und daß nur Mitglieder der Stockholmer Landsmannschaft Zutritt erhalten würden und daß von Privilegien für Vertreter der Massenmedien keine Rede sein könne, konnte er kaum etwas einwenden. Der Nachrichtenwert an sich war unbestreitbar. Als Hamilton zum ersten Mal vor Studenten aufgetreten war, waren einige unerwartet interessante Dinge gesagt worden. Außerdem waren nur Stunden nach Hamiltons Auftritt zwei Personen ermordet worden. Das war viel auf einmal. Erik Ponti hatte in der Diskussion schnell nachgegeben und war damit gezwungen worden, das kleine Familienessen abzusagen, das er oft zu organisieren versuchte, wenn er für längere Zeit verreiste. So wie es jetzt aussah, würde er nach all der Redaktionsarbeit spät nach Hause kommen und außerdem noch in der Nacht packen müssen, da die Maschine nach Moskau um neun Uhr am nächsten Morgen abflog. Er hatte eine eigentümliche Reiseroute vor sich, unter anderem über Minsk.

Mit leicht zwiespältigen Gefühlen resignierte er und erklärte, er werde den Job übernehmen. Doch als die Entscheidung erst gefallen war und alle Entschuldigungen zu Hause abgehakt waren, machte er sich energisch an die Arbeit, um den Auftrag zu einem Erfolg zu machen.

Durch die Lehren vom letzten Mal gewitzt, fuhr er mehrere Stunden zu früh nach Uppsala, um sich eventuell in eine Schlange einreihen zu können, aber auch, um irgendeinen Studenten zu finden, der sich bereit erklärte, in seinem Auftrag bestimmte Fragen zu stellen. Hamilton hatte beim letzten Mal sehr abweisend auf Fragen reagiert, die nicht von Studenten gestellt worden waren.

Erik Pontis Planung funktionierte besser, als er hatte hoffen können. Wie üblich sollte der Gast nämlich nach einem längeren Studentenessen oben im zweiten Stock des Landsmannschaftshauses sprechen. Die Kollegen von anderen Medien, die ebenfalls nach Uppsala eilten, hatten sich offenbar vorgenommen, erst dann zu erscheinen, wenn die Studenten zu Ende gegessen und gegrölt hatten. Daraus wurde jedoch nichts.

Denn als das Essen begann, wurden die Türen geschlossen. Wer danach noch hineinwollte, mußte anschließend nachweisen können, daß er tatsächlich einen Platz an einem der langen Tische hatte; das wurde von hochgewachsenen Männern mit steinernen Gesichtern kontrolliert. Erik Ponti war als Ehrenmitglied eingeladen worden. Er hatte zunächst ablehnen wollen, da er das Gefühl hatte, viel zu alt zu sein, um ein Studentenessen richtig genießen zu können. Doch dann hatte er vermutet, daß es im Wettlauf mit der Konkurrenz vielleicht höchst vorteilhaft sein könnte, vor allen anderen hineinzukommen.

Es machte ihm keine Mühe, die Schnapslieder über sich ergehen zu lassen, nachdem er erst mal dort saß. Er hatte nämlich erst dann erfahren, daß niemand mehr Einlaß finden würde, ob nun im Besitz eines Presseausweises oder beherzigenswerter Gründe. Dies war eine Anweisung von Hamilton persönlich, sogar mit dieser Wortwahl: beherzigenswerter Gründe.

Hamilton trat plötzlich ein. Ein paar Doppeltüren wurden schnell geöffnet, und er ging mit langen Schritten direkt zu der Längsseite des Raums mit den Fenstern zur Straße, an der die Redner zu stehen pflegten. Vier Sicherheitsbeamte folgten ihm auf den Fersen und nahmen schnell verschiedene Positionen im Raum ein. Nachdem das Gemurmel sich gelegt hatte, zog Hamilton ein Blatt Papier mit Notizen aus der Tasche, warf einen Blick darauf und begann sofort zu sprechen. Nach den einleitenden Höflichkeitsphrasen kam er auf die Entwicklung der Haushaltsmittel der Säpo im Lauf der letzten Jahre zu sprechen. Im Haushaltsjahr 1989/90 war der schwedischen Sicherheitspolizei ein Etat von 257 158 000 Kronen bewilligt worden, im folgenden Jahr genau dreihundert Millionen, also in dem Jahr, in dem die Sowjetunion aufgelöst wurde. Danach dreihundertsechzig Millionen, dann vierhundert Millionen, und danach, also 1993/94, 470 643 000, 1994/95 482 630 000, und die Etatforderung für 1995/96 lag bei 476 630 000.

Anschließend äußerte Hamilton einen Vorbehalt, der als große Ironie hätte aufgefaßt werden können, wenn sein Gesichtsausdruck nicht so starr gewesen wäre. Die wirklichen Etats der Säpo waren geheim. Die Zahlen, die er genannt hatte, waren nur sogenannte Etatforderungen, und diese waren nicht geheim. Die tatsächlichen Zahlen konnten also höher oder niedriger sein.

»Immerhin«, fuhr er fort, »kann man auch die nicht geheimen Etatforderungen als Ausgangspunkt einiger selbstverständlicher Folgerungen nehmen, denn auch Forderungen sind ein Maßstab für den Bedarf. Folglich kann man, leicht abgerundet, erkennen, daß die schwedische Sicherheitspolizei *nach* dem Zusammenbruch der Sowjetunion fast doppelt soviel Geld erhalten hat wie zuvor.

Die erste kleine Trendwende in einer langen Folge von Jahren mit einem immer höheren Etat hat es erst jetzt gegeben mit der Etatforderung für 1995/96, die ja niedriger, zumindest etwas niedriger ist als im Vorjahr.

Da dies Tatsachen sind, von denen sich jede fremde Macht Kenntnis verschaffen kann, um sie dann zu analysieren, dürfte auch nichts dagegen sprechen, wenn ich vor Studenten unseres Landes ähnliche Gedankengänge äußere.

Also: Während des früheren bürgerlichen Regimes, dessen Amtszeit genau die Periode des Zusammenbruchs der Sowjetunion und die Folgejahre abdeckte, ist mehr Geld als je zuvor für die Säpo veranschlagt worden. Wie kommt das wohl?

Erstens deutet alles darauf hin, daß der russische Nachrichtendienst auf den Gebieten, die für die Russen selbst wichtig sind, Technik, militärische Information und Ökonomie, auf mindestens der gleichen Höhe gehalten worden ist wie zuvor. Zweitens haben diese Jahre zu einer stark gestiegenen und kostspieligen Erweiterung des sogenannten Sicherheitsschutzes geführt. Personen, die im schwedischen Staat aus bestimmten Gründen als wichtig gelten, genießen seitdem Personenschutz. Diese Säpo-Tätigkeit ist inzwischen sehr populär geworden und hat auch zu Streitereien darüber geführt, wer wichtig genug ist, Personenschutz zu erhalten.«

Hamilton machte eine kurze Pause, doch es fiel keinem der Anwesenden ein, über das, was rein sachlich als Scherz gelten durfte, auch nur zu kichern. Hamiltons Gesicht verriet nicht das kleinste Zucken im Mundwinkel oder einen Ansatz zu einem Lächeln.

»Ein weiteres Arbeitsfeld in der Zeit des früheren politischen Regimes, das die Kosten ständig erhöht hat, ist inzwischen bei der Säpo so gut wie eingestellt worden, nämlich Fahndungs- und Analyseeinsätze bei sogenanntem moslemischem Terrorismus.«

Erik Ponti notierte, daß Hamilton diesmal sehr viel besser vorbereitet zu sein schien als in Umeå. Er sprach mit einer ganz anderen Entschlossenheit und nur gelegentlichen kurzen Blicken auf seine Notizen. Daraus mußte man den Schluß ziehen, daß er nichts sagte, was er sich nicht gut überlegt hatte. Und da der politische Gehalt seiner Worte schwer zu übersehen war, nämlich die Betonung des Unterschieds zwischen einem sozialdemokratischen und einem bürgerlichen »Regime«, wie Hamilton sich ausdrückte, hatte er wohl auch seinen Chefs, der neuen Regierung, genau erklärt, was er zu sagen gedachte. Das bedeutete, daß sie ihn als politisches Instrument benutzten. Und – daß er es mit sich machen ließ.

Hingegen sagte er zu einem gewählten Thema nicht gleich alles, was dazu zu sagen war. Diesmal gab es keine mundgerechten Häppchen für Erik Pontis Tonbandgerät. Im Gegenteil: Von Zeit zu Zeit kam er auf eine frühere Äußerung zu sprechen und zog die Schraube noch etwas an. Etwa als er fast beiläufig darauf hinwies, daß die Tätigkeit der Sicherheitspolizei inhaltlich sehr viel politischer sei als die gewöhnliche Polizeiarbeit, wie sehr das im Lauf der Jahre auch geleugnet worden sei. Folglich könne es zu abrupten Kursänderungen kommen, je nachdem, wer eine Wahl gewann oder verlor.

Wenn man diese Erklärung, dachte Erik Ponti, mit der früheren Darlegung des bürgerlichen Eintretens für eine Jagd auf Moslems in Zusammenhang sah, sowie den etwas späteren Hinweis, daß diese Tätigkeit jetzt fast zum Erliegen gekommen sei, eine der Erklärungen dafür, daß die Säpo habe sparen können, war das eine vernichtend interessante Information. Sie ließ entweder Sozialdemokraten oder Konservative als Idioten dastehen.

Es würde jedoch einige Mühe erfordern, diese Quintessenz ohne allzu viele Schnitte herauszufiltern, und Erik Ponti konnte nur hoffen, daß unter den Studenten jemand schlau genug war, zu diesem Thema ein paar halbwegs direkte Fragen zu stellen, damit Hamiltons Antworten sich für eine Rundfunksendung besser eigneten als sein allgemein gehaltener Vortrag.

Erik Ponti hatte in seinem Notizblock zahlreiche Bemerkungen darüber hingekritzelt, wo sich auf dem Tonband die verschiedenen Puzzlestücke befanden. Er erkannte resigniert, daß es viel Zeit erfordern würde, etwas Klares und Vernünftiges zustande zu bringen; schlafen konnte er zwar im Flugzeug nach Moskau, doch seine Pläne, spät am Abend seine Familie zu treffen, gingen jetzt schnell in Rauch auf. Er hatte in dieser Richtung einige vage Versprechungen gemacht und hörte schon, wie es dann heißen würde, er habe es »versprochen« und breche jetzt wie gewohnt seine Zusagen.

Hamilton beendete seine Einleitung, indem er nochmals an die Frage der Verfolgung von Moslems durch die Säpo anknüpfte. Er halte diese Politik nicht nur für Geldverschwendung und operative

Stümperei, sondern sie bringe auch die Gefahr mit sich, der Stellung einer großen Minderheit in der Nation zu schaden.

Damit breitete er die Arme aus und sagte, jetzt sei er bereit, Fragen zu beantworten.

»Wer hat in der Frage der russischen Nerze recht, Ingvar Carlsson oder Carl Bildt?« fragte eine Studentin, die direkt neben Erik Ponti saß.

Während sich lautes Kichern und ein plötzlich lauteres und ungehemmteres Lachen im Saal legte, antwortete Hamilton mit einem langen, nachdenklichen Blick und demonstrierte seine Einstellung dann mit einem lauten Seufzen, das die Heiterkeit der Zuhörer noch steigerte.

»Ich bin wirklich der Meinung«, begann er langsam, »daß es außerordentlich unpassend wäre, wenn ich mich auf diese Diskussion einließe. Erstens habe ich, wie ihr vielleicht wißt, in der besonderen nachrichtendienstlichen und Analysegruppe der Kanzlei von Ministerpräsident Carl Bildt gearbeitet. Und in meiner dortigen Funktion habe ich recht oft nach Moskau reisen müssen, um über U-Boote Gespräche zu führen. Ohne ins Detail zu gehen, kann ich jedoch sagen, daß bei den Gesprächen in Moskau nur sehr wenig über Nerze gesprochen wurde, obwohl es tatsächlich vorgekommen ist.«

»Waren es denn russische Nerze?« fragte die Studentin in einem Augenblick, in dem es aussah, als wüßte Hamilton nicht recht, wie er fortfahren sollte.

Jetzt wurden sie, was nicht unerwartet kam, mit lautem Gelächter im Saal belohnt. Sogar Hamilton zeigte ein schwaches Lächeln, als er mit einer Geste zu erkennen gab, daß er die Pointe akzeptierte.

»Ich bin absolut davon überzeugt, daß es sich um schwedische Nerze gehandelt hat«, erwiderte er. »Wahrscheinlich handelt es sich in noch nicht ermittelten Anteilen um teils wilde und teils bedauerlicherweise freigelassene Tiere von Nerzfarmen. Da haben wir sogenannte Veganer im Visier, die sich mit Kapuzen tarnen und die Nerze freilassen. Wir bei der Säpo arbeiten an dem Problem, doch das Material ist leider geheim.«

Die Stimmung war plötzlich leichter geworden und ähnelte allmählich einem ganz gewöhnlichen Studentenabend. Folglich gab Erik Ponti seinem weiblichen Strohmann jetzt ein Zeichen. Die

Studentin sollte versuchen, seine Frage zu stellen. Doch sie kam nicht dazu, da Hamilton gleich weitersprach. Er hatte nur gewartet, bis das Gelächter sich legte.

»Wenn wir uns mit der Frage der Nerze oder der U-Boote etwas ernster befassen wollen, kann ich dazu auch noch mehr sagen«, bot er an und wartete, bis Stillschweigen herrschte. »Die Aktivität russischer U-Boote hat während der achtziger Jahre einen so großen Umfang angenommen, daß die Fehlerquellen in Prozentzahlen gerechnet höchst gering waren. In den letzten Jahren hat sich das geändert. Wir stellen eine geringere Aktivität dieser Art fest und können folglich nicht mehr sicher sagen, worum es sich handelt. Außerdem haben wir infolge einer allzu verfeinerten Ausrüstung, wie man es nennen könnte, eine größere Zahl von Beobachtungen unklaren Inhalts. Ihr müßt entschuldigen, aber sehr viel mehr kann ich darüber nicht sagen. Das wäre die Aufgabe anderer Funktionsträger, nämlich von Vertretern der Regierung oder der Streitkräfte. Doch eins wißt ihr jetzt wohl. Es hat tatsächlich eine bestimmte Zahl von Beobachtungen gegeben, deren Bedeutung früher unklar war. Heute kann ich sagen, daß es sich tatsächlich um Nerze gehandelt hat. In Einzelfällen auch um einen Fischotter. Darf ich euch jetzt aber bitten, euch mit euren Fragen wieder der Säpo zuzuwenden.«

»Wie ist es möglich, daß die Säpo der einzige westliche Sicherheitsdienst ist, der noch nie einen KGB-Agenten gefangen hat?« fragte Erik Pontis weiblicher Strohmann. Die junge Dame bemühte sich, danach keinen Seitenblick auf Erik Ponti zu werfen, sondern blickte starr und interessiert nur Hamilton an.

»Wie ich höre, haben wir Erik Ponti vom *Echo des Tages* hier im Saal«, erwiderte Hamilton, ohne eine Miene zu verziehen. »Bitte melde dich, damit ich sehen kann, wo du bist!«

Erik Ponti reckte schnell die Hand in die Höhe, und Hamilton nickte nachdenklich, bevor er fortfuhr.

»Die Frage, die ihr hier gerade gehört habt, war präziser, als ihr vielleicht glaubt«, fuhr Hamilton mit fast lässiger Ruhe fort. »Unter einem *Agenten* versteht man nämlich in diesem Fall einen Schweden, der sich an die Russen verkauft, einen Typ wie Bergling. Der war ein *Agent*. Ich selbst und meine früheren Kollegen waren also keine *Agenten*, sondern Offiziere des Nachrichtendienstes. Nun ja. Nach dieser kurzen Einführung ins Thema können wir folglich erkennen, worin das fragliche Problem besteht. Die Säpo hat, wenn man es salopp ausdrücken soll, nach dem Zweiten Weltkrieg zu wenige russische Agenten eingefangen. Diejenigen, die wir erwischt haben, haben für den militärischen sowjetischen und seit kurzem russischen Nachrichtendienst GRU gearbeitet, aber einen Mann, der für den KGB gearbeitet hat, haben wir nie erwischt. Kein solcher Schwede ist dafür rechtskräftig verurteilt worden. Das ist etwas, worüber neben anderen Erik Ponti zu scherzen pflegt. Doch nun zu der Frage, weshalb es so ist. Hast du einen Vorschlag, Erik?«

»Hat die schwedische Säpo sich überhaupt mit sehr viel anderen Dingen beschäftigt als der Jagd auf russische Spione?« fragte Erik nach langem Zögern; er mußte sich so ausdrücken, damit seine Worte auch gesendet werden konnten.

»Ja«, erwiderte Hamilton lakonisch. »Das ist ein wichtiger Teil der Erklärung. Zu der Zeit, als man bei der Säpo zum Beispiel mich und Erik Ponti als den Hauptfeind ansah, hat man die Anstrengungen in die falsche Richtung gelenkt. Unter uns FNL-Anhängern und wie im Fall Pontis Palästina-Aktivisten waren russische Agenten dünn gesät. Weil sie bei den Streitkräften zu finden waren, in den Ministerien, in den Banken und schlimmstenfalls bei der Säpo. Nach 1975, als es nicht mehr ganz so modisch war, links zu sein, setzte sich ein sehr bekannter, aber nicht sehr geistreicher Säpo-Chef in den Kopf, daß es in Schweden keine russischen Agenten gab. Die wissenschaftliche Erklärung dafür war nach Ansicht dieses Mannes, der inzwischen einen passenderen Platz im Leben gefunden hat, da er jetzt Kriminalromane schreibt und seiner Phantasie so positiv Luft machen kann, daß die Russen den gesamten Nachrichtendienst mit Elektronik erledigten. In den achtziger Jahren haben dann Kurden und andere Einwanderer und Flüchtlinge uns alte Links-Aktivisten ersetzt. Dies ist tatsächlich ein Teil der Wahrheit, sogar ein recht großer Teil. Aber nicht die ganze Wahrheit.«

An dieser Stelle verstummte Hamilton und machte ein Gesicht, als wollte er sich nach einer neuen Frage umsehen. Erik Ponti ergriff schnell die flüchtige Gelegenheit.

»Und wie sieht der Rest der Wahrheit aus?« rief er.

»Aber ja, natürlich! Das habe ich ja vergessen«, sagte Hamilton mit sichtlicher Ironie. »Der Rest der Wahrheit ist bedauerlicherweise problematischer. Die Säpo hat lange die Politik verfolgt, sich der Quellen zu bedienen, der Agenten, wenn man so will, die man erwischt hat, um möglichst viele Informationen über ihre Auftraggeber aus ihnen herauszupressen. Die Gegenleistung bestand darin, daß man sie laufen ließ. Dieses Vorgehen hat man so dargestellt, als ob es uns gelungen wäre, die Agenten *umzudrehen,* wie der Terminus lautet, und manchmal ist es vielleicht sogar so gewesen. Doch jetzt zu den komplexeren Zusammenhängen. Wir leben in einem Rechtsstaat. Jeder hat als unschuldig zu gelten, bis man ihm das Gegenteil nachweist, und so weiter. Das sind nicht nur Worte, das ist etwas, woran die meisten von uns glauben. Ganz konkret sieht es wie folgt aus: Wenn wir einen schwedischen Agenten ergreifen, also einen Schweden, der sich der Spionage schuldig gemacht hat, sollte das tunlichst auf frischer Tat geschehen, wenn er seinen russischen Führungsoffizier trifft, seinen Kontaktmann, nicht wahr? Der Russe ist Diplomat und muß sofort freigelassen werden. Dann haben wir einen Schweden mit Geld in der Hand, wenn wir zu spät zugeschlagen haben, und mit geheimen Informationen in der Hand, wenn der Zeitpunkt des Zugriffs etwas glücklicher gewählt ist. Nur wenige Agenten treten so auf wie dieser Norweger, der sich mit einem dicken Packen von Dokumenten in der Aktentasche erwischen ließ. Diese Papiere waren übrigens für zwei Arbeitgeber vorgesehen, nämlich die Sowjetunion und dann noch ausgerechnet Irak. Normalerweise haben sie Papiere bei sich, die ihnen ein paar Jahre Gefängnis einbringen können. Das macht sie sehr kooperationswillig. Bei uns hat es als wichtiger gegolten, all ihre Informationen gegen Immunität zu erhalten, statt sie für ein paar Jahre ins Gefängnis zu stecken.«

Es sah jetzt aus, als könnte es ein langer und intensiver Abend werden, vor allem weil die Zuhörer inzwischen ihre verlegene Schüchternheit vor Hamilton überwunden zu haben schienen; das Trauerband an seinem maßgeschneiderten englischen Jackett beherrschte das Bild nicht mehr so stark.

Doch statt dessen fand der Abend ein blitzschnelles Ende.

»Ich heiße Arvid Nordkvist. Ja ich heiße tatsächlich so und bin hier zweiter Vorsitzender der Landsmannschaft!« rief ein Student, der am selben Tisch saß wie Erik Ponti.

»Ja, ich akzeptiere, daß du so heißt. Ich habe Verwandte, die bei dem richtigen Arvid Nordquist* eingekauft haben. Was wolltest du fragen?« sagte Hamilton freundlich. Er schien mit einemmal ein wenig aufgetaut zu sein.

»Ja, es geht um die Frage, daß für den Personenschutz soviel Knete ausgegeben worden ist ... Es sieht ja so aus, als würdest du selbst in hohem Maße zu diesen Kosten beitragen?«

»Ich genieße Personenschutz, wenn ich mich an vorhersehbaren Orten aufhalte, und beim Transport zwischen meiner Wohnung und meinem Arbeitsplatz«, erwiderte Hamilton schnell. Äußerlich hatte er wieder seine kalte Maske angelegt. »Ich halte das für klug. Im Hinblick auf die Umstände.«

Der zweite Vorsitzende der Landsmannschaft hatte sich mit seiner Äußerung einige diskrete Buhs und Gemurmel eingehandelt, da seine Frage allen Anwesenden peinlich war. Er war nicht mehr ganz nüchtern und dafür bekannt, daß er bei Vortragsabenden die Aufgabe hatte, freche oder provozierende Fragen zu stellen, manchmal sogar idiotische Fragen, etwa warum man immer einen Strumpf einbüßt, wenn man mit der Maschine wäscht.

Jetzt hatten er und einige Freunde sich ausgedacht, diesmal für eine unerwartete Wendung des Ablaufs zu sorgen, und beim Punsch war das allen ebenso kühn wie spannend erschienen. Er hatte also zwei Möglichkeiten. Die Idee weiterzuverfolgen oder sich hinzusetzen und eine Niederlage zu akzeptieren, nämlich daß er sich blamiert hatte. Er beschloß weiterzumachen.

»Wenn ich in diesem Augenblick einen Revolver zöge und ihn auf dich richtete, was würde dann passieren?« fragte er mit erhobener Stimme, als wollte er sich selbst Mut machen und die Lacher wieder auf seine Seite bringen.

Niemand lachte. Statt dessen wurde es vollkommen still, und jeder konnte sehen, wie sich Hamiltons Blick veränderte und wie seine Kiefer arbeiteten, bevor er sich zusammennahm, um zu antworten. Und er antwortete zwischen fest zusammengebissenen Zähnen.

»Wenn du jetzt einen Revolver zögst und ihn auf mich richtetest«, begann er und holte in der kalten Stille, die im Saal entstanden war, tief Luft, »würde ich auf dich schießen, und zwar direkt

---

*Arvid Nordquist = berühmtes Feinkostgeschäft in Stockholm. (Anmerkung des Übersetzers).

unter den Halsansatz. Tiefer dürfte ich nicht zielen, weil ich dann Gefahr liefe, das Mädchen zu treffen, das schräg vor dir sitzt. Höher könnte ich auch nicht zielen, weil dann die Gefahr bestünde, den jungen Mann zu treffen, der hinter dir sitzt. Die Munition, die ich verwende, ist entschärft, wie es heißt. Die Kugel würde bei dir im Körper bleiben, so daß nicht die Gefahr eines Durchschusses besteht. Falls Sie entschuldigen, meine Damen und Herren, was mich angeht, ist dieser Abend jetzt beendet.«

Im nächsten Augenblick ging Hamilton mit langen Schritten auf die Tür zu, durch die er den Saal betreten hatte. Seine vier Sicherheitsbeamten gingen im Gänsemarsch hinter ihm her. In dem Augenblick, in dem der letzte von ihnen die Tür hinter sich zumachte, war es vollkommen still im Saal.

Erik Ponti sah auf die Armbanduhr und schaltete das Tonbandgerät aus. Wenn er sich jetzt beeilte, würde er gerade noch den nächsten Zug schaffen und im Kampf zwischen Familie und Arbeit mindestens eine halbe Stunde Zeit gewinnen.

Er stand auf und drängte sich schnell zum Ausgang. Er tat mit einer Handbewegung all die ab, die empört mit ihm sprechen und den jüngsten Vorfall kommentieren wollten. Manche wollten mehr oder weniger betrunken intelligente Fragen zu dem stellen, was im Lauf des Abends gesagt worden war.

Ponti lief am NK-Haus mit den eigenartigen Käselöchern vorbei, sah auf seine Armbanduhr und verfluchte sein Alter und seine Schwerfälligkeit. Er biß jedoch die Zähne zusammen und quälte sich mit großer Atemnot weiter. Das Gewicht des Tonbandgeräts und der Bänder machte sich bemerkbar. Seine mögliche halbe Stunde, vielleicht sogar Stunde, würde am Redaktionstisch sehr wertvoll sein, im Wartesaal des Hauptbahnhofs von Uppsala jedoch sinnlos.

Als er sich dem Bahnhof näherte, erkannte er, daß er es nicht mehr schaffen würde. Die Abfahrtszeit des Zuges tickte unerbittlich in dem Augenblick, in dem er die Bror-Hjorth-Skulptur direkt vor dem Bahnhofsgebäude passierte. Er lief jedoch trotzdem weiter, da sich Züge immer verspäten können.

Als er den Bahnsteig betrat, sah er, wie der Zug aus dem Bahnhof rollte. Er blieb stehen und fluchte. Dann ging ihm auf, daß alles Gerede von der preiswertesten Transportmöglichkeit ihm im Augenblick höchst unpassend erschien; zwar war es ihm absolut ernst damit, daß die Chefs in der Redaktion mit gutem Beispiel vorangehen sollten, und so weiter, und so weiter, doch jetzt konnte er alles auf die Tschetschenien-Reise schieben, und außerdem hatte das *Echo des Tages* exklusiven Zugang zu interessantem Material. Wäre es um Tschetschenien gegangen, hätte er ohnehin die teuerste Transportmöglichkeit wählen können. Er atmete in der kühlen, naßkalten Luft ein paarmal ein und aus, um die Atemnot loszuwerden, und drehte sich um, um zum Taxistand hinauszugehen.

Die interne und offiziellere Bezeichnung der Reichsmordkommission lautete Dezernat A. Sie nimmt einen einzigen Korridor im neunten Stock im ersten Polizeihaus von der Polhemsgatan an gerechnet ein, und in diesem Flur arbeiteten elf Männer und zwei Frauen. Willy Svensén würde bei der Pensionierung im Frühjahr siebenundzwanzig Dienstjahre mit Morden hinter sich haben und war der in der Truppe, der mit weitem Abstand am längsten im Dienst war, nicht nur in der Mordkommission, sondern überhaupt als Polizist. Er hatte dreiundvierzig Dienstjahre hinter sich und hatte einmal als junger Ordnungspolizist mit Säbel angefangen. Das kürzeste Dienstalter beim Dezernat A hatte Kriminalinspektorin Anna Wikström mit acht Monaten. Zuvor hatte sie bei der Säpo gearbeitet, war dort aber nicht entlassen worden; sie hatte vor Hamiltons Amtsantritt aufgehört. Das Gerücht von einem steten Strom von Entlassungen bei der Säpo hatte sich jetzt in den Polizeihäusern auf Kungsholmen zu verbreiten begonnen, nämlich aus dem einfachen Grund, daß derjenige, der bei der Säpo entlassen wurde, immer noch Polizeibeamter war und folglich an einer anderen Stelle im System untergebracht werden mußte.

Bei der Mordkommission waren alle eine gut zusammengeschweißte Truppe, wahrscheinlich eine Voraussetzung dafür, so lange Zeit mit manchmal anscheinend so trostlosen Aufgaben zu verbringen, wie sie sich bei Mordermittlungen manchmal ergeben können. Aus diesem Grund ließ sich niemand stören, wenn ein Kollege plötzlich ins Zimmer trat und über etwas sprechen wollte, was nicht das geringste mit dem zu tun hatte, woran man gerade arbeitete. Schließlich konnte derlei einem selbst passieren, etwa einen Tag, eine Woche oder einen Monat später.

Kriminalinspektor Roger Jansson arbeitete seit fast neun Jahren in der Abteilung und war aus diesem Grund ein Kollege, der sich ohne Murren stören ließ. Überdies war er mit einem in mehrerer Hinsicht tristen Langzeitjob beschäftigt, dem der Identifizierung von Toten, die sich an Bord der Estonia befunden hatten. Diese Arbeit war ihm zugefallen, als Rune Jansson plötzlich zu irgendeiner Dienstreise hatte aufbrechen müssen. Sie waren trotz des gemeinsamen Nachnamens nicht miteinander verwandt.

Es war folglich nur eine angenehme kleine Unterbrechung der Arbeit, als Willy und Rune ihn baten, zu Willy ins Zimmer zu kommen, um eine Weile mit ihnen laut zu denken.

Die älteren Kollegen sahen düster und nachdenklich aus, als er eintrat. Er wußte nicht mehr, als daß sie zuletzt in Linköping gewesen waren, um einige Bindeglieder zwischen Morden an Ausländern zu finden, die nicht aufgeklärt worden waren.

»Du bist ja unser einziger Jäger hier in der Abteilung«, begrüßte ihn Willy Svensén etwas müde und zeigte auf einen der Besucherstühle. »Ich selbst ziehe das Angeln vor, aber wie auch immer: Was weißt du von einem Kaliber .308 Winchester?«

»Eine ganze Menge«, erwiderte Roger Jansson amüsiert. Er war fast unsicher, ob die beiden ihn vielleicht auf den Arm nehmen wollten. »Ich verwende es nämlich selbst.«

»Um so besser«, sagte Willy Svensén. »Dann sag uns doch spontan deine Meinung zu der Wahl genau dieses Kalibers, wenn es um einen Mord geht.«

»Nun ja«, sagte Roger Jansson zögernd. Es fiel ihm schwer zu erkennen, worin das Problem liegen sollte. »Es ist wahrscheinlich, obwohl ich es nicht genau weiß, in Schweden eins der verbreitetsten Kaliber, was Morde mit Schußwaffen angeht.«

»Wie kommt das denn?« fragte Rune Jansson. Seine Zweifel standen ihm ins Gesicht geschrieben.

»Weil es einer der häufigsten Munitionstypen für die Elchjagd ist. Folglich gibt es eine sehr große Zahl von Stutzern gerade dieses Kalibers, und folglich holt Vater diese Munition raus, wenn er auf die Elchjagd geht. Wo liegt das Problem?«

»Ist es ein besonders gut gewähltes Kaliber, wenn man jemanden auf mehr als dreihundert Meter Entfernung durch den Kopf schießen will?« fragte Willy Svensén.

»Kein Kaliber ist gut gewählt, wenn man jemanden auf die Entfernung durch den Kopf schießen will«, entgegnete Roger Jansson verblüfft. »Die Entfernung ist viel zu groß. Soll das in Linköping so passiert sein?«

»Ja«, sagte Willy Svensén. »Wir haben inzwischen die Stelle gefunden, von der der Schuß abgegeben wurde, da sind wir ganz sicher. Der Schuß durchschlug ein Fenster und landete im Hinterkopf des Opfers, als der Mann in seiner Küche stand und etwas zu essen machte. Im dritten Stock eines Mietshauses. Was sagst du dazu?«

»Da muß was falsch sein«, sagte Roger Jansson zögernd. »Wenn ich mal davon ausgehe, daß ihr mich nicht auf den Arm nehmt, müßt ihr die falsche Abschußstelle gefunden haben.«

»O nein«, entgegnete Rune Jansson, »sieh mal hier!«

Er faltete einige Blätter aus einem Aktenordner auseinander und zeigte auf verschiedene Skizzen. Zwischen Ziel und Abschußstelle gab es eine tiefe Senke im Boden, so daß der Schütze schon aus dem Grund in großer Entfernung vom Ziel gestanden haben mußte, weil er sonst schräg nach oben hätte schießen müssen. Und außerdem gab es eine gerade Linie vom Einschußloch im Fenster bis zu dem Punkt, an dem die Kugel in der Küchenwand gelandet war, nachdem sie den Kopf des Opfers passiert hatte. Der Kopf wies ein Einschußloch im Hinterkopf und ein Austrittsloch mitten in der Stirn auf. Die Kugel war völlig intakt. Man hatte ein Lasergerät benutzt, um die Abschußstelle zu markieren, und alles paßte gut zueinander. Genau an dieser Stelle stand ein Baum, und der war die einzige natürliche Stütze, die ein Schütze in der Nähe hätte finden können. In der gesamten Umgebung gab es nur zugeschneite grasbewachsene Hänge. Rein technisch war bei den Berechnungen kein Fehler möglich.

Roger Jansson wurde sehr nachdenklich. Er akzeptierte sofort diesen Teil der Ermittlung, denn es gab kaum eine Alternative dazu. Gerade die Tatsache, daß an der Abschußstelle ein Baum stand, an dem der Schütze sich hatte abstützen können, sorgte überdies dafür, daß man nicht ohne weiteres in Richtung Zufall oder eines fahrlässig abgegebenen Schusses denken konnte.

»Warum hat der Schütze ein vollummanteltes Geschoß verwendet?« fragte Willy Svensén. »Ja, du mußt schon entschuldigen, aber ich finde das merkwürdig. Was meinst du?«

»Vielleicht ist es gar nicht so merkwürdig«, sagte Roger Jansson. »Dieser Schütze weiß eine Menge über die Wirkung von Schüssen. So weiß er zum Beispiel, daß eine Kugel mit weicher Spitze, die im Ziel gesprengt worden wäre, so daß wir sie vermutlich nicht hätten identifizieren können, aus einem anderen Grund die falsche Wahl gewesen wäre. Nämlich wegen des Fensters. Ein vollummanteltes Geschoß durchschlägt die Fensterscheibe nämlich, ohne viel an Geschwindigkeit zu verlieren und ohne die Richtung zu verändern. Der Mann wußte, was er tat.«

»Und er wußte auch, daß wir die Kugel finden würden?« fragte Rune Jansson nach.

»Aber sicher«, sagte sein jüngerer Kollege. »Dieser Schütze weiß genau, was er tut, obwohl die Entfernung ungeheuer groß ist. Wißt ihr etwas über Windverhältnisse und Wetter an dem Tag?«

Willy Svensén streckte die Hand nach einem Aktenordner aus und blätterte eine Weile darin, während seine beiden Kollegen stumm warteten. Er fand, was er suchte, und sein Gesicht hellte sich auf.

»Ziemlich windig, acht Meter pro Sekunde und Schneeschauer. Was bedeutet das?«

»Daß ihr einen Militär sucht, einen Scharfschützen der Polizei oder einen Jäger aus Norrland«, erwiderte Roger Jansson schnell.

»Hälsingland kommt wohl nicht in Frage?« fragte Willy Svensén mit gespielter Entrüstung. »Und warum kein Jäger aus Skåne?«

»Ich denke an so eine Jagd auf Edelgeflügel in Norrland. Wenn man einen Auerhahn schießt, ist das Ziel etwa genauso groß wie hier. Und auf zweihundert Meter muß man noch den Winkel berechnen und den Windabtrieb. Aber acht Meter pro Sekunde ... Über den Daumen gepeilt würde ich vermuten, daß der Schütze ungefähr dreißig Zentimeter über das Ziel gehalten hat und einen halben Meter zur Seite, wenn der Seitenwind im Winkel von neunzig Grad kam. Das sind Dinge, über die nur Leute aus Norrland prahlen können, in Hälsingland gibt's nämlich keine Auerhähne.«

»Was uns zu der ursprünglichen Frage zurückführt«, stellte Rune Jansson fest. »Warum ausgerechnet dieses Kaliber? .308, oder wie es hieß?«

».308 Winchester«, ergänzte Roger Jansson schnell. »Ich weiß es nicht, ich kann es nur vermuten. Es gibt auch Kaliber die schwerere Geschosse mit höherer Geschwindigkeit auf die Reise schicken, aber dann kann es schwierig sein, sogenannte Übungsmunition zu bekommen, also vollummantelt. Für einen Schützen dieser Klasse spielt das überdies keine große Rolle. Er kann das alles anhand von Tabellen errechnen.«

»Aber wie berechnet man die Windstärke?« fragte Rune Jansson übellaunig.

»Man versucht vielleicht zu raten«, schlug Roger Jansson vor, sah aber, daß sein Namensvetter nur den Kopf schüttelte. Dann blickte er Willy Svensén an und erhielt ein bestätigendes Kopfnicken zur Antwort.

»Dieser Mörder hat aber keine Vermutungen angestellt«, verdeutlichte Willy Svensén. »Er hat sich entschlossen, mit einer einzigen überraschenden Attacke zum Erfolg zu kommen. Stell dir doch selbst mal vor, wie es wäre, wenn plötzlich eine Gewehrkugel an deinem Kopf vorbeisauste. Danach wäre es schwierig, dich zu treffen.«

»Dann muß er eine Ausrüstung zur Messung der Windstärke bei sich gehabt haben«, erwiderte Roger Jansson, als wäre es selbstverständlich.

»Oh, Teufel auch«, sagte Willy Svensén neugierig. »Geht das?«

»Ja, natürlich geht das. Man nimmt so eine kleine Windmühle mit einer Art Zählwerk mit. Ich habe mich noch nicht mit solchen Feinheiten beschäftigt, aber andererseits habe ich auch nur Tiere und auf kürzere Entfernung geschossen. Beim Militär gibt es Leute, die so was auf noch größere Entfernung schaffen sollen.«

»Welches Kaliber verwenden die?« fragte Rune Jansson, der sich in die Frage des Kalibers festgebissen zu haben schien.

».308 Winchester«, erwiderte Roger Jansson zögernd. »Ja, es ist tatsächlich so, wahrscheinlich weil es ein altes NATO-Kaliber ist, das in so großen Mengen hergestellt wurde, daß es billig ist. Beim Militär verwenden sie allerdings eine stärkere Variante.«

»Was bedeutet das?« fragte Rune Jansson, der immer noch nicht zufrieden zu sein schien.

»Größere Pulverladung, höhere Geschwindigkeit, damit größere Aufprallenergie und etwas andere Mathematik, weil die Flugbahn der Kugel flacher wird und das Geschoß eine größere Reichweite hat«, erwiderte Roger Jansson und glaubte, daß damit sein Kollege von Kalibern endlich genug hatte.

Nach einigen Sekunden zeigte sich jedoch, daß es durchaus nicht so war.

»Können sie im Kriminaltechnischen Labor, Ståling oder sonst jemand, der Kugel ansehen, ob sie so eine stärkere militärische Variante ist? Und gibt es so was auf dem offenen Markt?« fragte er.

»Das kann ich nicht beantworten, aber es ist natürlich eine interessante Frage«, sagte Roger Jansson und runzelte die Stirn. »Verflucht interessant sogar. Stell dir doch mal vor, es wäre eine militärische Waffe, dann brauchte man nicht fünfunddreißigtausend Elchstutzer zu prüfen. Damit wäre viel Zeit zu gewinnen ...«

Der Waffenexperte Ståling vom Staatlichen Kriminaltechnischen Labor in Linköping hatte das Geschoß schon zur Untersuchung erhalten. Folglich würde sich zu gegebener Zeit herausstellen, daß die gedankliche Mühe der letzten Stunde eher therapeutische Bedeutung gehabt hatte, als in der Sache weiterzuführen. Es war aber immerhin etwas, die Frage gestellt haben zu können, bevor die Antwort kam.

»Gibt es noch etwas, was ihr wissen wollt?« fragte Roger Jansson mit einer ironisch entschuldigenden Handbewegung. Die bedeutete, daß alles Nachdenken nutzlos gewesen war.

»Wie geht es übrigens bei den Ermittlungen voran? Gibt es jemanden, den ihr verhören könnt?« Bei der letzten Frage rieb er sich die Hände, als freute er sich schon auf eine Vernehmung, was sicher auch der Fall war, da gerade Vernehmungen seine Spezialität waren.

»Es wird wahrscheinlich wie gewohnt weitergehen, das heißt, im Augenblick verstehen wir nicht sehr viel«, sagte Willy Svensén. »Wir haben drei Opfer, zwei in Umeå und eins in Linköping. Alle drei sind von einer reisenden Zirkusgruppe mit besonderen Fähigkeiten in der Kunst des Mordens getötet worden. Es gibt diesen Schützen, und dann haben wir noch einen Karate-Experten oder so etwas und schließlich einen Chirurgen mit orthopädischer Spezialausbildung.«

»Hört sich an, als wären das interessante Vernehmungsobjekte, vorausgesetzt, wir können das Sprachproblem lösen«, sagte Roger Jansson.

»Das wird wohl eine Weile dauern, aber man kann ja nie wissen«, brummte Willy Svensén. »Wir haben drei Opfer, vielleicht sogar vier, und was sie sachlich gemeinsam haben, ist, daß sie alle orientalischer Herkunft sind, wenn auch nicht aus demselben Land. Alle sind gepflegte Typen ohne offenkundigen oder auch nur bekannten kriminellen Hintergrund. Alle sind in den Dreißigern, haben einen Beruf, leben in geordneten Verhältnissen und haben kleine Kinder.«

»Ganz anders also als das, was man erwarten könnte«, stellte Roger Jansson fest. »Und wen darf ich verhören?«

»Darauf wollte ich gerade zu sprechen kommen«, sagte Willy Svensén. »Möglicherweise haben die Opfer eines gemeinsam, obwohl das vielleicht hauptsächlich daran liegt, daß sie in geordneten Verhältnissen leben. Wir haben festgestellt, daß sich alle politisch oder kulturell betätigt haben. Ja, wir haben eine Person gefunden, bei der es sich durchaus lohnen würde, sie weiter zu verhören, aber wenn du entschuldigst, glaube ich, daß wir lieber die Kollegen in Linköping in aller Stille empfehlen sollten, statt dich auf sie zu hetzen. Der Mann, der erschossen worden ist, heißt … laß mich mal sehen, ja, er heißt Ali Akbar Kermani und ist Iraner. Interessanterweise ist er *kein* Gegner des jetzigen Regimes. Ich weiß allerdings nicht, weshalb man ihn dann hier ins Land gelassen hat. Na ja, seine Frau ist Schwedin. Und sie ist manchmal verschleiert in der Öffentlichkeit aufgetreten, wie es die religiöse Sitte dieser Leute zu verlangen scheint. Manchmal aber auch nicht. Er war unter anderem in einer Art Linköping-Komitee für eine Moschee aktiv, etwas in der Richtung. Linköping ist eine Universitätsstadt, in der wohl an die fünfhundert Iraner leben dürften. Die meisten davon sind ganz gewöhnliche Akademiker, denen Moschee und Tschadors völlig schnuppe sind. Die Stellung dieses Mannes in der iranischen Gruppe war vielleicht nicht ganz unumstritten, falls du verstehst, was ich meine.«

»Wenn das so ist, müßte seine Frau einiges darüber wissen«, bemerkte Roger Jansson. »Bleibt nur ein moderner, freidenkender iranischer Akademiker, der das gegenwärtige Regime im Iran haßt. Und außerdem mit .308 Winchester auf gut dreihundert Meter einen perfekten Volltreffer landen kann?«

»Das ist vielleicht gar nicht so unmöglich«, sagte Rune Jansson, den die Ironie seines jüngeren Kollegen ein wenig sauer machte. »Im Iran haben sie doch wohl auch eine Armee. Die haben viele Jahre Krieg geführt, und da muß es doch auch ein paar Scharfschützen geben, die hinterher zu friedlichen Akademikern geworden sind.«

»Nun ja«, wandte Roger Jansson vorsichtig ein. »Eins können wir wohl ausschließen: daß ein solcher Iraner von der Polizei in Linköping einen Waffenschein erhalten hat. Das läßt sich jedenfalls leicht nachprüfen. Und ein so funktionstüchtiges Gewehr zu beschaffen, um das es sich hier handeln muß, dürfte auf dem Schwarzen Markt nicht ganz leicht sein ...«

»Die Sache mit dem Waffenschein müßte sich einfach und recht schnell klären lassen«, bemerkte Willy Svensén und machte sich gleichzeitig eine Notiz. »Vielleicht haben wir da Glück.«

»Dieser Kerl, von dem ihr nicht wißt, ob er ermordet worden ist, was hat es damit auf sich?« fragte Roger Jansson, um das inzwischen schon etwas abgedroschene Thema Waffen und Kaliber hinter sich lassen zu können. Als Jäger war er gerade gegen solche normalerweise allzu langen Diskussionen allergisch.

»Tja«, sagte Willy Svensén und atmete kräftig aus. »Diesmal ist es ein Türke, ein Herr ... hier steht es, ein Herr Newzat Özen. Am Morgen tot in seinem Bett aufgefunden worden. Seine Frau hat ihn gefunden. Sie hatten getrennte Schlafzimmer. An Schlössern und so weiter keinerlei äußere Einwirkung und keine Spuren eines Kampfes.«

»Dann ist es offenbar kein Mord. Oder seine Frau hat ihn erstickt«, schlug Roger Jansson vor, wenn auch nicht, um recht zu bekommen, sondern um einen Gedanken zu probieren.

»Nein, so einfach liegen die Dinge nicht«, entgegnete Willy Svensén. »Der Gerichtsmediziner hat geprüft, ob ein Erstickungstod vorliegt, doch das ist nicht der Fall. Der Mann war kerngesund, zweiunddreißig Jahre alt. Komisch, daß sie alle etwa im selben Alter sind. Tod ohne Todesursache.«

»War auch er kulturell oder politisch aktiv? Hat auch er in geordneten Verhältnissen gelebt, keine Kriminalität und so weiter?« fragte Roger Jansson weiter.

»Ja, das könnte man sagen«, bemerkte Willy Svensén. »Er hat Laute gespielt und ist in der Gegend von Västerås sowohl bei türkischen Festen als auch bei anderen Anlässen aufgetreten, etwa bei Poesieabenden. Nun ja, hier ist noch nicht sehr gründlich recherchiert worden.«

»Verdammt noch mal!« sagte Rune Jansson plötzlich. Die beiden anderen fuhren zusammen, erstens, weil Rune Jansson sonst nicht zu fluchen pflegte, zum andern infolge der Heftigkeit seiner Reaktion.

Sie blickten ihn fragend an, und Willy Svensén wedelte nur leicht mit der Hand, um die Ursache des Geistesblitzes zu erfahren.

»Ich kenne tatsächlich so einen Fall«, erklärte Rune Jansson. »Ihr wißt doch, diese Sache in Haparanda vor ein paar Jahren: ein auf unerklärliche Weise gestorbener Lastwagenfahrer, bei dem die erste Diagnose Herzversagen lautete, das heißt, kein Verbrechen oder zumindest keine Fremdeinwirkung. Ja, und dann kam dieser Anders Eriksson, der Gerichtsmediziner, der sich in hymnischen Lobreden über unseren Mörder in Umeå erging. Der hat das Rätsel schließlich gelöst. Todesursache war ein höchst seltenes Gift. Wir sollten diese Gerichtsmediziner vielleicht zusammenspannen?«

»Gut«, sagte Willy Svensén. »Das machen wir. Worum handelte es sich damals in Haparanda? Curare, nicht wahr?«

»Ja, in unseren Protokollen steht allerdings etwas anderes, etwas Lateinisches. Aber stell dir vor, es wäre hier etwas Ähnliches?«

»Wir müssen es jedenfalls prüfen«, sagte Willy Svensén und machte sich eine Weile Notizen. »Danach werden wir natürlich sehr viel klüger sein. Die reisende Zirkustruppe in Sachen Mord hätte dann eine weitere Variante gebracht, noch einen Trick auf hohem Niveau. Außerdem scheinen sie Kultur und Politik nicht zu mögen.«

»Oder den Islam?« schlug Roger Jansson vor.

»Oder den Islam, genau«, bestätigte Willy Svensén. »Wenn ich nur daran denke, daß die Mißbilligung des Islam eine große Bandbreite hat: Sie fängt beim fundamentalistischen iranischen Schiiten an und führt über den Türken mit routinehafter Religiosität zum Palästinenser mit einer seit langem vergessenen Religion bis hin zu einem christlichen Kurden.«

»Damit war's also auch nichts. Habt ihr auch Religion studiert?« fragte Roger Jansson verblüfft.

»Na ja«, sagte Willy Svensén, »wir haben uns ein bißchen was angelesen. Und etwas sagt mir, daß wir damit vielleicht noch weitermachen müssen. Vor allem du, wenn es in Zukunft mit bestimmten Leuten interessante Verhöre geben soll.«

5

Es hatte auf Martinique Momente gegeben, in denen das Leben in kurzen, schwachen Impulsen zurückzukehren schien. Er hatte über einen vorsichtigen Scherz Åkes gelacht, hatte mit ihrem Kind an der Hand ein wenig spazierengehen können. Die kleine Hand war voll ahnungslosen Vertrauens gewesen. Weihnachten hatte er auf beste denkbare Weise hinter sich gebracht.

Er hatte sie gebeten, nach Stenhamra zu kommen und dort die Feiertage zu verbringen. Sie hatten zunächst große Schwierigkeiten gehabt, als sie ihm erklären wollten, daß sie das für keine besonders gute Idee hielten. Zwar versicherten sie ihm ständig, er könne immer damit rechnen, daß sie für ihn da seien, und wenn sie etwas für ihn tun könnten, solle er nicht zögern, sie darum zu bitten. Es war eine lange Reihe solcher wie selbstverständlich geäußerten Versicherungen, die ihn dennoch quälten, wenn er sie um etwas bat.

Wegen Stenhamra hatten sie jedoch recht gehabt. Es hätte entsetzlich werden können, gerade dort *Weihnachten zu feiern,* in dem leeren Haus. Hingegen hatten sie versprochen, bei seinem Vorhaben mitzumachen, etwas mehr gesellschaftlichen Umgang zu pflegen. Bei weniger feierlichen Anlässen würden sie gern kommen.

Anna nahm es besser auf als Åke. Ihr fiel es nicht schwer, Carl bei der Hand zu nehmen oder ihm die Wange zu streicheln, sie verspürte keinen Zwang, sich unter Anstrengungen nichts anmerken zu lassen. Für Åke war es schlimmer; er schwitzte fast bei seinen Versuchen, das Dasein zu normalisieren und mehr oder weniger interessante Dinge über den neuen Job als Chef der Küstenjägerschule zu erzählen. Er konnte auch nicht über den unmöglichen Versuch sprechen, das Befreiungsunternehmen *Blue Bird* zu wiederholen: In Kolumbien hatten Guerilleros einige Schweden gekidnappt (das Ziel war nicht geortet, und außerdem würde kein Nachbarland bei der Logistik helfen). Es konnte sogar passieren, daß Åke plötzlich von gemeinsamen früheren Erinnerungen zu erzählen begann, so wie normale Männer vom Wehrdienst erzählen. Er wußte mit anderen Worten von einem Moment zum nächsten nicht, auf welchem Bein er stehen sollte.

Carl hatte sie weitgehend in Ruhe gelassen. Er hatte lange

Strandspaziergänge gemacht und jeden Tag mehrere Stunden damit zugebracht, nach Langusten und Schneckenmuscheln zu tauchen, die er dann mit zunehmender Geschicklichkeit grillte. Er hatte eine Ladung Wein von zu Hause mitgebracht, vor allem weißen Burgunder und Chardonnay aus Kalifornien, und der hatte ihm sehr gutgetan. Bei Sonnenuntergang auf einem Sandstrand zu sitzen und über einem Holzkohlenfeuer gegrillte Schalentiere zu essen, aufs Meer hinauszublicken, die beschlagenen Gläser zu betrachten, an denen Wassertropfen herunterperlten, und zu spüren, wie es auf dem Rücken ein wenig brannte und wärmte nach all der Sonne, die man abbekommen hatte, wenn man den halben Tag schnorchelte, all das war gute Medizin für ihn gewesen, gute menschliche Erholung.

Theoretisch waren sie natürlich ein gewisses Risiko eingegangen, als sie mit ihm reisten, obwohl er beispielsweise sorgfältig darauf geachtet hatte, daß ihre Schlafzimmer weit voneinander entfernt lagen; eine Handgranate oder eine Brandbombe, die ihm durchs Fenster geworfen wurde, würde sie nicht verletzen können.

Er und Åke waren sich jedoch in der Erkenntnis einig gewesen, daß eine Woche für Vorbereitungen nicht einmal für sie genügen würde, um einen Anschlag auf jemanden zu planen und durchzuführen, der plötzlich auf einer Insel in Westindien auftauchte. Selbst wenn die Sizilianer herausbekommen hätten, wo er sich befand, würden sie erst dann etwas unternehmen können, wenn er wieder zu Hause in seinem schwedischen Bunker saß. Das war logisch gedacht und für Åke wahrscheinlich leichter zu akzeptieren als für Anna. Sie hatte sich jedoch tapfer und solidarisch bereit erklärt, die Reise mitzumachen, und nie Furcht gezeigt, obwohl Carl überzeugt war, daß sie ständig einen unangenehmen diffusen Schrecken mit sich herumtrug. Dennoch hatte er diese Reise dem vollkommen sicheren Stenhamra vorgezogen. Die beiden mußten lange nachgedacht und diskutiert haben, bevor sie seine Einladung ablehnten und ihren Gegenvorschlag vorbrachten.

Jetzt war es jedenfalls vorbei. Es war Januar, und er hatte immer noch eine kräftige Sonnenbräune fast am ganzen Körper. Nur die frischesten seiner Narben leuchteten hellrosa. Er würde dem Rat der beiden folgen und an den Wochenenden Leute zu sich nach Stenhamra einladen, auch wenn es nicht ganz einfach war, gesellschaftlichen Umgang mit dem Job in Einklang zu bringen, den er seit kurzem hatte.

Wie auch immer: Es war vorbei, und das nächste Weihnachtsfest lag in weiter Ferne. Bevor das Jahr zu Ende ging, würde er vielleicht sein letztes wirklich wichtiges Projekt in seinem Leben zu Ende gebracht haben.

Es war kurz vor sieben Uhr. Er war seit etwa einer Stunde aufgewesen und hatte letzte Hand an die grüne Mappe angelegt, die jetzt auf seinem sonst völlig leeren dunklen Schreibtisch lag. Er öffnete die oberste Schreibtischschublade, holte einen Stundenplan hervor, den er am Vorabend geschrieben hatte, und ging rasch das Programm der kommenden Stunden durch. Es war Freitag, der Tag, an dem er Konferenzen einberief und sich Vortrag halten ließ. Für acht Uhr hatte er eine große Konferenz mit den Dezernatsleitern angesetzt, anschließend eine Besprechung mit dem Sonderdezernat, um einen Vorschlag zu einem operativen Fahndungseinsatz zu billigen oder abzulehnen, der sich gegen eine relativ hochgestellte Person im Außenministerium richten sollte. Nach dem Lunch würde er einer der neu eingerichteten Abteilungen einen Besuch abstatten; dort beschäftigte man sich mit der Analyse von Informationen aus militärischen Quellen und benutzte diese Angaben, um für die Sicherheitspolizei konkrete operative Aufgaben zu erarbeiten; in gewisser Hinsicht ging es dabei um Åke Stålhandskes Beritt, nämlich die Frage, wie man die Eliteeinheiten des Militärs von Skinheads und ähnlichen Gruppierungen freihalten konnte. Das war eine der neuen Initiativen, die in der Kanzlei des Ministerpräsidenten mit einiger Begeisterung begrüßt worden waren.

Sie würden wohl gleich hereinkommen, standen sicher schon da draußen und sahen nervös auf die Uhr. Er entschloß sich, die theatralischen Vorreden auf ein Minimum zu beschränken, klappte die erste Seite in seiner bereitliegenden Mappe auf und ging schnell noch einmal durch, was dort stand. Dann klappte er die Aktenmappe zu und erhob sich. In genau diesem Augenblick, auf die Sekunde genau, klopfte es an der Tür. Er verließ seinen Platz am Schreibtisch und ging auf die andere Seite des Raums, um den Dezernatschef und dessen junge Kriminalinspektorin zu begrüßen. Er gab erst ihr die Hand und dann ihrem Chef. Er zeigte auf das Sofa und die Besucherstühle und bat beide, sich zu setzen. Er bemerkte, wie die beiden einen erleichterten Blick wechselten.

»Anna Karin, du weißt natürlich schon, daß ich einige Zeit damit zugebracht hatte, deine Arbeit durchzusehen, und daß ich deine Vorschläge gelesen habe«, sagte er.

Sie nickte stumm, doch sie brachte es nicht über sich, etwas zu antworten. Sie hatte ihre Kleidung sehr sorgfältig gewählt und roch schwach nach frischgewaschenem Haar und Parfum.

»Du hast deinen Dienst als Kriminalinspektorin hier vor zwei Jahren angetreten«, fuhr er fort, während er langsam zu seinem Schreibtisch zurückging. »Das wenige, das mir tadelnswert erscheint, betrifft wohl in erster Linie deine Neigung, von Zeit zu Zeit Kostenüberlegungen in deine Arbeit einzubeziehen, die mir gelegentlich ein wenig überehrgeizig erscheint, um es freundlich auszudrücken. Laß ruhig andere diesen Teil übernehmen. Dein Job besteht darin, die Analyse der Ergebnisse der Dolmetscher zu verbessern, und nicht etwa, dich um unser Geld zu kümmern. Verstanden?«

»Ja, natürlich«, erwiderte sie. Sie hatte einen kleinen Kloß im Hals und räusperte sich verlegen. »Unter dem früheren Generaldirektor wurde die Ökonomie jedoch ziemlich stark betont«, fuhr sie unerschrocken fort. Vielleicht fühlte sie sich dadurch ermuntert, daß ihr schon klargeworden war, daß der Chef sie nicht zu einer dieser schon jetzt legendären Sieben-Uhr-Konferenzen gerufen hatte, um sie zu entlassen. Hier stand vielmehr etwas Gegenteiliges bevor.

»Ja«, sagte Carl und lehnte sich leicht gegen seinen Schreibtisch, während er sie betrachtete. Er erkannte, daß sie ungefähr verstanden hatte, worum es bei dieser Besprechung ging. »Das war wohl ein Ergebnis des sogenannten Zeitgeistes. Ich kann dir im Vertrauen mitteilen, daß ich hier einige bemerkenswerte Akten gefunden habe, die als *Geschäftspläne* und derlei bezeichnet werden. Mach dir wegen solcher Dinge keine Gedanken mehr, konzentriere dich auf deine Arbeit. Fühlst du dich hier übrigens wohl?«

»Ja, sonst hätte ich schon längst aufgehört«, erwiderte sie schnell, fast mechanisch schnell. Dann machte sie ein Gesicht, als täten ihr diese Worte schon wieder leid.

»Gut«, versetzte Carl kurz angebunden und streckte die Hand

nach der grünen Mappe aus, die hinter ihm auf dem Schreibtisch lag. »Deine Arbeit hat von heute an eine höhere Priorität. Du bist jetzt stellvertretende Kriminalkommissarin mit der daraus folgenden Gehaltserhöhung und damit auch Chefin der anderen in der Dolmetscherabteilung. Damit du eine sozusagen richtige Kommissarin wirst, verlangt unsere Polizeiverwaltung, daß du bestimmte Kurse absolvierst, doch darüber entscheidest du selbst. Deine neue Position hast du von heute an.«

Er zog die Mappe zu sich heran, ging mit einigen langen Schritten durchs Zimmer und überreichte sie ihrem Chef.

»Meinen Glückwunsch, besten Dank für gute Arbeit und kluge Ansichten«, sagte er. »Und wenn du irgendwelche guten neuen Ideen hast, solltest du nie zögern, dich bei mir zu melden. Ein Kommissar kann bei uns den Chef jederzeit stören, das weißt du hoffentlich.«

»Vielen Dank«, sagte sie nur und machte dann ein Gesicht, als hätte sie ihrer Freude gern noch etwas deutlicher Ausdruck gegeben.

»Laß uns jetzt bitte kurz mal allein«, sagte Carl. Er nahm sie schnell bei der Hand, begleitete sie zur Tür, machte sie auf und ließ sie hinaus. Dann kehrte er zu ihrem Chef zurück, der jetzt aufgestanden war.

»Die stellvertretende Kommissarin Anna Karin Wingren hat eine Reihe außerordentlich kluger Vorschläge gemacht, was die Schaffung eines Filters für die persönlichen politischen Ideen der Dolmetscher angeht, ihre Freundschafts- oder Feindschaftsverhältnisse zu den Landsleuten, die sie für uns übersetzen sollen«, sagte Carl zur Erklärung. »Lies dir ihre Akte durch, und laß sie auch einen Blick hineinwerfen. Dort steht alles, was wichtig ist. Das hoffe ich jedenfalls. Schick mir die Papiere wieder her, wenn ihr fertig seid.«

Carl streckte seine Hand zum Abschied aus, zeigte freundlich auf die Tür, nickte und ging zu seinem Schreibtisch zurück, als gleichzeitig das Telefon läutete.

Seine Sekretärin kam morgens nicht vor acht Uhr, und es war ungewöhnlich, daß die Zentrale direkt Gespräche zu ihm durchstellte, sofern sie nicht von der Regierungskanzlei oder dem Generalstab kamen. Er ging schnell um seinen Schreibtisch herum, winkte einem Untergebenen, der schon eine ganze Weile im Zimmer gesessen hatte, ohne sich überhaupt äußern zu können, entschuldigend zu und riß den Höher hoch.

»Hamilton!« meldete er sich barsch.

»Verzeihen Sie, ich bin die russische Rechtsanwältin Larissa Nikolajewna Astachowa, und ich möchte gern den schwedischen Admiral Carl Hamilton sprechen«, sagte eine weibliche Stimme in angestrengtem Englisch mit hörbarem russischem Akzent.

»Gut«, sagte Carl auf russisch, »dann dürfte es praktischer sein, daß wir uns auf russisch unterhalten.«

»Oh, das ist ja verteufelt«, fuhr die Frau auf russisch fort, »was für einen Service ihr da drüben in Schweden habt! Nun, ich sagte gerade, daß ich mit Admiral Hamilton sprechen möchte. Können Sie mich mit ihm verbinden?«

»Ich bin es selbst. Was wünschen Sie?« antwortete Carl und äffte die mürrischen russischen Telefonmanieren nach.

»Oh, Verzeihung. Verzeihen Sie meine Wortwahl, mir war nicht klar, daß Sie selbst am Apparat sind«, sagte die Frau. »dann hätte ich mich vielleicht etwas respektvoller ausgedrückt.«

»Aha«, sagte Carl und setzte sich. »Woher rufen Sie an, Frau Anwältin? Wie um alles in der Welt haben Sie meine Telefonnummer bekommen?«

»Ich rufe aus Moskau an, Herr Admiral, und es war Ihre schwedische Vertretung hier, die mir die Telefonnummer gegeben hat. In der Botschaft schlug man vor, daß ich Sie anrufe und die Angelegenheit erkläre, statt den Weg über die Bürokratie zu wählen.«

»Klingt vernünftig«, bemerkte Carl. »Und jetzt zur Sache!«

»Also, ich rufe auf Verlangen eines Klienten an, nämlich von Generalleutnant Jurij Tschiwartschew. Die Sache ist nämlich die, daß mein Klient vor dem Obersten Gericht des Militärkollegiums in Moskau angeklagt ist, und er möchte Sie gern als Zeugen der Verteidigung aufrufen.«

»Jurij? Ist Jurij am Leben?« fragte Carl matt und sah dabei seinen alten Freund vor sich, so deutlich wie auf einem Foto. Dann ballte er die rechte freie Hand ganz fest, um sich zu konzentrieren. Seine Stimme sollte normal klingen.

»Aber ja, Herr Admiral, natürlich ist er am Leben«, erwiderte die russische Anwältin.

»Ich habe vor einem halben Jahr im *Roten Stern* eine Notiz gelesen, und dort hieß es, man habe ihn als Landesverräter vor Gericht gestellt«, fuhr Carl mißtrauisch fort.

»Ja, das entspricht an und für sich den Tatsachen. Die Anklage betrifft zwei Punkte, Landesverrat und Spionage. Es hat jedoch noch keine Gerichtsverhandlung gegeben, deshalb rufe ich an«, sagte die Anwältin in einem leicht vorwurfsvollen Ton.

»Das ist ja eine sehr erfreuliche Nachricht, die Sie mir bringen, Frau Anwältin«, sagte Carl. »Wie geht es ihm?«

»Angesichts der Umstände recht gut. Er sitzt ja schon seit einiger Zeit in Untersuchungshaft.«

»Wo denn? In Lefortowo?«

»Ja, natürlich. In Lefortowo. Doch jetzt zurück zu meiner Frage, ob Sie als Zeuge vor dem Militärtribunal auftreten können«, sagte sie.

»Verzeihen Sie mir, Frau Anwältin«, preßte Carl hervor, »aber würde das wirklich etwas nützen? Wessen ist Jurij denn konkret angeklagt?«

»Man beschuldigt ihn, gerade in seiner Beziehung zu Ihnen, Herr Admiral, Verteidigungsgeheimnisse ausgeplaudert und Spionage mit ernsten Folgen für Rußland getrieben zu haben. Wie Sie verstehen, ist die Angelegenheit sehr ernst, denn für beide Verbrechen wird die Todesstrafe angedroht, wenn der Angeklagte für schuldig befunden wird.«

»Ja, das ist mir klar, das verstehe ich«, sagte Carl. »Aber was meinen Sie damit, daß ich als Zeuge auftreten könnte? Verstehen Sie mich nicht falsch, Frau Anwältin, Jurij Gennadjewitsch ist ein enger Freund von mir. Ich würde mein Äußerstes tun, um ihm zu helfen, das ist nicht das Problem. Aber womit könnte ich dazu beitragen? Meinen Sie, daß ich nach Moskau kommen und beeiden soll, daß er unschuldig ist, oder so etwas?«

»Ja, Herr Admiral, etwas in der Richtung«, gab die Anwältin leicht ungeduldig zurück. »General Tschiwartschew setzt große Hoffnungen auf Sie, und als Juristin muß ich wohl sagen, daß er berechtigten Grund dazu hat.«

»Das klingt zu gut, um wahr zu sein«, entgegnete Carl zweifelnd. »Aber, Frau Anwältin, sagen Sie mir, was für einen Zweck das Ganze haben soll? Ich nehme an, daß mein Freund Jurij Gennadjewitsch für sein Leben und seine Ehre kämpfen will und daß er sich für unschuldig hält, aber wie könnte ich ihm behilflich sein?«

»Indem Sie seine Analyse bestätigen, allein schon damit«, erwiderte die Anwältin, die sich zunehmend irritiert anhörte. »General Tschiwartschew hat die sachlichen Umstände zugegeben, nämlich daß er bestimmte Informationen bezüglich russischer Operationen auf britischem Territorium an Sie weitergegeben hat. In dem Verfahren geht es aber um seine Motive, ob er gute Gründe dazu hatte oder nicht. Verstehen Sie nicht, Herr Admiral, das ist seine einzige Chance?«

Carl blieb eine Zeitlang die Antwort schuldig. Ihm kam der Gedanke, daß es eine Provokation sein konnte, daß die Anruferin alles andere als die Verteidigerin Jurij Tschiwartschews war, sondern vielmehr die Staatsanwaltschaft vertrat, und daß das Gespräch auf Band aufgenommen wurde. Wenn er jetzt noch ein Wort sagte, würde das nur das Todesurteil untermauern.

»Frau Anwältin«, sagte er schließlich. »Ihr Verlangen ist äußerst ungewöhnlich. Darf Ihr Mandant Briefe schreiben?«

»Ja, natürlich, doch seine gesamte Korrespondenz wird zensiert. Sie dürfen nicht vergessen, daß er wegen Landesverrats angeklagt ist.«

»Doch, das ist mir schon klar«, entgegnete Carl und überlegte sorgfältig, bevor er fortfuhr. »Falls es Ihnen möglich wäre, mir eine entsprechende Bitte von ihm selbst zu übermitteln, daß ich als Zeuge aussagen möge, ferner eine Vorladung des Gerichts, die über die diplomatische Vertretung Rußlands hier in Stockholm läuft, ferner eine Kopie der Anklageschrift. Nun ja, Sie verstehen, was ich meine. Wenn Sie diese formellen Bedingungen erfüllen, werde ich nach Moskau fliegen, um mit Ihnen unter vier Augen zu beraten. Ich halte es aus mehreren Gründen für unpassend, diese Unterhaltung per Telefon zu führen. Haben Sie verstanden?«

»Natürlich«, erwiderte die Frauenstimme, die sich fast beleidigt anhörte. »Ihr Russisch ist übrigens ganz vorzüglich. Eine offizielle Vorladung habe ich schon vorbereitet. Die Anklageschrift kann ich Ihnen nicht schicken, denn die ist geheim. Alles andere läßt sich jedoch regeln.«

»Gut«, sagte Carl. »Dann haben wir folgende Vereinbarung: Wenn ich eine offizielle Anfrage oder Vorladung des Gerichts auf dem Weg über Ihre diplomatische Vertretung hier in Stockholm erhalte, werde ich nach Moskau fliegen, um die Angelegenheit näher mit Ihnen zu diskutieren. Können wir so verbleiben?«

»Sehr gut, Herr Admiral. So läßt es sich machen.«

»Grüßen Sie Jurij Gennadjewitsch von mir«, sagte Carl und legte auf.

Jetzt gab es einiges, worüber er nachgrübeln mußte. Bisher war er davon ausgegangen, daß Jurij Tschiwartschew tot war. Eine Anklage wegen Spionage und Landesverrat war in Rußland ebenso wie in der Sowjetunion gleichbedeutend mit dem Tod, besonders dann, wenn man General der Spionageabwehr war und überdies schuldig.

Carl hatte erst spät verstanden, wie sich das Ganze abgespielt hatte. Es war dieser aufgeblasene englische Kollege Sir Geoffrey gewesen, der Jurij ans Messer geliefert hatte. Sir Geoffrey war so aus dem Häuschen gewesen, weil man ihm den Dinstinguished Service Order zuerkannt hatte, und damit das Recht, auf Lebenszeit die Abkürzung DSO nach seinem Namen zu führen, daß er dafür gesorgt hatte, daß die Verleihung publik wurde. Irgendein Idiot in der Verwaltung hatte es sich dann in den Kopf gesetzt, zugleich Carls Namen zu veröffentlichen. Sogar in der schwedischen Presse hatte es einige kurze Notizen gegeben.

Damit war Jurij so gut wie zum Tode verurteilt.

Von den russischen Operateuren in London hatte keiner überlebt. Aus der Ecke konnten die Kollegen des GRU also keine Informationen darüber erhalten haben, wie sich das Ganze abgespielt hatte. Wenn sie aber feststellen konnten, daß der Chef des britischen Nachrichtendienstes gleichzeitig mit Carl den DSO erhielt, und das kurze Zeit nach dem Verschwinden der russischen Operateure, war es nicht mehr schwer, zwei und zwei zusammenzuzählen und diese Information zu analysieren.

Die Russen wußten schließlich, daß Jurij Tschiwartschew und Carl einander gut kannten, an mehreren gemeinsamen Projekten gearbeitet und sogar in Sibirien Steinböcke gejagt hatten, und das ganz kurz vor der GRU-Katastrophe in London. Dieser Schlag war ein Informationsleck, das dazu führte, daß das GRU Personal verlor und eine ganze Operation abschreiben mußte. Sir Geoffrey hatte die Russen ahnungslos oder schlimmstenfalls in zynischer Gleichgültigkeit mit dieser Information versorgt, nur weil er in aller Öffentlichkeit mit seiner Belohnung für Einsätze im Dienst Ihrer Majestät prahlen wollte.

So einfach war es. Die kleine Notiz hatte Jurij Tschiwartschew das Leben gekostet.

Nein, noch nicht, noch lebte er ja. Falls die Anruferin tatsächlich Rechtsanwältin war und die Wahrheit gesagt hatte. Andererseits aber – wozu noch lange danach anrufen und die Sache weiter komplizieren, wenn sie ihn schon erschossen hatten?

Das sprach dafür, daß es wahr sein konnte. Jurij war wahrscheinlich noch am Leben. Carl dachte über das nach, was die angebliche Rechtsanwältin gesagt hatte, zog einen Kugelschreiber aus der Tasche und machte sich aus dem Gedächtnis Notizen.

Seine Analyse bestätigen, hatte sie gesagt. *In der Sache habe er alles zugegeben,* doch jetzt gehe es um *seine Motive,* ob er *gute Gründe gehabt habe oder nicht.*

Carl legte den Kugelschreiber beiseite und versuchte zu überlegen. Jurij habe alles gestanden, jedoch behauptet, er habe recht gehandelt, nämlich im Interesse von Mütterchen Rußland. Deshalb sei er unschuldig.

Das konnte stimmen. Schließlich hatte Carl genauso argumentiert, um seinen Freund dazu zu bringen, die Grenze zu überschreiten, die juristische Grenze, die für sie beide an der gleichen Stelle lag.

Rußland hatte ein gutes Geschäft gemacht, das stand fest. Wenn diese abenteuerliche Operation in London öffentlich entlarvt worden wäre, hätte sie Rußland weit mehr gekostet als fünf Menschenleben.

Es konnte so sein, wie Jurij und seine Anwältin argumentierten. Folglich konnte sie sehr wohl eine richtige Rechtsanwältin sein. Folglich brauchte Carl nur noch eine offizielle Vorladung des Gerichts über die russische Botschaft abzuwarten.

Rune Jansson fühlte sich träge und fett. Das passierte ihm zwar nach Weihnachten und Neujahr immer wieder, und wie üblich hatte er Silvester feierlich gelobt, wieder mit seinen Trainingsläufen anzufangen. Er verabscheute das Wort Joggen, da es sich anhörte, als wäre es weniger ernst gemeint. Das Wort Trainingsläufe war ihm deshalb lieber. Diesmal würde er vielleicht ernsthaft in Gang kommen, da er keine Verletzungen hatte, die er als Ausrede benutzen konnte.

Sie hatten die Weihnachtstage bei seinen Eltern unten in Östergötland auf dem Land verbracht, sehr traditionell und ohne Schnee. Er besaß die in langen Jahren eingeübte Fähigkeit, alles auszuschalten, was mit seiner Arbeit zusammenhing, wenn er über längere Zeit frei hatte. Überdies hatte sein guter Appetit die Weihnachtstage von allen Grübeleien befreit.

Ihm war optimistisch zumute, als er die neuen Berichte des Kriminaltechnischen Labors in Linköping und des Gerichtsmediziners in Umeå in Angriff nahm. Dort hatte man zumindest eine respekteinflößende Menge an Papieren produziert.

Rune Jansson begann mit dem Geschoß, der Kugel, die zunächst ein Fenster durchschlagen hatte und dann den Kopf Ali Akbar Kermanis, um schließlich in einem Vorort Linköpings in einer Küchenwand zu landen.

Das vorläufige Urteil, daß es sich um ein Geschoß des Kalibers .308 Winchester handele, war bestätigt worden. Die Untersuchung des Geschosses ergab, daß es das torpedoförmige Modell war, das normalerweise bei den Streitkräften verwendet wurde. Außerdem hatte man einen kleinen Rest gerade der Lackdichtung zwischen Kugel und Hülse gefunden, die bei dieser Munition verwendet wurde.

Das war der erste Schritt der waffentechnischen Detektive gewesen. Bei den Streitkräften gab es nämlich nicht so viele Kaliber, unter denen man wählen konnte. Die Kugel an sich hatte nicht viel ausgesagt, da man nicht wußte, aus welcher Hülse sie stammte, und bei solchen Geschossen gab es eine recht große Auswahl.

Doch der Grund dafür, daß .308 Winchester seit langer Zeit ein bei Jägern beliebtes Kaliber war, war die Tatsache, daß man die Munition der Streitkräfte oder auch der Heimwehr als Übungsmunition verwenden konnte.

Die Untersuchung der eigentlichen Kugel hatte Spuren kleiner Riefen ergeben, die von Glas stammen konnten. Es waren also Spuren entstanden, die nur das bewiesen, was man schon wußte, daß das Geschoß nämlich ein Fenster durchschlagen hatte.

Ferner hatte die mikroskopische Untersuchung der einigermaßen wohlbehaltenen Kugel ergeben, daß sie aus einem Gewehr abgefeuert worden war, dessen Lauf auf eine bestimmte Art und Weise gezogen war.

Damit blieb nur eine Auswahl von achtzehn Gewehrtypen, mehrere Waffen der Firma Remington, ferner von Harington & Richardson, Macmillan, Ruger, Accuracy International, Sako, Savage und Tikka.

Nach Kalibern sortiert, blieben fünf denkbare Fabrikate übrig, die aufgezählt wurden. Rune Jansson vermutete, daß man in einer Stadt wie Linköping oder vielmehr im Polizeidistrikt Linköping vielleicht an die zweihundert Waffenscheine finden würde, die zu dieser Beschreibung paßten. Vermutlich würde das nichts ergeben, aber wissen konnte man das nie. Er notierte sich, daß diese Untersuchung erfolgen mußte.

Die erweiterte gerichtsmedizinische Untersuchung, die vorgenommen worden war, um zu entscheiden, wie ein gewisser Newzat Özen außerhalb von Västerås nachts in seinem Bett schlafend hatte hinscheiden können, hatte ein einigermaßen konkretes Ergebnis zur Folge: Newzat Özen war mit an Sicherheit grenzender Wahrscheinlichkeit ermordet worden. Am wahrscheinlichsten war, daß seine Atemfunktionen in Folge einer Giftinjektion gelähmt worden waren.

Rune Jansson erstarrte. Aus alter Gewohnheit hatte er den ganzen Papierstapel des gerichtsmedizinischen Protokolls mit einer Hand ergriffen und ihn umgedreht, um schnell zur Schlußfolgerung auf den letzten Seiten zu gelangen, dann rückwärts zu lesen und auf eine immer größere Menge medizinischer böhmischer Dörfer zu stoßen.

Doch mochte es in gewisser Weise so sein, wie er sich gedacht hatte, blieb doch allzu vieles übrig, was nicht zusammenpaßte. Es war nicht wie damals in Haparanda, als Anders Eriksson schließlich nachweisen konnte, daß es sich um Curare gehandelt hatte, wie immer das in der Medizinersprache hieß, Succinylcholin oder so ähnlich.

Die Gerichtsmediziner hatten miteinander Kontakt gehabt. Anders Eriksson hatte die Aufsätze nach Linköping gefaxt, die er nach seiner Untersuchung vor zwei Jahren in verschiedenen internationalen Zeitschriften veröffentlicht hatte, und danach war sein Kollege in Stockholm, der sich um die Leiche aus Västerås hatte kümmern müssen, seinem Rezept gefolgt. Man hatte den Toten gehäutet und in der Muskulatur nach einem Nadelstich gesucht und diesen auch gefunden, nämlich in einer Hinterbacke. Rune Jansson ahnte zumindest, daß der lateinische Ausdruck ganz einfach Hinterbacke bedeutete.

Man hatte ein sogenanntes Präparat genommen, ein Stück Fleisch um den Einstich herum herausgeschnitten und aufgehoben. Anschließend war der Leichnam den Angehörigen zur Beerdigung übergeben worden.

Als problematisch hatte sich erwiesen, daß bei den Tests auf Curare sämtliche Proben negativ gewesen waren. Und bei jedem Test war wieder ein Stück des einzigen verbliebenen Beweismaterials zerstört worden. Als die Ärzte nicht mehr gewagt hatten, damit fortzufahren, hatten sie das Präparat nach London geschickt, wo anderen biologischen Spuren nachgegangen werden sollte. Die schwedischen Ärzte waren nämlich so gut wie überzeugt davon, daß es sich um Gift handelte, ein Gift, das nicht chemisch, sondern biologisch wirkte und die Atemfunktionen beeinflußte. Es war ein wissenschaftlich offenbar sehr interessantes Problem, da es sich um eine bislang unbekannte Erscheinung handelte, etwas Neues. Curare war in der schwedischen Kriminalgeschichte inzwischen zumindest mit einigen Fällen vertreten. Eine Krankenschwester hatte versucht, ihren Mann mit dieser Methode zu ermorden, nachdem sie in einem Roman davon gelesen hatte, war aber zufällig überführt worden.

Rune Jansson versuchte sich zu erinnern, worüber er und Hamilton oben in Murmansk gesprochen hatten, als es um den Giftmord ging. Rune Jansson erkannte, daß er seine Erinnerungen aus dieser Zeit bewußt verdrängt hatte. Dieser Auftrag war mit allzu vielen unangenehmen Dingen verbunden gewesen. Am schlimmsten war es für ihn gewesen, jemanden zu einem Geständnis zu verlocken, der anschließend zum Tod verurteilt worden war.

Doch ihm fiel etwas ein, was Hamilton erklärt hatte. Dieser hatte gesagt, der russische Nachrichtendienst sei hochgradig gerade auf diesen Typ von Giften spezialisiert. Der Mord in Haparanda hatte genau einen solchen Hintergrund. Damals war es um Curare gegangen, aber hatte Hamilton nicht gesagt, daß es noch weitere Gifte mit der gleichen Wirkung gab?

Rune Janssons erster Impuls war, einfach den Hörer abzunehmen und anzurufen, doch er überlegte es sich, als ihm einfiel, daß sie sich nicht mehr gesehen hatten, seit ... ja, seit all das mit Hamiltons Familie passiert war.

Dies war jedoch eine Spur, die nicht in Vergessenheit geraten durfte. Rune Jansson beschloß, auf dem Dienstweg eine kurze offizielle Anfrage zu schreiben, die Anfrage eines rangniederen Polizisten an einen bekannten Mann, der in der Polizeihierarchie jetzt ganz oben angekommen war. Das, was Hamilton wußte – und etwas wußte er –, konnte von großer Bedeutung für die weiteren Tests sein, denen man die letzten Reste des »Präparats« aussetzen würde. Darin war sich Rune Jansson absolut sicher.

Jetzt hatte er zwei Maßnahmen notiert: Durchsicht des Waffenscheinregisters, was den Besitz eines bestimmten Gewehrtyps betraf, ferner eine schriftliche Anfrage an Hamilton, die andere russische Gifte als Curare betraf.

Die nächste Maßnahme war selbstverständlich. Die Wohnung dieses Newzat Özen außerhalb von Västerås war nie untersucht worden, da man bis jetzt nicht genügend Gründe gesehen hatte, einen Mord zu vermuten. Mochte inzwischen auch schon viel Zeit verstrichen sein, diese Durchsuchung mußte stattfinden. Die Frage war nur, wann.

Er notierte sich, daß er Hamilton fragen mußte, wonach man gegebenenfalls suchen müsse.

Die Hausdurchsuchung sollte zweckmäßigerweise dann erfolgen, wenn man Özens Frau zu einem Verhör geholt hatte. Dem Protokoll zufolge war an den Wohnungsschlüsseln nichts von Fremdeinwirkung festzustellen gewesen. Die Frau behauptete nicht, daß jemand sich nachts mit Gewalt Zutritt verschafft habe, sondern hatte nur erklärt, ihn tot aufgefunden zu haben. Folglich war sie jetzt verdächtig. Was formal richtig war, was gut war, wenn sie schuldig war, was aber entsetzlich war, wenn sie sich als unschuldig erwies. Doch so war es. Bedauerlicherweise mußte sie ein sehr langes und schwieriges Verhör über sich ergehen lassen.

Offiziell lag die Entscheidung bei Willy, der im Namen der Abteilung all das beschließen mußte. Er war derjenige, der sich an die verschiedenen Verantwortlichen der Voruntersuchungen in Linköping und Västerås wenden mußte.

Einiges ließ sich direkt von der Abteilung aus erledigen. Susie im Sekretariat des Dezernats würde Imdoc anwerfen müssen, das spezielle EDV-System der Abteilung, um dort die Angaben über die Eigentümer in Frage kommender Waffen zu speichern und gleichzeitig in Linköping nach Iranern zu suchen.

Roger oder ein anderer der Waffenfritzen sollte sich die Liste denkbarer Gewehre genau ansehen. Vielleicht gab es in dieser Aufzählung etwas besonders Interessantes. Rune Jansson hatte mit der Liste nichts anfangen können. Die Namen sagten ihm nichts. Trotzdem war es Zeit, eine Besprechung einzuberufen, um mit den anderen Erkenntnisse auszutauschen. Roger war immerhin unten gewesen und hatte seine Vernehmungstechnik in Linköping praktiziert. Das Klinkenputzen hatte offenbar irgendeine Form von Ergebnis gehabt.

Die Besprechung fand eine halbe Stunde später bei Willy Svensén im Zimmer statt.

Zunächst redeten sie kurz über Weihnachten, bevor Willy Svensén das Wort ergriff.

Seiner Gewohnheit getreu hatte er sich an der Tatortfrage festgebissen. In Linköping gab es einen klaren Tatort, außerdem einen Abschußort, und in Umeå verhielt es sich genauso. Eines seiner Steckenpferde war die Meinung, daß »Klinkenputzen« wahrhaftig nicht nur darin bestehe, an einer Tür nach der anderen zu klingeln und zu fragen: *Was haben Sie am 17. November um 20.23 Uhr getan, als es im Fernsehen Donald Duck gab?* Ebensowenig liebte er das recht verbreitete Verfahren, an Haustüren kleine Zettel der Polizei anzukleben, auf denen die gleiche Frage an die Allgemeinheit gestellt wurde und damit an den angeblichen »Kommissar Zufall«; einen Kommissar, der manchmal sehr begreifliche Gründe hatte, sich weder zu erinnern oder etwas sagen zu wollen: »Ach so, an dem Abend, na ja, da war ich gerade dabei, mit der Nachbarin in der Waschküche eine Nummer zu schieben.«

Der Abschußort lag in der Nähe einiger großer Mietskasernen außerhalb von Linköping. Theoretisch hätten annähernd tausend Menschen etwas sehen können. Und selbst wenn sie am Tag danach in der Lokalzeitung gelesen hätten, daß in einer fast einen halben Kilometer entfernten Wohnung ein Iraner ermordet worden sei, würden sie dennoch nicht mehr an die Sache denken, wenn man sie nicht einzeln dazu befragte, und sei es nur dazu, ihnen zu helfen, einander als Täter auszuschließen. Etwa wenn jemand gesehen hatte, wie ein Mann in genau dem und dem Augenblick eilig über den Parkplatz gegangen sei, und ein anderer erzählte, er sei zu spät zur Geburtstagsfeier seines Sohnes nach Hause gekommen und sei genau zu der Zeit über den Parkplatz gelaufen.

Jedoch. Selbst wenn das sogenannte Klinkenputzen in dem Gebiet in der Nähe des Abschußorts noch längst nicht beendet war, war inzwischen schon ein kleines Ergebnis erzielt worden, an dem man weiterarbeiten konnte. Zwei Personen, eine Frau, die immerzu unruhig zum Parkplatz hinausgeblickt hatte, weil ihr Mann sich verspätet hatte, und ein Mann, der gerade nach Hause gekommen war, hatten einen Mann in einem langen Mantel gesehen. Dieser sei zu einem Wagen gegangen, habe ihn angelassen und sei weggefahren, und zwar genau in dem Moment, in dem der Inhaber des Parkplatzes, der zweite Zeuge, angekommen war.

Der Wagen war möglicherweise einer der Marke Toyota Supra; zumindest hatte er so einen kleinen Heckspoiler auf der Heckklappe gehabt. Farbe vermutlich schwarz. Der Mann war kein Ausländer gewesen, wie immer die Zeugen darauf gekommen waren, doch beide hatten es jedenfalls gesagt. Das heißt, die Zeugen hatten den Eindruck gewonnen, daß es sich nicht um einen Kanaken handelte.

Der Toyota Supra war eine etwas heftigere Ausführung als die normalen Toyotas, jedenfalls kein Familienwagen. Aber es hatte sich um einen dunklen Wagen einer ungewöhnlichen Marke gehandelt. Die Zeiten stimmten sehr gut mit dem Mord überein. Willy Svensén holte tief Luft und schloß mit den Worten:

»Folglich brauchen wir nur in dieser Richtung weiterzumachen. Wir brauchen noch mehr Fotos merkwürdiger Autos und müssen noch mehr Personen befragen, und so weiter. Das ist nicht viel, aber immerhin etwas.«

Rune Jansson informierte die Kollegen über seine wenig aufregenden Funde in den Berichten, die er vom Kriminaltechnischen Labor und den Gerichtsmediziner erhalten hatte. Ferner teilte er ihnen mit, welche Maßnahmen sich daraus ergäben. Willy Svensén nickte und machte sich Notizen.

»Apropos Mord: Hast du übers Wochenende wieder ein paar unschuldige Tiere geschossen?« fragte Rune Jansson mit einer ironischen Handbewegung zu seinem jüngeren Kollegen.

»Aber ja«, erwiderte Roger Jansson mit wachsamem Blick, da er sich der Ironie nicht sicher war. »Wir haben ein paar Rehe bei den Jungs in Fagerhult erlegt und dann noch eins zu Hause, aber jetzt im Winter ziehe ich es vor, sie zu füttern.«

»Hast du mit .308 Winchester geschossen?« fragte Rune Jansson und parodierte einen Polizeibeamten, der mit schmal werdenden Augen sein Vernehmungsopfer mustert und voll geheimer Einsichten mit dem Kopf nickt.

»Auf Fagerhult haben wir mit Schrot gejagt, aber das letzte Reh habe ich mit einer Kugel erlegt, also mit .308, aber das war ein verlassenes Kitz. Wieso?« entgegnete Roger Jansson mit gesenktem Kopf und ging damit auf die Parodie ein.

»Sieh dir mal diese Liste hier an. Es sind denkbare Waffen, die der Mörder in Linköping vielleicht verwendet hat. Sagt dir das was?« fragte Rune Jansson freundlich, legte dem Kollegen den Bericht des Kriminaltechnischen Labors hin und zeigte auf die unterstrichene Reihe mit Waffentypen.

»Na ja«, sagte Roger Jansson, »der Mörder hat entweder ein finnisches, ein englisches oder ein amerikanisches Gewehr verwendet … Tikka und Sako sind gewöhnliche Jagdgewehre, recht billig. Viele Leute haben die. Dann ist da was Englisches, von dem ich noch nicht mal was gehört habe, Harington & Richardson … Macmillan, Accuracy International … Ja! Ich glaube, ich weiß, welches Gewehr in Frage kommt. Es ist eine Militärwaffe, wir haben sie auch in Schweden. Sie heißt PSG 90 und ist ein Scharfschützengewehr. Ich bin mir fast vollkommen sicher, ich brauche nur ein Telefonat, um mir Gewißheit zu verschaffen.«

»Gut, dann machen wir das«, bemerkte Willy Svensén. »Du behältst das im Auge. Nun, wie ist dein Verhör in Linköping gelaufen?«

»Gut und schlecht«, erwiderte Roger Jansson und hielt vielsagend ein paar Kassetten hoch, die er in der Tasche mitgebracht hatte. »Ich werde von den Dingern Abschriften machen lassen. In aller Kürze gesagt, stehen die Dinge so: Johanna Kermani, also die schwedische Frau des Opfers, ist nicht besonders religiös. Sie haben sich in Schweden zwar standesamtlich trauen lassen und einige Jahre später nach islamischem Ritus geheiratet, was sie formal zu einer Muslima macht. Sie will jedoch vom Tschador und solchen Dingen nichts wissen, und die Ayatollahs im Iran betrachtet sie als eine böse Mischung aus Trollen und Gespenstern. Im Lauf der letzten Jahre haben sie und ihr Mann sich der kleinen Gruppe von Iranern an der Universität in Linköping angenähert, die in die religiöse Ecke tendieren. Und das ist etwas, was ganz einfach nicht paßt, zumindest, was sie angeht.«

»Hat sie sich vielleicht für ihren Mann aufgeopfert?« warf Willy Svensén ein.

»Ich weiß nicht. Wie ein dummes kleines Mädchen ist sie mir nicht vorgekommen. Sie ist Chemikerin und hat eine Ausbildung, die etwa zweimal der eines Kriminalinspektors entspricht, wenn ich es vorsichtig ausdrücken soll. Ihre Arbeitskollegen sehen in ihr eine normale, nette, an der Universität ausgebildete Frau. Sie arbeitet hier in der Stadt für ein Labor, das einem amerikanischen Unternehmen gehört. Und dort hat sie noch kein Sterbenswörtchen über irgendwelche Ayatollahs verlauten lassen.«

»Kann ich mir vorstellen«, bemerkte Rune Jansson sarkastisch. »Wenn du in einem amerikanischen Unternehmen arbeiten würdest, würdest du dann sagen, du seist Kommunist?«

»Nein, natürlich nicht«, erwiderte Roger Jansson eifrig, ohne sich einschüchtern zu lassen. »Die Sache ist aber so, daß ihre Kollegen sie als … wie soll ich sagen, als vollkommen normale Schwedin ansehen. Da wird zum Beispiel etwas von Seitensprüngen gemunkelt und solchen Dingen. Versteht ihr?«

»Und so was darf man im Iran nicht machen, meinst du?« fragte Willy Svensén unsicher, da er gar nichts begriffen hatte. »Woher weißt du das alles?« fuhr er fort. Er bemerkte, daß sein jüngerer Kollege ihn mit der Miene eines sehr jungen Mannes ansah, der einen Vater ansieht, der nicht weiß, wer Prince ist.

»Ich habe auf Fagerhult einen Jagdgenossen, der sich in all diesen Dingen auskennt«, sagte Roger Jansson schnell und begütigend. »Eins steht aber fest: Hier stimmt definitiv etwas nicht. Ihr Mann war ein gewöhnlicher säkularisierter iranischer Akademiker, ein Flüchtling, Facharzt für Innere Medizin und … ja, genau, war also Arzt, obwohl er als Arzt nie eine Anstellung gefunden hat. Außerdem hat er Wein getrunken. Die beiden hatten einen Vorrat auf dem Kühlschrank. Ich habe nachgesehen, und sie wußte nicht, was Musar für ein Wein ist.«

»Ach nein. Verzeih einem ahnungslosen Polizisten vom Lande, aber das weiß ich auch nicht«, warf Rune Jansson zweifelnd ein.

»Eben«, sagte Roger Jansson mit einem breiten Lächeln. »Glaubst du, ich hätte das gewußt? Im Systembolaget gibt es diesen Wein nicht, jedenfalls nicht den Jahrgang, der dort lag. Es ist ein libanesischer Wein. Weinkenner behaupten, es sei der einzige Wein aus dem Nahen Osten, der es mit europäischen Weinen aufnehmen könnte. Sie hat diese Flaschen nicht gekauft, das kann ich bezeugen.«

»Na ja, das zeigt nur, daß du noch jung und munter bist und immer noch zwei offene Augen im Kopf hast«, sagte Willy Svensén mit einem amüsierten Glitzern in den Augen. »Aber was hast du soeben bewiesen?«

»Daß er den Wein gekauft hat!« sagte Roger Jansson und breitete die Arme aus, als wäre es eine Selbstverständlichkeit.

»Ja, das leuchtet mir ein«, sagte Willy Svensén und hob verschmitzt die Augenbrauen. »Er hat also den Wein gekauft. Das nehmen wir dir ab. Und?«

»Dann war er aber kein fanatischer gläubiger Schiite, der das Trinken von Wein als große Sünde ansieht!« sagte Roger Jansson triumphierend.

Seine Vorgesetzten gaben sich sofort geschlagen und bestätigten es mit einem kurzen Kopfnicken.

»Seine Frau war eine ganz gewöhnliche Schwedin, etwa so, wie auch wir uns dafür halten, und er war kein religiöser Fanatiker«, faßte Rune Jansson zusammen. »Und das hat sie bestätigt?«

»Nein, genau das hat sie gerade nicht getan«, sagte Roger Jansson nachdenklich. »Außerdem hat sie bei diesem Thema gelogen. Sie hatte sich bei meiner Ankunft sogar verkleidet, hatte eine Art Tschador angelegt, der sogar ihre Arme bedeckte. Natürlich trug sie auch ein sehr langes Kleid, das ihr bis zu den Knöcheln reichte. Das war aber nicht besonders überzeugend, wenn ich so sagen darf. Ich fragte sie, wo in der Wohnung sie normalerweise bete. Sie zeigte mir eine Stelle, aber dort befand sich kein Gebetsteppich, und außerdem stimmte die Himmelsrichtung nicht. Na ja, zum Beten hätte sie nach Südosten blicken müssen, nach Mekka.«

»Hat sie in weiteren wesentlichen Punkten gelogen?« wollte Rune Jansson wissen.

»Nein, eigentlich nicht, aber sie hatte Angst vor mir. Und als ich nicht lockerließ, na ja, ihr könnt es euch schon vorstellen, sagte sie plötzlich etwas, woraus ich nicht so recht schlau geworden bin. Ich habe es aber auf Band: *›Ihr solltet das schließlich wissen, immerhin hat er der Polizei geholfen.‹* Und wie sehr ich auch nachhaken wollte, sie schüttelte nur den Kopf. Sie leugnete sogar, es gesagt zu haben, obwohl ich es auf Band hatte.«

»Spionage unter Flüchtlingen?« fühlte Willy Svensén vor.

»Ja, das ist das erste, was man vermutet. Aber die Polizei? Das sind wir doch!«

»Nun ja, wir beschäftigen uns ja nicht mit solchen Dingen, das dürfte dann eher die Säpo sein«, sagte Rune Jansson. »Aber warte mal. Nehmen wir doch mal an, daß dieser Mediziner … ach, übrigens, wo hat der eigentlich gearbeitet?«

»In einem Hamburger-Restaurant«, erwiderte Roger Jansson. »Als Putzmann, und zwar für die Hälfte des Lohns, den die Schulmädchen bekommen, die den Leuten die Hamburger servieren.«

»Nehmen wir mal an, er hat für die im Gebäude nebenan gearbeitet und Flüchtlinge ausspioniert«, sagte Rune Jansson und zeigte mit dem Daumen über die Schulter. »Dann steht er doch sozusagen auf unserer Seite, was immer man von dieser Tätigkeit halten mag?«

»Habe ich auch gerade gedacht«, bemerkte Roger Jansson.

»Dann werden wir die da oben fragen müssen«, meinte Willy Svensén.

»Ja, ich habe ohnehin etwas auf dem Herzen, was ich die Säpo fragen wollte«, brummte Rune Jansson nachdenklich. »Wir fragen nach, und dann hetzen wir den jungen Roger noch einmal auf sie, denn sie lügt ganz offensichtlich.«

»Ich weiß«, fiel Willy Svensén ein. »Wir machen es so: Ich nehme Verbindung mit diesem Oberstaatsanwalt in Västerås auf und bitte ihn, die Zwangsmaßnahmen offiziell zu beschließen, nämlich die Festnahme der Ehefrau und ihre Vernehmung. Dann bitte ich um Genehmigung, unseren eigenen Vernehmungsspezialisten hinzuschicken, und das dürfte er uns kaum verweigern.«

Willy Svensén nickte schwer zu Roger Jansson hin, bevor er fortfuhr.

»Nun ja, Roger, du hast ja gehört, was Rune erzählt hat. Was meinst du dazu?«

»Wenn sie ihren Mann umgebracht hat, ist sie eine Giftmischerin der Sonderklasse. Dann gesteht sie aber auch nicht, und außerdem dürften wir bei einer Hausdurchsuchung nichts mehr finden. Wenn aber ihr Gitarre spielender Mann für die Säpo gearbeitet hat, wird es interessant.«

»Genau mein Gedanke«, bemerkte Willy Svensén und gab durch eine Handbewegung zu verstehen, daß die Besprechung beendet war. »Dann belassen wir es vorerst dabei.«

Rune Jansson verließ den Raum, um in sein Dienstzimmer zu gehen, und winkte seinem jüngeren Kollegen nachdenklich zu, bevor er die Tür hinter sich zumachte.

Er ließ sich schwer auf einen Stuhl vor seinem PC fallen, um die offiziellen Anfragen an den Säpo-Chef zu formulieren, die bei der Besprechung abgesegnet worden waren. Es fiel ihm schwer, sich Hamilton als *Chef der Säpo* vorzustellen. Es war für ihn unsinnig, daß ein Spion zum Chef der Spionageabwehr ernannt wurde. Aber so war es in Schweden: Die höchste Qualifikation der potentiell höchsten Bosse bestand darin, daß sie nichts über den Job wußten oder aus dem gegnerischen Lager kamen. So wurden Politiker Chefredakteure, Börsenspekulanten wurden ins Finanzministerium geholt, und Journalisten wurden Minister. Zollbeamte wurden Reichspolizeichefs, und so weiter, und so weiter. Rune Jansson ging das alles natürlich nichts an. Jeder mußte seine Arbeit tun, unabhängig davon, was für einen Chef er hatte.

Anschließend versuchte er zusammenzufassen, was sie wußten und was nicht. Er arbeitete seit fast siebzehn Jahren als Ermittler in Mordfällen und wußte, daß komplizierte Fälle viel Zeit erfordern. Das störte ihn jedoch nicht im mindesten. Üblicherweise meinte man gegen einen ewigen Gegenwind ankämpfen zu müssen. Die Fortschritte waren so klein, daß man sie kaum bemerkte, bis man plötzlich nach einer Woche oder einem Monat das Puzzle zusammenlegen konnte. Diese Weihnachtsfeiertage waren letztlich doch nicht so schlecht gewesen. Er hatte eine ganze Menge zu tun gehabt, statt einfach nur dazusitzen und zu grübeln. Das war gut. Grübeleien sind etwas für Amateure und Privatschnüffler, als Polizeibeamter hatte er Arbeit zu erledigen. Die Tatsache, daß er im Augenblick noch nicht wußte, wer oder warum, bekümmerte ihn nicht im mindesten. Der Job war wichtig. Wenn er seine Sache gut machte, ergab das manchmal Ergebnisse, sogar auffällig oft. Bloß nicht grübeln oder im großen Stil denken. Nur keine *Visionen.* Nur die übliche Knochenarbeit, dann werden sich schon Ergebnisse zeigen, dachte er.

Erik Ponti kehrte zum zweiten Mal von Grosnyi zurück, der ehemaligen Hauptstadt Tschetscheniens. Er vermutete, daß er diesmal eine Amöbenruhr mitgebracht hatte. Das war ein angemessener Preis. Immerhin war er noch am Leben.

Er kam einige Minuten zu früh zur Arbeit, um vor der Besprechung noch Zeit für einen Toilettenbesuch zu haben. Anschließend stellte er sich vor das Schwarze Brett in der Zentralredaktion und betrachtete die Vorwetten. Jemand forderte dazu auf, hundert Kronen darauf zu setzen, wann der gegenwärtige Chefredakteur von *Expressen,* Olle Wästberg, gefeuert werden würde. Wer dem Zeitpunkt am nächsten kam, wurde Sieger. Weitere hundert Kronen konnten darauf gesetzt werden, wer Wästbergs Nachfolger wurde. Erik Ponti überlegte kurz und trug sich dann an einem noch freien Datum im Februar ein. Er setzte weitere hundert Kronen darauf, daß die Leiterin der Kulturredaktion die Nachfolge antreten würde; er ging davon aus, daß nach dem Politiker jetzt eine Quotenfrau an der Reihe war.

Anschließend war er zu seiner ersten Abteilungsleiterkonferenz seit langer Zeit bereit.

Er hatte schnell das Gefühl, in die Wirklichkeit zurückgekehrt zu sein, zu dem, was fern vom Tod richtiger Menschen unter russischen Bomben als Wirklichkeit galt. Der neue Chef hatte am Wochenende nämlich wieder *nachgedacht* und führte jetzt seinen rasanten Führungsstil vor. Er fuchtelte mit einem großen Block und Farbstiften herum und schilderte, was *Tempoverlust* bedeute, was es heiße, Initiative zu ergreifen, die Führung zu übernehmen, Synergien zu nutzen, und so weiter.

Das Wortgeklingel bedeutete natürlich rein gar nichts, doch Erik Ponti erboste das nicht im mindesten, da er dieses Gewäsch ohnehin nur als eine kurze, wenn auch peinliche Übergangsperiode in der zeitweise turbulenten Geschichte der Redaktion ansah; der vorhergehende Chef war gefeuert worden, weil er nachts nicht hatte aufstehen wollen, nur weil die »Estonia« gesunken war.

Als dem neuen Chef schließlich allmählich die Puste ausging und er nach Worten suchte, erkannte Erik Ponti, daß es Zeit war, sich zu entschuldigen und auf die Toilette zu gehen. So würde er rechtzeitig wieder dasein, wenn es um die konkreten Dinge der Besprechung ging.

»Montezumas Rache«, flüsterte er entschuldigend und stahl sich hinaus.

Er hatte sich mit der Zeit ein wenig verrechnet und mußte das letzte Stück Korridor laufend zurücklegen.

Als er in den Konferenzraum zurückkehrte, sah er, daß die Kollegen sich inzwischen ein wenig aufgerichtet hatten und in ihren Notizen wühlten. Außerdem schraubte der Chef des Inlandsressorts an seinem Hörgerät herum. Das war ein Zeichen, daß die dynamische Führung für dieses Mal erledigt war. Der neue Chef war gerade dabei, seine drei Schlagwörter zu wiederholen, während er sie auf der Tafel zeigte: *Tempoverlust – Initiative – die Führung übernehmen.*

Traditionsgemäß begann die Sitzung mit dem Inlandsressort. Dieses hatte infolge eines Streits zwischen Carl Bildt und der Kanzlei des Ministerpräsidenten einiges zu tun. Es ging um vertrauliche Gespräche des Auswärtigen Ausschusses, von denen etwas an die Öffentlichkeit gesickert war. Das meiste war Routine, wenn man vielleicht von der Frage absah, ob man das Murren in *Expressen* aufgreifen sollte. Das Blatt hatte gemeldet, der König habe Gudrun Schyman eine Rüge erteilt, weil ihr Handy bei einer Konferenz nicht abgeschaltet gewesen sei. Die Sache konnte jedoch nicht weiter verfolgt werden, weil außer dem König nur die Parteichefs und ein Ministerialdirigent anwesend gewesen waren. Somit war niemand befugt, sich über den Inhalt der Gespräche zu äußern. Quellen aus zweiter Hand waren eine unsichere Sache. Und sich aufgrund einer Quelle aus dritter Hand zu äußern, nämlich einem *Expressen*-Reporter, erwies sich als unmöglich, als sich herausstellte, um wen es sich dabei handelte: einen der berüchtigtsten Reporter des Blatts. Ein Interview Gudrun Schymans war ebenfalls unmöglich, wie sehr es sie auch amüsieren würde, sich über den König zu beschweren. Sie unterlag nämlich auch der Schweigepflicht.

Anschließend hielt der neue Chef eine kleine Ansprache, bei der er erneut seine Schlagworte auf der Tafel wiederholte. Das war eine

Art Einführung zu der Idee, daß die Justizredaktion die Serienmorde an Ausländern erneut aufgreifen solle.

Inzwischen war nämlich eine Nachricht eingegangen, über die der Ressortchef jetzt berichtete. Normalerweise gut unterrichteten Quellen zufolge sei noch ein Kanake ermordet worden, diesmal außerhalb von Västerås. Jedenfalls habe man einen Staatsanwalt als Leiter der Voruntersuchung eingesetzt, was einmal darauf hindeutete, daß es sich um Mord handle, zum anderen darauf, daß es vielleicht eine verdächtige Person gab. Das Opfer heiße Newzat Özen und sei Musiker gewesen.

»Wir wissen *vielleicht*, daß ein Türke außerhalb von Västerås *vielleicht* ermordet worden ist?« schnitt Erik Ponti dem Mann den Wortschwall ab, um eine schnellere Darlegung zu erreichen.

»Woher willst du wissen, daß er Türke ist?« fragte der Leiter des Justizressorts erstaunt und ohne jede Spur von Aggressivität.

»Newzat Özen«, seufzte Erik Ponti. »Aus Norrbotten kam der jedenfalls nicht. Vielleicht war es ein Kurde. Wie ist er ermordet worden?«

»Das ist es ja, was wir nicht wissen …«, sagte der Ressortchef zögernd, da ihm sehr wohl bewußt war, wie schwach diese Äußerung sich ausnehmen mußte.

»Aha. Ein Türke ist außerhalb von Västerås *vielleicht* ermordet worden, aber falls ja, wissen wir nicht wie«, stellte Erik Ponti fest.

Verlegenes Schweigen machte sich im Raum breit. Der neue Chef, der den Vorschlag unterstützt hatte, machte ein Gesicht, als kämpfte er einen harten Kampf mit sich aus, bis er die Idee fallenließ, ohne den Kampf aufzunehmen.

6

Als Larissa Nikolajewna Astachowa Carls Hotelsuite im Hotel Metropol betrat, wurde sie von spontanem Mißtrauen befallen. Der Mann vor ihr entsprach nicht im mindesten ihrer Vorstellung davon, wie ein Admiral auszusehen hat. Da sie viel von Sport verstand und eine Karriere als Weitspringerin hinter sich hatte, war ihr erster Gedanke, daß der Mann wie ein Zehnkämpfer aussah. Er trug Jeans und ein amerikanisches T-Shirt mit einer Aufschrift, die ihr nichts sagte, und hatte eine geöffnete Coca-Cola-Dose auf dem Couchtisch vor dem Fernsehgerät. Das einzige, was möglicherweise von dem Bild des unwissenden westlichen Sportlers abwich – soviel sie wußte, waren alle Sportler im Westen total ungebildet –, war die Tatsache, daß er im Fernsehen eine russische Diskussionssendung eingeschaltet hatte. Wenn sie ihre Reaktion nach streng juristischen Maßstäben beurteilen sollte oder zumindest als Rechtsanwältin, war er eine große Enttäuschung.

Carl reagierte exakt genauso. Wenn sie nicht unten vom Empfang aus angerufen hätte, hätte er die Situation möglicherweise mißverstanden und die Frau hinausgeworfen. Sie war sehr hochgewachsen. Ihr viel zu kurzer Rock entblößte ihre Beine auf eine Weise, die jede Gerichtsverhandlung stören mußte. Vermutlich war sie hübsch, jedoch geschmacklos geschminkt, so daß alle Schönheit von Chemikalien und Farbe ertränkt wurde. Der einzige Trost war, daß ihre dunkelbraune Haarfarbe vermutlich völlig echt war. Zumindest hatte sie sich nicht wasserstoffblond gemacht.

Sie begrüßten einander steif. Er schaltete den Fernseher aus, nahm seine leere Cola-Dose vom Tisch und fragte, ob er ihr etwas anbieten könne. Sie bat zögernd um eine Limonade. Er stellte ein 7Up und ein deutsches Bier hin, goß ein und setzte sich, während sie dicke Dokumentenstapel auf den Tisch legte.

»Nun«, sagte Carl und breitete die Arme aus, »um einen amerikanischen Ausdruck zu gebrauchen – ich stehe Ihnen mit Haut und Haaren zur Verfügung.«

Sein Versuch, freundlich zu sein, stieß auf völliges Unverständnis. Sie schien ihn total mißzuverstehen und warf ihm nur einen mißtrauischen Blick zu. Sie legte ihre letzten Dokumente auf den Tisch sowie einen Notizblock, den sie sorgfältig vor sich hinlegte.

»Ich habe nur gemeint, daß ich jetzt hier bin und Ihnen zur Verfügung stehe, Frau Anwältin. Ich bin bereit, Ihnen zuzuhören«, erläuterte Carl. Sein Versuch, das Gespräch mit einem kleinen Scherz zu eröffnen, war schmählich gescheitert. Vielleicht war ihm eine sprachliche Nuance entgangen, so daß sich das Ganze wie ein unanständiger Antrag angehört hatte?

»Sie sind wirklich Admiral?« begann sie abrupt.

»Ja, Vizeadmiral, um genau zu sein«, erwiderte Carl verblüfft.

»Und Sie haben eine hübsche Uniform mitgebracht, die das auf korrekte Weise illustriert?« fragte sie weiter und blickte mißbilligend auf seine amerikanischen Jeans und die Laufschuhe.

»Ja«, erwiderte er. »Ich habe eine vorschriftsmäßige Uniform mitgebracht. Sie hängt in der Garderobe.«

»Und die Medaillen?« fragte sie mit saurem Gesicht weiter.

»Die habe ich auch mit«, sagte Carl zögernd. »Aber im Original haben Sie doch nur die russischen Medaillen gemeint, wenn ich Sie richtig verstanden habe, Frau Anwältin?«

»Natürlich. Kann ich sie mal sehen?« fuhr sie fort, ohne ihn dabei anzusehen.

Carl erhob sich verwundert. Was er von Jurij Tschiwartschews Rechtsanwältin auch erwartet hatte, die Wirklichkeit kam nicht mal in die Nähe seiner Vorstellungen. Er zuckte die Achseln, ging zum Kleiderschrank und entnahm ihm eine Schatulle. Auf dem Rückweg klappte er sie auf, bevor er sie mit einer demonstrativ lässigen Geste vor der Frau auf den Tisch knallte.

Plötzlich veränderte sich ihre Haltung. Die Aggressivität zerfloß, und ihr Blick fuhr ein paarmal zwischen Schatulle und Carls fragendem Gesicht hin und her.

»Du lieber Himmel!« flüsterte sie schließlich. »Das da ist also das Großkreuz des Sankt-Georgs-Ordens? Das alles? Wollen Sie das alles anlegen?«

»Richtig«, sagte Carl verwirrt. »Das Kreuz mit dem orangeschwarzen Band soll am Hals hängen, dieses Ding hier, ich glaube, es heißt Ordensstern …«

»Ordensstern, ja, das ist korrekt!«

»Ja, er soll jedenfalls hier sitzen, unten auf der linken Seite der

Uniform. Und das hier, ja, das sehen Sie doch, das ist der Rote Stern.«

»Aber das ist ja absolut wunderbar!« sagte sie, schlug die Hände zusammen und lachte.

»Verzeihung, Frau Anwältin«, begann Carl gereizt und verwirrt zugleich, »für eine juristische Diskussion scheint mir, daß das Ganze ein wenig … wie soll ich sagen? An einem etwas peripheren Ende beginnt, falls Sie entschuldigen.«

»Es ist wirklich nicht peripher«, wandte sie schnell ein. Sie hörte sich eifrig und entrüstet zugleich an. »Es ist nämlich so: Der gesamte Prozeß wird sich, Genosse Admiral, bis zu Ihrem Erscheinen nur darum drehen, was für ein entsetzlicher Schurke Sie sind. Sie sind der böse Feind, und so weiter. Das macht nämlich die Verbrechen meines Mandanten um so schwerwiegender. Und dann treten Sie endlich auf. Verstehen Sie denn nicht? Das Großkreuz des Sankt-Georgs-Ordens ist in neuerer Zeit außer Ihnen keinem Menschen zuerkannt worden, soviel ich weiß. Falls der liebe Boris Nikolajewitsch ihn sich nicht selbst verliehen hat. Und für diese Militärrichter, die vielleicht von einer früheren Zeit träumen, haben wir dann noch den Roten Stern. Ihnen kann doch wirklich nicht entgehen, was für eine Bedeutung das alles hat?«

»Vielleicht«, erwiderte Carl peinlich berührt. »Es ist nur so, daß es mir etwas unangenehm ist. Und was Ihren Präsidenten angeht, war Boris Nikolajewitsch vielleicht, hhmm, ungewöhnlich guter Laune, als er diese Entscheidung traf. Ferner gehe ich davon aus, daß wir in diesem Raum nichts zueinander sagen, was gegen russische Gesetze verstößt.«

»Nein, natürlich nicht«, räumte sie fröhlich ein und schenkte ihm ein breites Lächeln. »Und jetzt, Genosse Admiral, nachdem Sie mir das Wichtigste bestätigt haben, wollen Sie vielleicht etwas darüber wissen, wie der Prozeß angelegt ist?«

»O ja, das wäre eine sehr gute Idee«, sagte Carl ironisch. »Nachdem wir das wirklich Wichtige offenbar schon erledigt haben.«

Sie erklärte zunächst, daß er nicht das Recht habe, einige der Akten einzusehen, die sie auf dem Tisch vor sich liegen habe, sie habe jedoch das Recht, sich ihrer zu bedienen, um ihre Absichten mit der bevorstehenden Zeugenaussage zu beschreiben. Danach begann sie mit einer etwas zu ausführlichen Beschreibung der

Rechtslage und dem juristischen Inhalt der Anklage. Als sie jetzt sprach, wurde sie plötzlich lebendig und verriet so etwas wie Leidenschaft und Kampfinstinkt, Eigenschaften, die sie in Carls Augen total verwandelten, und das trotz des grellen Make-ups und ihrer Kleidung, die ihn spontan an eine Prostituierte hatte denken lassen.

An dem eigentlichen Sachverhalt gab es kaum etwas zu deuteln. General Tschiwartschew hatte selbst eine sehr ausführliche Beschreibung dessen beigetragen, was geschehen war. Überdies hatte er erklärt, sich der Konsequenzen dessen bewußt zu sein, daß ausgerechnet dieser Hamilton über die russischen Operateure in London aufgeklärt worden sei. Tschiwartschew hatte also zugegeben, daß ihm durchaus klar gewesen sei, daß sein Handeln zu ihrem Tod führen werde. Tschiwartschew sei auch die juristische Konsequenz dessen bewußt gewesen, daß ein General beim Nachrichtendienst Informationen weitergegeben habe, die zu Verlusten der eigenen Seite geführt haben.

Soweit die rein sachliche Grundlage der Anklage.

Carl hatte mit gemischten Gefühlen zugehört. So wie er es sah, stand das Urteil schon fest, Medaillen hin, Medaillen her. In keinem einzigen ihm bekannten Rechtssystem würde der Angeklagte gegen diese Anklage vernünftigerweise eine Chance haben. Und daß ausgerechnet das alte sowjetische Recht, das immer noch angewandt wurde, sehr viel liberaler sein sollte, konnte er sich unmöglich vorstellen.

Dennoch dieser angriffslustige Optimismus dieser Frau. Es fiel Carl schwer, das miteinander zu vereinbaren. Außerdem begann er sie sogar hübsch zu finden, wenn sie sich engagierte. Er betrachtete ihre Beine und stellte fest, daß es Sportlerinnenbeine waren. In diesem Moment ging ihm auf, daß dies der erste Gedanke seit langer Zeit war, der auch nur andeutungsweise etwas mit Sexualität zu tun hatte. Bis heute hatte er sich als auf ewig entsexualisiert vorgestellt.

»Und jetzt zu der Frage, wozu meine Zeugenaussage gut sein könnte?« fragte er, als sie endlich mit der sogenannten Rechtslage fertig war. »Das ist die Frage, die ich Ihnen schon am Telefon gestellt habe, Frau Anwältin. Was Sie beweisen können, wenn Sie mich als Zeugen vernehmen. Ich kann vernünftigerweise ja nur den vernichtenden Sachverhalt bestätigen. Ja, es ist wahr. Ja,

Genosse General Tschiwartschew hat mir diese Namen genannt. Ja, das hat dazu geführt, daß wir Ihre operativen Offiziere in London eliminiert haben. Ja, Genosse General Tschiwartschew muß gewußt haben, daß dies die Folge sein würde. Wenn ich die Wahrheit sagen soll, und ich vermute, daß ich es auf meinen Eid nehmen muß, ist dies alles, was ich sagen kann. Verzeihen Sie den groben Ausdruck, Madame, aber wozu zum Teufel soll das gut sein?«

»Das ist zu gar nichts gut. Sie müssen zwar diese Frage beantworten, aber was für uns wichtig ist, ist der politische Aspekt!« erwiderte sie mit glühenden Wangen.

»Der politische Aspekt?« fragte Carl mißtrauisch. »Spionage und Landesverrat sind politische Verbrechen, und zwar bei Ihnen genauso wie bei uns. Das scheint mir ein vernichtender politischer Aspekt zu sein.«

»Ja, das versteht sich«, bestätigte sie mit einem Kopfnicken, ohne sich in ihrem Eifer erschüttern zu lassen. »Aber vielleicht dürfte ich Ihnen versuchsweise einige Fragen stellen, als säßen wir schon vor Gericht?«

»Bitte sehr«, sagte Carl mit ironischer Zuvorkommenheit. »Ich stehe dem Gericht zur Verfügung und bin inzwischen auch vereidigt. Fragen Sie nur!«

»Hätte es den russischen Interessen gedient, wenn diese Operation in London weitergegangen wäre? Sie brauchen nur kurz zu antworten, Herr Admiral.«

»Nein«, erwiderte Carl ohne zu zögern. »Weil ...«

»Danke, das genügt!« unterbrach sie ihn. »Hätte es für Rußland katastrophale Konsequenzen gehabt, wenn General Tschiwartschew Ihnen diese Mitteilungen nicht gemacht hätte?«

»Ja!« sagte Carl, der sich jetzt schnell anpaßte.

»Hätten Sie genauso gehandelt, wenn Sie in seiner Haut gesteckt hätten?«

»Ja!«

»Wären Sie zum Präsidenten des Landes gegangen, wenn Sie an seiner Stelle gewesen wären?«

»Zu Boris Nikolajewitsch?« fragte Carl verblüfft. »O nein!«

»Wenn Ihr Präsident nicht Boris Nikolajewitsch gewesen wäre, sondern ein Amerikaner, hätten Sie dann genauso gehandelt?«

»Ja!« sagte Carl nach sehr kurzem Zögern.

»Hat also Generalleutnant Jurij Tschiwartschew seinem Vaterland große Dienste erwiesen, indem er so handelte, wie er es getan hat?«

»Ja …«, sagte Carl. Er wurde plötzlich von Gefühlen überwältigt, von denen er nicht wußte, woher sie kamen. Er hatte sich jedoch schnell wieder in der Gewalt.

»Sehen Sie, Herr Admiral!« rief sie aus, nachdem sie zunächst höflich seinen Gefühlsausbruch abgewartet hatte. »Das ist die politische Analyse, die ich vorhin erwähnte. Dies hier ist Rußland. In einem Gerichtssaal denken wir ebenso in politischen Bahnen wie in juristischen. Wir wenden hier nämlich nicht gerade das Römische Recht an. Ich kann bei dieser Verteidigungsstrategie natürlich nicht für den Erfolg garantieren, das kann man vor Pontius Pilatus nie, doch dies ist die Strategie, die mein Mandant und ich verfolgen werden.«

»Ich verstehe. Ich glaube zumindest zu verstehen«, sagte Carl zögernd. »Als wir am Telefon miteinander sprachen, sagte ich, ich würde nach Moskau kommen, um Sie anzuhören, um dann zu entscheiden, ob ich als Zeuge aussage oder nicht. Ich habe Sie jetzt angehört und mich entschieden. Ich bin ganz der Ihre. Kann man das übrigens so sagen?«

»Das deutet auf etwas anderes hin als den rein juristischen Aspekt«, erwiderte sie mit einem glücklichen und erleichterten Lächeln. »Ich würde die Formulierung vorschlagen, ›ich stehe ganz zu Ihrer Verfügung‹. Das hört sich russischer an.«

»Und etwas förmlicher auch«, bemerkte Carl, während er sich den Satz merkte. »Was machen wir jetzt?«

»Ich müßte noch etwas mehr über Sie und Ihren Hintergrund erfahren«, sagte sie und schlug erneut einen berufsmäßigen Ton an.

»Das Problem ist nur, daß bei meinem Hintergrund das meiste als geheime militärische Information anzusehen ist. Ich bin nicht sicher, ob ich auf solche Fragen antworten kann«, entgegnete Carl.

»Versuchen wir es doch, dann werden wir ja sehen«, sagte sie. »Welche Funktion haben Sie gegenwärtig im schwedischen Staat?«

»Ich bin Leiter des zivilen Sicherheitsdienstes und überdies Vizeadmiral in der Reserve des militärischen Nachrichtendienstes.«

»Sicherheitsdienst? Ist das so etwas wie KGB?«

»Ja, das könnte man sagen, zumindest wenn wir uns auf die

KGB-Tätigkeit beschränken, die nur auf dem eigenen Territorium ausgeübt wird. Ich bin heute also eher Spionagebekämpfer als Spion, um es etwas vereinfacht auszudrücken.«

»Bekämpfen Sie russische Spione?«

»Natürlich. Der russische Nachrichtendienst ist auf unserem Territorium sehr aktiv und gehört folglich zu meinen wichtigsten Zielen. Wieso? Glauben Sie, daß mich das zu einem Feind macht?«

»Ja, vielleicht«, entgegnete die Anwältin bekümmert. »Ich habe ehrlich mein möglichstes getan, um mich in die militärische Denkweise hineinzuversetzen. Daß es heute Ihr Job ist, russische Spione zu überführen, kann ja wohl kaum der Förderung der Freundschaft und des Friedens dienen.«

»Wie man's nimmt«, erwiderte Carl. »So merkwürdig ist das Ganze nun auch wieder nicht. Schweden hat eine Sicherheitspolizei, die auf russische Spione Jagd macht, und Sie haben eine, die schwedische Spiones jagt. Es ist wie beim Eishockey. Manchmal gewinnen Sie, manchmal wir.«

»Aber früher haben Sie also gegen uns spioniert? Da waren Sie doch wohl ein Feind?«

»Doch, das schon. Aber nach 1991 hat sich ja einiges geändert, und das wird allein schon durch die Tatsache meiner Verbindungen zu General Tschiwartschew illustriert. Zunächst waren wir Feinde. Bei einer Gelegenheit hat er sogar versucht, mich töten zu lassen. Dann folgte eine Periode mit einem etwas ausgewogeneren Verhältnis zwischen uns beiden, dann wurden wir Verbündete, dann Freunde. Das ist eine interessante historische und politische Entwicklung, und ich könnte mir vorstellen, daß alle Offiziere bei Ihnen wie bei uns diese Selbstverständlichkeit genauso sehen wie ich.«

»Haben Sie gerade mit General Tschiwartschew etwas zu tun gehabt, das für die Interpretation Ihrer Angaben vor Gericht von Bedeutung sein kann?« fragte sie nach einer kurzen Denkpause. »Etwas, was mir nicht bekannt ist?«

»Möglicherweise die Operation Green Dragon«, erwiderte Carl zögernd. »Ich weiß nicht, wieviel hier in Rußland davon bekannt geworden ist, wenn ich von meiner Beteiligung absehe, wofür Ihr impulsiver Präsident Boris Nikolajewitsch gesorgt hat. Wissen Sie nicht, daß General Tschiwartschew ebenfalls das Sankt-Georgs-Kreuz erhalten hat?«

»Nein, das ist wirklich eine Neuigkeit!« rief sie aus und machte sich so eifrig Notizen, daß dabei die Spitze ihres Bleistifts abbrach. Sie fluchte und nahm einen neuen aus ihrer Handtasche. »Was können Sie mir davon erzählen?«

»Vielleicht sollten wir mit dem beginnen, was als international bekannt vorauszusetzen ist«, sagte Carl und versuchte, im Kopf möglichst schnell geheime und nichtgeheime Informationen zu trennen. »Vor einigen Jahren haben die Nachrichtendienste Schwedens, Rußlands, der USA und der Palästinenser in einer Operation zusammengearbeitet, die den Decknamen Green Dragon erhielt. Dabei ging es darum, Kernwaffen aufzuspüren und zu vernichten, die aus dem Gebiet um Murmansk außer Landes geschmuggelt worden waren. Das Unternehmen wurde zu einem Erfolg, und anschließend machte Präsident Jelzin die Sache in einem etwas impulsiven Fernsehinterview publik. Ich wurde als Vertreter des schwedischen Trupps in den Kreml gebeten, durfte meine Medaillen abholen und wurde vor den Fernsehkameras geküßt. Jetzt wollen wir mal sehen … soweit muß alles veröffentlicht sein und allgemein bekannt. Was geheim sein könnte, ist die Tatsache, daß der russische Verbindungsmann bei dieser Operation General Tschiwartschew war. Ich bin mir da nicht ganz sicher, weiß aber genau, daß auch er mit dem Sankt-Georgs-Kreuz ausgezeichnet wurde. Darf er während des Prozesses in Uniform auftreten?«

»Natürlich!« rief sie begeistert aus. »Sie haben schon meine Gedanken gelesen, Herr Admiral. General Tschiwartschew ist noch nicht verurteilt. Folglich tritt er wie alle anderen in Uniform auf, denn schließlich handelt es sich um einen Prozeß vor einem Militärgericht. Militärs sehen sofort, was er angelegt hat. Wir umgehen das, indem ich Sie nach diesen Dingen befrage. Man kann Ihnen als Ausländer nämlich keine Schweigepflicht über russische Geheimnisse auferlegen, von denen Sie offiziell gar nichts wissen können. Nicht übel, was?«

»Nein, ganz und gar nicht«, bestätigte Carl und stimmte amüsiert zu. »Das hört sich unleugbar pfiffig an. Sie wollen zeigen, daß General Tschiwartschew ein Held des Vaterlandes ist, nicht wahr?«

»Genau!« bestätigte sie eifrig. »Noch vor wenigen Jahren hätte er nämlich einen solchen Stern getragen, als Held der Sowjetunion. Sie kennen diese Auszeichnungen. Ich glaube, daß unsere Militärrichter vor solchen Orden eine gewisse Zurückhaltung an den Tag legen werden. Das ist wirklich sehr gut. Finden Sie, daß ich Ihre Zeit zu sehr in Anspruch nehme?«

»Natürlich nicht, Frau Anwältin«, verneinte Carl erstaunt. »Aber sagen Sie mir eins: Ich kenne Ihr Rechtssystem nicht. Es ist vielleicht eine dumme Frage, aber trotzdem … Ist es absolut normal, daß eine junge Rechtsanwältin einen solchen Fall zugewiesen bekommt, oder hat General Tschiwartschew Sie selbst ausgewählt? Verzeihen Sie, ich möchte nicht unverschämt sein, aber …«

»Es ist wahr, und Sie haben vollkommen recht!« unterbrach sie ihn. »Normal wäre ein Rechtsanwalt, der Offizier ist, der sein Leben lang mit Militärgerichtsverfahren gearbeitet hat. Das Problem mit diesen Burschen ist nur, daß sie in ihrem geschlossenen militärischen System nur an ihre Karriere denken, so daß einer nach dem anderen abgesagt hat.«

»Es wäre nicht gut für ihre Karriere, einen Mann zu verteidigen, der des Landesverrats und der Spionage verdächtigt wird?« fühlte Carl vor.

»Stimmt. So könnte man es durchaus ausdrücken.«

»Aber Sie selbst?«

»Ich arbeite in einem erst vor kurzem gegründeten freien Anwaltsbüro. Ich habe keine militärische Karriere vor mir, die ich aufs Spiel setzen könnte. Wenn wir verlieren, wird mir kein Mensch das anlasten. Wenn wir gewinnen, könnte es allerdings für meine weitere Tätigkeit gut sein. Außerdem interessiert mich der Fall sehr.«

»Weshalb?« fragte Carl, den ihre Aufrichtigkeit ein wenig erschüttert hatte.

»Wenn wir mal von persönlichen Gefühlen absehen, ist es nämlich wirklich ein sehr interessanter Fall«, erwiderte sie engagiert. »Hier stehen bestimmte russische Prinzipien gegeneinander und einige menschliche dazu. Unsere Gesetze stammen, wie Sie wissen, aus der sowjetischen Zeit. Der Grund dafür, daß sich an denen nicht sehr viel geändert hat, obwohl wir angeblich jetzt den Übergang zu einem neuen System haben, ist folgender: Man sagt, nicht die Gesetze waren falsch, sondern nur ihre Anwendung. Ein Fall wie dieser wäre früher im Politbüro entschieden worden, und alles, was im Gerichtssaal gesagt worden wäre, wäre nur für die Galerie geäußert worden. Doch jetzt gibt es kein Politbüro mehr, und das ist eine sehr spannende Situation.«

»Ja, für General Tschiwartschew muß sie äußerst spannend sein«, entgegnete Carl mürrisch.

»Verzeihung, falls ich Sie irgendwie verletzt haben sollte, Herr Admiral«, sagte sie begütigend. Sie nahm sich sichtlich zusammen. »Sie sollten es aber so sehen: Früher wäre so ein Fall nicht *spannend* gewesen, denn früher hätte man General Tschiwartschew schon längst erschossen. Jetzt aber hat er eine Chance.«

»Verstehe«, sagte Carl übellaunig. »Etwas ganz anderes: Wie werden Sie im Gerichtssaal selbst gekleidet sein, Frau Anwältin?«

»Jedenfalls nicht gerade so wie jetzt«, entgegnete sie mißtrauisch. »Worauf wollen Sie hinaus, Herr Admiral?«

»Wenn meine russischen Kollegen wie ich selbst und meine schwedischen Kollegen denken, würde ich einen etwas längeren Rock empfehlen sowie ein Make-up, das besser an die Tageszeit angepaßt ist«, entgegnete Carl unmotiviert hart. Er bereute es schon, kaum daß ihm die Worte über die Lippen gekommen waren.

»Für Kleidung bleibt bei mir nicht besonders viel Geld übrig«, entgegnete sie verletzt und mit plötzlich gesenkter Stimme. »Aber wollen Sie mich ausstatten?« fuhr sie fort, als wollte sie es ihm heimzahlen.

»Gut!« sagte Carl. »Diese Antwort habe ich verdient. Ich bitte erstens um Entschuldigung, Frau Anwältin. Sie können überzeugt sein, daß ich vollen Respekt vor der Seriosität Ihrer Arbeit habe. Zweitens ... Warum nicht? Als kleine Anerkennung für Ihren mutigen Einsatz, eine wirklich kleine Anerkennung, würde ich mit Ihnen gern eine dieser Modeboutiquen unten in der Halle besuchen.«

»Sie sind ganz schön frech, Herr Admiral«, sagte sie in einem Versuch, böse auszusehen. Dieser mißlang ihr jedoch vollständig, da sie nach nur kurzem Kampf mit den Gesichtsmuskeln hemmungslos loskicherte.

»Ja«, sagte Carl. »Ich bin ganz schön frech, das stimmt. Das ist vielleicht eine Berufskrankheit.«

Mehmet Rehmsa und Güngür Gökhsen wurden vor dem kurdischen Buchcafé in David Bagares gata in Stockholm aus nächster Nähe erschossen. Es war spät am Abend, und sie gehörten zu den letzten, die das Café verließen. Sie hatten ein Treffen hinter sich, auf dem ein alljährliches kurdisches Fest besprochen worden war.

Es gab zwei Zeugen, deren Aussagen einigermaßen übereinstimmten, obwohl keiner von ihnen sich in einer idealen Position befunden hatte. Der eine Zeuge war ein kurdischer Genosse, der eine halbe Minute vor den beiden Opfern durch die Tür auf die Straße gegangen war. Beim ersten Schuß hatte er sich schon einige Meter entfernt und sich dann umgedreht, als er ihn hörte. Der zweite Zeuge war ein angetrunkener schwedischer Nachtwanderer auf dem Heimweg, der sich im Augenblick des Schusses weitere zehn Meter von dem ersten Zeugen entfernt befand.

Eine der Beobachtungen war jedoch eindeutig. Der Mörder hatte ein Laserzielgerät verwendet. Der dünne rote Lichtstrahl war im Nebel sehr gut zu erkennen gewesen.

Über das, was nach dem ersten Schuß geschehen war, gingen die Ansichten der Zeugen ein wenig auseinander. Da war eins der Opfer auf der Straße zusammengesunken. Am wahrscheinlichsten war jedoch, daß der Mörder sofort auf sein zweites Opfer geschossen hatte, um dann mit ein paar schnellen Schritten näher heranzugehen. Dann hatte er sich direkt vor den beiden Erschossenen aufgebaut und weitere zwei Schuß abgefeuert. Der eine traf den Kopf des ersten Opfers, der zweite den Kopf des zweiten.

Anschließend war der Mörder seelenruhig zu der Stelle zurückgegangen, von der aus er beim ersten Mal geschossen hatte, um sich in einen Wagen zu setzen. Es war vermutlich eins der kleinsten Toyota-Modelle gewesen. Anschließend war er »mit kreischenden Reifen« davongefahren.

Der erste Streifenwagen war nach vier Minuten am Tatort erschienen, und der Dienstälteste hatte per Funk die Angaben der beiden Zeugen zu einem Toyota in dunkler Farbe und einem Kennzeichen weitergegeben, das vermutlich mit den Buchstaben AN beginne.

Die Beschreibung des Täters durch die beiden Zeugen war zwar einigermaßen übereinstimmend, aber dennoch etwas diffus. Der Mann sollte erheblich größer als mittelgroß gewesen und Jeans sowie eine schwarze oder dunkle Jacke mit einer Kapuze getragen haben. Von dem Gesicht des Mannes hätten sie nichts sehen können, vermutlich weil er, wie einer der Zeugen sagte, sich seine sogenannte Bankräuberkapuze übers Gesicht gezogen habe. Der zweite Zeuge war der Ansicht, es müsse sich »eindeutig« um einen Neger gehandelt haben; weil dieser Mann der angetrunkene der beiden war, beurteilte die Polizei seine Angabe in dieser Hinsicht spontan als weniger glaubwürdig.

Schon bei der vorläufigen gerichtsmedizinischen Untersuchung, die in der Nacht stattfand, wurden einige der Kugeln gefunden. Diese waren von einem Typ, den sehr viele Polizeibeamte in Schweden sofort wiedererkennen würden, und wenn es auch das einzige Geschoß war, das sie würden identifizieren können: .357 Magnum, Metal Piercing, das Geschoß, das auch Olof Palme getötet hatte.

Eine Suchaktion, die vier Minuten nach den Schüssen eingeleitet wurde, erwies sich als ergebnislos. Der vermutete Fluchtwagen des Täters wurde jedoch früh am nächsten Morgen im Parkverbot vor dem Johnson-Haus am Stureplan gefunden. Der Wagen war rund eine Stunde früher am selben Morgen als gestohlen gemeldet worden.

Das Gewaltdezernat bei der Stockholmer Polizei ist die einzige Einheit dieser Art des schwedischen Polizeikorps, die der sogenannten Reichsmordkommission weder offiziell noch inoffiziell unterstellt ist und bei ihr auch keine Hilfsersuchen stellt. Dafür gibt es sowohl rationale wie auch einige eher vage psychologische Gründe. Da der Regierungsbezirk Stockholm der Polizeidistrikt des Landes ist, in dem sich die mit Abstand meisten Gewaltverbrechen ereignen, ist das Gewaltdezernat sehr gut ausgerüstet, sowohl was Personal als auch andere Ressourcen betrifft. Hinzu kommt aber auch eine feste Überzeugung, beim Gewaltdezernat in Stockholm so gut zu sein, daß man die Hilfe von »Reichskriminalern« oder anderen Außenstehenden niemals brauche.

Doch jetzt gab es zwei Umstände, die diese fast schon natürliche Ordnung komplizierten, die den Beamten des Gewaltdezernats fast schon zur zweiten Natur geworden war. Der eine Umstand war, daß die beiden Opfer zwei ausländische Männer mit einem nicht unbedeutenden kulturellen und politischen Hintergrund waren. Beide waren überdies in den Dreißigern gewesen. Der zweite Umstand war mit einem winzigen Unterschied der gleiche.

Die beiden waren nämlich Kurden.

Und der neue Chef des Gewaltdezernats in Stockholm war Kommissar Jan Köge, früherer Kurden-Experte bei der Säpo und einer der Urheber der sogenannten Kurden-Spur bei der Jagd nach Olof Palmes Mördern.

Da eines der beiden Mordopfer, Mehmet Rehmsa, unter anderem auf Veranlassung Jan Köges als eins der »Gehirne« hinter dem Mord an Olof Palme bezeichnet worden war und sich dieser Mord mit einer Formulierung des damaligen Fahndungsleiters Hans Holmér auf dem »Ameisenpfad zwischen dem kurdischen Buchcafé und der Hötorgs-Halle« ereignet habe (in der die Kanaken gemeinhin ihr Hammelfleisch einkaufen), bestand jetzt die Gefahr chaotischer Spekulationen. Zu allem Überfluß waren die beiden neuen Morde mit der gleichen Munition ausgeführt worden wie der Mord an Olof Palme, der sich nur ein paar Straßenblocks weiter ereignet hatte.

Auf der Pressekonferenz, die von der Stockholmer Polizei am nächsten Tag um elf Uhr angesetzt worden war, ging es jedoch etwas zurückhaltender zu, zumindest im Verhältnis zu dem, was man hätte erwarten können. Jan Köge war bedeutend reservierter, als ein großer Teil der entzückten Journalisten – die Pressekonferenz war sehr gut besucht – erhofft hatte.

Er hielt keine Revolver der Marke Smith & Wesson hoch, präsentierte kein von deutschen Geräten hergestelltes Phantombild, das von den schwedischen Beamten so auf Türken eingestellt war, daß auf den Bildern fast immer ein Türke herauskam, unabhängig davon, woran sich die Zeugen zu erinnern versuchten. Jan Köge deutete zwar an, man habe gewisse Spuren, worauf er aus fahndungstechnischen Gründen jedoch nicht näher eingehen wolle.

Er wies auch mit einiger Emphase darauf hin, daß eins der Opfer im Verdacht gestanden habe, einer der Männer hinter der Organisation zu sein, die für den Mord an Olof Palme verantwortlich sei. Überdies könne man nicht ausschließen, daß man hier eine Person zum Schweigen gebracht habe, die »zuviel gewußt habe«.

Als es um die Mordwaffe ging, drückte er sich mit einiger Vorsicht aus. Da er sich verschiedener Theorien, die im schwedischen Fernsehen schon öfters vorgebracht worden waren, sehr wohl bewußt war, sagte er, man gehe vorläufig davon aus, daß die Mordwaffe ein Revolver des Kalibers .357 Magnum gewesen sei, da die Kugeln für einen solchen Revolver gedacht seien.

Das führte dazu, daß der erste Teil des wesentlicheren Abschnitts der Pressekonferenz, bei dem die Journalisten Fragen stellen dürfen, mit einer komplizierten theoretischen Diskussion ausgefüllt wurde. Ein Reporter des Fernsehmagazins *Pin-Up* meinte, es sei durchaus möglich, eine Kugel von einer Patrone in .357 Magnum in eine leere Hülse des Kalibers .38 Special zu überführen, da die Kugeln die gleiche Größe hätten. Bei der Untersuchung der Polizeispur bei der Jagd nach Olof Palmes Mördern habe *Pin-Up* dies als denkbare Übertragungsmöglichkeit nachgewiesen.

Der Reporter, der den Bericht recherchiert hatte, begnügte sich jedoch nicht mit einigen vorsichtig reservierten Antworten von Kommissar Jan Köge, sondern ließ sofort durchblicken, es könne sich um eine neue Polizeiverschwörung handeln, eine falsche Fährte, mit der die Aufmerksamkeit von *Pin-Ups* Enthüllungen in der Polizeispur abgelenkt werden solle. Es war nicht möglich, diesem Reporter den Mund zu stopfen. Nicht einmal die besseren Journalisten von *Rapport, Aktuellt* und *Echo des Tages* brachten ihre Fragen an den Mann. Schließlich wurde der *Pin-Up*-Reporter von zwei kräftigen Ordnungspolizisten an die Luft gesetzt, obwohl er schrie und mit den Armen herumfuchtelte und wilde Beschuldigungen ausstieß. Als letztes hörte man von ihm, daß er es für bewiesen halte, daß ein Polizeibeamter des Einsatzkommandos auf Södermalm, ein Mann mit rechtsextremistischen Neigungen, früher ganz in der Nähe von David Bagares gata gewohnt habe.

Der Rest der Pressekonferenz verlief relativ undramatisch. Jan Köge hatte nur noch eins von Interesse hinzuzufügen: daß Mehmet Rehmsa, wenn auch auf ewig als Terrorist abgestempelt, möglicherweise als Überläufer der kurdischen Terroristenorganisation PKK angesehen werden könne. Es sei ja wohlbekannt, daß die PKK ihre Überläufer ermorde.

Diese Überläufertheorie wurde an den folgenden Tagen zur Hauptspur von *Expressen.* Die Zeitung vermochte mit erheblich mehr Informationen, als bei der Pressekonferenz vorgelegt worden waren, zu beschreiben, wie Mehmet Rehmsa nicht nur ganz allgemein als Überläufer ermordet worden sei, sondern als doppelter Überläufer, nämlich einmal von der PKK, zum anderen von den Mordverschwörern. Damit war die Kurden-Spur der Jagd nach den Mördern Olof Palmes wiederauferstanden.

Die Leichtnachrichten von TV 4 hatten einen etwas anderen

Ansatz gewählt. Man verknüpfte die beiden neuen Morde an Moslems (kurze Zeit später zeigte sich jedoch, daß keiner der beiden Ermordeten Moslem gewesen war) mit dem Regime in Iran, das an und für sich hinter dem Mord an Olof Palme stehen könne, sowie mit dem Mord an Moslems in Umeå, Linköping und Västerås. Da gerade das Mordopfer in Linköping ein Befürworter der vom iranischen Regime bevorzugten Auslegung des Korans gewesen sei, sei er somit hingerichtet worden, weil er in seinem Glauben schwankend geworden sei; folglich sei auch er ein Überläufer.

In der Fernsehnachrichtensendung *Rapport* wurde die Theorie lanciert, die Wahl des Geschoßtyps sei ein geheimes Zeichen, genauer eine unausgesprochene Warnung an Mitglieder der Verschwörung gegen Olof Palme, ob Kurden oder Polizeibeamte. Wichtig sei lediglich, daß die Wahl des Geschoßtyps als Erinnerung zu verstehen sei, was demjenigen geschehe, der nicht den Mund halte. Folglich könnten die Opfer beteiligt gewesen sein. Dann seien sie als Warnung für andere ermordet worden. Man habe sie also gerade wegen ihrer Beteiligung an dem Palme-Mord erschossen. Vielleicht seien sie aber auch erschossen worden, weil sie *nicht* beteiligt gewesen seien, nämlich weil beispielsweise rechtsextremistische Polizeibeamte lieber Kurden erschössen, um ein Exempel zu statuieren, als andere Polizisten mit nazistischen Neigungen zu erledigen.

Eine Woche später konnte das Magazin *Pin-Up* enthüllen, daß die Polizeibeamten, die *Pin-Up* zufolge des Mordes an Olof Palme verdächtigt würden, zum Zeitpunkt des Doppelmordes in David Bagares gata zum Teil im Dienst gewesen seien, zum Teil aber auch dienstfrei gehabt hatten. Was beweise, daß sie höchst effektiv hätten zusammenarbeiten können, um die Tat durchzuführen; was wiederum beweise, daß die Theorie von einem Alleintäter nur eine falsche Fährte sei.

Die Kriminalreporter von *Aftonbladet* entschieden sich dafür, von dem Laserzielgerät auszugehen. Vielleicht habe man den *Falschen* als Lasermann festgenommen. Jetzt habe der wirkliche Lasermann zugeschlagen, nachdem er sich eine Zeitlang zurückgehalten habe. Was wiederum erklären könne, daß der Lasermann, der bereits vom Amtsgericht verurteilt worden sei, jetzt mit verschiedenen Methoden – meist dadurch, daß er seine Verteidiger verprügele, um sie gegen andere auswechseln zu können – verzweifelt vor dem Oberlandesgericht kämpfe, und das vielleicht sogar mit vollem Recht. Was jetzt geschehen sei, könne vielleicht als Grund für ein Wiederaufnahmegesuch des vielleicht unschuldigen Ausonius dienen. Der Aushang der Zeitung an jenem Tag zeigte ein großes Foto von Ausonius und darunter die Unterschrift: VIELLEICHT UNSCHULDIG?

Rune Jansson hatte die Nachricht von dem Doppelmord an den beiden Kurden im Autoradio gehört, als er zu seinem Arbeitsplatz auf Kungsholmen unterwegs war. Er hatte also Zeit zum Nachdenken gehabt, bevor er sein Telefon in seinem Arbeitszimmer erreichen konnte. Er hatte über die besondere Komplikation nachgegrübelt, die es mit sich brachte, daß dieser für die Ermittlung sehr interessante Doppelmord sich ausgerechnet in Stockholm ereignet hatte, wo die Leute der Reichsmordkommission der bestehenden Ordnung zufolge sich in nichts einmischen konnten oder es auch nicht versuchen wollten. Dieser Fall sollte vom Gewaltdezerant in Stockholm übernommen werden. Die Reichsmordkommission war gezwungen, lange zu warten, bevor an eine Art Zusammenarbeit überhaupt zu denken war.

Als er sein Zimmer betrat, bestand seine erste Amtshandlung folglich darin, an einem ganz anderen Ende zu beginnen. Er rief den Säpo-Chef an. Es war ein günstiger Zeitpunkt, um anzurufen. Er konnte direkt auf Sachfragen eingehen, ohne sein Beileid ausdrücken zu müssen. Überdies hatte er einen offiziellen Anlaß, sich zu melden. Er hatte nämlich höchst korrekt auf dem Dienstweg und sogar schriftlich darum gebeten, daß ihm der Säpo-Chef einige Fragen beantworte, und obwohl inzwischen acht Tage verstrichen waren, war noch keine Antwort eingegangen.

Hamiltons Sekretärin erwiderte in gemessenem Ton, der Generaldirektor befinde sich seit zwei Tagen leider auf einer Auslandsreise. Sie habe noch keine Nachricht erhalten, wann er zurückkommen werde.

Als Rune Jansson dann übellaunig murmelte, er habe darum gebeten, daß ihm einige Fragen beantwortet würden, teilte die Sekretärin ihm überraschend mit, sie wisse sehr wohl, worum es gehe. Der Generaldirektor habe sie außerdem gebeten, Rune Jansson im Fall seines Anrufs mitzuteilen, daß die Angelegenheit schon vorbereitet sei. Es gebe jedoch leider bestimmte bürokratische Hindernisse zu überwinden. Rune Jansson werde jedoch auf alle seine Fragen Antwort erhalten, sobald der Generaldirektor von seiner Auslandsreise zurückgekehrt sei. Leider könne sie nicht sagen, wo er sich befinde oder wann er wiederkommen werde. Die Dienstreise ins Ausland sei sehr plötzlich notwendig geworden.

»Generaldirektor«, knurrte Rune Jansson mißgelaunt, nachdem er aufgelegt hatte.

Als er auf dem Weg hinaus war, um die Post zu holen, fiel ihm auf, daß die Sekretärin ihm doch so etwas wie einen positiven Bescheid gegeben hatte. Sobald der *Generaldirektor* wieder da sei, werde er Bescheid geben. Immerhin etwas.

Im Postfach lag ein Umschlag, der sofort sein Interesse erregte. Das Schreiben war von Anders Eriksson, dem Gerichtsmediziner in Umeå.

Auf dem Rückweg zu seinem Zimmer wog er den Umschlag in der Hand und vermutete, daß es sich um etwa zehn Seiten handeln konnte.

Er lag mit seiner Vermutung recht gut – es waren vierzehn Seiten, wenn er einige Fotokopien am Ende, mit Fotos und englischem Text, mitzählte.

Da es sich hier um Antworten auf Fragen handelte, die er gestellt hatte, und nicht um ein offizielles gerichtsmedizinisches Protokoll, konnte er von Anfang an lesen, statt den Stapel umzudrehen und sich zunächst die Zusammenfassung anzusehen.

Er hatte gefragt, wie das zweite der beiden Opfer in Umeå ermordet worden war. Da das Problem ursprünglich darin bestanden hatte, daß in der schwedischen Gerichtsmedizin kein vergleichbarer Fall verzeichnet war, hatte Anders Eriksson sich um internationale Hinweise bemüht. Zunächst hätten seine Versuche keinen Erfolg gehabt – der Brief war erstaunlich persönlich gehalten –, doch dann sei er auf einer internationalen Konferenz von Gerichtsmedizinern in Las Vegas gelandet.

Während eines feuchtfröhlichen Abends im Hotel Dunes habe er eine Spur entdeckt und sich rechtzeitig ins Hotelzimmer gerettet, um sich Notizen machen zu können. Er habe sich sogar erinnert, was er am Vortag gehört hatte. Der Rest sei mit Hilfe eines Faxgeräts und einiger Telefonnummern *a piece of cake* gewesen.

Folglich und nichtsdestoweniger: Es gebe drei ähnliche Fälle in den USA mit haargenau den gleichen Verletzungen, einen in Norfolk, Virginia, und zwei in der Region Los Angeles in Kalifornien.

Bei einem Vergleich der drei Morde falle auf, daß die Täter fast identisch vorgegangen seien. Leider seien die drei amerikanischen Täter noch nicht gefaßt, und folglich wisse man nichts über sie. Die Opfer seien eine junge Frau gewesen, eine Weiße in den Dreißigern, mit größter Wahrscheinlichkeit eine Prostituierte. Das sei der Fall in Virginia. Die zwei Opfer in Kalifornien hätten äußerlich keinerlei Ähnlichkeiten miteinander gehabt. Es sei zum einen ein schwarzer Bootsmann der Navy gewesen, sechsundzwanzig Jahre alt, sowie ein *hispanischer* Mann (Anders Eriksson entschuldigte sich dafür, daß er nicht genau wußte, wie man diesen Ausdruck übersetzen sollte – ob mit »spanischstämmig« oder nicht) in den Vierzigern.

Es gab keinerlei soziale Beziehungen oder Ähnlichkeiten zwischen den drei Opfern; verschiedene Lebensalter, unterschiedliche ethnische Herkunft und verschiedener sozialer Status. Das einzige, was sie definitiv gemeinsam hatten, war die Todesart.

Die amerikanischen Kollegen hatten einander schon über eine Datenbank gefunden, aber Anders Eriksson war ihr erster Kontakt außerhalb der USA. Alle drei Pathologen hatten sich Mühe gegeben, auch anderweitig etwas Vergleichbares zu finden, bis jetzt jedoch keinen Erfolg gehabt.

Im ersten der drei amerikanischen Fälle, bei der Frau in Norfolk, Virginia, konnte man mit an Sicherheit grenzender Wahrscheinlichkeit davon ausgehen, daß bei Begehung der Tat keine Waffe benutzt worden war. Am Tatort hatte man jedenfalls nichts gefunden, was als Waffe hätte verwendet werden können. Der höchst theoretische Fall, daß ein Freier einen Baseballschläger oder etwas Ähnliches zu seinem Schäferstündchen mitgebracht hätte, ließ sich als höchst unwahrscheinlich ausschließen. Da auch in den kalifornischen Fällen keinerlei Grund zu der Annahme vorlag, daß die Täter eine stumpfe Waffe verwendet hatten, neigten die Amerikaner am ehesten zu der Auffassung, daß die Gewalt durch Fußtritte oder ähnliches verabfolgt worden war. Wenn man die Fälle zusammenlegte, waren die kriminaltechnischen Schlußfolgerungen über den jeweiligen Tatverlauf recht sicher. Der Täter war in allen vier Fällen so vorgegangen, daß er zunächst die Halswirbel entweder durch Fußtritte, Schläge mit dem Ellbogen oder möglicherweise der Handkante zertrümmert hatte. Anschließend hatte er die Halswirbelsäule mit einem schnellen Ruck so verdreht, daß die Verbindungen kurzgeschlossen worden waren, um es einfach auszudrücken. So jedenfalls sah der Tod in diesen identischen Fällen aus.

Anders Eriksson und seine beiden amerikanischen Kollegen suchten jetzt überall in der Welt nach ähnlichen Fällen, bislang jedoch wie gesagt ohne Erfolg.

Das war der ganze Bericht. Beigefügt waren einige Fotokopien von Obduktionsdetails, die mit weißen Pfeilen markiert waren. Diese Bilder würden Rune Jansson nicht sehr viel klüger machen.

An der Wand seines Dienstzimmers befand sich eine große Schwedenkarte. Kleine Nadeln markierten Orte, an denen er schon gearbeitet hatte. Er hatte eine nur sehr unklare Vorstellung davon, wo Norfolk sich auf der USA-Karte befinden konnte. Er begab sich deshalb in die Kanzlei, holte sich dort ein Nachschlagewerk und schlug eine Karte der USA auf. Die Mordfälle in Kalifornien und Virginia hatten sich, wie sich auf der USA-Karte zeigte, in fast maximaler Entfernung voneinander ereignet. Norfolk lag an der Atlantikküste und Los Angeles am Pazifik. Das Meer war ein gemeinsamer Faktor, sonst gar nichts. Umeå lag zwar auch am Meer, doch Rune Jansson fiel es schwer zu glauben, daß das eine Bedeutung haben konnte. Er notierte den Umstand trotzdem.

Eins ließ sich auch ohne gerichtsmedizinische Ausbildung begreifen: Es mußte sich um eine wohletablierte Technik zur Tötung anderer Menschen handeln. Die Vorgehensweise war so eigentümlich, daß kein Zufall die drei amerikanischen und den einen schwedischen Fall ermöglicht hatte. In dem schwedischen Fall gab es überdies noch einen weiteren Umstand, der diesen Verdacht verstärkte: Das mit einem Messer ermordete Opfer in Umeå hatte bei Anders Eriksson *ebenfalls* so etwas wie einen perversen wissenschaftlichen Jubel ausgelöst.

Aber wenn nun das Opfer am Stadtrand von Västerås mit einer russischen Methode ermordet worden war? Und die drei in den USA und der eine in Umeå mit einer amerikanischen?

Zwar war es möglich, sich einen amerikanischen Mörder in Umeå vorzustellen, warum nicht? Aber ein russischer Mörder sowohl in Norfolk an der amerikanischen Ostküste als auch in Los Angeles an der Westküste?

Rune Jansson ging davon aus, daß er soeben etwas erfahren hatte, was von Bedeutung war. Aus diesem Grund war es um so ärgerlicher, daß er diese Bedeutung nicht verstehen konnte. Vermutlich würde es sich in naher Zukunft erweisen, so wie es meistens bei Dingen von einigem Gewicht war, die man nur dann nicht begriff, wenn jemand sie einem direkt unter die Nase hielt. Außerdem spielte es keine große Rolle, ob er hier dämlich war oder nicht, wenn er nur ordentlich vorging und ihn sein gutes Gedächtnis nicht im Stich ließ. Von jetzt an waren die neuen, noch uninterpretierten Angaben im System gespeichert. Das allein zählte.

Er wurde in seinen etwas defätistischen Überlegungen unterbrochen, als Willy Svensén anrief und ihn fragte, ob er kurz mal herüberkommen könne.

»Ich habe gerade mit einem Mann vom Gewaltdezernat in Stockholm gesprochen, den ich kenne. Setz dich«, begrüßte ihn der ältere Kollege. »Na ja, du verstehst, woran ich denke?«

»Zwei orientalische Männer in den Dreißigern mit kulturellen und/oder politischen Neigungen«, stellte Rune Jansson fest, als er in einen der Besuchersessel sank.

»Es ist sogar noch ein wenig schlimmer, sogar sehr viel schlimmer, fürchte ich«, sagte Willy Svensén. Er suchte Blickkontakt zu Rune Jansson, um seinen Worten Nachdruck zu verleihen.

»Ach ja?« sagte Rune Jansson. »Vor dem kurdischen Buchcafé in David Bagares gata. Ich nehme an, die Opfer sind Kurden?«

»Aber ja, natürlich sind sie Kurden, doch das ist im Augenblick nicht das Schlimmste«, sagte Willy Svensén. »Du weißt doch, wer das Gewaltdezernat in Stockholm leitet?«

»Der oberste Kurdenjäger Jan Köge«, bemerkte Rune Jansson und erkannte die Konsequenzen in dem Augenblick, in dem er es sagte.

»Höchstderselbe«, bestätigte Willy Svensén. »Der fragliche Kurdenjäger wurde gefeuert, *bevor* Hamilton da oben Chef wurde. Nach dem, was ich gehört habe, geht aber das Gerücht, daß er auch *nach* Hamiltons Ernennung kaum noch viele Minuten geblieben wäre. Aber warte, es kommt noch schlimmer. Eins der Opfer war ein verdächtiger Kurdenterrorist. Und jetzt glaubst du wohl, es könnte nicht noch schlimmer werden. Doch das kann es. Beide Opfer wurden mit .357 Magnum Metal Piercing erschossen.«

»Aha«, sagte Rune Jansson. »Es fängt also wieder an?«

»Ja, das ist leider sehr leicht vorstellbar«, bestätigte Willy Svensén und kratzte sich am Hinterkopf, während er nachdachte. Das war eine Geste, die Rune Jansson noch nie an ihm gesehen hatte.

»Die Kurden ermorden einander gegenseitig, Überläufer werden ermordet, Polizisten ermorden Überläufer, sofern sie keine Ministerpräsidenten ermorden, die Kugeln liegen überall herum und wurden unter Umständen gar nicht aus der Waffe abgefeuert, von der man es annimmt, sondern von einer völlig anderen, da der Mörder so ein ausgekochter Hund ist, daß er seine Kugel umlädt, um die Polizei zu verwirren, weil er nämlich selber Polizist ist. Außerdem sind wir alle Nazis und schützen uns gegenseitig, ungefähr so liegen die Dinge«, leierte Rune Jansson und blickte dabei an die Decke.

»Ungefähr so«, sagte Willy Svensén.

»Das hört sich ja aufmunternd an.«

»Und ob. Verdammt aufmunternd. In einem Monat ist Frühling, dann will ich mit meiner Frau in den Garten und anfangen, Dinge zu pflanzen, die blühen sollen, wenn ich in Pension gegangen bin. Ich hatte gehofft, daß wir vorher noch diesen Fall gelöst haben. Ich weiß zwar nicht, warum, aber ich habe es trotzdem gehofft.«

»Und jetzt dauert es länger?« fühlte Rune Jansson vor.

»Ich fürchte ja«, sagte Willy Svensén und seufzte schwermütig. »Das tue ich wirklich.«

»Den Umständen nach passen diese neuen Morde vielleicht in unser Muster. Wir sollten eine Möglichkeit finden, diese Ermittlung in Stockholm in unser übriges Material einzufügen«, fühlte Rune Jansson vor.

»Mit Stockholm! Mit dem Gewaltdezernat in Stockholm unter Leitung des obersten Kurden-Experten Jan Köge. Das glaubst du doch wohl selbst nicht, du Landei«, zischte Willy Svensén.

»Wie lange dauert es, bis wir … wie würden sie uns hassen, wenn sie mithören könnten, was wir sagen … na, du weißt schon, bevor wir *den Fall übernehmen können?«* fragte Rune Jansson matt.

»Weiß nicht, keine Ahnung, habe so ein Problem noch nie gehabt«, brummte Willy Svensén. »Erst wird man wohl eine Weile auf Kurdenjagd gehen, dann sehen wir weiter.«

Jurij Tschiwartschew war ein neuer Mensch. Das war nicht nur ein Gefühl, ein selbstverständliches Gefühl, nachdem er zwei Wochen lang Rasierzeug und saubere Unterwäsche erhalten hatte; diese kleinen alltäglichen Dinge, die für einen in Freiheit lebenden Menschen die Gefühle genausowenig beeinflussen wie das Recht zu atmen. Er war nicht mehr der Gefangene 223 B aus dem untersten westlichen Korridor, der blaue Lumpen trug und einen struppigen Vollbart.

Er hatte ein großes braunes, mit groben Schnüren nachlässig zusammengebundenes Paket erhalten, das stark nach Mottenkugeln roch. So begann die Verwandlung. Darin befanden sich seine Uniform, blankgeputzte Stiefel und eine rosafarbene Plastiktüte mit seinen Auszeichnungen.

Als die Wachen kamen, um ihn zu holen, hatte er auch für sie ganz offenkundig die Identität gewechselt. Sie verzichteten nämlich darauf, ihn mit Hand- und Fußfesseln zu belegen, und versuchten sogar zu verbergen, daß sie solche Ausrüstungsgegenstände überhaupt bei sich hatten.

Jetzt war er erneut Jurij Gennadjewitsch Tschiwartschew, Stabschef des militärischen Nachrichtendienstes GRU und Mitglied von dessen Sonderausschuß, dekoriert mit dem Lenin-Orden, dem Orden der Roten Fahne, einigen anderen Auszeichnungen und, was im Moment vielleicht das Wichtigste von allem war, dem Sankt-Georgs-Kreuz.

Als er Moskau durch die beschlagene und sehr schmutzige Seitenscheibe des Gefährts, in dem sie ihn transportierten, wiedersah, holte er tief Luft, als könnte er reine, klare Winterluft einatmen, obwohl er draußen nur Schneematsch und grauen Schneebrei an den Straßen sah und den scharfen Geruch von niedrigoktanigem Benzin in die Nase bekam. Für ihn war es jedoch wie ein Duft von Freiheit.

Er war ins Leben zurückgekehrt. Es konnte zwar sehr schnell enden. Alles konnte eine neue, schnelle Wendung nehmen, und dann wäre das Ende nach einer Stunde da. Doch es gab noch eine Chance. Wie groß sie war, konnte er nicht beurteilen, und seine Rechtsanwältin wohl auch nicht, wie sehr sie auch so tat. Doch das war nicht wichtig. Es *gab* eine Chance, es gab etwas, wofür er kämpfen konnte, und es war noch nicht zu Ende.

Er hatte mehr als sechs Monate lang im Lefortowo-Gefängnis in Einzelhaft gesessen. Der einzige Mensch, den er außer den Gefängniswärtern getroffen hatte, war Larissa Nikolajewna, und das auch nur einige Male während des letzten Monats.

Sobald sie ihn festgenommen und ihm die Anzeige vorgelesen hatten, hatte er gewußt, daß es zu Ende war. Es hatte ihn sogar erstaunt, daß er in den folgenden Stunden noch am Leben war. Früher führte man überführte Verräter einfach auf den Innenhof und erschoß sie ohne viel Federlesens. Der GRU hatte außerhalb des Justizsystems der Gerichte gestanden. Es war ein System, das er übrigens selbst befürwortet hatte, da es keinerlei Grund gab, eine Menge unbefugter Personen, Juristen, Sekretärinnen und was auch immer an den Geheimnissen der Streitkräfte teilhaben zu lassen.

Jetzt hatte man ihm eine Anwältin gegeben, eine optimistische Anwältin sogar. Da sie eine Frau war, war bei ihr kaum mit Einsichten in militärische Gedankengänge zu rechnen. Er hatte drei Tage Zeit erhalten, die Anklageschrift des Staatsanwalts zu lesen, einen erbärmlichen Text in holpriger Sprache. Er hatte sogar einen Zeugen zu seiner Verteidigung laden dürfen, und dieser Zeuge war überdies kein x-beliebiger Mann.

Er hatte keinen Augenblick geglaubt, daß Carl ihn verraten hatte, selbst wenn das in logischer Hinsicht seine erste Schlußfolgerung hätte sein müssen. Es war vollständig irrational und gefühlsmäßig, so zu denken, und dennoch hatte er so gedacht. Es hätte nie Carl sein können, niemals sein Freund und hochgeachteter Kollege. Carl war ein Profi, ein fast pedantisch sorgfältig arbeitender Mörder auf der Gegenseite, ein sehr gefährlicher Feind, wenn man sein Feind war. Er war jedoch nicht der Mann, der einen Kollegen in einer schwierigen Situation im Stich ließ, und einen Freund würde er nie verraten können.

Als Jurij Tschiwartschew jetzt die Zusammenstellung des Staatsanwalts in dem zweiundachtzig Seiten langen, unnötig langen und nachlässig formulierten Text las, hatte er auch erfahren, wie sich alles zugetragen hatte. Wenn es ihn unter Umständen nicht das Leben kosten konnte, hätte er am liebsten über diesen Unfug gelacht.

Kurz nachdem das Unvermeidliche sich ereignet hatte, nämlich daß die russische Gruppe in London aufgespürt und eliminiert worden war, hatte Sir Geoffrey, der Chef der britischen *raswedka,* einen Orden erhalten. Es war zwar nicht das Viktoriakreuz, aber offenbar etwas ähnlich Vornehmes. Aus Höflichkeit hatte man Carl die gleiche Auszeichnung verliehen, und dazu war nicht viel zu sagen. Daß diese dummen Scheißkerle aber die frohe Nachricht *veröffentlichten,* war nicht gerade etwas, womit Carl oder irgendein anderer Kollege hatte rechnen können.

Eine russische Operation in London, die mißlingt. Er selbst, Jurij, war einer der wenigen, die theoretisch diese Informationen hätten durchsickern lassen können. Er war mit Carl befreundet. Und Carl war nachweislich zu der Zeit in London gewesen, als die russische Operation unschädlich gemacht wurde, und war danach belohnt worden: Es war nicht gerade schwer, diese einfachen Informationen zusammenzulegen und die richtigen Schlüsse daraus zu ziehen. Jurij Tschiwartschew hatte auch sehr schnell gestanden, um die Qual abzukürzen.

Und dann hatte er mehrere Monate lang in Erwartung des Todes gelebt. Eine Zeitlang hatte er geglaubt, sie zögerten das Ende absichtlich hinaus, um ihn noch mehr zu quälen. Jedesmal, wenn sich ein Gefängniswärter seiner Zellentür näherte, hatte er – zumindest in der ersten Zeit – geglaubt, daß jetzt das Ende gekommen sei.

Und jetzt saß er hier. Trug saubere Kleidung, duftete gut und war auf dem Weg zu einem Prozeß, bei dem er sich sogar würde verteidigen können.

Selbst wenn alles zum Teufel ging, war es doch viel besser, wenn es so kam. Er hatte richtig gehandelt und würde sie sicher dazu bringen können, das zu verstehen. Die politische Analyse war so einfach, daß selbst ein Militärrichter den Zusammenhang begreifen mußte. Das war zwar keinerlei Garantie, und Jurij Tschiwartschew hatte keine sonderlich hohe Meinung von den Militärrichtern der Sowjetarmee, die er eher für eine Art bessere Malayen hielt. Doch das Schlimmste, was ihm jetzt noch passieren konnte, war, daß er sterben mußte, nachdem er sich erklärt und verteidigt hatte. Nichts ist so ärgerlich, wie in aller Stille gehängt zu werden, wie ein russisches Sprichwort lautet.

Als der kleine Truppentransporter anhielt und man ihn höflich auszusteigen bat, blickte er zunächst zum Himmel. Drei zerzauste

Tauben hoben von einem Hausdach ab und flogen mit lauten Flügelschlägen davon.

Er befand sich auf einem ungepflegten Innenhof mit überfüllten Mülltonnen und Teilen ausgeschlachteter Autos, einigen rostigen Felgen und ausgedienten Autobatterien, doch er erkannte trotzdem, wohin man ihn gebracht hatte, da sie gerade die *Twerskaja* überquert hatten, die frühere Gorkij-Straße, die man vor kurzem umgetauft hatte. Dies war ohne Zweifel der Zugang der Häftlinge zum höchsten Militärgericht der Russischen Föderativen Republik.

Die Soldaten wiesen ihm höflich den Weg. Es ging ein paar Treppen hinauf. Im Treppenhaus roch es sauer nach Zement. Der wellige Putz war mit obszönen Sprüchen vollgekritzelt, die andere Gefangene offenbar mit aller Hast zustande gebracht hatten. Vielleicht stammten sie aber auch von deren Wärtern.

Doch als sie mühsam drei Treppen hochgegangen waren, gelangten sie plötzlich in einen Korridor, der einen bedeutend würdigeren Eindruck machte. Kurz darauf wurde er in einen Raum geführt, der fast wie ein Salon wirkte. Dort wartete Larissa Nikolajewna. Sie war bemerkenswert elegant gekleidet und sah fast aus wie eine Frau aus dem Westen, wirkte aber zugleich sichtlich nervös.

»Meine liebe Anwältin Larissa Nikolajewna!« begrüßte er sie übertrieben munter. »Mein Kompliment, Madame. Sie sehen wirklich fabelhaft aus. Aber wozu diese düstere Miene?«

»Na, na, Jurij Gennadjewitsch, Sie brauchen wirklich nicht wie ein Mann aus dem Westen aufzutreten, nur weil Sie wie so einer verurteilt werden sollen«, entgegnete sie selbstbewußt. Sie spielte natürlich darauf an, daß er ihr ein Kompliment gemacht hatte, als wäre das einem Russen nicht mal im Traum eingefallen. »Aber wir haben ein kleines Problem. Ihr Vater ist hier.«

»Kann ich ihn sehen?« fragte Jurij Tschiwartschew plötzlich gedämpft. »Wie hat er davon Wind bekommen? Ist er von Barnaul hierhergeflogen?«

»Ja, offenbar«, sagte sie gezwungen und zeigte auf eine Gruppe von Stühlen. »Setzen Sie sich. Wir haben nicht mehr viel Zeit, bis es anfängt.«

»Aha?« sagte Jurij Tschiwartschew, nachdem sie sich gesetzt hatten. »Darf ich ihn sehen? Darf er während des Prozesses im Saal sitzen? Ist es ein öffentliches Verfahren?«

»Nein, das ist es nicht«, erwiderte sie nervös und zündete sich eine Zigarette an. Jurij Tschiwartschew schüttelte nur den Kopf, als sie ihm mit einer fragenden Bewegung die Schachtel hinhielt. »Sie dürfen mit niemandem sprechen und nur von fern grüßen. Und sobald die Verhandlung beginnt, wird man erklären, daß sie hinter verschlossenen Türen stattfinden wird. Dann werden alle Unbefugten aus dem Saal gewiesen. Darunter auch Ihr Vater, wie ich fürchte.«

»Weiß er, wessen ich angeklagt bin?« fragte Jurij Tschiwartschew.

»Das kann ich mir nicht vorstellen«, erwiderte die Anwältin und zog zweimal tief an ihrer amerikanischen Zigarette. »Ich begreife nicht mal, wie er Wind davon bekommen hat. Immerhin ist es ein geheimer Prozeß.«

»Er ist pensionierter Offizier und hat wohl seine Verbindungen. Außerdem ist er Held der Sowjetunion«, bemerkte Jurij Tschiwartschew, als wäre damit hinlänglich erklärt, daß es seinem Vater hätte gelingen können, höchst geheime Informationen zu erhalten, indem er nur ein paar gleichaltrige Offizierskameraden anrief. »Dürfen Sie ihm sagen, worum es geht?«

»Nein«, erwiderte sie gepreßt. »Ich unterliege der Schweigepflicht, die alles betrifft, was hinter verschlossenen Türen geschieht.«

»Ist Admiral Hamilton nach Moskau gekommen?« fragte Jurij Tschiwartschew leise, als dächte er im Augenblick mehr an seinen Vater als an irgend etwas, was mit dem Prozeß zu tun hatte.

»Ja«, bestätigte sie schnell, erleichtert, nicht über seinen Vater sprechen zu müssen. »Ich bin ihm ein paarmal begegnet. Ein bemerkenswerter Mann. Er spricht übrigens ein ausgezeichnetes Russisch, wirklich, einzigartig. Er unterstützt natürlich Ihre politische Analyse. Wenn er es nur schafft, das, was er zu mir gesagt hat, mit der gleichen Selbstsicherheit vor den Richtern zu wiederholen, wird das eine sehr positive Wirkung haben, wie ich glaube.«

»Ja, das mag so sein«, murmelte Jurij Tschiwartschew. »Aber vielleicht kann er mit meinem Vater sprechen? Wir können ja einem Offizier des Nachrichtendienstes einer fremden Macht keine Schweigepflicht auferlegen? Damit würden wir uns ja lächerlich machen.«

»Eine sehr interessante Frage, General«, sagte sie nachdenklich.

»Wirklich, eine sehr interessante Frage. Ich werde dem Admiral das Problem jedenfalls vorlegen. Er soll allerdings erst übermorgen aussagen. Ich fürchte, es wird heute ein recht langweiliger Tag.«

»Was habe ich heute zu tun?« fragte Jurij Tschiwartschew. »Erwartet man von mir, daß ich die Gründe für meine Verteidigung darlege, oder etwas in der Richtung?«

»Nein«, erwiderte sie und drückte mit einer entschlossenen Handbewegung die halb gerauchte Zigarette aus. »Heute, mein lieber General, haben Sie nur zwei Dinge zu tun. Erstens müssen Sie bestätigen, wer Sie sind. Dann sollen Sie sagen, daß Sie die Anklage bestreiten, daß sie sich für unschuldig halten. Möglicherweise wird man Ihnen dann einige Fragen nach den Gründen für Ihre Behauptung stellen. Das ist alles. Der Rest der Zeit wird dazu verwendet, die Anklageschrift zu verlesen, also das, was man Ihnen vorwirft.«

Als Jurij Tschiwartschew kurz darauf in den Gerichtssaal geführt wurde, fühlte er sich fast enttäuscht. Er war darauf eingestellt gewesen, jetzt endlich für seine Sache kämpfen zu können, doch statt dessen sollte er offenbar den größeren Teil seines ersten Tages damit zubringen, sich anzuhören, wie ein anderer etwas vorlas.

Immerhin war es ein ansehnlicher Gerichtssaal, Granit, Marmor, kunstvoller Stuck mit Goldornamenten an der Decke, doch vor allem roch er sauber.

Als Larissa Nikolajewna ihm unauffällig zeigte, wo sie sitzen sollten, nämlich an zwei kleinen Tischen unten rechts vor dem Richterpodium, sah er sich um. Unter den wenigen Zuhörern, die sämtlich Militärs waren, entdeckte er seinen Vater. Der alte Mann hatte sich in seine Ausgehuniform gekleidet, wohl um seine rund zwanzig Auszeichnungen aus dem Großen Vaterländischen Krieg und der Zeit danach herzeigen zu können. Sein Hals war jedoch schmal wie der eines Vogels. Am Uniformkragen war noch viel Platz, und außerdem hatte er sich beim Rasieren geschnitten.

Jurij Tschiwartschew versuchte seinem Vater aufmunternd zuzulächeln und legte einen Zeigefinger an den Mund, um anzudeuten, daß sie nicht miteinander sprechen dürften. Er gab ihm schnell durch einen nach oben gedrehten Daumen zu verstehen, daß er guten Mutes sei. Dann zog er seiner sehr eleganten Anwältin den Stuhl heran. Die Geste wirkte in diesem Zusammenhang jedoch ein wenig fehl am Platz. Dann setzte er sich schnell hin, und zwar mit dem Rücken zu seinem Vater.

Die drei Richter betraten den Saal um Punkt 10.00 Uhr, und der Sekretär, der seinen Platz etwas unterhalb des Richtertischs einnahm, stand auf und schrie, jetzt müßten alle aufstehen. Dann erklärte er, das höchste Gericht des Militärkollegiums der Russischen Föderativen Republik eröffne jetzt seine Sitzung.

»Ist der Angeklagte anwesend?« rief er in den Saal und machte dabei eine streng prüfende Miene, als verlange er in diesem Punkt tatsächlich Aufklärung. Larissa Nikolajewna versetzte Jurij Tschiwartschew mit dem Ellbogen einen unauffälligen Rippenstoß, um ihn darüber aufzuklären, daß er diese Frage offensichtlich beantworten sollte.

»Ja, Genossen Richter!« sagte er und versuchte ohne Erfolg, die Blicke der drei Richter einzufangen. »Generalleutnant Jurij Gennadjewitsch Tschiwartschew meldet sich zur Stelle!«

»Gut. Bitte setzen Sie sich, Genosse General!« sagte der Vorsitzende. Es war das erste, was er geäußert hatte, doch er vermied es immer noch, Jurij Tschiwartschew anzusehen.

Danach folgte eine kurze Prozedur, für die der Sekretär verantwortlich war. Es ging um die Feststellung der Identität des Angeklagten. Der Sekretär erkundigte sich, ob eventuelle Einwände gegen die Hauptverhandlung vorlägen. Überdies fragte er, ob der Angeklagte während der vorgeschriebenen Zeit von mindestens drei Tagen die Anklageschrift habe lesen können, und so weiter. Als das erledigt war, übernahm der Vorsitzende und erklärte kurz angebunden, jetzt könne die Verhandlung beginnen. Alle Unbefugten müßten deshalb den Gerichtssaal verlassen, da sowohl die Anklage als auch die bevorstehende Verhandlung der Geheimhaltung unterlägen.

Jurij Tschiwartschew hörte, wie sein Vater im Hintergrund protestierte. Ihn überkam ein Impuls, sich nicht umzudrehen. Dann überlegte er es sich doch und winkte seinem Vater demonstrativ und freundlich zu. Krach und Aufruhr von seiten seines Vaters würden ihm nicht zum Vorteil gereichen.

»So, das wäre geschafft«, seufzte der Vorsitzende, als die Türen sich schließlich hinter dem immer noch leise protestierenden Obersten in Ausgehuniform schlossen. »Nun, wenn der Genosse

Sekretär jetzt beginnen könnte, die Gesetzesparagraphen vorzulesen, die in Frage kommen könnten!«

»Ja, Genosse Vorsitzender!« sagte der Sekretär mit vor Nervosität leicht rauher Stimme. »Die Vorschriften, die hier in Frage kommen könnten, sind also Artikel 64 A und Artikel 65 des Strafgesetzbuches der Russischen Föderativen Republik, Besonderer Teil, in dem es um Verbrechen gegen den Staat geht.«

Danach begann er, die langen Gesetzestexte herunterzuleiern. In erster Linie ging es um Landesverrat, der offenbar auf mancherlei Weise begangen werden konnte; »das heißt, wenn ein russischer Staatsbürger der Souveränität des Landes schadet, der Kontrolle des eigenen Territoriums, der Sicherheit des Staates oder den staatlichen Streitkräften, ebenso, wenn er zum Feind überläuft, Spionage treibt, Geheimnisse des Staates oder der Streitkräfte an eine fremde Macht verkauft, zu einer fremden Macht überläuft, feindselige Handlungen gegen den Staat begeht«, und so weiter. Als Strafe für dieses Verbrechen waren zehn bis fünfzehn Jahre Gefängnis sowie Beschlagnahme allen Eigentums möglich. *Oder* die Todesstrafe sowie die Beschlagnahme allen persönlichen Eigentums.

Jurij Tschiwartschew brummte ironisch, zwischen fünfzehn Jahren Gefängnis und der Todesstrafe bestehe ein bemerkenswerter Unterschied. Ob etwa der, der fünfzehneinhalb Jahre Gefängnis verdient habe, zum Tode verurteilt werde wie der, der eigentlich dreißig Jahre verdient hätte? Seine Anwältin versetzte ihm erneut einen Rippenstoß, so daß er sich schnell zusammennahm und sogar einen interessierten Eindruck zu machen versuchte, als er jetzt darüber aufgeklärt werden sollte, was unter Spionage zu verstehen sei.

Jetzt wurde eine ebenso lange Litanei heruntergebetet wie eben über den Landesverrat, doch diesmal endete es mit einem Strafmaß von sieben bis fünfzehn Jahren Gefängnis plus natürlich der Beschlagnahme des gesamten persönlichen Eigentums. Oder, ebenso selbstverständlich, Todesstrafe und Beschlagnahme allen persönlichen Eigentums.

Der Vorsitzende nickte müde und bat den Sekretär dann, die eigentliche Anklage vorzutragen.

Jurij Tschiwartschew erkannte, daß er jetzt still sitzen bleiben sollte, um sich etwas anzuhören, was er schon gelesen hatte. Außerdem war ihm klar, daß es mehrere Stunden in Anspruch nehmen würde.

Darin lag eine bemerkenswerte Ironie, an einem Prozeß teilnehmen zu müssen, bei dem es um Leben oder Tod ging, nur um sich dann über alle Maßen gelangweilt zu fühlen. Es ging jedoch offenbar nicht anders.

Er betrachtete die drei Richter, die alle eine Lesebrille aufgesetzt hatten und sich zumindest den Anschein gaben, als läsen sie im stillen mit. Der Vorsitzende war ein Generaloberst in Armeeuniform, und nach dem, was Jurij Tschiwartschew an der Uniform ablesen konnte, mußte der Mann Anfang Siebzig sein, da er den Orden des Vaterländischen Krieges zweiter Größe erhalten hatte, und das war nicht gerade etwas, womit er prahlen konnte.

Die beiden anderen Richter waren jünger. Rechts vom Vorsitzenden saß ein Generalleutnant der Luftwaffe, der offenbar in Afghanistan manches geleistet hatte. Vielleicht hatte er Deserteure so verurteilt, wie sie es verdienten? Und links vom Vorsitzenden saß ein Vizeadmiral, der nichts anderes zu sein schien als ein Militärrichter, der Karriere gemacht hatte. An seiner Uniform waren keine besonderen Spuren von rein militärischen Einsätzen zu sehen.

Jurij Tschiwartschew grübelte darüber nach, ob es ein Vorteil oder ein Nachteil war, daß er im Gegensatz zu den Richtern eine richtige und überdies sogar glänzende militärische Karriere hinter sich hatte. Vielleicht fühlten sie sich eifersüchtig und würden deshalb besonders hart zuschlagen. Vielleicht würden sie es als schwierig empfinden, einen Mann im Generalsrang zu verurteilen, da sie im Justizsystem der Streitkräfte meist damit befaßt waren, Diebe und Schläger unter Wehrpflichtigen und Unteroffizieren zu verurteilen. Vielleicht hatten sie bisher nicht einmal einen Prozeß wegen Landesverrats miterlebt, da solche Verbrechen früher nicht vor Gericht verhandelt wurden, sondern mit schnelleren und handfesteren Methoden geahndet wurden als dem Herunterleiern sinnloser Texte vor einem Gericht.

Jurij Tschiwartschew seufzte laut, als wollte er kundtun, wie gelangweilt er sich fühlte. Sofort versetzte ihm Larissa Nikolajewna einen neuen Rippenstoß. Die Anwältin saß in entspannter und zugleich aufmerksamer Zuhörerpose da und hatte die Beine übereinandergeschlagen. Sie sah aus, als wäre jedes Wort, das sie jetzt zu hören bekam, vollkommen neu für sie und überdies von größter Bedeutung.

Die Zeit schleppte sich dahin. Jurij Tschiwartschew nahm an, daß der Vorsitzende eingeschlafen war. Er hatte sich zurückgelehnt und saß mit geschlossenen Augen da, als hörte er konzentriert und aufmerksam zu. Möglicherweise hatte er eine seit vielen Jahren eingeübte Schlafstellung, die bei Betrachtern die Illusion des Zuhörens erweckte; falls er dem Fortgang des Verfahrens tatsächlich folgen wollte, wäre es besser, es dem jüngeren Kollegen an seiner Seite nachzutun, der vornübergebeugt dasaß und mitlas.

Als der Abschnitt kam, in dem Tatjana Simonescus Tod erwähnt wurde, sagte sich Jurij Tschiwartschew, als wäre es ein Trost oder ein willkommener Zeitvertreib, daß es wenigstens hier eine kleine Frage gab, die des Nachdenkens wert war.

Oberstleutnant Simonescu war die einzige Angehörige der Nachrichtendiensteinheit in London gewesen, die tot aufgefunden worden war; ihre vier Untergebenen waren einfach nur verschwunden. Man hatte sie in ihrer eigenen Wohnung auf eigentümliche Weise erhängt gefunden. Den Berichten der britischen Skandalpresse war nichts weiter zu entnehmen, als daß diese der Meinung war, die Frau sei infolge eines Unglücksfalls gestorben, der sich im Zusammenhang mit eigentümlichen sexuellen Experimenten ereignet habe. Etwas, was bei der britischen Oberschicht offenbar erstaunlich verbreitet war.

In der Anklageschrift wurde es für selbstverständlich angesehen, daß sie ermordet worden war, und zwar von dem »berüchtigten Spion Hamilton«, und daß es nur habe geschehen können, weil Jurij Tschiwartschew Informationen über sie preisgegeben habe.

Das konnte sehr wohl wahr sein. Man konnte sich aber fragen, zumindest als Zeitvertreib, der in diesem Moment sehr willkommen war, weshalb man sie nicht einfach hatte »verschwinden« lassen wie die vier anderen Operateure. Was für besondere Absichten hatte Carl damit verfolgt, ihren Tod auf so spektakuläre Weise zu arrangieren, falls tatsächlich er dahintersteckte?

Die logische Erklärung dafür mußte sein, daß zwischen einer bekannten Dame der Gesellschaft, die mit dem früheren britischen Verteidigungsminister verheiratet war, und vier anonymen Männern, die überdies unter falschen Identitäten gelebt hatten, ein erheblicher Unterschied bestanden haben mußte. Wenn Tatjana Simonescu einfach verschwunden wäre, hätte die zivile Polizei durch eine allzu intensive Suche nach ihr vielleicht für Unruhe gesorgt?

So etwa konnte es gewesen sein.

Dann gab es noch die Möglichkeit, die Erklärung aufgrund eines fast biblischen Gedankengangs zu suchen, nämlich daß dem, der selbst böse ist, eine göttliche Strafe droht. Tatjana Simonescu hatte mit bewunderswertem Erfolg in rein technischer Hinsicht eine ganze Reihe von »Selbstmorden« organisiert, die gerade an diese so speziellen britischen sexuellen Praktiken gemahnten. Und dann hatte sie selbst genauso sterben müssen, wie sie andere ermordet hatte?

Das erschien Jurij Tschiwartschew weniger wahrscheinlich. Zumindest fiel es ihm schwer, sich vorzustellen, daß der skandinavisch ordentliche und sorgfältige Carl sich die Mühe gemacht haben könnte, bei der Hinrichtung etwas zu arrangieren, was einen besonderen Symbolcharakter besaß. Vielleicht hatten seine britischen Verbündeten gemeint, so müsse es gemacht werden? Vielleicht war das Ganze eine ungewöhnliche Form des sogenannten britischen Humors?

Wie auch immer: Der Staatsanwalt konnte im Grunde nicht beweisen, daß sie ermordet worden war, ebensowenig wie er beweisen konnte, daß die vier verschwundenen Operateure ermordet worden waren oder irgendwo inhaftiert saßen. Es war sozusagen ein Mordprozeß ohne Leichen, eine Argumentation die Larissa Nikolajewna als irrelevant abgelehnt hatte. Sie war der Meinung, daß Jurij Tschiwartschew schon viel zuviel gestanden habe, um mit solchen Einwänden, die an und für sich rein juristisch und logisch gangbar seien, Erfolg zu haben. Eine solche Taktik würde es Jurij Tschiwartschew überdies erschweren, das vorzubringen, was für ihn selbst am wichtigsten war, daß er nämlich der Meinung sei, im Interesse des Vaterlandes gehandelt zu haben. Larissa Nikolajewna hatte überdies versucht, etwas offenbar spezifisch Juristisches zu erklären, was mit seinem »Vorsatz« zu tun hatte. Denn *wenn* er an »den berüchtigten Spion Hamilton« Informationen weitergegeben hatte, von denen er wußte, daß sie zu Tod oder Gefangenennahme der eigenen Operateure hatten führen *können*, hatte er sich subjektiv trotzdem schuldig gemacht. Jurij Tschiwartschew fiel es im Grunde nicht schwer, diese Argumentation zu akzeptieren. Vielleicht war es nur die Tatsache, daß sein Leben auf dem Spiel stand, die es jetzt bewirkte, daß er nicht mehr ganz klar dachte.

Es gab eine Essenspause, in der auch gelüftet wurde, bevor die Verlesung der Anklage beendet war. Jurij Tschiwartschew mußte allein mit seinen Wärtern essen, was ihm nichts ausmachte, da sich noch nichts ergeben hatte, was eine Diskussion gelohnt hätte. Er hätte dann nur etwas wiederholt, worüber sie schon gesprochen hatten. Da war es schon besser, in Ruhe gelassen zu werden.

Als die Verhandlung in dem jetzt sehr kühlen Gerichtssaal wieder aufgenommen wurde, begann der Sekretär erneut, in seinem leiernden Tonfall aus der Anklageschrift vorzulesen. Jurij Tschiwartschews Gedanken schweiften schnell wieder ab. Er erinnerte sich an einige warme Sommer unten am Fluß in Barnaul, erinnerte sich daran, wie er mit Freunden geangelt und wie seine Mutter sich ein Karpfengericht nach dem anderen ausgedacht hatte. Der Krieg war nie bis nach Sibirien gekommen. Daß überhaupt Krieg war, merkte man nur daran, daß immer neue Menschen nach Sibirien strömten und immer mehr Kinder zum Angeln gingen. Als sein Vater endlich nach Hause kam, nachdem er den ganzen Weg von Berlin zurückgelegt hatte, hatten sie einander nicht wiedererkannt, obwohl beide so taten.

Jurij Tschiwartschew ging plötzlich auf, daß es im Gerichtssaal vollkommen still geworden war und alle drei Richter ihn aufmerksam betrachteten; Larissa Nikolajewna gab ihm unter dem Tisch einen leichten Fußtritt.

»Verzeihung, Genosse Vorsitzender, ich habe wohl die Frage nicht verstanden ...?« sagte er verlegen, als ihm aufging, daß man ihm wohl eine Frage gestellt hatte.

»Ich habe gefragt, ob Sie den Inhalt der Anklageschrift verstanden haben, die man vor dem Gericht verlesen hat, Genosse General«, fauchte der Vorsitzende irritiert.

»Ja, natürlich, Genosse Vorsitzender«, erwiderte Jurij Tschiwartschew.

»Gut!« sagte der Vorsitzende. »Dann kommen wir jetzt zu der Frage, wie Sie sich zu der Anklage stellen, nachdem Sie nach Vorschrift von ihr Kenntnis genommen und sie verstanden haben. Nun?«

»Genosse Vorsitzender, ich bestreite, mich des Landesverrats oder

der Spionage schuldig gemacht zu haben«, entgegnete Jurij Tschiwartschew entschlossen.

»Wollen Sie etwa sagen, Sie seien unschuldig?« fragte der Vorsitzende, als wäre dieser Standpunkt sensationell unerwartet.

»Genau. Das ist meine Meinung«, erwiderte Jurij Tschiwartschew knapp.

Zu seinem Erstaunen kam es jetzt zu einer geflüsterten Beratung unter den drei Richtern. Aus bestimmten Bewegungen, etwa als einer fragend die Schultern zuckte, erkannte er, daß sie offenbar ein Geständnis von ihm erwartet hatten. Sie waren wohl davon ausgegangen, daß er sich vor ihnen platt auf den Bauch legen würde. Sie schienen nicht ganz einig zu sein, doch schließlich erhielt der Sekretär, der unter ihnen saß, einige geflüsterte Instruktionen.

Jurij Tschiwartschew versuchte, seine Anwältin zu fragen, was die drei da trieben, doch sie zuckte nur irritiert die Schultern. Auch sie schien nichts zu verstehen. Schließlich räusperte sich der Vorsitzende, unterbrach seine flüsternden Kollegen mit einer Handbewegung und wandte sich dann an Jurij Tschiwartschew.

»Genosse General!« begann er mürrisch. »Das Höchste Gericht des Militärkollegiums hat mit Erstaunen Ihre Einstellung zur Kenntnis genommen. Zunächst müssen wir Sie wohl bitten, Ihren Standpunkt zu verdeutlichen. Aus welchen Gründen sollten Sie unschuldig sein?«

»Aus folgenden Gründen ...«, begann Jurij Tschiwartschew und verstummte dann, um Larissa Nikolajewna einen Seitenblick zuzuwerfen. Diese nickte ihm nur stumm zu, er solle fortfahren. »Also aus folgenden Gründen«, fuhr er fort. Er sammelte sich zu etwas, von dem er angenommen hatte, daß es erst nach ein paar Tagen erforderlich sein würde. »Oberstleutnant Tatjana Simonescu mag in mancherlei Hinsicht ein ausgezeichneter Offizier des Nachrichtendienstes gewesen sein. Sie hat dem Vaterland große Dienste erwiesen. Doch nun unternahm sie mit ihren Untergebenen in London eine sehr gefährliche und abenteuerliche Operation. Die westliche Gegen-Raswedka war ihnen auf die Spur gekommen. Eine Entlarvung hätte für Rußland aber zu einer politischen und ökonomischen Katastrophe geführt. In dieser schwierigen Lage sah ich keine andere Möglichkeit, in dieser schwierigen Stunde für unser Land, als einen westlichen Nachrichtendienst mit Informationen zu versorgen, die es mit sich brachten, daß die gesamte gefährliche und mißlungene Operation in aller Stille beendet werden konnte. Ich bin überzeugt, im Interesse des Vaterlandes gehandelt zu haben.«

Die drei Richter starrten ihn intensiv an. Bemerkenswerterweise schienen alle drei recht deutlich zu zeigen, was sie dachten. Der jüngste, der Vizeadmiral, machte ein Gesicht, als akzeptierte er vorerst Jurij Tschiwartschews Standpunkt. Er nickte kurz und machte sich sorgfältige Notizen.

Der Vorsitzende schnaubte laut und hörbar, verzog dann aber keine Miene mehr. Der Generalleutnant an seiner anderen Seite sah unsicher aus und blickte dann auf seine Papiere, um sich einige Worte zu notieren. Jurij Tschiwartschew wagte die zynische Vermutung, daß sein Leben vielleicht von der Entscheidung des ängstlichen Opportunisten abhängen würde.

»Dann beginnt das Verhör des Höchsten Militärkollegiums erneut«, teilte der Vorsitzende mit. »Ich will Ihnen für den Anfang selbst einige konkrete Fragen stellen, Genosse General. Lassen Sie mich so anfangen. Ist es wahr, daß Sie die Namen von fünf unserer Operateure auf dem Territorium einer fremden Macht an einen westlichen Spion übergeben haben?«

»Ja, das ist wahr«, erwiderte Jurij Tschiwartschew.

»Nun, das ist immerhin ein Anfang«, brummte der Vorsitzende und trank einen Schluck Mineralwasser, bevor er fortfuhr. »Ist Ihnen auch bewußt, daß Ihr Handeln zum Tod unserer Leute geführt hat?«

»Falls wir genau sein wollen, und ich setze voraus, daß dies die Absicht des Höchsten Militärkollegiums sein muß, wissen weder Sie noch ich in diesem Punkt etwas Genaues«, entgegnete Jurij Tschiwartschew. Ihm ging zu spät auf, daß er sich damit auf einen Weg begeben hatte, den er ebenso wie Larissa Nikolajewna vorher abgelehnt hatte. Doch die Worte waren heraus. »Was die vier Operateure unter dem Befehl Oberstleutnant Tatjana Simonescus angeht, so wissen wir nicht, ob sie noch am Leben sind, ob man sie hingerichtet hat oder ob sie übergelaufen sind«, fuhr er leicht gehetzt fort, da er möglichst schnell aus dieser Sackgasse hinauswollte. »Was Oberstleutnant Tatjana Simonescu selbst betrifft, wissen wir zwar, daß sie bei etwas gestorben ist, was wie eine perverse britische Sexübung erscheinen kann. Wir wissen aber nicht mit Sicherheit, ob ihr Tod mit ihrer Aufgabe als Offizier unseres Nachrichtendienstes in Zusammenhang steht.«

Der Vorsitzende notierte etwas. Man sah seinen Handbewegungen an, daß er irritiert war. Doch dann überlegte er und kniff unwillkürlich die Augen leicht zusammen, als er fortfuhr.

»Dann lassen Sie mich so fragen, Genosse General«, begann er mit fast gekünstelter Freundlichkeit. »Sie müssen doch erkannt haben, daß Ihr Handeln die direkte Ursache des Todes unserer Kollegen werden *könnte?«*

»Ja, selbstverständlich«, erwiderte Jurij Tschiwartschew schnell und erkannte, daß er damit die Sackgasse wohl hinter sich hatte. Der Vorsitzende nickte nämlich zufrieden.

»Der Umstand, daß Ihnen bewußt war, daß Sie das Leben unserer Leute aufs Spiel setzten, hat Sie aber nicht davon abgehalten, ihre Namen an einen berüchtigten westlichen Spion weiterzugeben?« fragte der Vorsitzende langsam und übertrieben deutlich.

»Abgesehen davon, daß ich mit Ihrer Terminologie nicht einverstanden bin, Genosse General, ist Ihre Schlußfolgerung korrekt«, erwiderte Jurij Tschiwartschew. »Admiral Hamilton ist aber kaum ein *berüchtigter Spion.«*

»Ach nein?« fragte der Vorsitzende mit gespieltem Erstaunen. »Und wie würden Sie ihn gern bezeichnen?«

»Als einen guten Offizier und als einen der geschicktesten Kollegen auf der anderen Seite«, erwiderte Jurij Tschiwartschew.

»Mit anderen Worten als eine zentrale Person bei der westlichen Spionage?« fragte der Vorsitzende weiter.

»Ja, das ist richtig«, erwiderte Jurij Tschiwartschew.

»Ihnen muß demnach bewußt gewesen sein, daß Sie das Risiko eingingen, vor diesem Gerichtshof zu landen, als Sie die Handlungen verübten, für die Sie sich jetzt verantworten müssen«, faßte der Vorsitzende zusammen und machte ein zufriedenes Gesicht, als hätte er sein Opfer jetzt endgültig im Sack.

»Auch das ist richtig«, erwiderte Jurij Tschiwartschew, ohne sich von der psychologischen Kriegsführung des Vorsitzenden beeindrucken zu lassen. »Ich war mir dieses theoretischen Risikos durchaus bewußt. Alle schwierigen Entscheidungen bei unserer Tätigkeit lassen sich im nachhinein immer in Frage stellen und ...«

»Danke, Genosse General!« sagte der Vorsitzende und hielt eine Handfläche wie ein großes Stoppzeichen in die Luft. »Sie werden später noch Gelegenheit zu einem Plädoyer erhalten. Bis auf weiters bin ich, was mich betrifft, der Meinung, daß die objektive Seite der Angelegenheit voll und ganz geklärt ist. Will einer meiner geehrten Kollegen das Verhör fortsetzen ...?«

Er sah sich um, als erwarte er nicht, daß eine weitere Befragung notwendig sei. Der Generalleutnant der Luftwaffe schien sich jedoch, wenn auch unter einigen Qualen, dazu durchzuringen, etwas zu sagen.

»Ja, ich habe wohl noch einige Fragen«, begann er unsicher. »Wie unser geehrter Genosse Vorsitzender verdienstvollerweise schon ermittelt hat, gibt es über den objektiven Sachverhalt nicht mehr sehr viel zu sagen. Ich möchte mich gleichwohl der subjektiven Seite der Angelegenheit zuwenden. Die kann doch für die Folgen des Handelns durch den Angeklagten nicht ohne Bedeutung sein?«

Er wandte sich mit diesen Worten untertänig fragend dem Vorsitzenden zu, der gnädig nickte und damit zu erkennen gab, daß es nach dieser intelligenten Darstellung wohl angehe, dem Angeklagten ein paar Fragen zu stellen.

»Danke, Genosse Vorsitzender«, sagte der Mann einschmeichelnd und wandte sich dann an Jurij Tschiwartschew. »Lassen Sie mich damit beginnen, Genosse General, daß ich Sie frage, ob ich Sie in einem Punkt richtig verstanden habe. Ihnen war bewußt, daß Sie theoretisch das Leben riskierten, als Sie so handelten, wie Sie es jetzt in der Sache zugegeben haben?«

»Das ist richtig«, erwiderte Jurij Tschiwartschew im Brustton der Überzeugung. Er vermutete, daß jetzt nicht der Augenblick war, irgendein Zögern an den Tag zu legen.

»Sind Sie trotzdem der Ansicht«, begann der Fliegergeneral nachdenklich, »selbst jetzt noch, in der schwierigen Lage, in der Sie sich befinden, richtig gehandelt zu haben?«

»Ohne Zweifel ja«, entgegnete Jurij Tschiwartschew.

»Sehr interessant«, brummte der Fliegergeneral und machte sich Notizen. »Sie müssen folglich absolut davon überzeugt sein, daß dem Vaterland größerer Schaden zugefügt worden wäre, wenn

Sie Ihre objektiv verbrecherischen Handlungen *nicht* begangen hätten?«

»Ja, ohne jeden Zweifel«, entgegnete Jurij Tschiwartschew im gleichen Tonfall wie zuvor.

»Dann muß ich Sie natürlich fragen, Genosse General, wie Sie die Risiken dessen beurteilt haben, was eingetreten wäre, wenn Sie sich *nicht* der Handlung schuldig gemacht hätten, für die Sie sich jetzt verantworten müssen«, fuhr der Richter fort. Er sah jetzt aufrichtig interessiert aus, vielleicht auch erleichtert, weil sein Vorgesetzter ihn nicht unterbrach.

»Sie bitten mich jetzt, Genosse General, eine außenpolitische und strategische Analyse der damals herrschenden Situation zu erstellen?« fragte Jurij Tschiwartschew mit behutsamer Ironie.

»Ja, das ist richtig«, fuhr der Richter fort, ohne mit einer Miene zu zeigen, ob er die Ironie wahrgenommen hatte.

Jurij Tschiwartschew blickte auf die Tischplatte und sammelte sich, um nicht laut loszulachen oder sich unverschämt auszudrücken.

»Bei allem Respekt vor den geehrten Genossen Generälen des Gerichts«, begann er mit bewußter Heuchelei, da er keineswegs so etwas wie Respekt vor ihnen empfand, »so bezweifle ich, daß Sie das Recht haben, solcher höchst geheimer Informationen teilhaftig zu werden, denn sie berühren den Nachrichtendienst des Vaterlandes und dessen Operationen im Ausland.«

Die drei Richter reagierten gleichzeitig, als hätte er ihnen plötzlich eine Ohrfeige verpaßt. Dann steckten sie die Köpfe zusammen und führten eine kurze empörte Diskussion, bevor der Vorsitzende erneut das Wort ergriff.

»Genosse General«, begann er vorwurfsvoll. Er hörte sich beinah verletzt an. »Sie verbessern Ihre Situation wirklich nicht, indem Sie zu solchen Tricks greifen. Lassen Sie mich erstens darauf hinweisen, daß Sie sich vor dem Höchsten Gericht des Militärkollegiums befinden, dem höchsten Justizorgan der Streitkräfte. Ferner ist unsere Verhandlung geheim. Überdies verfügt die westliche Spionage letzten Endes, unter anderem durch Ihr Handeln, über Erkenntnisse, die Sie dem Gericht offenbar nicht anvertrauen wollen. Finden Sie das nicht ein wenig widersprüchlich?«

»Entschuldigen Sie mich, Genossen«, sagte Jurij Tschiwartschew und beugte sich zu Larissa Nikolajewna hinüber, die ihn kurz, fauchend und fluchend anwies, die Frage zu beantworten, da es hier schon definitionsmäßig keine geheime Information geben konnte, deren teilhaftig zu werden dem Gericht nicht erlaubt war.

»Genossen Generäle!« ergriff Jurij Tschiwartschew erneut das Wort. »Ich kann die Logik der Einwendungen des Genossen Vorsitzenden nicht bestreiten. Meine Rechtsanwältin rät mir überdies, Ihre Fragen ohne Rücksicht auf das zu beantworten, was der Geheimhaltung unterliegt. Ich hoffe, Genossen Generäle, Sie entschuldigen meinen Fehler, ich bin nämlich nicht gewohnt, vor Gericht zu stehen.«

»Gut!« sagte der Fliegergeneral erleichtert und wohl auch ein wenig amüsiert. »Darf ich Sie dann also bitten, diese außenpolitische und strategische Analyse zu liefern, die bei Ihrer Entscheidung offenbar eine so große Rolle gespielt hat?«

»Natürlich, Genosse General«, begann Jurij Tschiwartschew und entschied sich dann schnell, die Dinge genau so zu schildern, wie sie gewesen waren. »Wir befanden uns also in einer sehr gefährlichen und komplizierten Situation. Oberstleutnant Simonescu war über längere Zeit in London ein beispiellos erfolgreicher Offizier des Nachrichtendienstes gewesen. Es war ihr nämlich gelungen, den britischen Verteidigungsminister zu heiraten, was über lange Zeit hinweg zur Folge hatte, daß aus Großbritannien hochqualifizierte Meldungen in einem steten Strom zu uns gelangten. Insoweit war alles gut und schön, eine glänzende, erfolgreiche Operation des Nachrichtendienstes. Darüber besteht kein Zweifel, und ich glaube, daß auch Sie, Genossen, das verstehen, ohne daß ich mich eingehend dazu äußere. Doch dann trat der britische Verteidigungsminister zurück und wurde damit von dem täglichen Strom strategischer Geheimnisse abgeschnitten. Statt dessen erhielt er einen Ausgleichsposten als Vorstandsvorsitzender bei General Electric, Großbritanniens größtem Rüstungsunternehmen. Und damit gelang es Oberstleutnant Simonescu, sich eine strategische Funktion bei der Rüstungsindustrie zuzuschanzen. Hätten sich meine Kollegen bei der Raswedka nun mit dem neuen, gewiß bedeutungsvollen Strom von Informationen zufriedengegeben, der uns über sie erreichte, hätte es wohl kaum Problem gegeben. Doch statt dessen entschied man sich für eine desperate und irrsinnige

Vorgehensweise. Unter Führung von Oberstleutnant Simonescu begann nun deren Gruppe damit, Militärforscher eines für uns besonders wichtigen Typus zu beseitigen, Leute, die dabei waren, für Großbritannien einen technologischen Vorsprung einzuholen, den wir damals hatten und hoffentlich immer noch haben. Es war jedoch nur noch eine Zeitfrage, wann man diese Gruppe entlarven würde.«

»Verzeihung, daß ich unterbreche, Genosse General«, sagte der Fliegergeneral. »Ich verstehe aber Ihre Empörung nicht. Sagen Sie mir aufrichtig, Genosse General: Ihr bei der Raswedka legt doch normalerweise nicht diese moralische Entrüstung an den Tag, wenn es darum geht, unsere Gegner zu beseitigen?«

Er breitete die Arme aus, als wäre die Frage tatsächlich aufrichtig gemeint.

»Gewiß nicht«, begann Jurij Tschiwartschew leicht irritiert. »Zwar sind solche Maßnahmen durchaus nicht so häufig, wie sich Leute außerhalb unserer Kreise das vorstellen. Aber natürlich gibt es sie. Bei uns ebenso wie auf der Seite des Feindes. Aber es ist ganz und gar nicht, wie Sie zu glauben scheinen, eine moralische Frage. Ich bin Offizier im Dienst des Vaterlandes. Das bedeutet, daß ich ebenso wie Sie vor solche Fragen gestellt sein kann.«

»Nun, aber was war es denn, Genosse General, was an dieser Operation so schädlich war, daß Sie Landesverrat begingen und zumindest riskierten, vor Gericht gestellt zu werden und eines solchen Verbrechens angeklagt zu werden?« fragte der Fliegergeneral mit anscheinend aufrichtiger Verwirrung.

»Das waren natürlich die politischen Konsequenzen einer Entlarvung, Genosse General«, begann Jurij Tschiwartschew in einem allzu herablassenden Tonfall. Er nahm sich zusammen, bevor er fortfuhr. »Der britische Verteidigungsminister hatte unsere Spionin geschützt, ohne es zu wissen. Er hatte eine junge Schönheit geheiratet, die halb so alt war wie er selbst. Und diese war eine Spionin. Der britische Premierminister John Major hatte offenbar ebenso ahnungslos diese Ehe gebilligt und seinen Verteidigungsminister in Schutz genommen. Das bedeutet folgendes: Bei einer Entlarvung – und ich möchte hier nachdrücklich unterstreichen, daß sie kurz bevorstand – wäre die britische Regierung gestürzt worden. Es hätte einen unerhörten internationalen Skandal gegeben. Jetzt verstehen Sie sicher den Zusammenhang, Genosse General?«

»Nein, Sie müssen schon entschuldigen, Genosse General, aber das tue ich nicht«, entgegnete der Fliegergeneral unsicher. »Ich meine ... na und? Das wäre in dem Fall doch ein britisches Problem und kein russisches gewesen? Wir hätten doch wohl die Lacher auf unserer Seite gehabt?«

»Da haben Sie bei allem Respekt, Genosse General, vollkommen unrecht«, erwiderte Jurij Tschiwartschew mit zusammengebissenen Zähnen. Gerade jetzt ging ihm auf, daß er sich mit einem politischen Idioten unterhielt. »Nach dem Kabinett John Major wäre eine neue britische Regierung ins Amt gekommen. Und diese neue britische Regierung wäre uns gegenüber äußerst rachsüchtig gestimmt gewesen. Sie hätte einfache und konkrete Gründe dazu gehabt. Inmitten von Entspannung und Friedenspolitik, nach dem Ende des kalten Krieges, während wir, Rußland, in der ganzen westlichen Welt herumlaufen, um uns Geld zu leihen, hätten wir uns in wiederholten Fällen zu Morden hinreißen lassen. Das hätte man als kriegerischen Akt gedeutet, und die öffentliche Meinung im Westen hätte uns in Stücke gerissen.«

»Ich frage mich immer noch: na und?« sagte der Fliegergeneral schon etwas aggressiver, als protestierte er dagegen, daß man fast zu ihm sprach wie zu einem Kind. »So etwas ist doch schon früher passiert? Derlei prägt doch unsere gesamte neuere Geschichte?«

»Sie scheinen es noch immer nicht zu verstehen«, sagte Jurij Tschiwartschew geduldig. Er hatte ein sehr klares Signal erhalten, das ihn daüber aufklärte, daß Arroganz und Überlegenheit nicht die richtige Taktik waren. »Großbritanniens engster Verbündeter sind bekanntlich die USA. Es wäre mit diesen beiden Staaten zu etwas gekommen, was man im Grund nur als einen Wirtschaftskrieg bezeichnen kann. In der Praxis wäre ein Wirtschaftskrieg mit dem gesamten Westen ausgebrochen. Und in der schwierigen Stunde des Vaterlands, in der wir uns jetzt befinden und die ich wohl nicht näher zu schildern brauche, wäre das eine absolute Katastrophe. Die gesamte gegenwärtig laufende Modernisierung unserer Industrie wäre unterbrochen worden. Der Handel wäre unterbrochen worden. Eins der ersten konkreten Ergebnisse wäre eine Hungerkatastrophe im ganzen Land gewesen. Lassen Sie mich

Ihnen eine konservativ geschätzte Zahl nennen: Es hätte einhunderttausend Säuglinge das Leben gekostet.«

Zum ersten Mal spürte Jurij Tschiwartschew, daß man ihn wirklich verstanden hatte. Die drei Richter starrten ihn an. Sie starrten tatsächlich, da sie für ein paar Sekunden ihre überlegene Würde verloren hatten. Es war der Fliegergeneral, der sich verhedderte. Jetzt schien es, als hätte er das Baby auf dem Schoß.

»Verzeihung, Genosse General ...«, begann er zögernd. »Verzeihen Sie, wenn ich frage, aber besitzen Sie wirklich die Kompetenz, solche Beurteilungen vorzunehmen?«

»Ich arbeite nun schon seit fast dreißig Jahren bei der Raswedka!« begann Jurij Tschiwartschew aggressiv und mußte sich erneut Zügel anlegen, bevor er fortfuhr. »Gerade solche Beurteilungen fallen in meinen Kompetenzbereich.«

Die drei Richter steckten erneut die Köpfe zusammen und berieten sich flüsternd. Jurij Tschiwartschew erhielt somit Zeit, seine Kampfeslust zu zügeln, und warf einen Seitenblick auf Larissa Nikolajewna. Sie nickte ihm kurz aufmunternd zu und zwinkerte schnell. Die frivole Geste schockierte ihn zunächst, doch dann ging ihm auf, daß sie wohl nur ein wenn auch übertrieben persönliches Zeichen gewählt hatte, um ihm ihre Zustimmung zu zeigen.

Als die drei Richter sich wieder zurechtsetzten, waren sie sichtlich über manches uneinig. Jetzt war offenbar der Vizeadmiral an der Reihe, mit den Fragen zu beginnen.

»Genosse General!« begann er ruhig und mit einem fast demonstrativ respektvollen Tonfall. »Wie Sie vielleicht verstehen, fällt es dem Gericht nicht ganz leicht, zu Ihren politischen und strategischen Analysen objektiv Stellung zu nehmen. Lassen Sie mich deshalb wie folgt fragen: Wenn ich Sie richtig verstanden habe, waren Sie sich Ihrer Analyse selbst so sicher, daß Sie bereit waren, dafür Ihr Leben einzusetzen, um eine Entwicklung zu verhindern, die Sie als Katastrophe für das Vaterland beurteilten. Habe ich das richtig verstanden?«

»Ja, Genosse Admiral, vollkommen richtig«, erwiderte Jurij Tschiwartschew gedämpft.

»Gut! Und Sie haben keinen Anlaß gesehen, diese Auffassung zu korrigieren, Genosse Admiral? Können Sie mir ehrlich sagen, daß

Ihnen nachträglich nichts zur Kenntnis gelangt ist, was Sie dazu hätte bringen können, die Situation anders zu beurteilen?«

»Ganz im Gegenteil, Genosse Admiral«, erwiderte Jurij Tschiwartschew ruhig. Er hatte intuitiv erfaßt, daß der Vizeadmiral auf seiner Seite stand. »Inzwischen kennen wir ja das Ergebnis. Vier unserer Leute sind in London verschwunden, und zwar ohne jedes Aufsehen oder politische Aufregung. Ihr Gruppenchef, Oberstleutnant Tatjana Simonescu, ist unter Umständen gestorben, die man in Großbritannien mit sexuellen Ausschweifungen in Verbindung bringt, die für die britische Oberschicht typisch sind. Nichts ist herausgekommen. Die britische Regierung war gerettet. Unsere Verbindungen zur westlichen Welt waren gerettet. Die unerhört gefährliche, für uns selbst gefährliche Operation wurde abgebrochen, ohne daß uns ein Schaden entstanden ist.«

»Wenn man von den Landsleuten absieht, die sich in Ausübung eines gefährlichen Auftrags befanden und die Sie mit voller Absicht in den Tod schickten, meinen Sie, Genosse General?« wandte der Vizeadmiral mit hörbarer Ironie ein. Jurij Tschiwartschew faßte sie als einen Trick auf, sich bei dem mürrischen Vorsitzenden einzuschmeicheln, aber nicht als Attacke gegen ihn selbst.

»Vollkommen richtig, Genosse Admiral«, erwiderte Jurij Tschiwartschew ruhig. »Verluste auf unserer Seite sind immer bedauerlich. Doch jetzt beschränken sich diese auf fünf Mann. Wir sind Offiziere. Es gehört zu unseren Aufgaben, eventuelle Verluste in Kauf zu nehmen, das gehört zu unserer Arbeit. Also. Unsere Verluste betrugen fünf Mann. Im Vergleich mit der Katastrophe, die unserem ganzen Land drohte, war das ein sehr geringer Preis.«

»Und Sie halten sich tatsächlich für befugt, solche Beurteilungen abzugeben!« sagte der Vizeadmiral ein wenig theatralisch. Jurij Tschiwartschew gewann den Eindruck, daß zwischen den drei Richtern ein Spiel ablief, das er noch nicht recht durchschauen konnte. Die Äußerung, die nach außen hin aggressiv wirkte, war schließlich so etwas wie ein Eigentor.

»Vollkommen richtig, Genosse Admiral«, erwiderte Jurij Tschiwartschew. »Für uns Angehörige der Führung der Raswedka gehörte es zu unseren Pflichten, solche Beurteilungen vorzunehmen.«

»Sagen Sie mir, Genosse General«, fuhr der Vizeadmiral nachdenklich fort, obwohl diese Nachdenklichkeit eher gespielt zu sein schien. »Wenn dieser berüchtigte westliche Spion Hamilton Sie nicht verraten hätte, hätten Sie Ihre Arbeit in der Raswedka dann fortgesetzt, als ob nichts geschehen wäre?«

»Ich glaube keinen Augenblick, daß mein geehrter Kollege, Admiral Hamilton, mich verraten hat«, entgegnete Jurij Tschiwartschew scharf und konzentrierte sich von neuem. »Aber wenn wir nicht hier säßen ... nun ja, Genosse Admiral, dann hätte ich meine Arbeit wie gewohnt fortgeführt, erleichtert, ein schweres Problem auf bestmögliche Weise gelöst zu haben.«

Der Vizeadmiral machte sich eine Zeitlang schweigend Notizen, bis sein Vorgesetzter zu murren begann. Da sah er plötzlich wieder hoch und wandte sich an Jurij Tschiwartschew.

»Genosse General«, begann er, »wir wollen der Einfachheit halber davon ausgehen, daß alle Beurteilungen richtig sind, die Sie hier geäußert haben. Es war *tatsächlich* eine unerhört gefährliche und abenteuerliche Operation, die da in London ablief. Sie hätte also *tatsächlich* die Sicherheit des Vaterlandes aufs Spiel gesetzt und so weiter. Sagen wir also, Sie hätten recht, alle Beurteilungen seien zutreffend. Aber dann bleibt doch noch eine sehr interessante Frage. Warum haben Sie nicht, wie es vorgeschrieben ist, diese ernsten Bedenken der Führung der Raswedka vorgelegt?«

»Nun ja, Genosse Admiral«, begann Jurij Tschiwartschew und ließ sich zum ersten Mal ein feines Lächeln entschlüpfen. »Sie wissen offenbar nicht, wie wir bei der militärischen Raswedka organisiert sind.«

»Das stimmt, Genosse General«, bestätigte der Vizeadmiral mit ausdruckslosem Gesicht. »Ich halte meine Frage aber trotzdem aufrecht.«

»Die Raswedka, Genosse Admiral, wird von einer Trojka geführt. Ich bin einer dieser drei Männer», begann Jurij Tschiwartschew geduldig. »Die beiden anderen haben mich überstimmt und wollten folglich, daß die meiner Ansicht nach törichte Operation in London fortgesetzt wurde.«

Jurij Tschiwartschew breitete die Arme aus, als hätte er damit etwas Selbstverständliches erklärt, obwohl er sehr wohl wußte, daß die Dinge, auf die sie jetzt zu sprechen kamen, kaum besonders selbstverständlich waren. Außerdem erkannte er schnell, wie die Anschlußfrage lauten würde.

»Warum sind Sie mit Ihren Beschwerden dann nicht zum Verteidigungsminister persönlich gegangen, Genosse General?« fragte der Vizeadmiral beinahe bekümmert.

»Weil er keinerlei Befugnis hatte, etwas von dieser Operation zu erfahren, natürlich!« entgegnete Jurij Tschiwartschew schnell und selbstsicher. Er ging davon aus, daß eine solche Antwort anders nicht vorzubringen war.

Die drei Richter sahen sichtlich erschüttert aus, doch diesmal kam es zu keiner internen Besprechung. Der Vorsitzende grunzte dem Vizeadmiral nur zu, er solle weitermachen.

»Habe ich wirklich richtig gehört, Genosse General?« fragte er zweifelnd.

»Vollkommen richtig, Genosse Admiral«, sagte Jurij Tschiwartschew so unbekümmert wie möglich. »Ich sehe natürlich ein, daß das vielleicht schwer zu verstehen ist. Noch vor einigen Jahren hätte es offiziell diese Möglichkeit gegeben, das Problem zu lösen, wie Sie es mit Ihrer Frage indirekt vorgeschlagen haben. Dann wäre ich nämlich mit meinen Bedenken zum Politbüro gegangen und hätte mit größter Wahrscheinlichkeit sofort Erfolg damit gehabt. Jetzt gibt es bekanntlich kein Politbüro mehr. Und in diesem Saal gibt es doch wohl niemanden, der in vollem Ernst der Meinung ist, ich sollte mich mit solchen Neuigkeiten zu Boris Nikolajewitsch höchstpersönlich begeben, unserem geehrten Präsidenten?«

»Genosse General«, begann der Vizeadmiral. Er hörte sich spürbar angestrengt an. »Meinen Sie in vollem Ernst, daß nicht einmal der Präsident befugt sei, mit solchen Informationen umzugehen?«

»Selbstverständlich, Genosse Admiral«, gab Jurij Tschiwartschew mit leicht erhobenen Augenbrauen zurück, als stünde die Antwort für ihn außer Frage. »Lassen Sie mich darauf hinweisen, daß wir uns in dieser Hinsicht kaum von anderen politischen Systemen unterscheiden. Der Chef des schwedischen oder amerikanischen Nachrichtendienstes hätte in meiner Lage das Problem kaum anders behandelt.«

»Aber der Präsident ist doch der höchste Entscheidungsträger unseres Landes, Genosse General!« fiel der Vorsitzende plötzlich ein.

»Ja, natürlich ist er das«, bestätigte Jurij Tschiwartschew schnell. »Aber gerade deshalb ist es von großem Gewicht, daß er nicht in solche Angelegenheiten hineingezogen wird wie die, über die wir hier und jetzt sprechen. Dann bleibt die Verantwortung nämlich an ihm hängen, wenn etwas schiefgeht. Wenn er andererseits von nichts weiß, wenn es zu einem Skandal kommt, kann er einen General bei der Raswedka bestrafen, aber das Vaterland kommt politisch davon und vermeidet wie in diesem Fall eine wirtschaftliche Katastrophe. Das Ganze ist sehr einfach.«

»Aber Genosse General«, wandte der Vizeadmiral zweifelnd ein, »Sie schildern die Raswedka ja so, als wäre sie ein Staat im Staate. Meinen Sie tatsächlich, daß der Gerichtshof das schlucken soll?«

»Ich fürchte, die Angelegenheit ist sogar noch ein wenig komplizierter, Genosse Admiral«, erwiderte Jurij Tschiwartschew sanft. Seine Stimme hörte sich fast an, als spräche er zu kleinen Kindern. »Aber erstens sind die Streitkräfte eine eigene Staatsmacht. Sie selbst, Genossen Generäle, üben im Augenblick diese Macht aus. Der Präsident des Landes hat keine Ahnung von dem, worüber wir hier sprechen, und das soll er auch nicht. Noch weniger kennt er die Ereignisse in England. Die Duma, unser Parlament, unser Versuch zu Demokratie, hat keinerlei Kenntnis davon, worüber wir hier sprechen, ebensowenig die zivile Justiz. Bei den Streitkräften sind wir also selbstverständlich ein Staat im Staate. Ich weiß nicht, ob das gut oder schlecht ist, eine Übergangsphase oder nicht, ob demokratisch oder undemokratisch. Aber es ist einfach so. Und die Streitkräfte, dieser Staat im Staate, unterhalten die Raswedka. Wir sind inzwischen eine vollkommen selbständige Einheit, da es kein Politbüro mehr gibt. So sieht es aus. Ich weiß wie gesagt nicht, ob das besonders demokratisch ist. Ich weiß nicht einmal, ob das in jeder Situation überhaupt praktisch ist. Ich weiß nur, daß die Wirklichkeit so aussieht.«

Die drei Richter steckten jetzt nochmals die Köpfe zusammen und berieten sich flüsternd. Sie schienen sich jedoch nicht sonderlich uneinig zu sein. Nach einer Weile klopfte der Vorsitzende auf den Tisch, betrachtete fragend seine beiden Kollegen, die bestätigend nickten, und dann erklärte er die Verhandlung für heute beendet.

Der Sekretär brüllte sofort los, alle sollten aufstehen, als die drei Richter im Gänsemarsch den Saal verließen.

Jurij Tschiwartschew durfte sich eine Zeitlang mit Larissa Nikolajewna in ein leeres Zimmer der Staatsanwaltschaft neben dem

Gerichtssaal setzen, um dort mit ihr unter vier Augen zu sprechen. Sie machte einen höchst aufgeräumten Eindruck, lobte ihn, er habe das Verhör gegen Ende sehr gut gelenkt, und ermahnte ihn, keinen derart überlegenen Eindruck zu machen. Er dürfe den Richtern nicht so überdeutlich zeigen, daß er sie für so unwissend halte. Solche Sticheleien würden ihnen nur die Laune verderben. Er solle bedenken, daß es keine zweite Instanz gebe. Nach der Entscheidung dieser Männer sei alles beendet, unabhängig vom Ergebnis. Selbst ein nicht einstimmiges Votum sei rechtsgültig. Und im Augenblick sei sie der Meinung, daß man allmählich schon an einen Freispruch glauben könne. Es werde jedenfalls keinen Kompromiß geben. Man werde ihn nicht zu fünf Jahren und den Verlust der Hälfte seines Eigentums oder derlei verurteilen. Es werde entweder einen Freispruch oder die Todesstrafe geben. Folglich solle er, und sei es nur aus reiner Vorsicht, etwas behutsamer sein, wenn er zu den drei Richtern spreche.

Jurij Tschiwartschew akzeptierte widerwillig ihre Ermahnungen. Rein sachlich hatte sie natürlich recht, »aber es bleibt doch trotzdem die Tatsache bestehen, daß die drei Arschlöcher sind, Bürokraten, die in ihren Uniformen aussehen wie Witzfiguren«.

Larissa Nikolajewna verdrehte die Augen und bat ihn eindringlich, sich niemals einen Kommentar entschlüpfen zu lassen oder eine Miene aufzusetzen, die auch nur andeutungsweise verrate, was er denke. Unter Umständen hänge sein Leben von einer Grimasse ab.

Erik Ponti war bester Laune. Es war Februar, die Woche der Skiferien, und eine goldene Gelegenheit, eine Menge routinemäßiger Arbeit vom Schreibtisch zu schaffen, da in dieser Woche keine ideologischen Konferenzen stattfanden und es keine Vorlesungen in Betriebswirtschaft und Unternehmensführung gab. Das lag daran, daß der neue Chef sich natürlich in Sälen oder vielleicht auch Åre aufhielt, »um mit den Kindern Ski zu laufen«.

Der erste erbsenzählerfreie Tag hatte gut angefangen, denn die Redaktionskonferenz dauerte sieben Minuten, und in denen ging es nur um Journalismus und das *Echo des Tages*.

Anschließend gelang es ihm, ein paar Stunden lang effektiv zu arbeiten. Damit hatte er seinen Schreibtisch fast leer geräumt, auf dem sich sein schlechtes Gewissen in Form stapelweise unbeantworteter Briefe und Faxe gehäuft hatte. Er ließ sogar den Lunch ausfallen, weil er die lustvolle Hoffnung hegte, noch vor Ende des Arbeitstages eine vollkommen blanke Schreibtischplatte vor sich zu sehen.

Diese Hoffnungen wurden jedoch schon bald in Form des jüngsten Geniestreichs der Kriminalreporter zuschanden gemacht. Diese hatten nämlich den Lasermann II gefunden.

Da Erik Ponti gegenwärtig Senderverantwortlicher war, erhielt er das Ergebnis ihrer Bemühungen in Form einiger Bänder auf seinen noch nicht völlig leeren Schreibtisch. Diese Bänder sollten das Rückgrat dieser nicht ganz neuen Hypothese werden, wie sie das *Echo des Tages* senden wollte. Die Beweisführung war in ihrem ersten Schritt ein wenig jesuitisch indirekt und erinnerte in ihrer besonderen Logik an die Denkgewohnheiten der Privatfahnder. Was mit Hilfe von Interviews mit dem Kriminalkommissar Jan Köge und einigen anderen Personen gezeigt wurde, war folgendes: Jan Köge sei ein bekannter Kurdenjäger aus Holmérs alter Garde (eindeutiger Beweis). Er habe sich damals vollkommen geirrt und sei anschließend aus der Säpo entlassen worden (eindeutiger Beweis). Folglich müsse er sich auch jetzt irren, nachdem er erklärt habe, terroristische Kurden hätten vor dem kurdischen Buchcafé andere Kurden ermordet (reine Unterstellung). Aus diesem Grund müsse es ganz anders gewesen sein (Zirkelschluß). Vermutlich befinde sich ein neuer Lasermann draußen auf dem Feld (reine Vermutung).

Diesen Beitrag hatte er ohne größeren Krach kippen können. Die Kriminalreporter waren alle bedeutend jünger als Erik Ponti. Er geriet nur selten mit ihnen in Konflikt, und überdies hatten sie zweifellos großen Respekt vor seinem beruflichen Können. Er hätte den Unterschied zwischen Fakten, Hypothesen und Vermutungen vermutlich in aller Ruhe und didaktisch behutsam besprechen können, ohne daß sich einer von ihnen allzu gekränkt gefühlt hätte.

Ihr zweiter Abschnitt der Darstellung des Lasermanns II war jedoch so interessant, daß dieser ernst genommen werden mußte.

Sie hatten mit Hilfe von Fachleuten an der Polizeihochschule in Solna ein sogenanntes Profil des Mörders erstellt, vorausgesetzt, es gab nur einen Mörder, der hinter den Überfällen der jüngsten Zeit steckte, bei denen Einwanderer mit orientalischem Hintergrund zu Tode gekommen waren. Die Profil-Methode war vom FBI in den USA ausgearbeitet worden. Sie wurde mit nachweislich recht großem Erfolg bei amerikanischen Serienmördern angewandt. Man hatte ein wissenschaftliches Programm entwickelt, bei dem alle bekannten Angaben und Daten über das Verhalten des Täters eingegeben wurden. Diese Daten wurden dann mit dem Programm abgeglichen. Das Ergebnis war ein statistisch wahrscheinliches Modell des Mörders.

Erik Ponti neigte zwar zu der Ansicht, daß diese Wissenschaft schon fast an der Grenze zur Astrologie lag, doch er wußte zu wenig davon, um gleich zu protestieren.

Wie auch immer: Das »Profil« des hypothetischen Serienmörders in Schweden hatte anhand des Computerprogramms des FBI einige faszinierende Charakterzüge.

Es handelte sich um einen alleinstehenden weißen Mann zwischen dreißig und fünfzig mit hoher Intelligenz, einem eingeschränkten oder beschädigten Gefühlsleben, unter anderem einem erheblichen Mangel an Empathie. Insoweit folgte der Täter einer recht wohlbekannten alten Spur, die auf den inzwischen antiquierten Begriff Psychopath hinwies. Ferner hatte der Mann einen Hintergrund beim Militär und wurde von einer Art Rachsucht getrieben. Diese beruhte vermutlich darauf, daß er in seiner Karriere vielleicht nicht den Erfolg gehabt hatte, der ihm seiner Meinung nach zustand. Möglicherweise, um nicht zu sagen wahrscheinlich, haßte der Mann auch Ausländer. Vermutlich handelte es sich um eine Art Übermensch, der es vermutlich als schwere Beleidigung auffassen würde, wenn man ihn mit dem Lasermann I verglich, John Ausonius. Vielmehr war er im Augenblick dabei, diesem John Ausonius und allen anderen Mitmenschen zu zeigen, was eine Harke ist.

Ein Professor der Polizeihochschule kommentierte kurz das Profil des Mörders, wie es sich anhand des beim FBI eingekauften Computerprogramms darstellte. Er tat es sendefreundlich kurz und drastisch mit zwei Kommentaren:

»Wenn wir diesen Täter, also den Täter dem Profil zufolge, mit John Ausonius vergleichen, stellen wir einige sachlich interessante Unterschiede fest. Ohne ein Opfer kränken zu wollen, kann ich die Behauptung wagen, daß John Ausonius bei einem einfachen Vergleich wie ein Stümper dasteht. Ausonius hat in neun von zehn Fällen danebengeschossen. Dieser Mann hier hat bisher keins seiner Ziele verfehlt.«

Und auf die Frage, was bei der Jagd nach dem neuen Serienmörder geschehen könne, hatte der Polizeiprofessor folgenden Kommentar parat:

»Zwei Dinge können passieren: Er macht weiter, bis er geschnappt wird. Und angesichts der technischen Fähigkeiten, die er bislang vorgeführt hat, fürchte ich, daß das recht lange dauern kann, sofern nicht der Zufall eine Festnahme ermöglicht. Oder der Mann wird allzusehr Übermensch. Vielleicht hört er aber auch einfach auf, weil er keine Lust mehr hat. Um dann, aber das ist nicht sicher, vielleicht nach einem Jahr wieder loszulegen. Das ist ein bei Serienmördern in den USA recht bekanntes Muster.«

Erik Ponti wußte nicht, wie er sich entscheiden sollte. Dieses Mörderprofil war natürlich interessant, und die Kriminalreporter überschütteten ihn mit Argumenten, die auf zwei Dinge abzielten. Es gebe mehrere Morde, die durch einfache und greifbare gemeinsame Faktoren miteinander in Verbindung stünden. Die Opfer seien ausnahmslos orientalische Männer gewesen, wenn auch mit unterschiedlichem religiösem und kulturellem Hintergrund. Sie seien alle mit einer statistisch unwahrscheinlichen Geschicklichkeit ermordet worden. Ein Vergleich mit diesem Ausonius, wie ihn der Polizeiprofessor vorgenommen habe, falle sofort ins Auge. Die Kriminalreporter hatten noch einige frische Angaben, um dieses letzte Argument zu untermauern. Sie wußten jetzt genau, wie die beiden letzten Opfer, die Kurden, vor dem Buchcafé in David Bagares gata erschossen worden waren. Einer, so erklärten sie, sei mit dem ersten Schuß durchs Herz und das Rückgrat geschossen worden. Als er ein paar Sekunden später den Gnadenschuß erhalten habe, sei er folglich schon tot gewesen. Der zweite habe einen Lungenschuß erhalten, übrigens auch das in der Nähe der Mittellinie des Körpers. Auch dieser Mann sei schon im Sterben gewesen, als er durch den Kopf geschossen worden sei. Und in allen anderen Mordfällen, die inzwischen bekannt seien, müsse es genauso zugegangen sein. Dies hier sei der einzige Fall, bei dem es Zeugen gegeben habe, doch im Grunde spiele das keine Rolle, da die gerichtsmedizinischen Schlußfolgerungen eindeutig seien. Da draußen laufe also ein neuer Massenmörder frei herum, von dem man überdies annehmen müsse, daß er Soldat sei. Sogenannte Berufsmörder der Unterwelt gebe es nicht und habe es in Schweden auch nie gegeben, was immer Krimi-Autoren, Filmemacher und Journalisten der Abendpresse glaubten und behaupteten. Nur ein Militär könne so morden. Bei einem Vergleich mit dem Palme-Mörder zeige sich, daß dieser sein eines Opfer aus einer Entfernung von dreißig Zentimetern getroffen, das andere aber aus knapp einem Meter Entfernung verfehlt habe. So sähen schwedische Mörder in der Praxis aus. Das hier sei etwas völlig Neues.

Wahrscheinlich legten sich die Reporter mehr ins Zeug, als nötig gewesen wäre, da Erik Ponti skeptischer aussah, als er war. Er hatte sich intuitiv schon entschieden, das Material zu senden, zumindest was dieses »Profil« betraf. Er wollte jedoch noch ein wenig nachdenken, bevor er alle losrennen ließ; noch vor zwanzig Jahren wäre er inzwischen schon vollkommen aus dem Häuschen gewesen vor Begeisterung und hätte folglich leicht falsche Entscheidungen getroffen.

»Nun, das hört sich ja interessant an«, sagte er gedehnt und mit einem unergründlichen Tonfall. »Weiß man, aus welcher Entfernung der Mörder vor dem kurdischen Buchcafé geschossen hat?«

»Zwanzig bis fünfundzwanzig Meter«, erwiderte einer der Kriminalreporter eine halbe Sekunde schneller als sein Kollege, der erst beim letzten Wort, »Meter«, zu sprechen ansetzte.

»Dann ist er also ein sehr guter Pistolenschütze«, bemerkte Erik Ponti trocken. »Ich nehme an, daß unsere hiesigen Kurden, besonders die, die man des Terrorismus verdächtigt, keine Waffenscheine haben und keinerlei Möglichkeit, in geordneten Formen Schießübungen zu veranstalten?«

»Waffenscheine? Bist du noch zu retten?« fragte der eine Kriminalreporter mit einer freundlichen Miene, die mit der geäußerten Vermutung nicht ganz im Einklang stand.

»Nun ja, ihr seid wohl keine Pistolenschützen«, fuhr Erik Ponti fort, ohne eine Miene zu verziehen. Er wollte das Gespräch noch eine Weile unter disziplinierten Formen fortsetzen, bevor die Reporter fröhlich hinausrannten und ihren Beitrag vorbereiteten. »Ich verstehe aber etwas vom Pistolenschießen. Wenn man aus dieser Entfernung zwei Treffer landet, ob mit Laserzielgerät oder nicht, ist man ein hervorragender Schütze, das kann ich versichern.«

»Ja, aber das stimmt doch perfekt mit diesem Profil überein«, hakte der zweite Kriminalreporter nach.

»Genau«, bestätigte Erik Ponti gemessen. »Genau darauf wollte ich hinaus. Sagt mal, weiß nicht unser Freund, der oberste Kurdenjäger Jan Köge davon? Falls nicht, müßte dann nicht jemand von dem sicher hochqualifizierten Personal beim Gewaltdezernat in Stockholm das begriffen haben? Ich meine, von denen wissen doch viele, was eine Pistole ist.«

»Doch, das müßte so sein«, sagte der erste Kriminalreporter. »Aber Köge hat eine Theorie, derzufolge das eine Opfer in der früheren Palme-Ermittlung besonders interessant war. PKK-Mitglied, politisch aktiv und so weiter. Köge zufolge ist es das Opfer, das bestimmt, wer der Täter ist, nicht das Verhalten des Täters.«

»Und das zweite Opfer? War der Mann auch Mitglied der PKK?« fragte Erik Ponti mit ausdruckslosem Gesicht.

»Nein, das war ein ganz gewöhnlicher Kurde, wenn man das sagen kann«, sagte der erste Kriminalreporter. Er schnitt unabsichtlich eine Grimasse über seinen mißlungenen Ausdruck.

»Weiß man, wer von den beiden als erster erschossen wurde?« fragte Erik Ponti weiter.

»Ja, der gewöhnliche Kurde«, erwiderten beide wie aus einem Mund, als ginge ihnen gleichzeitig ein Licht auf.

»Das ist nun wirklich sehr interessant«, sagte Erik Ponti und zog die Hand vors Gesicht, um zu verbergen, daß er vor Lachen gleich herausplatzen würde. »Wenn man aber zwei zufällig ausgewählte Kurden erschießen will, muß das inzwischen ja sehr gut bekannte kurdische Buchcafé ein gutes Jagdrevier sein, falls ihr den Ausdruck entschuldigt. Die Wahrscheinlichkeit, daß man dabei mindestens einen politisch aktiven Kurden erschießt, gern Mitglied der PKK oder von was auch immer, liegt bei *ungefähr* einhundert Prozent.«

Die beiden Kriminalreporter betrachteten ihn eifrig und aufmerksam. Das war ganz offenbar etwas, woran sie nicht gedacht hatten, wie selbstverständlich es Erik Ponti auch erscheinen mochte.

»Was ich auf meine stille Art andeuten möchte«, fuhr Erik Ponti jetzt mit einem Lächeln fort, »ist folgendes: Ihr scheint mit Kurden ungefähr genausowenig Umgang zu pflegen wie unser Freund Jan Köge. Was ihr nicht begriffen habt, hat auch er nicht begriffen. So einfach ist es. In Ordnung, wir senden das! Aber wir wollen den Ansatz ein wenig ändern, wenn ihr entschuldigt. Diese lange Beweisführung, daß Köge ein Idiot ist, lassen wir raus. Wir sagen nur, daß er sich unter Umständen irrt, und zwar mit den Argumenten, die *erstens* auf seiner Vergangenheit als erfolgloser Kurdenjäger beruhen, und *zweitens* auf den einfachen Schlußfolgerungen, die wir soeben gezogen haben. Ist das in Ordnung?«

Und ob das in Ordnung war. Er hatte seine endgültige Genehmigung kaum ausgesprochen, als die beiden schon aus dem Zimmer waren und zum nächsten Redaktionsraum rannten, um das erste Stück ihres Beitrags zu ändern, in dem es um den Kurdenjäger Köge ging.

Erik Ponti blieb jedoch ganz still und nachdenklich sitzen. Er hatte nicht die geringste Lust, irgendeinen neuen unbeantworteten Brief in Angriff zu nehmen oder anderes, was zu dem theoretischen Traumziel beitragen konnte, den Schreibtisch leer zu fegen.

Da war etwas Merkwürdiges, etwas, was nicht stimmte, was zu gut paßte. Da war etwas, was weder er noch die jüngeren Kollegen sehen konnten, weil es so etwas noch nie gegeben hatte. Im Grunde wußte niemand, ob es tatsächlich ein *Serienmörder* war, der da draußen herumlief. Im Grunde war es so, daß diese Theorie nur etwas besser war als das, was den Konkurrenten auf dem »Nachrichtenmarkt« – wie der neue Chef den Journalismus bezeichnete – eingefallen war.

Ein durchgedrehter Leutnant in irgendeinem Gebirgsjägerverband? Ja, das konnte möglicherweise die guten Schießkünste des Mannes erklären. Doch was die Leute auch glauben mochten, solche Soldaten waren nicht in Chirurgie und Karate ausgebildet. Also. Ein verrückter Elitesoldat, der sich privat in Kampfsportarten fortgebildet und dubiose Zeitschriften wie *Soldiers Fortune* abonniert hatte?

Nun ja, aber dann hätte die Polizei ihn schon längst gefunden. Das Ganze schien nach ein paar Stunden Arbeit an einem einigermaßen anständig gefütterten PC auszusehen, und damit war die Polizei versorgt.

Etwas stimmte ganz grundsätzlich nicht. Soweit es Erik Ponti betraf, ging es in erster Linie darum, daß er für einige Augenblicke das Gefühl hatte, selbst so etwas wie Privatfahnder geworden zu sein. Denn im Moment hatte es leider den Anschein, daß beim *Echo des Tages* gründlicher nachgedacht worden war als beim Gewaltdezernat der Stockholmer Polizei. Das konnte natürlich darauf zurückzuführen sein, daß man dort nun den Chef hatte, der dort saß, wie immer er dorthin gekommen war.

Was zum Teufel soll das? sagte sich Erik Ponti ironisch. Wir veröffentlichen es einfach, dann werden wir ja sehen, wie der Ameisenhaufen munter wird. Wir können uns auf keinen Fall noch mehr irren als die anderen.

Das war *eigentlich* kein gutes journalistisches Kriterium für eine Veröffentlichung. Doch sie konnten sich immer damit verteidigen, daß das *Echo des Tages* zumindest das Bildungsniveau im Lande habe heben wollen, indem es von den Profilstudien des FBI berichtete.

Plötzlich kam ihm der Gedanke, daß es interessant sein könnte, Hamilton nach diesem Profil zu fragen. Der Gedanke kam einfach angeflogen. Neuerdings dachte er nicht mehr an den kleinen *Carl* von der Clarté, den immer so strengen und ernsten Genossen, der jünger war als alle anderen, sondern nur an *Hamilton.*

Aber fragen konnte er ihn ja. Wer nicht fragt, erhält keine Antwort – die goldene Regel des Journalismus.

Carl fühlte sich wohl in seiner Rolle. Denn es war natürlich Theater, als der eineinhalb Tage Wartezeit damit zubrachte, in Moskau herumzuspazieren. Er war wie ein Russe gekleidet. Seine typische russische Pelzmütze, von der man einmal behauptet hatte, sie sei »ein Geschenk des friedliebenden sowjetischen Volkes«, hätte ihn möglicherweise als nicht besonders normalen Russen entlarven können, da sie aus Zobelfellen genäht war. Doch von den Menschen, die ihm auf den Straßen begegneten, würden wohl nicht allzu viele Zobel erkennen, da alle Neureichen in westlichen Autos unterwegs waren. Nur die arme Bevölkerungsmehrheit ging zu Fuß.

Carl trug kurze schwarze Lederstiefel in einem auffallend russischen Schnitt zum Schutz vor dem ewigen Wintermatsch Moskaus, diesem grauweißen Brei, der offenbar nie zu Eis erstarrte, sondern immer seine durchdringende Nässe behielt, selbst wenn die Temperatur unter Minus zehn Grad sank. Er trug Jeans und eine lange Wildlederjacke mit Lammfellfutter. Auch das waren bei oberflächlicher Betrachtung Details, die ihn zu einem x-beliebigen Iwan Iwanowitsch machten, da nur äußerst wenige Menschen hätten sehen können, daß Jeans und Jacke keine billigen Produkte aus russischer Produktion waren. Ein Maßstab für den Erfolg seiner Theaterrolle war, daß er von Zeit zu Zeit von Besuchern der Stadt oder zugezogenen Neubürgern angehalten und nach dem Weg gefragt wurde. Manche hatten sich verlaufen, weil sie die Straßennamen nicht kannten oder weil sie ganz einfach zum ersten Mal in der Stadt waren; Moskau hat jeden Tag fast eine Million Besucher. Die meisten Fragen hatte Carl beantworten können, und manchmal konnte er sogar den kürzesten und besten Weg zu einem bestimmten Ziel nennen.

Vor fünf oder sechs Jahren – eine Zeit, die politische Veränderungen viel länger erscheinen ließ als diese fünf oder sechs Jahre – hatte er vorsichtig damit begonnen, sich in der Rolle eines beliebten Straßenpassanten zu üben. Selbst wenn sein Russisch damals schlecht gewesen war, hatte er sich schnell in die Rolle hineinversetzen können. Ihn hatte nur ein abstraktes schlechtes Gewissen gequält, weil alle Menschen, die ahnungslos an ihm vorbeigingen, im Prinzip seine Feinde waren. Oder, schlimmer noch, weil er ihr Feind war.

Jetzt gab es keine solchen Gefühle mehr. Statt dessen erfüllte ihn, was er als einen seiner letzten wichtigen Einsätze im Leben auffaßte, der Versuch, etwas zur Rettung Jurijs zu unternehmen.

Es war für ihn ein so selbstverständlicher Gedanke, daß er, wenn auch vielleicht ein wenig zerstreut, auch zu Larissa Nikolajewna etwas darüber gesagt hatte, daß nämlich die Zeugenaussage zur Verteidigung Jurijs einer der letzten Einsätze seines Lebens werden solle. Sie hatte etwas eingewandt, worauf er gleichsam nebenbei erwähnte, daß er nicht damit rechne, noch besonders lange zu leben. Doch dann war ihm schnell aufgegangen, daß ein solcher Gedanke, mochte er für ihn auch selbstverständlich sein, in den Ohren eines anderen Menschen ganz anders klingen mußte. Da hatte er versucht, das Ganze mit einem Scherz abzutun.

Es hatte sich als nicht ganz so leicht erwiesen, wie er geglaubt hatte, Larissa Nikolajewna mit neuer Kleidung auszustatten. Sie hatten wie vereinbart in den Modeläden in der Halle des Hotels Metropol angefangen, aber mit leeren Händen wieder fortgehen müssen. Ihre ungewöhnlichen Maße waren nicht an die in Paris und Mailand geltenden Ideale angepaßt. Erstens war sie viel zu hochgewachsen und hatte zweitens viel zu kräftige Beine. Sie sah aus, als hätte man zunächst ein Pariser Mannequin genommen, um dann in mathematisch perfekten Proportionen alles zu verdoppeln. Nach den Maßstäben, von denen man in einer Modeboutique ausging, war sie deshalb eine monströse Russin, obwohl sie in Wahrheit sehr schön war.

Er hatte sie schnell damit getröstet, daß sich schon noch etwas finden werde. Dann hatte er mit ihr einen kurzen Spaziergang zu dem ehemaligen »Zentralkaufhaus« GUM gemacht. Das Kaufhaus war inzwischen privatisiert und an freie Unternehmer vermietet worden. Hier gab es eine Reihe westlicher Modeboutiquen. Bei Gucci beging er den Fehler, russisch zu sprechen, weil er sich sagte, das sei am einfachsten und höflichsten. Daraufhin wurde er jedoch so herablassend behandelt und demonstrativ von Kopf bis Fuß gemustert, daß er es für das beste hielt, einfach wegzugehen. Sie nahm es mit Humor und meinte, eigentlich sollten sie sich geschmeichelt fühlen, weil man sie nur für ehrliche Menschen gehalten habe, die somit als Kunden undenkbar seien. Bei Yves Saint-Laurent, ein kurzes Stück weiter, fanden sie alles, was nötig war. Carl brauchte nur zwanzig Minuten, um Kleidungsstücke auszuwählen, mit denen sie ohne weiteres als Anwältin in Los Angeles oder Paris durchgehen konnte, wenn man einmal von ihrem Make-up absah. Diesmal sprach er englisch.

Es freute ihn, daß sie nicht begriff, was die Kleider kosteten. So konnte er über seine kleine Dankesschuld ihr gegenüber scherzen, als er bezahlte.

Hinterher fuhr er sie mit einem Taxi nach Hause. Sie wohnte etwa zwanzig Minuten von der Innenstadt entfernt. Er sagte, es komme ihm unvorsichtig vor, mit großen glänzenden Einkaufstüten mit ausländischer Aufschrift in der U-Bahn zu fahren. Vor einigen Jahren noch hätte keiner von ihnen an so etwas gedacht, denn damals wurde in der U-Bahn niemand überfallen oder bestohlen, »weil es verboten war«. Jetzt, in dem neuen, demokratischen Rußland, konnte man sich dessen nicht mehr so sicher sein.

Im Taxi erzählte sie, sie habe fast ihr Leben lang Leichtathletik betrieben, sei einmal bei den sowjetischen Meisterschaften im Fünfkampf zweite geworden. Ihre Spezialität sei der Weitsprung gewesen, und wäre das Sowjetsystem schon früher beseitigt worden, hätte sie wohl als beste Weitspringerin Rußlands an Weltmeisterschaften wie an Olympischen Spielen teilnehmen können.

Sie trainiere immer noch viel, vor allem, um nicht vorzeitig zu einer allzu dicken und überdies zu groß geratenen russischen *babuschka* zu werden. Jetzt stehe die Juristerei im Vordergrund. Vermutlich müsse sie ihre Spezialität, Strafsachen, aufgeben und zu Wirtschaftsrecht übergehen, falls sie und ihre beiden Kompagnons es schaffen sollten, ihre »privatkapitalistische« Anwaltskanzlei lohnend zu machen. In den kommenden Jahren würde die Kombination Wirtschaftsrecht und Strafrecht wahrscheinlich sehr gesucht sein.

Ihr ehemaliger Mann habe Kraftsport betrieben. All die Gifte, die er in sich hineingestopft habe, hätten ihn aggressiv und unausstehlich gemacht, erzählte sie, kurz bevor die Taxifahrt zu Ende war. Carl lehnte höflich, aber bestimmt ab, sie in ihre Wohnung zu begleiten, um eine Tasse Tee zu trinken. Er dachte nicht einmal darüber nach, ob sie tatsächlich Tee meinte oder etwas anderes.

Sie machte natürlich einen leicht verletzten Eindruck, weil er ihre freundliche kleine Geste zu entschieden ablehnte, doch er brachte es nicht über sich nachzugeben. Es kam ihm vor, als müßte er sich in kleinen Portionen wieder daran gewöhnen, mit Menschen umzugehen, die nichts von ihm wußten und es für selbstverständlich hielten, daß er war wie alle anderen, zumindest in der Hinsicht, daß auch er noch eine Familie hatte. Er fürchtete, ein allzu intensiver Umgang mit ihr könne ihn dazu bringen, sowohl sich selbst als auch sie in eine peinliche Situation zu bringen, weil er plötzlich zu erzählen anfing.

Sie hatte ihn am Abend nach dem ersten Prozeßtag angerufen und erzählt, daß es sehr gut gelaufen sei. Mehr wolle sie am Telefon nicht sagen. Jurij Gennadjewitsch lasse herzlich grüßen. Obwohl sie demonstrativ wiederholte, sie könne am Telefon nicht alles erzählen, lud er sie nicht zum Essen ein. Das nicht nur aus

Furcht vor ihrer besonderen Schönheit, ihrem schönen Körper, sondern auch, weil er zu wenig über russische Rechtsvorschriften wußte. Vermutlich würde er unter Eid aussagen müssen. Vielleicht würde man ihn zwingen, dazu auszusagen, wie Larissa Nikolajewna ihn als Zeugen vorbereitet habe. Da mußten seine Antworten wahr und juristisch einwandfrei zugleich sein.

Während des freien Tages war er acht Stunden mehr oder weniger planlos in den zentralen und ihm meist wohlbekannten Teilen der Moskauer Innenstadt herumspaziert, *der Stadt innerhalb des Rings*. Am Abend hatte er sich vor den Fernseher gesetzt. Erst ziemlich spät war ihm eingefallen, daß er seit dem Frühstück nichts mehr gegessen hatte, als hätte er es einfach vergessen, weil er keinen Hunger gespürt hatte. Er bestellte sich etwas aufs Zimmer und zögerte lange, bis er den Zimmerservice ein zweites Mal anrief und bat, noch eine Flasche georgischen Rotwein hochzuschicken. Er erhielt eine schnippische Antwort, auch hier wiederum vermutlich, weil er russisch gesprochen hatte. Man klärte ihn darüber auf, daß es in diesem anständigen Hotel so etwas wie *asiatischen Wein wirklich* nicht gebe. Hingegen habe man amerikanischen Wein. Er gab nach und ließ sich eine Flasche kalifornischen Rotwein bringen, der zu süß und künstlich schmeckte, genau wie er vermutet hatte. Er trank zwei Gläser und ließ den Rest stehen.

Er stand am nächsten Morgen früh auf, aß ein reelles englisch-deutsches Frühstück und spazierte bei leichtem Schneetreiben und acht Grad unter Null in schnellem Tempo durch die Straßen. Er fühlte sich voller Adrenalin und Kampfeslust, die er zähmen mußte, damit etwas Zivileres und hoffentlich Intellektuelles daraus wurde. Heute sollte die Entscheidung fallen. Heute würde er die letzte Chance im Leben erhalten, etwas unzweideutig Gutes zu tun. Er würde für Jurij Tschiwartschews Leben kämpfen.

Bevor er sich umzog, duschte er und rasierte sich mit großer Sorgfalt. Als er sich anschließend für die neue Theaterrolle zu kleiden begann, tat er es langsam, Moment für Moment, als ginge es um Uniform und Bewaffnung für praktische militärische Einsätze statt einer intellektuellen Aufgabe. Vielleicht war das für ihn eine Methode, sich in einen seelischen Bereitschaftszustand zu versetzen. Vielleicht ging es ihm nur darum, sich nicht albern und verkleidet zu fühlen, als ginge er zu einer Maskerade; die

Admiralsuniform kam ihm trotzdem leicht unwirklich vor. Er zwang sich jedoch, sie sehr ernst zu nehmen, da sie im Moment die vielleicht wichtigste Waffe in seinem Arsenal war. Er übte den Beginn seines Auftritts sogar psychologisch ein, indem er einen der hoteleigenen Wagen bestellte, vom Fahrstuhl aus durch die lange Halle ging und dann, den Uniformmantel lose über die Schultern gehängt wie eine Art Umhang, die Treppe hinunterschritt. Als Bestätigung oder Beschwörung sah er, wie das Hotelpersonal dort unten, das ihn bisher nur in Jeans gesehen hatte, bei seinem Anblick reagierte. Drei westliche Admiralssterne sprachen eine kraftvolle Sprache.

Er sah es noch deutlicher, als Larissa Nikolajewna ihm in dem langen, menschenleeren Korridor vor dem Gerichtssaal im dritten Stock entgegenging. Als er vor ihr stand, zog er sich schnell den Mantel von den Schultern und legte ihn sich über den Arm, bevor er ihr die Hand zum Gruß hinstreckte. Sie starrte ihn wie verhext an, während sie die Verwandlung, die er durchgemacht hatte, zu akzeptieren versuchte; es war ja nicht nur die Uniform, sondern auch sein Theaterspiel. Jetzt spielte er mit der gleichen Selbstverständlichkeit den Admiral, mit der er in seinem Säpo-Büro in Stockholm eine Art englischen Herrenclub spielte.

»Carl Carlowitsch ...«, sagte sie mit weit aufgerissenen Augen. »Für einen Schurken nehmen Sie sich aber sehr gut aus, oder wie soll ich sagen ...«

»Meine liebe Larissa Nikolajewna. Sie nehmen sich selbst sehr gut aus, worauf ich auch hinweisen muß«, erwiderte er übertrieben gedrechselt. Er verneigte sich ein wenig, wie die Rolle es verlangte.

Sie waren übereingekommen, einander mit dem Vornamen und dem Vaternamen, aber mit Sie anzureden. So wurde er zu Carl Carlowitsch, da sein Vater ebenfalls Carl geheißen hatte.

Als sie sich von der Überraschung dieses völlig neuen Carl Carlowitsch erholt hatte, zeigte sie auf eine kleine steinerne Bank in der Nähe. Sie schlenderten hin und setzten sich. Dann konzentrierte sie sich, sah auf die Armbanduhr und begann mit einem schnellen Vortrag der Lage.

»Nach dem ersten Tag sah es für Jurij Gennadjewitsch sehr gut aus. Ohne allzu optimistisch zu sein, kann ich ganz einfach sagen, daß er mit den Richtern Schlitten gefahren ist. Gestern wendete sich das Blatt jedoch, da einer seiner früheren Kollegen als Zeuge aussagte und ihn immerzu nur als Landesverräter bezeichnete. Die Identität des Zeugen, ebenfalls Generalleutnant, wurde geheimgehalten. Dieser Mann hat das entscheidende Problem für jeden, der ein strenges Urteil will, dadurch gelöst, daß er allen Spekulationen einen Riegel vorschob. Auf alle Vermutungen, was geschehen wäre, wenn Jurij Gennadjewitsch *nicht* tätig geworden wäre, reagierte er nur mit einem harten: Wir beschäftigen uns hier mit Fakten und nicht mit Vermutungen.

Jetzt geht es also um folgendes: Kann und soll ein führender Angehöriger des militärischen Nachrichtendienstes außenpolitische und ökonomische Beurteilungen vornehmen? Kann man mit genügender Präzision sagen, was geschehen wäre, wenn Jurij Gennadjewitsch *nicht* die Taten verübt hätte, die ihm jetzt diese Anklage eingebracht haben?«

Carl antwortete jeweils nur mit einem kurzen, überzeugten Kopfnicken auf ihre Fragen. Dann sagte er, wenn man ihm im Gerichtssaal nur solche Fragen stelle, werde er schon die Antworten geben können, die sie von ihm wolle. Dann wollte er wissen, ob die Richter seine Vernehmung so hinbiegen könnten, daß es für den Angeklagten ungünstig sei, und gegebenenfalls wie.

Sie begann mit einem nervösen und zu langen Ausflug in das russische Rechtssystem, dessen Strafprozeßordnung grundsätzlich *inquisitorisch* sei. Ein Strafprozeß sei anders als im Westen kein Spiel zwischen zwei gleichberechtigten Parteien vor objektiven Richtern. In Rußland seien es die Richter, die den Prozeß führten. Sie könnten eine Vernehmung jederzeit abbrechen oder sie von der Staatsanwaltschaft wie von der Verteidigung übernehmen.

Carl unterbrach sie nach einiger Zeit mit der Frage, welchen Rang die drei Richter hätten. Sie erklärte unsicher, alle würden mit General oder Admiral angeredet. Dann nannte sie die Zahl der Sterne auf den Schulterstücken. Carl munterte sie mit einem selbstsicheren Lächeln auf und brummte, sie würden nicht damit anfangen, ihn exerzieren zu lassen. Sie könne ganz beruhigt sein. Dies sei ein Kampf, den er nicht zu verlieren gedenke.

Das hätte sie nicht anders erwartet. Seine ruhige Selbstsicherheit gab ihr, wie er gehofft hatte, den Mut ein, den sie brauchte. Als sie mit einem letzten vorsichtigen und schüchternen Winken in den Gerichtssaal verschwand, hatten ihre Wangen wieder Farbe bekommen, und sie sah fröhlich und optimistisch aus.

Kaum war sie verschwunden, sank Carl leicht zusammen. Seine Selbstsicherheit war zum Teil gespielt. Ihn überkam kurz das schwindelnde Gefühl, lächerlich auszusehen. Er fingerte nervös an dem großen Sankt-Georgs-Kreuz herum, das eigentlich am Hals hängen sollte, das er jetzt aber unten auf der Brust neben dem Roten Stern und unter den vier Reihen mit Ordensspangen und dem amerikanischen Navy-Seal-Symbol befestigt hatte. Wenn irgendein Kollege ihn zu Hause so zu Gesicht bekäme, würde er ihn auslachen und Witze über ihn machen, da er wie eine Schießbudenfigur aussah und sich vollkommen unmöglich verkleidet hatte. Doch die da im Gerichtssaal wußten das nicht, und für sie war das Theater gedacht. Nach und nach gelang es ihm, sich wieder aufzupumpen. Er atmete ruhig und versuchte, sich nur auf eine einzige Sache zu konzentrieren, auf das Ziel, als stünde ihm ein Pistolenschießen bevor. Im Moment durfte es nichts anderes geben.

Mit russischer Pünktlichkeit hatte er bisher noch keine sonderlich positiven Erfahrungen gemacht, und so kam es, daß er urplötzlich aus seiner yogaähnlichen Konzentration gerissen wurde, als die Türen zum Gerichtssaal um Punkt zehn aufgingen und jemand seinen Namen und seinen Dienstgrad rief.

Er erhob sich langsam, rückte ein letztes Mal seine Uniform zurecht und ging dann sehr schnell und mit langen Schritten, mit dem felsenfesten Vorsatz, nicht zu zögern und nicht innezuhalten, in den Gerichtssaal. Die Uniformmütze hatte er unter den linken Ellbogen geklemmt. Mitten im Saal stand eine Art Rednerpult, das offenbar die russische Entsprechung des Zeugenstands war. Er ging zu diesem Pult, legte die Uniformmütze hin und suchte nacheinander den Blick der drei Richter. Einer nach dem anderen wich seinem Blick aus.

Ein Major, der neben den Richtern saß, sprang jetzt auf und brüllte, der Zeuge solle seinen Namen, seinen Beruf und seine Adresse angeben. Doch Carl fand nicht die Zeit zu antworten, da der älteste Richter, der ranghöchste und folglich der Vorsitzende des Gerichts, den Major mit einer Handbewegung unterbrach und sich direkt an Carl wandte.

»Einen Augenblick, bevor wir anfangen«, sagte der Generaloberst. »Hier ist eine praktische Frage entstanden, die wir vielleicht als erstes klären sollten. Genosse Admiral, falls Sie einen schwedischen Dolmetscher wünschen, haben wir einen solchen in Bereitschaft.«

»Das wird wohl nicht notwendig sein, Genosse Vorsitzender«, sagte Carl und warf einen schnellen Seitenblick zu Larissa Nikolajewna, die jetzt die Hand vors Gesicht hielt, um nicht laut loszuplatzen. »Im Gegenteil, ich könnte mir vorstellen, daß ein Dolmetscher unser Gespräch verzögern würde und überdies eher Unklarheit schafft als Klarheit. Sollte ich eine Frage nicht verstehen, werden wir durchaus fähig sein, alles auf eine bessere Weise zu klären als durch einen Dolmetscher.«

Seine Antwort hatte bei den drei Richtern eine durchschlagende Wirkung. Einer von ihnen, der Kollege Vizeadmiral, griff sich ironisch an die Stirn und machte dann eine fröhliche Geste zu seinem Vorsitzenden, die etwa bedeutete, ganz schön blamiert, nicht wahr, Genosse?

»Genosse Admiral«, sagte der Vorsitzende und zeigte die Andeutung eines verlegenen Lächelns. »Ich war wohl ein bißchen vorschnell. Ich bitte um Entschuldigung. Wenn Sie ein solches Russisch sprechen, glaube ich nicht, daß es Probleme geben wird. Sofern Sie nicht anfangen, uns zu verbessern.«

Hinter Carl gab es Heiterkeit im Gerichtssaal. Anschließend nannte er Namen, Beruf und Heimatadresse. Er stellte sich als stellvertretender Leiter der militärischen Raswedka und operativen Leiter der Gegen-Raswedka mit Adresse Sicherheitspolizei in Stockholm vor. Er erkannte sehr wohl, daß die Offizierskollegen jetzt Kopfschmerzen hatten. Während des bisherigen Prozesses hatten sie den Feind als schurkenhaft bezeichnet, wie sie es gewohnt waren. Und jetzt standen sie dem Feind Auge in Auge gegenüber, und er war nicht so, wie sie erwartet hatten. Das war eine psychologische Belastung.

Als Carl seine Personalien genannt hatte und der unglückliche Major, der Sekretär, sich durch das Wort »Sicherheitspolizei« hindurchbuchstabiert hatte, ergriff der Vorsitzende wieder die Initiative.

»Genosse Admiral«, begann er fast flehend, »der guten Form halber möchte ich Sie jetzt daran erinnern, daß Sie verpflichtet sind, die Wahrheit zu sagen. Unser Strafgesetzbuch droht bis zu einem Jahr Gefängnis für den an, der in seiner Eigenschaft als Zeuge falsche Angaben macht. Mir ist klar, daß diese Vorschrift auf Sie nicht anwendbar ist, da Sie natürlich diplomatische Immunität genießen. Ich habe aber nur der guten Form halber darauf hinweisen wollen.«

»Herr Vorsitzender!« entgegnete Carl schnell und in derselben Sekunde, in der die Mahnung beendet war, und nicht ohne Arroganz. »Lassen Sie mich sagen, daß ich *keine* diplomatische Immunität besitze. Das ist von meiner Seite eine bewußte Entscheidung. Ich stehe nach dem Gesetz, nach dem Gesetz Ihres Landes, für alles ein, was ich sage. Im übrigen habe ich die lange Reise nach Moskau nicht auf mich genommen, um hier zu lügen.«

Wieder hörte er Bewegung und von mehreren Seiten ein unterdrücktes Kichern. Er erkannte, daß er gut angefangen hatte. Er hatte die Initiative besser ergriffen, als er hatte hoffen können. Die drei Richter machten lange Gesichter. Einer von ihnen sah sich genötigt, sich flüsternd an seinen Vorsitzenden zu wenden, bevor er der vorgeschriebenen Prozedur entsprechend fortfahren konnte.

»Das ist natürlich eine etwas unerwartete Situation, Genosse Admiral«, begann er zögernd. »Ich kann nur sagen, daß das Höchste Gericht des Militärkollegiums Ihre Geste zur Kenntnis genommen hat. Wir betrachten Sie mit größtem Respekt. Nun, Frau Anwältin! Es ist Ihr Zeuge. Sie beginnen mit den Fragen. Bitte sehr!«

Carl drehte sich leicht um, so daß er Larissa Nikolajewna sehen konnte und jetzt zum ersten Mal auch Jurij Tschiwartschew. Ihre Blicke trafen sich für den Bruchteil einer Sekunde. Ohne daß einer von ihnen eine Miene verzogen hatte, hatten sie einander begrüßt. Larissa Nikolajewna schien nervös zu sein und raschelte mit ihren Papieren, bevor sie das Wort ergriff.

»Herr Admiral …«, begann sie und machte ein Gesicht, als müßte sie Anlauf nehmen, um einen sehr großen Sprung zu bewältigen. »Wie Sie wissen, geht es in dieser Verhandlung darum, wie man die Tatsache bewerten soll, daß Sie vom Angeklagten, Generalleutnant Jurij Tschiwartschew, bestimmte Informationen entgegengenommen haben, ferner darum, zu welchen Konsequenzen das geführt hat und wie man danach das Verhalten des Generalleutnants beurteilen soll und …«

»Bitte, bitte, Frau Anwältin!« unterbrach sie der Vorsitzende des Gerichts barsch. »Sie sollen dem Zeugen doch nicht vorschreiben, was er sagen soll. Stellen Sie ihm Ihre Fragen!«

»Sofort, Herr Vorsitzender!« sagte Larissa Nikolajewna. Sie errötete und begann in ihren Papieren zu wühlen. Carl glaubte jetzt eine wichtige Erkenntnis gewonnen zu haben: Er wurde durch seine Kleidung in diesem Gerichtssaal geschützt, aber weder sie noch Jurij Tschiwartschew. Ihn würden sie nicht unterbrechen, sie dafür um so lieber.

»In welcher persönlichen Beziehung stehen Sie zu Generalleutnant Tschiwartschew, Herr Admiral?« fragte sie, als sie sich gefaßt hatte.

»Erstens sind wir Kollegen«, begann Carl kurz angebunden. »Wir haben den gleichen Beruf und folglich mit den gleichen Problemen zu tun. Wir sollen die gleichen Dinge verstehen und analysieren können. Vor einer Reihe von Jahren waren wir rein operativ noch Feinde, nämlich als Genosse Tschiwartschew Resident der Stockholmer Station des GRU war, also in der Sowjetzeit. Vor sechs Jahren sind wir einander zum ersten Mal persönlich begegnet. Heute wage ich zu behaupten, daß wir gute Freunde sind.«

»Sie waren also nicht derjenige, der Generalleutnant Tschiwartschew verraten hat?« fragte sie weiter.

»Natürlich nicht!« erwiderte Carl und suchte Jurij Tschiwartschews Blick, da er davon ausging, daß die Frage für diesen gedacht war und nicht für das Gericht. »Es war der Fehler eines Stümpers von Generaldirektor bei der britischen Raswedka, der uns in diese komplizierte und schwierige Lage gebracht hat. Hat das wirklich etwas mit der Sache zu tun?«

Diese letzte Gegenfrage hatte Carl mit russischer Barschheit gestellt, als wollte er persönliche Dinge heraushalten, all das, was eine Anwältin vor geehrten Offizierskollegen vielleicht auszubreiten gedachte. Er blinzelte Jurij Tschiwartschew unmerklich zu, der sofort mit einem unterdrückten Lächeln in seine Papiere blickte.

»Vielleicht nicht, Herr Admiral«, fuhr Larissa Nikolajewna erstaunt und ein wenig eingeschüchtert fort. »Lassen Sie mich auf das zurückkommen, wie Sie und Generalleutnant Tschiwartschew sich kennengelernt haben. Wie kam es dazu?«

»Reaktionäre Kräfte bei der schwedischen Gegen-Raswedka wollten die Stimmung zwischen unseren freundschaftlich gesinnten Ländern mit ihrer Hetze vergiften. Sie begannen in Schweden mit einer Reihe von Terroraktionen«, leierte Carl schnell und eintönig herunter, um seine russische Wortwahl dem Tonfall anzupassen. »Diese reaktionären Kräfte verfolgten die Absicht, es als reine Kriegshandlungen aussehen zu lassen. Aber Genosse Tschiwartschew, damals noch Oberst, durchschaute früher als alle anderen, was sich in Wahrheit abspielte. Er kam direkt zu mir, was in der damaligen Zeit angesichts der politischen Lage eine kühne und entschlossene Tat war, und schlug eine operative Zusammenarbeit gegen den Feind des Feindes vor. So haben wir uns kennengelernt.«

Carl legte eine Kunstpause ein, um für Larissa Nikolajewna die nächste selbstverständliche Replik vorzubereiten, während er aus der Spannung Nutzen zog.

»Nun, kam es zu einer operativen Zusammenarbeit?« fragte sie gehorsam.

»Ja! Die außerdem außerordentlich erfolgreich war«, erwiderte Carl schnell und legte dann wieder eine Pause ein. »Wir haben unseren gemeinsamen Feind aufgespürt, gestellt und ihn besiegt. Ohne den Einsatz des Genossen Tschiwartschew wäre das nicht möglich gewesen.«

»Ich verstehe«, sagte Larissa Nikolajewna und nickte zufrieden, bevor sie erneut Anlauf nahm. »Wie ich sehe, tragen Sie die sowjetische Auszeichnung Roter Stern. Ist das ein Ergebnis dieser Zusammenarbeit?«

»Ja«, erwiderte Carl mit einer kurzen Geste, die Schüchternheit andeuten sollte. »Wir wollen aber sicherheitshalber festhalten, daß diese Auszeichnung bei allem Respekt eins der weniger bedeutenden Ergebnisse des damaligen Handelns von Genosse General Tschiwartschew ist.«

»Sie tragen auch die höchste Auszeichnung des neuen Rußlands, das Sankt-Georgs-Kreuz, Herr Admiral«, fuhr Larissa Nikolajewna eifrig fort, »wie übrigens General Tschiwartschew auch. Ist das auch ein Ergebnis Ihrer gemeinsamen Arbeit?«

»Ja!« bestätigte Carl bescheiden knapp, als hielte er es für überflüssig, mehr darüber zu sagen. Damit hatte er Larissa Nikolajewna erneut den Ball vorgelegt.

»Worum ging es bei der Zusammenarbeit, die Ihnen beiden das

Sankt-Georgs-Kreuz eingebracht hat?« fragte sie nachdenklich, als würde jetzt etwas sehr Wichtiges enthüllt werden.

»Schluß jetzt, Anwältin!« unterbrach der Vorsitzende des Gerichts irritiert. »Bei allem Respekt vor den früheren Einsätzen der beiden Offiziere auf dem Feld ist mir nicht klar, was die Anwältin mit diesen Fragen erreichen will. Worauf wollen Sie hinweisen?«

»Ich will zeigen, daß mein Mandant und unser sogenannter Feind gemeinsam große Einsätze für die Sache des Friedens geleistet haben«, gab sie zurück. Ihre schnelle Antwort verriet, daß sie bestens darauf vorbereitet war, gerade an dieser Stelle unterbrochen zu werden. »Ich möchte auch zeigen, daß diese großen und sicher wohlverdient belohnten Einsätze denen, die jetzt vom Gericht zu prüfen sind, zum Verwechseln ähnlich sind«, fuhr sie selbstsicher fort.

Carl hielt es für richtig, jetzt nur noch wie ein Standbild dazustehen, gleichgültig dafür, was gefragt werden durfte oder nicht. Die drei Richter steckten wieder einmal die Köpfe zusammen und berieten schnell und flüsternd. Wer genau hinsah, konnte unschwer erkennen, wie die Sympathien verteilt waren. Der Vorsitzende war dagegen, die beiden rangniederen Richter dafür, daß die Fragen der Anwältin zugelassen würden. Schließlich schienen sie sich zu einigen.

»Das Höchste Gericht des Militärkollegiums hat beschlossen, die Fragen zuzulassen. Bitte sehr, fahren Sie fort, Frau Anwältin!« brummte der Vorsitzende mürrisch.

»Danke, Herr Vorsitzender«, sagte Larissa Nikolajewna. Sie quittierte den Bescheid mit einem breiten Lächeln zu dem Vorsitzenden hin, das ihm vermutlich nicht gefiel. Zumindest schien er derlei nicht gewohnt zu sein. »Also, Herr Admiral«, fuhr sie, an Carl gewandt, fort. »Worum ging es?«

»Sie fragen mich nach Informationen, die der Geheimhaltung unterliegen«, begann Carl mit gespieltem Widerwillen. »Ich hoffe deshalb, daß Sie sich mit einer kurzen Antwort begnügen können. Vor einigen Jahren operierten die schwedische und die russische Raswedka gemeinsam, um ein Vorhaben zu stoppen, das darauf hinauslief, Kernwaffen aus Rußland ins Ausland zu schmuggeln. Es war eine komplizierte Zusammenarbeit, aber wir hatten Erfolg und siegten.«

»Weiß die gegenwärtige russische Staatsführung, daß diese Zusammenarbeit stattgefunden hat?« dampfte Larissa Nikolajewna optimistisch weiter drauflos.

»Davon kann man wohl ausgehen«, erwiderte Carl, machte erneut eine Kunstpause und erlaubte sich den Anflug eines Lächelns im Mundwinkel. »Es ist Ihr Präsident, der sowohl mich als auch Genosse General Tschiwartschew für diese Einsätze mit dem Sankt-Georgs-Kreuz ausgezeichnet hat.«

»Schluß jetzt, jetzt reicht es!« unterbrach der Vorsitzende des Gerichts erneut. »Das Höchste Gericht des Militärkollegiums akzeptiert, daß die Genossen Tschiwartschew und Hamilton bei historischen Bemühungen um die Sache des Friedens et cetera et cetera erfolgreiche Arbeit geleistet haben. Aber ob Sie jetzt vielleicht allmählich zur Sache kommen könnten, Frau Anwältin?«

»Sofort, Herr Vorsitzender!« entgegnete Larissa Nikolajewna ungerührt. »Herr Admiral! Wie kam es, daß gerade Sie der Mann gewesen sind, der von meinem Mandanten entscheidende geheime Angaben erhielt?«

»Die schwedische Regierung hatte mir befohlen, mit der britischen Raswedka zusammenzuarbeiten«, begann Carl eintönig. »Man wußte, daß in London eine sehr eigenartige russische Operation ablief. Daß nämlich der russische Nachrichtendienst Angestellte der britischen Rüstungsindustrie ermordete.«

»Aha, das war also bekannt!« fuhr Larissa Nikolajewna mit einer Betonung fort, die allen Anwesenden im Gerichtssaal klarmachte, daß dies eine entscheidende Information war.

»Ja! Es war wohlbekannt«, erwiderte Carl ungerührt. »Es ging also in erster Linie darum, die russischen Operateure aufzuspüren und zu stoppen.«

»Wie wurde Ihr Auftrag definiert, Herr Admiral?« fragte Larissa Nikolajewna in einem Tonfall, der erkennen ließ, daß sie sich jetzt schon in ruhigeren Gewässern wähnte.

»Das läßt sich sehr einfach sagen«, sagte Carl langsamer, um fast schwermütig Selbstverständlichkeiten zu erklären. »Hilf den britischen Kollegen, die russischen Mörder zu finden, die in London wüten.«

»Und es war ein Bestandteil dieses Auftrags, mit meinem Mandanten Kontakt aufzunehmen?« fragte Larissa Nikolajewna mit einer Ruhe, die den Eindruck erweckte, daß sie mit ihren Fragen jetzt schon fast im Heimathafen war.

»Ja, richtig«, erwiderte Carl in einem fügsamen Tonfall. »Ich habe meinem russischen Kollegen und Freund in einem sehr offenherzigen Gespräch dargelegt, was da ablief.«

»Hatten Sie ein Recht dazu? War das nicht Verrat?« fragte Larissa Nikolajewna mit erhobener Stimme, um das Gewicht der Frage zu betonen.

»Als operativer Chef hatte ich natürlich das Recht, alles zu tun, was ich für die Lösung der Aufgabe als nützlich ansah«, erwiderte Carl gemessen, fast als wollte er sich von dem distanzieren, was jetzt kam. »Kein Mensch, der seine fünf Sinne beisammen hat, würde dabei an Verrat denken. Sie verstehen, wenn Jurij Tschiwartschew die russische Gruppe damals aus London hätte zurückziehen können, hätten beide Parteien ein Ergebnis erreicht. Es wäre an und für sich eine ausgezeichnete Lösung gewesen und normalerweise eine recht logische Folge dessen, daß ich in voller Übereinstimmung mit meinen Anweisungen die russische Seite gewarnt hatte.«

»Wenn es Generalleutnant Jurij Tschiwartschew demnach gelungen wäre, die laufende russische Operation abzubrechen, wäre nichts weiter passiert? Habe ich das richtig verstanden, Herr Admiral?«

»Verzeihung, Herr Vorsitzender!« unterbrach ein Major, der Larissa Nikolajewna genau gegenübersaß und bisher kein Wort geäußert hatte. »Als Staatsanwalt muß ich jedoch gegen diese Frage protestieren. Die Anwältin bittet den Zeugen zu spekulieren und auf Dinge zu antworten, die der Zeuge billigerweise nicht wissen kann.«

»Ich spekuliere nicht, *Herr Major«,* erwiderte Carl blitzschnell und arrogant. »Ich war damals Leiter des Nachrichtendienstes und *wußte,* was in London geschah.«

Das war vielleicht ein allzu kühner Angriff, doch er war Carl so schnell und spontan eingefallen, daß er keine Zeit mehr hatte nachzudenken, nachdem schon alles gesagt war. Das schloß seine herablassende Betonung des *Herr Major* ein. Doch nach einer Sekunde verblüfften Schweigens bei den drei Richtern konnte er feststellen, daß er gewonnen hatte.

»Na wenn das so ist«, brummte der Vorsitzende des Gerichts mit einem so breiten Lächeln, daß er dabei eine Reihe schadhafter

Zähne entblößte. »Wenn Sie es wirklich *wissen,* Genosse Admiral, werden wir die Frage wohl zulassen müssen. Bitte sehr, Frau Anwältin, wenn Sie die Frage wiederholen wollen?«

»Die Frage lautete …«, begann Larissa Nikolajewna und machte dann plötzlich ein Gesicht, als wüßte sie nicht mehr, wo sie sich befand. Dann fand sie den Faden wieder. »Ja! Die Frage lautete also wie folgt: Wenn es Generalleutnant Tschiwartschew gelungen wäre, die russische Operation abzubrechen, wäre nichts weiter passiert?«

»Nein, das ist richtig«, erwiderte Carl.

»Und das *wissen* Sie?«

»Ja, selbstverständlich. Wir waren jedoch gezwungen, das Problem auf eine andere Weise zu lösen, das stimmt schon. Aber danach ist nichts mehr geschehen. Mit anderen Worten: Von jetzt an wissen Sie es ja auch, sogar der Major hier weiß es.«

»Ich möchte Ihnen vorschlagen, sich über Anwesende nicht lustig zu machen!« sagte Larissa Nikolajewna streng tadelnd.

»Sie haben recht. Ich bitte um Entschuldigung«, antwortete Carl steif und machte wieder ein ernstes Gesicht.

»Ausgezeichnet, Herr Admiral«, fuhr Larissa Nikolajewna fort. Sie studierte kurz ihre Notizen, bevor sie weitersprach. »Nun, wie reagierte General Tschiwartschew, als Sie ihm erzählten, die westliche Gegen-Raswedka sei uns Russen auf der Spur?«

»Trotz des großen Vertrauens, das wir zueinander haben, wollte er zunächst nicht glauben, daß es überhaupt möglich sein konnte«, erwiderte Carl traurig. »Er war der Ansicht, daß es eine allzu idiotische Operation und deshalb unmöglich sei. Es müsse sich um ein Mißverständnis handeln. Der Ansicht war ich auch. Die Situation war für Rußland ja außerordentlich gefährlich.«

»Inwiefern?« fragte Larissa Nikolajewna mit einem ruhigen Tonfall, der bei Carl den Eindruck erweckte, als sei sie jetzt dabei, ihren Sieg zu sichern, ohne Gefahr zu laufen, unterbrochen oder behindert zu werden.

»Ich glaube, das versteht sich von selbst«, begann Carl langsam, als erstaunte es ihn fast, daß die Frage hatte gestellt werden müssen. »Wenn diese Geschichte herausgekommen wäre, wäre nicht nur sofort die britische Regierung gestürzt, sondern das Ganze hätte mit etwas geendet, was man sich wohl als einen allgemeinen Handelskrieg des Westens mit Rußland vorstellen muß. Die Konsequenzen für die russische Seite wären im Fall einer Entlarvung katastrophal gewesen.«

»Sie zögern nicht bei dieser Beurteilung, Herr Admiral?« fragte Larissa Nikolajewna ruhig und selbstsicher. »Haben Sie die Kompetenz, so etwas zu beurteilen?«

»Meine Kompetenz betrifft gerade solche Dinge. Ich habe eine zentrale Funktion bei der westlichen Raswedka«, erwiderte Carl gemessen. Dabei machte er sich gerade und faßte sich schnell ans Kinn, um seine Admiralssterne aufblitzen zu lassen.

»Nun, und was passierte dann?« fragte Larissa Nikolajewna weiter.

»Zunächst wollte Genosse General Tschiwartschew, wie gesagt, überhaupt nicht glauben, daß ich recht haben konnte, als ich ihm diese für Rußland so katastrophalen Nachrichten überbrachte«, erwiderte Carl. Er wirkte, als hätte er einige Sekunden nachgedacht. »Wir trafen uns dann erneut. Inzwischen hatte der Genosse General Tschiwartschew zu seiner Bestürzung und Trauer herausgefunden, daß meine Angaben korrekt waren.«

Carl machte erneut eine Kunstpause, um seine Worte einsickern zu lassen. Außerdem wollte er Larissa Nikolajewna die Möglichkeit geben, einen leichten Ball zurückzuspielen.

»Was geschah dann?« fragte sie.

»Wir haben die komplizierte und schwierige Lage eingehend besprochen«, erwiderte Carl, der weiterhin den Nachdenklichen spielte. »Es endete damit, daß mir Genosse General Tschiwartschew die Namen der in London tätigen russischen Operateure nannte.«

»Und wozu führte das?« fragte Larissa Nikoljewna unerschrocken weiter.

»Das führte dazu, daß die noch laufende russische Operation geräuschlos und zügig beendet werden konnte«, gab Carl schnell zurück.

Plötzlich war die Luft im Gerichtssaal wie mit Elektrizität geladen. Das Schweigen wurde sehr schwer. Larissa Nikolajewna zögerte, ob sie fortfahren und die Frage stellen sollte, welche die meisten jetzt wohl hören wollten und die auch Carl erwartete. Doch nach einiger Qual entschloß sie sich, sich von dem glühenden Stück Kohle zu trennen.

»Sagen Sie, Herr Admiral ...«, begann sie zögernd, bevor sie sich zu der vorsichtigen Lösung des Problems entschloß. »Sind der britischen und der schwedischen Regierung sämtliche Details dieser Geschichte bekannt?«

»Natürlich nicht!« schnaubte Carl fast bei seiner schnellen Antwort.

»*Natürlich* nicht, sagen Sie, Herr Admiral?« hakte Larissa Nikolajewna mit gespieltem Erstaunen nach.

»Nein, das versteht sich doch!« bestätigte Carl und erlaubte sich eine kleine Geste, um die Selbstverständlichkeit zu illustrieren. Er verstand sehr wohl, worauf sie abzielte. »Angesichts der Kenntnis, die ich von Ihrem System habe, wage ich zu behaupten, daß wir uns in dieser Hinsicht sehr ähnlich sind. Eine Regierung kann und darf aus einleuchtenden politischen Gründen nicht alles wissen, womit sich die Geheimdienste befassen. Das wäre ja noch schöner!«

»Verzeihen Sie einer unwissenden Rechtsanwältin«, begann Larissa Nikolajewna mit einem untertänigen Tonfall, der ganz sicher nicht echt war. »Aber warum? Sind die von Ihnen soeben beschriebenen Grundsätze jeder Form sogenannter Demokratie nicht diametral entgegengesetzt?«

»Jeder Form, nun, ich weiß nicht ...«, begann Carl zögernd. »Ich bin Offizier und kein politischer Philosoph. Wenn diese Geschichte aber entlarvt worden wäre, was bedrohlich kurz bevorstand, hätte der Präsident der Föderativen Russischen Republik mit Fug und Recht behaupten können, daß er nicht wisse, was da vorgegangen sei. Davon bin ich überzeugt. Insofern hätte man die Katastrophe möglicherweise begrenzen können. Hätte man hingegen behaupten können, Ihr Präsident sei tatsächlich mit den Ereignissen in London einverstanden gewesen, wäre die Katastrophe unvermeidlich gewesen. Ich setze voraus, daß es in allen Systemen so funktioniert.«

»Folglich haben Sie Verständnis dafür, daß mein Klient sich mit seinem Kummer nicht an den Präsidenten des Landes wandte«, folgerte Larissa Nikolajewna entschlossen; Carl hatte das Gefühl, daß jetzt der Punkt erreicht war: *was zu beweisen war.*

»Dafür habe ich selbstverständlich das allergrößte Verständnis«, erwiderte er langsam und mit Würde. »Es wäre nicht nur kein Dienstvergehen gewesen, sondern etwas noch Schlimmeres, eine reine Dummheit.«

»Danke, Herr Vorsitzender!« rief Larissa Nikolajewna in einem triumphierenden Tonfall aus, auf den sie aus taktischen Gründen vielleicht hätte verzichten sollen. »Für den Augenblick habe ich keine weiteren Fragen, behalte mir aber das Recht vor, noch ergänzende Fragen zu stellen, nachdem der Staatsanwalt meinen Zeugen vernommen hat.«

»Aha«, sagte der Vorsitzende zögernd. Es war ihm anzusehen, daß ihm tausend Gedanken im Kopf herumschwirrten. »Dann macht das Gericht jetzt eine Mittagspause. Die Verhandlung geht nach dem Essen weiter, um Punkt 14.00 Uhr!«

Die drei Richter erhoben sich gleichzeitig. Der Gerichtssekretär sprang wie ein Schachtelmännchen hoch und brüllte, alle sollten aufstehen, worauf die drei Richter im Gänsemarsch den Saal verließen.

Carl drehte sich um und ging mit ausgebreiteten Armen drei schnelle Schritte auf Jurij Tschiwartschew zu. Sie schafften es noch, sich zu umarmen und nach russischer Manier zu küssen, bevor die Wachen Jurij Tschiwartschew wegrissen, ohne Carl auch nur zu berühren.

»Madame?« sagte Carl mit einem Lächeln zu Larissa Nikolajewna. Er bot ihr den Arm an. Nach einigem Zögern hakte sie sich bei ihm ein, und so gingen sie vor allen anderen durch die Doppeltür hinaus. Die anderen standen fast in Habt-acht-Stellung da und warteten darauf, daß der höchste anwesende Offizier und nicht die Frau als erster den Saal verließ.

Als sie draußen im Korridor waren, holte Carl tief Luft und versuchte sich einzureden, daß er sich ebenso leicht von der Rolle befreien konnte, wie er in sie hineingeschlüpft war.

»Gar nicht übel, unsere Vorstellung«, flüsterte er Larissa Nikolajewna ins Ohr. Diese versteifte sich, blieb stehen und starrte ihn an.

»Nein«, sagte sie zögernd. »Das war sie wohl nicht. Darf ich aber sagen, daß ...«

»Entschuldigen Sie!« sagte Carl und sprang sofort wieder in die Admiralsrolle hinein. Er hatte einen einsamen alten Mann in einer Art Ausgehuniform eines Obersten entdeckt, der zehn Meter weiter im Korridor saß.

»Ist dieser Mann der, den ich in ihm vermute?«

»Ja«, flüsterte sie leise und zog ihn unbewußt am Ärmel, als wollte sie sich aus dem Staub machen. »Es ist sein Vater. Ich glaube nicht, daß wir ihn in dieser schweren Stunde stören sollten ...«

»Kommen Sie!« sagte Carl entschlossen und zog sie fast gewaltsam mit sich.

Der alte Oberst saß ganz still auf der steinernen Bank und sah mit leerem Blick auf den Marmorfußboden. Er schien nicht zu merken, daß er Besuch bekommen hatte.

»Mein geehrter Genosse Oberst«, sagte Carl und räusperte sich vernehmlich.

Als der alte Mann hochsah und Carls Blick begegnete, dauerte es ein paar Sekunden, bis in seinen Augen das Wiedererkennen aufblitzte; es war sicher die Uniform, die seine Reaktion verzögert hatte. Bei ihrer einzigen Begegnung hatte Carl Zivilkleidung getragen.

»Mein junger Admiral!« sagte der Oberst und stand zu schnell auf, so daß es ihm irgendwo weh tat, was er zu verbergen suchte. Erst breitete er die Arme aus, als wollte er Carl umarmen, doch dann bremste er sich mit einem Blick auf die Admiralssterne.

»Mein lieber Oberst, mein lieber Held der Sowjetunion!« sagte Carl. Er breitete die Arme aus, zog den vogelähnlich dünnen Mann zu sich heran und hielt ihn behutsam wie ein Kind. Dann schob er ihn vorsichtig von sich weg und zeigte auf Larissa Nikolajewna. »Darf ich bekannt machen, mein lieber Oberst: die glänzende Anwältin Ihres Sohnes, Madame Larissa Nikolajewna Astachowa. Larissa Nikolajewna, dies ist ...«

»Danke, mein junger Admiral! Wir sind uns schon begegnet«, unterbrach ihn der Oberst abrupt. »Sagen Sie mir jetzt eins aufrichtig. Worum zum Teufel geht es, und was haben Sie hier übrigens zu tun?«

»Ich bin als Zeuge zugunsten Ihres Sohnes geladen«, erwiderte Carl vorsichtig mit einem Seitenblick zu Larissa Nikolajewna. Diese nickte stumm. »Und worum es geht, ist natürlich geheim.«

»Geheim!« schnauzte der alte Mann. »Was sind das für Dummheiten? Ich bin Oberst der Sowjetarmee, und Sie sind Admiral einer fremden Macht. Wie kann zwischen uns beiden dann etwas geheim sein, was außerdem meinen Sohn betrifft, der ebenfalls Offizier der Sowjetarmee ist?«

»Der russischen Armee«, korrigierte ihn Larissa Nikolajewna diskret.

»Jajaja! Natürlich sind wir Russen. Aber sagen Sie mir jetzt eins, mein geschätzter junger Freund. Was zum Teufel wird hier eigentlich gespielt?«

»Das ist für mich nicht leicht zu sagen, ich stehe unter Eid«, erwiderte Carl vorsichtig und suchte Larissa Nikolajewnas Blick. Sie wandte sich demonstrativ ab, ging ein paar Schritte weiter und sagte, ohne sich umzudrehen, sie werde ein Stück weiter weg warten. Carl nahm an, daß sie nichts hören und nicht hereingezogen werden wollte.

»Nun, junger Admiral?« beharrte der Weißhaarige und bemühte sich mit sichtlichem Schmerz, sich sehr gerade zu machen, um möglichst hochgewachsen zu erscheinen.

»Lassen Sie es mich so sagen, mein hochgeschätzter alter Freund«, begann Carl vorsichtig. »Jurij Gennadjewitsch hat ein paar Dinge getan, die auf zweierlei Weise enden können. Zum einen kann man Held der Sowjetunion werden, heute heißt es, man bekommt das Sankt-Georgs-Kreuz ...«

»Sankt-Georgs-Kreuz!« schnaubte der Oberst. »Na ja, das hat Jurij ja schon.«

»Ja«, bestätigte Carl amüsiert. »Und ich auch, wie Sie vielleicht sehen.«

»Tatsächlich!« sagte der alte Mann und riß plötzlich die Augen auf, als er Carls Uniformbrust musterte. »Aha, so sieht das Ding aus, diese zaristische Erfindung. Nein, so habe ich das natürlich nicht gemeint ...«

»Nur mit der Ruhe jetzt, mein lieber Oberst«, sagte Carl vorsichtig. »Was ich sagen wollte, ist folgendes. Und es ist das einzige, was ich sagen kann. Jurij Gennadjewitsch hat bestimmte Operationen durchgeführt, für die er entweder noch ein Sankt-Georgs-Kreuz erhält. Oder aber zum Tode verurteilt wird. Das ist die Wahrheit. Wie es auch ausgeht, seien Sie versichert, lieber Oberst, daß er eigentlich das Sankt-Georgs-Kreuz bekommen müßte.«

»Nun, dann bekommt er es wohl auch ...«, sagte der Alte hoffnungsvoll. »Ich meine, das ist doch ziemlich selbstverständlich, oder? Er ist mit ... ja, dem Besten dekoriert, was man heutzutage bekommen kann. Sein Vater ist Held der Sowjetunion. Und der Zeuge der Verteidigung ist ... jetzt sehe ich, daß Sie auch noch den Roten Stern haben. Dann kann es doch um Himmels willen nur auf eine Weise enden? Ich begreife nicht, wie es überhaupt zu einem Prozeß kommen konnte. Diese verfluchten Bürokraten.«

»Wir leben in einer Zeit, in der die verfluchten kleinen Bürokraten immer mehr Befugnisse erhalten«, sagte Carl vorsichtig. »Ich muß Sie jetzt verlassen, lieber Oberst, bevor ich zuviel sage. Dann könnten die Bürokraten auch darüber meckern. Ich bitte Sie nur, nicht zu vergessen, was ich gesagt habe. Jurij Gennadjewitsch ist ein russischer Held, was immer die Bürokraten da im Gerichtssaal meinen.«

Carl machte den Versuch, sich zu entziehen, doch der alte Oberst packte ihn am Jackenärmel und hielt ihn fest.

»Der Chef von denen da drinnen, Boris Michailowitsch, hat auf dem Weg nach Berlin einmal unter mir bei den Ingenieurtruppen gedient. Das haben Sie nicht gewußt, was?«

»Nein, das habe ich natürlich nicht gewußt«, erwiderte Carl knapp. »Ich möchte Ihnen jedoch entschieden von jedem Versuch abraten, mein lieber Oberst, aus dieser einfachen historischen Tatsache Kapital zu schlagen. Und, wenn Sie entschuldigen, jetzt können wir *wirklich* nicht mehr länger miteinander sprechen. Das wäre nicht gut!«

Carl machte sich vorsichtig frei, setzte die Uniformmütze auf, nahm Haltung an und salutierte demonstrativ. Dann drehte er sich schnell um und ging mit langen Schritten zu der wartenden Larissa Nikolajewna. Im Vorbeigehen schnappte er sich seinen Uniformmantel und hängte ihn sich lose um die Schultern.

»Ich will nicht wissen, was Sie miteinander gesprochen haben!« sagte Larissa Nikolajewna, als sie auf der Straße waren. Sie stiegen in Carls wartenden Wagen ein, und er bat den Fahrer, sie zum Metropol zu fahren.

»Das kann ich verstehen und respektieren«, sagte Carl nach kurzem Überlegen. »Ich glaube aber dennoch berichten zu können, das Wichtigste gesagt zu haben. Er dürfte nichts anderes über seinen Sohn empfinden als Stolz. Ich bin allerdings nicht auf Details eingegangen.«

»Dann ist es gut«, seufzte Larissa Nikolajewna erleichtert. Sie schlug spontan ihre muskulösen Beine übereinander, so daß es in den Nähten von Yves Saint-Laurent krachte. Carl lächelte. Sein Lächeln war spontan und nicht gespielt. Irgendwie war ihr Mangel an Vorsicht mit den Sachen von Yves Saint-Laurent ebenso komisch wie sympathisch.

Sie saßen eine Weile schweigend nebeneinander, während sie ihre Gedanken ordnete. Dann konzentrierte sie sich und gab ihm für die Rolle, die er soeben gespielt hatte, eine glänzende Rezension. So drückte sie es zwar nicht aus, aber so faßte er es auf.

Sie beschrieb die Lage in Sportbegriffen. Im Augenblick habe die Verteidigung einen fast uneinholbaren Vorsprung gewonnen, wie sie es sehe. Doch nach dem Essen sei der Staatsanwalt an der Reihe, und da werde ein großer Teil dieses Vorsprungs unausweichlich dahinschwinden. So wie die Dinge jetzt lägen, habe die Verteidigung trotz der gestrigen sauren Attacken des Staatsanwalts und seines Zeugen, daß man nichts wissen und nicht spekulieren könne et cetera, überzeugend gezeigt, daß es richtig sein könne, nicht zum Präsidenten zu gehen. Das sei wichtig und erscheine ihr jetzt fast selbstverständlich. In der Frage, ob Rußland von einer Katastrophe heimgesucht worden wäre, wenn Jurij Tschiwartschew nicht so gehandelt hätte, stehe es ebenfalls zwei zu eins.

Die entscheidende Frage laute also, ob der Staatsanwalt bei seiner Vernehmung den Versuch machen werde, diese beiden Ecksteine umzukippen, oder ob er eine völlig andere Taktik einschlagen werde.

Carl stellte seelenruhig fest, daß ein Major der russischen Armee es kaum schaffen würde, einen Vizeadmiral der Raswedka zu kippen, mochte es auch die Raswedka eines fremden Landes sein. Und immerhin spreche er doch russisch.

Bei diesem letzten Hinweis ließ sie eine lange Suada hören, wie phantastisch sein Russisch im Gerichtssaal gewirkt habe. Sie sagte, als sie die Augen geschlossen und ihm nur zugehört habe, sei es ihr wie eine salzgetränkte Poesie vorgekommen, als erzähle ein alter Seebär aus einer der früheren baltischen Republiken, von denen viele in der Sowjetmarine gedient hätten. Und sie könne garantieren, erklärte sie, daß es sich auch in den Ohren der drei Richter so angehört habe. Wie um alles in der Welt sei es ihm möglich, so zu sprechen? Ihr sei zwar klar gewesen, daß er ein gutes Russisch spreche, aber alle diese militärischen und politischen Wendungen?

Er antworte verlegen und ausweichend, Russisch sei eine der großen Interessen seines Lebens. Er lese fast jeden Tag hundert Seiten russischen Texts. Es handle sich dabei entweder um militärische Berichte, daher all diese besonderen Begriffe, oder um klassische russische Literatur. Wie auch immer: Das sei jedenfalls ein Vorteil, den man nicht unterschätzen dürfe. Das sehe er auch so. Und kein kleiner Major von Staatsanwalt in der ganzen ehemaligen Sowjetunion würde an seiner Autorität als Vizeadmiral rütteln können, wenn es um sicherheitspolitische Bewertungen gehe. In diesem Punkt könne sie sich ziemlich sicher fühlen. Und welche zweite taktische Möglichkeit habe der Staatsanwalt?

»Sie als feindliches Ungeheuer wiederauferstehen zu lassen, mein lieber Carl Carlowitsch«, murmelte sie düster. »Es gab einen Punkt, als ich zögerte …«

»Ich weiß«, unterbrach er sie kurz. »Der Staatsanwalt wird diese Frage vielleicht stellen. Wollen Sie die Antwort schon jetzt?«

»Ja, warum nicht«, seufzte sie. »Waren Sie selbst derjenige, der unsere feine Heldin Tatjana Simonescu *eliminierte?«*

»Richtig«, sagte Carl und wandte sich ab.

»Das habe ich befürchtet«, seufzte sie. »Merkwürdiges Gefühl. Hier sitze ich mit Ihnen, und Sie scheinen so ein, wie soll ich sagen, ein richtiger Gentleman zu sein. Und dann …«

»Machen Sie sich keine Illusionen, Larissa Nikolajewna. Ich bin nämlich Offizier. Aber, und denken Sie jetzt nach, *sie* war es auch. Ihr Job war es, andere zu ermorden. Aus diesem Grund ist sie Ihre *feine Heldin.* Und die Richter sind übrigens auch Offiziere. Ich glaube nicht, daß sie mich ohne weiteres als einen Schurken ansehen, nur weil ich meinen Job als Offizier tue. Nun. Glauben Sie, daß es heute nachmittag um solche Dinge gehen wird?«

»Ja«, gab sie zögernd zu. »Je mehr ich darüber nachdenke, um so wahrscheinlicher kommt es mir vor. Wenn ich Staatsanwältin wäre, würde ich genau dort den Stoß ansetzen. Im Augenblick sind sie ganz einfach unüberwindlich. Sankt-Georgs-Kreuz, Roter Stern, Admiralssterne, mein Gott! Es ist einfach das Maximum!«

»Wie bitte!« sagte Carl bestürzt.

»Nun ja, das Maximum …«, sagte sie unsicher. »Das ist ein westlicher Begriff, der …«

»Ich weiß!« unterbrach Carl sie und hielt beide Hände hoch. »Ich war nur so erstaunt, dieses Wort auf russisch zu hören. Es hört sich irgendwie rührend an. Doch zurück zum Thema! Wenn Sie Staatsanwältin wären, würden Sie versuchen, mich als Schurken hinzustellen. Wissen Sie, was ich dann tue? Ich gestehe alles. Ohne Umschweife. Natürlich, das ist richtig, Herr Vorsitzender, ich töte manchmal Menschen. Ich gebe Befehl zu töten, unter anderem, weil ich diese russischen Orden trage, gerade deshalb. Und so weiter. Aufrichtig gesagt glaube ich nicht, daß man mit dieser Art des Moralisierens bei Militärs Punkte holt.«

»Wir werden sehen«, sagte sie und zuckte die Schultern. »Wahrscheinlich werden wir noch vor Ende des Tages erfahren, wie es ausgegangen ist.«

Als sie das Metropol erreichten und aus dem schweren russischen Wagen mit Gardinen in der Heckscheibe ausstiegen, woran auf altmodische Weise zu erkennen war, daß wichtige Leute im Wagen saßen, rannten Portiers aus mehreren Richtungen herbei, um die Tür aufzureißen. Carl fand es mit seinem Theaterkostüm wenig vereinbar, jetzt Trinkgelder um sich zu streuen, was er getan hätte, wenn er seine Jeans angehabt hätte.

Und dann gingen sie gemeinsam durch das lange Foyer, und er registrierte all die Blicke, mit denen festgestellt wurde, daß ein ausländischer Admiral mit seiner Ehefrau auf dem Weg ins Haus war. Vielleicht war es auch Personal, das ihn zuvor schon gesehen hatte, denn jetzt sah er noch mehr konsternierte Blicke: Der Mann in den Jeans ist in Wahrheit Admiral, und jetzt kommt er mit einer russischen Frau an, die wie eine Hure der teuersten Klasse aussieht, und das mitten am Vormittag; als er diese Dinge registrierte, wollte er schnell aus seiner Theaterrolle hinaus.

»Meine liebe Larissa. Können wir nicht wenigstens du sagen, wenn wir allein sind?« fragte er fast resigniert angesichts all dieser seltsamen Blicke.

»Mein lieber Carl, ich glaubte schon, du würdest nie fragen«, kicherte sie entzückt. Dann wollte sie sofort wissen, ob das eine korrekte Übersetzung der amerikanischen Redewendung sei, was er mit einem Kopfnicken bestätigte.

Als sie in der Mitte des großen Speisesaals in der Nähe des Springbrunnens einen Tisch gewählt hatten, rannte blitzschnell ein Kellner herbei, um Carl den Mantel abzunehmen. Der zweite Kellner, der nur knapp geschlagen wurde, zog Larissa den Stuhl hervor. Da befiel Carl plötzlich Sehnsucht nach gutem Essen und einem guten Wein.

Nicht weil er Hunger hatte, nicht einmal weil es zu seiner Maskerade passen würde, sondern aus einem Impuls heraus, normal, nett und menschlich zu sein, wenn auch nur für eine kurze Illusionsnummer.

»Weißt du was, meine liebe Larissa«, sagte er mit einem Blick in die Weinkarte. Sie hatte sich seit seinem letzten Besuch verschlechtert und war amerikanisiert worden. »Wenn ich in den Kampf gehe, esse ich mit Maßen und trinke aus Prinzip keinen Alkohol. Wenn wir aber dieses Verfahren gewinnen, würde ich gern ein kleines Fest für uns arrangieren, am liebsten oben im Bojaren-Saal im dritten Stock. Hast du da schon mal gegessen?«

»Nein, aber ich habe davon gehört«, erwiderte sie vorsichtig. »Da ist es so teuer, daß es sich nur Mafia-Bosse aus dem Kaukasus leisten können, dort zu essen.«

»Ich weiß deine Fürsorge zu schätzen, aber das wird sich schon regeln lassen«, sagte er schnell und begütigend. »Wie schnell können die Richter eine Entscheidung herbeiführen?«

»Weiß nicht, in zehn Minuten oder zehn Tagen. Alles ist möglich«, sagte sie mit einem Schulterzucken.

»Wenn es länger dauert, komme ich noch einmal auf dieses Fest zu sprechen«, sagte er, als wäre es schon entschieden. »Doch jetzt gibt es Mineralwasser. Ich schlage vor, wir sprechen von anderen Dingen als von dem Prozeß, falls dir nicht noch ein Problem auf dem Herzen liegt?«

Da gab es eins. Es ging um die Frage der Morde, für die Carl persönlich verantwortlich sei. Sie ließ sich nicht mit seiner wiederholten Versicherung abspeisen, daß so etwas Berufsmilitärs keine Kopfschmerzen bereiten werde, da diese Richter trotz allem weder im Krieg noch in Kampfverbänden Karriere gemacht hätten, sondern auf dem Weg über die Bürokratie.

Sie gingen zum Buffet und bedienten sich und grübelten dabei über das Problem nach. Bei ihrer Rückkehr an den Tisch hatte Carl einen Lösungsvorschlag, den er für praktikabel hielt. Tatjana Simonescu hätte unter allen Umständen sterben müssen. Er schilderte Larissa, wie sie fragen müsse, um das zur Sprache zu bringen, falls der Staatsanwalt oder die Richter nicht selbst auf die Idee kamen. Dann begann er sie demonstrativ über ihre Zukunftspläne zu befragen.

Als sie später wieder den Gerichtssaal betraten, flüsterte sie ihm etwas zu, was sich etwa wie ein »Na schön, geh jetzt rein und reiß sie in Stücke« anhörte. Er vermutete, daß es ein Ausdruck aus der Sportwelt sein mußte, eine russische Variante von *Go kick some ass.*

Als die Präliminarien erledigt waren, entdeckte Carl, daß neben dem sichtlich nervösen Staatsanwalt ein Generalleutnant saß, der dem Major flüsternd sekundierte. Kein Major der Welt würde es schätzen, wenn ihm bei einer schwierigen Arbeit ein General über die Schulter sah. Carl beäugte schnell die Uniformbezeichnungen des unerwarteten Staatsanwaltsgehilfen und vermutete, daß es sehr wohl einer von Jurij Tschiwartschews Kollegen aus der GRU-Führung sein konnte. Er entschloß sich, nicht darüber nachzudenken, was die Verstärkung der Staatsanwaltschaft zu bedeuten hatte, jedenfalls nicht schon im voraus. Sollten sie den Versuch machen, ihn zu der Beantwortung von Fragen zu bewegen, die seine Geheimhaltungspflicht berührten, abgesehen von der eigentlichen Frage, um die sich das Verfahren drehte, konnte er ja auf seine selbstverständliche Schweigepflicht verweisen.

Doch als der Staatsanwalt das Wort erhalten, sich geräuspert und schnell einen Schluck Wasser getrunken hatte, um klar sprechen zu können, erwies sich schnell, daß die Vernehmung in nachrichtendienstlicher Hinsicht nicht sehr kompliziert werden würde. Der Staatsanwalt ging direkt auf das Ziel los, wie Larissa schon vermutet hatte.

»Sagen Sie … Genosse Admiral … wissen Sie etwas von Oberstleutnant Tatjana Simonescu? Wissen Sie, wer das ist, um damit zu beginnen?« fragte er einleitend mit einer leichten Nervosität, die er mit den weniger höflichen Anschlußfragen wohl schnell überwinden würde.

»Natürlich weiß ich, wer das ist. Ich habe sie kennengelernt«, begann Carl mit einer fast unmerklichen Verbeugung zu dem theatralisch grimmigen Generalleutnant neben dem Staatsanwalt. »Was meine Ansicht über Oberstleutnant Simonescu betrifft, kann ich wohl kurz sagen, daß ich sie als … das ist übrigens eine Auffassung, die von allen meinen westlichen Kollegen geteilt wird, die mit dem Thema befaßt gewesen sind … daß sie eine einzigartige Kollegin gewesen ist. Einer der erfolgreichsten und geschicktesten Offiziere des Nachrichtendienstes, von denen ich in der Neuzeit gehört habe.«

Der Staatsanwalt sah sich genötigt, mit der nächsten Frage

noch etwas zu warten, da ihm der Generalleutnant etwas ins Ohr flüsterte.

»Das ist ja ein schmeichelhaftes Urteil über unsere gefallene Offizierskameradin«, begann der Staatsanwalt. Das brachte ihm ein neues demonstratives Flüstern ein, das ihn gerade in dem Moment störte, in dem er fortfahren wollte. »Wissen Sie, wie sie starb?« fragte er dann mit bemühter Autorität.

»Ja«, erwiderte Carl ernst.

»Waren Sie anwesend, Genosse Admiral, als sie starb?«

»Ja.«

»Sie wurde also ermordet?«

»Ja.«

»Und Sie wissen, wer sie ermordet hat?«

»Ja«, bestätigte Carl mit einem Seufzen. Dann entschied er sich schnell, sich gar nicht erst hinter Geheimhaltung und anderen Ausflüchten zu verkriechen. »Ich bin es nämlich selbst gewesen, der unsere hochgeschätzte Kollegin getötet hat. Ich vermute, daß Sie darauf hinauswollten, *Herr Major.*«

Die Nachricht ließ ein fast greifbares Schweigen im Gerichtssaal entstehen. Carl ging auf, daß alle hinter ihm mucksmäuschenstill dasaßen. Dieser neuen Erkenntnis wurde also sehr große Bedeutung beigemessen. Er bereute seine ironische Betonung des *Herr Major* und nahm sich vor, so etwas nicht zu wiederholen.

Der Staatsanwalt machte ein zufriedenes Gesicht. Sein vorgesetzter Staatsanwaltsgehilfe flüsterte ihm eine neue Anweisung ins Ohr. Jetzt nickte der Major schon unbekümmerter über das, was er zu hören bekam.

»Dann wissen Sie vielleicht auch, was mit den vier anderen Offizieren des russischen Nachrichtendienstes passiert ist, die zu Tatjanas … Verzeihung, zur Gruppe von Oberstleutnant Tatjana Simonescu gehörten?«

»Ja.«

»Sind die auch liquidiert worden?«

»Ja.«

»Haben Sie daran persönlich teilgenommen?«

»Ja.«

»Sie haben also auch die vier anderen russischen Kollegen persönlich getötet?«

»Nein. Nur zwei von ihnen. Die beiden anderen wurden von Personal des militärischen Nachrichtendienstes Schwedens konfrontiert.«

Es entstand eine neue Pause. Wieder berieten sich der junge Staatsanwalt und sein Vorgesetzter flüsternd. Carl versuchte, nicht darüber nachzugrübeln, was hätte geschehen können, wenn er den Versuch gemacht hätte, sich herauszuwinden. Jetzt war es dazu jedenfalls zu spät.

»Und das haben Sie im Dienst getan, Genosse Admiral?« fuhr der Staatsanwalt fort. Man sah ihm die Erleichterung darüber an, das gewonnen zu haben, was zu gewinnen man ihm befohlen hatte. »Sie haben also als Offizier des schwedischen Nachrichtendienstes agiert, weil Sie von Ihrer eigenen Regierung den Befehl erhalten hatten, mit den Briten zusammenzuarbeiten?«

»Ja, natürlich«, erwiderte Carl mit gerunzelter Stirn, da jede andere Alternative undenkbar war.

»Halten Sie es für eine lobenswerte Tat?« fuhr der Staatsanwalt fort. Jetzt störte Carl nur noch leicht der Triumphmarsch eines simultan flüsternden Generalleutnants. »Ist das ein guter Grund dafür, daß die britische Regierung Sie mit dem *Distinguished Service Order* ausgezeichnet hat? Sie haben nämlich nicht nur russische Auszeichnungen erhalten, Genosse Admiral! Obwohl ich sehr gut verstehe, daß die *Frau Rechtsanwältin* Sie gebeten hat, mit Ihren russischen Auszeichnungen herzukommen und sie vorzuführen! Sie haben aber auch etwas dafür erhalten, daß Sie unsere Leute töteten, nicht wahr, *Genosse Admiral?«*

Carl hatte sich den Anschnauzer angehört, ohne eine Miene zu verziehen, nicht einmal dann, als ihm der Staatsanwalt die ironische Anrede heimzahlte. Er beschloß, sehr kurz zu antworten. Doch da mischte sich der Vizeadmiral vom Richterpodium aus unter vollen Segeln ein.

»Das Gericht fordert den Genossen Major auf, sich zu besinnen!« brüllte er im Kommandoton. »Sie haben keinen Grund, sich so aufzuführen. Bleiben Sie bei der Sache!«

Der Staatsanwalt machte ein Gesicht, als hätte er eine Ohrfeige erhalten, was strenggenommen zutraf. Doch im nächsten Moment kam ihm der Vorsitzende des Gerichts zu Hilfe und brüllte einen neuen Befehl, der diesmal an Carl gerichtet war.

»Beantworten Sie jetzt einfach nur die Frage, Genosse Admiral!«

»Verzeihung, ich bin nicht ganz sicher, daß ich die Frage richtig verstanden habe, falls es überhaupt eine war«, begann Carl steif. Er mußte sich Mühe geben, seine Ironie zu zügeln. »Für mich hörte sich das eher wie persönliche Reflexionen an, möglicherweise absichtliche Beleidigungen. Der Genosse Major kann seine Frage vielleicht anders formulieren?«

Der Staatsanwalt wurde augenblicklich mit neuen geflüsterten Anweisungen überschüttet, bevor er Gelegenheit erhielt fortzufahren.

»Gern«, begann er zögernd. Man sah ihm deutlich die Unsicherheit an, welcher Admiral oder General ihn als nächster anschnauzen würde. »Meine Frage war folgende: Halten Sie es für eine lobenswerte Tat, die Offiziere unseres Nachrichtendienstes zu ermorden?«

»Sie sind offenbar kein Nachrichtendienst-Offizier, Genosse Major«, sagte Carl mit einem geheuchelt freundlichen und verständnisvollen Tonfall.

»Nein, Genosse Admiral, ich bin Jurist und Staatsanwalt. Aber zu dieser Tätigkeit gehört es unter anderem, Offiziere des Nachrichtendienstes zu beurteilen. Sie sind ganz offenbar kein Jurist. Ist Ihnen nicht klar, Genosse Admiral, daß ich Sie wegen der Taten anklagen kann, die Sie hier gestanden haben, wenn Sie keine diplomatische Immunität genießen?«

Der Staatsanwalt hatte so schnell attackiert, daß sein flüsternder Vorturner nicht mitkam. Carl erkannte, daß er etwas Drastisches unternehmen mußte, um die Drohungen des Staatsanwalts unschädlich zu machen. Er begann damit, daß er laut loslachte, um Zeit zu gewinnen. Dann lächelte er, schüttelte leicht den Kopf und griff sich nachdenklich ans Kinn, während er überlegte, wie der Gegenangriff aussehen sollte. Er mußte auf jeden Fall direkt und ohne jedes Zögern angreifen.

»Sie reden, wie Sie es nun mal nicht anders können, *Herr Major*«, begann er, spürte aber, daß er noch mehr Zeit gewinnen mußte. »Vielleicht sollte ich nicht Sie kritisieren. Das mag ungerecht sein. Vielleicht ist es Ihr Vorgesetzter, der keinen Verstand hat?« Er erkannte, daß er vielleicht zu weit gegangen war, doch hatte er jetzt jedenfalls die Zeit gewonnen, die er brauchte, um zu überlegen, wie er die Drohung vom Tisch fegen konnte.

»Ihnen beiden muß doch wirklich klar sein«, begann er langsam, während der Gedanke Gestalt annahm, »daß es unmöglich ist, mich anzuklagen. Auf diesen Umstand gründet sich ja die Logik dieses Prozesses. Eine Anklage gegen mich würde die ganze Angelegenheit öffentlich machen. Die hohe Politik würde Ihnen so hart auf den Kopf stürzen, daß Sie sich vielleicht nie wieder erheben könnten. Die russische Regierung wünscht einen solchen Prozeß nämlich nicht, die englische übrigens auch nicht. Deshalb darf ich höflich darum bitten, daß die Herren künftig auf solche kindischen Drohungen verzichten. Nun! Worum ging es bei der Frage *eigentlich?«*

Er erkannte, daß er einen Treffer gelandet hatte. Der Schuß ins Blaue hatte gesessen. Als die beiden miteinander flüsterten – sie waren sichtlich uneins –, holte seine Analyse das ein, was er gesagt hatte, und da sah er, daß er vermutlich recht gehabt hatte. Er hätte vielleicht auf die Beleidigungen verzichten sollen. Er konnte nicht wissen, wie die Militärrichter den Staatsanwalt und dessen Vorturner-General sahen.

»Die Frage lautete ganz einfach so, Genosse Admiral«, sagte der Staatsanwalt schließlich. »Sind Sie damit zufrieden, unsere Leute getötet zu haben?«

»Ja!« erwiderte Carl so schnell, daß er dem Staatsanwalt fast das Wort abschnitt. »Wünschen Sie, daß ich das begründe?«

»Ja, gern«, erwiderte der Staatsanwalt erstaunt.

»Die Offiziere *Ihres* Nachrichtendienstes und *meine* Kollegen«, fuhr Carl mit gesenkter Stimme und ohne jede Aggressivität fort, »wußten genau, welche Risiken sie eingingen. Ihre Leute hatten hoch gepokert und verloren das Spiel. Das gehört zu unserem Job draußen auf dem Feld. Wichtiger aber ist, daß es uns gelang, eine internationale Großkrise zu vermeiden, eine Krise, die nicht nur zum Sturz der britischen Regierung, sondern auch zu einer wirtschaftlichen und politischen Katastrophe für Rußland geführt hätte. Wenn man das so sieht, kann man das Andenken der russischen Kollegen wirklich ehren. Sie sind nicht vergebens gestorben, sondern für ihr Land.«

»Danke, besten Dank«, sagte der Staatsanwalt nach seiner obligatorischen geflüsterten Instruktion. »Das nenne ich eine hübsche politische Erklärung, Genosse Admiral. Ich würde Ihren politischen Darlegungen jedoch konkrete Antworten vorziehen. Lassen Sie mich deshalb so fragen: Wie ist es möglich, daß es Offiziere des schwedischen Nachrichtendienstes waren und keine Briten, die das ausführten, was man als *nasse Aufträge* bezeichnet, wenn ich nicht irre? Ist der Ausdruck übrigens korrekt?«

»Ohne Zweifel«, erwiderte Carl mit leicht gehobenen Augenbrauen. »Das ist unleugbar ein russischer Begriff. Was den interessanteren Teil Ihrer Frage angeht, hat das mit Gesetzen und Juristerei zu tun. Es ist immerhin nicht ganz ohne, jemanden auf dem eigenen Territorium zu ermorden, falls Sie mir meine sehr direkte Sprache nachsehen wollen. Der britische Nachrichtendienst darf nach britischem Recht praktisch machen, was er will, wenn es auf fremdem Territorium geschieht und, ich zitiere, ›man davon ausgehen kann, daß es im Interesse Ihrer Majestät geschieht‹, Ende des Zitats. Auf eigenem Territorium haben die Briten solche Befugnis jedoch nicht. Wir Schweden konnten dagegen unter einer Art diplomatischer Immunität operieren. Es war also ein praktisches Arrangement.«

»Sie dienen also dem überholten britischen Imperialismus, ohne rot zu werden? Sie sind also ein Söldner, Genosse General?« fragte der Staatsanwalt auf Diktat des Generals, der ihm so laut ins Ohr flüsterte, daß es im halben Gerichtssaal zu hören war.

»Na, na, Genosse General«, begann Carl und machte eine Pause, um die komische Pointe zu genießen, daß er sich jetzt an den Mann wenden konnte, der die Frage tatsächlich gestellt hatte. »Waren Sie es nicht, die jede politische Demagogie fernhalten wollen? Im übrigen betrachte ich das nicht als eine Frage, sondern nur als Verirrung. Sie hatten nur die Absicht, mich zu beleidigen. Ich kann meinen Standpunkt nur wiederholen. Es ging hier darum, einen internationalen Großkonflikt zu vermeiden, das ist alles. Das ist uns gelungen. Und in diesem Zusammenhang ist es gleichgültig, ob ich nun beim britischen, schwedischen oder auch russischen Nachrichtendienst tätig wäre.«

Carl war nicht mit sich zufrieden. Er hatte nicht das Gefühl, die Situation in der Hand zu haben, da die Argumentation des Staatsanwalts sentimentale Züge enthielt, die ihm selbst allzu fremd waren. Der Staatsanwalt und sein Vorturner hatten offensichtlich aber auch nicht das Gefühl, alles unter Kontrolle zu haben, da sie sich jetzt ganz offen stritten. Es machte einen komischen Eindruck, weil sie sich flüsternd streiten mußten. Ihr Flüstern neigte jedoch dazu, immer lauter und lauter zu werden, während alle anderen im Gerichtssaal immer mehr die Ohren spitzten. Schließlich gaben sie ihre Diskussion auf. Der Generalleutnant zuckte mürrisch die Schultern und machte eine Geste, als wollte er eine Fliege verscheuchen. Dann lehnte er sich demonstrativ nach hinten.

»Danke, Genosse Vorsitzender«, sagte der Staatsanwalt. »Ich glaube, der Zeuge verfällt jetzt allmählich in politische Erklärungen, weshalb ich es für sinnlos halte, weiterzumachen. Also keine weiteren Fragen!«

»Dank, Genosse Major«, sagte der Vorsitzende. Auch er sah ein wenig erleichtert aus. Bevor er fortfuhr, sah er sich gebieterisch um. »Ist da noch jemand, der *möglicherweise* eine weitere Frage an den Zeugen hat?«

Allen war klar, was er selbst meinte, daß nämlich weitere Fragen nicht nötig seien. Carl blickte zu Larissa und nickte unauffällig. Sie mußte jetzt ihren Versuch machen. Sie sah verzweifelt aus und machte eine resignierte Handbewegung, als wäre es dennoch nicht möglich.

In diesem Augenblick griff plötzlich der Vizeadmiral unter den Richtern ein.

»Geehrter Kollege«, begann er demonstrativ und wandte sich direkt an Carl, ohne auf eine Genehmigung des Vorsitzenden zu warten. »Ich habe eine hypothetische Frage, die für das Gericht von großem Interesse sein könnte. Davon bin ich überzeugt.«

Er verstummte kurz und stellte fest, daß er grünes Licht hatte. Und dann fuhr er fort.

»Es ist vielleicht eine schwierige Frage, aber ich stelle sie trotzdem. *Wenn,* ich sage *wenn,* Sie diese Namen nicht von Genosse General Tschiwartschew erhalten hätten … wären Oberstleutnant Simonescu und ihre Gruppe dann immer noch tätig?«

Carl atmete tief erleichtert auf und konzentrierte sich kurz darauf, nicht darüber zu lächeln, daß die Marine ihm in letzter Sekunde zu Hilfe gekommen war.

»In diesem Punkt kann ich sogar eine erstaunlich präzise Antwort geben, geehrter Kollege«, begann er und verneigte sich leicht. Die Anrede sollte betonen, daß hier ein Vizeadmiral zum anderen sprach. »Wir *wissen* nämlich, was dann passiert wäre. Wir hatten in der allernächsten Nähe von Oberstleutnant Simonescu einen Agenten untergebracht, ohne daß sie etwas ahnte, nämlich buchstäblich in ihrem Bett. Allerdings hatte sie als Bestandteil eines Ablenkungsmanövers beschlossen, ihn an demselben Abend zu liquidieren, an dem sie selbst starb. Sie wußte jedoch nicht, daß ihr Opfer diesmal keineswegs ein wehrloser Wissenschaftler war, sondern ein ausgewachsener Spezialist für nasse Jobs. Hätte sie den Versuch gemacht, ihn beim Sex zu erdrosseln, hätte das nur mit ihrem eigenen Tod geendet, und zwar vermutlich auf sehr drastische Weise. Das bedeutet, daß ihr Leben ironischerweise wahrscheinlich ein paar Stunden verlängert wurde, weil wir vom Kollegen Tschiwartschew Informationen erhielten.«

Alle drei Richter hatten inzwischen von ihren Papieren aufgeblickt. Sogar die routiniert gelangweilte Miene des Vorsitzenden war wie weggeblasen. Es war in der Luft zu spüren, daß Carl es endlich geschafft hatte. Der Vizeadmiral ließ einen Bleistift mehrere Male herumwirbeln, bevor er sich zu einer Schlußfolgerung aufraffte.

»Wenn ich Sie richtig verstehe, geehrter Kollege«, begann er, »wären Oberstleutnant Tatjana Simonescu und ihre Gruppe unabhängig von den Angaben gestorben, die Sie von Generalleutnant Tschiwartschew erhielten. Haben Sie das damit sagen wollen, geehrter Kollege?«

»Richtig, genau das«, bestätigte Carl.

»Sie meinen also, daß die Angaben Generalleutnant Jurij Tschiwartschews in der Praxis ohne jede Bedeutung waren?«

»Nein, das meine ich ganz und gar nicht!« widersprach Carl mit einer Hitze, die übertrieben war und die er schnell dämpfte. »In *einer* Hinsicht wären die Konsequenzen ohne Genosse General Tschiwartschews Angaben die gleichen gewesen. Ihre Operateure in London wären gestorben. In einer völlig anderen Hinsicht jedoch, einer, wenn Sie entschuldigen, wichtigeren Hinsicht, gab es jetzt einen sehr großen Unterschied. Mit diesen Angaben konnten wir den politischen Skandal kontrollieren und ersticken. Ohne die Erkenntnisse, die wir von Jurij Tschiwartschew erhalten hatten, hätte der Tod Ihrer Operateure sehr viele Komplikationen, einen

Schußwechsel und ähnliches bedeutet, was viel Aufmerksamkeit erregt hätte. Und die hätten wir vermutlich nicht kontrollieren können. Und damit hätten wir die politische Katastrophe am Hals gehabt. Jurij Tschiwartschew hat sowohl Sie als auch uns vor einem solchen Mißerfolg bewahrt.«

Carl hatte das Gefühl, als wäre die Sache jetzt entschieden. Die drei Richter sahen einander an und nickten. Der Vizeadmiral breitete die Arme aus. Das sollte wohl bedeuten, daß er sich jetzt über nichts mehr wunderte. Und der Generalleutnant, der auf der anderen Seite des Vorsitzenden saß, schien ihm zuzustimmen.

»Gut!« sagte der Vorsitzende. »Dann scheinen wir ans Ende dieser Vernehmung gekommen zu sein. Und da es keine weiteren Fragen an den Genossen Admiral Hamilton mehr zu geben scheint, schlage ich eine Pause von fünfzehn Minuten vor, bevor wir auf die Zusammenfassung des Prozesses durch die Parteien eingehen. Genosse! Ihre Anwesenheit ist nicht länger erforderlich. Das Höchste Gericht des Militärkollegiums dankt Ihnen für Ihren Einsatz. Das war vorläufig alles!«

Er schlug mit dem Hammer auf den Tisch. Die drei Richter erhoben sich, und der Sekretär spulte sein Brüllritual ab, alle Anwesenden sollten aufstehen. Und Carl vollzog sein ganz privates Ritual, indem er Larissa beim Arm nahm, als sie ihre Papiere verstaut hatte.

»Was für eine Prüfung!« stöhnte Larissa und warf sich auf die nächste Steinbank im Korridor. Sie streckte ihre langen Beine aus und setzte die Absätze auf den Fußboden. Yves Saint-Laurent hätte das nicht gefallen. »Du lieber Himmel, was für eine Wendung zum Schluß«.

»Jaa?« sagte Carl fragend. »Aber das war doch die Möglichkeit, auf die wir uns verständigt hatten? Warum hast du nicht versucht, die Frage zu stellen?«

»Das wäre nie gegangen«, seufzte sie. »Dieser Vorsitzende hätte mir einfach das Wort abgeschnitten. Hast du es bei dem Admiral mit Gedankenübertragung versucht?«

»Nein, aber diese Frage lag doch sozusagen in der Luft?« fragte Carl zweifelnd. »Wie steht es jetzt?«

»Vier zu zwei für uns. Jetzt bleiben nur noch die Plädoyers, und die können nur eins zu eins enden«, bemerkte sie schnell.

»Dann haben wir also einen bombensicheren Sieg vor uns?« fühlte Carl optimistisch vor.

»Ja, wenn es eine höhere Gerechtigkeit gibt«, erwiderte sie mit einem scheuen Lächeln. »Darf ich noch etwas fragen, was mir vorhin ein bißchen zu schnell ging. Es kam mir nicht ganz logisch vor.«

»Aber bitte«, sagte Carl.

»Ihr hattet bei dieser Tatjana also einen Agenten untergebracht, der ihr sozusagen auf die Pelle gerückt war, einen Berufsmörder?«

»Ja, das stimmt.«

»Und davon hatte sie keine Ahnung?«

»Nein, denn dann wäre sie lieber geflüchtet, als sich einem Kampf zu stellen.«

»Wie zum Teufel war das möglich? Ich meine ... wenn ihr schon so weit gekommen wart, dann brauchtet ihr doch nicht Jurij Tschiwartschews Angaben?«

»Du bist wirklich gar nicht dumm«, brummte Carl scheinbar mißgelaunt, bevor er sie vorsichtig anlächelte. »Doch es war so: Wir hatten diesen Agenten nach bestem Vermögen bei ihr untergebracht, aber wir *wußten* damals noch nicht, daß sie unser Ziel war. Ich war meinem Untergebenen sogar böse, weil er so eng an ihr klebte. Wir hatten also Glück. So einfach war das. Doch in unserem Job darf man sich nicht auf das Glück verlassen, wie du verstehst. Wie du sicher auch verstehst, war ich ziemlich baff, als ich erfuhr, daß wir sozusagen schon in ihrem Bett in Bereitschaft lagen.«

»Dein Agent wußte nicht, wie gefährlich sie war?«

»Nein.«

»Da hätte die ihn überraschen und töten können?«

»Nein. Aber dreimal darfst du raten, wie überrascht sie gewesen wäre, wenn sie es versucht hätte. Nun, so war es jedenfalls.«

Sie schwiegen eine Weile und grübelten über den Faktor Zufall in der Politik nach. Carl wollte sich gerade verabschieden, als er zwanzig Meter weiter den Vizeadmiral entdeckte. Dieser steckte den Kopf aus einer Tür und winkte ihm vorsichtig zu, er solle kommen.

»Entschuldige mich, Larissa, bin gleich wieder da«, sagte er. Er stand schnell auf und ging zu dem Vizeadmiral, der jetzt in den Flur getreten war und zu den zehn Meter weiter liegenden Toiletten ging.

Als Carl eintrat, stand sein Kollege schon mit den Händen auf dem Rücken da und wartete auf ihn.

»Geehrter Kollege, was ich jetzt sage, kann mich den Job kosten. Wir haben nicht viel Zeit«, sagte der Vizeadmiral schnell und sichtlich nervös. Carl nickte nur.

»Das Urteil wird nach dem Ende der Verhandlung heute nachmittag verkündet werden. Es wird mit einer Stimmenzahl von zwei zu eins gefällt werden. Das bedeutet die Todesstrafe. Ich bedaure sehr. Ich bin natürlich derjenige, der dagegen stimmt.«

»Hat es eine Bedeutung, daß ich es schon jetzt erfahre?« fragte Carl, der sich Mühe geben mußte, nicht die Selbstbeherrschung zu verlieren.

»Ja, mein Kollege, das glaube ich«, sagte der Vizeadmiral und senkte unbewußt die Stimme. »Sie kennen Boris Nikolajewitsch offenbar persönlich? Er war es doch, der Ihnen diesen Orden da verliehen hat?«

Der Vizeadmiral zeigte auf das Sankt-Georgs-Kreuz. Carl nickte matt.

»Der Verfassung nach ist er der einzige, der Tschiwartschew begnadigen kann, aber das erfordert natürlich, daß ihm jemand berichtet … Ja, Sie verstehen? Sie haben vierundzwanzig Stunden Zeit. Ich bedaure, ich muß jetzt gehen!«

Der Vizeadmiral streckte eine verschwitzte Hand aus, und ein paar Sekunden später war er verschwunden.

Carl stand in seiner Niederlage wie versteinert da. Er empfand es als seine persönliche Niederlage, als wäre er für den Freund Jurij verantwortlich gewesen, als hätte er dessen Vertrauen mißbraucht. Er trat an eins der Waschbecken und wusch sich mit kaltem Wasser das Gesicht, während er seine Gedanken zu ordnen versuchte.

Noch war nichts verloren. Noch haben die nicht gewonnen, redete er sich ein. Es mußte noch etwas geben, was man tun konnte, und wahrscheinlich war es genau das, was der Richter ihm soeben gesagt hatte, nämlich, daß man sich an Boris Jelzin persönlich wandte. Es blieb ohnehin kaum eine Wahl. Entweder resignieren oder etwas mit Jelzin versuchen.

Als Carl sich das Gesicht abtrocknete, hatte er erneut Adrenalin mobilisiert. Er ging hinaus, um sich zu verabschieden und Larissa für ihr Plädoyer Glück zu wünschen, das offenbar völlig bedeutungslos sein würde.

»Was hat er gesagt?« flüsterte sie neugierig, da sie die unerwartete außergerichtliche Begegnung natürlich gesehen hatte.

»Er sagte, wir würden gewinnen, aber er erhoffe von dir trotzdem ein gutes Plädoyer«, sagte Carl. Er lächelte sie breit an, beugte sich vor und gab ihr einen Kuß auf die Wange. Dann flüsterte er ihr ins Ohr, sie solle jetzt reingehen und den Burschen die Hölle heiß machen. Dann tätschelte er ihr die Wange und ging schnell weg.

»Fahren Sie mich zu Präsident Jelzin!« befahl Carl kurz, als er sich auf den geräumigen Rücksitz der Sil-Limousine fallen ließ. Der V-8-Motor schnurrte leise los.

Der Fahrer warf ihm im Rückspiegel einen forschenden Blick zu, legte zögernd den Gang ein und ließ den Wagen sanft anfahren.

»Verzeihung, aber haben Sie das ernst gemeint, Herr Admiral?« fragte der Fahrer nach einem halben Straßenblock.

»Und ob«, bestätigte Carl.

»Haben Sie die Adresse?« versuchte der Fahrer zu scherzen, während er Blickkontakt zu Carl suchte, den er nicht erhielt.

»Nein«, sagte Carl. »Aber wenn ich Sie wäre, würde ich es mal im Kreml versuchen. Er ist auf jeden Fall in Moskau, da er den Polizeichef der Stadt heute morgen entlassen hat.«

»Kreml? Das große Tor am Roten Platz?« fragte der Fahrer und verdrehte die Augen.

»Genau«, bestätigte Carl. »Direkt zu dem Wachtposten an der Ampel vor dem großen Portal. Das Reden überlassen Sie mir, verstanden?«

»Ja, das dürfte am besten sein«, brummte der Fahrer und schüttelte den Kopf.

Carl ging schnell seinen einfachen Plan durch. Erstens hatte er keine Zeit zu verlieren, zweitens mußte er den Versuch wagen, solange er die ganze Theaterrequisite, einschließlich des großen schwarzen Wagens des Hotels Metropol, zur Verfügung hatte.

Eins stand fest. Wenn er den Versuch gemacht hätte, auf entsprechende Weise in das Weiße Haus in Washington zu gelangen, wäre er nicht sehr weit gekommen, egal, für welche Maskerade er sich entschieden hätte; die Wahrscheinlichkeit, erschossen zu werden, dürfte weit größer gewesen sein als die Aussicht, sich nur mit Hilfe des Mundwerks bis zum Präsidenten vorzuquatschen.

Doch jetzt gab es in Moskau einen Zustand chaotischer Unsicherheit. Überdies sprach er russisch. Er konnte, ohne falschzuspielen, den Präsidenten als »Boris Nikolajewitsch« bezeichnen, da der Präsident ihm tatsächlich das Du angeboten hatte. Außerdem konnte er sich wahrheitsgemäß darauf berufen, er dürfe »jederzeit« zu Besuch kommen. Auch wenn Jelzin kaum nüchtern gewesen war, als er diese Zusage gab. Außerdem war Carl schon mal im Kreml gewesen, nämlich in einem Empfangszimmer, das vermutlich in nächster Nähe von Jelzins Arbeitszimmer lag. Es war zu schaffen. Jedenfalls mußte er es versuchen. Das Schlimmste, was ihm passieren konnte, war, daß er zum Hotel zurückfahren mußte, um von dort aus anzurufen. Erschießen würde man ihn jedenfalls nicht.

Der Fahrer war genötigt, aufgrund der Bauarbeiten auf der Seite gegenüber den Hotels Moskwa und National einen langen Umweg um den Roten Platz zu fahren. Dann schlängelten sie sich von hinten an der Basiliuskathedrale vorbei zu dem großen Portal mit der roten Verkehrsampel. Dort hielten zwei Wachtposten den Wagen an und gingen zur hinteren Tür, der Seitenscheibe, die Carl heruntergelassen hatte.

»Guten Tag, junger Leutnant! Ich bin Admiral Hamilton aus Schweden und fahre zu einem Treffen mit meinem alten Freund Boris Nikolajewitsch«, grüßte er freundlich.

»Ich bitte sehr um Entschuldigung, Genosse Admiral, aber davon ist uns nichts bekannt«, erwiderte der befehlshabende Wachtposten mit einer höflichen Ehrenbezeigung.

»Das war auch gar nicht beabsichtigt, junger Kollege«, sagte Carl mit einem vielsagenden Zwinkern. »Hinten in der Zentralwache dürften sie jedenfalls Bescheid wissen. Seien Sie doch so nett und rufen dort an und sagen Bescheid, daß wir unterwegs sind?«

Carl lehnte sich zurück und salutierte, als wäre die Sache damit erledigt. Dann gab er seinem Fahrer ein Zeichen, loszufahren. Es funktionierte. Der Wagen fuhr weiter über einen von einer Mauer umgebenen Hof, bis Carl seinen Fahrer anweisen konnte, anzuhalten. Er ließ den Uniformmantel im Wagen und betrat den perfekt geharkten und gesäuberten Hof. Er ging mit ruhigen, selbstbewußten Schritten das kurze Stück zur Zentralwache, riß die schwere Bronzetür auf und trat ein.

Es sah so aus, wie er es in Erinnerung hatte. Er war in einer

Schleuse vor Stahl und Panzerglas gelandet, und hinter dem Panzerglas saßen ein Major und zwei Hauptleute. Der Major telefonierte gerade. Wahrscheinlich war es der Wachtposten draußen beim Hauptportal, der gerade anrief.

»Guten Tag, meine Herren!« grüßte Carl barsch, aber freundlich ins Mikrofon, das ein Stück aus der undurchdringlichen Wand aus Panzerglas hervorragte. »Admiral Hamilton aus Schweden. Möchte zu Boris Nikolajewitsch!«

Er trat einen Schritt auf die Tür in der Panzerglaswand zu, als erwartete er, daß die Männer sie sofort aufmachen würden, was sie natürlich nicht taten.

Carl hob fragend die Augenbrauen und sah den Major an, der auf der anderen Seite gerade den Hörer hinlegte.

»Verzeihung, Genosse Admiral, aber ich muß Sie zunächst bitten, mir einen Ausweis zu zeigen«, sagte der Major unsicher.

»Natürlich. Wir sind heute ein bißchen förmlich, was?« sagte Carl amüsiert. Er steckte die Hand in seine linke Innentasche und wühlte unnötig lange nach seinem Paß, damit der Blick des Majors auf dem landete, was an der Uniformbrust zu sehen war, nämlich dem Großkreuz des Sankt-Georgs-Ordens.

»Danke, Genosse Admiral«, sagte der Major plötzlich. »Es ist nicht nötig. Ich erkenne Sie. Ich hatte damals hier Wache, als Sie beim letzten Mal zu Besuch waren.«

Er nickte freundlich und respektvoll und sah dabei auf Carls Uniformbrust.

»Ja, das war eine angenehme Veranstaltung«, sagte Carl. »Aber diesmal ist mein Besuch eher informeller, sagen wir privater Natur.«

»Sie müssen mich entschuldigen, Herr Admiral«, sagte der Chef der Wache verlegen, »aber ich habe hier keine Voranmeldung Ihres Besuchs.«

»Das liegt natürlich daran, daß es eher ein privater Besuch bei meinem guten Freund Boris Nikolajewitsch ist als eine offizielle Angelegenheit«, sagte Carl mit milder Nachsicht. »Ich schlage aber vor, daß wir das Problem wie folgt lösen: Sie geben mir eine Eskorte zum Chef der Leibwache und zur Kanzlei mit, dann kann er übernehmen, wenn wir oben sind.«

Der Major fügte sich schnell und ließ Carl durch den Metalldetektor treten, der nur auf bestimmte Metallteile an Carls Uniform reagierte, was aber erkennen ließ, daß von Waffen keine Rede sein konnte. Carl trug sich in das Besucherbuch ein und wandte sich amüsiert den beiden jüngeren Offizieren zu, die vor ihm strammstanden.

»Also, meine Herren, dann gehen wir!« befahl Carl, salutierte und gab mit einer Handbewegung zu erkennen, daß seine Begleiter vorausgehen sollten. Sie gehorchten automatisch.

»Früher war dieses dunkelblaue Mützenband die Farbe des KGB, heute aber muß es sicher etwas anderes sein?« fragte Carl leichthin, als sie schweigend mit dem Fahrstuhl in den dritten Stock gefahren waren und durch einen langen, menschenleeren Korridor mit schwarzweißem Marmormuster auf dem Fußboden gingen.

»Richtig, Genosse Admiral!« erwiderte einer der adretten jungen Leute. »Heute gehören wir zur besonderen Wachabteilung des Innenministeriums.«

»Hab' ich mir gedacht«, sagte Carl mit einem Kopfnicken.

Sie brachten ihn zum Chef der Kanzlei, der schon mit dem Chef der Wache gesprochen hatte. Der Kanzleichef nahm ihn auf halbem Weg zwischen seinem Schreibtisch und der Tür in Empfang, durch die Carl mit seinen Begleitern gekommen war.

»Was tun Sie denn hier, Genosse Admiral? Sie sind nicht angemeldet!« begrüßte ihn der Kanzleichef schroff.

»Guten Tag, Herr Kanzleichef, angenehm, Sie wiederzusehen«, sagte Carl unbeschwert, gab dem Mann schnell die Hand und setzte sich anschließend. Er rückte seine Bügelfalten zurecht, und dann schien ihm etwas einzufallen.

»Ich glaube, Sie können unsere jungen Begleiter vom Eingang entlassen, damit sie wieder an die Arbeit gehen können. Wann kann Boris Nikolajewitsch mich empfangen?« sagte er und streckte die Beine aus.

»Warten Sie draußen!« brüllte der Kanzleichef den beiden jungen Wachoffizieren zu, die sofort Haltung annahmen und hinausgingen.

»Genosse Admiral, was sind das für Manieren?« sagte der Kanzleichef, als sie allein waren. »Unser Präsident hat wirklich keine Zeit für spontane Besuche dieser Art. Bei allem Respekt vor … ja, Sie wissen schon, muß ich Sie bitten, wieder zu gehen. Sie dürfen nicht einfach hierherkommen und sich aufdrängen.«

»Sie wissen aber doch, wer ich bin?« fragte Carl und hob erstaunt die Augenbrauen.

»Ja, natürlich, Genosse Admiral!« zischte der Kanzleichef irritiert. Er begann, langsam im Raum auf und ab zu gehen. »Sie sind in Moskau unleugbar eine sehr bekannte Person, Herr Admiral, aber das gehört nicht hierher. Sie können nicht einfach hier hereinplatzen und …«

»Mein guter Freund Boris Nikolajewitsch hat mir persönlich zugesagt, daß ich kommen kann, wann immer ich will«, unterbrach ihn Carl ruhig. »Und ich kann Ihnen versichern, Herr Kanzleichef, daß es mir nicht mal im Traum einfallen würde, diese Gunst auszunutzen, wenn es keine Frage von Leben und Tod wäre, eine sehr wichtige Angelegenheit.«

»Wenn das so ist«, sagte der Kanzleichef und setzte sich hinter seinen Schreibtisch. Er schien jedoch kaum beruhigt zu sein. »Der Präsident ist im Augenblick sehr beschäftigt«, fuhr er fort und breitete die Hände aus. »Sie können ihn heute unmöglich treffen, es geht ganz einfach nicht.«

»Wie traurig, das zu hören«, sagte Carl und sah auf die Armbanduhr. »Ich meine, im Hinblick darauf, daß ich seine persönliche Zusage habe. Finden Sie das nicht auch traurig, Herr Kanzleichef?«

In diesem Moment war hinter den großen weißen Türen mit den goldenen Klinken Gesang zu hören und etwas, was an Gläserklirren erinnerte. Carl blickte den Kanzleichef fragend an. Dieser schlug verlegen die Augen nieder.

»Ich muß Sie wirklich eindringlich bitten zu gehen, Genosse Admiral«, murmelte er. »Ich bitte Sie. Ich möchte äußerst ungern unhöflich sein, aber wenn Sie nicht gehen, muß ich das Personal bitten, Sie hinauszuwerfen. Das möchte ich ebensowenig wie Sie.«

»Das kann ich mir nicht vorstellen«, sagte Carl abrupt, erhob sich und machte eine Bewegung, als wollte er gehen.

Dann ging er schnell an dem protestierenden Kanzleichef vorbei, riß die weiße Doppeltür auf und betrat das Nebenzimmer.

Das erste, was er in dem weitläufigen Raum sah, war Boris Jelzin. Der russische Präsident saß in langen Unterhosen auf einem großen, beigefarbenen Ledersofa und warf gerade den Kopf in den Nacken, um einen Deziliter Wodka zu schlucken.

Auf zwei Sesseln saßen zwei Männer, die sich die Jacketts ausgezogen hatten. Sie hatten Hosenträger und Schulterholster und sahen aus wie aus einem Gangsterfilm. Carl machte schnell die Tür hinter sich zu, mitten vor der Nase des verzweifelten Kanzleichefs.

Boris Jelzin hatte sich verschluckt und hustete heftig, zeigte jedoch fröhlich auf Carl und versuchte etwas zu sagen, was durch einen Hustenanfall erstickt wurde. Die beiden bewaffneten Männer starrten Carl nur an.

»Guten Tag, mein lieber Boris Nikolajewitsch. Es freut mich, dich in so guter Form zu sehen!« rief Carl und machte eine angedeutete Ehrenbezeigung.

»Hol mich der Teufel!« brüllte der Präsident heiser bei den Versuchen, seine Hustenattacke zu beenden. »Wenn das nicht unser alter Lieblingsfeind ist! Meine Herren, darf ich Ihnen Carl vorstellen. Und du, Carl, möchtest du ein Schnäpschen?«

»Ja gern, das wäre ausgezeichnet, mein lieber Boris Nikolajewitsch«, sagte Carl, nachdem er seinen Impuls niedergekämpft hatte, nein zu sagen. Dann salutierte er kurz zu den betrunkenen Gangstertypen hin. Er nahm die Uniformmütze ab, die er nach russischer Manier aufbehalten hatte, bis die Begrüßung überstanden war. Dann zog er am Tisch einen Lederstuhl zu sich heran und gab den beiden anderen noch die Hand. Einer von ihnen schob Carl mit unsicheren Handbewegungen ein schon benutztes Glas hin und füllte es mit einigen Dezilitern Wodka. Carl hob es sofort zu Boris Jelzin, sah es an und konzentrierte sich eisern, bevor er es mit einem Zug leerte. Er stellte es mit einem Knall auf den Tisch und ließ sich den Versuch eines wohligen Lauts entfahren.

Während sein Glas wieder gefüllt wurde und er sich die größte Mühe gab, den ungewohnt heftigen Kontakt mit Alkohol zu überspielen, sah er sich verstohlen um. Er vermutete, daß die beiden Figuren, die aussahen wie Gangster, Boris Jelzins berühmte Leibwache waren, die den boshafteren Gerüchten in Moskau zufolge die eigentliche Macht im neuen demokratischen und kapitalistischen Staat darstellten.

»Teufel, wie schön, daß du mal kommen konntest«, sagte Boris Jelzin. »Aber meinetwegen hättest du dich nicht so aufzudonnern brauchen, alter Freund. Skål!«

Der Präsident hob sein Wasserglas mit Wodka, und da blieb Carl nichts anderes übrig, als noch einmal den Inhalt seines Glases zu kippen. Er erkannte, daß er in einer halben Stunde sturzbetrunken sein würde, wenn es in diesem Tempo weiterging.

»Mann, ist das schön. Sonst habe ich heute nicht sehr viel Spaß gehabt«, lallte der Präsident, während einer der Gangstertypen die Gläser erneut füllte. »Sag mir, Carl, kann ich etwas für dich tun? JA! Wir haben heute morgen ein paar Polizisten gefeuert, das war ein Spaß. Wo war ich stehengeblieben? Ja, falls es etwas gibt, was ich für dich tun kann? Du weißt doch, daß ich es dir einmal versprochen habe?«

»Ja, das weiß ich, mein lieber Boris Nikolajewitsch, und aus diesem Grund bin ich auch hier«, sagte Carl, dem sich im Kopf schon alles drehte. »Ich bin in einer Angelegenheit gekommen, bei der es um Leben und Tod geht. Es betrifft unseren gemeinsamen Freund Jurij Tschiwartschew.«

»Jurij? Ja!« brüllte der Präsident, als ihm einfiel, von wem sie sprachen. »Da hol mich dieser und jener. Wie geht es Jurij Gennadjewitsch denn, deinem alten Kumpel?«

»Nicht sehr gut«, erwiderte Carl knapp. »Aber du und ich, wir könnten ihn und Rußland gemeinsam aus einer schwierigen Situation befreien.«

»Mein lieber Carl, schön, dich zu sehen, aber meinetwegen hättest du dich gar nicht so aufzudonnern brauchen, wirklich nicht«, sagte der Präsident. Er hob plötzlich mit einem Ruck den schwankenden Kopf und sah Carl direkt in die Augen, so gut er vermochte. »Sag es mir, Carl. Nur ein Wort von dir, und wir erledigen das sofort, worum du auch bittest. Skål!«

»Skål«, sagte Carl resigniert und machte sich innerlich für die dritte Runde bereit.

7

»Sollte ich dir mit einer so frühen Besprechung Ungelegenheiten bereitet haben, tut es mir leid«, sagte Carl nach einem schnellen Blick auf Rune Jansson. Dieser sah noch sehr müde aus. Dann wies Carl mit der Hand auf die Sitzgruppe.

»Ganz und gar nicht«, murmelte Rune Jansson und ließ sich demonstrativ schwer auf einen der ächzenden Ledersessel sinken.

»Ich habe gerade Kaffee gemacht«, sagte Carl und verschwand durch eine Seitentür. Sie schien in eine kleine Pantry zu führen, in der er mit Tassen und Tellern zu klappern begann.

Rune Jansson sah sich erstaunt um. Jetzt begriff er, weshalb man Carl bei der Säpo den Schwarzen Admiral nannte. Das ganze Zimmer sah aus, als befände er sich in der Kommandantenkabine eines älteren Kriegsschiffs. In einer Ecke des Zimmers entdeckte er über dem Schreibtisch sogar die Porträts des Königs und der Königin. Auf dem Eibentisch mit den Messingbeschlägen vor der Sitzgruppe standen zwei randvolle DIN-A4-Aktenordner, auf deren Rückseite stand: Dezernat A, Rune Jansson I–II.

»Mein Arbeitstag beginnt früh«, erklärte Carl, als er mit einem Tablett aus Edelholz zurückkam. Darauf standen eine Kaffeekanne, Tassen und Teller, Milch, Zucker und ein paar Hörnchen. Er stellte Rune Jansson Tasse und Teller hin.

Rune Jansson erklärte, er trinke den Kaffee am liebsten schwarz, und auf das Gebäck verzichte er.

»Wir haben eine knappe Stunde Zeit«, bemerkte Carl mit einem schnellen Blick auf die Armbanduhr. »Dann habe ich vier Stunden hintereinander Vortrag.«

»Du bist im Ausland gewesen?« fragte Rune Jansson und warf einen Seitenblick auf die beiden schwarzen Aktenordner.

»Ja, unter anderem habe ich einen gemeinsamen Bekannten getroffen. Ich kann leider nicht auf die Details eingehen. Außerdem scheint sich dein Anliegen in meiner Abwesenheit noch kompliziert zu haben«, sagte Carl gezwungen. Er goß sich selbst Kaffee mit Milch ein und nahm ein Hörnchen.

»Inwiefern?« fragte Rune Jansson, obwohl er schon eine Ahnung hatte.

»Zwei neue Morde. Vor dem kurdischen Buchcafé«, bemerkte Carl und zeigte mit einem Kopfnicken auf die beiden schwarzen Aktenordner, während er an seinem Kaffee nippte. »Ich habe den größten Teil des gestrigen Abends und der Nacht dieser Angelegenheit gewidmet. Du wirst auf deine Fragen Antworten erhalten. Tut mir leid, daß es sich so lange verzögert hat.«

»Späte Antworten sind besser als gar keine«, erwiderte Rune Jansson diplomatisch.

»Wir werden ja sehen, was du nachher dazu sagst«, entgegnete Carl und sah Rune Jansson mit einem forschenden Blick an. »Es besteht nämlich ein gewisses Risiko, daß du wütend auf mich wirst.«

»Es fällt mir schwer, das zu glauben«, sagte Rune Jansson. »Inzwischen bin ich immerhin schon aufgewacht.«

»Noch etwas, bevor wir anfangen«, sagte Carl nachdenklich und zögernd. »Wir sind ja recht gute Freunde, du und ich. Du bist jedenfalls keiner meiner Untergebenen in der Firma. Solltest du also Gerüchte gehört haben, wie ich im dienstlichen Umgang bin, vergiß es. Zwischen uns beiden herrscht absolute Offenheit.«

»Natürlich, warum sollte es anders sein?« entgegnete Rune Jansson verwundert, doch dann ging ihm auf, daß er Carl vermutlich mit etwas anderen Augen betrachten würde, wenn er bei der Säpo gearbeitet hätte. Es traf schließlich zu, daß er schon einige Geschichten darüber gehört hatte, was mit Leuten passierte, die zu frühen Besprechungen in diesem Zimmer gerufen wurden.

»Nun, dann legen wir los«, sagte Carl und stellte seine Kaffeetasse mit einem Knall hin. »Die wichtigste Frage, die du mir gestellt hast, betrifft einen gewissen Arzt in Linköping, Ali Akbar Kermani, siebenunddreißig Jahre, mit einer Gewehrkugel ermordet. Hat der Mann für uns bei der Säpo gearbeitet? Die Antwort auf diese Frage lautet leider ja. Er war also Säpo-Agent, um es präzise auszudrücken. Seine Aufgabe bestand darin, Informationen über eine relativ kleine Gruppe religiöser Extremisten zu sammeln und diese an uns weiterzugeben. Er arbeitete gegen Bezahlung. Um die Zeit des Mordes war er als Agent gerade entlassen worden. Der gesamte Hintergrund befindet sich in den Ordnern dort auf dem Tisch.«

»Das war eine sehr interessante Auskunft«, bemerkte Rune Jansson trocken.

»Ja. Aber ich fürchte, daß es noch weit schlimmer kommt«, fuhr Carl fort. »Memo Baksi und Abdel Rahman Fayad, die beiden, die in Umeå ermordet wurden, waren ebenfalls Säpo-Agenten. Ebenso wie übrigens dieser Newzat Özen, von dem ihr den Verdacht hattet, er sei außerhalb von Västerås ermordet worden.«

»Nun ja, der Zusammenhang war für uns ja nicht leicht zu finden«, sagte Rune Jansson vorsichtig. »Uns hat also ständig eine entscheidende Auskunft gefehlt, die wir hier bei euch hätten erhalten können?«

»Genau«, erwiderte Carl und sah Rune Jansson abwartend an. Dieser blieb jedoch vollkommen ruhig. »Das habe ich damit gemeint, als ich sagte, du würdest vielleicht wütend werden.«

»Weil ihre diese gelinde gesagt entscheidende Information zurückgehalten habt, meinst du?« fragte Rune Jansson sanft. Er sah tatsächlich nicht im mindesten wütend aus, eher verblüfft.

»Ja, natürlich«, sagte Carl. »Es gibt dafür eine Reihe Erklärungen, aber die sind nicht besonders interessant. Es sind eher bürokratische Gründe. Jedenfalls hast du da deine Verbindung der Mordopfer.«

»Diese beiden Kurden, die vor ein paar Tagen ermordet wurden – wie sieht es in der Hinsicht bei ihnen aus?« fragte Rune Jansson, ohne eine Miene zu verziehen.

»Etwas unklarer«, erwiderte Carl schnell. »Du findest sie auch in den Aktenordnern. In aller Kürze könnte man so sagen: Einer von ihnen, Mehmet Rehmsa, ist als eine unserer Quellen anzusehen. Er hat uns Informationen geliefert, ist aber kein Agent in dem Sinn, daß er fest und für längere Zeit für uns gearbeitet hätte. Der zweite, Güngür Gökhsen, befindet sich zwar in unseren Archiven, aber das tut ja schon bald jeder Kurde, nachdem … na ja, du weißt schon. Aber soviel ich habe sehen können, unterscheidet er sich deutlich von den anderen Opfern dieser Mordserie. Er hatte nichts mit der Säpo zu tun. Das hatten aber alle anderen.«

»Einer oder mehrere ermorden die Agenten der Säpo unter den Einwanderern in Schweden«, stellte Rune Jansson fest.

»Ja«, bestätigte Carl. »Dieser Eindruck läßt sich kaum von der Hand weisen.«

»Wer weiß, welche Denunzianten, Verzeihung, Agenten ihr unter den Einwanderern habt?« fragte Rune Jansson weiter, ohne die Stimme zu heben oder das Tempo zu steigern; es erstaunte ihn selbst, wie ruhig er die sensationellen Informationen aufnahm, die er von Carl erhielt.

»Das weiß im Prinzip niemand«, erwiderte Carl mit einer bekümmerten Falte auf der Stirn. »Aber wie schon klargeworden ist, gilt dieses Prinzip nicht in der Realität. In unserer Organisation waren nur zwei Personen in der Lage, sich auf dem Dienstweg Erkenntnisse darüber zu verschaffen, nämlich ich selbst und mein Stellvertreter. Dann haben wir die Abteilung, die mit dieser Art von Informationen gearbeitet hat, mit Denunziationen, wie du so treffend gesagt hast. Diese Abteilung wird jedoch gerade aufgelöst, und mehrere Funktionsträger sind im Lauf der letzten Monate gefeuert worden.«

»Aber unter denen, die gefeuert worden sind, könnte es dieses Wissen geben?« fragte Rune Jansson.

»Theoretisch ja«, erwiderte Carl. »Das setzt voraus, daß einige von ihnen gegen ihre Dienstvorschriften verstoßen haben, doch ich fürchte, daß das ein Verhalten ist, das einigen dieser Leute nicht allzu fremd gewesen ist. Daher übrigens eine Reihe von Entlassungen.«

»Und wir können erfahren, wer diese entlassenen Säpo-Leute sind?« fragte Rune Jansson zweifelnd.

»Aber ja, selbstverständlich. Diese Information befindet sich schon in deinen Aktenordnern«, antwortete Carl schnell. »Damit sind wir bei einem formaljuristischen Problem angelangt. Das Material in diesen Ordnern umfaßt die gesamte Information über die Denunziantentätigkeit der Opfer, als sie für die Säpo sozusagen arbeiteten, ferner die Namen ihrer Führungsoffiziere sowie Angaben über ihre Bezahlung und so weiter. Das gesamte Material unterliegt jedoch der Geheimhaltung, und dem in Schweden geltenden Recht zufolge geht unsere Geheimhaltung hier in der Firma allen anderen polizeilichen Rücksichten vor. Ganz offiziell hätte ich also *völlig legal* entscheiden können, dir diese Information zu verweigern.«

»Das hätte unsere Ermittlungsarbeit nicht gerade erleichtert«, entgegnete Rune Jansson mürrisch. »Dann hätten wir nach der

Verbindung der Opfer untereinander suchen können, bis wir verrückt geworden wären.«

»Ja, und das wollen wir natürlich nicht«, sagte Carl mit der Andeutung eines ironischen Lächelns. »Aber, wie du verstehst, gibt es da noch einen Haken. In dieser Welt wird einem nichts geschenkt.«

»Wie sieht der Haken aus?« fragte Rune Jansson mißtrauisch.

»Ihr müßt beim Dezernat A über dieses Material dichthalten«, sagte Carl mit einem tiefen Seufzen. »Unser Dilemma, deins und meins, sieht wie folgt aus. Wenn ich dir dieses Material nicht übergebe, mache ich eure Ermittlungsarbeit unmöglich, vermeide aber einen Skandal ersten Ranges in den Massenmedien. Wenn du das Material bekommst, übernimmst du damit auch die Verantwortung dafür, daß das hier nicht durchsickert und in den Medien bekannt wird, bevor ihr eure Arbeit erledigt habt.«

»Das läßt sich schon regeln, denke ich. Bei uns sickert nichts durch, wenn wir es nicht wollen«, sagte Rune Jansson, ohne sein Mißtrauen loszuwerden. Er glaubte, daß irgendwo noch ein größerer Haken lauerte.

»Dann ist da noch eine Komplikation«, bemerkte Carl. Es war wie eine blitzschnelle Bestätigung von Rune Janssons Verdacht. »Und dabei wünsche ich deinen Rat. Ich nehme an, daß ihr eventuell gern die Ermittlungen übernehmen würdet, die das Gewaltdezernat der Stockholmer Polizei im Fall der beiden Kurden begonnen hat?«

»Na ja«, sagte Rune Jansson vorsichtig. »Das Gewaltdezernat in Stockholm erledigt seine Arbeit meist ohne jede Einmischung von unserer Seite. Sie haben ja große Möglichkeiten. Sehr gute Leute und so weiter.«

»Kurden! Jan Köge!« rief Carl demonstrativ aus. »Du weißt doch genauso gut wie ich, was mit dieser Ermittlung passieren wird.«

»Ja, hm, vielleicht, schon möglich«, murmelte Rune Jansson verlegen. Es widerstrebte ihm, Kollegen vor Außenstehenden zu verleumden. »Was für einen Rat möchtest du denn gern?«

»Einfach und konkret ist es folgendes«, sagte Carl. »Möchtest du, daß ich Jan Köge diese gesamt Ermittlung wegnehme und euch übertrage, damit ihr alles in einem Zusammenhang bekommt? Wenn du es willst, tue ich es. Ich sehe dabei bestimmte praktische

Vorteile. Du sicher auch. Die Frage ist aber, wie sehen die Nachteile aus?«

»Rein formal kannst du so was doch gar nicht?« sagte Rune Jansson zweifelnd.

»Du ahnst nicht, Rune, was ein Säpo-Chef tun kann«, sagte Carl mit einer ironischen Grimasse. »Ich kann ihre Voruntersuchung sogar *einstellen,* wenn mir danach ist. Mach dir also wegen der formalen Fragen keine Sorgen. Jetzt nehmen wir die praktische Seite. Einerseits wäre es gut, wenn wir die gesamte Ermittlungsarbeit bei euch zusammenfassen könnten. Andererseits ...?«

»Andererseits würde es einen ungeheuren Aufstand geben und eine Menge Unannehmlichkeiten, wenn du zu solchen Machtmitteln greifst«, sagte Rune Jansson nachdenklich. »Ich glaube offen gestanden nicht, daß das so gut wäre.«

»Aber was passiert, wenn das Gewaltdezernat in Stockholm plötzlich nur noch aus Kurdenjägern besteht statt aus Polizisten?« fragte Carl hart.

»Das würde unsere Ermittlungsarbeit vermutlich verzögern«, erwiderte Rune Jansson wachsam. Er sah sehr wohl, daß Carl nicht unrecht hatte. »Früher oder später bekommen wir aber doch alles, was das Gewaltdezernat in Stockholm ans Licht gebracht hat. Offen gestanden würde ich am liebsten darauf verzichten, deine Machtmittel greifen zu sehen, obwohl ich durchaus ein wenig neugierig bin. Wir würden in unserem Dezernat in eine schwierige Lage geraten. Kollegen überall im Land würden sich vielleicht in den Kopf setzen, daß wir so eine Art zusätzlicher Säpo geworden seien, und das wäre ... das wäre wahrscheinlich nicht immer sehr angenehm.«

»Nein, natürlich nicht«, bestätigte Carl und lächelte ironisch über Rune Janssons vorsichtige Wortwahl. »Aber dann sagen wir folgendes: Wir überlassen alle Kurden im Großraum Stockholm bis auf weiteres einem unfreundlichen Schicksal in den Händen von Jan Köge und dessen Journalisten. Für deine Kollegen und dich gibt es jetzt ohnehin genug Neues, an dem ihr zu beißen habt. Das war das bürokratische Problem.«

»Wer will die Informanten der Säpo ermorden?« fragte Rune Jansson, sobald ihm klargeworden war, daß die Frage der Übernahme der Verantwortlichkeiten des Gewaltdezernats nicht mehr aktuell war.

»Im Prinzip niemand«, seufzte Carl. »Das heißt, alle Kurden dürften sich wohl wünschen, daß es dem Kurden, der andere Kurden bei der Säpo verpfeift, übel ergeht. Einige wenige könnten vielleicht sogar auf die Idee kommen, einen Mann zu ermorden, der seine eigenen Leute so verrät. Ja, wie du weißt, ist das ja in einigen Fällen geschehen. Diese vermeintlichen Überläufer waren Informanten der Säpo. Insoweit ist es einfach. Ähnlich kannst du auch bei Palästinensern, Iranern und Türken argumentieren. Aber wie du siehst, fehlt in dieser Argumentation ein entscheidender Punkt.«

»Ja«, bestätigte Rune Jansson grübelnd. »Jede einzelne Gruppe hätte ein Motiv, ihre Denunzianten zu ermorden. Aber warum die Denunzianten anderer umbringen?«

»Eine militante Gruppe, die sich ohne unser Wissen in Schweden etabliert hat, um so etwas wie einen allgemeinen antiimperialistischen Krieg gegen Verräter zu führen«, sagte Carl und machte dabei ein Gesicht, als wäre er selbst nicht sonderlich von dieser Idee überzeugt.

»Eine fremde Macht?« fühlte Rune Jansson vor. »Die Morde sind ja äußerst professionell ausgeführt worden.«

»Ja«, bestätigte Carl. Er schien in Grübeleien zu versinken. »Die Morde sind so ausgeführt worden, daß es den Anschein hat, als hätten Spezialisten sie verübt. Aber welche fremde Macht sollte daran interessiert sein?«

»Der Iran?« schlug Rune Jansson vor.

»Vielleicht«, erwiderte Carl und nickte. »Aber die Theorie scheitert daran, daß sie von Umeå bis Linköping unmöglich mit einer solchen Effektivität zuschlagen könnten. Und sie würden sich auch keine Kenntnis davon verschaffen können, wer die Denunzianten sind ... nun ja, beschwören würde ich das auch nicht. Wenn sie mir eine Milliarde in einer sicheren Bank in einem angenehmen Alpenland böten? Na ja, du verstehst den Gedankengang. Die Hauptsache ist, daß das Wissen, das kumulierte Wissen darüber, wer unser Informanten sind, nur hier in der Firma zu finden ist. Wie man das Problem auch dreht und wendet, man landet immer wieder hier.«

»Befindet sich unter den Leuten, die du gefeuert hast, zufällig jemand, der zu mehr als einem Namen der Ermordeten Zugang hatte?« fragte Rune Jansson.

»Ja«, erwiderte Carl. Er schien diesem Umstand jedoch keine größere Bedeutung beimessen zu wollen. »Da ist etwa ein Kriminalinspektor Vargemyr. Die Angaben über ihn befinden sich in deinem Material. Er kannte zum Beispiel beide Opfer in Umeå. Aber das Motiv?«

»Es braucht doch kein rationales Motiv zu geben«, sagte Rune Jansson vorsichtig. »Stell dir doch so einen Typ wie diesen Lasermann vor, wenn auch mit besseren Kenntnissen und größeren Fähigkeiten.«

»Tja«, sagte Carl und breitete die Arme aus. »Du bist der clevere Polizist, nicht ich. Jetzt hast du jedenfalls die wichtigste Verbindung der Opfer untereinander und die Namen aller ehemaligen Säpo-Angestellten, denen die Identität der Opfer bekannt gewesen ist. Das ist alles, was ich im ersten Anlauf für dich tun kann.«

»Dürfen wir diese ehemaligen Säpo-Leute verhören?« fragte Rune Jansson unsicher. Er ahnte etwas von einem weiteren Säpo-Gesetz außerhalb der gewohnten Polizeiroutine.

»Ja, natürlich«, erwiderte Carl. »Ehemalige Säpo-Leute haben nicht mehr Rechte als andere Staatsbürger. Wenn einer von ihnen Schwierigkeiten macht und von Geheimhaltung faselt, verweise nur auf mich. Das setzt natürlich voraus, daß alle Vernehmungsprotokolle geheim bleiben?«

»Ja, selbstverständlich«, bestätigte Rune Jansson schnell.

»Na dann!« sagte Carl. »Dann sind wir mit dem Stück durch. Was wolltest du noch wissen? Ja! Die Giftmord-Theorie und die alten Gifte des KGB. Das einzige, was ich dir auf Anhieb sagen kann, ist, daß Curare bei den alten KGB-Leuten recht beliebt war. Aber sie hatten noch einiges andere, Dinge, die im Prinzip genauso funktionieren, Nikotin für Raucher, Insulin für Zuckerkranke und ähnliche Präparate. Der gemeinsame Nenner ist, daß es biologische Gifte sein müssen, die sich in geringeren Mengen schon im Körper finden und nach dem Tod abgebaut werden.

Aus diesem Grund kann man sie bei gerichtsmedizinischen Untersuchungen nur schwer finden. Du wolltest auch wissen, wie die Tatwaffe ausgesehen hat? Sie sieht aus wie eine acht Zentimeter lange und ziemlich dicke Zigarre aus Kunststoff mit einer Art Sicherung aus buntem Kunststoff, blau, rot, grün und so weiter an einem Ende.

Man klappt diese Sicherung hoch und drückt. Am anderen Ende der Röhre kommt dann eine Injektionsnadel zum Vorschein, die das ganze Gift im Körper deponiert. Das Opfer hat das Gefühl, von einer Riesenwespe gestochen worden zu sein.«

»Wer hat Zugang zu der alten Mordausrüstung des KGB?« fragte Rune Jansson mißmutig.

»Auf jeden Fall russische Gangster«, überlegte Carl. »Außerdem Leute, denen russische Gangster so etwas verkaufen können. Länder, die zu der früheren Sowjetunion gute Verbindungen gehabt haben, Iran, Irak, Libyen und so weiter. Ich glaube, das waren alle Fragen von deiner Seite.«

»Ja, vorerst«, bestätigte Rune Jansson mit einem Kopfnicken.

»Was tut ihr selbst? Ich meine, du mußt doch so etwas wie eine interne Ermittlung in Gang gesetzt haben?«

»Ja, natürlich«, erwiderte Carl. »Bei der ersten Besprechung des Morgens wird es genau darum gehen. Aber mach dir keine Sorgen: Wenn ich etwas herausbekomme, von dem ich glaube, es könnte dir nützlich sein, wirst du es auch erfahren. Bevor du gehst, mußt du noch ein Papier unterschreiben!«

Carl zeigte ironisch auf den nächststehenden der beiden DIN-A4-Aktenordner. Als Rune Jansson die erste Seite aufschlug, fand er dort eine Art Versicherung seines Stillschweigens. Damit verpflichtete er sich aufgrund einiger dort genannter Gesetze, die Informationen, die er auf diese Weise erhielt, nicht an Unbefugte weiterzugeben.

Bei dem Wort »unbefugt« stand ein Asteriskus, daneben fand sich eine handgeschriebene Erklärung; zu den befugten Personen gehörten u. a. Polizeibeamte des Dezernats A bei der Reichskripo, und darunter war Carls Unterschrift zu lesen.

»Was passiert, wenn ich gegen diese Schweigepflicht verstoße?« fragte Rune Jansson, als er Carl das unterzeichnete Exemplar überreichte.

»Das wirst du nicht tun«, sagte Carl. »Und wenn du es doch tust, wirst du von dem besonderen Säpo-Gericht, in dem die Richter schwarze Kapuzen und Totenschädelmasken tragen, zum Tod auf dem Rad verurteilt. Doch im Ernst: Solltest du Fragen haben, ruf einfach an. Du kannst mich jederzeit anrufen, denn ich arbeite oft auch nachts.«

Als Rune Jansson im Fahrstuhl zu dem unterirdischen Gang fuhr, der die verschiedenen Polizeigebäude miteinander verband, entdeckte er, daß er eher erleichtert als sonst etwas war. Er hatte gelinde gesagt entscheidende Informationen erhalten, und das in der umfangreichsten Mordermittlung, mit der er je befaßt gewesen war. Dennoch war das vorherrschende Gefühl nur Erleichterung. Es war nicht schwer gewesen, Carl zu treffen, den *Generaldirektor,* auch Schwarzer Admiral oder Hamilton genannt – Rune Jansson wußte nicht genau, wofür er sich entscheiden sollte –, und obwohl sie persönlichen Dingen kaum Zeit gewidmet hatten, war alles sehr glatt gelaufen. Ihn hatte die Vorstellung gequält, ein Vernehmungsobjekt zu treffen, das soeben seine ganze Familie verloren hatte. Dieser Gedanke war ihm kurz und brutal gekommen. Doch Carl – Rune Jansson dachte jetzt an ihn als Carl – hatte den deutlichen Eindruck erweckt, wieder auf dem Weg zurück ins Leben zu sein. Ein paar kurze Sekunden lang hatte er fast gescherzt und beinahe den Eindruck eines ganz beliebigen Menschen gemacht. Rune Jansson hatte sich nicht die Mühe machen müssen, wortreich zu kondolieren, was die Begegnung sehr schwierig gemacht hätte.

Als er unten durch den Gang ging, erst da, begann er sich mit den unmittelbaren Konsequenzen dessen zu beschäftigen, was er soeben erfahren hatte. Die Einzelheiten befanden sich offenbar sehr ausführlich in zwei Aktenordnern mit geheimem Inhalt, die er unter dem Arm trug.

Carl hatte noch zwanzig Minuten bis zur ersten Besprechung des Morgens. Er hatte tatsächlich vor, eine umfassende und interne Ermittlung in der Firma anzuordnen, um die höchst bedauerliche Tatsache aufzuklären, daß ein oder mehrere Täter begonnen hatten, Informanten der Säpo zu ermorden. Diese Art der Einholung von Informationen hatte er zwar sehr stark beschnitten, eine Tätigkeit, die aufgrund aller Lügen, die dem Dienst aufgetischt wurden, ebenso unproduktiv wie moralisch zweifelhaft war.

In Gedanken hatte er das Problem jedoch schon hinter sich gelassen. Er nahm sich genußvoll das zweite Hörnchen vor, das er frisch in einer türkischen Bäckerei auf Kungsholmen gekauft hatte, und goß sich frischen Kaffee ein.

Er hatte zwanzig Minuten in vollkommener Stille ganz für sich allein. Seit seiner Heimkehr hatte er intensiv daran gearbeitet, das Ermittlungsmaterial für Rune Jansson aufzubereiten. Diese Arbeit erschien ihm besonders dringend, seit er herausgefunden hatte, daß sich in seiner Abwesenheit zwei weitere Morde ereignet hatten.

Doch jetzt hatte er diese zwanzig Minuten für sich allein. Er schloß die Augen und sah Gesichter vor sich. Wie in einem modernen Videoclip mit blitzschnell wechselnden Bildern, wie sie in den Fernsehkanälen laufen, an denen erwachsene Menschen blitzschnell vorbeizappen, strömten Tessie, Johanna Louise, Ian Carlos, Eva-Britt, seine Mutter und sein Vater, alle Toten an ihm vorbei. Er konnte sie vollkommen klar vor sich sehen, ohne in Panik die Augen zu öffnen und irgendeine Arbeit zu beginnen. Er war überzeugt, sich schon sehr bald bei all diesen Toten zu befinden. Doch im Augenblick erschien es ihm am wichtigsten, Jurij zu sehen, der immer noch am Leben war. Das war das Privileg der Lebenden vor den Toten, daß sie nämlich wichtiger sein mußten.

Er war selbst mit zum Lefortowo-Gefängnis gefahren, um Jurij abzuholen. Er hatte Larissa im Wagen mitgenommen und einen Atemhauch, der widerlich gewesen war, sowie einige Dokumente. Diese waren vom Präsidenten der Föderativen Russischen Republik unterzeichnet, einem Mann, der schon längst hätte ohnmächtig sein müssen. Jetzt hatte Carl die Dokumente; sicherheitshalber war er noch schnell ins Hotel Metropol gegangen, um die Dokumente dort zu fotokopieren.

Sie hatten den halben Bojaren-Saal im Hotel Metropol gemietet, mit traditionellem Orchester, amerikanischen Weinen und russischen Liebesliedern sowie allem, was das Haus zu bieten hatte. Sie hatten einen sehr langen und sehr russischen Abend zusammen gefeiert und waren folglich entsetzlich betrunken gewesen.

Es war vorbei. Jurij lebte jetzt in Barnaul in Sibirien bei seinem Vater; seinen Posten würde er nie zurückerhalten, denn so weit reichte nicht einmal Boris Nikolajewitschs Macht. Doch er lebte.

Carl versuchte, sich hinter geschlossenen Augenlidern an das Letzte zu erinnern, was er an jenem Morgen draußen auf dem Domodedewo-Flughafen von Jurij gesehen hatte. Beide hatten blutunterlaufene Augen und Bartstoppeln. Sie mußten entsetzlich ausgesehen haben, womit sie an und für sich in diesem Land, auf diesem Flughafen, in dieser Stadt und zu diesem Zeitpunkt nicht allein gestanden haben konnten.

Doch es war vorbei.

Es war also richtig gewesen, nicht Selbstmord zu begehen. Er hatte wenigstens etwas getan, was wichtig war, etwas Gutes, nachdem Tessie und Ian Carlos ihn verlassen hatten.

Plötzlich befielen ihn halluzinatorische Bilder von ihrem Tod. Es mußte so gewesen sein wie bei einem Angriff mit Napalm. Da schlug er voller Panik die Augen auf. Er versuchte verzweifelt, sich an etwas anderes zu erinnern, am liebsten etwas Komisches, etwa weshalb Jurij Tschiwartschew nicht hatte verstehen können, weshalb ein schwedischer Vizeadmiral drei Admiralssterne hatte. Das war ein Ausdruck der allgemeinen schwedischen Inflation an Rangbezeichnungen, eine Art Ausgleich oder Demokratisierung, eine besondere Form von Sozialismus, die es mit sich brachte, daß Schweden größere und mehr Sterne hatte als andere; bei Flottenbesuchen machten schwedische U-Boote immer einen albernen Eindruck, da bis auf fünf oder sechs Mann, die aus dem Turmluk kletterten, alle Offiziere waren.

Carl trank konzentriert und langsam von seinem Kaffee und biß ein großes Stück des frischgebackenen Hörnchens ab. Dann schloß er erneut die Augen und ließ die Gesichter vor seinem inneren Auge vorübergleiten, als betrachtete er einen Videoclip.

Er hatte nicht vergeblich weitergelebt. Außerdem hatte er noch ein wichtiges Projekt vor sich, etwas, was ohne jedes Selbstmitleid getan werden mußte.

In wenigen Minuten stand eine Besprechung der Führungsgruppe bevor, bei der es hart zur Sache gehen würde. Doch dafür stand die Konferenz in einem sehr klaren Zusammenhang mit dem letzten wichtigen Vorhaben, das ihm noch blieb. Dann, irgendwann danach, blieb ihm nur noch die Phantasie, Gesichter und Erinnerungen.

Doch jetzt mußte er sich erneut zusammennehmen und eine neue Rolle spielen. Jetzt mußte er mehrere Stunden lang der Schwarze Admiral sein.

Die Stockholmer Polizei hatte achtundvierzig Stunden unter tumultuarischen Formen eine ganze Reihe von *Kurden-Razzien* durchgeführt; das war der Begriff, für den sich die Medien entschieden hatten, sogar das *Echo des Tages.* Rund dreißig Personen, darunter mindestens ein Drittel Frauen und Kinder, waren unter den grellen Spotlights von Fernsehteams aus ihren Wohnungen geschleift und in Handschellen abgeführt worden, während man bei der vermeintlichen Suche nach Mordwaffen und Beweisen für kurdische Verschwörungen ihre vier Wände auf den Kopf stellte. Wie gewöhnlich hatten umfassende Beschlagnahmen stattgefunden, obwohl nicht genau feststand, was in unzähligen schwarzen Plastiksäcken fortgeschafft worden war.

Erik Ponti empfand es als traumhafte Wiederholung von Ereignissen, die er aus früheren Jahren kannte. Auch damals »wußten« plötzlich alle Medienkonkurrenten, was vor sich ging, und berichteten fröhlich über Dinge, die sich schon bald als vollkommen unbegründet herausstellten. Wenn man den »Leichtnachrichten« von TV 4 und *Expressen* glauben konnte, den Nachrichtenkanälen, die über die besten Verbindungen zur Polizei zu verfügen schienen, war eine kurdische Terroristenorganisation von den entschlossenen und wohlüberlegten Aktionen der Stockholmer Polizei geradezu zerschmettert worden. Die Mordwaffe, die vor dem kurdischen Buchcafé verwendet worden war, befinde sich unter dem beschlagnahmten Material, ebenso die verwendete Munition.

Von der Arbeit der Polizei blieben angeblich nur noch »kleinere Aufräumaktionen« übrig. In technischer Hinsicht war der kurdische Doppelmord schon aufgeklärt, ebenso vermutlich der Doppelmord in Umeå vor einiger Zeit.

Der Chef des Gewaltdezernats in Stockholm, Jan Köge, hatte im Fernsehen schon einige triumphale Auftritte hinter sich. Die Zeitungen schrieben jetzt fast ohne Ausnahme aus dem gleichen Blickwinkel über seine »Revanche« an den Kurden, die früher ja an seinem Sturz und seiner Entlassung bei der Säpo im Zusammenhang mit dem Ebbe-Carlsson-Skandal mitgewirkt hätten.

So war die Lage vor der Morgenkonferenz, die über den Kurs beim *Echo des Tages* in den kommenden vierundzwanzig Stunden entscheiden sollte.

Wie erwartet wurde die Jagd auf Kurden sofort zur Hauptfrage der Führungsgruppe. Der neue Chef, der die früheren Kurden-Jagden nicht miterlebt hatte, da er zu der Zeit wohl Diplomat oder

Politiker gewesen war, ließ sich sofort von dem erregten Optimismus der Kriminalreporter anstecken. Leider hatten diese ein eigenes und journalistisch höchst wirkungsvolles As im Ärmel, nämlich ein Interview mit dem Reichspolizeichef, bei dem dieser in unzweideutigen Formulierungen die Kurden-Razzien als sowohl notwendig wie erfolgreich bezeichnete.

Damit waren die meisten Einwände unbrauchbar, die Erik Ponti hatte vorbringen wollen, beispielsweise der Hinweis, daß keine der dreißig festgenommenen Personen von einem Staatsanwalt verhaftet worden sei. Man konnte diese Leute zwar ohne den Beschluß eines Staatsanwalts ohne weiteres festhalten, da sie Ausländer waren und des Terrorismus verdächtig. Wenn es aber gegen einen von ihnen ein begründetes Mißtrauen gab, hätte der Betreffende doch verhaftet werden müssen?

Dagegen stand das selbstverständliche Argument, daß der Reichspolizeichef persönlich und damit *on the record* zunächst im *Echo des Tages* den Erfolg der Operation bestätigen würde.

Dagegen gab es keinen tragfähigen Einwand. Unabhängig davon, ob der Reichspolizeichef recht hatte oder nicht, würde man das Interview mit ihm senden. Wenn er recht hatte, war es interessant. Wenn er sich irrte, war das jedoch ebenfalls interessant, und in dem Fall konnte man ihn erneut interviewen und ihn fragen, weshalb er unrecht habe. Und in dem Fall war die Entschuldigung dafür gleich mitgeliefert, daß man falsche Angaben gesendet hatte, da man dem Reichspolizeichef die Schuld zuschieben konnte. Was auch wieder interessant war.

Aus dieser logischen Falle gab es kein Entrinnen. Das *Echo des Tages* würde sich also der vorherrschenden Version in den anderen Medien anschließen, ob diese nun wahr oder falsch war.

Erik Ponti sah sich genötigt, versuchsweise einen Kompromißvorschlag vorzulegen. Er setzte sich lange dafür ein, man müsse zumindest die Ergebnisse früherer Kurden-Jagden rekapitulieren, um sich so vorsichtig gegen ein denkbares, um nicht zu sagen wahrscheinliches Fiasko zu wappnen.

Sein Vorschlag erregte am Tisch keinerlei Begeisterung, und als der neue Chef das entdeckte, sagte er sofort, man dürfe »nicht das Tempo verlieren«.

Erik Ponti wollte die Schlacht schon verloren geben, als ihm ein letzter desperater Einwand einfiel. Wie es schien, waren alle Informationen, die bisher den Medien zugeleitet worden waren, von einer einzigen Quelle verbreitet worden, nämlich dem Gewaltdezernat der Polizei in Stockholm. Und wer dort die Hauptquelle war, ließ sich unschwer ausrechnen, nämlich für die Konkurrenten wie offenbar auch für das *Echo des Tages* ein und derselbe Mann.

Aber. Die Jagd nach Terroristen sei ja eine Aufgabe der Säpo. Und die Säpo habe, soviel man wisse, überhaupt nicht an irgendeiner Kurdenjagd teilgenommen, was völlig neu sei, wenn man an ähnliche Ereignisse in früheren Jahren denke. Von der Säpo war kein Muckser zu hören gewesen. Früher hätten die Säpo-Leute nicht gezögert zu plaudern, vorausgesetzt, man erklärte sich bereit, sie nicht mit Namen zu zitieren. Sie hätten so gut wie jede Aktion bestätigt, solange sich diese gegen Ausländer richtete. Doch jetzt dieses Schweigen. Weshalb? Sei das denn kein interessantes Warnsignal?

Den Kollegen kamen jetzt einige Zweifel, doch das nur für kurze Zeit. Die Kriminalreporter erklärten, seit Hamiltons Amtsantritt gehe die Säpo ganz anders vor. Kein einziger Säpo-Mitarbeiter dürfe heute noch anonym mit den Medien sprechen. Das sei nur noch Hamilton selbst erlaubt. Und der tue es nie.

Dem neuen Chef kam jetzt ein satanischer Einfall. Er schlug vor, Erik Ponti solle Hamilton anrufen, um diesen um einen Kommentar zu bitten. Selbst ein »no comment« wäre interessant. Und als alter Hofberichterstatter habe Erik ja vielleicht größere Möglichkeiten als andere …

Zu seinem Erstaunen gelang es Erik Ponti, sich zu beherrschen. Er erkannte, daß er in der Falle saß. Er selbst hatte den Einwand des mangelnden Engagements der Säpo vorgebracht. Im Moment war die Redaktion eine durchgehende Elefantenherde. Wenn er sich jetzt vor sie hinstellte und warnend einen Zeigefinger hob, würde das nur damit enden, daß man ihn niedertrampelte.

Als er in sein Arbeitszimmer zurückging, machte er nicht mal die Tür hinter sich zu.

Mißmutig wählte Erik Ponti Hamiltons Nummer. Wie erwartet meldete sich eine Sekretärin, die kalt und höflich erklärte, der Generaldirektor sitze momentan in einer Konferenz. Vielleicht könne er zurückrufen, wenn er die Zeit dazu finde. Erik Ponti nannte seine Telefonnummer und vergaß dann sofort, daß er angerufen hatte; ein Hamilton würde ihn ohnehin nicht zurückrufen.

Er blätterte nachdenklich in seinem Telefonbuch und fand die Nummer eines der Anwälte die nach der jüngsten Massenfestnahme verdächtige Kurden verteidigt hatten. Erik Ponti erkannte, daß er hier gute Fragen stellen konnte. Warum greift die Polizei zu Terroristengesetzen statt zu gewöhnlichen gesetzlichen Bestimmungen? Warum hat sich kein Staatsanwalt wegen der Fälle von Freiheitsberaubung sowie der Hausdurchsuchungen verantworten müssen? Ob die Sicherheitspolizei in solchen Situationen nicht für ihre Behauptungen einstehen müsse, um die Anschuldigungen wegen Terrorismus zu erhärten?

Erik Ponti zog einen dicken Strich unter die letzte Frage. Da war ihm wirklich etwas eingefallen. Würde der jetzige Säpo-Chef sich wirklich damit abfinden, Kurdenjäger zu sein? Nach ihrem jüngsten Gespräch hatte Erik Ponti nicht diesen Eindruck gewonnen. In diesem Moment läutete es. Er riß den Hörer hoch und murmelte seinen Namen, während er mit den Gedanken noch bei seinem Notizblock war. Schließlich ging ihm mit einer verspäteten Reaktion auf, wer ihn da anrief.

»Hallo«, sagte er erstaunt. »Ich war nicht darauf eingestellt, daß du dich so schnell meldest.«

»Ach ja? Nun, jetzt habe ich es trotzdem getan«, sagte Carl verblüfft. »Hör mal, ich habe heute viele Konferenzen. Wenn du ein Tonbandgerät bei dir hast, können wir die Sache jetzt gleich aufnehmen, sonst muß es bis nach dem Essen warten.«

»Hast du vor, auf Interviewfragen zu antworten?« fragte Erik Ponti zweifelnd.

»Ja«, erwiderte Carl gezwungen. »Ich gehe nämlich davon aus, daß es um Kurden geht. In diesem Fall antworte ich gern, vorausgesetzt, es läßt sich jetzt sofort machen.«

»Einen Augenblick. Ich muß dich nur mit einem Studio verbinden«, sagte Erik Ponti. Dann lief er in einen Aufnahmeraum weiter unten im Korridor, der zum Glück gerade frei wurde, als er ankam.

»Hörst du mich jetzt?« fragte er atemlos, nachdem er die richtigen Knöpfe gefunden hatte.

»Du hörst dich sehr leise an«, teilte Carl mit. Erik Ponti lief schnell in den Regieraum und betätigte eher instinktiv als aus wirklichem Wissen einige Schalter. Als er wieder im Studio saß, funktionierte alles, und das Band lief. Erst da ging ihm auf, daß er sich nicht gerade gut vorbereitet hatte.

»Hat die Sicherheitspolizei dem Gewaltdezernat in Stockholm bei den Razzien gegen Kurden in den letzten Tagen irgendwie beigestanden?« fragte er. Er kritzelte dann schnell alles hin, was er sich schon längst hätte ausdenken müssen.

»Nein, keineswegs«, erwiderte Carl knapp. »Wir sind nicht darüber informiert, womit die Stockholmer Polizei im Moment beschäftigt ist. Ich kann nur eines mit Sicherheit sagen, daß diese Leute auf keinen Fall irgendwelche Terroristen festgenommen haben.«

»Die vorläufig Festgenommenen sind also aus Sicht der Säpo keine Terroristen?« fragte Erik Ponti automatisch; er hatte das Gefühl, daß hier etwas ablief, was er nicht verpassen durfte.

»Nein, das sind sie nicht«, entgegnete Carl in dem gleichen knappen und leicht verächtlichen Tonfall, in dem er begonnen hatte. »Ich kann mir vorstellen, daß es beim Gewaltdezernat in Stockholm einige phantasievolle Personen gibt, die sich in den Kopf gesetzt haben, daß es sich anders verhält. Es ist immerhin wohlbekannt, wer der Chef dieser Abteilung ist.«

»Aber der Reichspolizeichef persönlich hat ja bestätigt, man habe vermutlich schon einen Serienmörder festgenommen?« wandte Erik Ponti automatisch ein.

»Wer sollen denn die Opfer dieses Serienmörders sein?« fragte Carl langsam, jedes Wort betonend.

»Beispielsweise zwei ermordete Personen in Umeå, wenn wir von den beiden Kurden in Stockholm einmal absehen«, erklärte Erik Ponti. Er ahnte schon, was jetzt kommen würde, obwohl er sich die Wortwahl nie hätte vorstellen können.

»Dann redet der Reichspolizeichef dummes Zeug«, sagte Carl. »Hier ist kein Serienmörder festgenommen worden. Ebensowenig hat man eine Bande von Terroristen eingefangen. Hier hat man nur auf übliche Weise Kurden gejagt, und ich möchte betonen, daß die Säpo wirklich nichts damit zu tun hat.«

»Wenn die Säpo an den Massenfestnahmen von Kurden nicht

beteiligt gewesen ist, haben diese dann eine gesetzliche Stütze?« fragte Erik Ponti instinktiv.

»Es fällt mir sehr schwer, das zu glauben«, erwiderte Carl langsam und mit Nachdruck. »Hingegen kann ich mir vorstellen, daß der Justizombudsmann viel zu tun bekommt, wenn dieses ganze Durcheinander entwirrt wird und die Festgenommenen entlassen werden müssen.«

»Du bist dir der Tatsache bewußt, daß dieses Interview auf Band aufgenommen wird?« fragte Erik Ponti. Er verfluchte sich im selben Augenblick, in dem ihm die Frage über die Lippen gekommen war.

»Ja, natürlich«, erwiderte Carl leicht verwirrt. »Hast du noch weitere Fragen?«

»Nein, ich glaube, das hier genügt schon.«

»Ausgezeichnet. Kannst du dann bitte das Tonbandgerät abstellen, ich muß gleich weiter«, sagte Carl in einem plötzlich leicht gehetzten Tonfall.

Als Erik Ponti aus dem Regieraum zurückkam und zum Hörer griff, ging ihm auf, daß ihm vielleicht noch mehr Fragen hätten einfallen müssen. Doch jetzt war es zu spät. Er fürchtete sich schon davor, so etwas wie *off the record* zu hören, wenn er jetzt noch eine solche Frage nachschob.

»Also, ich habe noch eine private Frage«, sagte Carl, als Erik Ponti das Telefon aufnahm, auf das er das Gespräch gelegt hatte. »Es ist unnötig, das aufzuzeichnen ... ich wollte nur fragen, ob du Lust hast, am Sonnabend zum Essen zu mir rauszukommen. Es gibt gutes Essen, guten Wein, du kannst übernachten, und bring gern deine Frau mit.«

»Ich weiß nicht ... ob das sehr passend wäre ...«, begann Erik Ponti verblüfft. »Besten Dank für die Einladung«, fügte er dann hastig hinzu, »aber ich weiß wie gesagt nicht, ob das sehr passend wäre.«

»Inwiefern denn nicht?« fragte Carl erstaunt. »Ich könnte verstehen, wenn du meinst, es könnte langweilig werden. Aber *passend?*«

»Ich habe einen Grundsatz, den ich mit einigem Erfolg anwende, es sei denn bei dir, nämlich mich nicht mit Machthabern zu verbrüdern«, sagte Erik Ponti mit trotziger Entschlossenheit. »Man trinkt am Abend keinen 82er Cheval Blanc, um dann am nächsten Morgen harte Interviewfragen zu stellen.«

»Ich hatte eher an einen 85er La Tâche gedacht. Schade, wir haben schließlich auch dieses Interesse gemeinsam«, sagte Carl. Er schien das Gespräch damit beenden zu wollen.

»Warum willst du mich treffen?« fragte Erik Ponti schnell. »Doch nicht nur, um mit mir über Wein zu sprechen, nehme ich an?«

»Doch, vielleicht nur deshalb«, erwiderte Carl. »Ich führe ein recht einsames Leben, wie du vielleicht verstehst. Aber mein neuer Job berührt einige unserer gemeinsamen Interessen, die bedeutend wichtiger sind als Cheval Blanc. Außerdem bist auch du ein Machthaber. Sonnabend 19.00 Uhr. Bring eine Zahnbürste mit und ruf meine Sekretärin an. Sie kann dir den Weg beschreiben«, sagte Carl gehetzt und legte plötzlich auf.

Ein Opfer widerstreitender Gefühle, dachte Erik Ponti. Das war einer seiner Lieblingsausdrücke. Einerseits empfand er aufrichtigen Widerwillen dagegen, sich mit den Machthabern des Landes hinzusetzen und zu saufen, was die politischen Reporter ständig taten. Es war unmöglich, mit einem Justizminister an einem Abend zu trinken, nun ja, kaum einen Cheval Blanc, und ihn dann am nächsten Tag der Steuerhinterziehung zu bezichtigen.

Andererseits war es fast ein journalistisches Dienstvergehen, nicht sofort zuzugreifen, wenn der am schwersten zugängliche Machthaber des Landes zu einem privaten Gespräch einlud.

Willy Svensén war in Falköping gewesen. Man hatte in einer Kiesgrube dort unten einen ermordeten einundzwanzigjährigen jungen Mann gefunden. Der oder die Täter hatten ihm die Hände abgeschnitten. Es war unklar, aus welchen Gründen, möglicherweise aber, um die Identifizierung der Leiche zu erschweren. Vielleicht aber auch, um ein ähnliches Verbrechen in Stockholm nachzuahmen, das drei Monate zuvor verübt worden war. Die Polizei von Falköping hatte beschlossen, die Mordkommission der Reichskripo schon am ersten Tag um Amtshilfe zu bitten. Die Stockholmer Kollegen waren mit ein paar Mann hinuntergefahren, hatten vierundzwanzig Stunden gearbeitet und konnten danach sehr schnell feststellen, um wen es sich bei dem Toten handelte. Unter anderem weil sie gerade in den Kreisen suchten, in denen man zuletzt einem Mordopfer eine Hand abgehackt hatte, in Stockholm nämlich. Wie gewohnt hatten sie sich zunächst der einfachsten Lösung zugewandt. Und wie schon so oft, wenn auch nicht immer, hatte sich das als richtig erwiesen.

Als die Identifikation geklärt war, gab es keinerlei Grund mehr für die Gruppe der Reichsmordkommission, noch in Falköping zu bleiben. Der Rest der Arbeit sollte ohnehin zu Hause erledigt werden.

Willy Svensén war kein Freund von Abendzeitungen, da er der Berufsgruppe angehörte, die mehr als jede andere mitansehen mußte, wie ihre Erkenntnisse verwässert wurden; er ging leichtfertigerweise davon aus, daß es dann auch bei allen anderen Dingen so war, von denen er nicht sehr viel wissen konnte. Doch diesmal waren die Aushänge auch für ihn unwiderstehlich. HAMILTON NENNT REICHSPOLIZEICHEF IDIOT hieß es auf dem Aushang von *Aftonbladet*. HAMILTON LÄSST TERRORISTEN FREI hieß es bei *Expressen*.

Er las die Zeitungen im Taxi auf dem Weg zum Kungsholmen. Die Schlußfolgerung war sehr einfach. Wenn dieser Hamilton auch nur die Hälfte dessen gesagt hatte, was er jetzt behauptet haben sollte, würden schon bald einer oder mehrere Köpfe rollen. Die erste und einfachste Schlußfolgerung war, daß Hamilton recht hatte. Daß irgendeine kurdische Bande mit Sitz in Västerhaninge hinter den »Serienmorden« stecken sollte, war in der Tat nicht sonderlich wahrscheinlich. Und genau das war es aber, was der Reichspolizeichef und diese ehemalige Säpo-Figur vom Gewaltdezernat in Stockholm sich in den Kopf gesetzt hatten. Oben bei der Reichsmordkommission wußte man, daß das ganz einfach nicht stimmen konnte.

Die zweite und bedeutend weniger wahrscheinliche Erklärung war, daß Hamilton verrückt geworden war. Soviel Willy Svensén wußte, war der Reichspolizeichef ein ranghöherer Beamter als der Säpo-Chef, und kein Chef mag es, von einem seiner Untergebenen als Idiot bezeichnet zu werden.

Als Willy Svensén in seinem Dienstzimmer war, fand er dort einen Zettel Rune Janssons vor, auf dem es hieß, sie erwarteten ihn unten im Zimmer des Reichskripochefs. Er solle so bald wie möglich nachkommen. Er brauchte also nur die kleine Reisetasche abzustellen und loszugehen.

Im Zimmer von Gösta Almblad, dem Chef der Reichskripo, ging es hoch her. Rune Jansson war dort, aber auch vier oder fünf Mann der Reichskripo, die Willy Svensén mehr oder weniger gut kannte oder wiedererkannte. So ist es eben, wenn man seit ein paar Jahrzehnten Polizeibeamter ist.

Man wies ihm einen Stuhl an, worauf er sich hinsetzte. Er begrüßte seine Kollegen mit einem kurzen Kopfnicken. Doch dann dauerte es eine Weile, bevor ihm aufging, worum es bei dieser Besprechung eigentlich ging, denn alle redeten durcheinander und schienen mehr als üblich wütend zu sein. Plötzlich gelang es Gösta Almblad, alle zum Schweigen zu bringen, indem er ganz einfach losbrüllte.

»Ich *weiß,* daß es so ist! Unsere Regierungsform bietet wirklich diese Möglichkeit. Ich kann euch die Paragraphen aufschlagen, wenn ihr wollt.«

Da wurde es still im Raum.

»Verzeihung, ich komme gerade vom Bahnhof. Habt ihr was dagegen, mich darüber aufzuklären, worum es geht?« fragte Willy Svensén in das dumpfe Schweigen hinein. Er suchte den Blick von Rune Jansson, erhielt aber nur ein unergründliches Kopfschütteln zur Antwort. Es schien zu bedeuten, daß etwas sehr Ungewöhnliches und schwer Begreifliches geschehen war.

»Es geht um folgendes«, sagte Gösta Almblad und atmete dabei demonstrativ aus, während er scheinbar bittend die Handflächen hochhielt, um nicht sofort unterbrochen zu werden. »Die Säpo hat Jan Köges gesamte Kurden-Ermittlung übernommen. Als erstes haben sie alle diese Kurden auf freien Fuß gesetzt und dafür gesorgt, daß sie in Streifenwagen nach Hause gefahren wurden. Zweitens haben sie die Mordermittlung im Fall dieser Buchcafé-Geschichte uns übertragen. Das heißt deinem Dezernat.«

»Kann die Säpo das wirklich tun?« fragte Willy Svensén zweifelnd. Er sah sich unter Kollegen um, die ihm ein sehr schiefes Grinsen schenkten.

»Ja, das kann sie!« sagte Gösta Almblad beinahe desperat. »Genau das habe ich bisher ja zu erklären versucht. Du ahnst nicht, was ein Säpo-Chef tun kann, wenn er will. Ihr dürft nicht vergessen, daß ich auch mal dort gearbeitet habe.«

»Dann dürften sie beim Gewaltdezernat in Stockholm aber nicht sehr froh sein?« überlegte Willy Svensén laut. Diese Bemerkung wurde mit einem spontanen rohen Gelächter quittiert, das ihn schnell erkennen ließ, daß er mit seiner Vermutung recht hatte.

»Ich meine, *in welcher Form* haben wir diese Ermittlung übernommen?« fuhr er verwirrt fort. Er hatte noch nie etwas Vergleichbares erlebt.

»In Form schwarzer Plastiksäcke, zwanzig Stück, die in meinem Zimmer stehen«, sagte Rune Jansson mit ironisch gesenktem Kopf, was die Kollegen dazu brachte, zumindest andeutungsweise zu lächeln.

»Die Säpo hat beim Gewaltdezernat in Stockholm zugeschlagen und den Leuten dort jeden einzelnen Aktenordner weggenommen und das Ganze da oben bei euch abgekippt«, verdeutlichte Gösta Almblad. »Aber als wäre das noch nicht genug, hat der Säpo-Chef bei dem Kollegen Rune hier noch geheimes Ermittlungsmaterial abgekippt, und Rune beruft sich uns anderen gegenüber auf seine Schweigepflicht. Na ja, nicht gegenüber euch oben beim Dezernat, aber gegen uns andere hier im Zimmer.«

»Ist das nach Gesetz und Recht wirklich möglich?« wollte Willy Svensén wissen. Er fing an, sich intensiv zu wünschen, ein wenig früher zu dieser Diskussion erschienen zu sein.

»Ja, das ist es!« brüllte Gösta Almblad ihn an. Und hielt dann sofort die Hand hoch, um sich für seinen impulsiven Ausbruch zu entschuldigen. »In der Sache bedeutet es folgendes: Ihr da oben beim Dezernat habt zunächst einmal eine Masse von Beschlagnahmebeschlüssen aufzuheben. Na ja, ihr könnt sie nicht einmal aufheben, das kann nur ein Staatsanwalt. Ihr müßt etliche Dinge *zurückgeben.* Das dürfte ein angemessener Ausdruck sein. Dabei soll es um alles mögliche gehen, angefangen bei Toastern bis hin zu Märchenbüchern für kleine Kinder mit kurdischen Flaggen darauf. Wenn das erledigt ist, können wir nur hoffen, daß nach der großen Razzia noch irgendeine Form von Substanz übrigbleibt. Und dann könnt ihr versuchen, etwas daraus zu machen. Wohlgemerkt *ihr*. Wir anderen sind nicht mit dieser Aufgabe betraut.«

»Ist das nicht äußerst merkwürdig?« fragte Willy Svensén. Ihm ging zu spät auf, wie albern und komisch diese Frage in diesem Zusammenhang war. Die Kollegen lachten jedenfalls so laut los, daß es die gespannte Stimmung im Raum ein wenig löste.

»Ja, das kann man schon sagen«, bestätigte Gösta Almblad übertrieben amüsiert. »Wie ist es übrigens in Falköping gelaufen?«

»Wir haben das Opfer identifiziert. Ich glaube, wir werden den Täter bald festnehmen können«, sagte Willy Svensén und gab Rune Jansson mit dem Kopf ein Zeichen, daß es Zeit war zu gehen.

Sie erreichten Rune Janssons Zimmer und gingen hinein. Dort standen tatsächlich schwarze Plastiksäcke, die in einer Ecke vom Fußboden bis zur Decke reichten. Auf Rune Janssons Schreibtisch lag ein meterhoher Stapel von Aktenordnern. »Was ist bloß passiert?« fragte Willy Svensén mit einem langen Seufzer, als sie sein Zimmer betreten und sich gesetzt hatten. »Ich habe mehrere Stunden im Zug gesessen und bin noch nicht ganz auf dem laufenden, wie du verstehst.«

»Tja«, erwiderte Rune Jansson zögernd, aber auch mit einem amüsierten Glitzern in den Augen. »Wie du selbst schon bemerkt hast ... ja, es ist ein wenig anders als bei allem, was wir gewohnt sind. Der juristischen Dinge bin ich mir nicht ganz sicher, aber in der Sache hat die Säpo tatsächlich zugeschlagen. Man kann es kaum anders nennen. Sie haben beim Gewaltdezernat in Stockholm eine Razzia gemacht und ihnen ihre gesamten Ermittlungsunterlagen geklaut. Den Leuten vom Gewaltdezernat ist jetzt verboten worden, sich weiter mit der Angelegenheit zu beschäftigen. Und wie du gehört hast, ist das in gesetzlicher Hinsicht völlig in Ordnung. Das praktische Ergebnis hast du ja in meinem Zimmer gesehen.«

»Aber der Reichspolizeichef?« wandte Willy Svensén unschlüssig ein. »Der ist doch ranghöher als der Säpo-Chef?«

»Das habe ich auch geglaubt«, bemerkte Rune Jansson lakonisch. »So verhält es sich aber offenbar ganz und gar nicht. Der Säpo-Chef kann ihn als Idioten bezeichnen und ihm sogar die Hosen runterziehen, wenn ich das hier richtig verstanden habe. Ganz legal.«

Ihre unerwünschte Mehrarbeit blockierte im Moment nicht nur Rune Janssons Zimmer, sondern vermutlich auch alles andere. Das war mehr als eine böse Vorahnung. Man brauchte nur einen Blick auf diesen Berg schwarzer Plastiksäcke zu werfen, um das zu begreifen.

Als sie in den Beschlagnahmeprotokollen zu blättern begannen, sahen sie es auch schwarz auf weiß. Keine der Beschlagnahmen war von einem Staatsanwalt angeordnet worden, was in sämtlichen Fällen angeblich an »Zeitnot« lag, wie es in den handschriftlichen Notizen hieß. Genau dieser Trick war schon zur Zeit von Hans Holmér bei Kurden angewandt worden, und damals hatte der Justizombudsmann das auf wundersame Weise kritisieren können, ohne es richtig zu kritisieren. Doch jetzt war es, als säßen sie selbst unverschuldet mit dem Schwarzen Peter in der Hand da, da sie auf höchst unklare Weise tatsächlich die Verantwortung für die gesamte beschlagnahmte Ermittlung hatten übernehmen müssen, einschließlich der schwarzen Plastiksäcke.

Es war ganz einfach eine Notsituation. Alle verfügbaren Kollegen der Abteilung mußten alles stehen und liegen lassen, was sie gerade bearbeiteten, um einen Tag lang bei etwas zu helfen, was später »Operation Weihnachtsmann« genannt wurde.

Diese Bezeichnung ergab sich aufgrund der Technik, derer sie sich bedienten, um die gesetzwidrig beschlagnahmten Dinge zurückzugeben. Der erste Gedanke war gewesen, die rund zehn Familien anzurufen, die jetzt von Hamilton auf freien Fuß gesetzt worden waren. Ursprünglich hatten sie vorgehabt, diese Leute zum Haupteingang der Polizei an der Polhemsgatan kommen zu lassen, doch bei näherer Überlegung erschien ihnen dieser Weg als unbequem und vielleicht auch reichlich aufsehenerregend. Es würde unter Umständen sehr laut werden, und vermutlich würde man sie zu einer Reihe von Erklärungen nötigen, die sie gar nicht zu liefern vermochten.

Folglich mußten sie sich des Weihnachtsmannmodells bedienen. Es wurden zwei Dodge-Busse requiriert, und die beiden jüngsten Mitarbeiter der Reichsmordkommission erhielten den Auftrag, mit den Plastiksäcken in den Vororten herumzufahren. Die Säcke waren zum Glück familienweise sortiert.

In der Hauptsache bestand das beschlagnahmte Material aus Büchern, Briefen, privaten Fotos und Kinderspielzeug. Der größte Teil der Literatur schien in türkischer Sprache oder zumindest in der Türkei erschienen zu sein. Die Beschlagnahme erschien Rune Jansson zunächst *fahndungstechnisch unmotiviert,* eine absichtliche Untertreibung, für die er sich entschied, als er sich zu der großen Sacksammlung begab, die in der Geschäftsstelle sortiert wurde. Doch da erhielt er von Anna Wikström, die einmal bei der Säpo gearbeitet hatte, eine etwas schnippische und ihn sehr erstaunende Erklärung. Wenn man Terroristen die gesammelten Werke Lenins wegnehme, könne man durchaus feststellen, daß sie sich hier und da am Rand Notizen gemacht und eigene Überlegungen hinzugefügt hätten. Im Falle solcher Beschlagnahmen bei Terroristen sei man nicht hinter dem gedruckten Text her, sondern hinter persönlichen Notizen.

Das Kinderspielzeug habe man beschlagnahmt, weil es als Versteck für sowohl Drogen als auch Notizen und Mitteilungen dienen könne.

Rune Jansson nickte nachdenklich und tat, als akzeptierte er diese Erklärungen. Er ging auf leisen Sohlen in sein Zimmer zurück und begann statt dessen damit, auf gut Glück in den Aktenordnern zu blättern, die er von Carl erhalten hatte und die nichts mit den Beschlagnahmen zu tun hatten. Er studierte zunächst die Tatortskizzen und die Beschreibungen der beiden bekannten Zeugen. Diese erklärten, was sie gesehen hatten. Dann las er einige Fahndungsnotizen über die vermutete Mordwaffe und die verwendete Munition. Die Ermittler hatten festgestellt, daß es in der Region Stockholm bis zu achthundert Revolver mit legalen Besitzern geben konnte, daß es aber keinerlei Anlaß gebe, sich für die zu interessieren.

Rune Jansson verfiel bei dieser Schlußfolgerung in ein kurzes Grübeln, bis ihm aufging, daß die Kollegen beim Stockholmer Gewaltdezernat ja offenbar »wußten«, daß der Täter ein Kurde war und folglich keinen Waffenschein besitzen konnte. Klar wie Kloßbrühe.

Aber was wäre, wenn der Täter, und sei es nur um der Argumentation willen, brummte Rune Jansson ironisch vor sich hin, *kein* Kurde war. Wenn man beispielsweise annahm, daß er Schwede war?

Unabhängig vom ethnischen Hintergrund des Täters hatte er zumindest einen Revolver mit Laserzielgerät verwendet. Noch vor ein paar Jahren hätte das Rune Jansson kaum sehr viel gesagt, doch seitdem hatte der Lasermann das technische Wissen der schwedischen Polizei gerade auf diesem Gebiet erheblich gesteigert. Wenn es achthundert Revolver mit dem richtigen Kaliber gab, wie viele Laserzielgeräte gab es dazu und wie viele Laserzielgeräte auf der richtigen Art von Revolver?

Das war immerhin ein Anfang, ein Ende, das sich aufzuribbeln lohnte. Es blieb abzuwarten, was er dabei erfuhr.

Möglicherweise spielte in Rune Janssons plötzlichem Ermittlungseifer auch ein klein wenig Heuchelei mit. Er wollte ganz einfach für eine Weile an die Luft. Der gesamte Umgang mit den illegalen Beschlagnahmen machte ihn mißmutig.

Er schlenderte die Hantverkargatan entlang. Es war schönes Wetter, und in der Luft war schon so etwas wie Frühling zu ahnen. Während des Spaziergangs gewann er die Überzeugung, daß seine Kollegen und er gerade jetzt unangemessene Rücksicht an den Tag legen sollten, um sich ganz einfach auf die Morde vor dem kurdischen Buchcafé zu konzentrieren. Man hatte der Stockholmer Polizei die Ermittlung mit Gewalt weggenommen, was an sich schon ein unerhörtes Ereignis war. Eine unmittelbare Konsequenz war ja, daß der Umgang mit diesen Kollegen immer schwieriger werden würde, wenn die Reichskripo, das heißt in erster Linie Rune Jansson, nicht mit einem Ergebnis aufwartete. Schon beim jetzigen Stand der Dinge konnte man sich fragen, was passieren würde, wenn die Reichsmordkommission beim Gewaltdezernat in Stockholm um Amtshilfe bat. Es bestand das Risiko, daß nur verbitterte Unverschämtheiten die Antwort sein würden.

Als er Tegelbacken hinter sich gelassen hatte, was für einen Fußgänger nicht ganz einfach war, da man diesen Teil Stockholms in den sechziger Jahren umgebaut hatte, als man dem Autoverkehr noch absoluten Vorrang einräumte, blieb er stehen und zögerte, bis er sich erinnerte. Wenn man am Regierungsgebäude Rosenbad vorbeiging, würde es im nächsten Straßenblock liegen.

Vor der Waffenhandlung Widforss standen ein paar junge Verkäufer und rauchten. Sie bibberten ein wenig in der Kälte und sahen leicht zerzaust aus; so sollte es neuerdings in Schweden sein. Was für ein Glück, daß ich nicht rauche, dachte Rune Jansson.

Es war rund eine Stunde nach dem Lunch. Wahrscheinlich war jetzt keine Jagdsaison, da er das Geschäft leer vorfand. Er zeigte einem hochgewachsenen jungen Mann seinen Ausweis und stellte zunächst eine allgemeine Frage nach Laserzielgeräten für Handfeuerwaffen.

Die Vorrichtungen waren bedeutend kleiner, als er erwartet hatte. Ein Laserzielgerät besteht aus dem eigentlichen Laser, der kaum größer ist als ein Einmal-Feuerzeug, sowie aus einer Befestigung in Form einer schwarzen Schiene, die sich an der Unterseite des Revolver- oder Pistolenlaufs festschrauben läßt. Hier gab es zwei Marken, Tasco und Aimpoint. Der Preis lag knapp unter dreitausend Kronen. Der rote Lichtstahl, versicherte der Verkäufer, sei normalerweise nicht zu sehen, nicht mal im Dunkeln.

Als Rune Jansson einwandte, man habe Zeugen, die einen roten Lichtstrahl gesehen hätten, veränderte sich die Unterhaltung urplötzlich auf höchst überraschende Weise.

»Ach so, diese Kurden-Geschichte. Ja, aber an dem Abend herrschte Nieselregen, und dann sieht man den Strahl, ungefähr so wie den Strahl einer Taschenlampe«, erklärte der Verkäufer schnell.

»Was bringt dich zu der Annahme, daß ich aus diesem Grund frage?« hakte Rune Jansson mißtrauisch nach.

»Ihr habt doch unseren Tip bekommen. Wir haben ja angerufen, sobald wir in der Zeitung davon gelesen hatten«, erklärte der Verkäufer erstaunt.

Rune Jansson erkannte, daß er sich nur mit der Wahrheit aus der Klemme retten konnte.

»Nun ja«, sagte er, »nun ist es so, daß die von dir genannte Mordermittlung von einer Abteilung der Stockholmer Polizei auf die Reichsmordkommission übertragen worden ist, bei der ich arbeite. Und wir haben sozusagen wieder bei Null anfangen müssen. Was war das also für ein Tip?«

»Johan Ludwig Runestrand«, sagte der Verkäufer, der jetzt selbst mißtrauisch geworden war. »Aber ihr … also ja, also die Polizisten, mit denen wir sprachen, sagten, sie würden das prüfen. Haben sie das denn nicht getan?«

»Nein, das haben sie wohl nicht getan, weil sie nur Kurden überprüft haben, und dieser Mann ist offensichtlich kein Kurde«, sagte Rune Jansson müde. Gleichzeitig schämte er sich als Polizist, doch es wäre sinnlos gewesen, jetzt zu lügen. Da war es besser, ganz lieb und freundlich erneut um den Tip zu bitten.

Er bekam ihn auch.

Als er die Hantverkargatan wieder zurückschlenderte, war er unmotiviert wütend. Es war schließlich keineswegs sicher, daß bei diesem Tip etwas herauskam. Es war nicht einmal sicher, daß die Kollegen dem Hinweis nicht nachgegangen waren. Seine Intuition sagte ihm jedoch etwas anderes, vor allem, daß sie keinen Mann namens Johan Ludwig Runestrand unter die Lupe genommen hatten statt eines Memo Rehmsa oder so ähnlich.

Der Tip enthielt jedoch zu viele gute Details, um ihn ohne weiteres zu den Akten zu legen. Eine Person, die in der Waffenhandlung Widforss zuvor unbekannt gewesen war, hatte also ein Laserzielgerät für einen Revolver gekauft. Gleichzeitig hatte der Mann nach Munition gefragt, auf den Kauf jedoch verzichtet, als man den neuen Bestimmungen zufolge seinen Waffenschein hatte sehen wollen. Für den Kauf eines Laserzielgeräts braucht man jedoch keinen Waffenschein. Der Kauf muß nicht einmal registriert werden. Und hätte der Mann nicht mit einem Scheck bezahlt, hätte man nie seinen Namen erfahren.

Nichts an alldem war besonders rätselhaft. Die Entschuldigung, daß er seinen Waffenschein nicht bei sich habe, konnte durchaus den Tatsachen entsprechen. Es gab viele Menschen, denen die neuen Bestimmungen bei Munitionskäufen nicht bekannt waren. Normalerweise hätte ein Kunde dieser Art – der Mann hatte nicht gerade den Eindruck gemacht, als würde er sich seine Munition und sein Waffenzubehör als Heimwerker selber zusammenbasteln – seine Waffe im Geschäft abgeliefert, um das neue Zielgerät dort montieren zu lassen. Statt dessen hatte er um eine grundlegende und ausführliche Instruktion gebeten und diese auch erhalten. Und danach hatte man ihn in dem Geschäft nicht mehr gesehen. Mit dem Scheck hatte es ebenfalls keine Probleme gegeben. Die Bank hatte ihn in Fotokopie an das Geschäft zurückgegeben. Die Polizei hatte die Kopie aber einfach nicht abgeholt.

Und jetzt trug Rune Jansson die Kopie des Schecks in einem Umschlag in der Jackentasche bei sich. Und da der Scheck nicht geplatzt war, mußte zumindest der Name echt sein. Und allzu schwer würde es wohl nicht werden herauszufinden, wer dieser Mann mit dem literarisch klingenden Namen war.*

Das war es auch nicht. Zehn Minuten nach der Rückkehr in sein Arbeitszimmer wußte Rune Jansson schon genug, um zu Willy Svensén zu gehen und die Tür hinter sich zu schließen.

»Ich habe einen interessanten Verdächtigen für die Morde vor

---

* Anspielung auf Johan Ludvig Runeberg (Anmerkung des Übersetzers).

diesem Buchcafé gefunden«, sagte er und legte Willy Svensén einige Dokumente auf den Schreibtisch. Dann sank er auf einen der Besucherstühle. »Aber froh bin ich nicht darüber«, fuhr er brummelnd fort.

»Das hört sich aber trotzdem wie eine angenehme Neuigkeit an«, sagte Willy Svensén verwundert. Er warf einen Seitenblick auf die Fotokopie eines Schecks und einen Auszug aus dem Personen- und Strafregister, der vor ihm lag.

»Schon möglich. Die Leute beim Gewaltdezernat in Stockholm haben diesen Tip schon vor mehreren Tagen bekommen, ihn aber leider total ignoriert«, sagte Rune Jansson finster. »Unser Freund Johan Ludwig Runestrand ist dem Namen nach zu schließen nämlich alles andere als ein Kurde.«

»Nee. Komischer Name, aber er heißt tatsächlich so, wie ich sehe«, sagte Willy Svensén abwartend.

»Wie aus dem Registerauszug vor dir hervorgeht«, sagte Rune Jansson mit einem Seufzer, »hat der Verdächtige, wie wir ihn von jetzt an nennen dürfen, einen interessanten Hintergrund. Reserveoffizier, Finanzhai in den achtziger Jahren, eine Zeitlang reich wie ein Krösus, Konkurs, Trunkenheit am Steuer, Kneipenschlägereien, Scheidung, gesetzwidrige Bedrohung der Ehefrau am Telefon, für das alles zu drei Monaten Gefängnis verurteilt.«

»Ja, ich sehe es«, sagte Willy Svensén. Er sah aber noch nicht, worauf sein Kollege hinauswollte.

»Im Zusammenhang mit der Verurteilung wegen Körperverletzung und Bedrohung seiner Frau wurden seine Waffenscheine eingezogen. Die Streitkräfte holten sogar seine Dienstpistole ab«, fuhr Rune Jansson immer noch mit bemerkenswert finsterer Miene fort. »Vor sechs Monaten hat man ihm also alle Waffen abgenommen, die er bis dahin legal besessen hatte. Und vor einem Monat ging er in die Waffenhandlung Widforss und kaufte ein Laserzielgerät. Er fragte sogar nach Munition für einen Revolver des Kalibers .357 Magnum, verzichtete aber, als man ihm sagte, für den Kauf müsse er seinen Waffenschein vorlegen. Ferner erhielt er auf Verlangen eine ausführliche Anweisung, wie er das Laserzielgerät selbst montieren könne.«

»Wir haben also einen Grund für eine Festnahme«, stellte Willy Svensén fest.

»Genau mein Gedanke«, bestätigte Rune Jansson mit einem Kopfnicken. »Wir schnappen ihn uns wegen illegalen Waffenbesitzes, also Hausdurchsuchung, legale Hausdurchsuchung diesmal. Wenn wir eine Waffe mit einem Laserzielgerät finden, ist es interessant. Finden wir keine, ist auch das interessant.«

»Er könnte es natürlich gewesen sein«, sagte Willy Svensén.

»Aber ja, zum Teufel, natürlich könnte er das«, bestätigte Rune Jansson. »Er ist ziemlich tief gefallen, wenn man bedenkt, daß er mal zu den Spitzen der Gesellschaft gehörte. Fängt an, sich zu prügeln, wird gewalttätig, die Frau verläßt ihn. Dann besorgt er sich eine heftige Waffe, mit der man sogar Ministerpräsidenten erschießen kann. Man braucht kein Psychiater zu sein, um sich da bestimmte Möglichkeiten vorzustellen.«

»Schlimmstenfalls haben wir dann an diesem unübersichtlichen Tag noch einen Verbrecher geschnappt. Bestenfalls haben wir einen Mörder. Warum bist du so sauer?« fragte Willy Svensén, der selbst eine strahlende Miene aufgesetzt hätte, wenn sich sein Freund nicht so eigenartig verhalten hätte.

»Weil sie diesen Tip hatten, ohne sich darum zu kümmern«, erwiderte Rune Jansson leise. Er blickte aus dem Fenster auf den Kronobergspark. »Ich fand eine Notiz darüber in diesen Aktenordnern. *Bis auf weiteres keine Fahnungsmaßnahmen* heißt es dort. Rat mal, auf wessen Befehl.«

»Aha«, sagte Willy Svensén. »Das ist ja gar nicht gut. Aber du holst dir einen Festnahmebeschluß bei Danielsson, und dann schnappen wir uns diesen Johan Ludwig Runeberg?«

»Runestrand«, korrigierte Rune Jansson. »Ja, ich gehe runter zu Danielsson.«

Rune Jansson hatte Glück und erwischte den Oberstaatsanwalt Jan Danielsson gleich in seinem Büro. Dieser befand sich nämlich in der intensiven Schlußphase der Vorbereitungen einer Anklage.

Und so hatte er vergessen, daß er formal Leiter der Voruntersuchung bei der Ermittlung war, die beim Dezernat A der Reichskripo angesiedelt war. Rune Jansson hatte ihm vor ein paar Wochen kurz vorgetragen, und seitdem hatte er der Sache keinen Gedanken mehr gewidmet.

Die Entscheidung, Johan Ludwig Runestrand wegen illegalen Waffenbesitzes festnehmen zu lassen, fiel ihm jedoch leicht. Und im Hinblick auf die Art des Verbrechens – die Beamten täten gut daran, eine Waffe zu finden, schärfte er Rune Jansson ein – und den Verdacht, der bis auf weiteres gar nicht ausgesprochen zu werden brauchte, der den Mord an zwei Kurden betraf, entschied er auch ohne nähere Überlegung, die Hausdurchsuchung zu genehmigen.

Zu Beginn von Rune Janssons Arbeit als Kriminalbeamter gab es eine Zeit, in der er einfach zusammen mit einem Kollegen zu dem Verdächtigen losgetrabt wäre. Er hätte an der Tür geklingelt und darum gebeten, eintreten zu dürfen. Dann hätte er ein wenig herumgeschnuppert, etwas gefunden oder auch nicht und den Verdächtigen gebeten, zum Verhör mitzukommen. Nach einiger Zeit wäre der Haftbefehl ergangen, man hätte den Verdächtigen eingesperrt und wäre dann mit ein paar Mann zur Wohnung zurückgegangen, um dort in aller Ruhe zu suchen.

So war es nicht mehr. Sowohl gewerkschaftliche Vorschriften als auch Veränderungen der polizeilichen Anweisungen erforderten jetzt einen bedeutend größeren Aufwand. Zunächst ging es immerhin um einen *Einbruch.* Rune Jansson und Willy Svensén witzelten manchmal über die neue Wortwahl in der Polizeisprache.

Für den eigentlichen Einbruch war zunächst ein Einsatzkommando der Stockholmer Polizei erforderlich. Damit befand man sich technisch schon auf der Ebene eines militärischen Kommandounternehmens; sechs Mann in Schutzwesten, bewaffnet mit automatischen Waffen, schlugen bei Johan Ludwig Runestrand die Tür ein, prügelten ihn nicht allzusehr durch und legten ihm Handfesseln an.

Anschließend wurde per Sprechfunk mitgeteilt, der Kommissar könne jetzt eintreten, denn »das Objekt« sei gesichert.

Die Wohnung sah etwa so aus, wie Rune Jansson es nach der Lektüre der jüngsten Geschichte des Verdächtigen im Strafregister erwartet hatte. Es war eine schöne Wohnung an der Grevgatan im Stadtteil Östermalm in der Nähe des Strandvägen. Es hingen immer noch Gemälde an den Wänden, die irgendwie teuer aussahen; antike Blumenmotive, Allegorien aus der Bibel und ein Bild, das vermutlich von Anders Zorn gemalt war. Es roch in der Wohnung jedoch verqualmt muffig und unsauber.

Der Verdächtige war in seinem Schlafzimmer ergriffen worden.

Es schien ihn kaum geweckt zu haben, daß die Beamten der Einsatzpolizei seine Wohnungstür einschlugen. Als Rune Jansson das Schlafzimmer betrat, rissen zwei Mann den Verdächtigen in sitzende Stellung hoch und drehten sein Gesicht zu Rune Jansson hin. Der Verdächtige schien nicht sonderlich gut in Form zu sein. Er war unrasiert und hatte in seiner Kleidung geschlafen.

»Du bist vorläufig festgenommen, und ich gehe davon aus, daß dir die Gründe dafür klar sind«, sagte Rune Jansson. Er erhielt keine Antwort, sondern vernahm nur einige gurgelnde Laute, die sich wie unterdrückte Flüche anhörten. Das lag vermutlich daran, daß einer der Einsatzbeamten den Verdächtigen in einem allzu harten Griff hielt.

Es war jedoch keine Antwort nötig. Auf dem Nachttisch neben dem zerwühlten Doppelbett mit sichtlich ungewaschenen Bettlaken lag ein schwarzer Revolver mit einem hellen Holzgriff. Auf der Unterseite des Revolverlaufs saß ein kleines Ding, das Rune Jansson erst vor etwa einer Stunde zum ersten Mal gesehen hatte. Er ging zum Nachttisch hin, zog eine Plastiktüte aus der Tasche, nahm einen Kugelschreiber, der auf dem Nachttisch lag, steckte ihn in den Abzugsbügel des Revolvers und ließ diesen in die Plastiktüte gleiten.

»Das hier ist natürlich die Mordwaffe?« fragte er in einem Tonfall, als wäre es nur eine beiläufige Feststellung.

»Willst du mir nicht meine Rechte vorlesen?« fragte der Verdächtige. Nach einem diskreten Kopfnicken Rune Janssons wurde er jetzt in einem weniger harten Polizeigriff um Hals und Kopf gehalten.

»In Schweden sind wir nicht dazu verpflichtet«, entgegnete Rune Jansson, der plötzlich merklich munterer wurde. »Das hast du in amerikanischen Filmen gesehen. Oberstaatsanwalt Jan Danielsson hat vor fünfundvierzig Minuten einen Festnahmebefehl gegen dich unterzeichnet, und das bedeutet, daß wir dich bis auf weiteres einsperren. Und wenn die kriminaltechnische Untersuchung deines Revolvers das ergibt, was ich glaube, wirst du für sehr lange Zeit hinter Gittern sitzen.«

»Ich hätte noch viel mehr Leute erschossen, wenn ihr euch nicht eingemischt hättet, ihr kleinen *Scheißbullen*«, sagte der Mörder und betonte das Wort *Scheißbullen* so hart, daß seine Stimme sich plötzlich überschlug. Das löste bei den versammelten Einsatzbeamten eine belustigte Reaktion aus, die er sich kaum gewünscht hatte.

»Jetzt machen wir folgendes«, sagte Rune Jansson. »Sag uns, wo wir dein Rasierzeug, saubere Wäsche und solche Dinge finden können, dann erledigen wir das.«

Nachdem die Einsatzbeamten den Mörder hinausgeschleift hatten und einer von ihnen einige Kleidungsstücke und ein Reisenecessaire mit dem Allernötigsten für eine längere Untersuchungshaft zusammengesucht hatte, machte Rune Jansson einen kurzen Rundgang durch die Wohnung. Es war eine Eckwohnung mit vier Wohnzimmern in einer Reihe, die durch Schiebetüren verbunden waren. Sehr hell, sehr schön. Die Räume waren kostspielig eingerichtet. Die Möbel schienen pro Zimmer das Jahresgehalt eines normalen Polizeibeamten gekostet zu haben. Das Ganze wirkte, als hätte jemand sehr bewußt in jedem Zimmer einen anderen Stil gewählt. Rune Jansson glaubte etwas Englisches identifizieren zu können und nebenan etwas entschieden Schwedisches. Hinzu kam die Kunst an den Wänden, obwohl hier und da verdächtig große Lücken zu sehen waren.

Ein einst reicher Mann auf der schiefen Bahn, das war es, was diese Räume erzählten. Es stimmte überdies sehr gut mit dem überein, was das Strafregister zu berichten hatte. Von dem hintersten Eckzimmer konnte man zum Strandvägen und zum Wasser sehen.

All dies war durchaus vorstellbar. Ruinierte Menschen haben schon immer zu Gewalt gegriffen. Zu der Zeit allerdings, als diese Menschen sich vor dem Casino in Monte Carlo einen Schuß in die Stirn jagten, ging es noch gentlemanmäßiger zu. Der nächste Schritt in der Entwicklung bestand darin, erst die Familie zu erschießen, damit ihr die Schande erspart blieb, in Armut zu leben; dieser Trieb, im Untergang andere mitzureißen, war in der Kriminalgeschichte wohlbekannt. Johan Ludwig Runestrand hatte dieses Verhalten nur modernisiert. Aus Mangel an Familie, da diese schon außer Reichweite war, ob nun entehrt oder nicht, und auch nicht mehr reich, hatte Johan Ludwig auf Ausländer zurückgegriffen. Die beiden Mordopfer vor dem kurdischen Buchcafé wurden so zu bloßen Symbolen der Familie, mit der er hatte untergehen wollen.

Dieser Mann war nicht gerade ein verschlagener Verbrecher.

Möglicherweise hatte er eine übertriebene Vorstellung davon, daß das Bankgeheimnis Verbrecher schützt, da er die entscheidende Spur mit einem auf den eigenen Namen lautenden Scheck zurückgelassen hatte. Er war der Mann, den zu schnappen im Augenblick am dringendsten war. Kurzfristig. Er konnte aber kaum der Mann sein, den das Dezernat A der Reichsmordkommission suchte.

Das ist natürlich eine vorläufige Schlußfolgerung, korrigierte sich Rune Jansson, während er mit entschlossenen Schritten in Richtung Ausgang ging. Dort war einer der Einsatzbeamten damit beschäftigt, die Wohnung mit Klebeband zu plombieren. Damit war sie bis zu einer gründlichen Hausdurchsuchung versiegelt.

Als Rune Jansson zu Willy Svensén ins Zimmer schlenderte, schien sich die Operation Weihnachtsmann in der Schlußphase zu befinden. Auf dem eigentlichen Arbeitsplatz herrschten Ruhe und Ordnung. Die abwesenden Kollegen befanden sich draußen in den Vororten. Sie mußten die Beschimpfungen für das einstecken, was andere Polizisten getan hatten. Gleichzeitig gaben sie mit größter Höflichkeit und unter vielen Entschuldigungen Teddybären, Kinderbücher und die gesammelten Werke Lenins zurück.

»Ist er es gewesen?« fragte Willy Svensén optimistisch.

»Ja und nein«, sagte Rune Jansson, als er sich gesetzt hatte. »Um zu präzisieren: Er ist unser Täter, was Mehmet Rehmsa und Güngür Gökhsen vor dem kurdischen Buchcafé betrifft. Es fällt mir aber schwer zu glauben, daß er etwas mit den anderen Morden zu tun hat.«

»Wieso?« wollte Willy Svensén wissen.

»Er machte auf mich keinen besonders sportlichen Eindruck«, sagte Rune Jansson mit einem schiefen Lächeln. Nach diesen Worten zog er die schwere Plastiktüte aus der Manteltasche und legte sie auf den Tisch.

»Du hast jedenfalls die Waffe gefunden«, bemerkte Willy Svensén und streckte die Hand interessiert nach dem Revolver aus.

»Ja, das dürfte eine ziemlich sichere Wette sein«, bemerkte Rune Jansson. »Es ist das richtige Kaliber. Das schwarze Ding da an der Unterseite ist das Laserzielgerät. Soviel ich sehen kann, sind vier Schuß abgefeuert worden. Wir brauchen das Ding nur per Eilboten ins Kriminaltechnische Labor zu schicken. Die dürften das an einem Tag erledigen.«

»Ja, das werden sie wohl schaffen. Die Kugeln haben sie ja schon«, stellte Willy Svensén fest. »Ich kann aber nicht verstehen, warum du so sauer aussiehst. Wir könnten doch mit unserem Tagewerk zufrieden sein?«

»Was heißt hier sauer«, entgegnete Rune Jansson mürrisch. »Es ist nur so, daß es so verdammt einfach war, und das macht mir Kummer. Es macht mir Kummer, daß das Gewaltdezernat in Stockholm mehrere Tage damit zubringen konnte, statt dessen Teddybären zu beschlagnahmen und Kindern die Freiheit zu rauben. Da stimmt was nicht.«

»Aber du glaubst doch wohl trotzdem, daß wir den richtigen Mann geschnappt haben?« fragte Willy Svensén verwirrt. »Hast du von jemandem einen Tip bekommen, den du nicht nennen willst?«

»Doch, doch, es ist schon der richtige Mann«, seufzte Rune Jansson. »Zumindest was die beiden Kurden vor dem Buchcafé angeht. Außerdem hat mir niemand einen Tip gegeben. Ich habe einfach nur nach Lehrbuch gearbeitet, und das brachte sofort Ergebnisse. Das hätte jeder Polizeianwärter tun können. Und einen anderen Tipgeber als Hamilton haben wir wohl nicht. Ich meine, wenn wir es überhaupt als *Tip* ansehen sollen, daß das Stockholmer Gewaltdezernat sich auf Abwegen befand.«

»Du meinst, er *wußte,* daß sie sich auf Abwegen befanden?« fragte Willy Svensén, der das Kopfzerbrechen seines Kollegen plötzlich zu verstehen begann. »Aber das haben wir auch gewußt, könnte man doch sagen?«

»Ja, das könnte man wohl sagen«, gab Rune Jansson mit einem Achselzucken zu. »Er muß seiner Sache aber verdammt sicher gewesen sein. Ich meine, sonst hätte er ja wohl kaum so gegen eine Abteilung der Polizei zugeschlagen und riskiert, daß man ihn beschuldigt, eine ganze Ermittlung sabotiert zu haben. Ich kann mir leicht vorstellen, wie dann geredet worden wäre: Gerade als Jan Köge den Sack mit den Kurden-Mördern zumachen wollte, wurden sie von der Säpo freigelassen.«

»Aber es ist doch nicht Hamilton gewesen, der dich gebeten hat, im nächstgelegenen Waffengeschäft nach dem Revolver zu fragen?« wandte Willy Svensén mit gerunzelter Stirn ein. »Du hast doch wohl keinen telepathischen Befehl erhalten.«

»Nein, natürlich nicht«, sagte Rune Jansson. »Ich habe ein wenig in den Ermittlungsakten auf meinem Tisch geblättert. Dann hatte ich einen Einfall und ging zu dem einzigen Waffengeschäft, das ich in der Stadt kenne. Und das war gleich ein Treffer. Die hatten übrigens der Polizei schon einen Tip gegeben, und so bekam ich gleich zu hören: *Ja, aber wir haben doch schon mit der Polizei gesprochen.* Du weißt schon.«

»Eine traurige Geschichte«, sagte Willy Svensén zögernd. »Aber ... wie wir die Sache auch drehen und wenden, haben wir trotzdem einen Ermittlungsabschnitt, bei dem wir uns darauf konzentrieren sollten, so schnell wie möglich zu Ergebnissen zu kommen.«

Rune Jansson erhob sich, streckte sich und nickte. Dann verteilten sie schnell und routinemäßig die dringlichsten Aufgaben. Willy Svensén sollte dafür sorgen, daß die mutmaßliche Mordwaffe zur kriminaltechnischen Untersuchung geschickt wurde, Rune Jansson wollte sich um die Kontakte zu Oberstaatsanwalt Jan Danielsson kümmern und ein Beschlagnahmeprotokoll erstellen. Willy Svensén wiederum sollte eine gründliche Hausdurchsuchung bei dem Inhaftierten organisieren. Sie einigten sich darauf, mit einem Verhör zu warten, bis sie von den Kriminaltechnikern in Linköping definitive Ergebnisse in der Hand hatten. Nichts sprach dagegen, daß der verhaftete Johan Ludwig unterdessen in seiner Zelle lag und schwitzte. Ganz im Gegenteil, alle Erfahrung deutete darauf hin, daß die Kombination aus längerer angsterfüllter Einsamkeit in einer Haftzelle und definitiven technischen Beweisen die Vernehmung verdächtiger Mörder erleichterte.

Als Rune Jansson seinen recht geringen Anteil an der Papierarbeit erledigt hatte, begab er sich von der Staatsanwaltschaft wieder in sein Zimmer hinauf und räumte unter den Resten dessen auf, was einmal die umfassende Ermittlung der Stockholmer Polizei gegen verdächtige Kurden gewesen war.

Dann setzte er sich eine Zeitlang hinter seinen leergeräumten Schreibtisch und bekämpfte den Wunsch, diesen Arbeitstag ganz einfach zu beenden und nach Hause zu gehen, um ein wenig fernzusehen, eventuell einen kleinen Whisky zu trinken und bis zum nächsten Tag auf jede Arbeit zu pfeifen. Manchmal konnte eine solche Kur den Kopf freimachen und neue Kräfte hervorzaubern. Es war auch gut für das Familienleben, wenn er nicht still dasaß und über Dinge nachgrübelte, von denen er doch nicht erzählen wollte.

In seinem verschlossenen Panzerschrank standen jedoch zwei schwarze Aktenordner und verlangten beharrlich, daß er ihnen seine Aufmerksamkeit zuwandte. Er hatte das Gefühl, als könnte er hören, wie sie ihn anbrüllten. Er stand resigniert auf, sah auf die Armbanduhr und gestand sich ein, daß er noch eine Stunde lesen konnte. Dann nahm er sich die Ordner vor.

Er begann am Anfang. Das Material war in chronologischer Reihenfolge geordnet, angefangen in Umeå und bei dem ersten Opfer Abdel Rahman Fayad.

Zunächst las er einen ausführlichen Lebenslauf. Dieser baute auf dem ersten Verhör Fayads auf, das in Schweden stattgefunden hatte, nämlich bei der Ausländerpolizei in Trelleborg.

Zu diesem Zeitpunkt, 1983, war er ein noch ganz junger Mann gewesen, erstaunlich jung in Hinblick darauf, was er schon erlebt hatte. Er war im Flüchtlingslager Shatila in der Nähe von Beirut geboren und hatte dort gelebt, bis das Lager eines Abends von einer libanesischen Rechtsgruppe überfallen wurde, die mit Israel verbündet war. Dabei wurden zahlreiche Menschen getötet. Die Überlebenden wurden vertrieben. Abdel Rahman Fayads Vater, drei minderjährige Brüder sowie zwei Schwestern gehörten zu den Opfern des Massakers.

Damals gehörte Abdel Rahman einer Gruppe junger Leute an, die einer bestimmten Palästinensergruppe als Boten und Späher zur Verfügung standen. Diese Gruppe war eine Mischung aus Leibwache für Arafat, Eliteverband und Nachrichtendienst, die Einheit Nr. 17.

Abdel Rahman Fayad hatte nicht an der allgemeinen Räumung des Libanon teilgenommen, welche die PLO notgedrungen akzeptieren mußte, um so die israelische Besetzung des Landes zu beenden. Er war als eine Art Undercoveragent der Einheit Nr. 17 im Land geblieben. Doch nach einem bewaffneten Zusammenstoß mit einer rivalisierenden Palästinensergruppe, die der sogenannten Verweigererfront angehörte, der Organisation, die den bewaffneten Kampf gegen Israel als den einzig möglichen Weg ansah, wurde seine Situation unhaltbar. Seine eigenen Leute verdächtigten ihn und einen gleichaltrigen Kameraden des Verrats.

Er flüchtete mit einigen anderen Jungen in einem Wagen über Syrien und die Türkei nach Deutschland. Dort löste sich die

Gruppe auf, und Abdel Rahman Fayad reiste allein nach Schweden weiter. Er nahm die Fähre von Sassnitz nach Trelleborg. So war er bei der Trelleborger Polizei gelandet, bei der er um politisches Asyl ersucht.

Um glaubwürdig darzulegen, daß er tatsächlich asylberechtigt war, hatte er bei den ersten Polizeivernehmungen ein sehr ausführliches Bild der Lage gegeben, einmal der Organisationen, die ihm im Libanon bekannt waren, zum anderen davon, was derjenige erwarten konnte, der von den eigenen Leuten des Verrats verdächtigt wurde. In dieser Lage gebe es, so erklärte er, keinen anderen Ausweg als die Flucht. Die Gruppen religiöser Fanatiker, die um diese Zeit entstanden, würden ihn töten, weil sie den Verdacht hatten oder gar wußten, daß er etwas mit der »Verräterorganisation PLO« zu tun hatte. Und seine eigenen Leute vertrauten ihm nicht mehr.

Er mußte überdies ausführlich seine Familienverhältnisse darlegen und erzählen, ob eventuell auch andere Familienangehörige die Absicht hatten, nach Schweden zu flüchten. Klugerweise versicherte er, kein anderer würde auch nur auf den Gedanken kommen, nur aus dem Grund nach Schweden zu flüchten, daß er sich hier aufhalte.

In den Originalpapieren hatten die ersten Verhöre mehr als zwanzig dicht beschriebene Seiten umfaßt. In Rune Janssons Material wurden einige Seiten im Original wiedergegeben, und dazwischen fanden sich Zusammenfassungen, die ein Computer ausgedruckt hatte.

Was der junge Abdel Rahman Fayad nicht verstand, als er mit einem offenbar erstaunlich freundlichen Ausländerpolizisten in Trelleborg sprach, war, daß er gleichzeitig mit einer anderen Partei sprach, nämlich der schwedischen Sicherheitspolizei. Sämtliche Vernehmungen von Ausländern, die in Schweden um Asyl nachsuchen, werden routinemäßig von der schwedischen Sicherheitspolizei unter die Lupe genommen. Einmal, weil alles Material, das vor allem für Israel von nachrichtendienstlichem Interesse sein kann, sofort weiterbefördert werden muß. Zum andern aus einem vollkommen anderen Grund, über den Abdel Rahman Fayad schon bald brutal aufgeklärt werden würde.

Er hatte etwas mehr als drei Monate in einem Sammellager außerhalb von Trelleborg verbracht, als der Blitz einschlug. Drei

Monate waren eine psychologisch wichtige Grenze, da es um diese Zeit eine Vorschrift gab, daß derjenige, der sich schon drei Monate im Land aufgehalten hatte, nicht mehr »direkt abgewiesen« werden könne. Abdel Rahman Fayad hatte damit also die erste Hürde in dem ersten Hindernislauf gewonnen, der ihm das Recht eintragen sollte, in Schweden eine Freistatt zu finden.

Doch dann kam der Wendepunkt in Gestalt einiger nach Trelleborg gereister Spezialisten aus Stockholm, die sofort die Karten auf den Tisch legten. Sie erklärten ganz offen, wie sie es immer taten, jetzt sei die Plauderei mit der Ausländerpolizei beendet, jetzt stelle die Sicherheitspolizei die Fragen. Als sie nach dieser Einleitung präzisere Fragen zu stellen versuchten, um Namen und Details zu erfahren, verweigerte er wie schon erwartet die Antwort und wollte sich damit aus der Affäre ziehen, er habe nur dummes Zeug erzählt und sich aufzuspielen versucht, um sein politisches Asylgesuch glaubwürdiger zu machen.

Dann folgte der nächste Schachzug. Die Sicherheitspolizisten erklärten ihm, in Wahrheit könnten sie entscheiden, ob er bleiben dürfe oder ausgewiesen werden solle. Darin hatten sie gewiß recht, auch wenn Abdel Rahman Fayad das natürlich nicht gleich verstand. Doch so war es. Nichts von dem, was er über seine politischen Asylgründe gesagt hatte, war in dem Augenblick noch etwas wert, in dem die Säpo ihn zum Terroristen stempelte. In dieser Situation pflegten die Säpo-Leute mit den Fingern zu schnipsen, um anzudeuten, wie leicht sie seine Ausweisung erwirken konnten. Ebenso leicht aber könnten sie dafür sorgen, daß er bleiben dürfe.

In der Situation äußerten sie meist ihren Vorschlag.

Wenn du uns hilfst, werden wir dir helfen.

Als Abdel Rahman Fayad aufging, daß die schwedischen Säpo-Leute ihn tatsächlich baten, Spion für sie zu werden, wehrte er sich natürlich mit Händen und Füßen. Alles, nur das nicht.

Dann folgte nach der standardisierten Prozedur der nächste Vorschlag.

Die schwedische Sicherheitspolizei könne auch dafür sorgen, daß die anderen überlebenden Familienmitglieder aus Shatila, seine Mutter, zwei Schwestern und ein jüngerer Bruder, nach Schweden kommen könnten, um hier von Sozialhilfe zu leben. Die Beamten malten hier ein schwedisches System in den rosigsten Farben, ein

System, über das sie sich privat vermutlich ganz anders geäußert hätten.

Damit war der damals erst achtzehn Jahre alte Abdel Rahman Fayad natürlicherweise in einigen Schwierigkeiten gelandet. Wie fast alle, die von der schwedischen Sicherheitspolizei zu jener Zeit erpreßt wurden, beging er den Fehler, sich auf Verhandlungen einzulassen. Zunächst fragte er nach Garantien. Wie könne er wissen, daß das Angebot tatsächlich ernst gemeint sei?

Das sei einfach, wurde ihm bedeutet. Wenn er eine permanente Aufenthaltsgenehmigung für Schweden erhalte, sei der erste Teil der Vereinbarung erfüllt. Und wenn er dann noch bei einigen Kleinigkeiten mithelfen könne, würden auch die anderen Familienangehörigen schnell nach Schweden kommen.

Diese Versuchung war für den Achtzehnjährigen zu groß, was für die Beamten nicht unerwartet war; schon im nächsten Jahr befanden sich die Überlebenden seiner Familie ebenfalls in Schweden.

Vermutlich hatte er sich wie vor ihm schon so viele andere vorgestellt, weitere Aufträge ablehnen zu können, wenn seine Familienangehörigen sich erst mal in Schweden befanden.

Dagegen hatte die Säpo jedoch eine erprobte Medizin parat. Sie drohten damit, unter Palästinensern und Libanesen durchsickern zu lassen, daß er Säpo-Agent sei. Das würde nicht nur ihn in Lebensgefahr versetzen, sondern auch für seine Mutter und Geschwister eine tödliche Schande bedeuten.

Abdel Rahman Fayad war einer der besten Agenten der schwedischen Sicherheitspolizei und damit automatisch auch Israels in Schweden geworden. Sie hatten sehr auf ihn gesetzt, sowohl mit Geld als auch einer Unterstützung für ein Universitätsstudium. Er war im Lauf der Jahre in Lund, Stockholm und schließlich Umeå tätig gewesen, wobei er jedesmal auf direkten Befehl seiner Auftraggeber umgezogen war.

Jedoch war er während längerer Perioden in seiner Disziplin erheblich schwankend geworden. Unter anderem hatte er bei einigen Gelegenheiten Angaben gemacht, die so total falsch waren, daß man jeden Irrtum ausschließen konnte. Leider hatte sich dies in ein paar Fällen erst herausgestellt, nachdem die Israelis einen leugnenden palästinensischen Verwandten bis zum Tod gefoltert hatten.

Was Abdel Rahman bei der Übergabe seiner Informationen möglicherweise nicht erkannte, war folgendes: Es waren nicht die schwedischen Sicherheitspolizisten, die seine Angaben kontrollierte, sondern israelische Sicherheitsorgane. Und bei denen war die Folter eine der wichtigsten Erkenntnisquellen.

Abdel Rahman Fayad war zum Zeitpunkt seines Todes als Agent »abgewickelt«. Diese Entscheidung war von der höchsten Säpo-Führung gefaßt worden. Die Entscheidung erfolgte im Zusammenhang mit der Entlassung seines letzten Führungsoffiziers, Kriminalinspektor Patrik Vargemyr. Es hatte sich nämlich gezeigt, daß die Anweisung, Fayad abzuwickeln, offenbar nicht bis zu Vargemyr und einigen von dessen Kollegen durchgedrungen war.

Dem zusammenfassenden Bericht waren einige Originaldokumente von Abdel Rahmans Berichterstattung beigefügt, Briefe, in denen er darum bat, aufhören zu dürfen, Kopien von Anfragen des israelischen Sicherheitsdienstes sowie ein Verzeichnis der in Schweden lebenden Familienangehörigen.

Als bedeutender Umstand wurde notiert, daß nach Aktenlage keiner seiner Familienangehörigen eine Ahnung davon gehabt hatte, womit er sich beschäftigte, nicht einmal seine schwedische Frau. Der gängigen Praxis zufolge sollte der eigentliche Auftraggeber, der israelische Sicherheitsdienst, nicht erfahren, wer die »Samir« genannte Quelle in Wahrheit war. In dieser Hinsicht gab es jedoch keine Garantie, da die Säpo schon bei zahlreichen Gelegenheiten eine gewisse Nonchalance an den Tag gelegt hatte, als es gerade im Verhältnis zu den Israelis um die Geheimhaltung gegangen war. Ferner waren die Angaben von »Samir« nicht zufriedenstellend umformuliert worden, bevor sie an die Israelis weitergegeben wurden. Das bedeutete, daß man in Israel mit einiger Wahrscheinlichkeit Informationen nach und nach hatte zusammenfügen und so die Quelle schließlich identifizieren können.

Es fehlte jedoch offenbar an einem Motiv von israelischer Seite, einen formal von einem verbündeten Sicherheitsdienst angestellten Agenten zu beseitigen.

Rune Jansson war erschüttert, vielleicht eher tief angeekelt, als er die schwarzen Aktenordner in seinem Panzerschrank einschloß. Normalerweise hätte er sich jetzt gleich auf den nächsten Fall gestürzt, zu Hause angerufen und gesagt, er werde sich verspäten; seine Frau war durch seine vielen Reisen im Land Kummer gewohnt.

Doch dieser Fall war nicht normal. Rune Jansson spürte, daß er sich alles noch einmal von vorn ansehen mußte, zu einem Zeitpunkt, zu dem er nicht so müde und gespalten war. Nebenbei kam ihm der Gedanke, daß Hamiltons Bericht sehr klar und einfach war, frei von schmückendem Beiwerk und vollkommen eiskalt. Daß Hamilton schon früher Berichte zusammengestellt hatte, war leicht zu erkennen, doch das hatte er offenbar in einer völlig anderen Welt getan als der der Polizei.

Rune Jansson beschloß, nach Hause zu gehen und das zu tun, was er sich schon vor der Lektüre vorgenommen hatte. Er wollte bis auf weiteres alles vergessen, sich seiner Frau und den Kindern widmen und am nächsten Morgen eine Stunde länger schlafen. Dann würde er noch einmal ganz von vorn anfangen.

Ein Opfer widerstreitender Gefühle, dachte Erik Ponti, als er sich Stenhamra näherte. Es stand außer Frage, daß er richtig gefahren war. Eine drei Meter hohe, weiß getünchte und völlig glatte Mauer gab den ersten Hinweis, die beiden brennenden Partyleuchten am Einfahrtstor gaben den zweiten. Erik Ponti hatte sorgfältig darauf geachtet, rechtzeitig zu kommen, doch ein anderer war ebenfalls pünktlich erschienen, da die großen, glänzenden Stahltore sich gerade hinter einem Wagen schlossen, der die Auffahrt hinauffuhr. Erik Ponti hielt vor dem verschlossenen Tor und sah sich verwirrt um. Oben auf der Mauerkrone verlief ein dünnes Metallkabel. Er vermutete, daß es zu einer Alarmanlage gehörte. Neben dem einen Torpfosten entdeckte er eine kleine Luke, die vermutlich ein Codeschloß verbarg, und darüber entdeckte er eine neugierig glotzende Videokamera. Er rückte ironisch seinen Krawattenknoten zurecht, trat ein paar Schritte vor, stellte sich vor die Videokamera und breitete die Arme aus.

»Hier stehe ich, ich kann nicht anders«, sprach er in die Kamera.

Im nächsten Augenblick glitten die beiden Stahltore lautlos auseinander. Als er sich wieder in den Wagen setzte, den ersten Gang einlegte und zu der Allee hochblickte, die zum Eingang des Herrenhauses führte, vor dem zwei andere Wagen parkten, entdeckte er einige Personen, die er für Wachpersonal hielt. Die Szene ließ ihn an den jungen Juristen denken, der einen anderen Grafen besuchen sollte, allerdings in Transsylvanien.

Seine Frau hatte nicht ohne einige ironische Kommentare auf die Einladung verzichtet. So hatte sie gesagt, Männer und Frauen hätten mitunter verschiedene Interessen; sie selbst hatte sich bei einem anderen Fest mit einem weiblichen Netzwerk angesagt, das in einer Angelegenheit konspirierte, die er schon als künftige Gesetzgebung sah, daß nämlich politisch korrekte Frauen möglichst schnell zu Professorinnen ernannt werden sollten.

Als er seinen Wagen neben den anderen parkte und die hintere Seitentür aufmachte, um seine Pilotentasche mit Wäsche und Toilettenartikeln herauszunehmen, schlossen zwei Männer aus den Schatten zu ihm auf, musterten ihn und hießen den »Redakteur« willkommen; sie waren mit Maschinenpistolen bewaffnet.

Als er die Steintreppe hinaufgegangen war und klingeln wollte, drehte er sich um. Die beiden bewaffneten Männer waren wie vom Erdboden verschluckt. Er hatte nicht mal gehört, wie sie sich entfernten. Das war kein guter Anfang, und es reute ihn schon jetzt, daß er der Einladung gefolgt war. Außerdem kam ihm plötzlich der kindische Verdacht, er könnte falsch angezogen sein; er hatte eine Art Kompromiß gewählt, saubere Jeans, Hemd, Krawatte und Jackett, und sich sogar die Schuhe geputzt. Jetzt hatte er plötzlich die Idee, Dracula und die anderen würden ihm in Frack und Abendkleid entgegenkommen.

Carl machte selbst die Tür auf. Er trug Jeans und ein am Hals offenes schwarzes Seidenhemd.

»Hallo!« sagte er fröhlich. »Verzeih das Theater an der Einfahrt, aber du bist ja nicht in deinem eigenen Wagen gekommen, und so haben die Computer ein bißchen verrückt gespielt.«

»Der Wagen ist auf meine Frau eingetragen«, sagte Erik Ponti verlegen. »Das aber nicht aus steuertechnischen Gründen, sondern …«

»Komm, ich will dich mit den anderen bekannt machen«, unterbrach Carl ihn schnell und führte seinen Gast zu einer Garderobe, bis ihm aufging, daß dieser nur eine Tasche mitgebracht hatte, die abgestellt werden mußte. Er nahm sie ihm ab und sagte, das Schlafzimmer werde er ihm später zeigen.

Erik Ponti betrat einen großen Salon, der ihn aufgrund des Stils und der Einrichtung ebenso erstaunte wie wegen der Gäste. Der gesamte Fußboden wurde von einem riesigen persischen Teppich in Beige und Blau bedeckt. Ein antiker Isfahan oder möglicherweise Nain, überlegte er. An den Wänden dominierte Kunst mit revolutionären mexikanischen Motiven. Er glaubte sowohl Emiliano Zapata als auch Pancho Villa wiederzuerkennen. In dem großen offenen Kamin knisterte nach schwedischer Manier ein Feuer und warf Reflexe auf große französische Fenster, die in Hellgrün schimmerten. Also Panzerglas. Die Sitzmöbel waren groß und mit Blumenmustern in kräftig leuchtenden Farben bezogen.

Zwei Männer und zwei Frauen waren schon da. Einen blonden Riesen glaubte Erik Ponti wiederzuerkennen. Er nahm an, daß es ein Militär war. Die anderen drei waren ihm vollkommen unbekannt. Eine sehr hochgewachsene Frau, eine typische Südeuropäerin, ein Mann in Jeans, T-Shirt und einem Armani-Jackett; alle standen auf, um mit Erik Ponti bekannt gemacht zu werden.

Carl führte diesen herum und stellte ihn der Reihe nach Anna Erikadotter-Stålhandske vor, Simone d'Abruzzio, Åke Stålhandske – dieser ergriff Pontis Hand, als wäre er ein Riesenhummer – und Luigi Bertoni, der gerade vom Italienischen zum perfekten Schwedisch wechselte.

Erik Ponti setzte sich neben das italienisch sprechende Pärchen und betete seinen gewohnten Sermon herunter, daß er eigentlich nicht mehr so gut Italienisch spreche, obwohl er als Italiener geboren sei. Er erhielt die üblichen Komplimente, sein Italienisch sei ganz ausgezeichnet, was es durchaus nicht war.

Was immer er auf der Auffahrt zum Haus erwartet haben mochte, als er sich noch in der Dracula-Stimmung befand, so war dies weit weg von allen Phantasien.

Carl stellte allen sofort ein Glas Wein hin und schickte einige Canapés mit etwas herum, was Gänseleber sein mußte. Wie sich herausstellte, war es das auch. Und als sie einander zutranken – offenbar hatten alle ärgerlicherweise nur auf ihn gewartet –, erlebte Erik Ponti im Mund fast so etwas wie einen Keulenschlag von Geschmack. Der Gastgeber hatte als Willkommensgetränk nicht Champagner gewählt. Das hier war etwas völlig anderes.

»Nun?« fragte Carl fröhlich und hielt Erik Ponti sein Weinglas entgegen. »Was meinst du?«

»Phantastisch«, murmelte Erik Ponti verlegen, da alle ihn

anblickten. »Das ist natürlich ein Elsässer, aber ist es wirklich ein Riesling?«

»Ja«, sagte Carl und hob Glas und Augenbrauen zugleich. »Allerdings eine Spätlese. Angenehm, Gesellschaft von jemandem zu erhalten, der solche Weine mag. Der große Kerl da zieht Bier und Schnaps vor, und der kleine Snob da drüben glaubt, daß Wein immer aus Italien kommen muß.«

»Möchte gern wissen, wer hier der kleine Snob ist«, brummte der Mann, der gerade so bezeichnet worden war, auf italienisch. »Keine Angst, unser germanischer Freund kapiert kein Italienisch.«

Erik Ponti munterte die Respektlosigkeit seines Landsmanns gegenüber Dracula plötzlich auf. »Sind wir wirklich sicher, solange wir italienisch sprechen?«

»Völlig sicher«, bestätigte der Italiener, zwinkerte und hob sein Glas. »Aber bei Russisch mußt du aufpassen. Das kann er besser als wir beide.«

»Was bringt dich auf den Gedanken, ich könnte Russisch sprechen?« fragte Erik Ponti mißtrauisch.

»Das ist keine Vermutung«, sagte der Italiener, »ich weiß es.«

»Woher weißt du, daß ich Russisch spreche?« fragte Erik Ponti auf russisch.

»Weil ich dich im Radio gehört habe, natürlich«, erwiderte der Italiener blitzschnell in derselben Sprache.

»Na schön, dann bleiben wir bei Italienisch«, sagte Erik Ponti.

Sie aßen in der Küche, was vermutlich den Grund hatte, daß Carl so servieren konnte, ohne allzuweit laufen zu müssen. Erik Ponti war neben die italienische Dame gesetzt worden. Er dachte tatsächlich automatisch so: *Dame,* obwohl sie kaum über dreißig war. Sie sprach nicht schwedisch, daher die Plazierung.

Als sie sich an die Vorspeise machten, ein *special* des Hauses, Toast mit Maränenkaviar und russischem Kaviar in umschichtigen Ringen, die eine Art schwarz-orange-farbene Flagge oder ein Ordensband bildeten, hob Carl sein Glas, um seine Gäste zu begrüßen. Da senkte sich eine elektrisch geladene angstvolle Stimmung auf den Raum, die jeder verbergen wollte. Er begrüßte sie auf englisch, wahrscheinlich mit Rücksicht auf Erik Pontis Tischdame. Er löste den Knoten jedoch auf scheinbar einfache Weise. Er sagte, es sei das erste Mal seit sehr langer Zeit, daß er die

Freude habe, Freunde um sich zu sehen. Es sei überhaupt das erste Mal, daß er wieder so etwas wie Freude empfinde, und das sei das Verdienst der Gäste. Diejenigen, die nicht anwesend seien, seien doch in den Gedanken aller. Keiner von ihnen wolle jedoch sehen, daß die Gesellschaft hier mit düsterer Miene herumsitze. Deshalb solle jeder sein Bestes tun, fröhlich zu sein. Skål und herzlich willkommen.

Der Weißwein, mit dem sie einander jetzt zutranken, war so fabelhaft, wie Erik Ponti es erwartet hatte. Er hatte das Etikett gesehen – ein 1978er Montrachet, ein Wein, von dem er selbst nur träumen konnte. Der Wein war gespenstisch perfekt, ebenso wie Carls einfache Art und Weise, das zu sagen, was gesagt werden mußte, ohne eine Schweigeminute zu verlangen, die den Rest des Abends gedauert hätte.

Erik Pontis Tischdame Simone erwies sich als eine leitende Beamtin des italienischen Kulturinstituts. Aus ihrer Sprache zog er den Schluß, daß sie aus Mailand stammte und aus einer sogenannten besseren Familie kam. Sie trug Jeans, obwohl das bestimmt nicht beliebige Jeans waren, wie Erik Ponti dachte, sowie ein grünschwarzes Seidenjackett mit Applikationen. Sie war das Urbild der Mailänderin. Kurz darauf erzählte sie fröhlich und ungezwungen, wie sie durch eine Laune des Schicksals in der gleichen Lage gelandet sei wie ihr künftiger Schwiegervater, nämlich in einer Familie, die zwischen Mailand und Stockholm pendle. Ach so, er wisse das nicht? Nun, Luigis Vater sei ja ein schwedischer Geschäftsmann, und seine Mutter gehöre zu einer italienischen Industriellenfamilie. Luigi habe immer mit einem Bein in Mailand und mit dem anderen in Stockholm gelebt. Sie selbst müsse noch zwei Jahre in Stockholm bleiben. Aber zum Teufel! In zwei Jahren sei immer noch Zeit, sich zu entscheiden.

Erik Ponti konnte der Konversation mühelos folgen und seine Pflichten als Tischherr einigermaßen erfüllen. Doch da die beiden sich auf italienisch unterhielten, wurden sie von allem abgeschnitten, worüber die anderen am Tisch sprachen.

Carl briet vor ihren Augen Rothirschfilet *à la minute,* servierte schnell und bat jeden, gleich nach dem Auftragen zu essen. Dann schob er Erik Ponti mit einem schnellen Augenzwinkern ein paar Weinflaschen hin und bat ihn einzugießen. Erik Ponti hatte schon gesehen, was an der Spüle gewartet hatte – zwei Flaschen 85er La Tâche, genau wie Carl am Telefon gesagt hatte. Der Wein war fast kränkend gut. Andererseits war es wunderbar, einen solchen Wein in Kleidern zu trinken, die nicht zu eng saßen. Erik Ponti hatte diskret die Krawatte abgelegt und stand im Begriff, auch das Jackett auszuziehen.

Als sie an dem Rotwein genippt hatten, kam es zu einer im Scherz geführten Diskussion, ob irgendwelche verfluchten italienischen Weine an einen La Tâche heranreichen könnten. Luigi Bertoni und seine *fiancée* Simone behaupteten, das könne man sich sehr wohl denken. Der blonde Riese, der finnlandschwedisch sprach, bemerkte knapp, der Chef habe immer recht. Carl hob die Hand für französischen Wein, ebenso der blonde Riese und dessen Frau Anna. Die Italiener stimmten dagegen. Die Entscheidung lag also bei Erik Ponti.

»Ich bin Schwede, ich bin neutral«, versuchte er sich aus der Schlinge zu ziehen. Diese Bemerkung wurde mit fröhlichem Gelächter quittiert. »Na schön, wenn ich nicht Schwede und nicht neutral bin, muß ich ehrlich sein … Verzeihung, ich sage es lieber auf englisch!«

Dann gab er Frankreich seine Stimme, der er einen tief bedauernden Ton gab, um auf die Stimmung jedes Italieners in dieser Situation Rücksicht zu nehmen. »Immerhin«, fügte er hinzu, »kann man zu einer Pizza keinen Burgunder trinken!«

Es war jedoch der letzte Wein, der Erik Ponti am meisten beeindruckte. Nicht weil er am teuersten war, denn er war mit Sicherheit der billigste des ganzen Abends. Doch zum Abschluß erhielten alle ein kleines Stück weißen französischen Ziegenkäse, ein Stück Stangensellerie und ein Glas spanischen Weißwein aus dem Rioja namens Marqués de Murrieta. Es war ein 1982er aus dem Weinhaus Ygay.

Erik Ponti hatte den Wein schon bei einer anderen Gelegenheit getrunken, obwohl er nicht mehr genau wußte, wann. Der Wein war so kraftvoll, daß er eigentlich nur als Apéritif tauglich war. Seine Süße und sein Eichengeschmack ließen sich aber dennoch mit etwas so Unerwartetem wie einem weißen französischen Ziegenkäse kombinieren. Das war ein höchst bemerkenswertes Erlebnis. Nicht nur wegen des Geschmacks, sondern wegen der fast unbegreiflichen Tatsache, daß dieser Carl, ein Berufsmörder, mit einer absolut entsetzlichen Familientragödie hinter sich, auf fast spielerische Weise gewohnte Weinbegriffe auf den Kopf stellen konnte. Erik Ponti hatte plötzlich das Gefühl, als wäre Carl in einer anderen Welt und unter völlig anderen Umständen Gastronom mit rundem Bauch und drei Sternen im Guide Michelin geworden.

Nach dem Essen, als die Frau des blonden Riesen sich erboten hatte, Kaffee zu machen, und über Frauen witzelte, die für die Männer Kaffee machen – ein interner Scherz, dessen Pointe Erik Ponti entging –, packte Carl ihn an den Schultern und bot ihm einen Blick in den Weinkeller an.

Erik Ponti folgte Carl selbstverständlich in den Keller, wurde jedoch spontan mißtrauisch. In Carls Haltung war nichts von Prahlerei zu entdecken. So hatte er beispielsweise keinerlei Getue um den zum Essen servierten Wein gemacht, obwohl Erik Ponti der einzige Gast zu sein schien, dem klar gewesen war, daß die Weine, die zu jedem einzelnen Gericht serviert worden waren, zu den absolut besten der Welt gehörten. Wozu also in den Weinkeller gehen, um zu beweisen, daß es noch mehr davon gab?

Und ob es noch mehr davon gab. Als sie einen länglichen Raum mit Waffenschränken und elektrisch zu betätigenden Schießscheiben passiert hatten, gelangten sie in den Weinkeller. Dieser bestand aus einem vollkommen sauberen, frischgestrichenen Raum ohne Fenster mit einer Fläche von etwa dreißig Quadratmetern. In sieben Regalreihen vom Boden bis zur Decke mit einem etwa einen Meter breiten Gang zwischen jeder Reihe lagen die besten Weine der Welt und warteten. Neben der Tür entdeckte Erik Ponti einige Armaturen, die Temperatur und Luftfeuchtigkeit regelten, sowie einen kleinen Computer, der vermutlich das Inventar speicherte.

Erik Ponti war unsicher, was er sagen oder tun sollte.

»Wie viele Flaschen sind es?« fragte er widerwillig.

»Zwischen vier- und fünftausend«, erwiderte Carl und schaltete den Computer ein. »Such dir selbst einen Wein aus. Was sagtest du neulich? Einen 1982er Cheval Blanc?«

Erik Ponti suchte widerwillig auf dem Display des Computers. Wein, rot, Bordeaux, Saint Émilion, bis er fand, was er suchte. Regal 4 B, noch 37 Flaschen.

»Komm mit!« sagte Carl und führte ihn zu dem angegebenen Regal. Neben dem reichlich bemessenen Vorrat von Cheval Blanc lagen fast ebenso viele Château Figéac aus demselben Jahr. Daneben lagen die Weine aus dem Nachbardistrikt Pomerol. Es begann mit Château Pétrus und Château La Conseillante, ging weiter mit Vieux Château Cértan, Château Trotanoy und einigen Weinen, die Erik Ponti unbekannt waren, beispielsweise einem mit dem komischen Namen Fleur de Gay, was bei ihm per Assoziation unweigerlich zu »Schwuchtelblume« wurde.

»Du hast hier Wein für mehrere Millionen. Das beeindruckt mich natürlich ungeheuer, falls das deine Absicht gewesen ist«, sagte Erik Ponti mit gemischten Gefühlen.

»Ja«, sagte Carl und hob vorsichtig zwei Flaschen 1982er Cheval Blanc aus dem Regal. Er hielt sie ein Stück vor sich und warf sie plötzlich in die Luft, so daß sie sich zweimal um die eigene Achse drehten, bevor er sie wieder auffing. »Für drei Millionen ungefähr. Bitte sehr, nimm die hier!«

»Du weißt doch, was ich gesagt habe«, entgegnete Erik Ponti verlegen. »Man kann an einem Abend nicht mit einem Machthaber einen 82er Cheval Blanc trinken und ihn am nächsten Morgen interviewen. Außerdem ist der Wert des Weins viel zu groß, das gilt schon als Bestechung.«

»Ganz und gar nicht«, entgegnete Carl. »Steuerfrei darf man Geschenke bis zu sechstausend Kronen annehmen. Ich würde es sehr zu schätzen wissen, wenn du mich von diesen zwei Flaschen befreist.«

Erik Ponti war unangenehm berührt. Er würde sich nie Weine wie diesen leisten können, mit dem Carl eben jongliert hatte, als wären es Zirkuskegel. Doch trotzdem wäre es bei einem so fabelhaften Wein höchst albern, unter Hinweis auf Grundsätze nein zu sagen.

»Hast du einen eigenen Weinkeller?« fragte Carl und ließ die beiden Flaschen sinken.

»Aber ja«, schnaubte Erik Ponti mit einer ironischen Grimasse. »Im Keller des Mietshauses, in dem ich wohne, habe ich drei oder vierhundert Fässer liegen und zwar mit doppelten Hängeschlössern davor.«

»Gut«, sagte Carl, »genau, wie ich es mir vorgestellt habe. Außer dir kenne ich keinen Menschen, der Weine so zu schätzen weiß. Hättest du etwas dagegen, diesen Weinkeller zu übernehmen?«

»Ist das ein Sonderangebot? Zum halben Preis oder so?« fragte Erik Ponti zweifelnd.

»Nein«, erwiderte Carl vollkommen ruhig. »Für wie viele Flaschen hättest du Platz?«

»Vielleicht für tausend Flaschen, aber worum zum Teufel geht es eigentlich, Carl? Du begreifst doch sehr gut, daß ich so was nicht kaufen kann, nicht mal zu Freundschaftspreisen.«

»So habe ich es mir auch nicht gedacht«, entgegnete Carl vollkommen ernst. »Ich habe mir gedacht, daß du den Wein von mir übernimmst. Ich brauche ihn nämlich bald nicht mehr.«

»Was soll das heißen, bald?« fragte Erik Ponti und machte ein dummes Gesicht.

»Ja. Bald. Das bedeutet eben bald. Dieser Wein hätte ein Leben lang für eine ganze Familie reichen sollen, für die Kinder, wenn sie erwachsen werden, für die Enkelkinder, für Geburtstage und Weihnachtsfeste, für Osterlämmer und Lachs, für alles mit Ausnahme des Herings an Mittsommer. Das hatte ich mir gedacht. Jetzt gibt es keine solche Zukunft mehr, wie du ja weißt. Schon bald werde auch ich weg sein, und es wäre schade, wenn ein solcher Wein umkäme oder in falschen Händen landete.«

»Was meinst du damit, daß du bald weg sein wirst?« fragte Erik Ponti. Ihn hatte plötzlich zu frieren begonnen, obwohl die Temperatur angenehm war. In Carls stillem Ernst gab es nicht den Schatten eines Zweifels. Er hatte gemeint, was er gesagt hatte.

»Ja, so ist es«, sagte Carl. Plötzlich änderte sich sein Gesichtsausdruck. Er trat einige Schritte zurück und warf Erik Ponti plötzlich die eine Weinflasche zu. Dieser fing sie desperat auf, nur um im nächsten Moment noch eine auf sich zufliegen zu sehen, die er um ein Haar hätte fallen lassen.

»Recht so«, sagte Carl mit einem nachdenklichen Kopfnicken und der Andeutung eines feinen Lächelns. »Du folgst deinen Instinkten. Nimm die jetzt vorweg als kleine Warenprobe mit, dann werde ich dir dein Zimmer zeigen.«

Als sie die Kellertreppe hinaufgingen, trug Erik Ponti leicht beschämt die beiden Kostbarkeiten, die er oben schnell in seine Tasche stopfte, die Carl ihm in der Garderobe hinhielt. Anschließend begaben sie sich ins Obergeschoß und gingen auf einem Korridor mit naturbelassenen Fußbodendielen entlang, bis sie zu einem Schlafzimmer mit hellblauen Tapeten und Möbeln des achtzehnten Jahrhunderts kamen, die mit dunkelblauem Samt bezogen waren. Carl zeigte Erik Ponti das angrenzende Badezimmer, wies auf einen begehbaren Kleiderschrank und trat dann ans Fenster. Er blickte auf die mondbeschienene Auffahrt zum Haus. So blieb er eine Weile schweigend stehen, während Erik Ponti zögerte.

»Die steuertechnischen und sonstigen behördlichen Details werde ich regeln. Da du den Wein erst bekommst, wenn ich nicht mehr hier bin, kann es ja keine Bestechung sein«, sagte Carl, ohne sich umzudrehen.

Erik Ponti blieb stumm.

»Komm jetzt!« sagte Carl mit plötzlicher Entschlossenheit. »Jetzt gehen wir runter zu den anderen.«

Als sie den Salon betraten, hatten die anderen schon Kaffee vor sich stehen und etwas, was Cognac sein mußte, wie Erik Ponti annahm. Doch das war es ganz offenbar nicht, und als er fragte, erfuhr er von einem triumphierenden Luigi, daß es ein Grappa sei, der bei ihrer Verwandtschaft auf deren altem Hof außerhalb Mailands hergestellt werde.

Carl, der wieder entspannt und neutral wirkte, hielt mißtrauisch das Glas gegen das Licht und murmelte, wenn die Freunde nicht gerade mit so einem verfluchten Calvados ankämen, sei es offenbar Grappa, aber Fusel sei Fusel.

Danach war Erik Ponti sprachlich erneut an Simone d'Abruzzio gebunden, und da das *Echo des Tages* soeben eine Regierungskrise in Italien behandelt hatte, bei der es Berlusconi mißlungen war, die italienische Regierung zu Fall zu bringen, stellte er eine höfliche Frage zu diesem Thema. Seine Tischdame hätte das Thema natürlich fallenlassen können, wenn sie uninteressiert und zu wenig informiert gewesen wäre, doch sie war keins von beidem. Statt dessen lieferte sie Erik Ponti eine fröhliche und recht drastische Beschreibung dessen, wer Lamberto Dini, der Ministerpräsident, einmal gewesen sei, bevor er als Finanzminister bei Berlusconi gelandet sei, als dieser seinen kurzlebigen Versuch gemacht habe, Italien auf Vordermann zu bringen. Sie schilderte kurz die ökonomischen Konsequenzen des fehlgeschlagenen Versuchs, die Regierung zu Fall zu bringen. So sei die Lira gestärkt worden, und das Parlament habe ein Sparprogramm verabschieden können.

Schließlich wurde sie albern und stellte einen halsbrecherischen Vergleich zwischen den schwedischen Rechtspopulisten Bert und Ian einerseits und Berlusconi andererseits an. Diese beiden hätten sich wie Berlusconi über die Massenmedien politische Macht verschafft. Es seien schließlich die Medien, die sie auf den Schultern getragen und bis in den schwedischen Reichstag gebracht hätten. Ähnlich sei es bei Berlusconi gewesen. Dieser sei mit Hilfe der von ihm kontrollierten neun Fernsehsender an die Macht gekommen. Sie verdrehte ein Sprichwort über Dschingis Khan und sagte, man könne die Welt zwar vom Pferderücken aus erobern, aber nicht von dort lenken. In unserer Zeit habe dieses Wort eine neue Bedeutung erhalten. Man könne also die politische Macht vom Bildschirm aus erobern, aber nicht von dort regieren.

An Bildung und Humor von Erik Pontis Tischdame war also nichts auszusetzen, doch da sie sich die ganze Zeit auf italienisch unterhielten, bekam er nur noch bruchstückhaft mit, worüber die vier anderen auf schwedisch sprachen. Eines war jedoch vollkommen klar und bildete einen dramatischen Gegensatz zu den Möbeln und dem Stil des Hauses sowie dem, was sie gegessen und getrunken hatten. Bei den drei Männern dort war kein Laut von »Sozis« oder ungerechten Steuern zu hören. Sie schienen sich fast ausschließlich über Außenpolitik zu unterhalten, über Tschetschenien, über die NATO, und dann glaubte Erik Ponti etwas von Skinheads und Rassisten zu hören.

Als hätte Carl gesehen, daß Erik Ponti gleichzeitig Konversation zu machen und zu lauschen versuchte, befahl er plötzlich mit lauter Stimme Wachablösung und schickte Luigi, der die italienische Unterhaltung übernehmen und mit Erik Ponti die Plätze tauschen sollte.

»Du scheinst dich verdammt gut auf dieses Spaghetti-Gequatsche zu verstehen«, bemerkte der blonde Riese freundlich, als Erik Ponti sich mit seinem Glas neben ihn setzte.

»Das liegt möglicherweise daran, daß ich selbst ein Spaghetti bin«, sagte Erik Ponti aus dem Mundwinkel, was er einem Vorbild in einem bekannten Film nachtat.

»Du darfst ihn nicht so ernst nehmen. Die Finnen sind so, fremdenfeindlich nämlich«, sagte Åkes Frau Anna.

»Ich muß doch sehr bitten. Komm jetzt nicht auf die Idee, mit den Vertretern der Presse dummes Zeug zu reden«, sagte der blonde Riese. Er blickte mit einem Auge mißtrauisch auf das Glas mit Grappa, das er dann mit einer plötzlichen Bewegung an die Lippen führte und austrank.

»Du siehst«, sagte seine Frau und breitete die Arme aus. »Er tut alles, was er nur kann, um den Finnen und Macho zu spielen, obwohl er nur ein *hurri* ist, ein Finnlandschwede.«

»Hör mal, du Bürschchen von der Presse«, sagte der blonde Riese wohlwollend, als er das leere Glas mit einem Knall auf den Tisch stellte und Carl abwehrend zuwinkte, der erneut drohend die Flasche hob. »Warum schreibt ihr immer nur, wenn wir Mist bauen, aber nie, wenn wir etwas gut machen?«

»Wieso?« sagte Erik Ponti amüsiert und drehte sein Glas zwischen den Fingern. »Nenn mir mal ein Beispiel. Wer zum Beispiel sind *wir?*«

»Die Küstenjägerschule, natürlich«, sagte der blonde Riese gekränkt, weil sein Gesprächspartner das nicht gleich erfaßt hatte.

Das hätte er vielleicht tun müssen. Im selben Moment ging Erik Ponti auf, wer der Mann war, der so aussah wie der böse große Bruder eines Freistilringers: Åke Stålhandske, Chef der Küstenjägerschule, offenbar einer von Carls alten Schildknappen. Damit begriff Erik Ponti auch, was Åke Stålhandske gemeint hatte.

»Das ist gar nicht so schwer zu verstehen«, sagte er mit der Parodie eines pädagogischen Tonfalls. »Wenn es an der Küstenjägerschule zu Fällen von Rassismus kommt, ist das eine Sensation, die in der Zeitung stehen muß und über die im *Echo des Tages* berichtet wird. Wenn es an der Küstenjägerschule *nicht* zu Rassismus kommt, darf man wohl davon ausgehen, daß das ziemlich normal ist. Jedenfalls ist es keine Sensation. Und aus diesem Grund wird es nicht publik gemacht.«

Åke Stålhandskes Frau Anna kicherte entzückt los und schlug ihrem Mann fröhlich mit der Faust auf den Rücken, so daß es im ganzen Raum dumpf knallte.

»Da hast du es wieder, du *gottverdammtes Genie*«, sagte sie und äffte seinen finnlandschwedischen Dialekt nach. »Du bist gar nicht so verfolgt, wie du glaubst.«

»Jedenfalls haben wir diesem Mist ein Ende gemacht«, knurrte Åke Stålhandske verletzt oder mit zumindest gespielter Entrüstung.

»Ja, aber interessant dürfte die Frage doch sein?« sagte Carl vermittelnd. »Åke und ich waren ja mal Kollegen beim Generalstab, wie du wahrscheinlich weißt. Inzwischen ist es uns aber infolge glücklicher Umstände gelungen, dieses Problem ins Kreuzfeuer zu nehmen. Åke soll alle Rassisten von den Küstenjägern fernhalten, und ich tue es in meinem Beritt. Die Leute, die wir nicht entdecken und schon bei der Musterung loswerden, muß Åke einsammeln, nachdem sie durchs Netz geschlüpft sind. Man könnte sagen, daß ich Mittelstürmer bin und Åke zurückhängender Außenstürmer. Das wäre doch ein Thema, über das sich zu berichten lohnt.«

»O ja, durchaus«, bestätigte Erik Ponti amüsiert. »Aber ich fühle mich ein wenig wie ein Zahnarzt bei einem Festessen, bei dem alle plötzlich den Mund aufreißen und ihn bitten, eine Diagnose für ihre Eckzähne zu stellen. Ihr findet jetzt also, ihr tätet etwas Gutes, und meint, dann müßte ich auch sofort darüber berichten?«

»Aber ja! Sonst schlagen wir dich tot!« sagte Åke Stålhandske und rollte theatralisch mit den Augen.

»Nein, das geht nicht«, sagte Carl, ohne eine Miene zu verziehen. »Das ist verboten, und ich habe die polizeiliche Verantwortung dafür, daß hier alles legal zugeht. Aber mal im Ernst, Erik, das ist doch wohl tatsächlich interessant? Die Streitkräfte sind inzwischen von Skinheads gesäubert, das ist doch ein wichtiger Teil in der Verteidigung der Demokratie, wenn man es feierlich formulieren will. Oder?«

»Doch, durchaus«, erwiderte Erik Ponti. »So schwer kann es allerdings nicht sein, sie auszujäten. Alle jungen Männer, die bei der Musterung mit tätowierten Hakenkreuzen auf der Stirn auftauchen und zu den Küstenjägern wollen, den Fallschirmjägern oder ähnlichen Einheiten, werden zu Schreibstubensoldaten gemacht. Habe ich das richtig verstanden?«

»Völlig richtig«, bestätigte Carl mit einem Lächeln. »Jetzt sind aber einige von ihnen so ausgekocht, daß sie sich *nicht* tätowieren, ihre Tätowierungen überschminken oder sie vor der Musterung sogar vorübergehend entfernen lassen.«

»Doch dann kommt der Sicherheitsdienst ins Bild!« lachte Erik Ponti. »Als uns beiden die Musterung bevorstand, ging es darum zu verbergen, daß wir Clartéisten waren. Erinnerst du dich noch?«

»Selbstverständlich«, sagte Carl. »Wir hatten uns aber nicht

Hammer und Sichel auf die Stirn tätowiert. Wenn ich mich recht erinnere, sind wir beide durch die Maschen geschlüpft.«

»Aber ja doch«, sagte Erik Ponti. »Ich wurde Steuermannsmaat, und du wurdest Vizeadmiral.«

»Steuermannsmaat heißt das nicht mehr, du bist Fähnrich«, bemerkte Åke Stålhandske.

»Danke, Oberst!« brüllte Erik Ponti und machte sich gerade.

Alle lachten auf. Carl erhob sich und verließ den Raum, nachdem er Erik gefragt hatte, was er trinken wolle. Erik entschied sich für Weißwein.

»Scherz beiseite«, sagte Erik Ponti zu Åke Stålhandske. »Es ist natürlich verdammt wichtig, daß ihr die Eliteverbände sauberhaltet. Du hast dafür meinen vollen Respekt, daran solltest du nicht zweifeln.«

Carl kam mit einigen Flaschen wieder und goß jedem nach dem vermuteten Bedarf ein; Erik Ponti sah zu seiner Erleichterung, daß Carl Geschmack genug besessen hatte, keinen teuren Wein zu kredenzen, sondern einen leichten Loirewein, etwas Trockenes und Erfrischendes.

Während Carl herumging und servierte, betrachtete Erik Ponti nacheinander die drei Männer. Sein Journalistenauge trog nicht: Alle drei waren gebaut wie griechische Statuen. Sie waren voll durchtrainierte Sportler mit Taillen, wie er Schenkel hatte, und Oberarmen, die so mächtig waren wie sein Hals. Dieses Bild hatte für ihn als Mann etwas Deprimierendes an sich. Er war zwar zehn Jahre älter als die anderen oder gar noch mehr, doch selbst vor zehn Jahren wäre er körperlich genauso unterlegen gewesen, und das machte ihn nachdenklich. Er war es nicht gewohnt, in Gesellschaft anderer Männer der schmächtigste zu sein. Ihm ging jetzt auf, daß auch der schwedisch-italienische Luigi natürlich einer von *ihnen* war, einer von denen, die beispielsweise auf Sizilien gewütet hatten. So sahen solche Monster also in einem Salon aus.

»Ist der Reichspolizeichef nicht irgendwie handgreiflich geworden, so wie du ihn bei uns zum Idioten gemacht hast?« fragte Erik Ponti, zu Carl gewandt, als dieser sich wieder gesetzt hatte.

»Ganz und gar nicht«, erwiderte Carl und hob sein Weinglas. »Und wenn ich er wäre, würde ich mich jetzt eine Zeitlang hüten, das Maul aufzumachen.«

»Und was ist, wenn die Reichskripo mit ihrer Ermittlung auch nicht von der Stelle kommt?« fragte Erik Ponti mit automatischer Polemik. »Sie haben zwar alle Kurden freigelassen, gelobt sei Allah, aber was ist, wenn sie keinen Mörder schnappen?«

»Nun, das wäre natürlich schrecklich«, sagte Carl und schüttelte mit gespielter Beschämung den Kopf.

»Ach ja?« sagte Erik Ponti. »Dann würdest du auch ganz schön dumm dastehen, nicht wahr?«

»Aber ja«, seufzte Carl. »Allerdings habe ich jetzt so ein Gefühl von *déja vù.* Jetzt werde ich nämlich heute schon zum dritten Mal zu dieser Frage vernommen. Aber schön, wir lassen uns nicht unterkriegen, also noch mal von vorn. Der Mörder beim kurdischen Buchcafé heißt Johan Ludwig Runestrand, ja, er heißt tatsächlich so. Seine Eltern waren vielleicht finnlandschwedische Romantiker, oder was weiß ich. Jedoch und nichtsdestoweniger: Wir haben ihn geschnappt, und er sitzt hinter Schloß und Riegel. Im Augenblick ist er wegen illegalen Waffenbesitzes festgenommen worden. Am Montag ändert sich der Festnahmegrund in Mord, und damit kann Haftbefehl ergehen. Die Beweise sind eindeutig. Ich werde also nicht, in welcher Form auch immer, dumm dastehen.«

»Stimmt das wirklich?« fragte Erik Ponti lahm. An Carls Miene deutete nichts auf eine andere Möglichkeit hin.

»Warum habe ich das nicht gewußt, als ich herkam? Warum hat es nicht ganz Schweden schon gewußt?« fuhr Erik Ponti entschlossener fort.

»Weil die Mordermittlungen bei der Reichsmordkommission von richtigen Profis geführt werden, und die haben den guten Geschmack, mit aller Publizität zu warten, bis die Sache völlig aufgeklärt ist«, erklärte Carl und breitete die Arme aus, ohne etwas aus seinem Weinglas zu verschütten, das er in der linken Hand hielt.

Erik Ponti machte ein Gesicht, als wäre er völlig vernichtet. Die anderen am Tisch verstummten und betrachteten ihn erstaunt, da sie nicht verstehen konnten, weshalb er so sichtlich am Boden zerstört war.

»Teufel auch«, sagte Erik Ponti resigniert. »Es ist wahrhaftig nicht einfach, in deiner Gegenwart Journalist zu sein. Gern Weinliebhaber und Gourmet, aber nicht Journalist. Dir ist doch klar, daß ich jetzt eigentlich zum nächstgelegenen Telefon rennen müßte?«

»Durchaus möglich«, sagte Carl mit einer Miene, als wäre er tatsächlich ein wenig verlegen. »Obwohl ich selbst nie zu arbeiten pflege, wenn ich Alkohol getrunken habe. Aber sieh es mal so: Wir haben Freitagabend. Johan Ludwig Runestrand wird erst am Montag nachmittag zu einer Nachricht werden. Wenn du willst, kannst du das hier ja schon am Sonntag hinaustrompeten. Aber kannst du jetzt vielleicht so nett sein, dich ein wenig zu entspannen?«

8

Von Pedagoggränd 9 B bis zum Tatort des Mordes an der Kirche von Ålidshem sind es gut zweihundert Meter, ein Spaziergang von wenigen Minuten. Zum Zeitpunkt des Doppelmords hatten sich fünf Personen im dritten Stock von Pedagoggränd 9 B befunden, die möglicherweise sämtlich fähig und in der Lage gewesen wären, auf die spezielle Art und Weise zu morden, die hier angewandt worden war.

Zwei Informanten der Säpo werden spätnachts in Umeå ermordet, zweihundert Meter von einem Korridor in einem Studentenwohnheim entfernt, in dem unter größter Geheimhaltung fünf Mann der Säpo einquartiert sind. Diese fünf sind der Säpo-Chef und vier seiner Leibwächter, alle mit der theoretischen Möglichkeit zu wissen, wer als Informant für die Säpo arbeitet.

Für Rune Jansson waren dies einfache, stabile Fakten. Keine Logik konnte diese grundlegenden Umstände beiseite schaffen.

Er hatte die Strecke zwischen Pedagoggränd und dem Tatort ein paarmal abgeschritten, als er darauf wartete, daß ein Kollege der Polizei von Umeå herauskam und ihm bei der kniffligen Aufgabe half, den Korridor des Studentenwohnheims unter die Lupe zu nehmen. Es war nicht ganz unkompliziert, als Polizist ein Studentenwohnheim zu betreten und um die Erlaubnis zu bitten, sich einmal umzusehen, ohne eine sehr gute Erklärung dafür parat zu haben. Studenten haben die unglückliche Neigung, *Bullen* mit einem gewissen Mißtrauen zu betrachten, und je röter die Studenten, um so mißtrauischer sind sie. Rune Jansson hatte den Zusammenhang nie verstanden, doch andererseits beschränkten sich seine eigenen akademischen Meriten auf eine Ausbildung zum Reserveoffizier und zwei Jahre auf der Polizeihochschule. Und an der Polizeihochschule waren die Studenten nicht sonderlich rot, eher das Gegenteil.

Es herrschte Tauwetter, doch es lag immer noch viel Schnee. Beim Warten auf seinen Kollegen ging Rune Jansson stampfend auf und ab. Von Zeit zu Zeit warf er einen Seitenblick zu der Feuerleiter, die vom dritten Stock direkt zu ein paar hohen Büschen herunterführte. Dort oben im dritten Stock, hinter dem schmalen

Fenster, an dem die Feuerleiter endete, hatten sich der Säpo-Chef und vier seiner Leibwächter zum Zeitpunkt des Mordes befunden, und zwar einige Stunden davor und auch in den nachfolgenden Stunden bis zum Morgen. Sie waren abgereist, bevor man die Opfer entdeckt hatte, und niemand hatte ihre Nachtherberge mit den Morden in Verbindung gebracht; die Allgemeinheit hatte es nicht getan, weil sie nichts von diesem äußerst geheimen Arrangement wußte, und die Ordnungspolizei in Umeå aus dem leicht einzusehenden Grund, daß sie der Meinung war, daß die Anwesenheit von Polizisten nicht sonderlich verdächtig ist, wenn ein Verbrechen begangen wird.

Es war die Polizei in Umeå, die bei allen Arrangements für Hamiltons Auftritt vor den Studenten mit der Säpo zusammengearbeitet hatte. Und bei der Polizei hatte man erst auf direkte Nachfrage vom Ermittlungsdezernat von diesem interessanten Umstand berichtet.

Rune Janssons nordländischer Kollege hatte Verstand genug, seinen Wagen weit weg auf dem Parkplatz abzustellen, und kam zu Fuß näher. Rune Jansson schlug vor, sie sollten sich als Polizeibeamte ausweisen und behaupten, sich die Feuerschutzeinrichtungen ansehen zu wollen. Sie könnten sich damit entschuldigen, jemand habe gemeldet, daß die Feuerwehr geschlampt habe. Es sei keine große Sache, aber doch eine kleine einfache Arbeit, die erledigt werden müsse. Etwas in dieser Richtung.

Es ging gut. Man ließ sie ein, sogar ohne die kleinste Mißfallensbekundung. Im dritten Stock befanden sich sieben Zimmer, eine Küche und ein Fernsehraum. Jedes Studentenzimmer hatte neunzehn Quadratmeter. Der Korridor lief an einem Ende auf eine Tür zu, die sich abschließen ließ, und am anderen Ende befand sich das Fenster zur Feuerleiter.

Die einfachen äußeren Umstände sprachen eine deutliche Sprache. Die Türen zum Korridor ließen sich ohne Quietschen öffnen. Der weiche Linoleumbelag würde alle Schritte dämpfen, wenn man auf Strümpfen ging, was Rune Jansson und sein Kollege rücksichtsvoll taten.

Zum Zeitpunkt des Doppelmords war dieser Flur des Wohnheims von einer Gruppe ausländischer Studenten bewohnt gewesen, die ausgerechnet in dieser Nacht mit all ihren Habseligkeiten hatten umziehen müssen. Rune Jansson hatte den Vormittag bei der Studentenverwaltung verbracht, um herauszufinden, wie das alles arrangiert worden war. Es war nicht ganz einfach gewesen, da die beiden Verantwortlichen, eine junge Frau und Sozialdemokratin namens Anna Lind sowie ein Angehöriger der Zentrumspartei namens Mattias Johansson, zunächst behauptet hatten, sie unterlägen so etwas wie einer »Schweigepflicht« und hätten versprochen, nichts zu verraten, was mit dem Besuch des Säpo-Chefs zusammenhänge.

Rune Jansson hatte freundlich erklärt, womit sich das Dezernat A bei der Reichspolizeiführung eigentlich beschäftige. Und welche Befugnisse das Dezernat in einer späteren Phase der Ermittlung geltend machen könne, wenn schon in diesem Stadium Schwierigkeiten drohten. Damit hatte er erfahren, was er hatte wissen wollen. Ohne auch nur die Stimme zu heben.

Als er jetzt auf der Rückfahrt zum Polizeihaus in der Stadtmitte mit seinem Kollegen im Wagen saß, grübelte er in erster Linie darüber nach, wie er die Sache dem Gewaltdezernat in Umeå erklären sollte. Diese Beamten hatten eine sehr undankbare Aufgabe gehabt, hatten verzweifelt nach Verbindungen zwischen den beiden Mordopfern gesucht und keine gefunden. Nun ja, wenn man davon absieht, daß beide ermordet wurden und Ausländer waren.

Genauso wäre es Rune Jansson und seinen Kollegen bei der Reichsmordkommission gegangen, wenn nicht plötzlich der Säpo-Chef persönlich vom Himmel herabgestiegen wäre, um ihnen ein paar Steintafeln mit entscheidenden Fakten in große Buchstaben gemeißelt zu präsentieren.

Und Rune Jansson hatte eine Art Verpflichtung unterschrieben, bei Strafe das Maul zu halten. Das war eine unmögliche Situation. So ließ sich nicht arbeiten.

Die Logik sprach dafür, daß sich der oder die Mörder unter den vier Leibwächtern des Säpo-Chefs befanden. An diesem Umstand war schwer vorbeizukommen. Es gab drei entscheidende Argumente:

Da sie Angestellte der Säpo waren, hatten sie eine reelle Möglichkeit, in Erfahrung zu bringen, welche Menschen als Informanten der Säpo arbeiteten. Das Bindeglied zwischen den Mordopfern im ganzen Land war genau die Tatsache, daß sie für die Säpo gearbeitet hatten.

Zweitens hatten sich die Leibwächter zum Zeitpunkt des Mordes in etwa zweihundert Meter Entfernung vom Tatort befunden.

Und drittens, der wichtigste Punkt: Man wußte, daß mindestens eines der Opfer mitten in der Nacht vom Mörder zum Tatort gerufen worden war. Man konnte mit einiger Sicherheit davon ausgehen, daß das gleiche auch mit dem zweiten Opfer geschehen war. Wer sollte die beiden Säpo-Informanten dazu bringen, mitten in der Nacht loszurennen und zu einem heimlichen Treffen zu erscheinen, wenn nicht die Säpo selbst? Beide hatten ihrem Mörder ja blindes Vertrauen entgegengebracht.

Es gab noch einen vierten Umstand, der vielleicht weniger wichtig war als die anderen. Eins stand jedoch fest, nämlich daß der oder die Mörder auf eine Weise vorgegangen waren, die auf außerordentliche Geschicklichkeit schließen ließ. Die fast lyrischen Schilderungen des Gerichtsmediziners ließen darauf schließen.

Als Rune Jansson einen gewissen Kriminalinspektor Vargemyr verhört, nein, *zum Zweck der Aufklärung befragt* hatte, der unter starkem Druck zu stehen schien, war dieses Gespräch zwar sehr schwierig gewesen. Der inzwischen beim Diebstahlsdezernat der Stockholmer Polizei tätige Beamte hatte Auskunft darüber geben sollen, wann und wie seine Säpo-Informanten in Umeå abgewickelt worden seien und weshalb er gegen Befehle verstoßen habe und entlassen worden sei. Die Vernehmung war nicht zuletzt deshalb schwierig gewesen, weil der etwas jüngere Kollege, dem gegenüber Rune Jansson kaum so etwas wie Kollegialität empfand, den Versuch gemacht hatte, ihm die Ohren mit volltönenden Ausreden von der Sicherheit des Landes, Dienstgeheimnissen und der Geschäftsgrundlage der Beziehungen zu den Informanten zuzudröhnen; auffallend oft hatte der Mann mit englischen Phrasen argumentiert.

Rune Jansson war zunächst sehr vorsichtig vorgegangen, hatte dann aber klargemacht, daß er vom Säpo-Chef persönlich die Genehmigung erhalten habe, alles zu fragen, was immer er wolle. Schließlich hatte er damit gedroht, mit Vargemyr zum Schwarzen Admiral persönlich zu gehen, um das Verhör dort zu beenden.

Und da hatte er sich plötzlich einem kooperationsbereiteren Kollegen gegenübergesehen.

Daß Vargemyr sich gegen etwas zur Wehr setzte, was ihm schon sehr bald als indirekter Mordverdacht erscheinen mußte, war durchaus verständlich. Er würde sich in jedem Fall wehren; wenn er unschuldig war, wäre er gekränkt, und wenn er schuldig war, würde er den Gekränkten spielen. Er leugnete, weiteren Kontakt mit Abdel Rahman Fayad und »diesem Kurden in Umeå« gehabt zu haben, nachdem die Operation abgeschlossen gewesen sei, wie es offenbar hieß. Das war ebenso erwartet wie in der Sache uninteressant. Interessant würde es erst dann werden, wenn man ihm nachweisen konnte, daß er log.

Hingegen hatte er bestimmte Angaben über die »Leibgarde« der Säpo zu äußern, die er fast nebenbei machte, wie es schien. Der Schwarze Admiral hatte offenbar in der für Personenschutz zuständigen Abteilung eine Art Eliteeinheit aufgebaut, eine Abteilung, die in dem Tempo, in dem immer mehr Politiker neidisch auf Kollegen blickten, die Leibwächter hatten, und aus diesem Grund eigene Leibwachen forderten, zahlenmäßig immer stärker angewachsen war. Vargemyr erklärte, er selbst habe sich bei dieser Leibgarde beworben, sei aber abgelehnt worden. Daher stammte möglicherweise seine Abneigung gegen diese Sondereinheit. Wie auch immer: Es handle sich um eine Gruppe innerhalb der Gruppe, welche die Aufgabe habe, in erster Linie den Ministerpräsidenten zu schützen, in zweiter Linie den Säpo-Chef und gelegentlich ausländische Staatschefs oder vergleichbare Staatsbesucher.

Natürlich arbeiteten diese Beamten in Schichten. Es waren zwanzig Mann. Sie galten jedoch auch als bedeutend fähiger als alle anderen. Um sie von den anderen abzuheben, habe man ihnen auch höhere Gehälter zugestanden. Innerhalb der Polizei hatte es einiges Gejammere gegeben, da der Schwarze Admiral einige dieser Leute aus der besonderen Anti-Terror-Einheit der Polizei, ONI, rekrutiert hatte. Den Leitern von ONI zufolge habe er damit »die Terroristenbekämpfung in Schweden geschwächt«, da die wenigen Polizisten, die es geschafft hatten, sich für ONI zu qualifizieren, schwer zu ersetzen waren. Einige von ihnen hatten nämlich einen militärischen Hintergrund. Das bedeutete natürlich, daß sie viel lieber unter einem Admiral arbeiteten als irgendeinem ONI-Kommissar.

Unter diesen zwanzig Spezialisten der besonderen Elite der Personenschutzabteilung, also der »Leibgarde«, gab es Leute mit einer Vergangenheit bei militärischen Sonderverbänden, die sich ihr halbes Leben als Erwachsene mit allerlei Kampfsportarten beschäftigt hatten, Männer, die ihre Ehre daran setzten, alle paar Tage Schießübungen zu machen, und so weiter.

Hamilton hatte vier solche Figuren als Leibwächter mit nach Umeå genommen. Alle hatten sich zweihundert Meter vom Tatort entfernt aufgehalten. Vermutlich besaßen alle vier die Fähigkeit, andere Menschen auf die kunstfertigste Weise umzubringen.

Dieses Problem war einfach. Rune Jansson hatte schon festgestellt, daß der oder die von ihm gesuchten Mörder vermutlich unter denen zu finden waren, die eine bestimmte Nacht unter der Adresse Pedagoggränd 9 B im Studentenviertel von Umeå zugebracht hatten. Etwas anderes war vernünftigerweise kaum denkbar.

Dies bedeutete auch, daß sie sehr gute Chancen hatten, den Mörder zu fassen. Es mußte wirklich mit dem Teufel zugehen, wenn es nicht möglich sein sollte, aus einem so kleinen Personenkreis den Schuldigen herauszupicken.

Doch nicht das war das unmittelbare Problem. Dieses stellte sich jetzt, als Rune Jansson zusammen mit seinem schweigsamen Kollegen das Polizeihaus in Umeå betrat, eine bräunliche Festung in der Nähe eines Einkaufszentrums, wie es überall in Schweden hätte stehen können.

Die Kollegen – es waren acht Mann – hatten einen Tisch mit Kaffee und selbstgebackenen Zimtschnecken gedeckt, die jemand mitgebracht hatte. Und jetzt saß er in ihrem Konferenzraum und lauschte ihren verschiedenen Berichten über fleißige, bisher jedoch ergebnislose Arbeit. Ihm graute vor dem, was er sagen wollte, wenn er an der Reihe war. Soviel er wußte, wäre es so etwas wie ein Gesetzesverstoß, wenn er seinen Kollegen alle Informationen zur Verfügung stellte. Und als Polizeibeamter war er bis zur zwanghaften Übertreibung gegen Gesetzesübertretungen, wenn es ihn selbst oder ein anderes Familienmitglied betraf. Er hatte mit seiner Frau gestritten, als sie ihm von einem steuerlichen Abzugstrick erzählte, über den sie etwas im Radio gehört hatte, was ihre Steuer um achthundert Kronen senken würde. Er war auch unnötig rabiat geworden, als er einmal mit seiner Tochter einkaufen gegangen war, die immer noch in den Kindergarten ging. Als er erfuhr, daß sie im Supermarkt eine Tafel Schokolade gemopst hatte, war er wütend geworden. Er war Polizeibeamter. Wenn nicht er auf Recht und Ehrlichkeit hielt, von wem sollte man diese Tugend dann verlangen?

Doch jetzt verlangte das Gesetz offenbar von ihm, daß er seine Kollegen in einem wichtigen Punkt belog. Die Information, daß die beiden Mordopfer Säpo-Agenten gewesen waren, war geheim, und zwar nach Recht und Gesetz.

Als es an ihm war, Bericht zu erstatten, versuchte er einen Kompromiß zu schließen. Er legte das dar, was er darlegen konnte, Dinge, die billigerweise nicht unter seine Schweigepflicht fielen. Er beschrieb seine Erkenntnisse über die »Leibgarde«, möglicherweise ein wenig zu detailliert. Er wies darauf hin, daß diese Männer sich zweihundert Meter vom Tatort entfernt aufgehalten hätten und als Sicherheitspolizisten möglicherweise hätten fähig sein können, die Opfer zu sich zu locken – hier bewegte er sich an der Grenze zwischen erlaubt und unerlaubt –, und daß es zumindest für ihn jetzt in erster Linie darum gehe, die Personen zu verhören, im Prinzip also Kollegen, die Gelegenheit gehabt hätten, das Verbrechen zu begehen, und die auch dazu fähig gewesen seien. Ein Motiv fehle allerdings bis jetzt immer noch.

Seine Darstellung weckte unter den nordländischen Kollegen keine Begeisterung. Daß diese *Leibgardisten* sich in der Nähe befunden hätten und über bestimmte Fähigkeiten verfügten, sei kein sonderlich überzeugender Grund für Verdächtigungen, da sie doch Polizeibeamte seien. Jemand unter den Anwesenden witzelte von einer »Polizeispur«, und damit war die Sache im großen und ganzen gelaufen. Auch wenn sie es nicht zeigen wollten, betrachteten sie Rune Jansson jetzt, als wäre dieser nicht ganz richtig im Kopf. Einer von ihnen bemerkte spitz, Rune Jansson solle sich vielleicht mit seinen Überlegungen an die Redaktion des *Norrlands-Magazins* wenden. Die anderen lachten zurückhaltend. Rune Jansson verstand den Scherz nicht und fragte, was das *Norrlands-Magazin* sei. Er erhielt die Auskunft, daß es eine Fernsehsendung sei, die hier oben gemacht werde und die sich auf die sogenannte Polizeispur bei der Palme-Ermittlung spezialisiert habe.

Jetzt kicherten die Kollegen laut und ohne Hemmungen.

Rune Jansson verstand sie nur zu gut. Er war natürlich genauso allergisch gegen alle »Polizeispuren«. Doch als sie sahen, wie er den Kopf senkte und nachdachte, ohne über einen ihrer Scherze zu lachen, erstarb das Kichern.

»Jetzt sieht es so aus«, sagte er langsam und betonte seinen Östergötland-Dialekt, um nicht als *Oberschlaumeier* aus Stockholm zu erscheinen, »daß ich über einige wichtige Informationen verfüge, die ich euch nicht mitteilen kann, weil das gesetzlich verboten ist. Das ist für mich genauso merkwürdig, wie es sich für euch anhört, doch es ist nun mal so. Und jetzt habe ich einen freundlichen Vorschlag zu machen. Da wir bei der Reichskripo die denkbaren Täter ganz in der Nähe haben, nämlich im Nachbargebäude auf Kungsholmen, sind wir diejenigen, die dieser Spur nachgehen. Diesmal haben wir also *tatsächlich* eine seriöse Polizeispur, wie traurig es auch sein mag, das feststellen zu müssen. Aus diesem Grund bin ich *ganz entschieden* der Meinung, daß das hier nicht in irgendeinem *Norrlands-Magazin* gebracht werden darf, bevor *wir* bei unseren Ermittlungen von der Stelle gekommen sind. Sollte etwas herauskommen, bevor wir zu Ende ermittelt haben, stehen wir ziemlich dumm da. Das muß euch genauso klar sein wie mir. Hingegen werdet ihr alles erfahren, was wir an wichtigen Erkenntnissen zutage fördern.«

Es wurde vollkommen still im Raum. Rune Jansson blickte in seine Kaffeetasse und biß die Zähne zusammen, während er zu ergründen versuchte, ob er gegen seine Schweigepflicht verstoßen hatte. Vermutlich hatte er es nicht. Entscheidend war, daß die Verbindung zwischen den beiden Opfern ihre Funktion als Säpo-Informanten war. Als *Agenten,* wie es wohl hieß.

»Nun«, sagte der Chef des Gewaltdezernats in Umeå nachdenklich und nahm einen riesigen Biß von seiner selbstgemachten Zimtschnecke. »Ja, so ist es wohl. Aber was sollen wir deiner Ansicht nach in der Zwischenzeit machen?«

»Da gibt es etwas«, sagte Rune Jansson, während er intensiv über die Grenzen zwischen Legalität und Kollegialität nachgrübelte. »Da gibt es etwas. Das zweite Opfer, dieser Baksi, muß eine unregelmäßige Einkommensquelle etwa in der gleichen Größenordnung gehabt haben wie unser eher kameralistisch eingestellter Freund Fayad. Fünftausend Kronen im Quartal. Wenn ihr die Quelle dieser Zahlungen finden könntet, wären wir schon ein gutes Stück weiter.«

»Du meinst also, daß der oder die Mörder diese Figuren für bestimmte Dienste mit zwanzigtausend Kronen im Jahr entlohnt haben?« bemerkte der Chef des Gewaltdezernats in Umeå.

»Ja, genau das«, gab Rune Jansson matt zu. Ihm war nämlich aufgegangen, daß das eine unerbittlich logische Konsequenz dessen war, was er schon zugegeben hatte; plötzlich erkannte er, wie sich einige der Verbrecher, die er im Lauf der Jahre vernommen hatte, gefühlt haben mußten, als sie sich plötzlich verplapperten. Im Augenblick begriff er ebenso wie alle anderen Polizisten im Raum, wie die unvermeidliche Anschlußfrage lauten mußte.

»Du meinst also mit anderen Worten, daß diese beiden Figuren von der Säpo bezahlt wurden«, bemerkte der Chef des Gewaltdezernats in Umeå, wobei er ruhig an seiner Zimtschnecke herumkaute.

»Das habe ich wirklich nicht gesagt. Das hast du gesagt«, widersprach Rune Jansson, dem lauter Überlegungen über Schweigepflicht und Kollegialität im Kopf herumschwirrten.

Die Kollegen im Zimmer nickten jedoch freundlich, standen auf und gaben damit zu erkennen, daß sie keine weiteren Fragen stellen wollten. Damit zeigten sie auch, daß Rune Jansson ein von ihnen geachteter Kollege war, ein Bulle, der andere Bullen nicht anlügt. Schweigepflicht hin, Schweigepflicht her. Wo kämen wir hin, wenn Bullen einander nicht mehr die Wahrheit sagen können?

Wegen der Nordbank würde es Krach geben. Das war nicht nur an der kleinen Tagesordnung für die Montagskonferenz zu sehen, die der neue Chef verteilte, noch deutlicher war es seinem Gesicht anzumerken. Erik Ponti hatte zunächst keinerlei Absicht, sich in die Frage einzumischen, denn hier ging es um einen Bruch zwischen Wirtschafts- und Innenressort; das *Echo des Tages* hielt sich seit einiger Zeit wie alle anderen Medien sogenannte Wirtschaftsreporter, die sich wie Kleinkapitalisten kleideten und wie konservative Nationalökonomen sprachen und überdies höhere Gehälter hatten als andere Reporter. Erik Ponti hatte für diese Art Propagandisten nicht viel übrig, hielt es jedoch für sowohl bequemer als auch klüger, ihre Gegenwart zu ignorieren, statt den Versuch zu machen, mit ihnen zu diskutieren. Sie waren im Journalismus die Geißel der neuen Zeit und ein politisches Phänomen, das untrennbar mit dem Aufschwung der politischen Rechten in den achtziger Jahren gekoppelt war. Wenn die politische Konjunktur drehte, würde in den Medien auch das marktwirtschaftliche Getöse verebben.

Doch die Nordbank-Geschichte entbehrte nicht einiger komischer Pointen. Ein paar Wochen zuvor hätte das *Echo des Tages* fast eine bizarre Geschichte über die Fernsehwerbung der Nordbank gebracht. In diesem Spot traten nämlich die verschiedenen Direktoren der Bank auf, und zwar in Hemdsärmeln, wie es in den Seminaren für Führungskräfte als vertrauensbildende Maßnahme gelehrt wurde. Da die meisten Kollegen vom *Echo des Tages*, zumindest in der Führungsgruppe, sich zu fein waren, um sich Sendungen des kommerziellen Fernsehens anzusehen, hatte ein Mitarbeiter eine Videokassette der Fernsehwerbung mitgebracht. So war man auf die Idee gekommen; vor Lachen stöhnend hatte man sich angesehen, wie die verschiedenen Direktoren die potentiellen Kunden fixierten und erklärten, für sie, die Direktoren also, sei Vertrauen das Wichtigste, »und genau darum geht es bei der Nordbank«. Anschließend waren auf dem Bildschirm die Unterschriften der Direktoren unter ihren energischen Kinnspitzen und stahlharten Blicken zu sehen gewesen. Komik für Schwachsinnige. Sogar die Idee zu der Reportage war aus einem Scherz entstanden. Jemand hatte gemeint, eine so satanisch boshafte Werbung könne nicht einfach ohne Grund entstehen. In der Werbeagentur hätten sich die Leute halbtot lachen müssen, als sie diesen Spot zusammenschusterten. Es wurde spontan vermutet, daß die Werbefritzen sich einen Scherz erlauben wollten, etwa wie folgt:

»Verdammt, Jungs, ich hab's! Wir reden diesen Figuren ein, daß *sie* am wichtigsten sind. Darauf fliegen die sofort. Etwa so: Was wäre eure schöne Bank, wenn ihr nicht so feine leitende Herren hättet, die sind doch eure wichtigste Ressource. Wir zeigen eure besten Aktiva, nämlich euch selbst! Und dafür knöpfen wir ihnen doppelt soviel ab wie sonst üblich, worauf die Typen sofort fliegen, da sie selbst im Bild zu sehen sind.«

Etwa so habe es sein müssen, hatten sie frei assoziiert. Man setzte einen Reporter darauf an, der Sache nachzugehen, und da stellte sich heraus, daß die Wahrheit der parodistischen Phantasie gespenstisch nahe kam.

Bis zum Ende reichte die Vermutung nicht. Unter anderem war es natürlich unmöglich, die Werbeagentur dazu zu bringen, sich öffentlich zu stellen und zu bestätigen, daß das Ganze ein Scherz gewesen sei, den die leitenden Herren der Bank jedoch für blutigen Ernst gehalten hätten. Wie auch immer: Damit kippte die Reportageidee, lebte jedoch natürlich als lustige und nach und nach mühelos zu verbessernde interne Geschichte weiter.

Folglich war beim *Echo des Tages* eine gute psychologische Bereitschaft dagewesen, als herauskam, daß der Vorstand der Nordbank beschlossen hatte, seinen Mitgliedern ein paar Jahresgehälter zusätzlich als Belohnung dafür auszuzahlen, daß ein Jahr vergangen war, ohne daß der Vorstand ein paar Milliarden verspielt hatte. Das war eine einfache, geradlinige Geschichte, die auf die Entrüstung des breiten Publikums zielte, eine Geschichte, an der sich übrigens auch alle anderen Medien festgehakt hatten.

In der anschließenden Kampagne hatte das *Echo des Tages* kaum mehr getan als andere. Das *Echo des Tages* hatte zumindest mitgeholfen, die Gewerkschaft aufzuhetzen, die damit drohte, ihre Streikfonds von der Nordbank abzuziehen. Es ging um mehrere Milliarden. Das Geld werde anderweitig angelegt, wenn der Vorstand bei seiner Absicht bleibe, ausgerechnet an sich selbst einige Millionen zusätzlich zu zahlen.

Damit ging der Streit schnell zu Ende. Der Vorstand berief eine Pressekonferenz ein und teilte mit, man habe es sich überlegt, obwohl man im Grunde der Ansicht sei, daß das zusätzliche Geld nicht unverdient sei. Es sei nämlich durchaus richtig, Vorstandsmitgliedern von Zeit zu Zeit ein paar Millionen zusätzlich auszuzahlen. Es sei aber auch richtig, es nicht zu tun. Ungefähr so.

Die Pressekonferenz war vom Leiter des Innenressorts beim *Echo des Tages* und nicht von einem Wirtschaftsredakteur besucht worden, da diese der Meinung waren, das Ganze sei »ein Pseudo-Ereignis« ohne reale Bedeutung. Folglich war das Interview mit dem Vorstandsvorsitzenden Jacob Palmstierna, unter Journalisten als Schwedens mit weitem Abstand arroganteste Person gehandelt, sowie einem weiteren Vorstandsmitglied nicht von einem untertänig verständnisvollen Wirtschaftsjournalisten geführt worden, sondern von einem normalen Reporter.

Und da die beiden Vorstände sich sofort selbst in die Ecke gestellt hatten, indem sie sagten, sie hätten keine falschen Entscheidungen getroffen, alles sei richtig gewesen, sowohl vorher als auch nachher, wurde es ein sehr lustiges Interview. Es machte immer Spaß, wenn Machthaber sich sofort in die Klemme logen.

Rein journalistisch war die Sache nichts Besonderes, eher so etwas wie eine kleine Aufmunterung im Alltagstrott. Es war lustig zu hören, wie dieser Palmstierna zu dem Reporter zu sprechen versuchte, als säße er dabei zu Pferde. Man *hörte,* wie der Reporter dem Interviewten in die Nasenlöcher starren mußte statt in dessen Augen.

Falls die Angelegenheit an diesem Montagmorgen nicht zum Gegenstand einer Diskussion bei der Konferenz der Führungsgruppe werden sollte, wäre sie schon vergessen gewesen. Erik Ponti nahm aber an, daß die Wirtschaftsredakteure zu dem neuen Chef gegangen waren und ihm vorgejammert hatten, sie, die Wirtschaftsreporter, liefen Gefahr, als Vertreter des *Echos* künftig weniger freundlich behandelt zu werden, wenn nicht sie, sondern andere Journalisten künftig den Umgang mit Vorstandsmitgliedern pflegten.

Tatsächlich begann der neue Chef von unseriösem Journalismus zu faseln, von Populismus und der Notwendigkeit, qualifizierte Führungspersönlichkeiten im Land zu halten. Wenn Vorstandsmitglieder nicht mehr genügend bezahlt bekämen, werde die Nation nämlich untergehen, weil die Vorstände dann sofort auf so etwas wie einem internationalen Markt verschwinden würden, auf dem sie angeblich weit höhere Gehälter erzielen könnten. Deshalb sei es von einem führenden und seriösen Medium wie dem *Echo des Tages* unverantwortlich, gegen die Führung des Landes zu hetzen, und dies um so mehr, als grob demagogische Mittel angewandt worden seien, nämlich die Erwähnung der Gehälter dieser Männer. Je höher die Gehälter der Vorstände, um so besser ergehe es schließlich dem Land, da ihre Gehälter und Boni der Maßstab für den Erfolg ihrer Führungsarbeit seien.

Erik Ponti lachte lauf auf, lehnte sich demonstrativ zurück und streckte unter dem Tisch die Beine aus, so daß er zusammensank und in fast liegender Stellung hängen blieb. Das brachte natürlich genau wie beabsichtigt den neuen Chef aus der Fassung.

»Oder hast du möglicherweise eine alternative ökonomische Theorie anzubieten, Erik?« fragte der neue Chef süßsauer. »Volkswirtschaft dürfte wohl kaum deine starke Seite sein«, fügte er mit einem aufmunternden Seitenblick zu den beiden eigens herbeibeorderten Wirtschaftsreportern hinzu.

»Nein, völlig richtig«, sagte Erik Ponti, »ich beschäftige mich ja mit Außenpolitik. Mir ist nur gerade eingefallen, daß man in Rußland die Gehälter aller Führungskräfte verdoppeln sollte. Dann müßte das wirtschaftliche Chaos des Landes urplötzlich wie durch Zauberei zu Ende gehen.«

»Diesen Vergleich halte ich kaum für relevant«, entgegnete der neue Chef unsicher.

»Aber nein, natürlich nicht«, entgegnete Erik Ponti ausdruckslos. »Die Frage ist falsch gestellt. Aber findest du es nicht lustig zu hören, wie Palmstierna sich blamiert? Das verstehe ich nicht. Uns anderen hat es viel Spaß gemacht.«

»*Ich* bin überzeugt, daß wir beide nicht den gleichen Sinn für Humor haben«, sagte der neue Chef sichtlich aus der Fassung gebracht. »Doch jetzt geht es um unsere Verantwortung als das wichtigste Nachrichtenmedium des Landes.«

»Genau«, bestätigte Erik Ponti. Er machte ein Gesicht, als käme ihm plötzlich ein wundervoller Gedanke. »Und wie hätte es ausgesehen, wenn wir *nicht* die interessante Nachricht vermittelt hätten, daß die Vorstandsmitglieder der Nordbank den Rückzug antreten mußten? Das war doch in allen Medien eine selbstverständlich große Sache, folglich auch bei uns. Aber wir bekamen das lustigste Interview mit diesem Palmstierna. Findest du nicht auch?«

»Wir wollen aber hier nicht den eventuellen Unterhaltungswert diskutieren«, sagte der neue Chef desperat. »Es geht um die Frage, was eine seriöse Analyse von Phänomenen der Gesellschaftsstruktur ist und was Populismus. Und dieses aus den siebziger Jahren sattsam bekannte Gefasel, daß die Führungspersönlichkeiten des Landes höhere Gehälter bekommen als die Putzfrauen, ist nicht nur hoffnungslos abgedroschen, sondern auch unseriös.«

»Das ist es ganz und gar nicht«, wandte Erik Ponti ein. Er spürte, daß gleichzeitig etwas in ihm riß. Sein Entschluß, sich nicht in die Frage einzumischen, war schon gekippt, doch jetzt fühlte er plötzlich eine aggressive Lust, diesem Mann endlich die Meinung zu sagen, es auszufechten und loszuwerden, was er früher oder später doch gesagt hätte.

»In journalistischer Hinsicht bist du zwar ein Idiot«, fuhr er zuckersüß fort. »Aber das macht nichts, da du nur so eine Führungspersönlichkeit bist und außerdem noch nie als Journalist gearbeitet hast. Deshalb kann man akzeptieren, daß es viele Dinge gibt, die du einfach nicht begreifst. Deshalb will ich es dir mit einfachen Worten beschreiben, aus dem Blickwinkel des allgemeinen Interesses. Die Vorstandsmitglieder der Nordbank haben infolge ihrer groben Unfähigkeit siebzig Milliarden verspielt, das muß doch wohl selbst ein Wirtschaftsreporter zugeben?«

»Was hat das mit der Sachfrage zu tun?« unterbrach ihn der neue Chef. Er sah sich am Tisch nach Unterstützung um, die er mit Ausnahme der beiden zusätzlich herbeorderten Wirtschaftsreporter in Krawatte und Jackett von niemandem erhielt.

»Es hat eine ganze Menge mit der Sachfrage zu tun«, fuhr Erik Ponti fort. Er beschloß, die Geschichte jetzt bis zum Ende durchzustehen. Es war zu spät, den Rückzug anzutreten und vieles unausgesprochen zu lassen. »Das schwedische Volk hat die Nordbank gerettet. Wir Steuerzahler sind mit den siebzig Milliarden eingesprungen. Wir haben alle Schulden und schlechten Geschäfte in ein gesondertes Unternehmen überführt, zu Securum. *Da* plötzlich konnte die Nordbank einen kleinen Gewinn verzeichnen. Und *da erst* sollten die Vorstandsmitglieder pro Nase rund eine Million dafür erhalten, daß sie zum ersten Mal nicht ein paar Milliarden verspielt hatten. In einer solchen Situation ist es nur gerecht, daß eine breite Öffentlichkeit diese Leute als Parasiten empfindet. Und wir haben den Chef-Parasiten interviewt. Was ist schon dabei?«

»Ich habe es wirklich verdammt satt, alte, verbitterte und verbrauchte Existenzen aus den Sechzigern anzuhören, die immer wieder nur diese alte Platte auflegen. Du hast ja nicht den leisesten Begriff von dem, worum es hier geht«, sagte der neue Chef. Man merkte ihm seine Wut an, denn er fühlte sich provoziert, den Streit bis zum Ende auszufechten.

»Ich bin Journalist, du aber nicht«, entgegnete Erik Ponti. »Es ist nicht nur so, daß ich stärker bin als du und besser kämpfen kann, ich bin im Gegensatz zu dir – und das ist sogar der wichtigste Punkt – kompetent, diesen Arbeitsplatz hier auszufüllen. Das bist du nicht.«

Es wurde vollkommen still im Raum. Niemand sagte etwas. Nur Körpersprache und Blicke ließen vermuten, was jemand dachte. Für das Auge war die Meinung der Anwesenden klar. Es war nicht der neue Chef, der die Sympathien auf seiner Seite hatte. Doch vermutlich fühlte er sich jetzt viel zu stark provoziert und war zu sehr mit Adrenalin gefüllt, um es bemerken zu können.

»Wenn du dich an diesem Arbeitsplatz nicht zurechtfinden kannst, solltest du dir vielleicht einen neuen suchen«, sagte der neue Chef in einem Tonfall, der wohl »eiskalt« wirken sollte.

»Ich habe keine Pläne in dieser Richtung«, entgegnete Erik Ponti und lächelte demonstrativ fröhlich. »Wie ich schon sagte: Ich bin qualifiziert, diesen Platz auszufüllen. Wie es mit deinen Wirtschaftsfritzen da drüben steht, ist mir unbekannt, aber wir übrigen sind mit Ausnahme deiner Person sämtlich qualifiziert, hier zu arbeiten. Ich möchte vorschlagen, daß du in deiner Karriere schnell weiterwanderst. Nur raus mit dir auf den Markt, dort kannst du deine Führungsqualitäten unter Beweis stellen.«

»Verzeihung, aber diese personaladministrativen Kleinigkeiten können vielleicht woanders besprochen werden. Wir haben gleich Redaktionssitzung«, unterbrach der Leiter des Inlandsressorts. Er richtete diese Worte nicht an den neuen Chef, sondern an Erik Ponti.

»Ja, damit könntest du recht haben. Wir haben schließlich noch einen Job zu erledigen«, erwiderte Erik Ponti.

»Genau«, bestätigte der Leiter des Inlandsressorts und blickte nachdenklich auf die Tagesordnung der Konferenz. »Diesen Kurs in neuer Führung können wir sicher überspringen, meinst du nicht auch?«

»Ganz meine Meinung«, bestätigte Erik Ponti und strich Punkt drei der Tagesordnung demonstrativ durch.

»Was treibt ihr da unten? Wofür haltet ihr euch eigentlich?« brüllte der neue Chef.

»Wir treffen Entscheidungen, damit diese Konferenz beendet werden kann. Es wird jetzt keinen neuen Kurs in Unternehmensführung geben«, sagte Erik Ponti und blickte plötzlich zum oberen Ende des Tischs, an dem der neue Chef aufstand. Jetzt in Hemdsärmeln, ganz nach Lehrbuch, doch er bot im Moment nicht den Anblick einer Führungspersönlichkeit, da er sich nicht entschließen konnte, ob er wütend werden und losbrüllen oder freundlich bleiben und sich um einen Kompromiß bemühen sollte.

»Aber ihr könnt doch nicht einfach einen Kurs streichen«, sagte er schließlich. »Der ist mir vom Intendanten des Senders genehmigt worden.«

»Ausgezeichnet«, sagte der Leiter des Inlandsressorts nachdenklich. »Man stellt ständig die Forderung an uns, wir müßten sparen, und hier können wir mit einem Federstrich fünfzigtausend Kronen verdienen. Dann müssen wir uns auch nicht auf den Fußboden legen und spielen und feststellen, wer das schönste Kartenhaus bauen kann und solche Dinge, die Führungspersönlichkeiten können müssen.«

»Schön«, sagte die Leiterin des Allgemeinen Ressorts. Sie mischte sich erst jetzt in die Diskussion ein. »Also kein Kurs in Unternehmensführung in Schlössern des Arbeitgeberverbands. Damit ist das beschlossen. Wie lautet der nächste Punkt?«

»Mal langsam, ich habe hier die Entscheidungsbefugnis«, meldete sich der neue Chef.

»Still!« befahl Erik Ponti. »Das hier begreifst du nicht. Wir arbeiten. Jetzt haben wir noch einen Punkt. Es geht da um die Polizeigewerkschaft. Was ist darunter zu verstehen?«

»Es geht um etwas, was die ›Leichtnachrichten‹ des vierten Programms gestern abend gebracht haben«, sagte die Leiterin des Allgemeinen Ressorts so schnell, daß der neue Chef gar nicht die Zeit finden würde, ihr dazwischenzufunken. Er stand immer noch oben am kurzen Ende des Konferenztisches. »Die Polizeigewerkschaft hat die Säpo angezeigt, weil diese angeblich das Gewaltdezernat in Stockholm gestürmt und daran gehindert hat, legal seiner Arbeit nachzugehen.«

»Aha«, sagte Erik Ponti zögernd. »Die Sache dürfte aber noch ein bißchen spannender sein …«

»Können wir jetzt zu der Frage der Nordbank zurückkehren!« brüllte der neue Chef.

»Reiß den Mund nicht so weit auf, das hier begreifst du doch nicht. Wir beschäftigen uns jetzt mit journalistischen Fragen«, sagte Erik Ponti mit einem kurzen Blick auf den neuen Chef, bevor er sich wieder seinen Kollegen am Tisch zuwandte. »Also, in dieser Geschichte steckt noch ein wenig mehr. Sie haben nämlich den Mörder gefaßt. Die Reichsmordkommission, die das beim Gewaltdezernat beschlagnahmte Ermittlungsmaterial und die Zuständigkeit übernommen hat, hat nicht nur alle Kurden freigelassen, sondern anschließend auch sofort den Mörder festgenommen.«

»Können wir zur Tagesordnung zurückkehren!« schrie der neue Chef, ohne daß ihm jemand noch Aufmerksamkeit schenkte.

»Was?« sagte die Leiterin des Allgemeinen Ressorts. »Sie haben den Mörder gefaßt?«

»Ja«, erwiderte Erik Ponti. »Er wurde am Freitag wegen illegalen Waffenbesitzes vorläufig festgenommen. In rund einer Stunde wird die Anschuldigung erweitert. Jetzt wird er auch wegen der Morde vor dem kurdischen Buchcafé festgehalten. Oberstaatsanwalt Jan Danielsson hat das veranlaßt.«

Der neue Chef marschierte demonstrativ an ihnen vorbei, blieb an der Tür stehen und drehte sich dort um.

»Das wird dich teuer zu stehen kommen, Ponti!« rief er.

»Das glaube ich nicht. Du bist nur ein eitler Affe, und das weißt du auch. Geh doch los und werde Diplomat oder Bankdirektor oder so was, wo man Führungsqualitäten braucht«, sagte Erik Ponti und wandte sich dann demonstrativ schnell wieder an seine Kollegen. »Ja, die Beweise sind absolut ausreichend. Sie haben den Mörder geschnappt, und wir sind offenbar die einzigen, die es wissen.«

»Was für eine Quelle hast du dafür?« fragte der Leiter des Inlandsressorts interessiert.

Der neue Chef knallte die Tür hinter sich zu.

»Eine sehr gute Quelle«, sagte Erik Ponti mit einem Lächeln. »Wir können diese Nachricht ausführlich im Mittags-Echo bringen. Wir brauchen vorher nur ein paar Telefongespräche zu führen.«

Die beiden Wirtschaftsjournalisten standen auf und stahlen sich aus dem Zimmer. Die vier, die noch im Zimmer blieben, verstummten.

»Mann, du hast vielleicht losgelegt«, sagte die Leiterin des Allgemeinen Ressorts und atmete hörbar aus. »Ich dachte, ich falle gleich in Ohnmacht. *Reiß den Mund nicht so weit auf, das hier begreifst du doch nicht.* Also wirklich. Wo nimmst du das alles her?«

»Darauf kann ich mit Hasse Alfredson nur eins antworten«, sagte Erik Ponti mit einem gespielt schüchternen Lächeln. »Aus Deutschland.«

»So, damit ist der erste Stein geworfen, um es mal liebenswürdig auszudrücken«, bemerkte der Leiter des Innenressorts. »Aber wir können diesen Idioten wirklich nicht als Vorgesetzten behalten. Manchmal sind wir unnötig nachgiebig, das muß ich schon zugeben. Wenn du das nicht gesagt hättest, wäre mir tatsächlich das nächste Wochenende von so einem Chefkurs auf einem Schloß in Sörmland verdorben worden.«

»Woher willst du wissen, daß dein Wochenende nicht trotzdem verdorben wird?« fragte Erik Ponti spöttisch. »Der Kerl ist jetzt schon oben in der Chefetage und beschwert sich. Ich bin sicher, daß er direkt zum Rektor gelaufen ist. Das tun solche Typen immer.«

»Jaja, aber diese Situation war ja ohnehin auf die Dauer unhaltbar«, stellte die Leiterin des Allgemeinen Ressorts fest. »Solche modernen Chefs sind erträglich, wenn sie sich nicht in die Arbeit einmischen und sich damit begnügen, ein paarmal *ich bin der Boß* zu brüllen. Aber so ging es einfach nicht. Wir unterstützen dich, dann darf er zum Rektor laufen, sooft er will.«

Einige praktische Details wurden schnell entschieden. Erik Ponti hatte so gut wie den ganzen Tag mit der finnischen Parlamentswahl zu tun, und die beiden anderen mußten sich um die Ausbootung der Konkurrenten kümmern, die darauf setzen wollten, daß die kurdischen Mörder durch das Eingreifen das Säpo-Chefs durchs Netz geschlüpft waren.

Erik Ponti hatte es zwar eilig, denn an diesem Morgen war nicht nur die finnische Parlamentswahl zu behandeln, sondern auch einiges im früheren Jugoslawien. Er ließ sich aber trotzdem Zeit damit, in sein Zimmer hinunterzugehen und die Tür hinter sich zuzumachen.

Er setzte sich hinter den Schreibtisch und blickte auf den Funkhauspark hinaus. Ein Teppichtransport war auf dem Weg in den

Altbau; die Rundfunkkantine war vermutlich früher einmal ein Stall gewesen. Ein Stück weiter weg fiel das Sonnenlicht schön auf Krutkällaren. Die ganze Aussicht atmete Frieden. Doch Frieden würde es in der nächsten Zeit nicht viel geben. Die Möglichkeiten des neuen Chefs, Erik Ponti tatsächlich an die Luft zu setzen, wären noch vor wenigen Jahren gleich null gewesen. Doch da die Einstellung der achtziger Jahre sich noch zu halten schien – unter den Direktorenscharen des Landes hatte dieser Geist sich nämlich erhalten –, konnte man nicht mit letzter Sicherheit wissen, wie es ausgehen würde. Doch da Erik Ponti jetzt die offenen Feindseligkeiten eröffnet hatte, blieb ihm kaum noch eine Wahl. Er mußte jetzt unbedingt auf Sieg setzen, nachdem er sogar sich selbst damit überrascht hatte, den neuen Chef offen zu mobben. Damit mußte er weitermachen, und zwar konsequent und vor möglichst vielen Zeugen. Dann mußte er sich bei den anderen Angehörigen der Führungsgruppe ihrer Unterstützung versichern. Eine Entlassung oder Versetzung konnte dann nur vom Intendanten Olle Johansson verfügt werden. Dieser hatte sich zwar alle bekannten Chefattribute in Form sozialer Sonderleistungen und einer albernen Sprache zugelegt, war aber trotzdem ein alter Journalist.

Und gerade das war wichtig. Wenn der Intendant ein gewöhnlicher Erbsenzähler gewesen wäre, wären Erik Pontis dreißig Jahre Berufserfahrung und das runde Dutzend Journalistenpreise eher so etwas wie Antiverdienste gewesen, da moderne Chefs mit einer Ausbildung in Betriebs- oder Volkswirtschaft der Ansicht waren, daß Inkompetenz bei der eigentlichen Arbeit etwas Gutes und Verdienstvolles sei. Ein wirklicher Chef sollte einfache Arbeiten nicht beherrschen, sondern nur seine Führungsqualitäten unter Beweis stellen et cetera.

Doch da der Intendant Olle Johansson bedeutend längere Zeit Journalist als Intendant gewesen war, war es nicht sehr wahrscheinlich, daß er sich wie ein gewöhnlicher Erbsenzähler verhalten würde. Wenn er den Versuch machte, zu brüllen und sich weit aus dem Fenster zu hängen und seine Führungsqualitäten unter Beweis zu stellen, würde er sich nur lächerlich machen. Außerdem hätte er das gesamte Personal, »die Mannschaft«, wie das neuerdings hieß, gegen sich. Die Schlußfolgerung war einfach. Erik Ponti durfte jetzt auf keinen Fall einen Rückzieher machen, im Gegenteil, er mußte die Offensive aufrechterhalten. Dann würde das Ganze im besten Fall sehr schnell überstanden sein.

Diese Schlußfolgerung beruhigte ihn. Sein Puls sank so spürbar, daß es ihm selbst auffiel, und seine Gedanken flatterten in verschiedene Richtungen los, als hätte er ihnen Urlaub gegeben.

Zwei Erinnerungsbilder von dem Wochenende bei Carl hielten sich stärker als alles andere, Einmal ging es um etwas, was spät in der Nacht passiert war. Carl bot für jeden, der es wünschte, ein kleines nächtliches Butterbrot an. Er stellte sich in der Küche hin und begann, dünne Bratenscheiben mit einem entsetzlich scharfen japanischen Küchenmesser mit breiter Klinge abzuschneiden. Auf der Klinge waren einige schwarze Schriftzeichen zu sehen. Plötzlich hatte er das Messer in der Hand rotieren lassen, so daß er es an der Klinge mit der Schneide nach außen hielt. Dann rief er dem finnlandschwedischen Riesen eine kurze Warnung zu und warf das Messer im nächsten Moment rotierend durch die Luft, so daß es auf das Gesicht des Riesen zusauste. Es war eine Sekunde schwindelerregender Unwirklichkeit.

Der Oberst der Küstenjäger hatte das Messer jedoch lachend am Griff aufgefangen, als hätte Carl ihm nur einen Tennisball zugeworfen, und es dann sofort zu Carl zurückgeschleudert, der es mit der gleichen Leichtigkeit auffing. Dann schnitt er weiter Fleisch und murmelte, er habe sich nur überzeugen wollen, daß die Gäste noch wach seien. Anna, die Frau des Obersten der Küstenjäger, hatte die Augen verdreht und zur Decke geblickt. Sie sagte etwas von Albernheiten, die offenbar nie ein Ende nähmen; es hatte den Anschein, als hätte sie diesen Zirkustrick schon früher gesehen, als beeindruckte er sie nur wenig.

Doch Erik Ponti hatte er imponiert. Unvermeidlich und ungeheuer beeindruckt. Es kam ihm vor, als hätten die beiden Männer plötzlich mit dem Messer gezeigt, daß sie von einem anderen Planeten stammten, aus einer anderen Wirklichkeit, in der ein Messer nicht auf die gleiche Weise ein Messer war wie für Erik Ponti. Es kam ihm vor, als hätten die beiden Männer plötzlich fast wie aus Versehen die dicken Vorhänge aus gewöhnlicher anständiger Menschlichkeit beiseite gezogen, die sie beide umhüllten, um den Betrachter einen sekundenschnellen Blick auf eine Welt werfen zu lassen, die sich in ihnen befand, auf der anderen Seite der sozialen Maske.

Das zweite Erinnerungsbild, das sich Erik Ponti ins Gedächtnis gegraben hatte, war Carls Gesicht in Stenhamra, als er etwas über den Wein sagte, um den sich Erik Ponti *dann* kümmern solle, wenn Carl weg sei. Es war die Art und Weise, wie er es sagte, fast im Vorübergehen, als wäre es selbstverständlich. Außerdem beeindruckte die ruhige Überzeugung in dieser Feststellung.

Erik Pontis erster Gedanke war, daß Carl nur mit leichtem Pessimismus damit rechnete, daß die sizilianischen Mörder am Ende doch Erfolg haben würden. Doch bei näherem Überlegen war diese Deutung nicht besonders überzeugend. Erik Ponti wußte, wie gut gesichert Carl bei Überlandfahrten war. Wer den Versuch machte, ihn in einer solchen Situation anzugreifen, konnte keine große Chance haben. Es war kein realistisches Vorhaben, alle elektronischen Alarmanlagen zu überwinden und in Stenhamra einzudringen. Denn selbst wenn die Mörder dies schafften, wollten sie doch zumindest damit rechnen, lebend davonzukommen. Das aber war eine unmögliche Aufgabe.

Logischerweise blieb da nur noch der Gedanke an Selbstmord. Doch ein Selbstmord hat auch etwas von Kapitulation an sich, was mit Carls Persönlichkeit unvereinbar zu sein schien. Irgendwie wäre das auch gewesen, als hätte Carl sich am Ende geschlagen gegeben, als hätten die sizilianischen Mafia-Mörder ihn besiegt. Das paßte nicht zu Carl. Es mußte etwas anderes sein.

An Carls körperlicher Spannkraft und Gesundheit war wahrlich kein sichtbarer Fehler zu entdecken. Er litt auch nicht am Schlußstadium einer tödlichen Krebserkrankung. Und HIV-positiv hatte er bei seinem zurückhaltenden Leben wohl kaum werden können.

Dennoch diese Selbstverständlichkeit, als er von seinem eigenen Tod sprach. Wie man es auch drehte und wendete, es paßte nicht zusammen.

Erik Ponti erkannte, daß er dabei war, sich zu verspäten. Er holte schnell das übliche Wettformular auf den Bildschirm, druckte es aus und schrieb dann seinen Namen und seinen Tip auf die oberste, gepunktete Reihe. Er hatte fast dreitausend Kronen damit gewonnen, daß er die Fragen am besten beantwortet hatte, wann der Chefredakteur von *Expressen,* Olle Wästberg, gefeuert werden würde. Die folgende Wette hatte er verloren. Zwar hatte er es für selbstverständlich gehalten, daß eine Quotenfrau Olle Wästbergs Nachfolgerin werden würde, er hatte aber auf die absolut falsche Frau getippt; im übrigen hatte niemand in dieser Hinsicht richtig geraten.

Jetzt stand eine neue Wette an, die er nicht unbedingt gewinnen wollte. Darum ging es gar nicht – es ging um psychologische Kriegführung.

Er eilte zu den Räumen der Zentralredaktion beim *Echo des Tages,* dem Herz der Tätigkeit der einhundertvierzig Angestellten. Der Bereitschaftsraum war ein fensterloses Zimmer – ein paar kleine Öffnungen an der Decke nicht mitgezählt –, überdies sehr eng und ungemütlich, obwohl der vorvorige Chef ein Mobile in Form eines Albatros spendiert hatte, bevor er von der Fahne ging, um zum Fernsehen zu gehen, eine Absicht, die er zuvor immer abgestritten hatte. An der Decke hingen auch vier weiße Möwen aus Holz und vier weiße Stoffbahnen, die möglicherweise an Wolken denken ließen.

Erik Ponti ging direkt zu der kleinen Anschlagtafel an der Wand mit allen dreiundfünfzig Sendezeiten. Er verkündete laut, worum es bei der neuen Wette ging, und nannte den Zeitpunkt für das Ausscheiden des neuen Chefs; er selbst tippte auf vier Wochen.

Damit war das Unternehmen Mobben des neuen Chefs in eine entscheidende Phase getreten. Wenn es so ging, wie Erik Ponti erwartete, würde die Liste schon vor dem Ende des Arbeitstages voll sein. Die Liste war eine effektive Waffe, da es keine Verteidigung gab. Ein passender neuer Spitzname für den neuen Chef wäre auch nicht übel; Erik Ponti hatte sich schon nachdenklich ein Wort auf der Zunge zergehen lassen. *Führungsideologe.*

Im Krieg gilt es zu siegen.

Die Kriminalinspektoren Roger Jansson und Anna Wikström bei der Vernehmungseinheit der Reichsmordkommission hatten sich gut vorbereitet. Sie waren überzeugt, den des Mordes verdächtigen Johan Ludwig Runestrand dazu zu bringen, daß er gestand, was sie ihm bis jetzt »mit an Sicherheit grenzender Wahrscheinlichkeit« nachweisen konnten. Fast alle Verdächtigen, die mit einer derart überwältigenden Menge an technischen Beweisen konfrontiert wurden, wie sie Johan Ludwig Runestrand bald gewahr werden würde, gaben meist schnell den Widerstand auf und gestanden. Die Frage war jedoch, ob er noch mehr sagen würde, ob er etwa an einem der anderen Morde an Einwanderern beteiligt gewesen war. In dieser Hinsicht gab es keinerlei Beweise.

Die Anlage der Vernehmung ergab sich also von selbst. Sie nahmen sich vor, ihn zu einem ersten Geständnis zu treiben, am liebsten so, daß er zunächst lange Zeit alles abstritt, um dann nach und nach mit den technischen Beweisen konfrontiert zu werden, bis jedes Leugnen unmöglich wurde. Anschließend wollten sie wieder von vorn anfangen, als wären sie längst nicht fertig, und den Verdächtigen zu dem nächsten Mord befragen. Mit ein wenig Glück würde er dann – vorausgesetzt, er war tatsächlich schuldig – vielleicht glauben, daß auch im nächsten Vernehmungsabschnitt eine vergleichbare Menge an technischen Beweisen zu erwarten war.

Die Hausdurchsuchung bei dem Verdächtigen war tatsächlich lohnend gewesen. Jetzt hatte man die Mordwaffe und wußte mit Sicherheit, daß es tatsächlich die Mordwaffe war. Außerdem hatte man eine Schachtel mit Munition des gleichen Typs gefunden, der beim Mord verwendet worden war. Diese Munition befand sich auch in der Waffe. Ferner waren eine Kapuze mit Sehschlitzen sichergestellt worden sowie wahrscheinlich genau die Kleidungsstücke, die der Mörder angehabt hatte, als er das Verbrechen verübte. In dieser Hinsicht gab es überdies neue Möglichkeiten, da der Wagen, den er gestohlen hatte, sich inzwischen beim Staatlichen Kriminaltechnischen Labor befand. Dort würde man ihn mit Hilfe von Staubsaugern nach Fasern absuchen, die danach mit größter Wahrscheinlichkeit mit etwas in Verbindung gebracht werden konnten, was der Mörder zur Tatzeit getragen hatte. Schon das war ein Beweis, den jedes beliebige Gericht akzeptieren würde, es sei denn, das Opfer war ein Ministerpräsident.

Doch jetzt ging es also um die Frage, ob Johan Ludwig noch weitere Verbrechen begangen hatte. Als die Wärter mit ihm herunterkamen, trat er etwa so auf, wie man es hatte erwarten können. Er hatte ein Wochenende in der Arrestzelle verbracht, nachdem man ihn wegen illegalen Waffenbesitzes vorläufig festgenommen hatte, jedoch in dem Wissen, daß es noch einen schlimmeren Verdacht gegen ihn gab, den man ihm noch nicht vorgelegt hatte.

Er war frisch rasiert und trug reine Kleidung, war also nicht in Resignation zusammengebrochen. Und er hatte eine harte Miene aufgesetzt, als wäre er gekränkt.

Er erklärte sofort, er wolle sich nicht ohne seinen Anwalt äußern, und Anna Wikström erklärte zunächst in einem übertrieben freundlichen Tonfall, als spräche sie zu einem widerspenstigen Kind, daß man zwar nach seinen Wünschen einen Pflichtverteidiger bestellt habe, doch Rechtsanwalt Renstierna habe sich aus irgendeinem Grund noch nicht eingefunden. Vielleicht habe er sich verspätet. Es sei Runestrand aber ohne weiteres möglich, wieder in die Arrestzelle zurückzugehen und zu warten, bis Rechtsanwalt Renstierna auftauche.

Das funktionierte so gut wie immer. Wer ein paar Tage hinter Schloß und Riegel gesessen hat, wird von vielen Kräften getrieben, nicht zuletzt von Neugier. Johan Ludwig Runestrand erklärte sich deshalb einverstanden, auf einige Fragen zu antworten.

Sie setzten sich zurecht. Das Tonbandgerät wurde eingeschaltet, und Anna Wikström leierte einige Formalien herunter, nannte Vernehmungsleiter und Zeugen des Verhörs, die Uhrzeit und erklärte, der Pflichtverteidiger sei noch abwesend, bevor sie ihre erste Handgranate warf.

»Zunächst habe ich die Pflicht, dir mitzuteilen, daß vor einer Stunde Oberstaatsanwalt Jan Danielsson Haftbefehl gegen dich erlassen hat, weil du des Mordes verdächtigt wirst. Wir möchten gern wissen, wie du dich zu dieser Anschuldigung stellst.«

»War es nicht … war es nicht illegaler Waffenbesitz?« fragte Johan Ludwig Runestrand mit einer spürbaren Kraftanstrengung.

»Das ist es natürlich auch«, fuhr Anna Wikström unerbittlich fort. »Der Revolver der Marke Smith & Wesson des Kalibers .357 Magnum, der auf deinem Nachttisch gefunden wurde, befindet sich illegal in deinem Besitz. Doch inzwischen wissen wir, daß er bei der Ermordung zweier Personen verwendet worden ist. Ist es deine Waffe, um mal damit anzufangen?«

»Muß ich auf so etwas antworten? Habe ich nicht das Recht, die Aussage zu verweigern? Muß ich denn keinen Anwalt haben?« fragte Johan Ludwig Runestrand mit einer Kraftanstrengung. Es sollte sich anhören, als spräche er von erheblich alltäglicheren Dingen.

»O doch«, bestätigte Anna Wikström. »Du hast das Recht, die Antwort auf Fragen zu verweigern, du hast das Recht, ohne Anwesenheit deines Anwalts jedes Gespräch mit uns zu verweigern. Aber jetzt verhält es sich so, daß das, was du bereits gesagt hast, sowie die technischen Beweise, über die wir verfügen, es mit sich bringen, daß schon heute ein Haftbefehl gegen dich ausgestellt wird. Ist dir bewußt, was das bedeutet?«

»Daß ich gegen Kaution auf freien Fuß gesetzt werden kann?« fühlte Johan Ludwig Runestrand optimistisch vor.

»Du siehst zuviel fern«, bemerkte Anna Wikström trocken. »Wir befinden uns nicht in den USA, sondern in Schweden. Wenn du dich weigerst, unsere Fragen zu beantworten, was durchaus dein Recht ist, kannst du auch während eines ganzen Haftprüfungstermins schweigen, sogar während eines ganzen Prozesses. Aber so wie die Dinge jetzt liegen, wirst du wohl wegen Mordes verurteilt und bekommst lebenslänglich. Du kannst deine Lage also kaum verschlechtern, indem du uns erzählst, was passiert ist.«

Es klopfte an der Tür. Einer der Wärter tauchte in der Türöffnung auf und meldete, es sei ein Rechtsanwalt Renstierna gekommen. Dieser bedaure, sich verspätet zu haben.

Sie ließen Johan Ludwig Runestrand im Vernehmungszimmer mit seinem Anwalt allein, gingen hinaus und holten sich Kaffee. Es gab nicht viel zu sagen. Sie wußten im Augenblick nicht mehr als zu Beginn des Verhörs. Daß gegen den Mörder ein Haftbefehl erlassen würde, war jetzt womöglich noch sicherer als zuvor. Doch das war nicht die Frage. Jetzt wäre es interessant zu sehen, ob er sich selbst mit irgendeinem anderen Verbrechen in der Serie ermordeter Einwanderer in Verbindung bringen würde. Unter den beschlagnahmten Dingen aus seiner Wohnung befanden sich auch zahlreiche Papiere, die noch nicht durchgesehen worden waren, unter anderem einige Flugtickets und eine unbezahlte Rechnung von Statoil. Seine Tankstellenkreditkarte würde unerbittlich zeigen, wo er an bestimmten Tagen gewesen war. Doch all das hatte Zeit bis später. Zunächst ging es darum, ihn wegen des Doppelmords vor dem kurdischen Buchcafé festzunageln. Dann galt es, ihn zu einem Geständnis zu bringen. Erst danach wollten sie ihn zu weiteren Geständnissen drängen. Im Augenblick saßen sie nur mit ihren Plastikbechern voll Kaffee da und konnten nichts weiter tun als warten. Sie waren dem Rechtsanwalt Renstierna noch nie begegnet und konnten nicht einmal vermuten, was zwischen dem Anwalt und seinem Klienten besprochen wurde.

Eine halbe Stunde später erfuhren sie es. Es überraschte sie in mehr als nur einer Hinsicht. Der Anwalt hatte gesagt, er wolle mit seinem Mandanten »eine Zeitlang Vernehmung üben«, um zu sehen, wie es gehe. Danach werde sich die Haltung seines Mandanten vielleicht ändern. Sie hielten das für ein sehr eigenartiges Vorgehen.

Anna Wikström und Roger Jansson nahmen das Verhör natürlich gleich wieder auf.

»Also, wir waren bis zu der Frage des Revolvers gekommen, der in deiner Wohnung beschlagnahmt wurde«, begann Anna Wikström. »Gehört er dir?«

»Kein Kommentar«, erwiderte Johan Ludwig Runestrand schnell.

»Ach nein«, sagte Anna Wikström und machte ein müdes Gesicht. »Weißt du, wem dieser Revolver gehört? Hast du ihn vielleicht von irgendeinem Unbekannten bekommen?«

»Kein Kommentar.«

»Wie steht es mit der Munition, die wir in deiner Wohnung gefunden haben? Gehört sie dir?«

»Kein Kommentar.«

»Aha. Und die Kapuze mit den Sehschlitzen und die Kleider, die bei dem Doppelmord vor dem kurdischen Buchcafé in Stockholm getragen wurden, gehören diese Dinge dir?«

»Kein Kommentar.«

»Aha. Und was ist mit dem Wagen, der kurz vor dem Mord gestohlen und als Fluchtwagen benutzt wurde? Hast du in dem gesessen?«

»Kein Kommentar.«

»Dann sind es also nur die bei dir beschlagnahmten Kleidungsstücke, die im Wagen gesessen haben, du selbst aber nicht?«

»Kein Kommentar.«

»Entschuldigung«, meldete sich der Anwalt. »Kann ich mit meinem Mandanten unter vier Augen sprechen?«

Als Anna Wikström und Roger Jansson das Vernehmungszimmer verließen, waren sie ziemlich überzeugt, nicht besonders lange warten zu müssen.

Sie gingen ebenfalls davon aus, daß schon recht bald mit einem Geständnis zu rechnen sei. Sie meinten, daß der Anwalt es seinem Mandanten im Augenblick erkläre. Daß er versuche ihm auseinanderzusetzen, wie wenig er mit seiner Weigerung, sich zu äußern, zu gewinnen habe.

Insofern hatten sie richtig geraten. Anna Wikström hatte die Beweiskraft der bisherigen Ermittlungsergebnisse zwar ein wenig übertrieben, als sie angedeutet hatte, es lasse sich schon jetzt feststellen, daß die Kleider des Mörders sich im Fluchtwagen befunden hätten. Sie waren jedoch davon überzeugt, daß es sich so verhielt und überdies eine gute Chance bestand, das später festzustellen. Und der Rechtsanwalt, der auf den ersten Blick nicht den Eindruck eines besonders hellen Kopfs gemacht hatte, konnte ohnehin nicht beurteilen, was tatsächlich bewiesen und was bloße Vermutung war. Ihm mußte jedenfalls klargeworden sein, daß es der richtige Mann war, der da drinnen saß.

In einem überraschenden Punkt hatten sie sich jedoch geirrt. Denn als sie wieder zu dem Vernehmungsobjekt und dessen Rechtsanwalt ins Zimmer gingen, hatte sich dort ein dramatischer Sinneswandel ereignet. Der Anwalt wirkte gesammelt und ernst, während Johan Ludwig Runestrand völlig vernichtet zu sein schien.

»Nun?« fragte Anna Wikström kurz, als sie das Tonbandgerät einschaltete.

»Mein Mandant hat beschlossen, die ihm zur Last gelegten Taten zu gestehen«, begann der Rechtsanwalt geschäftsmäßig, als teilte er damit nichts sonderlich Bedeutsames mit. »Er macht jedoch geltend, sich in einem die volle Zurechnungsfähigkeit ausschließenden Geisteszustand befunden zu haben. Dieser sei so ernst gewesen, daß er mit einer Geisteskrankheit gleichzustellen sei. Ein ärztliches Attest dazu werden wir nachreichen.«

»Ach, wirklich?« sagte Anna Wikström erstaunt. Sie machte den Eindruck, als wäre sie völlig aus dem Konzept geraten.

»Verstehe«, sagte Roger Jansson fast desperat, während er immer noch versuchte, den Inhalt dessen zu begreifen, was er soeben gehört hatte. »Aber die medizinischen Fragen kommen erst später.

Unsere Arbeit besteht zunächst nur darin, die verschiedenen Ereignisabläufe festzustellen. Wenn dein Mandant jetzt also kooperationsbereiter ist, können wir vielleicht weitermachen und diesen Abschnitt hinter uns bringen?«

»Natürlich, dem steht nichts entgegen. Je eher, um so besser«, sagte der Anwalt zufrieden.

Anna Wikström fand schnell zu ihrem normaleren und sehr selbstsicheren Ich zurück. Das Verhör verlief zunächst glänzend, da Johan Ludwig Runestrand sich nun kooperationsbereiter zeigte als in ihren optimistischsten Prognosen.

Zunächst gestand er ohne Umschweife. Die Waffe habe er vor zwei Jahren bei einer USA-Reise in Texas gekauft. Beim Rückflug habe er sie in seiner Reisetasche nach Hause geschmuggelt. Er habe den Flug mit seiner American-Express-Karte bezahlt, so daß das irgendwo in alten Rechnungen festzustellen sei. Damals, vor einigen Jahren, sei es ihm prachtvoll gegangen. Unter anderem habe er für fünfundvierzig Millionen Kronen einige Gemälde von Anders Zorn gekauft, und im Hinblick auf das Risiko, bestohlen und überfallen zu werden, habe er gemeint, zu Hause eine bessere Verteidigung zu brauchen als seine alte Dienstpistole, die ihm in seiner Eigenschaft als Reserveoffizier zustehe.

Doch dann habe ihn eine lange Pechsträhne erwischt. Erstens hätten es sich bestimmte Banken in den Kopf gesetzt, ihre Darlehen zurückzufordern. Und dann habe eins das andere ergeben. Denn nach Konkurs und der Beschlagnahme seiner Zorn-Gemälde habe seine Frau die Kinder genommen und sei zu ihren Eltern zurückgezogen. Außerdem habe sie ein Zorn-Gemälde mitgenommen.

In diesem Stadium der Erzählung machte Johan Ludwig Runestrand den Versuch, den Irren zu spielen, indem er wild starrte und die Stimme hob. Er versuchte, seine Gefühle angesichts des Umstands zu schildern, daß er, der aus guter Familie stamme und überdies Offizier sei, mittellos auf die Straße gesetzt werden solle, weil Schwedens Wirtschaft ruiniert sei. Und das liege daran, daß die Sozialhilfeempfänger alle Hilfsquellen verzehrten, so daß das Land über seine Verhältnisse lebe. Wären da nicht all diese Sozialfälle und Einwanderer, die gewaltige Summen kosteten, nicht zuletzt an Sozialhilfe und Reisekosten, denn Ausländer dürften im

Urlaub mit ihren Familien in Chartermaschinen in die Länder zurückfliegen, in denen sie angeblich verfolgt würden. Wenn das alles nicht wäre, hätte er, Johan Ludwig, noch immer als glücklicher Schwede leben können.

»Schweden muß gerade bei diesen Ausgaben gewaltige und harte Einschnitte vornehmen«, rief er aus und rollte mit den Augen. »Wenn man alle Kreativität besteuert, tötet man sie. Dann wird Schweden unweigerlich einem entsetzlichen *brain drain* ausgesetzt, der darin besteht, daß alle kreativen Menschen außer Landes gehen. Wenn es aber gelingt, der Verschwendung ein Ende zu machen, hat der kreative alte Gründergeist vielleicht noch eine Chance. Etwa wenn es gelingt, die Zahl der Einwanderer zu senken. Am besten wäre es, die ganze Bagage verschwindet wieder.«

Der Mann holte tief Luft und fuhr dann fort: »Daß ich, Johan Ludwig Runestrand, die Zahl der Sozialhilfeparasiten um zwei verringert habe, ist folglich als patriotische Tat zu werten. Ich habe dabei nur das Wohl Schwedens vor Augen gehabt. Außerdem ist es für den schwedischen Volksstamm schädlich, allzu viele solche Typen im Land zu haben, von ihrer Einstellung gegenüber Frauen ganz zu schweigen.«

Anna Wikström nahm jetzt die Gelegenheit wahr, den immer beredsameren Johan Ludwig Runestrand zu unterbrechen. Sie brachte das Gespräch auf bestimmte andere, vergleichbare Morde.

Johan Ludwig Runestrand versicherte jedoch, der Einfall mit dem Buchcafé sei ihm erst gekommen, nachdem er im Fernsehen gesehen habe, daß es einen neuen Lasermann gebe oder zumindest einen neuen Täter, der nicht dauernd danebenschieße, wenn er Einwanderer töten wolle. Damit habe er sich berufen gefühlt und sich ein Laserzielgerät gekauft. Er habe es auf dem früheren Landgut der Familie ausprobiert und dann auf gut Glück gehandelt. Ihm habe vorgeschwebt, daß Schwedens Wirtschaft wieder angekurbelt werden könne, wenn mehr Leute so zu denken anfingen wie er.

Dieses kurdische Buchcafé sei die einzig sichere Stelle gewesen, die er gekannt habe. Folglich sei er dorthin gegangen und habe ein paar dieser Leute umgenietet, ohne eine Ahnung zu haben, wer sie gewesen seien. Doch das spiele ja auch gar keine Rolle. Jedenfalls gebe es davon jetzt zwei weniger.

Fast mit Bedauern erklärte er, für eine andere, vergleichbare Tat nicht verantwortlich zu sein. Wenn die Polizei ihn nicht gefunden hätte, hätte er möglicherweise weitergemacht, solange die Munition gereicht hätte. Wenn man keinen Waffenschein habe, sei es nämlich schwierig, sich für diese Waffe neue Munition zu besorgen.

Die beiden Vernehmer probierten es vorsichtig mit einigen Daten, die zu anderen Morden paßten, doch Johan Ludwig Runestrand hatte als Gegenbeweis aus dem Stegreif nicht viel zu bieten. Außer in einem Punkt. Genau zu der Zeit, zu der der iranische Säpo-Informant in Linköping erschossen worden war, hatte sich Johan Ludwig Runestrand nachweislich in Malmö befunden. Er hatte nämlich der Beerdigung seines Onkels beigewohnt.

Etwa zu diesem Zeitpunkt griff der Rechtsanwalt Renstierna in das Verhör ein und wies darauf hin, daß er nicht irgendein x-beliebiger Anwalt sei. Er habe nämlich viele Jahre lang die Geschäfte der Familie Runestrand geführt, während einer kurzen, intensiven Zeit sogar die Geschäfte von Johan Ludwig persönlich, und aus diesem Grund sei er bei der Beerdigung in Malmö selbst anwesend gewesen. Ferner könne es zur Erhärtung von Johan Ludwigs geistiger Verwirrung ja kaum schädlich sein, wenn noch mehr Einwanderer umgebracht worden seien. Das würde eher die medizinische Beweisführung stärken. Leider könne man sich aber nicht zu mehr Tötungen bekennen als zu den beiden, die sich vor dem sogenannten kurdischen Buchcafé ereignet hätten.

Nach diesen Worten brachen die Kriminalinspektoren das Verhör ab. Sie sorgten dafür, daß der Mörder in seine Arrestzelle gebracht wurde. Sein übergeschnappter Wirtschaftsjurist wurde hinausgeleitet, obwohl beide überlegten, daß es nicht unangemessen wäre, Mandant und Anwalt an ein und demselben Ort einzusperren.

»Wirtschaftsjurist, das erklärt alles«, seufzte Anna Wikström, als sie allein in Roger Janssons Zimmer saßen. »Ich dachte schon, ich spinne, als dieser Lackaffe von Anwalt plötzlich von einem ärztlichen Attest und geistiger Verwirrung zu faseln anfing, die … wie hieß das früher noch?«

»Die von so ernster Beschaffenheit sei, daß sie einer Geisteskrankheit gleichzusetzen sei«, ergänzte Roger Jansson. »Vor zehn Jahre hätte es der Scheißkerl wohl damit probiert. Die Familie hätte zwei Rotary-Brüder mobilisiert, die auf medizinische Ehre und geschäftliches Gewissen je ein Attest unterschrieben hätten. Dann hätte er drei Monate in irgendeiner Klapse abgesessen.«

»Der Staranwalt Renstierna ist also sozusagen nicht mehr auf der Höhe der Zeit«, bemerkte Anna Wikström.

»Nein«, sagte Roger Jansson mit einem Lächeln. »Ich möchte den Gerichtshof sehen, der diesen Scheißkerl nicht zu lebenslänglich verurteilt. Wenigstens hat er bei der Vernehmung akzeptable Mordmotive genannt.«

Sie spürten jedoch keinerlei Begeisterung. Es war zwar ein interessantes Erlebnis gewesen, einen Wirtschaftsjuristen Strafverteidiger spielen zu sehen. Doch abgesehen vom Unterhaltungswert dieser Vernehmung änderte sich in der Sache nichts. Daß Johan Ludwig Runestrand der Doppelmord in Stockholm nachzuweisen war, hatten sie schon vor Beginn des Verhörs gewußt. Daß er gestehen würde, hatten sie zwar vermutet, sich jedoch nicht vorstellen können, auf welche Weise er gestehen würde.

Es war natürlich gut, daß es ihnen gelungen war, ihn für die nächsten zwölf Jahre aus dem Verkehr zu ziehen. Doch der Durchbruch in der großen Ermittlung war noch nicht geschafft. Johan Ludwig würde keine Gelegenheit mehr erhalten, seine unbestreitbaren Kenntnisse im Umgang mit Revolvern an weiteren Kanaken unter Beweis zu stellen. Das war gut. Es war aber zugleich auch die Mindesterwartung.

So wie die Sache jetzt stand, schien klar zu sein, daß es draußen einen anderen gab, der sich nicht nach ein paar Stunden Polizeiarbeit fangen ließ und sich überdies weit besser als Johan Ludwig darauf verstand, anderen Menschen das Leben zu nehmen.

Das hier war nur eine Parenthese gewesen. Schlimmstenfalls würde noch mehr von dieser Sorte kommen. Es war nicht ungewöhnlich, daß interessantere Verbrechen von Wirrköpfen nachgeahmt wurden.

Zehn Minuten später saßen die beiden Beamten bei Willy Svensén und Rune Jansson. Sie berichteten kurz und knapp über das sachliche Ergebnis der Verhöre Johan Ludwig Runestrands und etwas ausführlicher über den komischen Wirtschaftsjuristen, der geglaubt hatte, für seinen Mandanten schnell eine Expedition ins Irrenhaus organisieren zu können.

Als Rune Jansson von seinen Entdeckungen oben in Umeå zu berichten begann, wurde schnell klar, daß das der erste Durchbruch in der Arbeit war.

Er hatte zwei große Skizzen angefertigt, um seine Argumentation zu untermauern, eine Zeichnung des Korridors im Studentenheim Pedagoggränd sowie eine vergrößerte Karte, die den Tatort und seine Verbindung zum Nachtquartier des Säpo-Chefs und seiner vier Leibwächter zeigte.

Rune Jansson hatte vom Säpo-Chef die Namen der vier Leibwächter verlangt und auch erhalten. Von offizieller Seite sprach nichts dagegen, daß man sie so weit zur Sache hörte, wie es als nötig angesehen wurde.

»Doch bevor man so weit geht«, fuhr er fort, »müssen wir die Zusammenhänge ziemlich gründlich durchdenken. Säpo-Kollegen sind wahrscheinlich nicht so leicht zu verhören wie dieser Wirrkopf mit seinem Wirtschaftsjuristen.

Also. Der Tatort liegt wenige Minuten Fußweg vom Pedagoggränd entfernt. Die Opfer, die einander nicht kannten, sind freiwillig dorthin gekommen. Folglich hat jemand sie in die Falle gelockt, jemand, zu dem sie beide, und zwar unabhängig voneinander, Vertrauen hatten.

Daß sie zu jemandem von der Säpo Vertrauen hatten, ist durchaus glaubwürdig, denn nur dort wußte man ja von ihrer Tätigkeit als Informanten.

Und dann ist da noch die Sache mit der *Leibgarde,* der besonderen Elitetruppe der Personenschutzeinheit, die Hamilton selbst aufgebaut hat. Unter anderem dadurch, daß er von den Terrorbekämpfern die besten Leute abgezogen hat.

So sehen die Voraussetzungen unserer Arbeit aus. Die Logik spricht dafür, daß der Mörder unter denen zu finden sein muß, die sich zur Tatzeit im Studentenwohnheim Pedagoggränd in Umeå aufhielten. In dieser Gruppe bestand die Möglichkeit, die Opfer zu sich zu locken, aber auch die Fähigkeit, die beiden Morde zu verüben.

Also. Was sollte ermittelt werden, bevor wir weitere Vernehmungen veranstalten?«

Rune Jansson nickte vorsichtig seinen beiden jüngeren Kollegen zu, um von ihnen einige Vorschläge zu bekommen.

»Wer von den Leibwächtern kann auf über dreihundert Meter so gut schießen, und wer von denen hat Karate oder ähnliche Kampfsportarten trainiert?« wollte Roger Jansson spontan wissen.

»Mmmh«, murmelte Willy Svensén und nickte, »das ist natürlich Eins A. Allerdings besteht ein großes Risiko, daß mehr als ein Fisch anbeißt, wenn diese Leibwächter das sind, was sie zu sein scheinen.«

»Ihr Hintergrund beim Militär, Einstellungspapiere, Dienstzeugnisse, sämtliche Unterlagen«, sagte Roger Jansson, als dächte er nur laut.

»Ihre eventuellen Beobachtungen zum kritischen Zeitpunkt«, sagte Anna Wikström mit einem Seufzen. Ihre Mißbilligung war ihr deutlich anzusehen, und ihren Kollegen im Raum fiel es nicht schwer, den Grund dafür zu erraten. Sie hatte bei der Säpo gearbeitet.

»Ja, das muß der eigentliche Schlüssel sein«, sagte Rune Jansson. »Diese Burschen arbeiten nach einem rotierenden Dienstplan. Das bedeutet logischerweise, daß wir nicht mehr mit dem Risiko rechnen müssen, daß alle vier in irgendeine gemeinsame Verschwörung verstrickt waren. Wenn einer von ihnen unser Täter ist, weshalb sollten die anderen ihn dann schützen?«

»Bisher haben sie es jedenfalls getan«, bemerkte Anna Wikström säuerlich.

»Das kann man nicht sagen, finde ich«, entgegnete Rune Jansson. »Sie wissen natürlich, daß sie in der Nähe des Tatorts gewesen sind. Das betrachten sie als einen eigentümlichen Zufall, so wie es die normale Polizei von Umeå eine Zeitlang getan hat. Jetzt werden sie bald erfahren, daß einer von ihnen vielleicht der Täter ist, den wir suchen.«

»Und es wäre doch ein bißchen zuviel anzunehmen, daß eine Art Kollegialität sie dazu bringt, einen Kollegen zu schützen, der total verrückt ist, auf jeden Fall aber ein Mörder«, ergänzte Willy Svensén den Gedankengang.

»So stehen die Dinge also«, sagte Rune Jansson. »Die Hauptaufgabe bei der Vernehmung dieser Leute wird also darin bestehen, das Alibi von einem von ihnen zu knacken. Einer von ihnen ist nachts aus dem Haus gegangen, und die anderen erfahren erst jetzt, weshalb das interessant sein könnte.«

»Ist das nicht ein bißchen weit hergeholt?« wandte Anna Wikström ein. »Solche Leute sehen ihre Aufgabe doch meist recht seriös, wenn ich es vorsichtig ausdrücken soll. Es kommt mir nicht sehr wahrscheinlich vor, daß einer von ihnen sich nachts sozusagen mit dem Wissen der anderen französisch verabschiedet haben soll.«

»Nein, natürlich nicht«, sagte Willy Svensén mit einem Lächeln, das er zu unterdrücken versuchte. »Wenn einer von ihnen aber nur kurz rausgegangen ist, um ein bißchen frische Luft zu schnappen? So einfach könnte es sein. Außerdem brauchte er nicht einmal besonders lange wegzubleiben. Vielleicht wollte jemand einen Wachtposten aufsuchen oder eine fehlerhafte Sprechfunkverbindung prüfen? Es braucht ja keine abenteuerliche Erklärung für die Abwesenheit eines dieser Leute zu geben. Irgendeine Kleinigkeit genügt, etwas, dem die anderen keinerlei Bedeutung beimaßen.«

»Wir müssen tatsächlich davon ausgehen, daß einer von ihnen das Wohnheim verlassen hat und daß einer von ihnen unser Mann ist«, ergänzte Rune Jansson. »Denn in diesem Teil Skandinaviens waren sie vermutlich die einzigen, die überhaupt fähig waren, ein solches Verbrechen zu verüben. Außerdem befanden sie sich am Ort. Darüber können wir nicht einfach hinwegsehen, selbst wenn sie Polizisten sind.«

»Alles, was du sagst, ist absolut logisch«, sagte Anna Wikström resigniert. »Du mußt aber zugeben, daß es nicht ganz leicht ist, das zu verdauen. Mein Gott, das hier ist ja die *Säpo-Spur.* Was passiert, wenn die Öffentlichkeit davon erfährt und die Privatfahnder über uns herfallen?«

»Hoffentlich erfährt die Öffentlichkeit es erst dann, wenn wir in Erfahrung gebracht haben, wer von diesen Leuten nachts aus dem Haus gegangen ist«, sagte Rune Jansson knapp. »Wir petzen nicht, und diese Jungs von der Säpo dürften es auch nicht tun, aber ihr von der Vernehmungsabteilung habt jetzt wirklich ein Stück Fleisch zu beißen bekommen.«

Die Aktion der Sicherheitspolizei kam wie ein Blitz aus heiterem Himmel. Der Einsatz erfolgte mit mehr als fünfzig Mann zur exakt selben Uhrzeit an acht verschiedenen Stellen.

Drei Personen wurden festgenommen, darunter ein Beamter des Außenministeriums sowie einer vom Industrieministerium. Gleichzeitig wurden an sieben Stellen Hausdurchsuchungen vorgenommen, an den Arbeitsplätzen der Festgenommenen, in deren Wohnungen und einigen Ferienhäusern.

Wer der dritte Festgenommene war, blieb fast den ganzen Tag ein Rätsel. Dann zeigte sich in der kurzen Presseverlautbarung, die von der Säpo-Führung herausgegeben wurde, daß der dritte Mann bei der Säpo angestellt war.

Alle drei waren wegen Spionageverdachts festgenommen worden, wegen Spionage oder schwerer Spionage.

Die ersten Hinweise an die Medien kamen von den beiden betroffenen Ministerien, in denen Kollegen der soeben Festgenommenen schon zu telefonieren anfingen, als das Säpo-Personal noch im Haus war. Ein paar Minuten später war das Telefon beim Sprecher der Säpo schon blockiert. Dieser erst vor kurzem eingerichtete Vierundzwanzig-Stunden-Service ließ jedoch nichts weiter verlauten als ein knappes »Kein Kommentar, bitte warten Sie auf die Presseverlautbarung«.

Dieses Kommuniqué, das über die Nachrichtenagentur TT verbreitet wurde, war sowohl dramatisch als auch kurz. Es wurde gegen vierzehn Uhr veröffentlicht, vier Stunden nach der Aktion.

Darin wurde mitgeteilt, drei Personen seien vorläufig festgenommen worden. Es bestehe dringender Tatverdacht der Spionage oder der schweren Spionage. Man habe inzwischen an mehreren Orten Hausdurchsuchungen vorgenommen und dabei eindeutige Beweise in Form bestimmter technischer Ausrüstungsgegenstände et cetera gefunden. Die drei Verdächtigen seien Angestellte des Außen- und des Industrieministeriums sowie der Säpo. Alle drei hätten für dieselbe fremde Macht gearbeitet. Ein Haftprüfungstermin stehe unmittelbar bevor. Für nähere Auskünfte wurde entweder an Oberstaatsanwalt Jan Danielsson oder an die Kanzlei des Ministerpräsidenten verwiesen.

Das war alles.

Die beiden genannten Quellen hatten nichts zu sagen. Beim Oberstaatsanwalt wurde überhaupt gar nicht erst abgenommen, und in der Kanzlei des Ministerpräsidenten gab es nur den knappen Bescheid, daß bis auf weiteres kein Kommentar zu erwarten sei.

Beim *Echo des Tages* gab es die vielleicht einzige Redaktion im Land, in der jemand auf den Gedanken kam, die Kanzlei des Ministerpräsidenten und den Oberstaatsanwalt zu umgehen und den Säpo-Chef direkt anzurufen.

Erik Ponti hatte gerade vollauf mit der Türkei zu tun. Es war der erste Tag der kurdischen Neujahrsfeiern, des *newruz*. Die Türkei war mit fünfunddreißigtausend Mann in den Irak eingedrungen, um die Guerilleros der kurdischen PKK zu vernichten, vermutlich ohne Erfolgsaussicht, da die Türken die Entsendung ihrer Truppen schon seit Wochen angekündigt hatten. In Istanbul kam es zu schweren Zusammenstößen zwischen den Alauiten einerseits, einer modernen Richtung innerhalb des Islam, und Polizei und Militär andererseits. Die schwedische Fußballnationalmannschaft sollte ein angeblich wichtiges Spiel in Istanbul absolvieren, und folglich gab es einen schwedischen Blickwinkel auf den Bürgerkrieg in der Türkei, der damit interessanter wurde, als er ohne Länderspiel gewesen wäre.

Das kurdische Neujahrsfest hatte wegen der zwei Kurden, die vor kurzem in Stockholm ermordet worden waren, noch einen besonderen schwedischen Aspekt erhalten. Die Polizei hatte zusätzliche Kräfte mobilisiert, um »Unruhen zu vermeiden«, das heißt, sie zu provozieren.

Es gab jedoch nichts dagegen einzuwenden, daß Erik Ponti das Telefonat mit der Säpo führte. Er rief vom Auslandsplatz im Bereitschaftsraum an, während er mit einem Hörer am anderen Ohr darauf wartete, eine Verbindung mit dem Reporter in Istanbul zu erhalten. Er wählte die Direktnummer, bekam wie erwartet die bekannte Sekretärinnenstimme an den Apparat und äußerte ein wenig überstürzt den Wunsch, ein Gespräch mit dem Säpo-Chef zu führen, wann immer es diesem im Lauf des Tages passe. Die Sekretärin antwortete verbindlich, der Generaldirektor könne einen Termin um Punkt 14.00 Uhr anbieten. Dann sei der Vertreter vom *Echo des Tages* willkommen. Weitere Termine seien leider unmöglich, da der Generaldirektor im Moment sehr beschäftigt sei.

Erik Ponti bedankte sich verblüfft für diese Nachricht und legte auf. Gleichzeitig trompetete der Osteuropa-Korrespondent laut in sein Ohr, jetzt wisse er alles, nur nichts über den Ausgang des Länderspiels. Nachdem er seinen pessimistischen Bericht in munterem Tonfall verlesen hatte – er sagte für das Fußballspiel Gewalttätigkeiten voraus –, nutzte er die Gelegenheit, Erik Ponti zu einem Fest nach Wien einzuladen, denn sein sechzigster Geburtstag stehe bevor.

Erik Ponti hatte etwas dagegen einzuwenden, daß Staffan Heimerson Krieg und andere schreckliche Dinge immer wieder in diesem fröhlichen Tonfall prophezeite. Im Augenblick behauptete er, es werde in Kroatien Krieg geben.

Erik Ponti beneidete seinen älteren Kollegen jedoch um dessen ungebrochenen Enthusiasmus, die Fähigkeit, sich plötzlich ein Fahrrad zu leihen und dreißig Kilometer in den Dschungel zu fahren, nur um herauszufinden, ob die Tamilen-Tiger vielleicht da waren. Um sie dann tatsächlich zu finden, am Leben zu bleiben, ihren Anführer zu treffen und ein gutes Interview zu erhalten. Und, was vielleicht am wichtigsten war, den Bericht und das Interview rechtzeitig nach Hause zu bekommen.

Im Alter von einundfünfzig Jahren – es waren jetzt noch neun Jahre bis zu seinem sechzigsten Geburtstag – hegte Erik Ponti die geheime Furcht, nicht mehr so gut zu sein wie früher. Er hatte das Gefühl, alles schon mal gehört zu haben, daß alles, was jemand von den jungen Leuten in der Redaktion fröhlich als gute Idee vorbrachte, schon längst einmal von ihm vorgebracht worden war; schlimmstenfalls sagte er dies sogar.

Doch jetzt ging es in der Sache um eine einfache, aber wichtige Aufgabe, nämlich um Punkt 14.00 Uhr beim Säpo-Chef zu sein und diesem ein Mikro unter die Nase zu halten. Objektiv gesehen war das die wichtigste Aufgabe des Tages. Da gab es nichts zu diskutieren. Alle eventuellen Probleme mit dem kurdischen Neujahrsfest in Istanbul und einem offenbar wichtigen Fußball-Länderspiel konnte er sehr wohl liegenlassen, um statt dessen mit einem Wagen nach Kungsholmen zu fahren und eine Arbeit zu erledigen, die praktisch genauso kinderleicht war. Jeder junge Urlaubsvertreter hätte das tun können. Andererseits war es eine Prestigeangelegenheit, aus der leicht ein großer Knaller werden konnte.

Erst jetzt ging Erik Ponti auf, daß Carl seit seiner Ernennung zum Chef der Säpo noch keinmal im Fernsehen aufgetreten war. Es war auch wenig wahrscheinlich, daß Carl um vierzehn Uhr eine Schlange von Journalisten erwartete. Dann wäre es für ihn einfacher gewesen, eine Pressekonferenz einzuberufen.

Es war also durchaus möglich, daß er auch diesmal wieder genauso handelte, wie er es schon früher bei anderen Gelegenheiten gemacht hatte, daß er nämlich ausschließlich mit dem *Echo des Tages* sprach, um dann alle anderen Medien aus diesem Interview zitieren zu lassen.

Drei wegen Spionage festgenommene Schweden, Exklusivgespräch mit dem Säpo-Chef – das *war* ein Knaller.

Im selben Moment, in dem ihm diese Erkenntnis aufging, wurde ihm auch klar, wie er das Problem handhaben würde. Der neue Chef beim *Echo des Tages* war zufällig verreist. Soweit Erik Ponti wußte, besuchte er irgendeine ungeheuer wichtige Konferenz für Führungskräfte in Brüssel. Vom Intendanten war kein Laut zu hören gewesen, der hätte andeuten können, wie der Machtkampf beim *Echo des Tages* enden würde; jedenfalls war Erik Ponti bis jetzt noch nicht zum Rektor zitiert worden.

Die Chefin des Allgemeinen Ressorts hatte klar gezeigt, daß sie auf Erik Pontis Seite stand. Was ihre Zusicherung wirklich wert war, würde sich noch herausstellen, wenn der Wind heftiger wehte. Er selbst war in der Frage seiner Entlassung schließlich befangen. Die wichtigste Stimme beim *Echo des Tages* war folglich die von Thomas Hempel, dem Leiter des Inlandsressorts.

Es gab also eine sehr einfache Lösung des Problems, ein echtes Ei des Kolumbus.

Er wußte schon, daß die aufregendste Inlandsnachricht an diesem Tag neben der Ergreifung dreier schwedischer Spione die Tatsache war, daß die Linkspartei eine Koalitionsregierung aus Linkspartei, Sozis und Zentrum vorgeschlagen hatte. Möglicherweise würde man sich für die wichtigeren Sendungen auch der Frage widmen müssen, ob die Polizei das Recht hatte, nach Belieben eine verwirrte alte Dame auf der Insel Möja zu erschießen; die Polizei hatte unglücklicherweise einige Spezialisten der sogenannten Terrorbekämpfungsgruppe eingesetzt, und diese hatten schnell eine Dame getötet, die in ein Pflegeheim gebracht werden sollte. Mit einem zielgenauen Schuß in den Kopf wie es schien.

An einem Tag, an dem nichts Besonderes passierte, wäre das eine lustige politische Arabeske gewesen, über die sich manche Bürger aufregen würden. Und das andere, die endgültige Pflegelösung auf Möja, würde natürlich einen Sturm der Entrüstung auslösen.

Doch dies war kein gewöhnlicher Tag, denn er würde ebenso wie die kommenden vierundzwanzig Stunden derartig von der Spionagesache beherrscht werden, daß selbst das kurdische Neujahrsfest und sogar das wichtige Fußballänderspiel weit unten auf der Dringlichkeitsskala landen würden.

Also. Es gab eine einfache Lösung sämtlicher Probleme.

Er erwischte Thomas Hempel vor dessen Zimmer und hätte dem Kollegen normalerweise sofort angesehen, daß er lieber eine andere Gelegenheit für ein Gespräch abwarten sollte, denn der Kollege sah ganz und gar nicht froh aus.

»Hallo«, sagte er so ungezwungen, wie es ihm nur möglich war, »da gibt's etwas, worüber ich mit dir sprechen muß.«

»Ich stehe im Augenblick ziemlich unter Streß«, sagte Thomas Hempel ausweichend und drehte widerwillig am Regelknopf seines Hörgeräts. »Wir wissen kein bißchen über diese Sache mit den Spionen, und ...«

»Genau!« unterbrach ihn Erik Ponti fröhlich. »Genau *darüber* wollte ich mit dir sprechen!«

Er hatte unnötig laut gesprochen, wie er der irritierten Miene des Kollegen ansah, als sie dessen Zimmer betraten.

»Der Säpo-Chef bietet uns heute um vierzehn Uhr ein Exklusiv-Interview an. Ich wäre dir dankbar, wenn du das übernehmen könntest. Ich habe im Augenblick reichlich mit Istanbul zu tun«, sagte Erik Ponti mit bemühter Ungezwungenheit, nachdem sie sich gesetzt hatten.

»Das hört sich ja wirklich interessant an. Was will er denn sagen, weißt du das?« fragte der Leiter des Inlandsressorts merklich aufgemuntert.

»Nein, das weiß ich nicht, aber ich weiß, daß wir keinen Anfänger zu ihm schicken können. Er hat nämlich so eine Art, auf Fragen verdammt direkt zu antworten. Er gibt dir aber keinerlei Hinweis auf das, was du fragen sollst«, sagte Erik Ponti und sah sich nach einem Papierkorb um, in den er seinen Schnupftabak werfen konnte. Es gab keinen.

»Hast du eine Ahnung, was er sagen *will?«* fragte der Leiter des Inlandsressorts interessiert.

»Wir wissen folgendes«, sagte Erik Ponti und hob die Hände in einer Geste, die alle Redaktionsmitglieder als sehr italienisch einschätzten. »Zwei Ministerialbeamte und ein weiterer Mann sind heute morgen als Spione festgenommen worden. Es hat eine riesige Aktion gegeben. Die drei sind vorläufig festgenommen. Alle sagen *kein Kommentar,* und der Säpo-Chef bietet ausgerechnet uns ein Exklusivinterview an.«

»Warum gerade uns?« fragte Thomas Hempel verwirrt, aber mit einem zunehmenden Eifer, der ihm sehr wohl anzusehen war.

»Weil er das Fernsehen nicht mag, könnte ich mir vorstellen, und weil er oft gut damit gefahren ist, nur uns ein ausführliches Interview zu geben und alle anderen dann sausen zu lassen. Na ja, du weißt es ja.«

»Dann ist das ja eine goldene Gelegenheit«, stellte der Leiter des Inlandsressorts fest.

»Eben, eben«, bestätigte Erik Ponti.

»Man stellt ihm direkte Fragen? Und fragt dann weiter, bis man rausgeschmissen wird?«

»Ungefähr so.«

»Er macht es nicht so wie unsere lieben Freunde, die Politiker, daß man fragt, wie spät es sei, und dann antworten sie nur das, was sie sagen wollen, und halten über alles andere die Schnauze?«

»Nein, so ist er nicht. Er antwortet auf das, was du fragst, und nichts sonst.«

»Bemerkenswert«, sagte der Leiter des Inlandsressort. »Sagtest du 14.00 Uhr?«

»Ja. Und was du auch tust, komm nicht zu spät. Ich bin dir verdammt dankbar, daß du mir aus dieser Klemme geholfen hast.«

»Gar keine Ursache«, sagte der Leiter des Inlandsressorts mit einem vorsichtigen Lächeln.

Erik Ponti verließ das Zimmer hochzufrieden. Und der Leiter des Inlandsressorts blieb hochzufrieden eine Weile sitzen, ohne sich von der Stelle zu rühren. Dann nahm er sich einen Notizblock und begann, seine Fragen zu skizzieren.

Während des restlichen Nachmittags spürte Erik Ponti so etwas wie große Erwartung und Arbeitslust. Er ging schnell bei der Leiterin des Allgemeinen Ressorts vorbei, die sich auch um einen Zugang zur Säpo-Muschel bemühte, und erzählte ihr, daß Thomas schon unterwegs sei und daß sie das ganze Problem mit einem *vermutlich* total exklusiven Interview mit dem Säpo-Chef regeln würden, das einzufädeln ihm mit etwas Glück gelungen sei, wie er bescheiden eingestand.

Es wurde ein Exklusivinterview. Denn genau wie Erik Ponti geahnt hatte, hatte Carl keinerlei Lust, im Fernsehen aufzutreten; er hatte schlechte Erfahrungen mit dem Fernsehen gemacht und betrachtete es als ein Medium, das Menschen gerade in ihren schwierigsten Momenten so gnadenlos verfolgte wie die Blätter der Boulevardpresse.

Er war jedoch erstaunt, als das *Echo des Tages* sich anmeldete. Es erwies sich, daß nicht Erik Ponti gekommen war, sondern ein Mann, den er erst an der leicht verschnupften Stimme wiedererkannte.

Er ließ sich jedoch nichts anmerken, bat Thomas Hempel, sich irgendwo auf der Sitzgruppe niederzulassen, wo immer der Ton am besten sei, und dann solle er einfach seine Fragen stellen. Er murmelte, er wolle nicht unhöflich sein, setze aber voraus, daß sie Kaffee und ähnliche Rituale einfach beiseite lassen könnten. Das schien dem unerwarteten Reporter sehr recht zu sein. Er hatte sein Tonbandgerät und das Mikro in zwanzig Sekunden fertig und sah Carl nur fragend an, damit dieser ihm grünes Licht gab. Carl nickte übertrieben deutlich und räusperte sich.

»Welche Personen habt ihr heute als der Spionage verdächtig festgenommen?« lautete die erste Frage.

»Es sind drei schwedische Staatsbürger. Deren Identität ist bis auf weiteres geheim. Einer davon war jedoch, wie wir schon mitgeteilt hatten, im Außenministerium angestellt, einer im Industrieministerium, und der dritte war, wie ich jetzt mitteilen kann, hier bei uns angestellt, bei der Sicherheitspolizei.«

»Und alle drei werden der Spionage verdächtigt. Das bedeutet, daß sie illegal für eine fremde Macht gearbeitet haben?« fragte der *Echo*-Reporter nach einem kurzen Zögern, das er ohnehin wegschneiden würde; er hatte seine erste große Nachricht schon bekommen, mußte sich aber zusammennehmen, um alles in der richtigen Reihenfolge abzuhandeln.

»Ja, das stimmt«, erwiderte Carl. »Alle drei sind jetzt wegen Spionage beziehungsweise Spionage in einem besonders schweren Fall vorläufig festgenommen.«

»Wie empfindest du es als Säpo-Chef, einen deiner eigenen Angestellten als Spion einer fremden Macht festnehmen zu müssen?« fragte Thomas Hempel ruhig weiter. Inzwischen hatte er Zeit gehabt, sich zu sammeln.

»Genauso wie du oder sonst jemand es empfinden würde«, erwiderte Carl. »Es ist natürlich immer traurig, wenn Bürger unseres Landes sich an eine fremde Macht verkaufen. Besonders traurig ist es, wenn einer von ihnen beruflich die Aufgabe hat, Spionage zu bekämpfen, dann aber selbst zum Spion wird.«

»Für welches Land haben die Festgenommenen spioniert?«

»Ich bin leider nicht befugt, das zu sagen.«

»Habt ihr die Ausweisung von Diplomaten verlangt?«

»Ja, von dreien.«

»Bist du gehindert zu sagen, aus welchem Land?«

»Nein, bemerkenswerterweise nicht.«

»Wie bitte?« sagte Thomas Hempel verblüfft und notierte sich gleich den Zeitcode, an dem er das Band schneiden mußte. »Verzeihung, das Ganze noch mal. Aus welchem Land kommen die Diplomaten, deren Ausweisung ihr verlangt?«

»Das wird möglicherweise aus den folgenden Namen hervorgehen«, begann Carl leicht ironisch. »Es sind drei Botschaftsangehörige. Der Erste Botschaftssekretär Jurij Andrejewitsch Timofejew, der Zweite Botschaftssekretär Alexander Konstantinowitsch Schistschew sowie der Zweite Botschaftssekretär Ilja Jewgenewitsch Repin.«

»Das hört sich an, als wären es russische Namen«, sagte der Reporter mechanisch.

»Für mich hört es sich genauso an«, bemerkte Carl trocken.

»Wie sicher seid ihr, daß ... daß die Leute, die ihr festgenommen habt, tatsächlich schuldig sind?« fragte der Reporter weiter. Er suchte im Augenblick nach der *cleveren* Frage, da Hamilton bisher tatsächlich im Übermaß der Erwartung entsprach, auf alle Fragen knapp und direkt zu antworten.

»Wir haben hochkomplizierte Spionageausrüstung gefunden und verfügen über sichere Indizien dafür, daß zwei dieser drei Personen schon früher für eine fremde Macht gearbeitet haben. Außerdem ist es uns gelungen, alle drei zu ihrem jeweiligen Führungsoffizier zurückzuverfolgen.«

»Welches war die fremde Macht, für die zwei der drei früher gearbeitet haben?«

»Die DDR.«

»Woher wißt ihr das?«

»Nach dem Zusammenbruch der DDR sind viele Informationen zu uns in den Westen gelangt. Das war jedoch nicht der interessanteste Umstand, interessanter war vielmehr die Frage, ob eine andere Macht die Agenten übernehmen würde. Was in diesen beiden Fällen geschehen ist.«

»Sind euch noch mehr ehemalige DDR-Agenten bekannt?«

»Ja.«

»Warum schnappt ihr nicht auch die?«

»Das hat mehrere Gründe. Ein Aspekt ist die Zeitfrage. Zahlreiche Agenten wurden in den sechziger und siebziger Jahren von der DDR angeworben. Das bedeutet, daß der Ablauf der Verjährungsfrist jetzt bevorsteht. Ein anderer Umstand ist die Tatsache, daß die DDR nicht mehr existiert, und das schafft weitere juristische Komplikationen, mehr, als man zunächst glauben könnte. Darüber hinaus gibt es noch weitere Gründe, über die ich mich nicht äußern darf.«

»Ist es ein Zufall, daß diese Festnahmen gerade jetzt erfolgen, nachdem du Säpo-Chef geworden bist?« fragte Thomas Hempel ein wenig einschmeichelnd, da er davon ausging, daß das Interview jetzt beendet war.

»Nein«, erwiderte Carl knapp.

»Könntest du das bitte erläutern? Worin besteht der Unterschied? Ist es deine Erfahrung als Mann des Nachrichtendienstes?« fragte Thomas Hempel nach einigem Zögern; er hatte geschwankt, welches Wort er für *Spion* wählen sollte. Irgendwie hatte er das Gefühl, daß die eigenen Leute niemals *Spione* sein könnten.

»Das könnte man annehmen«, erwiderte Carl, »aber so verhält es sich nicht. Es ist eine Änderung unserer Politik. Von jetzt an hat die schwedische Sicherheitspolizei die Absicht, die Spione fremder Mächte zu schnappen.«

»Woher dieser Sinneswandel?« fragte Thomas Hempel verwirrt; er hatte die Frage gestellt, ohne nachzudenken.

»Wir haben bestimmte Prioritäten neu bewertet. Heute haben wir den ersten Tag des kurdischen Neujahrsfests, einen Tag, an dem wir hoffentlich keine kurdischen Kinder festnehmen, sondern lieber russische Spione«, sagte Carl und erhob sich plötzlich.

Thomas Hempel hatte nichts dagegen einzuwenden, da er keine Fragen mehr hatte. Das Interview würde schon in seiner gegenwärtigen Form den Schwerpunkt der wichtigen Sendungen des Tages am Nachmittag bilden und sogar noch die Sendetermine des kommenden Morgens und Vormittags beherrschen. Außerdem die sogenannten Kurznachrichten des kommenden Tages, bei denen allgemeines Gefasel alle dreißig Minuten die Rockmusik des dritten Programms unterbrechen würde. Überhaupt würde dieses Interview alle anderen Nachrichten beherrschen, falls sich in der Türkei nicht gerade ein bekannter Sportler den Fuß brach.

Erst im Fahrstuhl ging Thomas Hempel auf, daß Hamilton nur *einmal* selbst die Initiative ergriffen hatte. Er hatte nur eine einzige Frage beantwortet, die gar nicht gestellt worden war, und das überdies höchst effektvoll, da das Interview damit beendet worden war: Die Säpo hatte zum kurdischen Neujahrsfest zugeschlagen. Da Hamilton gerade das betont hatte, wurde es zu einem ironischen Kommentar der Arbeit aller früheren Säpo-Regimes. Außerdem ein sehr bedeutungsschweres Ende des Interviews.

Thomas Hempel war plötzlich leicht euphorisch zumute. Dies war vermutlich das beste oder zumindest eins der besten Interviews, die er seit langer Zeit gemacht hatte. Und dieses Interview hatte Erik Ponti aus der Hand gegeben, weil er angeblich mit irgendeinem türkischen Fußballspiel zu tun gehabt hatte?

Carl blieb noch eine Zeitlang in seinem Ledersessel sitzen und versuchte das Interview im Gedächtnis zu repetieren. Dann ging er zu seinem Schreibtisch zurück, klappte eine schwarze Ledermappe auf, die seine Notizen verdeckte, und hakte auf seiner Liste einige Punkte ab. Es gab noch rund drei weitere denkbare Fragen, die er hätte beantworten können. Doch so, wie es gelaufen war, war es mehr als ausreichend. Die Medien waren in der Politik eine starke Waffe, darin hatte Erik Ponti unleugbar recht.

Jetzt hatte er noch etwas Benzin ins Medienfeuer gekippt, und da blieb den Politikern wohl kaum eine andere Wahl, als sich mit Hurra-Rufen anzuschließen und sich zu bemühen, einen möglichst großen Teil der Ehre für sich zu beanspruchen. Jetzt war das Mahl serviert, man hatte den Gästen zugeprostet und den Ministerpräsidenten willkommen geheißen. Jetzt konnte er sich für eine Weile diskret zurückziehen.

Doch der Ministerpräsident und sein Staatssekretär Lars Kjellsson waren gar nicht froh gewesen, als Carl an diesem Morgen zu einem Treffen im Regierungsgebäude Rosenbad erschienen war. Sie zeigten sich höchst kritisch und monierten, daß sie die Informationen erst eine Stunde im voraus erhalten hatten; um 9.01 Uhr exakt hatte er mitgeteilt, daß die Aktion in genau neunundfünfzig Minuten stattfinden werde.

Als er eintrat, hatten sie sich in einer Diskussion zu einem völlig anderen Thema befunden. Soviel Carl verstand, hatte es mit einer neueingesetzten Gruppe zu tun, einer Mischung aus Promis und Feministen, die beauftragt werden sollte, die Macht der Massenmedien zu untersuchen, und zwar mit einer kritischen Spitze gegen Familie Bonnier und den Medienmogul Stenbeck. Carl konnte nicht heraushören, worin das Problem bestand. Möglicherweise war einer der Kontrahenten der Ansicht, daß noch mehr Prominente nötig seien. Er erzählte kurz, es sollten drei Spione festgenommen werden. Das habe wahrscheinlich zur Folge, daß man drei Offiziere des russischen Nachrichtendienstes des Landes verweisen müsse, die sich erst seit kurzer Zeit in Schweden aufhielten, unter dem Deckmantel ihrer Botschaftszugehörigkeit arbeiteten und somit diplomatische Immunität genössen. Als er das erklärte, machten die beiden Politiker ein Gesicht, als begriffen sie nicht, was er sagte.

Er mußte seinen kurzen Vortrag wiederholen. Die erste Reaktion des Ministerpräsidenten war so etwas wie Resignation und Enttäuschung. Er murmelte: »Ich bezweifle, daß es notwendig ist, sich mit solchen Dingen zu beschäftigen.«

Carl vermutete, daß diese Reaktion etwas mit der Theorie zu tun hatte, derzufolge man diplomatische Beziehungen nicht unnötig mit etwas stören dürfe, was der Formel zufolge »obsolete Spionagegeschichten« waren. Damit war der Zusammenbruch des Kommunismus in Osteuropa nach 1991 gemeint. Das einzige Land der EU, das sich in den Erkenntnissen aus den ostdeutschen Archiven festbiß, war lustigerweise Deutschland. Dort traf die Rache kleine wie große Spione gleichermaßen. In den meisten anderen Staaten hatte man es für praktischer gehalten, die einheimischen Agenten in den Archiven zu begraben und so zu tun, als gäbe es sie nicht.

Zumindest vermutete Carl, daß die erste übellaunige Reaktion des Ministerpräsidenten auf einer solchen Assoziation beruhte. Deshalb wies er schnell darauf hin, daß es natürlich etwas völlig anderes sei, wenn das neue Rußland alte Agenten reaktiviere. Insoweit müsse es doch eine kluge Politik sein, dem Übel sofort zu begegnen. Die jetzt festgenommenen Männer seien jedenfalls keine »obsoleten« Figuren aus den siebziger Jahren, sondern jetzt, in diesem Augenblick, in dem sie festgenommen werden sollten, noch durchaus aktiv.

Lars Kjellsson löste den Knoten, indem er Carl bat, über die bisherige Ermittlungsarbeit sowie einige andere technische Zusammenhänge zu berichten. Anschließend erlaubte sich Carl den Hinweis, daß der Ministerpräsident, der Staatssekretär und er selbst schon bei einem früheren Gespräch eine neue Strategie für die Sicherheitspolizei formuliert hätten. Schließlich sei ja berücksichtigt, daß die Säpo aufhören solle, Einwanderer zu jagen, um statt dessen die Spionageabwehr zu intensivieren. Das sei ein konkretes Ergebnis des allgemeinen Politikwandels, der Unterschied sozusagen zwischen einem bürgerlichen und einem sozialdemokratischen Regime.

Der Ministerpräsident schluckte widerwillig und nicht ohne Mißtrauen diesen Köder. Doch was er selbst darüber auch denken mochte, wenn er an die Öffentlichkeit trat, um die Spionageaffäre zu kommentieren, würde er genau das sagen müssen. In dieser Hinsicht hatte er keine Handlungsfreiheit. Die Spione würden sehr bald festgenommen werden, und das konnte er schließlich nicht verbieten.

Doch weder der Ministerpräsident noch Lars Kjellsson waren besonders gut gelaunt, als Carl ging. Zuvor war ihm noch mit unfreundlichen Worten bedeutet worden, den Ministerpräsidenten für den Rest des Tages über jede neue Phase der Angelegenheit informiert zu halten.

Das hatte er auch getan. Und jetzt sollte die Tagesarbeit auf einer kurzen Gruppenkonferenz mit seinen führenden Mitarbeitern zusammengefaßt werden. Außerdem waren Vorträge der Vernehmungs- und Analysegruppe vorgesehen. Vorläufigen Berichten zufolge sollte es angenehme Nachrichten geben. Es blieben noch zwanzig Sekunden bis zur Konferenz, und Carl hörte, wie seine Mitarbeiter draußen vor der Tür standen und unruhig auf der Stelle traten. Er lächelte über sein Admirals-Theater still in sich hinein, machte sich gerade, rückte seine Kleidung zurecht, schloß die Augen und konzentrierte sich auf seine Rolle als Schwarzer Admiral.

Dann ging er zur Tür, sah auf den Sekundenzeiger seiner Armbanduhr und öffnete auf die Sekunde pünktlich, so daß er einen seiner Polizeidirektoren überraschte, der gerade die Hand hob, um anzuklopfen.

»Ausgezeichnet, daß Sie pünktlich sind, das weiß ich zu schätzen, meine Herren«, sagte Carl, dem die Theatermaske schon fest im Gesicht klebte. »Bitte sehr, kommen Sie rein und nehmen Sie Platz.«

Die Vorträge waren schnell überstanden, da die beiden vortragenden Kommissare ganz sicher davor gewarnt worden waren, ihre Darlegungen unnötig in die Länge zu ziehen.

Die Ergebnisse der Analysegruppe waren nicht ganz so gut, wie Carl gehofft hatte. Bei zweien der Festgenommenen, dem Kommissar der hauseigenen Industrieschutzgruppe und dem Burschen vom Industrieministerium, waren entscheidende Funde gemacht worden. Man hatte Dokumente gefunden, belichtete und unbelichtete Filme sowie Karten mit Markierungen, die zu Treffpunkten führten. Dort hatte man die Verdächtigen während der Fahndung fotografiert und einige andere Erkenntnisse gesichert, was die Beweislage insgesamt zufriedenstellend machte. Bei dem Beamten des Außenministeriums waren nur Dokumente gefunden worden, die er wohl kaum hätte mit nach Hause nehmen dürfen, jedoch keine technische Ausrüstung, um diese zu kopieren oder zu fotografieren. Die vorläufige Durchsicht der Bankkonten der Verdächtigen hatte ebenfalls nichts ergeben, worauf man den Finger legen konnte.

Die Ergebnisse der Vernehmungsgruppe waren angesichts dieses Hintergrunds ein wenig überraschend. Alle drei Männer hatten einiges zugegeben. Doch nur einer der Verdächtigen hatte bisher ein volles Geständnis abgelegt, nämlich der Beamte des Außenministeriums, der offenbar der weichste der drei war, ein etwas aparter, femininer Typ.

Der ehemalige Kollege, oder wie man ihn nennen sollte, hatte erklärt, daß er sich gerade mit einer geheimen Operation befasse, die zum Zweck habe, bestimmte russische Nachrichtenoffiziere zu entlarven. Zusammenfassend ließ sich sagen, daß der Mann einfach zuviel gequatscht hatte.

Als die Vorträge beendet waren, bat Carl um die Ansichten seiner Mitarbeiter zu einem konkreten Problem. Ob es eine gute Idee wäre, den dreien bei Kooperation Strafmilderung zu gewähren? Ob es möglich sei, die Verdächtigen in dieser Hinsicht zu überzeugen? Sei das überhaupt eine legale Methode?

Carls Chefjurist machte sich an eine komplizierte Beschreibung der sogenannten Kronzeugenregelung, die normalerweise in Schweden nicht angewendet wurde, weil es für solche Dinge keinerlei gesetzliche Grundlage gab.

»Es dürfte allseits bekannt sein, daß diese Methode bei der schwedischen Polizeiarbeit gelinde gesagt üblich ist«, erklärte der Jurist. »Man redet verdächtigen Gesetzesbrechern ein, daß es ihnen nur zugute kommen kann, wenn sie mit uns zusammenarbeiten, was sie in der Regel aber durchaus nicht tun.

Es gibt jedoch bestimmte Möglichkeiten, das legale Hindernis gerade bei Verbrechen gegen die Sicherheit des Landes zu umgehen. Das einfachste Beispiel wäre hier *der ehemalige Kollege,* was im Augenblick wohl die einzig angemessene Bezeichnung für diesen Mann sein dürfte. Mit ihm hätten wir grundsätzlich nach zwei Methoden vorgehen können. Man hätte zu ihm ins Zimmer gehen und die Karten auf den Tisch legen können, um ihm dann sofort gegen ein umfassendes Geständnis und Zusammenarbeit Immunität anzubieten. Dieser Weg wäre nach einer Entscheidung des Säpo-Chefs gangbar, der schließlich darüber entscheiden kann, ob es überhaupt eine Voruntersuchung geben soll. Inwieweit dies eine Gesetzeslücke ist oder nicht, kann man sicher diskutieren, aber die gesetzgebende Körperschaft unseres Landes, der Reichstag, ist in seiner Mehrheit für solche juristischen Feinheiten weder spezialisiert genug noch überhaupt daran interessiert.

Jetzt, wo alle drei vorläufig festgenommen sind, ist die Lage ein bißchen kniffliger. Inzwischen ist nämlich auf eine Entscheidung von Oberstaatsanwalt Jan Danielsson Rücksicht zu nehmen. Was auf gut schwedisch jetzt nötig ist, ist ganz einfach ein Übereinkommen zwischen dem Säpo-Chef und dem Oberstaatsanwalt.«

Carl schlug vor, die Vernehmungsgruppe solle diesen Vorschlag bei allen drei Verdächtigen ausprobieren. Es spiele schließlich keine Rolle für die Sicherheit des Landes, ob diese nun zu sechs oder zwölf Jahren Gefängnis verurteilt würden, wohl aber für sie selbst. Es sei zwar wichtig, sie aus dem Verkehr zu ziehen, aber genauso wichtig, sich ein möglichst vollständiges Bild von den neuen Arbeitsmethoden der Russen zu verschaffen. Jemand dagegen?

Keiner der Anwesenden äußerte ein Wort. Folglich war keiner dagegen, zumindest nicht genügend dagegen, um es dem Schwarzen Admiral in diesem Augenblick zu sagen. Damit beendete Carl die Konferenz und rief Lars Kjellsson an. Er teilte diesem kurz angebunden mit, er sehe keinerlei Hindernisse für das Verfahren Haftbefehl, Prozeß und Verurteilung. Dann gab es noch einige praktische Fragen, nämlich die Verhandlung darüber, ob man die Höhe der Strafe gegen umfassende Geständnisse mildern könne, und so weiter, doch dazu brauche die Führung des Landes wohl nicht gerade heute Stellung zu nehmen? Wie schon gesagt, drei Festnahmen seien die Ernte des Tages.

Lars Kjellsson beendete das Telefonat schnell. Am Abend sollte sich der Ministerpräsident in den Fernsehnachrichten äußern, und jetzt brauchte er nur noch auf den Wagen aufzuspringen, den Carl ihnen gezeigt hatte: Es sei das Verdienst der neuen Regierung, daß die Spione hätten gefaßt werden können, und so weiter.

Carl nahm den Hörer schnell wieder auf, rief den Personenschutz an und teilte mit, er habe die Absicht, in zwanzig Minuten in seinem eigenen Wagen nach Hause zu fahren. Er fragte, ob das für die Vorbereitungen Zeit genug sei.

Das war es nicht, wie der nervösen Stimme am anderen Ende anzumerken war, obwohl sie versicherte, natürlich lasse sich das machen. Carl korrigierte sich und machte eine halbe Stunde daraus.

Dann entnahm er seinem Panzerschrank eine Mappe, in der von bestimmten Säpo-Agenten die Rede war, die jetzt abgewickelt wurden. Er memorierte Detail um Detail und machte sich dabei von Hand einige Notizen. Als eine halbe Stunde vergangen war, verschloß er das Material wieder im Panzerschrank und begab sich zu seinem Reißwolf, dem er seine handgeschriebenen Notizen überantwortete.

Er fühlte sich innerlich rein, als er mit der gesetzlich erlaubten Geschwindigkeit in Richtung Stenhamra fuhr. Er hätte sein Gefühl nur so beschreiben können, mit dem Wort rein. In einer anderen Zeit, in der Tessie und Ian Carlos auf ihn zu Hause gewartet hatten, wäre er vielleicht *strahlender Laune gewesen* oder gar *glücklich;* das waren jedoch Worte, die er inzwischen aus seinem Wortschatz gestrichen hatte.

Zufrieden über ein gelungenes Tagewerk war er trotzdem. Eine der beiden großen Neuerungen, die er sich als Säpo-Chef vorgenommen hatte, hatte sich jedenfalls deutlich für alle manifestiert, die es anging – für die Steuerzahler, die Russen und die schwedische Regierung. In dieser Reihenfolge. Das eine große Projekt war dabei, endgültige Form anzunehmen, das zweite war angelaufen, und danach wäre alles vorbei. Das war ein sehr reines Gefühl.

Als er bei seinem leeren Haus ankam, war es draußen noch hell. Er mußte sich demnach noch ein paar Stunden beschäftigen und widmete sich dem Aufräumen. Zumindest nannte er es so. Er führte einige Telefongespräche, rief die Banken in San Diego und in Luxemburg an, dann seinen Anwalt in Stockholm, der bestimmte Stiftungsgelder verwalten und einige andere Aufträge übernehmen sollte.

Dann verbrannte Carl die letzten Reste von Tessies und Ian Carlos' Kleidung zusammen mit einigen eigenen Kleidungsstücken, die in seiner Erinnerung so stark mit den beiden verbunden waren, daß er es nie über sich bringen würde, sie noch einmal zu tragen.

Als er zu seinem begehbaren Kleiderschrank hinüberging, fiel sein Blick auf einige Regale, in denen einige kleine Lederetuis in verschiedenen Farben lagen. Irritiert riß er den ganzen Packen an sich und nahm ihn mit in die Küche hinunter. Er holte den Müllbeutel hervor, der schauerlich roch, da er seit mehreren Tagen nicht zu Hause gewesen war. Er schüttelte die Medaillen auf den Fußboden, da die Etuis brennbarer Müll waren und anderweitig entsorgt werden mußten. Der klirrende, immer größer werdende Haufen von Orden neben dem stinkenden Müllbeutel erfüllte ihn mit Ekel über sich selbst, über die Fähigkeit des Menschen, auf äußeren Schmuck überhaupt Wert zu legen, über die Moral, derzufolge das, was ein starker Mann tut, immer berechtigter ist als das, was ein schwacher Mann tut, über die öffentliche Moral, die immerzu von sich behauptet, gegen *Gewalt* zu sein. Es wurden schöne Reden zu diesem Thema gehalten; die Hausfrauen des Millionärsvororts Djursholm organisierten so etwas wie eine Volksfront »Für Menschen gegen Gewalt«. Zugleich belohnt die Gesellschaft ihre besten Mörder mit Glasperlen und bildet ihre Söhne dazu aus, mit großem Ernst das Handwerk des Tötens zu erlernen.

Carl schnappte sich eine Faust voller Orden und warf sie in den Müllbeutel, wo sie unter getrockneten Teeblättern, sauren Milchpackungen, Saucenresten, Apfelgehäusen, Joghurtbechern aus Kunststoff und schmutzigen Plastiktellern von Fertiggerichten landeten.

Er ergriff den Müllbeutel an den Rändern und schüttelte ihn ein wenig, um mehr Platz zu erhalten. Ihm fiel das komische Geräusch des metallischen Klirrens auf Müll auf. Er warf einen Blick auf das Durcheinander, und dieser visuelle Eindruck verstärkte noch seine komischen Assoziationen.

Plötzlich überlegte er es sich anders. Es war wie ein Reflex aus der Erziehung in der Kindheit, der Moral, die ihm sagte, es sei unanständig, das Essen nicht aufzuessen, da es in Afrika hungernde Kinder gebe, es sei Sünde, Nahrungsmittel zu verschwenden, und man dürfe auch mit Geld nicht überheblich umgehen; seine Mutter hatte die Schnüre der Weihnachtspäckchen am Heiligen Abend aufgehoben, sie zu kleinen Knäueln gebunden und sie in der geräumigen Speisekammer des Schlosses verwahrt, wo man sie erst nach ihrem Tode anzurühren wagte und wegwarf.

Es gab noch etwas Besseres, Komischeres, was er mit diesem Feuerwerk der Eitelkeit anstellen konnte. Er nahm die Orden an sich und spülte sie lächelnd nacheinander unter dem Wasserhahn ab, trocknete sie mit einem karierten Küchentuch aus Leinen und legte sie dann wieder in ihre Etuis zurück. Er nahm sie mit nach oben, legte sie auf den Schreibtisch und wählte eine Telefonnummer in London, die er in seinem Adreßbuch fand.

Doch dann ging ihm auf, daß es in London jetzt schon nach sieben war und daß somit das letzte Detail des Aufräumens bis zum nächsten Morgen warten mußte.

Er ging durch die Hintertür hinaus und schlenderte langsam zum Bootshaus hinunter. Er gab den Türcode ein und trat ein. Draußen lag immer noch Eis auf dem Wasser, grau, matschig, brüchig und nicht mehr zu betreten. Das leere Becken unten im Bootshaus war jedoch eisfrei. Das Ruderboot hing an seinen Stahlkabeln unter der Decke.

Er fühlte sich innerlich immer noch *rein,* als er die Ausrüstung aus den soliden Stahlschränken nahm und sich langsam ankleidete. Sein Kopf leerte sich. Die Gedanken verschwanden gleichsam. Dann ging er automatisch die technische Prüfliste durch, während er sich die Ausrüstung anzog. Mit den Schwimmflossen in der Hand bestieg er das kleine Becken, setzte sich in das kalte Wasser, ließ sich sinken und kauerte sich wie ein Embryo zusammen, damit die letzte Luft aus dem Taucheranzug gepreßt wurde. Dann suchte er mit dem Kompaß die gewünschte Richtung und schwamm unter dem Eis mit ruhigen, gleichmäßigen Zügen in die Dunkelheit.

Tony Fernandez war mitten in Marbella im Kofferraum seines eigenen Wagens aufgefunden worden, drei Kilometer von seiner erst vor kurzem bezogenen weißen Villa entfernt. Die Tatsache, daß er tot war, war für die spanischen Polizeibeamten nicht das aufsehenerregendste. Sie hatten schon geahnt, was sie finden würden, als sie mit ihren Werkzeugen den Kofferraum zu öffnen begannen, denn der Gestank war schwer zu ertragen gewesen.

Der aufsehenerregendste erste Eindruck bestand darin, daß der Mann sein Geschlechtsteil im Mund hatte. Das war ein sehr spezielles lateinisches Signal: die übliche Strafe für den, der zuviel geredet hatte, was entweder an Südamerika oder Sizilien denken ließ.

Seine schwedische Freundin brach schnell zusammen, als man sie vernahm, denn weder die Polizei noch der diensthabende Staatsanwalt sah irgendeinen offenkundigen gesetzlichen Grund dafür, daß sie sofort über sein Geld verfügen sollte. Sie hatte auf das schwedische Gesetz über zusammenwohnende unverheiratete Paare verwiesen und dabei den schwedischen Ausdruck für Lebensgefährte verwendet; doch da *sambo* im Spanischen eher so etwas wie ein Schimpfwort für Neger war, war den spanischen Beamten der juristischen Inhalt ihrer Ansprüche höchst unklar.

Erst da erklärte sie, Tony Fernandez sei Schwede und heiße eigentlich Pontus Tardell. Und aus diesem Grund müsse das schwedische Gesetz über zusammenwohnende Paare gelten.

Nachdem die Nachforschungen über das Interpol-Netz angelaufen waren, trafen blitzschnell Informationen ein, da Pontus Tardell auf der Liste der zehn gesuchtesten Verbrecher in Europa stand. Er wurde des Mordes an einer schwedischen Frau verdächtigt – was angesichts ihres Vornamens, Teresia Maria Corazón Hamilton, ein lustiger Gedanke war – und deren minderjährigem Sohn Ian Carlos.

Pontus Tardells *Verlobte,* wie die spanischen Polizisten die Frau schließlich bezeichneten, wurde umgehend festgenommen. Man teilte ihr mit, sie sei einer langen Reihe von Verbrechen verdächtig, die ihr juristisch fremd zu sein schienen, obwohl ihr durchaus klar war, worauf es hinauslief. Sie habe sich, so wurde ihr erklärt, zusammen mit einem gesuchten Verbrecher auf der Flucht vor dem Gesetz befunden, habe Geld ausgegeben, das durch Verbrechen erworben worden sei, habe den Einwanderungsbehörden absichtlich irreführende Angaben gemacht. Überdies habe sie sich in ihrem Heimatland eventuell der Beihilfe zum Mord schuldig gemacht, unter Umständen auch der Beseitigung ihres »Sambo«, da sie offenbar in dem Glauben gelebt habe, ohne weiteres über sein Geld verfügen zu können.

In der regionalen Niederlassung der französischen Bank Crédit Lyonnais hatte Fernandez alias Tardell ein Konto, auf dem mehr als fünfzig Millionen Peseten deponiert waren.

Lisa-Stina Fjärdemo mußte fünf Tage in einer Polizeizelle verbringen, was wohl durchaus ihren schlimmsten Vorurteilen über spanischen Standard entsprach, bevor die nach Marbella gereisten schwedischen Polizeibeamten sie sehen durften.

Sie fanden sie sehr kooperationsbereit, nachdem sie erklärt hatten, daß die Verbrechen, deren man sie in Spanien verdächtige, ihr bis zu zwanzig Jahre Gefängnis einbringen könnten, während die Verbrechen, deren man sie in Schweden verdächtige, Beihilfe zur Flucht und Hehlerei, höchstens mit zwei Jahren Gefängnis geahndet würden. Sie erklärte sich schnell mit ihrer Auslieferung nach Schweden einverstanden und wurde noch am selben Tag mit den beiden schwedischen Polizeibeamten nach Hause geflogen.

Unmittelbar nach der Ankunft in Arlanda wurde sie vorläufig festgenommen, so daß der Weitertransport direkt zum Kronoberg-Untersuchungsgefängnis auf Kungsholmen erfolgte. Ihr »Sambo« würde ein paar Tage später in einem Zinksarg nachkommen.

Sie war ein außergewöhnlich kooperationsbereites Vernehmungsobjekt. Das lag nicht allein daran, daß die Ereignisse ihr einen tiefen Schrecken eingejagt hatten, auch nicht an den Drohungen der spanischen Polizei vor ihrer Rückkehr in die Heimat. Das Leben in Marbella hatte sie zu Tode gelangweilt.

»Zu Anfang kam mir alles wie ein Scherz vor«, sagte sie. »Mein Freund, na ja, damals war er eigentlich noch nicht mein Freund, sondern nur ein Typ, mit dem ich mich gelegentlich traf und eine Nummer schob. Dann fing er plötzlich an, mir die Ohren vollzulabern, er habe ein Riesending am Laufen und kriege dafür eine Million Dollar. Und wenn das erledigt sei, wollte er mit mir irgendwo hin. Dann sei den ganzen Tag nur noch Hully Gully angesagt. Das Problem war nämlich, daß er nach diesem Ding sofort verschwinden mußte.

Ich hab' das aber nicht so ernst genommen. Unter meinen Bekannten gibt es genug Türsteher, die den ganzen Tag Anabolika und anderes Zeug schlucken, und viele von denen faseln von irgendeiner heftigen Sache, mit der sie Knete bis zum Abwinken verdienen wollen. Dieses Gequatsche kannte ich schon. Jedenfalls tauchte er eines Tages auf und sagte, morgen knallt's. Er zeigte mir zwei Flugtickets auf unsere Namen und bat mich, gegenüber dem Scandic Hotel an der Haltestelle der Flugbusse zu warten. Ich sollte Paß und Papiere mitbringen. Ich bin dann hingefahren, fast zum Spaß, doch dann kam er plötzlich in einem Taxi an. Er war total neben sich, obwohl er den Coolen spielte; jedenfalls klappte er hinten auf dem Rücksitz neben mir plötzlich einen Aktenkoffer auf. Den Inhalt zeigte er mir nur kurz und sagte dann, jetzt könnte ich eine Million Dollar in Scheinen sehen. Dann sind wir erst nach Paris geflogen, dann irgendwohin in Deutschland und dann nach Marbella.

Zu Anfang hat mir das natürlich viel Spaß gemacht. Ich konnte in den Schaufenstern auf alles zeigen, was ich wollte, und er hat es mir gleich gekauft. Nach einer Woche im Hotel haben wir uns einen grünen Jaguar und eine große weiße Villa gekauft. In den ersten Nächten hatten wir darin nur ein großes Bett und eine Stereoanlage gehabt, aber dann kauften wir uns alles, was man sich nur wünschen kann. Über Marbella kann man sagen, was man will, aber der Service da ist in Ordnung, wenn man genügend Knete hat.

Zwei oder drei Wochen lang war das obergeil da unten. Doch als ich anfing, davon zu reden, daß es ja auch so was wie 'ne Zukunft gibt, wurde er plötzlich kurz angebunden und meinte, nach Schweden könnten wir sowieso nie mehr zurück. Und zum Schluß war er manchmal unheimlich high und faselte davon, die Bullen seien hinter ihm genauso her wie hinter diesem Palme-Mörder. Ich dachte erst, was redet der da für einen Scheiß.

Wir gingen jeden Abend um die Häuser, und er gab das Geld mit vollen Händen aus. Wir waren jeden Abend stinkbesoffen. Das Problem war, daß er immer soviel quatschte.

An einem Abend kamen ein paar Typen zu uns und setzten sich einfach dazu, als gehörte ihnen der Laden. Sie sagten, jetzt mußt du dich zusammenreißen, sonst nimmt es noch ein böses Ende mit dir. So hab' ich das jedenfalls verstanden.

Spät am Abend sagte er mir dann, er sei ein Mafia-Mörder, ein wirklich wichtiger Killer, den sie nur bei den ganz großen Jobs einsetzten. So hatte er also seine Million verdient. Er hatte einen verdammt wichtigen Kontrakt wegen irgendeines Kerls erfüllt, auf den die Mafia sauer war.

Ich hatte keine Ahnung, was ich glauben sollte.«

Das war ungefähr alles, was die verdächtige Kosmetikerin Lisa-Stina Fjärdemo schon während ihres ersten Verhörs durch zwei verblüfft abwartende Polizisten vom Stockholmer Gewaltdezernat hervorsprudelte. Für die beiden vernehmenden Polizeibeamten war der Zusammenhang kristallklar; Tardell war der ABAB-Wachmann, der des Mordes an Frau Hamilton und Hamiltons minderjährigem Sohn verdächtigt wurde.

Und wenn dies eine besonders geschickte Methode sein sollte, sich von dem Verdacht zu befreien, war das junge Fräulein Lisa-Stina Oscar-verdächtig, wenn man davon absah, daß ihr juristisches Wissen auf Staatsanwaltsniveau liegen mußte.

Das wurde bei der Polizei nicht als sehr wahrscheinlich angesehen. Sie war vielmehr auf einen Ganoven reingefallen. Ihr war erst hinterher klargeworden, daß ihr Türsteher einen Menschen ermordet hatte. Nicht einmal jetzt, beim Verhör, war ihr klar, wen er ermordet hatte; wahrscheinlich hatte sie seit dem Abflug von Arlanda keine Zeitungen mehr gelesen. Es blieb die Frage, was sie eventuell aus den Blättern hatte erfahren können, die in Südspanien zu haben waren. Da war nur eine Schlußfolgerung möglich: Sie begriff nicht, was mit ihr geschehen war. Das auf Tonband aufgenommene Verhör würde ihren Anwalt dazu bringen, vor Freude zu steppen – falls ein Anwalt überhaupt noch nötig war, wenn der Staatsanwalt sich das Verhör zu Gemüte geführt hatte. Die junge Dame war weiß wie Schnee, da sie so einzigartig dumm war.

Bevor sie das Verhör beendeten, fragten sie sie, ob sie wisse, wer Hamilton sei. Das hatte sie nach kurzem Zögern bejaht. Dann fragten sie, ob ihr bekannt sei, daß Hamiltons Frau und sein minderjähriger Sohn mit einer Autobombe ermordet worden seien. Da riß Lisa-Stina die Augen auf und sagte, Gott, wie schrecklich.

Sie schickten sie in die Arrestzelle hoch, wünschten ihr eine gute Nacht und trösteten sie damit, daß sie gute Aussichten habe, schnell auf freien Fuß gesetzt zu werden.

Anschließend gingen sie zu ihrem Chef hinunter, um ihm mitzuteilen, daß der Fall aufgeklärt sei. Der Mörder Tardell sei tot aufgefunden worden, seine bedauernswerte Freundin sitze in der Zelle und fange wohl jetzt erst an zu begreifen, wen ihr Türsteher ermordet habe. Die Polizei, wenn auch die spanische und wenn auch mit bedeutender Hilfe der sizilianischen Mafia, habe den Mord an Frau Hamilton und ihrem und dem Säpo-Chef gemeinsamen Sohn aufgeklärt. Der Fall sei gelöst. Die Sizilianer hätten auf deutliche und klassische, stilreine Weise gezeigt, daß Tardell zuviel geredet habe.

Diese Nachricht machte ihren Chef Jan Köge sichtlich munter.

Er ließ sofort eine Reihe von Pressemitteilungen zusammenstellen, wie man den Fall schließlich gelöst habe; dazu einige kurze Mitteilungen, die jedoch das Wesentliche enthielten, daß nämlich der Fall aufgeklärt sei und der Verdächtige sich auf dem Weg nach Schweden befinde, wenn auch als Leichnam.

Es gab sehr große Schlagzeilen.

Für Kommissar Wallander von der Polizei in Ystad gab es ein sehr wichtiges Detail in dem, was die Zeitungen über den aufgeklärten Mord schrieben. Nämlich den Preis, der für den Mord bezahlt worden war.

Ein junger Wachmann, der mit anabolen Steroiden ebenso vollgepumpt war wie mit der Vorstellung, daß die Starken ein Recht haben, reich zu werden, bekommt eine Tasche mit einer Million Dollar in Hundertdollarscheinen unter die Nase gehalten: zehntausend Hundertdollarscheine in hübschen kleinen Päckchen in einem dicken ledernen Aktenkoffer. Wallander stellte sich sofort vor, daß es sich so abgespielt haben mußte: Der Mann, der für den Mord vorgesehen war, mußte das Geld vorher gesehen haben.

Wer der sizilianischen Mafia bei einem Mord an einer nahen Verwandten Hamiltons helfen konnte, konnte daran also acht Millionen Kronen in bar verdienen. Das war unerhört viel mehr als das, was Wallander sich zunächst vorgestellt hatte. Jetzt, nachträglich, als ihm alles klar war, mußte er sich eingestehen, naiv gewesen zu sein. Er wußte zwar im Grunde nicht viel über die sizilianische Mafia, hätte sich aber sagen müssen, daß deren Einkünfte mehrere Milliarden Dollar im Jahr betrugen. Was war da eine Million für etwas, was sie offenbar für wichtig hielten?

Wallander hatte nur einen einzigen lebenden Mafioso kennengelernt, und dieser war wegen zweifachen Mordes soeben vom Amtsgericht Ystad zu lebenslänglicher Freiheitsstrafe verurteilt worden, mochte der Prozeß aus Sicherheitsgründen auch nach Malmö verlegt worden sein. Der Angeklagte hatte nicht den Versuch gemacht, dem zweiten Sizilianer die Schuld zu geben. Vielmehr hatte der Mörder grinsend zugegeben, »nur eins der Weiber erschossen« zu haben, und dann angedeutet, er habe sowieso nicht die Absicht, sehr lange in diesem ungastlichen Land zu bleiben. Dann hatte er sich höhnisch lachend wieder in die Untersuchungshaft bringen lassen. Die Anstalt war zu dieser Zeit von Sicherheitskräften umringt, als würde sie belagert.

Einige Worte, die der Mörder gesagt hatte, hatten auf Wallander einen unauslöschlichen Eindruck gemacht, da sie eine Gedankenwelt beschrieben, die ihm völlig fremd war.

»Wer nicht Manns genug ist, seine Familie zu verteidigen, ist kein richtiger Mann, sondern ein Haufen Scheiße, eine Schwuchtel, eine gottverdammte Memme, ein Jammerlappen.«

Der Mörder hatte diese für seine Verteidigung vollkommen sinnlose Äußerung bei mehreren Gelegenheiten hören lassen. Die Dolmetscherin war übrigens bei der Übersetzung sowohl errötet als auch ins Stocken geraten. Sie war jung und süß und sah aus wie eine Nonne in Zivilkleidung.

Wer nicht Manns genug ist ... überlegte Wallander. War es also das, was mit den Morden an Hamiltons Angehörigen hatte bewiesen werden sollen? Weshalb wollte der Mörder dies immer wieder zum Ausdruck bringen? Er selbst hatte eine ältere wehrlose Frau mit einer Schrotflinte aus nächster Nähe erschossen. War das etwa die Tat eines richtigen Mannes?

Nein, es war ein Flehen an die Vorgesetzten dieses Gangsters, ihn zu befreien; das war die Mitteilung, die er der schwedischen Öffentlichkeit überbringen sollte, um mit einem kleinen goldenen Stern im Buch der Mafia-Verdienste ausgezeichnet zu werden, um sich lieb Kind zu machen und mit einer Befreiung auf juristischem oder sonstigem Weg belohnt zu werden.

So mußte es sein.

Der Preis konnte also bis zu einer Million Dollar betragen, und das war entscheidend. Wallander versuchte sich vorzustellen, wie er selbst in der hypothetischen Situation reagiert hätte, daß ihn jemand dazu zu überreden versuchte, ein Verbrechen mit einem sehr geringen Entdeckungsrisiko zu begehen und dafür mit einer ledernen Aktentasche mit einer Million Dollar bezahlt zu werden.

Er hätte niemanden ermordet, das stand jedenfalls fest. Er würde nie auf einen Menschen schießen. Er hatte es einmal getan und wäre danach beinahe in Alkohol und schlechtem Gewissen untergegangen.

Aber ein geringfügigeres kleines Verbrechen? Ein bißchen Schmu in einer Ermittlung, damit ein Steuerhinterzieher straflos davonkam, etwas in der Richtung? Entdeckungsrisiko gleich Null. Und dazu eine echte Million Dollar, ein garantiert sorgenfreies Alter, ein besseres Leben für seine Tochter, alles, was man sich nur vorstellen kann?

Darauf gab es keine Antwort, zumindest keine garantiert ehrliche. Im Augenblick saß er einsam in seiner tristen kleinen Wohnung in der Mariagatan. Er gestand sich beschämt ein, daß sie tatsächlich ziemlich trist war, und beschloß, etwas dagegen zu unternehmen. Doch zurück zur Frage. In diesem Moment saß er also hier, und niemand sah ihn. Ihm gegenüber saß eine Person in einem schwarzen eleganten Anzug mit einer Aktentasche, von der sich herausstellte, daß sie eine Million Dollar enthielt. Und der Mann mit der Aktentasche bat um einen einfachen kleinen Gefallen.

Nur eine Schlußfolgerung stand fest. Er und seine Kollegen hatten bei ihrer Ermittlungsarbeit mit zu geringem Ehrgeiz gedacht. Sie hatten die finanziellen Verhältnisse einiger in Frage kommender Familien geprüft, mit einer gewissen technischen Fertigkeit hin und her gewendet, da sie Anlaß gesehen hatten, bei dem stets lächelnden Mann ein wenig zu üben. Doch sie hatten nach zu kleinen Beträgen gesucht, nach ein paar hunderttausend mehr oder weniger.

Das war also vollständig falsch gewesen. Der Preis konnte bis zu einer Million Dollar betragen.

Er korrigierte sich sofort. Mit einer absurden marktwirtschaftlichen Argumentation versuchte er sich vorzustellen, daß für einen Menschen, der dem eigentlichen Opfer, Hamilton nämlich, so nahe stand wie Frau und Sohn, ein höherer Preis gefordert werden müßte. Was müßte eine Mutter etwa wert sein ...?

Diese Argumentation war eine gedankliche Falle, die sich zudem durch großen Zynismus auszeichnete. Für die Mafia spielte es vielleicht keine Rolle, ob sie eine Million mehr oder weniger ausgab, die Hauptsache war, der Mann, den man töten wollte, wurde getötet.

Der Betrag mußte so schwindelerregend hoch sein, daß jeder Mensch zum Verbrecher werden konnte. Das war die Logik, die dahintersteckte.

Folglich würden sie sich mit neuer Anstrengung an die Ermittlungsarbeit machen und unter ganz anderen Voraussetzungen von vorn anfangen. Die erste Frage konnte beispielsweise lauten, welcher Angehörige des Personals nicht mehr in Schweden lebte, sondern auf unbestimmte Zeit nach Marbella gereist war. Oder wessen Bruder oder Schwester das getan hatte.

Er empfand es als Ehrensache, diese Arbeit zu vollenden. In der Reihe der Morde, die den gegenwärtigen Säpo-Chef getroffen hatten, gab es nur einen einzigen Mörder oder Mittäter, der sich auf freiem Fuß befand. Einen einzigen. Vermutlich war es ein Mann aus Skåne, vielleicht sogar jemand, der im Polizeidistrikt von Ystad wohnte.

Diesen Mann mußten sie fassen.

Der neue Chef hielt sich immer noch vom *Echo des Tages* fern. Es ging das Gerücht, er bemühe sich um den Chefposten des Staatlichen Kulturrats. Falls das zutraf, würde er schnell damit anfangen müssen, den Sozialdemokraten zu spielen und erheblich weniger von Unternehmensführung zu sprechen.

Je nachdem, welches Regime in Schweden gerade herrschte, hörten sich die Karrieristen des Landes unterschiedlich an. Das war ein bekanntes Phänomen. Wenn die Sozialdemokraten am Ruder waren, sprachen die Karrieristen von Solidarität, unter den Konservativen von Volkswirtschaft.

Erik Ponti glaubte dem Gerücht, daß der neue Chef seine Flucht ins System vorbereitete. Das Mobbing war erfolgreich gewesen. Die Liste mit der Wette im Bereitschaftsraum, bei der es darum ging, wann und nicht ob er gehen werde, war schon mehr als zur Hälfte ausgefüllt. Schon das war ein gutes Ergebnis. Eine kleine Notiz darüber in den Klatschspalten der Sonntagszeitungen würde seinem Gegner noch mehr Kopfschmerzen bereiten. Der Kampf würde bald siegreich beendet sein.

Die Wette hatte auch die Ausrichtung der Nachrichten beim *Echo des Tages* beeinflußt. Zwar nicht so, daß die Zuhörer es hätten merken können, und nicht einmal in der Redaktion war es ohne weiteres zu spüren, doch für jeden, der wie Erik Ponti schon Jahrzehnte damit zugebracht hatte, »Nachrichten« zu beurteilen und zu verbreiten, war die Entwicklung deutlich sichtbar.

Manchmal, aber nur manchmal, ist die Verbreitung von Nachrichten ein Kampf zwischen Gut und Böse oder rechts und links. Manchmal, aber auch das nur manchmal, ist die Verbreitung von Nachrichten nichts weiter als eine politische Kampagne. Mit der Form hat das nicht sehr viel zu tun, das glauben nur Außenstehende, Politiker und publizistische Sonntagsredner.

Es hat etwas mit dem Inhalt und der Auswahl von Nachrichten zu tun, nur damit.

Im Moment hatte das *Echo des Tages* eine politische Kampagne in Gang gesetzt, bei der Erik Ponti einer der energischsten Antreiber war. Das war in Abwesenheit des neuen Chefs leicht getan. Es ging um den Beschluß der Regierung, bosnische Flüchtlinge mit kroatischen Pässen in Bausch und Bogen auszuweisen, insgesamt fünftausend Menschen, darunter zweitausend Kinder.

Der Ausdruck *Massendeportation* fiel allerdings nicht in den Sendungen. Ein dermaßen negativ besetzter Ausdruck hätte die politische Kampagne als das entlarvt, was sie war. Statt dessen hieß es Abschiebung in großem Umfang.

Für diese Art von Kampf hatte Erik Ponti ein paar einfache Faustregeln. Es war fast immer eine Tragödie, wenn Flüchtlinge, die seit ein paar Jahren zwischen Hoffnung und Verzweiflung in Schweden lebten, ausgewiesen werden sollten. Sämtliche Medien wurden immerzu mit Vorschlägen überhäuft, mal hier, mal dort einzugreifen, um noch ein paar arme Teufel zu retten.

Es galt aber, nur dann in den Kampf zu ziehen, wenn man gute Chancen zu haben glaubte, gegen die Behörden zu siegen. Jede verlorene Kampagne stärkte die Regierung und die Einwanderungsbehörden in ihrer Entschlossenheit, das schwedische Volk dadurch vor Rassismus zu retten, daß man versuchte, die ethnischen Säuberungen möglichst weit zu treiben.

Ethnische Säuberung – das war selbstverständlich auch ein Begriff, der im Zusammenhang mit schwedischer Politik niemals im *Echo des Tages* fallen durfte. Solche Begriffe nahm man nur bei internen Konferenzen in den Mund, bei denen der Ton oft sehr direkt und offen war.

Mehr als achttausend Menschen befanden sich in Schweden auf der Flucht. Ihre Abschiebung war schon beschlossene Sache. Sie versteckten sich in Kirchen und Klöstern sowie bei Privatpersonen. Dies war der konkreteste und stärkste Ausdruck zivilen Ungehorsams in Schweden. Journalistisch war dieses Problem jedoch schwer in den Griff zu bekommen, einmal wegen des Denunziationsrisikos, zum anderen, weil es nötig war, Stimmen zu verzerren, was immer ein unerwünschter Ausweg war. Menschen, die nicht mit eigener Stimme unter ihrem eigenen Namen berichten können, machen wahrscheinlich immer einen zweideutigen Eindruck.

Die fünftausend Flüchtlinge aus Bosnien, die jetzt mit einer Massendeportation bedroht wurden, wären normalerweise keinen Kampf wert gewesen, da Journalisten der gängigen Logik – nicht Moral! – zufolge nur dann in Flüchtlingsangelegenheiten kämpfen sollten, wenn ein Sieg möglich erschien.

Doch dann hatte sich etwas ereignet, was die Voraussetzungen dramatisch verändern konnte. Einige Pastoren in Blekinge hatten die Deutsche Kirche in Karlskrona als symbolischen Schutzraum zur Verfügung gestellt. Ihr Bischof unterstützte sie, und die Bürger begannen, mit Geschenken zur Kirche zu kommen.

Unter der Herrschaft der Konservativen wäre dieses Ereignis beim *Echo des Tages* vielleicht nicht als »wichtige Nachricht« angesehen worden. Zumindest hätte es in der Berichterstattung keinen breiten Raum eingenommen.

Doch jetzt hatten sie eine andere Zeit, ein anderes Regime, und außerdem war der neue Chef nicht da. Erik Ponti trieb die Sache mit großem Enthusiasmus voran. Pastoren, Flüchtlinge, der Bischof sowie gute Vertreter der Öffentlichkeit – die »bösen« wurden nicht gebeten – wurden im *Echo des Tages* unter strenger Wahrung der Objektivität interviewt, und die ganze Sache wurde groß aufgemacht.

Da das *Echo* die Ereignisse in der Kirche groß aufmachte, gab es auch eine entsprechend große Meldung in der Fernsehnachrichtensendung *Rapport,* ebenso in der zweiten Fernsehnachrichtensendung *Aktuellt.* Damit schlossen sich natürlich die Abendzeitungen an und brachten Fotos von Pastoren und weinenden Kindern. Das war der Aufhänger der Story.

Der Einwanderungsminister Leif Blomberg verlor schnell seine Urteilsfähigkeit und begann, die Pastoren zu attackieren, weil diese schließlich »Angestellte der Staatskirche« seien. Wenn man ihn richtig verstand, sollten diese in staatlichen Angelegenheiten lieber das Maul halten oder sich zumindest »mit auf demokratischem Wege getroffenen Entscheidungen abfinden«.

Das gute bürgerliche Christentum im Kampf gegen einen alten sozialdemokratischen Gewerkschaftsbonzen. Das war sehr wirkungsvoll und hielt das Feuer am Leben.

Das war wichtig. Es galt, die Story so lange am Leben zu erhalten, daß sie sich schließlich wie ein Flächenbrand ausbreitete und ein eigenes Medienleben entwickelte.

Der Standpunkt der Regierung war nicht sonderlich glaubwürdig, doch es wäre schwer gewesen, einen Gegenbeweis anzutreten. Man behaupete, von der kroatischen Regierung Garantien dafür erhalten zu haben, daß niemand von den fünftausend aus Kroatien ausgewiesen werde. Somit liefen diese Menschen nicht Gefahr, zu dem bosnischen oder serbischen Kriegsdienst gezwungen zu werden, vor dem viele geflüchtet waren. Die Regierung entsandte sogar eine kleine Delegation nach Zagreb, um »untersuchen« zu lassen, wie die Dinge standen.

Für Erik Ponti bestand die Möglichkeit, seine ausländischen Hilfstruppen zu mobilisieren, in diesem Fall den Osteuropa-Korrespondenten, der am Telefon nicht viel zu hören brauchte, um zu begreifen, was Erik Ponti sich vorstellte; selbstverständlich sollte die schwedische Untersuchungskommission nach allen Regeln der Kunst lächerlich gemacht werden. Das geschah auch rund vierundzwanzig Stunden später mit der einfachen Feststellung, daß die schwedischen Delegierten, die den Status bosnischer Kriegsflüchtlinge in Kroatien untersuchen sollten, zu einem offiziellen Essen eingeladen worden seien, einige kroatische Politiker gesprochen und einen Ausflug gemacht hätten. Allerdings hätten sie mit keinem einzigen bosnischen Flüchtling gesprochen, auch nicht mit einem der UNO-Flüchtlingsbeauftragten für Kroatien, und ebensowenig hätten sie auch nur ein einziges Flüchtlingslager besucht.

Ungefähr in diesem Stadium hatte die Geschichte ihre Eigendynamik gewonnen. Für das *Echo des Tages* ging es nunmehr ungefähr um das gleiche wie für alle anderen. Die Redakteure mußten unter den von Abschiebung Bedrohten so viele empörende Einzelfälle wie nur möglich finden: etwa den Mann, dessen behinderte Tochter in einem Pariser Krankenhaus lag, den Mann, der Gefahr lief, zu einer bosnischen Militäreinheit zwangseingezogen zu werden, von der er geflüchtet war, und der unter Umständen gegen die serbische Einheit kämpfen mußte, in der sein Vater als Zwangsrekrutierter kämpfte, und so weiter.

Damit begannen sich Kulturpersönlichkeiten und Prominente ganz allgemein auf den Seiten der Stockholmer Zeitungen einzumischen. Das führte dazu, daß die fraglichen Prominenten sofort von Talk-Show zu Talk-Show weitergereicht wurden und sich überall dort äußerten, wo sogenannte gesellschaftliche Debatten stattfanden. Damit nahm das Interesse der Abendzeitungen zu, an der Geschichte dranzubleiben, da sie jetzt spannend zu werden versprach: Sollten die Flüchtlinge in Tod und Elend geschickt werden, oder würden sie bleiben dürfen? Würden die Pastoren und Bischöfe sich gegen einen früheren sozialdemokratischen Gewerkschaftsboß durchsetzen, der jetzt Einwanderungsminister war?

Der Kampf war inzwischen so weit gediehen, daß es möglich war, ihn zu gewinnen.

Der Einwanderungsminister würde einen Ausweg aus der Falle finden müssen. Er wollte nicht der Mann sein, der Flüchtlinge in Massen deportierte, Flüchtlinge, denen die schwedischen Medien aufmerksam folgen würden, nachdem man sie ausgewiesen hatte. Der Mann hatte ja »versprochen«, daß niemand würde leiden müssen.

Zumindest was das *Echo des Tages* betraf, war Erik Ponti sicher, daß der Wiener Korrespondent Staffan Heimerson den Auftrag nicht verpatzen würde, den er für den Fall einer Massendeportation nicht einmal zu formulieren brauchte: Such dir die Leute, die trotz des Versprechens des Einwanderungsministers im Elend gelandet sind!

All diese Konsequenzen gingen der Regierung jetzt auf, und das war der Grund, weshalb der Kampf zu gewinnen war.

Schlimmstenfalls würden sie sich aus Prestigegründen gezwungen sehen, ihre Massenausweisung durchzuführen, um zu zeigen, daß »auf demokratischem Weg getroffene Entscheidungen«, das heißt ihre eigenen, unabhängig von der öffentlichen Meinung durchgeführt werden müßten. Doch dann würden sie sich ihren nächsten Versuch, Bürgerkriegsflüchtlinge abzuschieben, sehr genau überlegen müssen.

So etwas wie objektive Nachrichtenvermittlung gab es also nicht, zumindest hatte Erik Ponti keine Vorstellungen dieser Art. Es gab Gut und Böse, und als Journalist konnte man nichts weiter tun, als beides zu zeigen. Am liebsten in einer Sprache, die unantastbar unparteiisch wirkte, damit man sich keine offiziellen Rügen einhandelte.

Oder, konkreter ausgedrückt: Wenn der neue Chef vom *Echo des Tages* es gerade jetzt nicht für richtig gehalten hätte, auf Tauchstation zu gehen, hätte Erik Ponti nicht die Kampagne provozieren können, die inzwischen von allen Medien geschürt wurde, ohne daß jemand den eigentlichen Ursprung zu erkennen vermochte.

So etwas wie *Nachrichten* gibt es im objektiven Sinn nämlich nicht. Wenn man nicht gerade an triviale Meldungen denkt – die Sozialausschüsse planen, das Kindergeld um hundert statt zweihundert Kronen zu senken. Das wäre eine typische *Nachricht*.

Wenn das *Echo des Tages* die Pastoren in der Kirche in Blekinge nicht zu einer großen Sache gemacht hätte, wenn es nur eine »lokale Nachricht« geblieben wäre, würden sämtliche Medien Schwedens die Frage der Abschiebung jetzt ganz anders bewerten. Dann wäre der Kampf für fünftausend Menschen verloren gewesen. Jetzt war der Kampf zwar noch nicht gewonnen, ließ sich aber gewinnen. Und das war der einzig vernünftige Grund, Journalist zu sein.

In Abwesenheit des neuen Chefs hatten sie ein lockeres, allgemeines, tägliches Treffen der gesamten Redaktion um 14.30 Uhr eingeführt – genau zwischen dem gewichtigen Mittags-Echo und den mindestens genauso wichtigen Abendsendungen, da für aktuelle Änderungen noch reichlich Zeit blieb. Entscheidend war der jeweilige Blickwinkel: Machthaber hörten sich meist das Mittags-Echo an, die Allgemeinheit eher die Abendsendungen.

Erik Ponti war unmerklich in die Rolle eines Vorsitzenden bei diesen fröhlichen Gesprächsrunden geschlüpft, die eher muntere Unterhaltungen über die Arbeit und die nächsten Aufgaben waren als förmliche Entscheidungskonferenzen. Er schürte weiter das Feuer in der Frage der Massenabschiebung und gab sich große Mühe zu zeigen, daß er bis ins Detail zu würdigen wußte, was die jüngeren Mitarbeiter inzwischen erreicht hatten. Hier hörte er eine gute Frage, da eine lustige Faselei des Einwanderungsministers;

Erik Ponti wußte, daß solche Dinge wichtig sind, daß jeder junge Journalist gesehen und gehört werden will.

Er war sich überdies der Gefahr bewußt. Immerhin konnte es so aussehen, als sei das Ganze ein Wahlkampf für ihn selbst als neuen Chef. Doch erstens erstrebte er diese Position nicht, denn er wußte besser als jeder andere, wie illusorisch die Macht von Vorgesetzten ist, und dies um so mehr, je weiter sie vom journalistischen Arbeitsfeld entfernt ist. Und zweitens hatte er einen modernen, geradezu genialen schwedischen Fluchtweg ersonnen. Er wußte genau, wie er sich aus dieser Chef-Falle befreien konnte, falls sie sich plötzlich vor ihm auftat.

Ein paar Jahre als Korrespondent in Rom hätte er gern akzeptiert. Das wäre glänzend gewesen. Seine Frau hätte ihr Forschungsvorhaben sehr gut auch von Rom aus weiterverfolgen können. Er selbst hätte endlich sein Italienisch wieder auf Vordermann bringen können. Und außerdem hätte ein solcher Aufenthalt auch seiner Allgemeinbildung gutgetan. Und nicht zuletzt hätte es gutes Essen gegeben – mit französischem Wein.

Das *Echo des Tages* hatte jedoch seit vielen Jahren einen freien Mitarbeiter in Rom, der die Berichterstattung aus Italien besorgte und es überdies sehr gut machte. Es wäre weder vernünftig noch anständig gewesen, den Job dieses Freiberuflers an sich zu reißen.

Osteuropa wurde bis auf weiteres von Staffan Heimerson in einem eisernen Plaudergriff gehalten. Paris wäre vielleicht eine Alternative; sein Französisch war gut genug. Moskau war zu deprimierend, und außerdem sprach seine Frau kein Wort Russisch. Dort würde sie isoliert in irgendeinem Ausländerghetto mit verstopften Abflußleitungen und amerikanischen Weinen leben.

Also mußte er sich dort festklammern, wo er sich befand, und so schlecht war das übrigens auch nicht. Er hatte im Lauf der Jahre ein ausgewogenes Verhältnis zwischen Journalismus und Chefallüren gefunden, an das er zumindest selbst glaubte.

Am selben Nachmittag rief die Sekretärin des Intendanten an und bestellte Erik Ponti mit einer Selbstverständlichkeit zu seinem höchsten Chef, als wäre Sveriges Radio eine militärische Organisation. Erik Ponti sah keinen Anlaß, daraus eine große Sache zu machen, denn dazu war schon seine Neugier viel zu groß. Wenn er zum Intendanten gerufen wurde, stand die Entscheidung kurz bevor. Und im Augenblick hatte er das Gefühl, nicht so ohne weiteres gefeuert werden zu können, und außerdem war er kampfeslustig, wenn auch nicht allzusehr. Es konnte schließlich nur um eins gehen: Sein oder Nichtsein, und zwar für ihn selbst oder den neuen Echo-Chef.

Er fühlte sich fast ausgelassen, als er durch die Korridore schlenderte. Über den Intendanten wußte er nur drei wichtige Dinge. Erstens, daß er einmal ein richtiger Journalist gewesen war, und zwar kein schlechter, unter anderem Korrespondent in New York. Zweitens, daß er geldgierig war und bei Sveriges Radio sich als erster ein Phantasiegehalt und einen sozialen Fallschirm gesichert hatte, nämlich aufgrund der hohen Risiken, die hochbezahlte Männer offenbar eingehen mußten – da sie ein niedrigeres Gehalt riskierten, wenn sie ihre Arbeit vernachlässigten. Drittens, daß der Mann mit Übergewicht zu kämpfen hatte.

Das waren zwei gute und eine weniger gute Voraussetzung für ihre Begegnung. Dennoch war es eine unerhört viel bessere Ausgangssituation, als wenn es ein Chef neuen Typus gewesen wäre, etwa vierunddreißig Jahre alt, total unwissend, was den Journalismus anging, und mit einem Examen der Handelshochschule. Es konnte also durchaus gutgehen.

Der Intendant spielte zunächst kurz den Vorgesetzten, ließ ihn warten, teilte über seinen Kopf hinweg einer Sekretärin mit, er müsse »in New York anrufen«, und sonderte noch weitere Sprüche dieser Art ab. Erik Ponti wartete fast amüsiert, daß sein höchster Chef endlich damit aufhörte, sich auf die Brust zu trommeln, und endlich zur Sache kam.

»Nun, wie ich höre, habt ihr es beim *Echo* in der letzten Zeit nicht ganz leicht gehabt«, begann der Intendant, als er sich schwer wie ein Walroß in einen der knarrenden Ledersessel warf; sein Chefzimmer war sehr »männlich« eingerichtet.

»Nicht so schlimm«, entgegnete Erik Ponti und wahrte sorgsam die Maske. »In der letzten Woche ist es eigentlich recht gut gelaufen. Stimmt es übrigens, daß er sich um den Chefposten beim Staatlichen Kulturrat bemüht?«

Erik Ponti wollte dies eher als Witz gewertet wissen und war bereit, es auch schnell zuzugeben. Doch der Intendant lächelte nicht.

»Wo hast du das gehört?« fragte er statt dessen mißtrauisch.

»Na ja, du weißt schon«, erwiderte Erik Ponti zögernd. »Ein Gerücht wie so viele andere. Es ist ja durchaus möglich, daß er mit diesem Job besser fertig würde. Im Gegensatz zu uns ist er ja kein Journalist, wie du weißt.«

»Er sagte, du hättest ihn permanent provoziert«, unterbrach ihn der Intendant.

»Ach so«, sagte Erik Ponti. »Nun ja, ich bin überzeugt, daß er diesen oder jenen Einwand gegen das, was er seinen *Führungsstil* nennt, als ein wenig gemein empfunden hat. Aber du weißt ja, wie es ist: Wir haben ständig Arbeit, die auf uns wartet. Immer gibt es Dinge, die erledigt werden müssen. Wir können nicht ständig auf Konferenzen herumsitzen und uns die unwichtigen Überlegungen eines leidenden Chefs über seine Karriereprobleme anhören. Hat er nun diesen Job bekommen?«

»Ja«, sagte der Intendant ein wenig irritiert. »Lustigerweise. Doch bevor wir weitergehen: Stimmt es, daß du ihn provoziert hast?«

»Ja, das stimmt«, gestand Erik Ponti mit gespielter Nachdenklichkeit. »Zumindest muß er es so aufgefaßt haben. Der Mann war ja völlig unfähig, er ist, glaube ich, nie Journalist gewesen, nicht mal Chefredakteur. Er dachte, wir wären ein Industriebetrieb, den er *führen* könnte. Na ja, du verstehst schon.«

»Hmm«, murmelte der Intendant, in dessen Blick so etwas wie Einverständnis zu erkennen war, ob gespielt oder nicht. »Ich glaube, ich verstehe das. Jetzt brauchen wir also einen neuen Chef. Ich will die Karten auf den Tisch legen. Ich hatte vorhin Thomas Hempel hier. Er hat abgelehnt. Er hat dich vorgeschlagen. Kommentar?«

»Ich glaube, Thomas wäre an und für sich ein sehr guter Chef geworden«, sagte Erik Ponti langsam, überzeugt, sein entscheidendes Argument gleich anbringen zu können. »Es wäre jedoch ein journalistischer Verlust. Er ist nämlich unser bester Interviewer. Niemand geht besser mit Politikern um als er, und so was zieht man nicht einfach aus dem Ärmel.«

»Und was bist du, ein unentbehrlicher Leiter des Auslandsressorts?« sagte der Intendant anzüglich.

»Nein, aber hoffentlich ein guter«, entgegnete Erik Ponti schnell. »Sicher bin ich da viel besser, als ich als Verwalter sein könnte. Wir

Journalisten vereinen diese beiden Fähigkeiten nicht immer in uns, wie du weißt.«

Der Intendant betrachtete ihn mißtrauisch und suchte nach Anzeichen von Ironie; er selbst war vom Journalisten zu einem Chefposten mit Fallschirm-Berechtigung aufgestiegen, und zwar gerade wegen seiner angeblichen Fähigkeit, als Verwalter noch besser zu sein.

»Aber was hältst du von Thomas' Vorschlag, daß du den Job übernimmst?« fragte der Intendant und richtete sich dabei auf. Er sah aus, als würde er jeden Moment wieder damit anfangen, sich auf die Brust zu trommeln.

»Ich freue mich natürlich, daß Thomas Vertrauen zu mir hat«, begann Erik Ponti vorsichtig. Er ahnte eine Falle.

»Und wie lautet deine Antwort, wenn du das Angebot bekommst?« fragte der Intendant ungeduldig. Er wartete eifrig darauf, zum Angriff überzugehen.

»Sie lautet nein«, sagte Erik Ponti. »Ich habe zwei Gründe, vielleicht drei. Erstens bin ich ein besserer Journalist als Chef. Zweitens habe ich einen Chef vorzuschlagen, der viel besser ist als ich selbst, außerdem ein guter Verwalter, aber ohne abstruse Vorstellungen von Führungseigenschaften und Managerkursen auf der Insel Södertörn. Außerdem ist es eine Frau. Lisa Söderberg.«

»Das ist ein interessanter Vorschlag«, sagte der Intendant, ohne eine Miene zu verziehen. Das gab Erik Ponti das Gefühl, eine Sekunde, nun, nicht gerade vom Tod entfernt zu sein, so zumindest kurz vor einer offenen Konfrontation; der Intendant machte jetzt auf ihn den Eindruck eines Dracula, der jetzt verlegen die Reißzähne einklappte.

»Ja, ich glaube auch, daß es ein sehr interessanter Vorschlag ist«, sagte Erik Ponti. »Den Vorteil, daß sie auch noch eine Frau ist, brauche ich nicht zu erklären. Die Ernennung einer Frau ist zeitgemäß, oder wie wir das nennen sollen. Diese Entscheidung würde jedenfalls nicht auf Kritik stoßen, und du vermeidest jede Diskussion darüber. Sie arbeitet schon lange hier und ist als Antreiberin immer besser gewesen denn als Reporterin. Außerdem hat sie schon jetzt eine Führungsposition, so daß es nicht nach Quotenfrau riecht.«

»Das ist wirklich ein sehr interessanter Vorschlag«, wiederholte der Intendant nachdenklich. Die drohende Haltung, die Erik Ponti geahnt hatte, war wie weggeblasen.

Als Erik Ponti den Intendanten verließ, war er ausgesprochen guter Laune. Er war überzeugt, daß die Besprechung mit einer totalen Konfrontation hätte enden können. Die Auseinandersetzung wäre dann in Schockwellen zur Redaktion hinuntergewandert. Es hätte zu einem Kampf für und gegen ihn selbst kommen können, dazu gegen einen Intendanten, dem es sehr darum zu tun war, sich als tatkräftig zu erweisen. Das wäre ganz und gar nicht gut gewesen.

Jetzt hatte der Intendant in aller Freundschaft einen interessanten Vorschlag erhalten. Lisa Söderberg war zwar eine Frau, doch das bedeutete wahrlich nicht, daß sie der Typ der Quotenfrau war. Im Gegenteil, sie war hochqualifiziert und tüchtig.

Außerdem war da noch etwas, und er war überzeugt, daß der Intendant keine Ahnung davon hatte, und ziemlich sicher, daß Lisa Söderberg es nicht allzuoft erwähnte. Sie hatte in den sechziger Jahren dem gleichen Kollektiv angehört wie er. Ein ehemaliges Altersheim in Julita war damals, als es noch eine geeinte Linke gab, zu einem kollektiven Sommervergnügen umgebaut worden. Die ersten Mitglieder waren nach dem sowjetischen Einmarsch in der Tschechoslowakei ausgeschlossen worden; es waren einige Figuren gewesen, die in der Zeitschrift *Kommentar* geschrieben hatten, der Einmarsch in der Tschechoslowakei sei eine gute Sache, da die zionistische Weltverschwörung dabei gewesen sei, die Macht im Land zu übernehmen. Da diese Schreiberlinge sich unmittelbar danach in einem nagelneuen Moskwitsch eingefunden hatten, waren sie als sozialimperialistische Verschwörer ausgeschlossen worden. Vermutlich mit Recht.

Lisa Söderberg war nie ausgeschlossen worden. Einmal aus dem Grund, daß sie niemals für das eingetreten war, was man damals, zumindest in jenem Kollektiv, Sozialimperialismus nannte. Zum anderen, weil es ihr leichtfiel, mit Menschen zurechtzukommen.

Die Kampagne gegen die Massendeportation von Bosnien-Flüchtlingen hätte ihr gefallen. Sie würde niemals den Vorschlag machen, mit der Führungsgruppe zu einem weißen Schloß des Arbeitgeberverbands nach Sörmland zu fahren, um dort um die Wette Kartenhäuser zu bauen, sich auf dem Fußboden zu wälzen und einander zu umarmen oder sich auf andere Weise darin zu üben, eine moderne schwedische Führungspersönlichkeit zu werden.

Er hatte gewonnen. Nur eins grämte ihn ein wenig – daß er nicht einmal ahnen konnte, was der Intendant in der Hinterhand gehabt hatte, falls er zufällig so dumm gewesen wäre, auf Thomas Hempels Vorschlag einzugehen. Vielleicht hätte man ihn zum Korrespondenten in der Äußeren Mongolei gemacht?

Er würde es nie erfahren. Doch das war nicht so wichtig. Der Griff der Handelshochschule um das *Echo des Tages* hatte sich gelockert. Es würde nicht mehr lange dauern, dann würde man das Wirtschafts-Echo einstellen, das Sprungbrett der Krawattenträger unter den Reportern zu ihrem ersten Job als Leiter einer Abteilung für Informations- und Öffentlichkeitsarbeit.

Es hätte gar nicht besser laufen können.

Der Mord an Mahmoud Saadani erregte zunächst keine größere Aufmerksamkeit, weder in den Medien noch im Polizeiapparat. Das lag nicht allein an der ersten, sehr naheliegenden Schlußfolgerung, daß es sich um eine interne Auseinandersetzung unter Einwanderern handelte, folglich um etwas, was auf der Mordskala der Medien nur eine höchst geringe Punktzahl gab, im Gegensatz etwa zu einem Mord an einer Studentin im Sommer, was immer viele Punkte brachte.

Es lag auch daran, daß die Mordquote der Medien an diesem Montag Ende März schon prall gefüllt war. Einmal begann jetzt der Prozeß gegen die Bande junger Leute, die als schuldig galten, Ende des vergangenen Jahres vor dem Restaurant Sturecompagniet ein Massaker angerichtet zu haben. Zum andern hatte ein siebzehnjähriger Skinhead vor dem Fryshuset einen neunundzwanzigjährigen Mann ausgeraubt und anschließend zusammengeschlagen. Der Mann war so übel zugerichtet worden, daß er zwischen Leben und Tod schwebte. Folglich handelte es sich um einen Mordversuch. Das war viel auf einmal.

Als Rune Jansson am Montag nachmittag beim allgemeinen Ermittlungsdezernat der Sicherheitspolizei anrief, erhielt er auch den Bescheid, daß der Mord an einem gewissen Saadani in Södertälje vermutlich schon bald aufgeklärt sein werde. Der Täter müsse sich nämlich, wenn alles logisch zugegangen sei, in einem kleinen

Kreis von Kanaken finden, die alle anwesend gewesen seien, als es geschah.

Hinter dieser Vermutung steckte eine gute Portion polizeilicher Erfahrung.

Der Tatort lag an einem abgelegenen Platz namens Sandviken, knapp zehn Kilometer nördlich von Södertälje. Sandviken liegt in der Nähe des Südufers von Södra Björkfjärden am Mälarsee und besteht aus ein paar Ferienhäusern und Katen. Nur eine einzige Schotterstraße führt zu dem Ferienhaus, in dem der Mord sich ereignet hatte. Es hatte am Abend geschneit, und als Polizei und Krankenwagen dreiundzwanzig Minuten nach der Benachrichtigung zum Tatort kamen, wurde festgestellt, daß das ganze letzte Stück bis zu der angegebenen Adresse keinerlei Reifenspuren aufwies. Und am Tatort selbst standen fünf zum Teil zugeschneite Autos, die während der letzten Stunde niemand gefahren haben konnte.

Das Ferienhaus in Sandviken gehörte dem assyrisch-syrischen Verein in Södertälje und war als eine Art Clubhaus gedacht. An diesem Abend hatte ein Treffen von Syrern stattgefunden, die in Södertälje wohnten. Außerdem hatten zwei oder drei Libanesen oder Palästinenser aus Stockholm daran teilgenommen.

Der Ereignisverlauf in den entscheidenden Augenblicken ließ sich schon von den ersten Polizeibeamten am Tatort feststellen.

Es hatte ein Clubtreffen stattgefunden. Zwölf Personen hatten im Wohnzimmer des Ferienhauses in einem großen Kreis gesessen. Worum es bei dem Treffen gegangen war, war nicht ganz klar, doch das ließ sich später noch in Erfahrung bringen.

Während des Treffens war plötzlich das Klirren von Glas zu hören gewesen. Dann landeten zwei kleine Gegenstände, kleiner als Handgranaten, mitten auf dem Orientteppich am Fußboden. Danach wurden alle Anwesenden geblendet. Das Geräusch, das dabei entstand, beschrieben sie als das von Schock-Blend-Granaten, wie sie Terrorbekämpfer auf der ganzen Welt verwenden; mit dieser Waffe sollen die Opfer zwar kampfunfähig gemacht, aber nicht verletzt werden.

Anschließend mußte jemand den Raum betreten und Mahmoud Saadani erschossen haben, vermutlich mit einer Automatikwaffe. Sonst war niemand verwundet worden.

Als die Anwesenden, die zunächst unter Schock standen, allmählich wieder zu sich kamen, rief jemand per Handy sofort die Polizei an. Andere rannten ins Freie, um zu sehen, ob sich jemand in der Nähe befand. Keiner der Anwesenden konnte dieser Version zufolge schuldig sein, da alle untereinander für Alibis sorgten.

Der Polizei von Södertälje blieb kaum eine Wahl. Die Beamten transportierten sämtliche elf Überlebenden zum Polizeihaus in der Stadt und begannen mit vorläufigen Vernehmungen. Diese mußten jedoch nach und nach abgebrochen werden, da keiner der Verdächtigen auch nur einen Millimeter von seiner Geschichte abwich: Der Täter sei ein außenstehender und für sämtliche Anwesenden unbekannter Mann gewesen.

Das konnte natürlich nicht sein, da der vermeintlich unbekannte Täter weder geflogen sein konnte noch zu Fuß das Haus hatte erreichen können. Es gab schließlich nur einen Weg zum Tatort, und ein Auto war ebenfalls nicht verwendet worden.

Über den Mälarsee konnte der unbekannte Täter auch nicht gekommen sein. In Ufernähe trug das Eis nicht mehr, und ein bißchen weiter draußen in Södra Björkfjärden war schon offenes Wasser. Überdies hatte sich der Mord zu Beginn des nächtlichen Schneesturms ereignet. Es war undenkbar, daß sich jemand auf diesem Weg entfernt hatte.

Der Schneesturm nahm im Lauf der Nacht an Stärke zu, während die vernehmenden Polizeibeamten in Södertälje vergeblich daran arbeiteten, einen der anwesenden Zeugen dazu zu bringen, von seiner Darstellung abzuweichen. Sie arbeiteten gegen die Sechsstunden-Vorschrift. Das bedeutete, daß sie die Zeugen nicht länger festhalten durften, ohne bei einem Staatsanwalt einen offiziellen Festnahmebeschluß zu erwirken. Das wäre jedoch unmöglich gewesen, da diese kollektiven Festnahmen außerordentlich illegal waren, selbst wenn es um Einwanderer ging. Ebenso unmöglich war es, einen einzelnen der Zeugen als besonders verdächtig zu benennen. Die drei, die Blutspritzer auf ihrer Kleidung hatten, erklärten dies damit, daß sie dem Opfer am nächsten gesessen hätten.

Es gab nur zwei logische Möglichkeiten. Entweder hatten sich elf Einwanderer zur Ermordung des zwölften verschworen und einander dann gelobt, sich an die vereinbarte Geschichte zu halten.

Oder der Mörder befand sich noch am Tatort, wo er gegebenenfalls während dieses unerwarteten heftigen Schneesturms jetzt irgendwo hockte. Der Schneesturm nahm überdies noch an Stärke zu. Dann mußte der Täter sich in einem der angrenzenden Ferienhäuser befinden.

In beiden Fällen mußte sich die Mordwaffe dann auch irgendwo in der Nähe des Tatorts befinden.

Während der Nacht hatten eine Gruppe von Technikern sowie zwei Kriminalbeamte in dem Ferienhaus gearbeitet, das heißt am eigentlichen Tatort. Nichts von dem, was sie dort gefunden hatten, sprach gegen die Version der Zeugen. Sie hatten rund zwanzig leere Geschoßhülsen einer Neunmillimeterwaffe gesichert. Die Hülsen waren schwedischer Herstellung. Außerdem hatten sie Bruchstücke einer Art Leichtmetall gefunden, die sehr wohl von Granaten der Art stammen konnten, wie sie die Zeugen beschrieben hatten.

Das Mordopfer war, soweit man sehen konnte, mit zwei kurzen Feuerstößen aus nächster Nähe erschossen worden. Einer davon hatte auf die Körpermitte gezielt, der zweite auf den Kopf. Der Mörder hatte ohne jedes Zögern gehandelt. Das Ganze schien in weniger als einer halben Minute erledigt gewesen zu sein.

Am nächsten Morgen erschien ein neuer Trupp der Polizei von Södertälje, um die benachbarten Ferienhäuser nach der Mordwaffe und Spuren des Täters abzusuchen. Die Suche nach der Mordwaffe würde Zeit erfordern, da die Schneeverwehungen nach dem nächtlichen Sturm an manchen Stellen einen halben Meter hoch waren.

Hingegen ließ sich schon nach wenigen Stunden feststellen, daß es in keinem der zehn Häuser in der Nähe einen Einbruch gegeben hatte. Und es führten keine Fußspuren zu oder von den Häusern.

Die einzige Schotterstraße von Sandviken über Ekeby war während der ganzen Nacht von der Polizei abgesperrt worden. Insgesamt schien es unwahrscheinlich zu sein, daß jemand sich ein paar Stunden versteckt haben konnte, um sich dann zu Fuß vom Tatort zu entfernen; wenn jemand den Versuch gemacht hätte, die Nacht draußen im Wald zu verbringen, wäre er vermutlich erfroren. Die Windböen waren bis zu zwanzig Meter pro Sekunde schnell gewesen, und die Außentemperatur hatte bei minus vier Grad gelegen.

Da es auf einer Strecke von mindestens drei Kilometern keinerlei Reifenspuren gab, blieb theoretisch noch die Möglichkeit, daß der Mörder einen Helfer gehabt hatte, der ihn bis Ekeby gefahren und dort auf ihn gewartet hatte. Doch diese Theorie scheiterte daran, daß Polizei und Krankenwagen schon dreiundzwanzig Minuten nach dem Alarm am Tatort waren. Es wäre reichlich viel verlangt gewesen, daß der Mörder drei Kilometer laufen sollte, ohne die Straße zu benutzen, da er dort der Polizei und dem Krankenwagen begegnet wäre – außerdem wären seine Fußspuren zu sehen gewesen. Wäre er dagegen durch den Wald gelaufen, hätte er es zeitlich nicht geschafft. Dann aber hätten die Polizeibeamten den Wagen gesehen und diesen mit hoher Wahrscheinlichkeit angehalten.

Da niemand außer mit dem Transporter der Polizei zum Tatort hätte kommen und niemand diesen auf dem gleichen Weg hätte verlassen können, mußte der Mörder einer der elf sein, oder, falls es sich um eine Verschwörung handelte, waren alle elf des Mordes schuldig.

Das war jedoch nur eine logische Schlußfolgerung und längst noch kein Beweis. Außerdem scheiterte auch diese Konstruktion in einem entscheidenden Punkt, zumindest vorläufig. Bis jetzt hatte man keine Mordwaffe gefunden. Früher oder später würde dies jedoch gelingen. Die Zeugen waren in mehreren Schichten von der Polizei nach Södertälje und zu den dort auf sie wartenden Verhören gebracht worden. Folglich wußten die Beamten, daß keiner von ihnen eine Waffe bei sich gehabt hatte.

Falls der Täter die Waffe in den Schnee geworfen hatte, würde es lange dauern, bis man sie fand, und noch länger, wenn der Mörder sich die Mühe gemacht hatte, zum Seeufer hinunterzugehen und sie inmitten der Eisschollen ins Wasser zu werfen.

Nach zweitägigem Suchen mit Metalldetektoren und Tauchern hatte man noch immer keine Mordwaffe gefunden. Inzwischen wußte man jedoch, um was für eine Waffe es sich handelte, nämlich um eine häufig vorkommende alte schwedische Maschinenpistole des Modells 45. Die Munition war für Rechnung der Streitkräfte von der Firma Norma hergestellt worden, folglich in einer unendlich großen Serie. Wahrscheinlich würde es sich als unmöglich erweisen herauszufinden, aus welchem Waffenvorrat diese alte Maschinenpistole gestohlen worden war. Es handelte sich jedoch um einen Gegenstand, der erheblich größer war als eine normale Pistole. Folglich mußte es möglich sein, ihn zu finden.

Die Wagen der verdächtigen Einwanderer wurden nach und nach in der Garage der Polizei von Södertälje untersucht. Es wurde jedoch nichts gefunden, was sich mit Waffen in Verbindung bringen ließ. Hingegen machte man eine Reihe anderer Funde, die den Eigentümern der vorübergehend beschlagnahmten Autos Verdruß bereiteten. Beispielsweise bestimmte Speisen, deren Einfuhr verboten war, zehn Gramm Haschisch, große Mengen leerer Schalen von Sonnenblumenkernen, die der Polizei zunächst Rätsel aufgaben; es stellte sich jedoch heraus, daß die Einwanderer aus ihrer Heimat die Gewohnheit mitgebracht hatten, Sonnenblumenkerne zu kauen, etwa so wie man im Westen Kaugummi kaut.

Das kleine Stück Hasch wurde von keinem der Verdächtigen beansprucht, und so ließ die Polizei diese Angelegenheit zunächst auf sich beruhen. In den Autos fanden sich weder die Mordwaffe noch irgendwelche Spuren von Waffen.

Die Suche in der Umgebung des Hauses und am Seeufer hatte auch nach drei Tagen noch kein Ergebnis erbracht. Im Haus befand sich die Waffe ebenfalls nicht. Dies war fast schon ein verzweifelter Gedanke, der sehr sorgfältig geprüft wurde, unter anderem mit Hilfe der ausgeliehenen Metalldetektoren. Das Ganze hatte nur leichte Schäden am Haus zur Folge.

Folglich hatte der Mörder nicht zum Tatort kommen und ihn auch nicht verlassen können, und trotzdem hatte er die Mordwaffe mitgenommen – so lautete die ebenso düstere wie paradoxe Schlußfolgerung. Dies war das vorläufige Ende der sogenannten äußeren Fahndung.

Demnach blieb die innere Arbeit. Jetzt mußten sich die Beamten auf den Mann konzentrieren, der ermordet worden war, um eventuell zu verstehen, weshalb man diesem nach dem Leben getrachtet hatte. Das bedeutete, daß man mit der Vernehmung elf zunehmend unwilliger und mißtrauischer Einwanderer fortfahren mußte, mit denen man in einigen Fällen nicht einmal ohne Dolmetscher sprechen konnte.

Etwa in diesem problematischen Stadium der Ermittlungen rief

Rune Jansson erneut in Södertälje an, um sich nach dem Fortgang der Arbeit zu erkundigen. Als er erfuhr, daß man aus Gründen steckengeblieben sei, die der herrschenden Arbeitshypothese zufolge damit zu tun hätten, daß der Mörder Flügel gehabt haben mußte, wie der Kollege in Södertälje übellaunig die Lage zusammenfaßte, bat Rune Jansson, sich in Kürze wieder melden zu dürfen.

Er rief sofort Hamilton an, der nicht erreichbar war. Hingegen teilte die Sekretärin mit, es gebe Ermittlungsmaterial, und der Generaldirektor habe sie angewiesen, es Kommissar Jansson zu übergeben. Allerdings müsse er sich dann persönlich einfinden und bestimmte Papiere unterschreiben. Es sei leider unmöglich, die Unterlagen mit der Hauspost zu schicken. Er bedankte sich höflich und sagte, er werde sofort kommen.

Zehn Minuten später befand er sich wieder in seinem Zimmer. Er öffnete seine Aktentasche und zog die schwarze Mappe mit dem Stempel »Geheim« heraus. Auf dem Umschlag stand der Name Mahmoud Saadani.

Rune Jansson überflog schnell die ersten Seiten. Diese überraschten ihn nicht so sehr in der Sache, sondern vielmehr wegen des Umfangs der Unternehmungen des früheren Säpo-Agenten Saadani. Dann klappte Rune Jansson die Mappe zusammen, schloß sie in seinen Panzerschrank ein und rief erneut den Kollegen in Södertälje an. Er bat um ein persönliches Gespräch und erklärte sich bereit hinunterzufahren.

Die Mappe im Panzerschrank würde er natürlich bei späterer Gelegenheit genauer unter die Lupe nehmen. Das Problem bestand im Augenblick darin, daß er seinen Kollegen in Södertälje ohnehin nichts über den Inhalt sagen durfte, und deshalb war es bis auf weiteres besser, wenn auch er nicht allzuviel über das wußte, was darin stand.

Nach dem unerwarteten Rückfall in Winter und Schneestürme war der Frühling zurückgekehrt. Die Autobahn nach Süden war weitgehend schneefrei. Rune Jansson bemühte sich, nicht über den neuen Fall nachzugrübeln, obwohl dieser mit kristallklarer Deutlichkeit zu der Mordserie gehörte, an der er selbst arbeitete. Jetzt war es am wichtigsten, die Kommunikation zwischen Umeå, Södertälje, Linköping, dem eigenen Dezernat und möglicherweise noch Västerås zusammenzukoppeln; Västerås war immer noch unklar, da nach wie vor nicht feststand, ob es sich um einen Mord handelte, obwohl die bisherigen Hinweise überwiegend darauf hindeuteten. Oder vielmehr deutete die geheime Information, die entscheidende, die er seinen Kollegen überall im Land leider nicht mitteilen durfte, darauf hin. Rune Jansson und seine Kollegen hatten das Problem, wie sie sich den Kollegen in Västerås nähern und ihnen etwas von einem Mordverdacht sagen konnten, ohne dabei zu verraten, worauf dieser Verdacht gründete, noch nicht gelöst.

Es war eine hoffnungslose Situation.

Der Kommissar und dessen engster Mitarbeiter, welche die Fahndung nach dem flugfähigen Mörder leiteten, empfingen ihn freundlich. Zu dem obligatorischen Willkommenskaffee im Plastikbecher versuchte er möglichst viele Karten auf den Tisch zu legen. Das war nicht ganz leicht, da er das entscheidende Puzzlestück nicht erwähnen durfte. Er versuchte jedoch zu erklären, wenn auch ein wenig hastig und oberflächlich, daß die Reichsmordkommission jetzt daran arbeite, bestimmte Morde mit eindeutigen gemeinsamen Merkmalen miteinander zu verknüpfen: Die Opfer seien politisch oder kulturell aktiv gewesen, hätten sämtlich Verbindungen zum Nahen Osten gehabt und seien alle mit Methoden umgebracht worden, bei denen man sich fragen müsse, ob der Mörder übernatürliche Fähigkeiten besessen habe, ob er beispielsweise fliegen könne.

Nachdem er anschließend, was selbstverständlich von ihm erwartet wurde, einige technische Erkenntnisse über die bisherigen Morde der Serie erläuterte, merkte er zu seinem Erstaunen, daß schon das wenige, was er sagte, recht einleuchtend klang; jeder einzelne dieser Morde hätte aufgrund der verwendeten Technik in der schwedischen Kriminalgeschichte eine herausragende Stellung erhalten. Insgesamt machte die Serie einen sehr überzeugenden Eindruck auf jeden, der wie ein Bulle dachte, doch das taten zum Glück alle drei Männer im Raum.

Jetzt, beim letzten Mord, hatten sie es also mit einem Mörder zu tun, der fliegen konnte. Oder der im Schnee ging, ohne Spuren zu hinterlassen.

Rune Janssons Kommissarskollege legte eine Karte des fraglichen Gebiets auf den Tisch und begann zu berichten.

»Sandviken liegt hier am Ufer des Mälarsees, rund zehn Kilometer von der Stadtmitte von Södertälje entfernt. Die Gegend drum herum ist kaum bebaut. Es klopfen jetzt überall in der Nachbarschaft Polizisten an die Türen. Dieser Teil der Ermittlungsarbeit dürfte nicht allzu schwer sein, da es sich um die Nacht mit dem Schneesturm handelt, in der kein Mensch einen Fuß vor die Tür hat setzen können. Das bedeutet andererseits, daß bisher niemand etwas gesehen hat, was für uns von Interesse sein könnte, nicht einmal ein vorbeifahrendes Auto. Auch das ist natürlich in gewisser Weise eine interessante Nachricht, obwohl es bedauerlicherweise wieder in diese Sackgasse führt, in der wir es mit einem Mörder zu tun haben, der entweder fliegen kann, sich unsichtbar macht oder uns sonstwie zum Narren hält.«

Der Tatort lag am Wasser, wie Rune Jansson schnell sah. Er kam zu dem Schluß, daß das eine gewisse Bedeutung haben mußte. Es war das gleiche Gefühl, das er schon gehabt hatte, als sich bei einem der Morde in Umeå gezeigt hatte, daß auch dieser schon zweimal vorher verübt worden war, ebenfalls am Wasser. Andererseits: Wo in Schweden befand man sich nicht in der Nähe von Wasser?

Die Ermittlung befand sich also in einer Phase, in der man auf die Verhöre hoffen mußte und auf das, was sich über das Mordopfer in Erfahrung bringen ließ. Wer also war dieser Mahmoud Saadani? Soviel man bei der Polizei in Södertälje wußte, war er libanesischer oder palästinensischer Herkunft und hatte seit mehr als zwanzig Jahren in Schweden gelebt. Er war Geschäftsmann gewesen und hatte aus dem Libanon Olivenöl, Gewürze und einiges andere importiert. Außerdem war er politisch aktiv gewesen.

»Die elf Zeugen oder elf Verdächtigen, je nachdem, was man vorzieht«, fuhr der Kommissar aus Södertälje fort, »wollten sich nur höchst ungern dazu äußern, warum dieses Treffen mitten in der Nacht und bei einem solchen Schneesturm einberufen worden war. Nun ja, daß es einen Schneesturm geben würde, haben sie natürlich genausowenig gewußt wie wir, und ›mitten in der Nacht‹ ist bei diesen Leuten vielleicht ein relativer Begriff; im übrigen hat es auch keinen Alkohol im Haus gegeben, denn diese Leute tranken Tee.«

Rune Jansson stimmte der selbstverständlichen Schlußfolgerung zu, daß man sich auf neue Verhöre konzentrieren müsse. Die Kollegen müßten alles über den Zweck des Zusammentreffens erfahren, darüber, wer vorher davon gewußt hatte, wer etwas gegen eventuelle Abmachungen gerade bei diesem Treffen hätte haben können, und so weiter. Mochten die elf Verdächtigen/Zeugen in polizeilicher Hinsicht auch eine praktisch weiße Weste haben, sah das Ganze doch sehr nach Gangstermord aus. Rune Jansson fuhr fort: »Hatte jemand Geschäfte geplant, die er schützen wollte oder über die er nicht zu sprechen wagte? Vielleicht fühlte er sich davon bedroht? Es muß folglich alles getan werden, damit wir über den Hintergrund des Opfers Klarheit gewinnen, nicht wahr?«

Rune Jansson gab seinem Kollegen mit düsterer Miene recht. Vor allem der Hintergrund des Opfers hatte eine entscheidende Bedeutung, das, was die Kollegen in Södertälje niemals würden ermitteln können.

Um sich nicht zu verplappern, wechselte er schnell das Thema. Vielleicht wollte er auch nur sein schlechtes Gewissen beschwichtigen. Immerhin dachte er wie ein Außenstehender, obwohl er genau wußte, wie schwer die ermittelnden Beamten es in diesem Fall hatten.

Er schlug vor, sein Dezernat bei der Reichskripo künftig als eine Art Verbindungsstelle zu nutzen. Über die Reichsmordkommission würden alle Kollegen im ganzen Land erfahren, was an anderen Orten bei anderen Ermittlungen passiere. Damit könnten theoretisch viel mehr Kollegen die Chance erhalten, irgendwo in den Papieren die entscheidende kleine Entdeckung zu machen. Wenn alle Erkenntnisse auf verschiedene Abteilungen von Umeå bis Linköping verteilt seien, verringerten sich diese Voraussetzungen entsprechend.

Das war eine sehr einfache und logische Arbeitsregelung. Seine Kollegen in Södertälje erklärten sich sofort bereit, ihr gesamtes Ermittlungsmaterial der Reichskripo zur Verfügung zu stellen. Und entsprechend würde man ihnen auch alles mitteilen, was die anderen Ermittler zutage förderten?

»So ist es«, bestätigte Rune Jansson, »von jetzt an wird so gearbeitet. Außerdem gibt es ja noch immer das Telefon. Und vielleicht vereinbaren wir einmal in der Woche eine Telefonkonferenz aller Beteiligten, damit wir abstimmen können, wo jeder von uns steht.«

Als er mit dem Wagen nach Stockholm zurückfuhr, war Rune Jansson düster zumute. Sobald er wieder in seinem Zimmer war, würde er in der schwarzen Mappe lesen, die er von Hamilton erhalten hatte und in der wohl alles über einen gewissen Mahmoud Sadaani gesammelt war, was interessant sein konnte. All das, wonach seine Kollegen in Södertälje suchen konnten, bis die Hölle zufror. Sie würden es nie finden.

Sein Unbehagen rührte jedoch nicht daher, daß dieses Vorgehen ungerecht war. Das war ganz und gar nicht der Grund, obwohl ihm dieser bizarre Gedanke auch schon gekommen war. Nein, dieses Vorgehen war einfach falsch. Sie suchten einen Serienmörder oder eine Organisation, die Informanten der Säpo ermordete, das war eine einfache, grundlegende Tatsache.

Es war eine unmögliche Situation. Es gab nur zwei Auswege, vielleicht drei. Er mußte mit Hamilton sprechen und ihn ganz einfach darum bitten, zumindest eine der entscheidenden Grundtatsachen weitergeben zu dürfen, nämlich daß es bei den Opfern einen bedeutend interessanteren gemeinsamen Nenner gab als die Tatsache, daß es sich um Einwanderer handelte. Oder er gab diese Information weiter, ohne mit Hamilton zu sprechen. Damit beginge er eine Gesetzesübertretung, die wahrscheinlich schlimmer war, als wenn er eine in Polizeigewahrsam genommene Person krankenhausreif prügelte; etwas, wofür junge Polizeibeamte gefeuert wurden, wenn sie das Pech hatten, einen Kanaken zu mißhandeln, der zufällig Nobelpreisträger für Literatur war, oder ein Dozent am Karolinska.

Oder, noch schlimmer, er fragte Hamilton, handelte sich ein Nein ein und würde die Information vielleicht trotzdem an seine Kollegen weitergeben, die sonst nicht richtig arbeiten konnten.

Die letzte Möglichkeit strich er jedoch sofort.

»Es gab einmal eine Zeit ...«, begann Carl und machte dann eine Kunstpause, damit sich das Stimmengewirr im großen Saal der Akademischen Vereinigung in Lund legte, »in der die schwedische Sicherheitspolizei keine russischen Spione jagte, oder sowjetische, wie wir damals sagten. Sondern sich in der Hauptsache mit Staatsbürgern befaßte, die über jeden Verdacht erhaben waren wie ich selbst, Erik Ponti und Göran Rosenberg, Anders Ehnmark und Jan Myrdal, um die Namen einiger Genossen von den Demonstrationen der damaligen Zeit zu nennen.«

Es war jetzt mucksmäuschenstill im Saal, doch er machte trotzdem eine Pause, bevor er fortfuhr.

»Im Augenblick dürfte das Risiko, daß ich selbst von der Sicherheitspolizei verfolgt werde, ziemlich minimal sein. Ich kann aber sagen, daß diese Leute damals, als sie es tatsächlich versuchten, ebenfalls keinen Erfolg hatten. Denn sonst wäre ich in der Marine kaum mehr geworden als Gefreiter. In der Küche beim Kartoffelschälen, dort, wo ich garantiert nicht an geheime Papiere herangekommen wäre.«

Er grinste jetzt demonstrativ wölfisch auf amerikanische Manier, so daß alle Vorderzähne zu sehen waren. Es war ein Lächeln, das halb feindselig aussah. Dafür kassierte er sofort seine erste Welle von Jubel und Beifall.

Der große Saal war bis zum Bersten gefüllt, und hinten an der Treppe gab es einige Unruhe, weil noch weitere Leute sich in den Saal zu drängen versuchten. Carl saß dem großen Eingang gegenüber auf einem kleinen Podium in einem roten Ledersessel. In seiner unmittelbaren Nähe waren Leibwächter postiert, aber auch an anderen Stellen in dem großen Saal, der fast eintausend Personen faßte.

»An der University of California in San Diego, an der ich fünf Jahre studiert habe, hatten wir gewiß einige etwas größere und leichter zu bewachende Hörsäle als den hier«, fuhr Carl fort und blickte amüsiert auf die Schilder mit berühmten Namen in Holzintarsien an den Wänden und unter der Empore. »Aber in dem eigenen Land, dem Land, das man lieben und verteidigen soll, was ich hoffentlich nach bestem Vermögen tue, ist es trotzdem etwas Besonderes, Studenten zu begegnen, da ihr ein so großer und wichtiger Teil unserer Zukunft seid. Und was man über San Diego auch sagen kann, ein Namensschild aus Holz, auf dem der Name Esaias Tegnér steht, habe ich dort nicht gefunden!«

Er machte erneut eine Pause, um den höflichen Beifall zu kassieren.

»Mit diesen einfachen Worten wollte ich sagen, wie stolz und geehrt ich mich fühle, daß die Universitätslehrer und Studenten Lunds mich hier begrüßen wollten. Und wenn ihr hier irgendeinen Sizilianer findet, der in diesem unmöglichen Haus herumirrt, in dem sich niemand zurechtfindet, es sei denn der *Ädil*, so schickt ihn einfach zur nächsten Polizeiwache. Kurz, hier dürfte kaum jemand auf mich schießen, und das macht es mir besonders angenehm, hier bei euch zu sein.

Doch jetzt zur Sache!« fuhr er schnell fort und hielt abwehrend die Hände hoch, um den nervösen Beifall zum Schweigen zu bringen, der bei seiner Dankbarkeitsbezeugung losbrach. »Es geht um unsere Sicherheitspolizei. Ich sage natürlich in einer bestimmten Absicht *unsere*. Denn jetzt ist es unsere, nämlich in dem Sinn, daß sie dazu da ist, auch die Staatsbürger zu schützen und nicht anzugreifen, die ihre Wurzeln in einem anderen Land haben, auch die Bürger, die ärgerlichen, ja sogar politisch radikalen Auffassungen Ausdruck geben, denn die Meinungsfreiheit ist die Grundlage unserer Demokratie. Das ist es, was die Sicherheitspolizei in unserem Land schützen soll!«

Der Beifall war erst verblüfft und steigerte sich dann zum Sturm. Carl unterbrach sich kurz, als hätte er ein Redemanuskript vor sich, in dem genau diese Regieanweisung stand. Er sprach jedoch frei.

»Ich hatte einen Traum«, fuhr er mit einer Intonation fort, die sich besonders angesichts der schnellen Wiederholung dieser Phrase sehr amerikanisch anhörte. »Ich hatte einen Traum, daß es eines Tages so sein würde. Unsere Sicherheitspolizei ist nicht dazu da, junge Menschen mit ärgerlichen oder schlimmstenfalls sogar sozialistischen Überzeugungen zu verfolgen. Unsere Sicherheitspolizei ist vielmehr dazu da, Feinde des Landes zu verfolgen. Und genau damit haben wir jetzt begonnen. Aus diesem Grund haben wir vor kurzem drei russische Spione gefaßt. Ich will der bevorstehenden gerichtlichen Würdigung aller Umstände *natürlich nicht* vorgreifen, et cetera, et cetera, aber geschnappt haben wir sie!«

Er wartete das Gelächter und den Beifall ab, bevor er fortfuhr.

»Und wir haben sie genau dort geschnappt, wo sie tätig sind, in bestimmten Ministerien und sogar bei der Sicherheitspolizei. Und wenn sich jemand wundert, daß es auch bei der Sicherheitspolizei welche gibt, sollte er versuchen, sich in die vielleicht etwas fremdartige Situation zu versetzen, ein russischer Spionagegeneral mit dem Auftrag zu sein, Schweden zu unterwandern. Was würdet ihr dann vorziehen? Würdet ihr Agenten den Vorzug geben, die sich ausschließlich aus den Kreisen wild entschlossener Veganer rekrutieren, oder hättet ihr lieber Agenten, die bei der Säpo arbeiten und in irgendwelchen Ministerien? Damit will ich grundsätzlich nichts gegen Veganer gesagt haben, das war nur ein Beispiel.«

Das Verblüffende an Carls Darstellung war nicht nur die amerikanisierte Demagogie, die an durchtriebene Politiker erinnerte, sondern auch seine gute Laune. Er schien sich ungekünstelt zu freuen, dort auf diesem abgenutzten roten Ledersessel sitzen zu können, auf dem als letzter prominenter Gast Carl Bildt gesessen hatte, kurz bevor er die Wahl verlor.

»Laßt mich jetzt zur Frage des schwedischen Terrorismus kommen«, fuhr Carl ironisch fort. »Ich werde später gern Fragen nach der russischen Spionage beantworten, doch jetzt wenden wir uns unserem schwedischen Terrorismus zu. Gegenwärtig scheint der harte Kern des schwedischen Terrorismus aus acht Personen zu bestehen, die gegen Milchwagen sind. Jedenfalls haben sie mehrere davon in Brand gesetzt. Ferner gibt es eine Person, die in einem Zoo in Norrland Polarfüchse freigelassen hat, mit der Folge, daß die Polarfüchse erschossen werden mußten, während man den Mann vorläufig in Gewahrsam nahm. Außerdem haben wir einige wildgewordene Tierfreunde in Skåne, die eine große Zahl von Nerzen freigelassen oder sie mit Lackfarbe besprüht haben, um den kommerziellen Wert der Pelze zu vernichten. Mit dem Lack hat man allerdings auch das zerstört, was den Nerzen wohl mehr bedeutete, nämlich ihren Schutz vor Kälte. Die so lackierten Nerze sind also gestorben. Die freigelassenen Nerze dürften inzwischen mehrere zehntausend junge Enten verspeist haben und wüten überdies in einigen südschwedischen Krebsteichen. Die fraglichen ›Tierfreunde‹ sind jedoch immer noch auf freiem Fuß. Ferner könnte man noch ein Dutzend Lümmel in Västerås in die Kategorie Terroristen einreihen, aber da bekommen wir schon Schwierigkeiten mit der Terminologie. Den Vorschriften der Säpo zufolge ist hier nämlich von PMG die Rede, das heißt von politisch motivierter Gewalt. Möglicherweise kann man die jungen Leute in Västerås in diese Definition hineinpressen, da sie vor der Abstimmung über den EU-Beitritt mehrere Wahlbüros der Ja-Seite in Brand gesteckt haben. Anschließend haben sie allerdings eine stillgelegte Meierei besetzt, die anrückenden Streifenwagen mit Zwillen beschossen und sich dann selbst ausgeräuchert. Somit konnten sie in Gewahrsam genommen und ihrer Bestrafung zugeführt werden. Jedoch – und in diesem Punkt kann ich verstehen, daß linksgerichtete junge Leute in Västerås sich tief gekränkt fühlen oder zumindest empört über die Repression oder die kryptofaschistischen Tendenzen des kapitalistischen Staates – zählen Skinheads nach der Definition der Säpo nicht zu den Terroristen. Gewalt von Skinheads hat zwar zu mehreren Todesopfern geführt, meist dadurch, daß Menschen von einem betrunkenen Mob zu Tode getreten wurden. Man hat jedoch in Frage gestellt, daß Skinheads überhaupt in der Lage sind, ihre Gewalttaten politisch zu definieren, und damit werden sie zu gewöhnlichen Verbrechern reduziert. Somit – und damit nähere ich mich jetzt dem Hauptpunkt meiner Argumentation – dürften diese Formen des schwedischen Terrorismus eher eine Angelegenheit für die Ordnungs- und die Kriminalpolizei sein statt für den Sicherheitsdienst des Landes. Und jetzt zu dem Hauptpunkt. Stellt euch mein Erstaunen vor, als ich bei Dienstantritt als Chef der Säpo entdeckte, daß die Beamten, die für Terrorismusbekämpfung eingesetzt wurden, zu den zwei bei weitem größten Einheiten der Organisation gehörten. Aber ohne daß es ihnen gelungen wäre, auch nur einen einzigen Veganer oder Milchwagengegner aufzuspüren oder gar zu ergreifen! Folglich war ich der Meinung, daß da bestimmte organisatorische Veränderungen notwendig seien.«

Carl lächelte fröhlich und legte erneut eine Pause ein, damit diese letzte Überlegung sich den Zuhörern selbst erklärte. Er trank einen Schluck Wasser und heimste neues Gelächter und Applaus ein. Was immer das Publikum von der dramatisch tragischen Person erwartet hatte, die den Spitznamen Schwarzer Admiral trug – dieser war schon in der Presse bekannt geworden –, jetzt bekam es jedenfalls nichts davon zu sehen.

»Aber was ist dann mit den *Ausländern?* Sind denn nicht Ausländer Terroristen? Doch, das kann schon sein. Das Problem ist nur, daß die ausländischen Terroristen dazu neigen, sich im Ausland aufzuhalten, und folglich nicht unbedingt zu einer Frage für die schwedische Säpo werden, sondern beispielsweise eher für die türkische Sicherheitspolizei, die israelische, die französische, die algerische sowie natürlich auch für verschiedene amerikanische Sicherheitsorgane, da die USA der Meinung sind, eine uns alle umfassende polizeiliche Verantwortung in der Welt zu haben. Hingegen sind in Schweden lebende ausländische Terroristen äußerst selten, was man mir wie folgt erklärt hat: nämlich mit dem Umstand, daß die schwedische Sicherheitspolizei so viele Mühen und Geld darauf verwandt hat, von Zeit zu Zeit vereinzelte politische Flüchtlinge auszuweisen oder Arabern gelegentlich die schwedische Staatsbürgerschaft zu verweigern. Was eine normal kritische Person möglicherweise gegen diese Art von Erklärungsmodellen mißtrauisch machen kann, ist der Umstand, daß der Mangel an russischen Spionen in Schweden ebenfalls mit dem unerhört geschickten Vorgehen der Säpo erklärt zu werden pflegt. Demzufolge hätten wir schon durch unser bloßes Vorhandensein, unser reichliches Personal und die hohe Zahl von Überstunden verhindert, daß Russen in Schweden spionieren, so wie wir auch ausländische Terroristen daran gehindert haben, sich in Schweden terroristisch zu betätigen. Aus diesem Grund hat die Säpo von Jahr zu Jahr, bis zum heutigen Tag, immer höhere Etats erhalten, die sich seit dem Ende der Sowjetunion und der Streichung der PLO von der Liste terroristischer Organisationen mehr als verdoppelt haben. Ich wünschte, ich könnte das erklären, doch ich kann es nicht. Es liegt jedoch nicht daran, daß ich, wie man vielleicht glauben könnte, durch Geheimhaltungsvorschriften und Schweigepflicht gebunden wäre. Es ist noch weit schlimmer. Ich *kann* es einfach nicht erklären. Das liegt entweder an meinen in diesem Fall spürbaren intellektuellen Mängeln, oder aber es gibt eine andere Erklärung, die vermutlich noch peinlicher ist. Ich glaube eher an die letzte Alternative!«

Jetzt war es an der Zeit für eine weitere Pause und Gelächter, während Carl einen großen Zeitungsausschnitt aus der Jackentasche zog und ihn langsam auseinanderfaltete.

»Laßt es uns mit einer These versuchen«, fuhr er in einem leiseren und plötzlich ernsteren Tonfall fort. »Wir haben in Schweden eine Million Einwanderer, wenn man darunter Personen versteht, die entweder selbst eingewandert oder Kinder von Einwanderern sind. Das bedeutet, daß wir für einen überschaubaren Zeitraum ein ethnisch gemischtes Land sein werden. Wir haben in wenigen Jahrzehnten einen dramatischen Wandel durchgemacht. Meine These ist, daß das Verhältnis zwischen uns richtigen Schweden und denen, die erst später eingewandert sind, mehr als alles andere, mehr als Zinsen und Staatsschulden, über unsere Zukunft entscheiden wird. Und unter richtigen Schweden verstehen die Skinheads beispielsweise Leute wie mich. Für sie bin ich ein gutes arisches Beispiel, obwohl ich väterlicherseits aus Schottland stamme und mütterlicherseits aus dem Baltikum. Vermutlich haben wir schon jetzt die Wahl. Wir können einen Weg einschlagen, der zu einer schwedischen Ghetto-Gesellschaft führt. Wir können aber auch rechtzeitig damit beginnen, ein gleichberechtigtes Verhältnis zwischen alten Einwanderern, also richtigen Schweden, und Neueinwanderern aufzubauen. Dies ist, wie ich glaube, unsere wichtigste Frage. Nun! Ich habe natürlich nicht die Aufgabe, ein politisches Programm mit Lösungen zu erschaffen, die alle Fragen abdecken, sondern meine Aufgabe besteht vielmehr darin, die Rolle der Sicherheitspolizei in diesem Spiel um unser aller Zukunft zu analysieren. Auch dabei kommt es zu bestimmten Wahlmöglichkeiten. Die Sicherheitspolizei könnte einerseits damit weitermachen, ihre tatsächliche Arbeit und ihre propagandistische Tätigkeit so auszurichten, daß es den Anschein hat, als wären die Einwanderer für uns alle eine große Bedrohung, zumindest die größte Bedrohung, die von der Säpo zu meistern ist. So ist es mehrere Jahre lang gewesen. Ich meine aber, daß das eine in der Sache so unproduktive wie politisch schädliche Linie ist. Die zweite Alternative, die ich durchzusetzen versuche, besteht darin, den Kampf gegen die Einwanderer zu beenden, die Ressourcen auf sicherheitsmäßig begründetere Tätigkeitsfelder umzulenken, beispielsweise russische Spione, und der traditionellen Säpo-Propaganda gegen Kanaken ein Ende zu machen, die manche Medien immer noch fröhlich vermitteln, manchmal mit, manchmal ohne Mitwirkung von Beamten der Säpo. Das ist übrigens gar nicht so leicht, da mein Einfluß auf die freie Presse gleich null ist und dies auch so sein soll. Doch ich möchte ein Beispiel für das nennen, was ich meine. Es geht um einen Zeitungsartikel in *Expressen,* unserem schärfsten Wachhund gegen die Araber und die islamische Gefahr hier im Norden. Der Artikel stammt vom 13. Januar dieses Jahres, ist also noch ziemlich frisch, folglich schon aus meiner Zeit als Säpo-Chef. Der Artikel trägt, wie ihr seht, die Überschrift ›Sie lenken den Terror von Stockholm aus‹. Das große Bild hier stammt von Weihnachten, als die algerische Terroristengruppe GIA eine Maschine der Air France in ihre Gewalt brachte. Es soll also diese Organisation, die GIA, sein, die den Terror jetzt von Stockholm aus lenkt. Der Artikel stammt von einer Journalistin, die ich nicht kenne, einer Ann-Katrin Öhman, also keinem der notorischeren Araber-Schreiberlinge von *Expressen.* Das spielt vielleicht keine so große Rolle. Vielleicht hat sie eine Urlaubsvertretung übernommen und möchte in einer bekannten *Expressen*-Sparte auf sich aufmerksam machen, um fest angestellt zu werden. Wie auch immer: Redakteurin Öhman scheint ihre Erkenntnisse aus einem algerischen Regierungsblatt namens *La Tribune* zu beziehen, das nämlich vor kurzem mitgeteilt hat, daß die Feinde des Regimes ihr Hauptquartier jetzt in Stockholm hätten. Genauer in Form zweier Postfächer in Skarpnäck und Huddinge. Um ihre Behauptung zu untermauern, veröffentlicht die Zeitung das Foto eines Schildes, wie ihr hier seht … nun ja, vielleicht ist es nicht so genau zu erkennen, so daß ich lieber beschreiben sollte, was auf dem Foto zu sehen ist. Es zeigt ein Schild mit der Aufschrift ›Postamt Skarpnäck‹. Und auf dem Schild werden die Öffnungszeiten des Postamts mitgeteilt. In der Bildunterschrift heißt es hingegen, daß ›die algerischen Terroristen ihre Post über zwei Postfächer in Skärpnäck und Haninge erhalten‹. Man beachte also, daß Huddinge jetzt plötzlich zu Haninge geworden ist. Redakteurin Öhman hat vielleicht festgestellt, daß ihre Beweisführung in Form eines Fotos vom Schild eines Postamts und der Angabe einer algerischen Zeitung reichlich dünn ist. Lassen wir ihr noch durchgehen, daß sie die algerische Zeitung *französischsprachig* nennt, um dadurch anzudeuten, daß die Kollegen der besagten Zeitung nicht ebenfalls Araber seien. Um ihre Behauptung zu stützen, bezieht sie sich jedoch, und das ist jetzt kein Scherz, sondern ich lese nur vor, auf ›anonyme Islam-Experten in Schweden‹, die ebenfalls der Meinung zu sein scheinen, daß der algerische Terrorismus jetzt nach Stockholm umgezogen ist. Und schließlich wendet sich die Journalistin routinemäßig an einen Sprecher von der Säpo, der natürlich weder hü noch hott sagen kann, unter anderem mit der etwas bizarren Frage, ob die schwedische Gesetzgebung milder sei als die anderer europäischer Länder, wenn es um Terrorgruppen gehe. Was ich hier erwähnt habe, ist nur eine kleine Illustration des Problems, ein Beispiel unter vielleicht Tausenden. Ich habe nicht die Absicht, hier ein Seminar in Presse-Ethik zu veranstalten. Ich erwähne die Sache jedoch aus einem ganz bestimmten Grund.«

Carl faltete demonstrativ den Zeitungsausschnitt zusammen und warf ihn weg. Dann nahm er erneut einen Schluck Mineralwasser und blickte nachdenklich auf sein stummes Publikum, das zu seiner Befriedigung keinerlei ernstzunehmende Tendenzen zu Ungeduld verriet; er hatte soeben die rhetorisch kniffligste Passage dessen bewältigt, was er zu sagen gedachte.

»Also jetzt die Kernfrage!« fuhr er mit neuer Energie fort. »Was soll die schwedische Sicherheitspolizei tun, wenn solche Meldungen veröffentlicht werden? Natürlich müssen wir untersuchen, ob etwas dahintersteckt. Vor allem dürfen wir keinerlei Aussagen machen oder Maßnahmen ergreifen, bevor wir uns vergewissert haben. Wir dürfen nicht einmal falsche Angaben zu *Expressen* durchsickern lassen, etwa des Inhalts, daß wir eine Menge zwar geheimer, jedoch sehr kraftvoller Maßnahmen ergriffen hätten. Wir müssen herausfinden, was wahr ist. Da wir inzwischen mehr als drei Personen im Amt haben, die französisch sprechen können – ich sage nicht, wie viele, denn das ist geheim –, begannen wir damit, in Erfahrung zu bringen, was in dem algerischen Regierungsorgan eigentlich gestanden hat. Wie sich herausstellte, waren die Angaben im Original etwas ausführlicher als die in *Expressen* wiedergegebenen. Der islamische Verband am Ringvägen in Stockholm, wo die Moslems ihre provisorische Moschee haben, da sie noch immer darauf warten, daß irgendein Stadtteil den Bau einer Moschee genehmigt, obwohl es dort dann auch Minaretts und Nußverkäufer geben wird, wurde als ein Zentrum der algerischen Terroristen bezeichnet. Ferner wurde ein Algerier genannt, der einer Organisation namens Human Concern International vorstehe. Dieser solle ebenfalls ein Terroristenführer sein. Ausgezeichnet. Damit hatten wir etwas, wonach wir gehen konnten. Schweden ist immerhin kein Land wie Frankreich, in dem fünf Millionen Nordafrikaner leben. In Schweden haben wir nur rund tausend, davon gut zweihundert in Stockholm, von denen rund vierzig Algerier sind. Seit einigen Jahren ist es weiteren Algeriern nicht mehr möglich gewesen, auf legalem Weg ins Land zu kommen, wie ihr sicher versteht. In der provisorischen Moschee der Moslems am Ringvägen hatten tatsächlich drei Personen versucht, Geld für die GIA zu sammeln. Sie waren jedoch mehrmals abgewiesen worden. Die moslemische Gemeinde hatte diese Dreistigkeit der drei Algerier sogar bei der Polizei gemeldet. Mit geringem Erfolg. Die Polizei im Polizeidistrikt von Södermalm konnte nicht genau festlegen, was für eine Gesetzesübertretung das hätte sein sollen, und ich kann die Beamten verstehen. Bei dem algerischen Mann in Huddinge stellte sich heraus, daß er schon seit fünfundzwanzig Jahren in Schweden wohnt, hier verheiratet ist und erwachsene schwedische Kinder hat, falls diese Ironie nicht mißverstanden wird. Er hat tatsächlich Geld gesammelt. Für elternlose Kinder in Afghanistan, Bosnien und im Libanon. Als unsere Vernehmungsbeamten ihn unter Druck setzten, gab er zu, an und für sich der Meinung zu sein, daß er es für falsch halte, den religiösen Fundamentalisten in Algerien die politische Macht zu verweigern. Schließlich hätten sie eine demokratische Wahl gewonnen. Das ist ein Standpunkt, den ich ganz grundsätzlich unanfechtbar finde, und das nicht nur als Säpo-Chef, sondern auch als Staatsbürger. So sah es also in Wahrheit mit dem algerischen Terrorismus aus, der unserer größten Zeitung und sicher auch einigen Fernsehnachrichten zufolge nach Schweden umgezogen war. Nach fünftägiger Arbeit wußten wir, daß es nicht den Tatsachen entsprach. Nun, sogar unsere wenigen Terrorismus-Experten haben ja damit ein wenig Beschäftigung erhalten. Doch was das schwedische Volk erfuhr, waren nicht unsere Erkenntnisse, sondern vielmehr die Ergebnisse der Unwissenheit der Medien, um nicht zu sagen von deren Propaganda. Dies ist nicht ein Ausdruck von Dummheit ganz allgemein, sondern der Ausdruck einer Mentalität, die wir verändern müssen. Die zweihundert Algerier in Schweden sind nicht unsere Feinde, und ebensowenig sind sie GIA-Terroristen, als wäre das mit einer Art ethnischer Automatik möglich. Die dreißigtausend Iraner in Schweden sind weder Anhänger von Bücherverbrennungen noch der Lehren des Ayatollah Khomeini. Unter anderem aus dem einfachen Grund, weil die meisten von ihnen gerade vor dessen Regime geflüchtet sind. Kurz, was bestimmte Medien auch zu glauben behaupten, so sind die Muslime in unserem Land, Staatsbürger oder künftige Staatsbürger, mit ihren Nachkommen, die genauso lange hier leben werden wie unsere Nachkommen, unabhängig davon, ob sie braune Augen und schwarzes Haar haben, *nicht* unsere Feinde. Wenn der Glaube an das Gegenteil stärker wird, werden wir eines Tages im Chaos untergehen und etwas erhalten, was mit einem modernen Expertenausdruck *Bürgerkrieg von geringer Intensität* genannt wird.«

Jetzt war es wieder Zeit für eine Pause. Zwei Tage lang war Carl bei der Vorbereitung und Memorierung seines Vortrags furchtbar nervös gewesen. Jetzt, da alles wie am Schnürchen lief, kam ihm alles selbstverständlich vor, obwohl er während der ersten aus taktischen Gründen scherzhaft gestalteten Minuten das Gefühl gehabt hatte, als hätte er seine ganze Lektion verlernt, als würden ihm die Worte bald ausgehen. Jetzt blieb ihm nur noch die letzte Runde. Jetzt spürte er keinerlei Unsicherheit mehr.

»Wenn wir diese Formel wiederholen«, begann er nochmals, zunächst ein wenig theatralisch langsam, »diese Worte, Bürgerkrieg von geringer Intensität, dann laßt mich gleich auf etwas hinweisen, was so selbstverständlich wahr ist, daß ihr vielleicht nicht einmal darüber nachgedacht habt. Der jugoslawische Bürgerkrieg ist nicht nach Schweden gekommen. In Schweden sind alle kämpfenden Parteien aus dem ehemaligen Jugoslawien vertreten. Es sind Menschen darunter, die schon lange hier leben, und Flüchtlinge, die erst seit kurzem hier sind. Ihren Krieg jedoch haben sie nicht hergebracht. Das deutet darauf hin, daß sie trotz ihrer meist braunen Augen und ihres überwiegend schwarzen Haars genauso vernünftig sind wie ihr, die ihr hier im Saal sitzt. In Schweden schneiden Türken und Kurden einander nicht den Hals durch, doch das liegt nicht, wie ich wohl zugeben muß, etwa daran, daß wir in Schweden eine allwissende Sicherheitspolizei haben, obwohl einige meiner Vorgänger das genaue Gegenteil behauptet haben. Es muß andere Ursachen haben, nämlich daß sie genauso vernünftige Menschen sind wie ihr, die ihr hier im Saal sitzt. Auch christliche Libanesen und Palästinenser bringen einander in Schweden nicht gegenseitig um. Diese Aufzählung ließe sich beliebig fortsetzen. Alle diese Einwanderer der ersten und zweiten Generation spüren nämlich hautnah, daß der Gegensatz in diesem bislang so friedlichen Land nicht in ihren Reihen verläuft, sondern zwischen uns und ihnen. Das ist die Gefahr für die Zukunft. Ich will hier nicht darüber moralisieren, welche mögliche Verantwortung ihr als Studenten und Intellektuelle für unsere schwedische Zukunft habt. Ich kann nur zwei Dinge tun: auf die entscheidende Bedeutung der Frage für unsere Zukunft hinweisen und von meiner Verantwortung sprechen, der Verantwortung der Sicherheitspolizei. Aus diesem Grund kann ich sagen, daß die schwedische Sicherheitspolizei, eure Sicherheitspolizei, ihre Strategie in einer wichtigen Beziehung geändert hat. Wir jagen jetzt Spione, welche ethnische Herkunft oder Religion sie auch haben mögen, doch wir jagen sie selten in Flüchtlingsunterkünften. Wir betrachten *niemanden* als einen über jeden Verdacht erhabenen Bürger. Es gibt sogar eine alte Säpo-Formel, die manche von uns so definierten. Wir betrachten aber ebenfalls *niemanden* als besonders verdächtig, nur weil er dunkle Augen oder Haare hat. Wir haben ein neues Prinzip in unsere Arbeit eingeführt, das ich euch hiermit vorlegen möchte und von dem ich hoffe, ihr könnt es gutheißen … dieses Prinzip heißt Gleichgewicht aller vor dem Gesetz!«

Carl hatte seine Stimme jetzt ein wenig erhoben, als hätte er zu Ende gesprochen. Er hob den rechten Zeigefinger in einer Geste, als wollte er mit seinen letzten Worten zum Scherz Lenin imitieren, der auch einmal von der Gleichheit aller vor dem Gesetz gesprochen hatte.

Der demagogische Trick kam an. Die Studenten in Lund klatschten Beifall, als fühlten sie sich als Angehörige der französischen Nationalversammlung beim Durchbruch der bürgerlichen Demokratie.

»Es freut mich, daß ihr für dieses Prinzip seid …«, fuhr Carl fort, als das erwartungsvolle Stimmengemurmel angesichts der bevorstehenden Fragestunde immer lauter wurde und an die Decke stieg. »Das freut mich wirklich. Ich bin mit euch einer Meinung. Doch es ist so, daß alle Dinge im Leben ihren Preis haben. Und damit wir in Schweden dieses einfache demokratische Prinzip auch auf dem Gebiet der Sicherheitspolizei verwirklichen können, gibt es etwas, was wir dafür bezahlen müssen. Ich kann zwar nur ein unvollständiges Bild von diesem Preis geben, glaube aber, daß ihr dessen Inhalt schon verstehen werdet. Die schwedische Sicherheitspolizei kann, wenn das neue Prinzip der Gleichheit aller vor dem Gesetz Gültigkeit haben soll, sich nicht mehr auf türkische Folterexperten verlassen, wenn es darum geht, bestimmte türkische Staatsbürger zu beurteilen, ob diese nun Kurden sind oder nicht. Die schwedische Sicherheitspolizei kann sich nicht mehr auf die Ergebnisse von Folterungen in Israel verlassen. Die schwedische Sicherheitspolizei kann sich nicht mehr auf das verlassen, was die deutschen Sicherheitsorgane uns mitteilen, zumindest insoweit, als die deutschen Beamten ihre Informationen von türkischen Folterexperten erhalten haben. Die schwedische Sicherheitspolizei muß auch Angaben des französischen Sicherheitsdienstes mit einiger Skepsis betrachten, besonders wenn sie aus Erkenntnissen stammen, die französische Folterexperten gewonnen haben. Die schwedische Sicherheitspolizei kann auch nicht ohne weiteres Angaben bestimmter amerikanischer Behörden akzeptieren, wenn auch nur der geringste Anlaß zu der Vermutung besteht – was oft der Fall ist –, daß diese ihre Erkenntnisse wiederum von einigen ihrer zahlreichen alliierten Folterexperten erhalten haben. Insgesamt stellt dies alles einen Preis dar, der in Erkenntnissen gemessen wird. Es ist nämlich eine seit langem etablierte historische Tatsache, daß geheime Erkenntnisse oft mit solchen Methoden gewonnen werden. Ich brauche dieses Thema hier nicht weiter zu vertiefen. Wir werden künftig tatsächlich *weniger* Erkenntnisse gewinnen, da wir uns nämlich weniger auf die traditionellen ausländischen Quellen verlassen werden, wie die Umschreibung lautet. Diesen Preis werden wir jedoch bezahlen. Aber da ist mehr als nur das. Die schwedische Sicherheitspolizei wird versuchen, sich stärker im Rahmen der Gesetze zu halten als früher. Das bedeutet unter anderem, daß wir die Erpressung braunäugiger Mitmenschen als Arbeitsmethode abgeschafft haben. Da wir uns durch Erpressung keine Informationen mehr verschaffen können, könnte man glauben, daß wir uns auch hiermit einer Menge wichtiger Informationen begäben. Ihr ahnt nämlich gar nicht, in welchem Abhängigkeitsverhältnis Flüchtlinge und Asylbewerber zu uns stehen. Ich könnte mir denken, daß manche meiner Vorgänger in diesem Job in Schweden und sicher etliche meiner Kollegen in vergleichbaren Positionen auf der ganzen Welt der Meinung sind, daß das, was ich jetzt hier erkläre, eine Art Selbstmord sei, was den Informationsfluß angeht. Doch so ist es nicht. Es ist lediglich der Preis, der bezahlt werden muß. Und schließlich – ich komme mit meinen Ausführungen allmählich zum Ende – möchte ich im Namen der Ehrlichkeit noch darauf hinweisen, daß bei unserer Entscheidung nicht allein ethische Überlegungen eine Rolle spielen. Natürlich ist es politisch korrekt, wenn wir öffentlich erklären, ein Gegner der Folter und so weiter zu sein. Ich habe jedoch eine Idee, die darüber hinausgeht. Ich glaube nämlich folgendes: An dem Tag, an dem wir in Schweden eine Sicherheitspolizei haben, die alle Staatsbürger, *unabhängig von ihrer Augenfarbe,* tatsächlich als *ihre* Sicherheitspolizei ansehen und nicht als ihren automatischen Feind oder den automatischen Feind des Nachbarn, sondern als eine Sicherheitspolizei, die nach dem einfachen Grundsatz der Gleichheit aller vor dem Gesetz arbeitet, mit anderen Worten, eine Sicherheitspolizei, wie wir sie noch nie gehabt haben, an *dem* Tag wird jeder aus diesem Publikum ohne weiteres zu mir kommen können, na ja, wohl eher zu einem meiner Nachfolger, und mit der gleichen Selbstverständlichkeit Verbrechen gegen den Staat *anzeigen,* wie er es jetzt bei der Polizei in seinem Stadtviertel tun kann, um sein Auto als gestohlen zu melden. Von dem Tag an ist Folter in der Türkei als Hilfe für die Säpo nicht mehr nötig. Von dem Tag an hätten wir nämlich die einzige wirklich legitime Stärke – das Vertrauen der Bürger. Damit wären wir die erste Behörde der Welt, die sich darauf stützen kann. Aus diesem Grund bin ich bereit, den scheinbar hohen Preis dafür zu zahlen, ich wiederhole, *den scheinbar hohen Preis,* um das Arbeitsprinzip der Gleichheit aller vor dem Gesetz bei der Firma einzuführen, deren Chef ich zufällig bin. Ich hatte einen Traum. *Das* ist mein Traum!«

Um ein Haar hätte er die abschließenden Worte auf englisch gesprochen, als er in einem berauschten Gefühl der Erleichterung jetzt aufstand und den Beifall eines Publikums entgegennahm, das sich fast so verhielt wie bei einem Opernerfolg, denn die Menschen erhoben sich, klatschten mit gestreckten Armen über den Köpfen Beifall und stampften mit den Füßen, so daß es sich anhörte, als stürmte eine Büffelherde durch den Großen Saal. Er dachte immer wieder an die Worte Martin Luther Kings, die dieser auf englisch gesprochen hatte. Carl war gerührt über die spontane Unterstützung seiner Ideen, war auf weniger edle Weise jedoch auch gerührt, weil es ihm gelungen war, seine Zuhörer zu begeistern. Bei seinen früheren Abenden mit Studenten hatte er das nicht geschafft. Er hielt diese Abende jedenfalls selbst für Mißerfolge. Besonders hatte er es so empfunden, als er in unbeherrschtem Zorn in Uppsala aus dem Saal gestürmt war. Doch jetzt, beim letzten Mal, hatte er es geschafft, und seine Worte würden bleiben. Er hatte dankbar die vielen Tonbandgeräte registriert, die Fernsehkameras und die Mikrophone. Er hatte sich immer und immer wieder in einer Kunst geübt, die wahrlich nicht die seine war und die er vom amerikanischen Fernsehen her besser kannte als aus seinem eigenen Land. Doch jetzt war es vollbracht.

Da die Organisatoren der Akademischen Vereinigung bei Zusammentreffen mit Ministerpräsidenten und anderen Prominenten Übung im Umgang mit dem Publikum hatten, leiteten sie auch jetzt die obligatorische Fragestunde mit einem gewissen Schwung. Als der Beifall sich zu legen begann, trat der Vorsitzende der Vereinigung mit einem Handmikrophon ans Rednerpult und teilte mit, daß er schon eine Liste von Anwesenden habe, die Fragen stellen wollten. Das schien keinen der Zuhörer zu erstaunen, war also schon vor dem Vortrag abgemacht worden.

Der erste Fragesteller wurde als Professor der Staatswissenschaften vorgestellt und erhielt in Windeseile ein Mikrophon in die Hand gedrückt.

»Ich sollte zunächst vielleicht sagen, daß ich als langjähriger Universitätslehrer hier in Lund und als ständiger Gast dieser Studentenabende in noch mehr Jahren selten so überrascht worden bin wie heute abend. Angenehm überrascht, sollte ich vielleicht hinzufügen, um Mißverständnisse zu vermeiden«, begann der Professor. Wahrscheinlich hatte er nur deshalb so umständlich angefangen, um sein Mundwerk ein wenig zu ölen, bis sich Stimmengewirr und Gelächter gelegt hatten.

Carl war aufgestanden und nickte seinem ersten Fragesteller

freundlich zu. Er war von der Anspannung erregt und erhitzt und fühlte, daß seine Wangen vielleicht rosiger waren als unbedingt erwünscht. Er knöpfte diskret sein Jackett auf, wobei ihm wohl bewußt war, daß man so aus bestimmten Blickrichtungen erkennen konnte, daß er bewaffnet war. Er ging jedoch davon aus, daß das niemanden erstaunen werde, geschweige denn als Affront gegen den Fragesteller gewertet werden würde.

»Aber das, was du sagst, Herr Generaldirektor des Volkes, ist mit Verlaub sensationell«, fuhr der Professor fort, nachdem sich das Stimmengewirr gelegt hatte. »Ein Sicherheitspolizist mit dem Vertrauen des Volkes, das war also deine These? Das mag unleugbar als eine Art *contradictio in adjecto* erscheinen, also, wenn ich übersetzen darf, als ein ...«

»Ist schon in Ordnung«, unterbrach ihn Carl und hielt fröhlich abwehrend eine Hand hoch. »Ich bin zwar kein Lateiner, bin aber mit einer Mexikanerin verheiratet, und ...«

An dieser Stelle verlor er vollkommen den Faden. Die Wirklichkeit holte ihn ein wie eine Schnellzuglok. Er schloß die Augen und streckte dem Fragesteller abwehrend die Hand entgegen, so daß alle im Publikum sehr deutlich sehen mußten, was hier geschah. Er blieb ein paar Sekunden still stehen, während sich Schweigen auf den Saal senkte. Er hielt die Augen fest geschlossen und gab mit der ausgestreckten Hand zu erkennen, jetzt könne er fortfahren.

»Wie gesagt«, bemerkte er, schlug die Augen auf und holte gleichzeitig tief Luft. »Es mag durchaus als ein gewisser Widerspruch in sich erscheinen, daß ein Säpo-Chef vom Vertrauen seiner Mitbürger spricht. Verzeiht mir die Unterbrechung, zu der Frage?«

»Also, wie gesagt«, fuhr der Professor leicht erschüttert fort. »Also! Wo in der Weltgeschichte hat es je eine Sicherheitspolizei gegeben, der die Staatsbürger Vertrauen schenkten? Nicht mal im Hitler-Deutschland des Dritten Reiches, könnte ich mir vorstellen. Wenn Dschingis Khan eine Sicherheitspolizei gehabt hätte – und alle Erfahrung spricht dafür, daß er eine gehabt haben muß –, wurde sie von den Bürgern nicht geliebt. Kurz, hat es diese seltene Pflanze schon irgendwo auf der Welt gegeben?«

»Nein«, erwiderte Carl. »Ich kann es mir kaum vorstellen. In unserer Zeit gibt es sie jedenfalls nirgends. Die ostdeutsche Stasi ist ein interessantes Beispiel durch ihr unerhört umfassendes Netz von Informanten unter den Bürgern, aber die hatten trotzdem kein Vertrauen zur Stasi! Die Antwort auf die Frage lautet also nein.«

»Aha«, bemerkte der Professor, dem sein Privileg durchaus bewußt war, weiterfragen zu dürfen. Immerhin war dies eine arrangierte Fragestunde. »Damit ergibt sich unleugbar eine interessante Frage. Aus welchem Grund sollte diese Pflanze gerade in Schweden zum ersten Mal gesichtet werden?«

»Aus dem gleichen Grund, aus dem auch das Kugellager hier zum ersten Mal gesichtet wurde«, erwiderte Carl schnell und erntete damit die erste Lachsalve der Fragestunde. »Ich will mich nicht überheben«, fuhr er mit gespielter Schüchternheit fort, die auch gespielt aussehen sollte. »Es ist eher eine Beobachtung, die ich bei der Arbeit im schwedischen Spionagesystem gemacht habe. Ich habe im längeren Teil meines Berufslebens mit dem entgegengesetzten Problem gearbeitet, nämlich selbst dafür zu sorgen, daß die Sicherheitspolizei fremder Mächte mich nicht erwischt, übrigens auch nicht unsere Informanten oder Agenten. Das ist uns recht gut gelungen, wie ich sagen kann, ohne Staatsgeheimnisse zu verraten. Und der Grund, weshalb es gutgegangen ist, ist folgender: Unsere Kontaktflächen, um eine ebenso übliche wie bizarre Umschreibung zu verwenden, haben komischerweise größeres Vertrauen zu uns gehabt als zu ihrer eigenen Sicherheitspolizei. Jetzt, wo ich auf meine alten Tage noch Sicherheitspolizist geworden bin, ist mir diese Erkenntnis mit aller wünschenswerten Deutlichkeit gekommen. Daher auch die einfache Idee, diese anscheinend unabänderlichen Verhältnisse zu ändern.«

»Indem du was tust? Indem du zum Beispiel ein paar russische Spione schnappst?« fragte der Professor mit journalistischer Fixigkeit.

»Absolut«, bestätigte Carl. »Das gehört unzweifelhaft zum Plan. Bisher haben alle Werber von KGB-Spionen in Schweden ihren zögernden, noch nicht angeworbenen Schweden im großen und ganzen wahrheitsgemäß sagen können, daß noch niemand geschnappt worden sei. Die Schweden, die sich als Spione einer fremden Macht haben anwerben lassen, haben unleugbar mehr Vertrauen vor allem zu den russischen Werbern gehabt als zu ihrer eigenen Sicherheitspolizei. Nach dem, was ich vorhin sagte, kann ich das leider verstehen. Doch jetzt wollen wir die Verhältnisse ändern. Jeder der hier Anwesenden, der sich ein Angebot von Boris Nikolajewitsch durch den Kopf gehen läßt, sollte sich das also sehr genau überlegen.«

»Ja, aber das ist doch nur das eine Bein der logischen Konstruktion«, wandte der Professor schnell ein. »Eine wirksamere Gegenspionage kann Vertrauen dafür schaffen, daß ihr bei der Jagd effektiver geworden seid. Aber daraus folgt doch noch nicht die Liebe des schwedischen Volkes?«

»Sehr richtig«, bestätigte Carl mit einem theatralischen Seufzen. »Sehr richtig und sehr traurig. Die Jagd auf Spione ist, worauf du sehr richtig hingewiesen hast, nur das eine Bein, im übrigen das Bein, das sich am leichtesten in Gang bringen läßt. Dann kommen die schwierigen und langfristigeren Aufgaben. Während eines bestimmten Zeitraums, der lang genug sein muß, ich weiß aber nicht, wie lang, muß die schwedische Sicherheitspolizei wirklich beweisen, daß wir nicht der Feind der Demokratie sind, daß wir tatsächlich an den Grundsatz der Gleichheit aller vor dem Gesetz glauben. Erst dann wird sogar ein Professor der Staatswissenschaften mir den Tip geben, daß einer seiner Dozenten vielleicht für eine fremde Macht arbeitet, ohne sich dabei wie ein ostdeutscher Stasi-Denunziant zu fühlen. Ich gebe zu, daß wir auf diesem Weg noch einiges zurückzulegen haben, bevor wir dort angekommen sind.«

Carls abschließende Untertreibung und seine Selbstironie lösten neuen Beifall aus. Er verstärkte diesen unabsichtlich zu Lachsalven, indem er etwas hinzufügte, was ihm plötzlich als ein Mindestmaß an Höflichkeit erschien.

»Eins würde ich gern noch hinzufügen«, sagte er mit gesenktem Kopf, »nämlich daß mein Beispiel über Dozenten höchst hypothetisch gewesen ist. Soviel ich weiß, hat der Sicherheitsdienst des Landes keinen wie auch immer gearteten Verdacht gegen deine Dozenten. Wenn wir allerdings einen Verdacht hätten, würde ich hier nichts darüber sagen dürfen.«

Der nächste Fragesteller wurde als Vorsitzender der soziologischen Vereinigung vorgestellt. Er hatte eine sehr kurze Frage, aus der Carl eine große oder eine kleine Nummer machen konnte, je nachdem, wozu er Lust hatte. Es war ganz einfach ein Ball, der ihm vor die Füße gespielt worden war.

»Ist die demokratische Kontrolle der Säpo schon stark genug?«

»Nein«, erwiderte Carl ohne zu zögern. »Der Säpo-Chef beispielsweise hat eine persönliche Macht, die vollkommen unangemessen ist, was für ihn persönlich allerdings praktisch ist, was ihr in kurzer Zeit übrigens entdecken werdet. Ich hätte für unser Land gern ein System, das nicht nur die Nachrichtendienste einer parlamentarischen Kontrolle unterstellt, sondern auch mein Amt. Diese Behörde müßte das Recht haben, mich oder jeden anderen in unserer Firma zu bitten, wahrheitsgemäß und unter Strafandrohung auf alle nur denkbaren Fragen zu antworten. Die Einwände dagegen lauten meist so, daß im Reichstag so viel durchsickere. Nun ja, die Einwände liegen meist auf diesem Niveau. Vielleicht ist es so, darüber weiß ich nicht sehr viel. Der eventuelle Nachteil, falls es nun einer ist, daß unsere Volksvertreter wissen sollen, womit sich die staatlichen Behörden beschäftigen – ein an und für sich bizarrer Gedanke –, sollte dann gegenüber den Vorteilen abgewogen werden. Nehmen wir an, ich sei ein böser Mann, um mit einem alten studentischen Spaßmacher aus Lund zu sprechen, der großes Format hatte. Nehmen wir also an, ich sei ein böser Mann. Nehmen wir ferner an, es würde mir gelingen, ein paar tausend unserer braunäugigen Mitmenschen, aber eben noch nicht Mitbürger, in der Türkei foltern zu lassen. Im übrigen bin ich derjenige, der entscheiden kann, ob sie schwedische Staatsbürger werden dürfen oder nicht. Ich könnte zum Beispiel mindestens fünfundzwanzig Prozent von euch, die ihr hier im Saal sitzt, mit einem Berufsverbot belegen. Ihr würdet in dem sogenannten öffentlichen Sektor niemals einen qualifizierten Job erhalten. Das sind nur einige drastische Beispiele. Nun bin ich aber kein böser Mann. Aber woher sollt ihr das wissen? Nun? Soll eine solche Macht von einem Reichstagsausschuß mit Frauenquote kontrolliert werden können oder nicht? Verzeiht mir diese letzte Bemerkung, aber ich hatte es einfach im Hinterkopf, daß heute alles nur mit einer entsprechenden Frauenquote geregelt werden soll. Diese Macht *soll* aber unter demokratische Kontrolle gebracht werden. War das eine Antwort auf deine Frage?«

Das war es. Der junge Fragesteller spielte den Hilflosen, kassierte seine Lacher und setzte sich.

»Findest du, daß das Terroristengesetz zu deinem Gerede von der Gleichheit aller vor dem Gesetz paßt?« rief ein Zuhörer, dessen Frage offensichtlich nicht vorher abgesprochen worden war. Der Mann sprach mit einem starken Akzent und war sichtlich braunäugig und schwarzhaarig. Aus diesem Grund war es nicht möglich, ihm jetzt über den Mund zu fahren, obwohl er flagrant gegen die akademische Diskussionsordnung verstoßen hatte.

»Nein«, entgegnete Carl. »Das Terroristengesetz sagt nichts weiter aus, als daß Ausländer ohne Beweise bestraft werden können. Alles, was Terroristen tun könnten, ist ohnehin schon verboten. Das Gesetz diskriminiert Ausländer und sollte deshalb abgeschafft werden, ebenso das Recht der Säpo zu entscheiden, wer schwedischer Staatsbürger werden darf und wer nicht.«

Die nächste reguläre Fragestellerin war der Vorstellung zufolge Vorsitzende der sozialdemokratischen Vereinigung. Sie hatte ihre Fragen aufgeschrieben. Doch da Carls letzte Antwort zum Teil mit Beifall, zum Teil mit enttäuschtem Gemurmel und sogar vereinzelten Buhrufen quittiert worden war, ergriff sie schnell die Gelegenheit beim Schopf und stellte eine Anschlußfrage.

»Aber wäre es keine Schwächung unserer Abwehr gegen den Terrorismus, wenn Schweden als einziges Land in Westeuropa die Terroristengesetze abschaffte?« fragte sie. Sie sprach im Stakkato, als ahnte sie schon, daß sie sich auf glattem Eis befand.

»Nein, ganz und gar nicht«, entgegnete Carl zufrieden. »Wir haben ja dieses Ziel, wie ich es eben skizziert habe, diesen Traum vom Vertrauen der Mitbürger. Du weißt schon, die Gleichheit aller vor dem Gesetz. Wenn es um unsere Fähigkeit geht, unerwünschte Personen an den Grenzen abzuweisen, haben die Terroristengesetze keinerlei Wirkung. In dieser Hinsicht gibt es bekanntlich eine besorgniserregend umfangreiche Batterie gewöhnlicher Gesetze. Es geht also um die Personen mit schwarzem Haar und braunen Augen, die sich jetzt schon legal in Schweden aufhalten. Wenn wir hinreichende Gründe für die Annahme haben, daß eine solche Person *oder* eine Person wie du illegal zu Hause Waffen aufbewahrt, nun, dann erfolgt eine Hausdurchsuchung. Es ist nämlich für Blauäugige wie für Braunäugige verboten, zu Hause illegal

Waffen aufzubewahren. Ebenso ist es für Braunäugige wie Blauäugige verboten, Vorbereitungen zu einem Mord zu treffen, zu einer Entführung, Brandstiftung, einer gemeingefährlichen Tätigkeit, Sabotage, Spionage, zu illegaler nachrichtendienstlicher Tätigkeit, was immer man nach dem Strafgesetzbuch alles aufzählen kann. Aber: Unserem gegenwärtigen System zufolge sind Beweise oder ein hinreichender Tatverdacht nur gegen Blauäugige erforderlich, nicht gegen Braunäugige. Das ist nicht gerade eine vertrauensbildende Maßnahme. Aus diesem Grund ist dieses System auch nicht effektiv – wenn es denn tatsächlich stimmt, daß wir Mitarbeiter der Säpo das Vertrauen der Menschen genießen müssen, um effektiv arbeiten zu können. Und dann ist da noch eine weitere Kleinigkeit: Dieses System ist nicht demokratisch.«

Die Zuhörerschaft spaltete sich jetzt auf komische Weise in ihren Reaktionen. Die zahlreich vertretenen ausländischen Studenten klatschten anhaltend Beifall, während die schwedische Mehrheit sich gleichgültiger verhielt.

»Bist du Sozialist?« fragte die Vorsitzende der sozialdemokratischen Vereinigung in dem Augenblick, in dem sie zu dem Schluß kam, daß der Geräuschpegel im Saal genügend gesunken war.

»Ja, das bin ich«, erwiderte Carl amüsiert. »Solange du mir nicht das Bekenntnis abverlangst, was für eine Art Sozialist ich bin. Eine Antwort darauf würde mir nämlich schwerfallen. Ich kann jedenfalls so viel sagen, daß die Angaben, die ich in den Archiven der Säpo über mich fand, in dieser Hinsicht fehlerhaft waren. Leider sind das geheime Informationen, die ich nicht preisgeben darf.«

Die neuen Lachsalven unter den Zuhörern, die jetzt wieder munterer wurden, zwangen die junge Frau in dem roten Kostüm von unauffälliger Eleganz, mit ihrer Anschlußfrage fast peinlich lange zu warten, da sie nicht mehr zurück konnte und trotzdem ahnte, daß diese die Stimmung im Saal vielleicht umkippen lassen würde.

»Ist es nicht merkwürdig, in unserer Welt Sozialist zu sein und gleichzeitig ein versteuertes Vermögen von mehr als hundert Millionen zu haben?« fragte sie schließlich.

Die Frage wurde zunächst mit Schweigen aufgenommen, in das sich einige Pfiffe mischten.

»Was soll ich sagen …«, begann Carl und zögerte mit der Fortsetzung, während er darauf wartete, daß sein Publikum ihm aufmerksam zuhörte. »Mit Geld verhält es sich so, daß es nicht nur angenehm ist, sondern auch nützlich sein kann. Dieses Vermögen, von dem du sprichst, existiert nicht mehr. Das werdet ihr später in diesem Jahr noch entdecken, wenn die Abendpresse die Einkommensverhältnisse von Prominenten veröffentlicht. Dann stehe ich nämlich bei null. Das liegt jedoch nicht daran, daß ich mein Geld etwa verspekuliert hätte, sondern vielmehr daran, daß ich es zum Teil verbraucht und zum Teil hoffentlich nützlichen Zwecken zugeführt habe. Aber selbst wenn ich dieses Geld noch hätte, würde meine Antwort wohl lauten, daß Geld immer einem guten Zweck zugeführt werden kann. Die Hauptsache ist, daß es nicht bei Gaunern landet, Börsenhaien und Pöstchenjägern. Ja, ich hoffe, Sozialist zu sein. Gibt es noch mehr, was ihr wissen wollt?«

Carl gab seinem Personenschutz durch ein Kopfnicken demonstrativ zu verstehen, daß es Zeit war, die Abfahrt vorzubereiten. Doch dann eilte der Vorsitzende plötzlich aufs Podium, um sich mit ein paar überflüssigen Bemerkungen zu bedanken. Und dann, gerade als jemand Blumen brachte, die von einem von Carls Leibwächtern sofort beschlagnahmt wurden, um inspiziert zu werden, formulierte er die letzte Frage des Abends. Er hörte sich an wie ein Marktschreier, der besonders betonen will, daß es tatsächlich die letzte Frage des Abends ist.

»Wer ist ein über jeden Verdacht erhabener Bürger?«

Das Stimmengewirr und die Aufbruchstimmung legten sich, während Carl so tat, als dächte er über seine Antwort nach.

»Also«, sagte er, als es im Saal wieder einigermaßen ruhig geworden war. »Das ist eine Formulierung, die ich im Säpo-Archiv gefunden habe. Sie beschreibt Personen, die nicht zum Gegenstand eines Spionageverdachts werden konnten. Es waren, um drei Beispiele zu nennen, hohe Beamte im Außenministerium, in einem weiteren Ministerium sowie Säpo-Angestellte, mit anderen Worten also Leute wie ich selbst. Und laßt mich noch einen letzten einfachen Hinweis hinzufügen. Die Personen, die vergangene Woche als russische Spione festgenommen wurden, waren ebenfalls über jeden Verdacht erhabene Bürger. Dieses Prinzip der Unantastbarkeit existiert in Schweden also nicht mehr!«

Bei diesen Worten drängten sich seine Leibwächter vor und hielten Autogrammjäger und andere Leute fern, die aus irgendeinem

Grund der Meinung waren, auf den Redner zustürmen zu müssen, als die Veranstaltung beendet war.

Während ein vergleichsweise matter Schlußapplaus zu hören war, war Carl schon auf dem Weg ins Freie. Man führte ihn durch ein labyrinthisches System von Gängen und Treppen zu einem Ausgang, von dem er noch fünf Minuten zu Fuß zurückzulegen hatte, um zu seiner vermuteten Bleibe zu gelangen. Das Grand Hotel in Lund war schon jetzt von Polizeibeamten umringt und mit rot-weiß gestreiften Bändern und Aluminiumzäunen abgesperrt. Doch das war nur ein Ablenkungsmanöver. Man hatte Carl und seine Leibwächter im Hotel Lundia einquartiert, das gut hundert Meter entfernt lag. Und vor dem Hotel Lundia waren keine Polizeibeamten zu sehen. Als sie in den Park zwischen dem Hauptgebäude der Universität und der Akademischen Vereinigung hinauskamen, teilten sie sich schnell. Zwei seiner Leibwächter gingen nach links, um über die Klostergatan zum Grand Hotel zu gehen, die Lage zu sondieren und kurz mit den dort postierten Polizeibeamten zu sprechen. Carl und die beiden anderen Leibwächter bogen nach rechts ab, um über die Sankt Petri Kyrkogata zur Bytaregatan zu gehen, in der das Hotel Lundia lag. So sah es der sorgfältig erarbeitete Plan vor.

Es war zu spüren, daß der Winter vorbei war. Es war schon zwanzig Minuten nach zehn, aber noch immer nicht stockdunkel. Überall blühte Winterwolfskraut. Carl entdeckte an einigen Stellen sogar Krokusse. Die Blätter von Osterglocken und sogar Tulpen waren schon aus der Erde gekommen, und es roch stark nach Frühling, vielleicht weil es den ganzen Tag geregnet hatte und der Himmel erst gegen Abend wolkenlos geworden war.

Carl fühlte sich erleichtert. Er würde nie mehr öffentlich auftreten, zumindest nicht vor Studenten. Er hatte sich sorgfältig darauf vorbereitet, daß das Letzte, was er zu sagen hatte, gut geriet. Besser als die stümperhaften Vorübungen in Umeå und Uppsala.

Wieder erlebte er dieses Gefühl, innerlich vollkommen rein zu sein wie Wasser. Schon bald würde alles vorbei sein. Er hatte alles zu Ende geführt, was er sich vorgenommen hatte. Jetzt konnte es nicht mehr mißlingen.

Natürlich war es noch zu früh, sich hinzulegen und zu schlafen. Er war nach seinem Auftreten noch viel zu aufgedreht. Arbeit hatte er nicht mitgenommen, das hätte nur zu Schwierigkeiten bei der Bewachung geführt. Dafür hatte er ein paar neue russische Romane dabei, die er bei seinem letzten Besuch in Moskau gekauft hatte. Die Umschläge waren schrecklich – es ging um Mafia, Sex und Gewalt. Es interessierte ihn jedoch, wie eine neue Generation russischer Schriftsteller ihre Zeit darzustellen versuchte. Er würde wahrscheinlich ein paar Stunden lesen können, bevor er einschlief. Der nächste Tag in Stockholm war schon mit Konferenzen verplant.

9

Ali Hussein Fadlallah wurde am Morgen nach Carls Vortrag in der Akademischen Vereinigung im Botanischen Garten von Lund gefunden. Er lag unter einigen Edeltannen, ungefähr fünfzig Meter vom Eingang durch den Eisenzaun an der Ecke Östra Vallgatan und Trekanten entfernt.

Daß er tot war, war leicht zu erkennen, da er die ganze Nacht dort gelegen haben mußte. Am frühen Morgen hatte es einige kräftige Regenschauer gegeben. Der Mann, der ihn fand, war ein Hausmeister, der als erster zur Arbeit im Botanischen Institut erschien, das gleich neben dem Tatort lag. Er hatte die Vernunft besessen, nichts anzurühren, sondern lieber gleich die Polizei angerufen.

Die Leiche wies keine deutlichen äußeren Spuren von Gewaltanwendung oder Kampf auf, wenn man davon absieht, daß die Armbanduhr am linken Handgelenk ein zerschmettertes Glas aufwies. Sie war um dreizehn Minuten nach neun stehengeblieben.

Zunächst drängte sich der Gedanke an einen Raubüberfall auf, doch als man den Leichnam zur Obduktion in das Universitätskrankenhaus gebracht hatte und dort die Kleidungsstücke des Opfers durchsuchte, fand man seine Brieftasche mit allen Ausweisen und gut zwölfhundert Kronen in bar. Außer seiner Armbanduhr, einem relativ teuren Zeitmesser, hatte der Mann auch eine Goldkette mit einem Miniatur-Koran behalten dürfen, den er am Hals trug. Von einem Raubüberfall konnte also keine Rede sein.

Als Rune Jansson zwei Tage später seine Kollegen in Lund anrief – erst da hatte er von dem Ereignis erfahren –, war er voll böser Vorahnungen. Er brauchte nicht viele Fragen zu stellen, um zu erkennen, daß er nach Lund reisen mußte, um noch eine lokale Polizeibehörde in die laufende Ermittlung einzuschalten. Entscheidend war, wie der Mord durchgeführt worden war, nämlich auf eine Weise, von der man in Lund noch nie etwas gehört hatte. Dem vorläufigen Gutachten des Gerichtsmediziners zufolge war eine Stichwaffe zwischen dem zwölften Brustwirbel und dem ersten Lendenwirbel eingedrungen. Diese hatte die Hauptschlagader durchstoßen und überdies das Rückenmark penetriert, was einen Kurzschluß des gesamten Systems bewirkt hatte. Dem Gerichtsmediziner zufolge mußte es gewesen sein, als hätte man plötzlich einen Lichtschalter betätigt.

Rune Jansson erstaunte seinen Kollegen in Lund, indem er dessen Bericht unterbrach und schwer seufzend mitteilte, er wisse genau, wie es zugegangen sei. Er werde am nächsten Tag nach Lund kommen, um die Kollegen zu informieren. Es sei von großer Bedeutung, daß nichts über die Art des Mordes an die Massenmedien durchsickere.

Anschließend rief er den Gerichtsmediziner in Umeå an, Anders Eriksson, und erzählte, jetzt habe man einen zweiten bekannten Fall, bei dem mit der Kurzschlußmethode getötet worden sei. Diesmal jedoch nicht am Wasser.

Er schlug vor, daß die beiden Pathologen ihr Material so schnell wie möglich verglichen, bat zugleich aber auch um Diskretion. Es könne von sehr großer Bedeutung sein, daß keine Angaben über die Methoden des Mörders verbreitet würden.

Ein wenig verspätet und sehr durcheinander fand er sich dann bei Willy Svensén ein, wo die Vernehmungseinheit ungeduldig darauf wartete, über die Arbeit der vergangenen Woche berichten zu können. Die Kollegen hatten es sicher nicht ganz einfach gehabt. Schließlich hatten sie ausschließlich Polizisten vernommen.

Er entschuldigte sich natürlich damit, daß er gerade erst von einem neuen Fall erfahren habe, der zur Serie passe. Überdies sei es in mehr als einer Hinsicht ein Parallelfall zu einem der ersten Morde in Umeå. Der Mörder habe sich exakt der gleichen Methode bedient, nämlich das Rückgrat durchstochen, sogar zwischen den gleichen Rückenwirbeln wie beim ersten Mal. Dann sei da noch etwas, was wesentlich störender sei: Der Mord habe stattgefunden, als Hamilton und eine unbekannte Zahl von Personen aus seiner sogenannten Leibgarde sich in Lund befunden hätten.

Es war also nicht ausschließlich eine düstere Nachricht. Rune Janssons Überzeugung zufolge mußte der Mörder sich im Studentenwohnheim im Pedagoggränd in Umeå aufgehalten haben, als sich die beiden ersten Morde der Serie ereigneten. Er weigerte sich, diese Überzeugung aufzugeben. Folglich, erklärte er, werde es jetzt besonders interessant sein zu sehen, wer von diesen Verdächtigen sich vor zwei Tagen zufällig auch in Lund aufgehalten habe.

Diese Information würden sie natürlich von Hamilton persönlich erhalten, wenn sie ihn fragten, bemerkte Willy Svensén. Vielleicht sei es aber psychologisch richtig, sich von diesem Wissen jetzt nicht stören zu lassen, wo die Vernehmungseinheit ihre Ergebnisse darlegen wolle.

Sie hätten nämlich einen Kandidaten. Obwohl keiner der vier Säpo-Leute irgend etwas gestanden habe. Das hätten die vier wie erwartet nicht getan. Überdies seien sie, ebenfalls ganz wie erwartet, tief gekränkt gewesen, sich überhaupt einem Verhör stellen zu müssen.

Es war Anna Wikström, die Vortrag halten sollte. Sie begann damit, daß sie eine Tafel aufstellte. Diese zeigte die Etage des Studentenwohnheims mit den sieben Zimmern, der Küche, dem Fernsehraum, dem Korridor. Außerdem ging aus der Skizze hervor, wie die fünf Personen, Hamilton und die vier Säpo-Leute, in der kritischen Nacht untergebracht gewesen waren.

Sie atmete tief durch und begann: »Der Korridor ist an zwei Stellen mit einer Alarmanlage versehen gewesen. Das war für uns eine unerwartete Komplikation. Eine Alarmanlage war an die Außentür zum Korridor angeschlossen. Die zweite war an dem Fenster am anderen Ende des Korridors befestigt, das zur Feuerleiter führt. Einer der Leibwächter ist also eigentlich kein Leibwächter gewesen, sondern ein Techniker, der für Alarmanlagen und Funkkommunikation verantwortlich war. Sein Schlafzimmer lag der Außentür am nächsten. Das Zimmer ihm gegenüber hat in der fraglichen Nacht leergestanden, ebenso das Zimmer, das an seins angrenzte. Diese Unterbringung scheint den Zweck gehabt zu haben, daß der für die Alarmanlagen an der Tür Verantwortliche bei einem ›Eindringen des Feindes‹ erstens Zeit haben sollte, die anderen über Funk zu warnen, zum andern sollte er als erster ermordet werden. Danach hätten sich die Einbrecher über zwei leere, aber verschlossene Zimmer hermachen müssen, während der Rest der Gruppe sich für den Kampf bereitmachte. Dieser Logik zufolge war das Schutzobjekt, also Hamilton persönlich, vom Eingang gerechnet am hinteren Ende des Korridors einquartiert, in dem Zimmer, das an die Küche und den Fernsehraum grenzte. Die drei eigentlichen Leibwächter waren also wie folgt untergebracht: einer in dem Zimmer, das Wand an Wand mit dem Hamiltons lag, und zwei in je einem Zimmer auf der anderen Seite des Korridors. Die Fenster in den Studentenzimmern waren schon vierundzwanzig Stunden vor Ankunft der Säpo-Leute plombiert worden. Nach ihrer Abreise hat man die Plomben entfernt. Darüber gibt es Protokolle. Kein Fenster konnte mehr als fünf Zentimeter geöffnet werden.

So sahen also die äußeren Voraussetzungen aus. Wie jedem von euch einleuchten muß, waren sie recht problematisch. Falls jemand unbemerkt hätte eindringen wollen, hätte er auch die elektronischen Alarmanlagen außer Funktion setzen müssen, und dabei ist zu bedenken, daß es sich hier nicht um einfache Alarmanlagen handelt, wie man sie von Einfamilienhäusern kennt, sondern um hochkomplizierte Dinger. Aus diesem Grund hatten sie ja einen technischen Verantwortlichen dafür.

Dieser ist aber andererseits der einzige Mann vor Ort gewesen, dessen körperliche Voraussetzungen direkt gegen seine Täterschaft sprechen. Er ist kein Polizeibeamter und sieht nicht einmal wie ein Polizist aus, ganz im Gegenteil.«

Als ihr leicht amüsierter Chef sie bat, sich in diesem Punkt deutlicher auszudrücken, erklärte Anna Wikström streng, der fragliche Techniker sei einen Meter siebzig groß, kurzsichtig, auffallend dick und unbeweglich und ohne militärischen Hintergrund.

»Das wäre das«, erklärte sie. »Die drei anderen dagegen sind ›Leibgardisten‹. Einfach ausgedrückt ist ihr Aussehen das genaue Gegenteil von dem des kleinen technischen Genies. Zwei von ihnen sind von der sogenannten nationalen Einsatzgruppe rekrutiert worden, der SS der Polizei. Sie gehörten also zu der kleinen Zahl von sechshundert Bewerbern unter den Polizisten. Diese wenigen sind hochmotiviert und leistungsmäßig einfach phänomenal. Sie haben alle Prüfungen bestanden und sind als Antiterrorpolizisten angenommen worden.

Der dritte, der Kandidat der Vernehmungsgruppe, heißt Carsten Johnsén. Er war zunächst Reserveoffizier bei den Fallschirmjägern und wurde Polizeimeister in verschiedenen Kampfsportarten, bei denen man einen weißen Pyjama trägt sowie seltsame Stirnbänder. Diese Leute rufen Hoa-Hoa, bevor sie nach allen Regeln der Kunst aufeinander einprügeln; einer Kunst, die angeblich auch heitere Vergeistigung, Kontemplation und Selbstbeherrschung umfaßt. Außerdem ist Johnsén ein phänomenaler Pistolenschütze, wie allgemein bezeugt wird. In seinen letzten Jahren als Gymnasiast und bis zum Wehrdienst hat er außerdem an Schießwettbewerben mit dem Gewehr teilgenommen.

Insgesamt kann man also sagen, daß er die allerbesten Qualifikationen besitzt.

Die beiden anderen, die von der Terrorbekämpfungseinheit gekommen sind, sind natürlich auch nicht von schlechten Eltern. Einer von ihnen ist in seiner Zeit bei ONI Scharfschütze gewesen. Bei ONI wurde von einem Scharfschützen verlangt, daß er auf dreihundert Meter Entfernung eine Fünfkronenmünze trifft. Im übrigen hatten sie dort ungefähr die gleiche Ausrüstung wie die Scharfschützen der Armee.

Mit Karate und solchen Albernheiten hat sich dieser Scharfschütze aber nie beschäftigt. Das hat dafür der dritte Leibgardist getan.

Soweit die Ergebnisse der Vernehmungen. Was Carsten Johnsén, den Fallschirmjäger, möglicherweise etwas interessanter macht als die beiden anderen, ist folgendes: Er hat zugegeben, mehrere der fraglichen Morde in technischer Hinsicht ohne weiteres bewältigt haben zu können; es war zunächst sehr schwierig, darüber zu diskutieren, aber schließlich ging es, nachdem ich ihm sagte, daß derjenige, der unschuldig ist, an einer Zusammenarbeit mit der Polizei nichts zu verlieren hat. Schon gar nicht, wenn er Polizeibeamter ist und von seinem höchsten Vorgesetzten angehalten worden ist, sich kooperationsbereit zu zeigen.

Jedenfalls hat er zugegeben, einen menschlichen Kopf wohl aus dreihundert Metern Entfernung treffen zu können. Ebenso könnte er einen Menschen sehr schnell totschlagen, nämlich etwa so, wie es der Täter im zweiten Fall in Umeå vorgemacht hat. Von Alarmtechnik aber behauptete er nicht viel zu wissen.

In dieser Hinsicht paßt seine Aussage gut zu der der beiden anderen, schlechteren Kandidaten. Schon der bloße Gedanke, sich mit solcher Technik zu befassen, hat sie in Abwehrhaltung gebracht.

Keiner der vier hat zugegeben, in der kritischen Nacht etwas gehört oder beobachtet zu haben. Alle sind gegen elf Uhr in ihre Zimmer gegangen, nachdem sie in der kleinen Küche und im

Fernsehzimmer einen letzten Schluck Kaffee getrunken hatten. Bei Einsätzen mit Hamilton ist Alkohol immer streng verboten.

Anschließend begaben sich alle ›in die Horizontale‹. Alle vier haben sich lustigerweise genau so ausgedrückt. Jeder hatte einen Kopfhörer auf, der mit dem gemeinsamen Sender verbunden war, der die ganze Nacht über eingeschaltet blieb. Sie haben also manchmal gehört, wie jemand sich im Bett umdrehte. Dann muß jemand das Mikrophon am Handgelenk berührt haben, doch in einem solchen Fall ist unmöglich zu entscheiden, von welchem der Kollegen das Geräusch kam.

Ich fasse zusammen: Es ist schwer vorstellbar, wie eine dieser Personen, die sich in der fraglichen Nacht in dem Studentenheim aufhielten, sich aus dem Staub gemacht haben soll, ohne die Alarmanlage in Gang zu setzen oder sonstwie die Aufmerksamkeit der anderen zu erregen.«

Abwartendes Schweigen herrschte im Raum, als Anna Wikström ihren Vortrag beendet hatte.

»Technisch gesehen hat es also den Anschein, als müßten wir mit mehreren denkbaren Tätern laborieren, und dieser Alarmtechniker muß einer von ihnen sein«, bemerkte Willy Svensén müde. »Bemerkenswert übrigens, daß wir jetzt schon so viele Polizisten haben, die sich darauf verstehen, Leute umzubringen.«

»Vergangene Woche hat so ein ONI-Scharfschütze eine behinderte alte Dame mit einer vermeintlich ungeladenen Schrotflinte erschossen«, kommentierte Roger Jansson trocken. »Guter Treffer, durch den Kopf.«

»Pfui Teufel«, brummte Willy Svensén.

»Hatte auch Hamilton Sprechfunkkontakt mit den anderen?« fragte Rune Jansson still, während er über etwas vollkommen anderes nachgrübelte, das mit Wasser zu tun hatte.

»Natürlich!« erwiderte Anna Wikström fast mit einem Schnauben. »Schließlich war er doch das sogenannte Schutzobjekt. Er mußte doch als erster gewarnt werden, wenn etwas passierte.«

»Ja, natürlich, verstehe«, sagte Rune Jansson verlegen. »Aber wenn ich euch richtig verstehe, war es nicht möglich, diese Alarmanlage zu überwinden, ohne von diesem Kerl Hilfe zu bekommen, wie hieß er noch, na, von diesem Burschen, der nicht wie ein Polizist aussieht?«

»Ja, diese Schlußfolgerung liegt jedenfalls nahe«, gab Roger Jansson zu.

»Wir wollen zusammenfassen, was wir wissen«, sagte Willy Svensén mit leicht erhobener Stimme. Vielleicht wollte er die resignative Stimmung hinwegfegen, die sich im Zimmer bemerkbar zu machen begann. »Nichts hat bisher Runes einfache Feststellung erschüttert, daß wir es in Umeå mit zwei höchst bemerkenswert durchgeführten Morden zu tun haben, zweihundert Meter von einer Stelle entfernt, an der sich in diesem Augenblick mehrere Personen aufhalten, die die einzigen in Nordschweden sind, die auf diese Weise morden können. Nicht wahr? An dieser Schlußfolgerung hat sich doch nichts geändert. Sie scheint mir nur noch stärker geworden zu sein, da wir jetzt *wissen,* was wir zunächst nur geglaubt haben: daß diese Burschen tatsächlich Pyjamaringer sind, Scharfschützen, grüne Baskenmützen und alles, was ihr sonst noch wollt.«

»Rote Baskenmützen«, bemerkte Roger Jansson mit einem Seufzen. »Die Fallschirmjäger haben rote Baskenmützen.«

»Was soll's, Baskenmütze ist Baskenmütze ...«, sagte Willy Svensén, der sich in seinem Denken sichtlich gestört fühlte. »Was für Typen tragen übrigens grüne Baskenmützen?«

»Die Küstenjäger, Hamilton und seine Kumpels bei der Spionage«, sagte Roger Jansson. Er machte plötzlich ein Gesicht, als wollte er noch etwas sagen, behielt es dann aber für sich.

»Bleibt also folgendes«, sagte Rune Jansson. »Wir müssen Hamilton verhören. Außerdem müssen wir diesen Alarmtechniker stärker unter Druck setzen, ohne dessen Mitwirkung niemand das Wohnheim hätte verlassen können. Und wir müssen jetzt herausfinden, ob einer unserer Kandidaten sich vorgestern in Lund aufgehalten hat.«

»Aber ja doch«, sagte Willy Svensén ironisch und zeigte. »Da steht das Telefon.«

Rune Jansson wand sich. Er mochte es nicht, wenn er vor Publikum sensible Telefongespräche führen mußte. Andererseits hatte er nur zwei einfache, konkrete Fragen zu stellen, und außerdem war die Gefahr höchst gering, daß er Hamilton tatsächlich direkt erwischte. Folglich breitete er in ironischer Resignation die Hände aus, stand auf, trat ans Telefon und tippte Hamiltons Durchwahlnummer ein. Wie erwartet nahm die Sekretärin ab. Er nannte leicht schwermütig seinen Namen und fragte ohne jeden Anflug von Hoffnung, ob er den Generaldirektor sprechen könne. Das Schweigen im Raum war angespannt und amüsiert zugleich.

Er legte die Hand auf die Sprechmuschel und äffte die Sekretärin nach: »Der Generaldirektor sitzt gerade in einer Besprechung, aber ich werde sehen, ob ich ihn stören kann.« Dann stand er seufzend mit dem Hörer in der Hand da und wartete auf die Nachricht, er solle sich lieber an einem anderen Tag melden.

Die anderen Anwesenden sahen jedoch plötzlich, wie er sich streckte und räusperte.

»Hallo, hej«, sagte er verlegen. »Wie gut, daß ich dich erwische. Ich habe zwei konkrete Fragen. Erstens: Wann kann ich dich sprechen? Es ist ziemlich dringend. Zweitens: Hattest du in Lund einen Leibwächter mit, der ...«

Er ruderte hilflos mit einem Arm herum, bis Anna Wikström desperat auf ihre Tafel mit der Skizze des Korridors im Wohnheim von Umeå zeigte.

»Ja, also ... einen Mann, der Carsten Johnsén heißt?«

Seine Kollegen sahen ihn gespannt an, als er eine sehr kurze Antwort erhielt, die negativ war oder ihn abfertigen sollte. Er legte langsam den Hörer auf und blieb einige Augenblicke mit der Hand auf der Gabel stehen, bis er sich mit schwerfälligen Bewegungen umdrehte. Sein Gesichtsausdruck zeigte etwas völlig anderes als die Folgen einer Abfuhr.

»Ja ...«, begann er verwirrt. »Der Generaldirektor will mich in zehn Minuten sprechen. Zweitens. Und erstens war ihm der Sinn der Frage durchaus klar. Er sagte, der einzige Leibwächter, der in Umeå, aber auch in Lund dabeigewesen sei, sei ein gewisser Kriminalinspektor Carsten Johnsén.«

»Logisch gesehen ist er also der Täter«, sagte Willy Svensén ohne jede Spur von Triumph oder Begeisterung.

»Ja, natürlich«, sagte Rune Jansson, dem ebenfalls keinerlei Triumphgefühl anzusehen war. Er ging zu seinem Sessel zurück und sank darauf nieder. »Wir scheinen es mit einer so spezifischen Tötungstechnik zu tun zu haben, daß es bis jetzt in der schwedischen Kriminalgeschichte nur zwei Fälle gibt. Kriminalinspektor Carsten Johnsén ist fähig, so zu töten. Er war beide Male anwesend. Außerdem kann er einen Menschen aus dreihundert Metern Entfernung in den Kopf schießen. So etwas nannte man früher doch wohl einen halben Beweis.«

»Logisch betrachtet haben wir ja auch noch Hamilton selbst als Kandidaten«, bemerkte Roger Jansson ohne Überzeugung.

»Ja, daran habe ich auch schon gedacht«, sagte Rune Jansson mit einem Seufzen. »Der Mörder muß bei der Säpo sitzen oder zumindest Zugang zu den sensibelsten Informationen der Säpo haben. Außerdem muß er die verschiedensten Zirkuskunststücke beherrschen und zu bestimmen Zeiten an bestimmten Orten gewesen sein. Das trifft im Augenblick auf zwei Personen zu. Nun ja, um konkret zu werden, habt ihr was dagegen, daß ich zur Orientierung diesen Säpo-Chef vernehme, und zwar ohne Zeugen und Tonbandgerät?«

Die letzte Bemerkung wurde von einem ironischen Grinsen begleitet. Es war schon eine recht bizarre Vorstellung, daß er Anna oder Roger zu Hamilton mitnahm, sein Tonbandgerät auf einem der britisch wirkenden Holztische mit den Messingbeschlägen aufbaute und sagte, um diese Zeit, so und so, beginnt die Vernehmung von Generaldirektor Hamilton, Zeuge des Verhörs ist ... die Vernehmung wird durchgeführt von ...

»Dann verfahren wir zunächst einmal so«, schloß Willy Svensén. »Ihr beiden nehmt euch noch einmal diesen Alarmtechniker vor und dann natürlich diesen Carsten Johnsén. Rune spricht mit dem Säpo-Chef. Aber dann bleibt noch die knifflige Frage, was mit Västerås ist.«

»Ich weiß«, sagte Rune Jansson leicht resigniert. »Aber da sitzen wir in der Zwickmühle. Das Gesetz verbietet uns, den Kollegen in Västerås zu erzählen, weshalb wir der Ansicht sind, daß dieser Lautenspieler mit Gift ermordet worden ist. *Das Gesetz* verbietet es uns. Und wir können die Kollegen und ihren Staatsanwalt ja kaum dazu bringen, eine Festnahme, ein Verhör und eine Hausdurchsuchung zu genehmigen, ohne das zu erklären, was wir nicht erklären dürfen. Das ist leider unmöglich.«

»Aber wenn wir sagen, wir *wüßten,* daß unser Verdacht begründet sei?« schlug Anna Wikström vor.

»Dann fragen sie sofort nach diesen Gründen, und dann müssen wir sagen, das sei geheim, und dann halten sie uns für Leute à la

Holmér, und damit ist ja niemandem geholfen«, sagte Willy Svensén irritiert.

»Ich wollte Hamilton fragen, ob er diese Geheimhaltungspflicht nicht ein bißchen lockern kann«, sagte Rune Jansson tonlos.

Im Raum entstand ein kurzes Schweigen.

»Und wenn er nein sagt?« fragte Willy Svensén leise.

»Nun, dann weiß ich auch nicht weiter«, erwiderte Rune Jansson. »Aber so, wie die Dinge liegen, ist die Situation unhaltbar. Und fragen müssen wir schließlich.«

Er sah auf die Armbanduhr, stand auf und verließ das Zimmer mit einem stummen Gruß.

Zehn Minuten später betrat er die Kajüte des Schwarzen Admirals. Jedenfalls hatte er das Gefühl, eine Kapitänskajüte zu betreten. Carl, der perfekt gekleidet war wie auf einem Werbefoto, empfing ihn angesichts der Umstände erstaunlich herzlich.

»Hej, willkommen. Endlich ein richtiger Bulle«, sagte Carl und zeigte auf die Sitzgruppe. Er nahm das Jackett ab und warf es in einem weiten Bogen durchs Zimmer, so daß es auf seinem Schreibtisch landete. »Du mußt den Ausdruck schon entschuldigen, aber es war wirklich nicht böse gemeint. Ich sitze schon den ganzen Tag mit Juristen zusammen, mußt du wissen«, fuhr er zur Erklärung fort. Dann setzte er sich, lockerte den Krawattenknoten und machte den obersten Hemdknopf auf.

»Wir haben Probleme«, sagte Rune Jansson abwartend, während er sich setzte und einen Seitenblick auf zwei Mappen warf, die auf dem im übrigen völlig leeren Couchtisch lagen. Die eine war schwarz, was im Moment seinen Erwartungen entsprach, die zweite dunkelblau, was ihm nichts sagte.

»Ja, wir haben Probleme«, sagte Carl und schlug die Beine übereinander. Dann streckte er sich wie ein großer Tiger, so daß die Hemdnähte knackten. »Aber wir sind jetzt kurz vor dem Ziel, glaub mir. Wir werden das Kind schon schaukeln. Wo sollen wir anfangen?«

»Bei dem Herrn Karatemeister et cetera Carsten Johnsén«, schlug Rune Jansson vor. »Er war also in Lund, als sich der letzte Mord ereignete?«

»Dort!« sagte Carl und zeigte auf die dunkelblaue Mappe. »Dort findest du alles darüber. Die Namen sämtlicher Personen bei der

Säpo, die sich in Lund befanden, vor, nach und während der Veranstaltung in der Universität. Die Namensliste ist länger, als du glaubst, denn dieses Treffen ist mit technischem Personal vorbereitet worden, mit Säpo-Leuten aus Malmö, mit Verbindungsleuten der Polizei in Lund und so weiter. In einem Punkt hast du jedoch recht mit deinen Vermutungen, jedenfalls nach der ein wenig brüsken Frage, die du mir am Telefon gestellt hast. Carsten Johnsén ist mit Ausnahme meiner Person sicher der einzige, der sich zum Zeitpunkt der jeweiligen Morde in Umeå und in Lund in der Nähe aufgehalten hat.«

»Des letzten?« fragte Rune Jansson verblüfft.

»Ja, des jüngsten also«, sagte Carl mit einem verlegenen Lächeln. »Wir wollen hoffen, daß es nicht mehr werden. Aber laß mich fortfahren! Der vermutete Zeitpunkt des Mordes vorgestern in Lund ist 21.13 Uhr. Zu diesem Zeitpunkt stand ich vor tausend Personen auf einer Bühne und hielt einen Vortrag. Neben mir standen zwei Leibgardisten, ja, so nennen wir die besten Leibwächter. Du hast, wie ich schon sagte, ihre Namen dort in der Mappe. Sie befanden sich im Saal. Wir verließen ihn im Gänsemarsch, ich und vier Leibwächter, und zwar um 22.20 Uhr, also mehr als eine Stunde nach dem vermuteten Zeitpunkt des Mordes.«

»Woher weißt du das?« fragte Rune Jansson.

»Das Säpo-Personal überall im Land, in jeder unserer Stationen, und das sind, wie du sicher verstehst, die Länshauptstädte und noch einige andere, hat strikte Anweisung, sofort unsere Zentrale zu benachrichtigen, sobald ein Einwanderer ermordet wird. Ich erfuhr es gestern morgen und habe sofort den Chef der Reichskripo angewiesen, eiligst sämtliche Informationen einzuholen. Ja, es ist polizeiintern diskreter, wenn es auf diesem Weg abläuft.«

»Aha, verstehe«, sagte Rune Jansson geknickt. Er fühlte sich wie ein Amateurspieler im Schach, der gegen einen Großmeister antritt, der eine Simultanpartie spielt. »Aber woher weißt du das mit dem Zeitpunkt?«

»Dem Obduzenten zufolge ist das Opfer irgendwann zwischen 20.00 Uhr und 01.00 Uhr gestorben, und das sagt doch wohl nicht sehr viel«, antwortete Carl mit einem fast amüsierten Glitzern in den Augen. »Wie du weißt, kommt es nur in Kriminalromanen vor, daß Obduzenten eine Leiche untersuchen und dann auf die Minute genau sagen können, wann die betreffende Person gestorben ist. Das Opfer hatte jedoch eine Armbanduhr, die um 21.13 Uhr stehengeblieben war, und wir müssen ja doch wohl davon ausgehen, daß die Uhr des Mannes nicht um 9.13 Uhr am Morgen zertrümmert wurde und er sie dann den ganzen Tag so mit sich herumgetragen hat.«

»Nein, das leuchtet ein«, sagte Rune Jansson. »Und diese schwarze Mappe da, enthält die das, was ich glaube?«

»Ja, das tut sie«, bestätigte Carl. »Aber das kannst du später lesen. Laß mich etwas über das sagen, was wir hier bei der Säpo getan haben, denn du glaubst vielleicht, wir hätten bisher nur untätig herumgesessen.«

»Das glaube ich ganz und gar nicht«, entgegnete Rune Jansson säuerlich abwartend. »Genaues weiß ich natürlich nicht, denn bei euch ist ja wohl alles geheim.«

»Und ob«, gab Carl lachend zurück. »Definitionsmäßig ist alles, was wir tun, geheim, selbst wenn wir nur für den Chef Kuchen in einer bestimmten Bäckerei kaufen, ist das in der Tat sehr geheim. Wir haben versucht, etwas zu tun. Ich bin nämlich von der folgenden einfachen Arbeitsteilung ausgegangen. Du erledigst mit anderen Kriminalbeamten draußen im Land die äußere Fahndung, nicht wahr? Meine Aufgabe ist es dann, dich einmal mit Informationen über die Opfer zu versorgen, zum anderen, nach etwas sehr Entscheidendem zu suchen. Du weißt sicher, was ich damit meine?«

»Wer bei der Säpo Erkenntnisse über die Informanten hat oder sie sich verschaffen kann«, sagte Rune Jansson leicht irritiert, da er das Gefühl hatte, unterrichtet zu werden.

»Genau!« sagte Carl wieder erstaunlich fröhlich. »Wir müssen uns also fragen, wer auf diese Weise morden kann. Das dürfte wohl dein Job sein. Aber dann müssen wir auch wissen, wer die Opfer lokalisieren kann? Und das kann nur in dieser Organisation geschehen. Damit haben wir uns befaßt. Ich habe eine besondere Ermittlungsgruppe darauf angesetzt. Es steht eine Entscheidung der Führungsgruppe hinter uns. Wir sind ungefähr zehn Personen in der Organisation, die von dieser Ermittlung wissen. Zunächst hatten wir hundert denkbare Namen, aber da haben wir noch auf sehr breiter Grundlage gesucht. Wie du verstehst, geht es einmal um Personen, die selbst innerhalb des sogenannten Terroristendezernats direkt mit solchen Dingen beschäftigt gewesen sind, zum anderen um Kumpel und ehemalige Kollegen und so weiter. Dagegen haben wir ein anderes Muster gelegt: Zeitpunkt der Anwerbung, sowohl von Informanten und von Personal hier in der Firma. Damit konnten wir die Zahl gleich auf die Hälfte reduzieren und ...«

»Entschuldige, daß ich unterbreche«, sagte Rune Jansson. Er gab sich große Mühe, sich seine Irritation nicht anmerken zu lassen. »Zwei Fragen. Auf wie viele Namen seid ihr jetzt herunter? Ist Carsten Johnsén einer der Namen, die noch übrig sind?«

»Gegenwärtig stehen wir bei zwanzig Namen. Carsten Johnsén ist einer davon«, erwiderte Carl schnell.

»Befindet sich noch ein weiteres Mitglied der sogenannten Leibgarde auf der Liste der zwanzig Namen?« fragte Rune Jansson mechanisch.

»Ja!« erwiderte Carl. »Es gibt noch zwei Namen aus der Gruppe, die du im Auge hast. Einer dieser Namen ist meiner.«

»Aber du gehörst doch wohl kaum zu deiner eigenen Leibgarde?« fragte Rune Jansson verwirrt.

»O doch«, sagte Carl mit einem Lächeln. »Das kann man schon so sagen. Ich bin sozusagen der letzte Vorposten in der Abwehrkette. Wie du sicher weißt, haben wir eine gewisse praktische Erfahrung hinter uns.«

»Ja, das weiß ich natürlich«, gab Rune Jansson peinlich berührt zu. »Diese Geschichte vor Rosenbad. Aber laß mich mal eine Idee probieren. Ich bin davon ausgegangen, daß der von uns gesuchte Mörder sich bei dir in diesem Studentenwohnheim in Umeå befunden haben muß. Was hast du in dieser Nacht selbst für Beobachtungen gemacht?«

»Willst du dir Notizen machen?« fragte Carl und hob die Augenbrauen. »Du willst mich also verhören? Nun, das dürfte schon gehen. Oder soll ich dir lieber ein Tonbandgerät besorgen?«

»O nein, Notizen genügen«, entgegnete Rune Jansson und sah sich hilflos um.

Doch Carl kam ihm zuvor. Er stand schnell und geschmeidig aus dem tiefen Sessel auf. Er schaffte das mit einer Bewegung, die Rune Jansson zunächst nicht glauben wollte, nämlich allein mit der Bein-

und Bauchmuskulatur, ohne die Hände zu Hilfe zu nehmen. Er trat an seinen Schreibtisch, nahm Block und Kugelschreiber und kehrte dann mit ein paar langen Schritten zu Rune Jansson zurück.

»Hier, bitte sehr!« sagte er und setzte sich wieder. »Du fragst, ich antworte.«

»Dir ist bewußt, daß dieser Korridor, an dem ihr in Umeå schlieft, mit Alarmanlagen gesichert war?« fragte Rune Jansson und drückte die Kugelschreiberspitze mit einer entschlossenen Bewegung hervor.

»Selbstverständlich«, bestätigte Carl. »Alle diese Auftritte vor Studenten erfolgten erst nach genauer Planung und nach Vorträgen über den Ablauf.«

»Du wußtest, wo die Alarmanlagen angebracht waren?«

»Aber ja, das wußten wir alle.«

»Welcher deiner Leibwächter hätte die Alarmanlage ausschalten können?«

»Das weiß ich nicht. Der Alarmtechniker natürlich, aber von den anderen weiß ich es nicht.«

»Würdest du es selbst tun können?«

»Ja, davon gehe ich aus.«

»Weshalb gehst du davon aus?«

»Weil ich mal Spion gewesen bin, wenn du entschuldigst. Ich habe eine umfassende technische Ausbildung.«

»Aber du weißt nicht, ob ein anderer deiner Leibwächter in dieser Hinsicht mit der Technik zurechtkommen würde?«

»Nein, das weiß ich nicht.«

»Ist es wahrscheinlich?«

»Vielleicht. Vielleicht auch nicht, aber ich weiß es nicht.«

»Was hast du an dem Abend gemacht, nachdem ihr sozusagen nach Hause gekommen wart?«

»Wir tranken Tee und Kaffee ... wiederholten unsere Routinemaßnahmen, prüften, ob die Funkkommunikation klappte, und dann ging jeder in sein Zimmer. Ich habe ein paar Stunden gelesen und Musik gehört.«

»Wie hast du Musik gehört?«

»Die Nachtsendung des Zweiten Programms. Es gab ein Radio im Zimmer, und dummerweise hatte ich mir kein eigenes mit Kopfhörern mitgebracht.«

»Wie laut war das Radio eingestellt?«

»Nicht zu laut, hoffe ich. Ich hatte schließlich einen Nachbarn, auf den ich Rücksicht nehmen mußte.«

»Aber das, was du hörtest, müssen ja in dem Fall über die Kopfhörer auch alle anderen gehört haben, da ihr Funkkontakt hattet?«

»Nun ja, dann hätten sie es aus meinem Mikrophon am Handgelenk gehört, aber das habe ich aus Rücksicht unter das Kopfkissen gesteckt, um die anderen nicht zu stören.«

»War das nicht sozusagen gegen die Vorschrift?«

»Doch, das könnte man meinen. Aber was Jupiter erlaubt ist, ist einem Ochsen noch lange nicht erlaubt. Für mich war es ja wichtig, daß ich es hören konnte, wenn sich jemand bei mir oder einem anderen meldete. Und das hätte ich über den Kopfhörer auf jeden Fall gehört. Hätte ich etwas sagen wollen, hätte ich mein Mikro unter dem Kissen hervorgezogen und rechts um, links um, Marsch oder so etwas gebrüllt, was immer mir gerade eingefallen wäre.«

»Aha ...«, sagte Rune Jansson zögernd. Er bemühte sich, mit seinen Notizen nachzukommen. »Du hättest aber nicht gehört, wenn jemand an deinem Zimmer vorbeigeschlichen wäre, denn deins lag ja der Feuerleiter am nächsten?«

»Vielleicht, vielleicht auch nicht«, erwiderte Carl nachdenklich. »Aber du weißt sicher, daß das, was man hört, etwas mit Erwartungen zu tun hat. Ich lag da und lauschte einigen Madrigalen, dann habe ich mir etwas von Palestrina angehört, dann Orgelmusik von diesem Vorläufer Bachs, Buxtehude oder wie der heißt, dann gab es John Lennon. Na ja, wie das Nachtprogramm in P 2 eben ist. Falls ich überhaupt darauf eingestellt war, daneben noch etwas zu hören, dann höchstens die heulende Alarmanlage und Feuerstöße.«

»Du hast also nichts gehört«, stellte Rune Jansson fest.

»Nein!« entgegnete Carl gemessen. »Und auf eins möchte ich bei diesem Verhör gern hinweisen dürfen: Wenn ich nämlich das Gefühl gehabt hätte, daß jemand da draußen in Socken an meinem Zimmer vorbeischleicht, hätte mich das sehr interessiert.«

»Warum ... in Socken?« fragte Rune Jansson, ohne den Blick von seinen Aufzeichnungen zu heben.

»Nun ja ...«, sagte Carl und breitete die Arme aus. »Wenn ich mich recht erinnere, lag da draußen so ein gewöhnlicher schwedischer Linoleumteppich, wie das früher hieß, der recht weich war. Heute ist es wohl eine Art Kunststoff. Jedenfalls ist es so, daß man auf einer solchen Unterlage geräuschlos geht, wenn man die Schuhe auszieht. Das war einfach ein selbstverständlicher Gedanke. Eins steht jedenfalls fest: Ich habe nichts Merkwürdiges gehört.«

»Also nein!« sagte Rune Jansson. Er legte den Kugelschreiber auf den Tisch, faltete die beiden Notizzettel von Carls Block zusammen, stopfte sie in die Tasche und lehnte sich demonstrativ zurück. »Dann sind wir damit durch. Dann habe ich aber noch zwei neue, informelle Gesprächsthemen.«

»Aber gern«, sagte Carl, »möchtest du Kaffee?«

Bevor Rune Jansson antworten konnte, tauchte eine Sekretärin mittleren Alters in einem eleganten blauen Kostüm an der Tür auf, nachdem sie diskret angeklopft hatte. Interessanterweise wartete sie also nicht erst eine Antwort ab, bevor sie eintrat.

»Entschuldigen Sie, Herr Generaldirektor«, sagte sie mit einem Seitenblick zu Rune Jansson, der diesen vermuten ließ, daß das nicht ihre normale Anrede war, wenn sie allein waren. »Aber jetzt findet ja gleich eine Besprechung statt …?«

»Die werden wir vielleicht absagen müssen«, sagte Carl. »Im Moment bin ich beschäftigt … in einer halben Stunde vielleicht?«

Er zeigte fragend auf Rune Jansson, der automatisch mit dem Kopf nickte.

»Entweder absagen oder in einer halben Stunde, sei so nett und kläre das bitte!« sagte Carl zu der Sekretärin, die sofort verschwand.

»Das, worüber du und ich zu sprechen haben, dürfte wichtiger sein«, sagte er zu Rune Jansson. »Genügt eine halbe Stunde? Wir können sicher etwas länger reden, wenn du es für richtig hältst.«

»Ich glaube, für heute reicht es durchaus«, erwiderte Rune Jansson.

»Gut«, sagte Carl. »Möchtest du Kaffee? Und was waren die beiden informellen Gesprächsthemen?«

»Auf den Kaffee verzichte ich gern«, sagte Rune Jansson verlegen.

»Das brauchst du aber nicht!« sagte Carl. Er stand auf und ging zu seiner Pantry. »Wie möchtest du deinen Kaffee, und wie lauten die beiden neuen Fragen?«

»Schwarz«, sagte Rune Jansson resigniert. »Oder vielleicht doch lieber mit Milch«, fügte er verlegen hinzu, als er es sich anders überlegt hatte; die Begegnungen mit Carl waren für ihn eine ständige Erinnerung daran, daß er zu dick geworden war, mehr joggen und im Keller mehr Gymnastik machen mußte.

»Die erste Frage betrifft Herrn Ali Hussein Fadlallah in Lund!« rief Carl aus seiner Pantry, während er mit Kaffeetassen und Kaffeemaschine hantierte.

»Ja! Er war also Informant der Säpo!« rief Rune Jansson zurück.

»Ja! Du hast alles in der schwarzen Mappe!« rief Carl.

»Weicht er in irgendeiner interessanten Hinsicht von den anderen ab?« rief Rune Jansson.

Carl antwortete zunächst nicht. Er kam mit Kaffeetassen, einem Milchkännchen und – als hätte er Rune Jansson vollständig durchschaut – auch mit ein paar Hörnchen und einer Zuckerschale wieder. Das alles stand auf dem gleichen englischen Tablett wie beim letzten Mal.

»Er weicht in einigen ganz bestimmten Dingen von den anderen Informanten ab. Diesmal hat es etwas mit dem Iran zu tun. Doch jetzt zu etwas Wichtigerem. Dieser Mahmoud Saadani, der in Södertälje ermordet worden ist, war eine besonders üble Figur.«

»Inwiefern?« fragte Rune Jansson ausdruckslos.

»Drogenschmuggler«, entgegnete Carl hart. »Einem früheren, und jetzt muß ich äußerst formell und sorgfältig formulieren, was ich sagen will, einem früheren und *außerordentlich,* wie der Ministerpräsident sagt, wenn er unter Druck steht, diffusen Vertrag mit dieser Firma zufolge hat Herr Mahmoud nach hohem bekannten Vorbild eine Art geschützten Drogenhandel aufziehen dürfen. Gegenleistung: Informationen für uns. Er importierte verschiedene orientalische Lebensmittel, Olivenöl, Gewürze und derlei. Das Ganze war Teil einer *cover-up*-Operation, zu der auch Drogen gehörten. Die Säpo hat viele Jahre dafür gesorgt, daß er für seine Drogentransporte freies Geleit erhielt. Das war die Gegenleistung für seine Informantentätigkeit. Nun, einige Amtsinhaber, mein Vorgänger beispielsweise, hätten es nicht so ausgedrückt. Sie hätten gesagt, das freie Geleit betreffe nur Olivenöl, eigenartige Nüsse und Touristenartikel – eine Zeitlang war er ein großer Händler in Palästinensertüchern –, Drogen aber natürlich nicht. Ob Mißverständnis oder nicht, so war es jedenfalls.«

»Die Säpo hat einen Drogenschmuggler geschützt«, sagte Rune Jansson verblüfft.

»Ja«, sagte Carl hart, »das ist die objektive Wahrheit. Was mich persönlich angeht, ist mir völlig gleichgültig, wer wen mißverstanden haben könnte. So ist es aber gewesen.«

»Dann hat sich irgendein Amtsinhaber bei der Säpo der Mittäterschaft schuldig gemacht«, sagte Rune Jansson erschüttert.

»Natürlich«, bestätigte Carl trocken. »Aber versuch mal, das zu beweisen. Denk doch nur an diesen Abhörprozeß, als fast alle freigesprochen wurden. Einen solchen Prozeß mit verschiedenen hohen Tieren der Säpo, ob nun ehemaligen oder jetzigen, solltest du dir gar nicht erst vorzustellen versuchen. Kein Staatsanwalt wäre so dumm, in einem solchen Fall Anklage zu erheben.«

»Wer hat Herrn Mahmoud mit Drogen versorgt, und was für Drogen waren es?« fragte Rune Jansson matt.

»Hasch. Der Lieferant war Israel. Die Israelis beschlagnahmen im südlichen Libanon Unmengen von diesem Zeug.«

Rune Jansson blieb die Sprache weg. Er hatte das Gefühl, im Gehirn einen Kurzschluß erlitten zu haben.

»Das Bedauerliche ist aber nicht, daß der israelische Nachrichtendienst Drogen schmuggelt«, sagte Carl sanft, als er sah, daß Rune Jansson die Fassung verloren hatte. »Im Krieg und in der Liebe ist alles erlaubt. Die machen das schon seit vielen Jahren so. Ich bin darüber nicht einmal besonders empört. Das Bedauerliche ist, daß wir es mit einem Doppelagenten zu tun haben, der sowohl für uns als auch für die Israelis gearbeitet hat. Einfach ausgedrückt ließe sich sagen, daß er bei den Israelis öfter die Wahrheit gesagt hat als bei uns, aber das findest du alles in dem Ermittlungsmaterial.«

»Dann gibt es viele Leute, die ihn ermorden wollten«, sagte Rune Jansson langsam, während er überlegte. »Er hat vielleicht nichts mit all dem anderen zu tun. Israel verfügt doch über solche Schock-Blend-Granaten?«

»Selbstverständlich«, erwiderte Carl und ging hinaus, um den Kaffee zu holen. »Aber wir haben die Dinger auch, die hat jeder Staat!« rief er aus der Pantry.

»Es ist wirklich verteufelt«, seufzte Rune Jansson, als Carl mit der Kaffeekanne zurückkam. »Dann hätten viele ein Motiv haben können, diesen Scheißkerl zu ermorden.«

»Aber sicher«, sagte Carl ungeduldig, während er ihnen beiden Kaffee eingoß und Rune Jansson mit der Hand ein Zeichen gab. Dieser nahm zögernd ein Stück Zucker und goß etwas Milch in seinen Kaffee. »Aber wenn du entschuldigst, können wir ein andermal über all das reden, wann immer du willst. Ruf mich doch einfach an. Ich habe einige Besprechungen vor mir. Wie lautete die zweite Frage? Außerdem kannst du dir das Material ja durchlesen, bevor wir weitermachen. Ich hoffe, daß sich alles von Interesse in den Mappen befindet. So: Nächste Frage!«

»Die Geheimhaltung«, sagte Rune Jansson unsicher. »Also, es ist so. Wir, das heißt die schwedische Polizei, unter anderem du und ich und viele Kollegen überall im Land, sind auf der Jagd nach einem Serienmörder, der sich auf Informanten der Säpo spezialisiert hat.«

»Korrekt«, bestätigte Carl abwartend. »Und?«

»Es ist ein unmöglicher Zustand, daß ich den Kollegen so vieles vorenthalten muß«, sagte Rune Jansson unsicher. Er versuchte, etwas Kraft zu mobilisieren, indem er sich plötzlich ein Hörnchen schnappte und herzhaft hineinbiß.

»Ja?« sagte Carl und führte seinen schwarzen Kaffee vorsichtig an den Mund. »Ich höre.«

»So wie die Dinge jetzt liegen ...«, sagte Rune Jansson verlegen mit dem Mund voller Hörnchenteig, »wird die gesamte Polizeiarbeit dadurch sabotiert, daß ich einer Menge Kollegen nicht mitteilen kann, was für die Ermittlungen am wichtigsten ist.«

»Die wirkliche Verbindung zwischen den Opfern und die Tatsache, daß die Erkenntnisse über sie folglich von der Säpo kommen müssen«, bemerkte Carl trocken.

»Ja, so ist es«, gab Rune Jansson zu. »So wie es jetzt aussieht, verschwenden wir viel Zeit und Mühe darauf, nur im dunkeln zu tappen. Überall im Land sitzen Kollegen und zermartern sich das Hirn, und ...«

»Ja, ich verstehe!« unterbrach ihn Carl. »Wir haben hier eine sogenannte Interessenkollision. Damit du und deine Kollegen auf breiter Front möglichst effektiv arbeiten könnt, ist vollständiges Wissen erforderlich, das ist selbstverständlich. Das ist die eine Seite der Sache. Die andere Seite sieht aber so aus: Wenn du die wesentlichen Erkenntnisse an die Polizeidistrikte in Lund,

Linköping, Västerås, Södertälje und Umeå weitergibst, sickern sie schnell zu den Medien durch. Dann macht man uns beiden die Hölle heiß, und in jedem Fernsehprogramm wird die *Säpo-Spur* breitgetreten. Es ist schließlich eine Tatsache, daß dann auch unsere Arbeit erheblich erschwert würde.«

»Aber wenn es nun gelingt, dichtzuhalten und nichts durchsickern zu lassen?« fühlte Rune Jansson vor.

»Das schafft ihr nicht. Was einer weiß, weiß niemand. Was zwei wissen, wissen zwei, und was drei wissen, weiß die ganze Welt. Das ist unabweisbar.«

»Selbst wenn du mit deiner pessimistischen Vermutung am Ende recht behieltest, daß früher oder später alles durchsickern würde, bleibt immerhin die Tatsache bestehen, daß wir unter den gegenwärtigen Voraussetzungen nicht effektiv arbeiten können«, beharrte Rune Jansson. »Unter anderem kann es weitere Menschen das Leben kosten. Und früher oder später klären wir die Sache schließlich auf, oder etwa nicht?«

»Da hast du natürlich recht«, gab Carl langsam zu. Er schwieg eine Weile, bevor er fortfuhr. »Na schön«, sagte er. »Teile deinen Kollegen mit, daß der gemeinsame Nenner der Opfer die Tatsache ist, daß sie Säpo-Informanten waren, beziehungsweise Agenten, wenn man sie mit einer respektableren Bezeichnung belegen soll. Daß ferner das Wissen darüber, wer die Agenten der Säpo sind, in erster Linie bei der Säpo zu finden ist und in zweiter Linie bei einer fremden Macht. Du kannst deinen Kollegen sagen, daß wir hier in der Firma an diesem Teil arbeiten.«

»Schön!« seufzte Rune Jansson erleichtert. »Welche fremde Macht übrigens?«

»Du hast die Akte über Mahmoud Saadani noch nicht richtig studiert«, sagte Carl mit der Andeutung eines aufreizenden Lächelns. »Da gibt es eine denkbare Koppelung, wie du sehen wirst. Saadani hat mit uns und den Israelis ein Doppelspiel getrieben. Einer der letzten Geniestreiche dieses dummen Scheißkerls bestand darin, daß er die Israelis zu erpressen versuchte. Er drohte damit zu erzählen, wie er mit ihrer und unserer Hilfe Drogen geschmuggelt habe, wenn man ihn nicht weiter mit Drogenlieferungen versehe. Der israelische Nachrichtendienst kann ziemlich rachsüchtig sein. Ich würde niemandem empfehlen, bei ihnen einen Erpressungsversuch zu wagen, besonders dann nicht, wenn dieser Jemand Araber ist und im Fall eines Flops nicht sehr viel kosten würde.«

»Verzeihung, den letzten Satz verstehe ich nicht«, sagte Rune Jansson verwirrt.

»In solchen Zusammenhängen macht man eine einfache politische Kostenrechnung auf«, erwiderte Carl desinteressiert. »Wenn du eine Person beseitigen willst, mußt du zum einen abschätzen, was es an sich wert wäre. Ein Erpresser, der damit droht, peinliche Informationen zu verbreiten, ist natürlich ein lohnendes Ziel. Es lohnt sich, ihn zu beseitigen. Andererseits mußt du auch mit der Möglichkeit eines Flops rechnen, das heißt, wenn man erwischt wird wie die Isrealis in Lillehammer. Dann macht es politisch aber einen gewaltigen Unterschied, ob man nun einen Kommissar Jansson bei der Reichskripo ermordet hat oder einen obskuren arabischen Drogenschmuggler.«

»Der israelische Nachrichtendienst kann also diesen Saadani in Södertälje ermordet haben. Können die Burschen fliegen?« fragte Rune Jansson ironisch.

»Du hast es jedenfalls in deiner Akte«, seufzte Carl. »Aber nur ganz kurz. Wenn ein Staat sich vornähme, Saadani an dem Ort und zu der Zeit zu ermorden, wie es geschehen ist, würde es keine großen Probleme bereiten. Das Ziel lag ja in der Nähe von Wasser.«

»Wasser?« fragte Rune Jansson. »Auf dem Wasser trieben doch Eisbrei und Eisschollen.«

»Ja, Wasser«, wiederholte Carl leicht irritiert und sah demonstrativ auf die Armbanduhr. »Setz dich lieber mit den Akten hin und lies, dann sparen wir Zeit. Denn im Augenblick scheinen wir ziemlich durch zu sein, nicht wahr?«

»Ja«, bestätigte Rune Jansson. Er stand auf, doch dann fiel ihm noch etwas ein. Er zögerte jedoch, bevor er sich zusammennahm und damit herausrückte. »Da ist aber noch etwas, wenn du entschuldigst. Diese Genehmigung, meine frühere Verpflichtung zum Schweigen in bestimmten Teilen zu brechen, kann ich das schriftlich haben?«

»Aber ja«, sagte Carl erstaunt. »Ich hoffe aber, daß du nicht glaubst, ich könnte dich in einer solchen Sache im Stich lassen?«

»O nein«, sagte Rune Jansson leise und blickte zu Boden. »Wenn es aber in die eine Richtung nur schriftlich geht, dann bitte schön auch in die andere nur so.«

Carl antwortete nicht. Er erhob sich überraschend schnell mit der gleichen unbewußten Geschmeidigkeit und Kraft wie zuvor und ging zu seinem PC. Rune Jansson betrachtete ihn verblüfft, als der Mann schrieb. Es schien unerhört schnell zu gehen. Dann wurde ein Dokument ausgedruckt. Carl nahm einen Füllhalter, unterschrieb, kam zurück und überreichte Rune Jansson das Dokument. Dieser stand schon in der Nähe der Tür.

»So, bitte!« sagte Carl. »Dann wünsche ich dir eine angenehme Lektüre und loyale Kollegen, die uns jetzt nicht sofort in den Spalten der Revolverblätter ersäufen.«

»Es wird schon nichts passieren«, sagte Rune Jansson, reichte Carl zum Abschied die Hand und ging hinaus.

Als er wieder in seinem Zimmer saß, erkannte er, daß er jetzt eine Menge zu grübeln und eine Menge zu lesen hatte. Es gab allerdings auch viel zu tun. Erstens mußte er den Kollegen überall im Land per Fax die neuen Erkenntnisse mitteilen.

Erik Ponti bekam fast einen Wutausbruch, als zwei Kriminalreporter eifrig dafür eintraten, man solle auch im *Echo des Tages* die »Säpo-Spur« verfolgen. Die Frage wurde bei der allgemeinen Konferenz um 14.30 Uhr zur Sprache gebracht, die seit Amtsantritt der neuen Leitung eine zunehmend größere Bedeutung erhalten hatte. Die neue Chefin, Lisa Söderberg, hatte ein für allemal erklärt, daß sie mehr an weniger und kreativere Besprechungen glaube als an die Führung durch ein Politbüro, wie sie das alte System im Scherz nannte.

Sie selbst nahm an gerade dieser Konferenz nicht teil, die vom Leiter des Inlandsressorts, Thomas Hempel, und Erik Ponti geleitet wurde.

Am gestrigen Abend war die Säpo-Spur geboren worden. Wie nicht anders zu erwarten, in den »Leicht-Nachrichten« des Vierten Programms, in denen zwei Kriminalreporter einander interviewt hatten. Sie hatten ihre Vermutungen zum besten gegeben, aber auch auf »hochgestellte Quellen bei der Polizei« und »bei der Säpo« verwiesen. Also alles wie gehabt.

Die Säpo-Spur umfaßte in ihrer massenmedialen Form zwei Grundbehauptungen. Erstens, daß die im Lauf der letzten Monate auf aufsehenerregende Weise ermordeten Ausländer sämtlich angestellte Informanten der Säpo gewesen seien. Zweitens, daß »Säpo-Agenten«, womit vermutlich Polizeibeamte der Säpo gemeint waren, der Serienmorde verdächtig seien, daß diese einander aber gegenseitig Alibis gäben und einander überdies gegenseitig verhörten. Die Polizei ermittle also wie üblich gegen sich selbst.

Expressen hatte sich im Lauf des Tages der Säpo-Spur angeschlossen, während *Aftonbladet* noch bei der These der vergangenen Woche blieb, der »Mafia-Spur«.

Die Mafia-Spur hatte noch weniger tatsächliche Substanz als die neue Säpo-Spur und war vermutlich eher aus psychologischen Gründen entstanden als aufgrund von tatsächlichen Tips und Informationen.

Doch nachdem das Stockholmer Gewaltdezernat bekanntgegeben hatte, man habe den Mord an Frau Teresia Hamilton sowie ihrem und des Säpo-Chefs minderjährigem Sohn aufgeklärt, hatte das natürlich überall zu großen Schlagzeilen geführt. Insofern war es eine schlichte Nachricht und nichts anderes. Daß die Mafia es dann für richtig gehalten hatte, in Marbella ihren eigenen schwedischen Mörder zu ermorden, war auch leicht zu verstehen, während die Lebensgefährtin des Mörders von einer Fernseh-Talk-Show zur nächsten gereicht wurde, um sachlich, gründlich und in ausführlicher Länge nachzuweisen, daß sie einzigartig dämlich war und nicht begriff, daß man sie der Mittäterschaft an einem Verbrechen nicht beschuldigen konnte.

Mit der neuen Aktualität jedoch, welche die Mafia jetzt erhalten hatte, begannen zwei der allbekannten Privatsender in der Polizeispur-Kompagnie, sich auszudenken, wie auch das einen Zusammenhang mit der Mafia hatte. Die Mafia wollte Hamilton und Schweden nicht nur dadurch erniedrigen, daß sie Hamiltons Angehörige ermorde, die Burschen seien noch raffinierter. Um die Demütigung noch weiter zu treiben, habe man damit begonnen, die Agenten der Säpo zu ermorden, um zu zeigen, daß er weder seine Familie schützen noch seinen Job ausfüllen könne. Diese Theorie erkläre, weshalb die ersten Morde der Serie sich an einem Ort ereignet hätten, an dem Hamilton selbst anwesend gewesen sei.

Einem der Privatfahnder war es nämlich gelungen zu beweisen, daß Hamilton zum Zeitpunkt der Morde in Umeå übernachtet hatte. Ferner wies er nach, daß die Polizei den Versuch gemacht hatte, ihm diese Tatsache zu verbergen, als er der Sache nachgehen wollte. Und daß die Polizei mit der Wahrheit hinter dem Berg hielt, beweise, daß die Mafia hinter den Morden in Umeå stehe.

Der Privatfahnder, der gerade hinter dieser Variante steckte, hatte natürlich leichtes Spiel, als sich jetzt herausstellte, daß sich in Lund exakt das gleiche ereignet hatte. Das war der endgültige Beweis für die Richtigkeit seiner Theorie.

Aftonbladet setzte also immer noch auf diese Theorie. Während Medien der Sensations-Industrie schnell auf den anderen Fuß traten und zur Säpo-Spur überwechselten. Damit wurden übrigens die Privatfahnder vorübergehend in zwei Gruppen gespalten. Sie zerstritten sich bei einer Konferenz und schlossen einander gegenseitig aus dem Privatfahnderverband aus.

Die Morgenzeitungen und das *Echo des Tages* hatten sich an diesen Spekulationen bisher nicht beteiligt, da sie mit politisch bedeutend wichtigeren Fragen vollauf zu tun gehabt hatten, Fragen, die Hamilton betrafen, nämlich seine programmatische Erklärung bei der Rede in Lund.

Am empörtesten zeigte sich die unabhängige konservative Zeitung *Svenska Dagbladet.* In ihrem Leitartikel wurde festgehalten, daß es sich entweder um einen dreist lügenden Säpo-Chef handeln müsse – was weniger wahrscheinlich sei – oder um eine Regierung, die diesen skandalösen Verhältnissen im Land Vorschub geleistet habe (damit war die Regierung Ingvar Carlsson gemeint, da die Periode mit einem konservativen Ministerpräsidenten pietätvoll übergangen wurde). Bei *Svenska Dagbladet* wurden auch bestimmte, vorsichtig formulierte operative Einwände erhoben, da man meinte, die Art und Weise, wie der Säpo-Chef beinahe mit Verachtung die Zusammenarbeit mit der westlichen Gemeinschaft der Nachrichten- und Sicherheitsdienste abgelehnt habe, könne es mit sich bringen, daß Schweden von wichtigen Informationen abgeschnitten werde. Doch wenn es so komme, sei auch das, selbst wenn es nicht ganz kristallklar aus dem Text hervorging, die Schuld Ingvar Carlssons.

Dagens Nyheter hatte sich der Frage weniger aggressiv genähert.

Dort hatte man die Rede Hamiltons auf einer ganzen Seite veröffentlicht und dann in didaktisch möglichst wohlgesetzten Worten zu erklären versucht, wo die sensationellen Enthüllungen lägen und wie man den geänderten Kurs verstehen müsse, den die schwedische Sicherheitspolizei jetzt eingeschlagen habe. Insofern zeigte man sich bei *Dagens Nyheter* sehr positiv gegenüber den emphatischen Erklärungen des Säpo-Chefs, was das Verhältnis zwischen Eingeborenen und Einwanderern betraf. Doch in der Frage der Verantwortung der Regierung für die Mißverhältnisse, die in einem Sicherheitsorgan von zentraler Bedeutung offenbar geherrscht hätten, war man hier ebenso bereit wie die konservative Konkurrenz, die jetzige Regierung zu kritisieren.

Von den grundsätzlichen Höhen der Morgenzeitungen und des *Echos* führte dann ein recht tiefer Schritt nach unten zu den dramatischen Darstellungen der kommerziellen Medien.

Erik Ponti war sichtlich die am stärksten bremsende Kraft beim *Echo des Tages* gewesen, als die Mafia-Spur sich in der Abendpresse und den Leicht-Nachrichten Bahn brach. Das konnte er jetzt als dicken Pluspunkt für sich verbuchen. Das *Echo des Tages* hatte sich mit keinem Wort an das Mafia-Gewäsch angeschlossen, und er hatte persönlich einen Privatfahnder hinausgeworfen, der sich in ein Studio hatte hineindrängen wollen, um eine Erklärung an das Volk zu verlesen; dies war eins der eher komischen Ereignisse der jüngsten Zeit.

Erik Ponti brachte jetzt die gleichen Einwände wie zuvor in die Diskussion ein. Sie waren einfach und kantig. Wenn wir keine eigenen Quellen haben, haben wir gar keine. Was die Abendpresse und die kommerziellen Fernsehsender erfinden, zähle ich nicht zu den Quellen. Nun? Welche eigenen Quellen haben wir zu diesem Thema?

In dieser Hinsicht sah es natürlich dünn aus. Im Grunde gab es nur ein Telefoninterview mit dem Chef der Reichsmordkommission, einem Kommissar Willy Svensén. Und bei diesem Interview war nicht sonderlich konkret gesprochen worden.

Kommissar Svensén bestätigte, daß man bei der Reichsmordkommission an einer Ermittlung arbeite, bei der es um eine Reihe unaufgeklärter Morde an Einwanderern gehe. Er fügte jedoch hinzu, daß es sehr merkwürdig wäre, wenn man dieser Frage nicht nachgegangen wäre, und erklärte, die Aufgabe seiner Abteilung laufe im großen und ganzen darauf hinaus, Informationen von verschiedenen Polizeidistrikten im ganzen Land miteinander zu verknüpfen, was die natürliche Arbeitsweise sei.

Auf die Frage, ob es bei der Ermittlung eine »Säpo-Spur« gebe, antwortete er zunächst nicht, sondern lachte nur laut auf. Dann wurde er deutlicher und erklärte, an dem Tag, an dem man mit der Ermittlung fertig sei, werde man gern berichten, was ermittelt worden sei. Zuvor wäre es jedoch höchst unklug, sich dazu zu äußern.

Auf die Frage, ob man Säpo-Agenten verhört habe, erwiderte er zunächst mit einem klaren Nein. Doch als er die Anschlußfrage erhielt, ob das in diesem Fall bedeute, daß die Säpo sich selbst verhöre, erklärte er, die erste Frage mißverstanden zu haben. Ja, man habe zur Orientierung einige Personen angehört, die bei der Sicherheitspolizei arbeiteten. Ein anderes Vorgehen wäre wohl recht unverständlich gewesen, denn diese Leute hätten sich ja bei einigen Gelegenheiten in der Nähe der Tatort aufgehalten.

Von dem Sprecher der Sicherheitspolizei war außer einem unerbittlichen »Kein Kommentar« nichts zu erfahren.

Nachdem diese Recherche dargelegt worden war, bemerkte Erik Ponti süßsauer, jetzt könne man beweisen, daß die Polizei versuche, die Serienmorde aufzuklären. In Wahrheit wäre es jedoch sensationeller gewesen, wenn man hätte beweisen können, daß die Polizei *nicht* an deren Aufklärung arbeite. Immer wieder die alte Leier. Hund beißt Mann ist keine Meldung. Mann beißt Hund – das ist eine.

Damit hatte er diese Runde für sich entschieden und schlug vor, man sollte mit der eigenen Linie und der der Morgenzeitungen fortfahren. Und da gehe es ja am ehesten darum, Politiker zu benennen, die für die Tätigkeit der Säpo verantwortlich seien, ob heute oder früher. Ehemalige Säpo-Chefs seien ebenfalls zu hören, sogar Hans Holmér.

Damit löste sich die Konferenz in allgemein gemurmelter Übereinstimmung auf. Erik Ponti nahm die Abendzeitungen mit in sein Zimmer. Es war ein harter Tag gewesen. Deutschland hatte seine Leitzinsen gesenkt, und Staffan Heimerson hatte seinen Wagen in der Krajina zu Bruch gefahren, als er Recherchen über das Schicksal deportierter Bosnier anstellte.

Als Erik Ponti in seinem Zimmer saß, blätterte er zunächst leise glucksend *Aftonbladet* durch, um zu sehen, was die Kriminalreporter des Blatts über ihre Mafia-Spur zu sagen hatten. Dann schlug er *Expressen* auf. Heute lancierte das Blatt also die neue Säpo-Spur.

Plötzlich erstarrte sein Lächeln. *Expressen* brachte eine ganze Doppelseite mit Fotos der bis jetzt ermordeten Einwanderer. Die Bilder waren auf einen schwarzen Untergrund gelegt, und jedes Gesicht war mit einem imitierten Stempel bedeckt, auf dem es hieß, »Säpo-Agent«. Das war sehr effektvoll gemacht.

Doch es war mehr als nur das, wie er sich widerwillig eingestand. Es konnte sogar stimmen. Eins der Mordopfer kannte er sehr gut, und das seit mehr als zwanzig Jahren, seit der Zeit in den Palästina-Gruppen, nämlich Mahmoud Saadani.

Er wußte, daß Mahmoud Säpo-Agent gewesen war. Im Text über Mahmoud wurde überdies behauptet, er sei Doppelagent gewesen und habe folglich auch für Israel gearbeitet. Das wußte Erik Ponti zwar nicht mit Sicherheit, hatte aber schon lange vermutet, daß es sich so verhielt.

Das war jedoch lange her. Damals waren sie alle junge Enthusiasten gewesen. Die Palästina-Gruppen waren zwar so etwas wie Fliegenfänger gewesen, als es galt, allerlei Spione aus Schweden, Israel oder von proisraelischen Organisationen anzulocken. Einige von ihnen hatte man gefunden, manche sogar in der Presse entlarvt.

Erkenntnisse über Mahmoud hatte Erik Ponti jedoch erst viele Jahre später gewonnen, nämlich durch reinen Zufall. Damals hatte er gemeint, das alles sei nur noch Geschichte, obwohl es im Grunde bestätigte, was er schon immer gerade über Mahmoud vermutet hatte, der später eine Art Geschäftsmann geworden war und sich nur noch in Anzug und Krawatte hatte blicken lassen.

Aber das, was hier in *Expressen* stand, ausgerechnet in diesem Blatt, stimmte tatsächlich, was Mahmoud betraf. Da mußten die Redakteure eine gute Quelle haben.

Er begann, den Text der Reportage genau zu lesen, um zu erfahren, ob er irgendwo die Spur einer zuverlässigen Quelle finden konnte. Und plötzlich fand er sie, sogar mit Namen. Es war ein Polizist aus Umeå, der widerwillig bestätigte, jetzt wisse man, daß nicht nur die beiden Opfer in Umeå, sondern außerdem vier andere ermordete Einwanderer tatsächlich für die schwedische Sicherheitspolizei gearbeitet hätten. Da stand es, schwarz auf weiß mit Namen, Foto und allem.

Erik Ponti saß eine Zeitlang wie gelähmt da. Er hatte das Gefühl, als ob ihm der ganze Kopf dröhnte wie bei einem Feueralarm. Die Konsequenzen dieser Tatsache waren ja, daß es tatsächlich eine Säpo-Spur geben konnte, wie absonderlich diese Behauptung auch auf den ersten Blick wirken mochte. Denn wer außerhalb der Säpo konnte einen so phänomenalen Überblick darüber haben, welche Personen, von Umeå bis Lund, als heimliche Informanten für die Säpo arbeiteten?

Möglicherweise Israel, weil alle ermordeten Informanten Verbindungen zum Nahen Osten und damit zum israelischen Interessengebiet hatten. Die schwedische Säpo hatte sich nachweislich ein paarmal erstaunlich nachlässig im Umgang mit Israelis gezeigt. So hatte sie gelegentlich israelische Sicherheitspolizei an schwedischen Vernehmungen teilnehmen lassen und sich ähnliche Schnitzer erlaubt. Aber waren sie tatsächlich so naiv, daß sie ihre Quellen einem konkurrierenden Sicherheitsdienst preisgaben?

Israel besaß natürlich das Know-how, um Leute auf genau diese technisch so geschickte Weise zu ermorden, wie es in Schweden geschehen war. Möglicherweise hatten die Israelis auch Möglichkeiten, herauszufinden, wer die Informanten waren.

Aber das Motiv? Weshalb sollte man Informanten umbringen, die indirekt für einen selbst arbeiteten? Erik Ponti war davon überzeugt, daß alles, was die schwedische Sicherheitspolizei über Araber erfuhr, immer an Israel weiterbefördert wurde.

Bis jetzt. Denn jetzt hatte diese Praxis mit dem Amtsantritt von Carl natürlich ein abruptes Ende gefunden.

Da war etwas, was wie ein Motiv aussehen konnte: Wenn wir deren Informationen nicht kriegen, kriegt ihr sie auch nicht. Genügt es, daß wir die Hälfte von ihnen beseitigen, damit ihr die Botschaft versteht? Oder zwei Drittel?

Erik Ponti entdeckte mit plötzlicher Verlegenheit, daß er jetzt dabei war, sich in einen Privatfahnder zu verwandeln, der auf dem Hintern saß und sich *ausdachte,* wie es in der Welt aussieht. An und für sich war das eine gute Lektion. Er hatte sich manchmal gefragt, wie es in psychologischer Hinsicht ablief, und jetzt hatte er das Phänomen mit peinlicher Deutlichkeit an sich selbst illustriert.

Er ließ das Band zurücklaufen, vorbei an seinen Verschwörungstheorien. Dennoch blieben einige Fakten erhalten. Die sechs Mordopfer wurden als Säpo-Agenten bloßgestellt. In einem Fall wußte er selbst, daß es den Tatsachen entsprach. Und ein Polizist aus Umeå hatte *ganz offiziell* bestätigt, daß dies das Wissen der schwedischen Polizei in dieser Frage sei.

Es war eine logische Tatsache, daß normalerweise niemand außerhalb der Säpo wissen konnte, wer Säpo-Informant war. Und sechs ermordete Informanten, die nacheinander umgebracht worden waren, waren kein Zufall.

Insoweit entsprach es den Tatsachen, war interessant und sollte auch so veröffentlicht werden. Es blieb nur noch eins zu tun.

Nach einigem Suchen fand er die beiden jungen Kriminalreporter, die er bei der Konferenz abgefertigt hatte. Sie saßen draußen im Raucherkäfig unter den Fahrstühlen und maulten, vermutlich über verstockte ältere Kollegen.

»Hallo«, sagte er, als er eintrat und die Glastür hinter sich zumachte. »Arbeitet ihr nicht an der Säpo-Spur?«

Sie glotzten ihn nur wütend an, was er gut verstehen konnte.

»Das solltet ihr aber tun«, sagte er und warf ihnen die Doppelseite von *Expressen* mit den Mordopfern auf den Tisch. »Der da war Säpo-Agent, das weiß ich. Und hier unten im Lauftext äußert sich ein Bulle aus Umeå, der mit Namen und Bild alles bestätigt.«

»Weißt du es genau?« sagte einer der jüngeren Kollegen, dessen Gesicht sich plötzlich aufhellte.

»Ja, leider«, sagte Erik Ponti ein wenig verlegen. »Ihr müßt schon entschuldigen, aber ich hatte einen ziemlich harten Vormittag hinter mir. Ich habe es erst nach der Konferenz gesehen.«

»Ja, aber wir haben doch gesagt, daß *Expressen* ...«, sagte der jüngere der beiden.

»Danke, ich weiß!« unterbrach ihn Erik Ponti und hielt abwehrend eine Hand hoch. »Ihr habt gesagt, es hätte in *Expressen* gestanden, das stimmt. Aber in neunundneunzig von hundert Fällen ist dieses Blatt ein reiner Witz, wie ihr doch immerhin wissen müßtet. Das hier war zufällig der hundertste Fall. Die Scheißkerle haben recht. Das kann ich nur neidlos zugeben. Wir müssen uns dem Vorredner anschließen, auch das muß neidlos anerkannt werden.«

»Wie denn?« fragten beide. Sie sprachen durcheinander und drückten dann gleichzeitig ihre Zigaretten aus, so daß sie den rührenden Eindruck eines unzertrennlichen Gespanns machten.

»Nun, ich würde folgendes vorschlagen«, begann Erik Ponti ernst, konnte dann aber sein spontanes Lächeln nicht zurückhalten. Er senkte den Kopf und holte tief Luft, bevor er fortfuhr. »Also, ich würde vorschlagen, daß ihr erstens diesen Polizisten in Umeå anruft und ihn dazu bringt, für das einzustehen, was er in *Expressen* gesagt hat. Dann nehmt ihr sie nacheinander, Linköping, Lund und Södertälje. Und dann, je nachdem, wer angebissen hat, geht ihr auf die Bosse los und konfrontiert sie mit dem, was ihre eigenen Bullen draußen auf dem Feld gesagt haben. Etwa diese Auster bei der Reichsmordkommission. Wenn das nicht hilft, müßt ihr zum Reichspolizeichef persönlich gehen, wenn ihr genügend Bänder habt.«

Erik Ponti winkte ihnen ironisch zu, als er sich umdrehte, um die Gaskammer zu verlassen, wie der Raucherkäfig im Hause genannt wurde. Doch in der Tür drehte er sich um.

»Wißt ihr, was der wichtigste Unterschied zwischen einem guten und einem schlechten Journalisten ist?« fragte er aufgekratzt.

Beide schüttelten natürlich den Kopf, ob sie nun eine Meinung dazu hatten oder nicht.

»Ein guter Journalist hat Verstand genug, sich zu korrigieren, wenn er entdeckt, daß er sich geirrt hat. Das ist bei einem schlechten Journalisten anders«, sagte Erik Ponti und ging.

Er ging weiter zum Zimmer von Thomas Hempel, dem Leiter des Inlandsressorts, um zu erklären, wie sich die Situation in der Frage der Säpo-Spur inzwischen geändert hatte. Es war erstaunlich leicht, den Mann zu überzeugen. Beide waren dennoch ein wenig erschüttert, daß jetzt sogar das *Echo des Tages* eine solche Polizeispur verfolgen würde. Das hatte keiner von ihnen für möglich gehalten.

Rune Jansson befand sich im Doppelzimmer 302 des Hotels Lundia und war miserabler Laune. Er hatte den Vormittag bei den Kollegen der Polizei in Lund damit verbracht, ihnen die Ermittlungsergebnisse von Linköping, Södertälje und Umeå zu präsentieren. Vor allem Umeå konnte interessant sein, da es in Umeå und Lund zwei identische Morde gegeben hatte, die mit der sogenannten Kurzschlußmethode verübt worden waren. Er hatte auch in ausgewählten Teilen dargelegt, was über das Mordopfer von Lund, Ali Hussein Fadlallah, bekannt sei. Es war nicht ganz leicht gewesen, die Information zu zensieren. Doch vieles von dem, was er jetzt wußte, war so offenkundig interne Säpo-Information, daß schon gesunder Menschenverstand genügte, um zu verstehen, daß Hamiltons Freibrief kaum alle Teile umfassen konnte. Was Rune Jansson hatte weitergeben können, bot den Kollegen aus Lund für die bevorstehenden Verhöre von Angehörigen und Freunden dennoch reichlich Material.

Doch als er das Polizeihaus verlassen hatte, um einen Spaziergang zum Hotel zu machen, hatten ihn die Aushänge der Abendzeitungen wie Ohrfeigen getroffen. Es war zu traurig. Soviel er sich erinnerte, hatte er Hamilton gesagt, »daß wir bei der Polizei dichthalten können«, etwas in der Richtung. Und keine vierundzwanzig Stunden, nachdem er die Kollegen über genau das informiert hatte, was nach Hamiltons Ansicht sofort durchsickern würde, hatte irgendein dummer Scheißkerl es tatsächlich durchsickern lassen. Rune Jansson fühlte sich gekränkt, persönlich gekränkt.

Und als er ins Hotel zurückgekommen war, hatten in der Rezeption zwei Telefonzettel vom *Echo des Tages* für ihn bereitgelegen. Er hatte sie höflich entgegengenommen, sie dann zusammengeknüllt und in den Papierkorb geworfen, sobald er in seinem Hotelzimmer war. Wenn es klingelte, nahm er aber natürlich ab. Und er war kaum eine Viertelstunde in seinem Zimmer gewesen, da läutete es schon. Als er abnahm, meldete sich irgendein Laffe vom *Echo des Tages.* Der Mann wollte wissen, ob Rune Jansson bestätigen könne, daß er die Untersuchung der Serienmorde an den Säpo-Informanten als Verantwortlicher der Reichsmordkommission leite.

Zunächst war er vor Wut ganz stumm geworden. Dann hatte er sich gefaßt und gesagt, woran man bei der Reichsmordkommission arbeite oder nicht arbeite, könne erst öffentlich gemacht werden, wenn die Arbeit beendet sei. Wenn man nämlich vorher etwas über seine Arbeit ausplaudere, bestehe das bedeutende Risiko, mit der Arbeit nie fertig zu werden. Da hatte er die blitzschnelle Nachfrage erhalten, ob er »dementieren könne«, daß die Ermittlung, die von mehreren anderen Polizeiquellen bestätigt worden sei, wirklich laufe.

Er erinnerte sich nicht mehr, was er dem Mann gesagt hatte. Er wußte nur, daß er bei dieser Frage das Gefühl gehabt hatte, nur noch Sägespäne im Kopf zu haben. Vermutlich hatte er jedoch die alte Leier heruntergebetet, daß er das weder bestätigen noch dementieren könne.

Danach hatte er voller Zorn im Büro angerufen und die Sekretärin Susanne heruntergeputzt, da er davon ausging, daß sie den Zeitungsfritzen verraten hatte, wo er sich aufhielt. Er hatte sich mit seinem Geschimpfe leider schon ziemlich weit vorgewagt, bevor sie überhaupt zu Wort kam. Da sagte sie, es habe kein Zeitungsfritze angerufen. Er bat stotternd um Entschuldigung und legte auf.

Diese Scheißjournalisten hatten natürlich die Polizei in Lund angerufen und die Nachricht dort erhalten. Verdammt noch mal!

Außerdem war er mit der Lektüre im Rückstand, was Hamilton ihm spöttisch prophezeit hatte. Im Augenblick fühlte er sich wirklich nicht als sonderlich erfolgreicher Mordermittler.

Er hatte jedoch noch ein paar Stunden Zeit, bevor der Kollege aus Ystad ihn besuchen wollte. Er brauchte also nur loszulegen. Er hatte der Versuchung widerstanden, im Flugzeug zu lesen, weil die großen roten »Geheim«-Stempel der Säpo allzu sehr ins Auge fielen.

Er begann mit dem Fall Mahmoud Saadani.

Die Akte, wie Hamilton gesagt hatte, war in technischer Hinsicht ein Wunder an klarer Gliederung und Überschaubarkeit. Die ersten beiden Seiten waren eine Art chronologisches Inhaltsverzeichnis mit Seitenverweisen zu dem fünfzig Seiten umfassenden Material.

Es begann mit der Ankunft des jungen Mahmoud in Schweden Mitte der sechziger Jahre, als er aus dem Libanon eingewandert war, und endete mit seinem Tod Mitte der neunziger Jahre. Dreißig Jahre, von denen er fünfundzwanzig Jahre als Säpo-Informant gearbeitet hatte und zehn Jahre als Säpo-Informant und Drogenschmuggler.

Rune Jansson begann fast reflexhaft von hinten. Das war eine Gewohnheit, die er sich bei Verbrechensermittlungen und Obduktionsprotokollen angewöhnt hatte. Der technische Beweis stand nämlich meist hinten, und der entschied über die Frage von Schuld oder Unschuld oder über die Todesursache, die meist über die Frage entschied, ob ein Mord vorlag oder ein Unglücksfall.

Der letzte Punkt beschrieb in kurzen Worten, aber in jedem Detail korrekt, wie die Polizei in Södertälje mit dem Fall gearbeitet hatte, seitdem sie alarmiert worden war. Dort fand sich aber auch ein bemerkenswerter Hinweis, eine Art Kritik der Polizei in Södertälje, nämlich daß die dortigen Beamten in ihrer Suche nach Spuren und Waffen das Einfachste übersehen zu haben schienen. Der Mörder hätte sich auch unter Wasser nähern können, da Sandviken in der Bucht lag, die zum Södertälje-Kanal hinunterführte. Und der Abstand zwischen den beiden Ufern am Tatort betrage weniger als tausend Meter. Das erkläre gegebenenfalls, daß der oder die Täter keine Mordwaffe zurückgelassen hätten, da sie diese ganz einfach auf dem Weg mitgenommen hätten, auf dem sie gekommen seien.

Die vorletzte Notiz war ein Auszug aus dem Journal der Säpo. Dort wurde festgestellt, daß Israels Nachrichtendienst über seinen Kontaktmann an der Botschaft in Stockholm bei Hamilton gewesen sei und höchst beunruhigt berichtet habe, man habe Probleme mit einem gemeinsamen Agenten, der dabei sei, Amok zu laufen. Jetzt habe sich dieser mit einem Vorschlag, der an Erpressung erinnere, an israelische Vertreter der Skandinavien-Abteilung des Mossad gewandt, des Nachrichtendienstes. Auf israelischer Seite sei man über die Entwicklung der Angelegenheit irritiert, habe aber natürlich beschlossen, dem Erpresser nicht im mindesten entgegenzukommen. Man lege das Problem hiermit in schwedische Hände.

Das war zehn Tage vor dem Tod des Agenten.

Rune Jansson wußte nicht, wie er diesen Text interpretieren sollte. Vielleicht gab es hier so etwas wie eine ihm unbekannte diplomatische Sprache unter Spionen, die er unmöglich deuten konnte. Soweit es ihn betraf, konnten die Worte so gut wie alles bedeuten: Wir teilen Ihnen mit Bedauern mit, daß wir diesen Schreihals leider zum Schweigen bringen müssen. Wir hoffen auf Ihr Verständnis? Oder: Jetzt müßt ihr etwas gegen diesen Schreihals unternehmen. Die Verantwortung liegt bei euch. Wir waschen die Hände in Unschuld?

Tatsache blieb jedoch, daß der Mann ermordet worden war. In der Nähe eines Gewässers überdies, und das von einem Mörder mit so hervorragender Ausrüstung, daß er vielleicht mitten durch die Eisschollen geschwommen war? In diesem Fall war es mit Hamiltons Worten ein *Staat*, der die Tat verübt hatte. Schweden oder Israel? Wenn es Schweden gewesen war, bedeutete das die Säpo.

Entweder war es so, daß der Fall Saadani überhaupt nichts mit der übrigen Serie zu tun hatte. Oder galt es für die ganze Mordserie, daß man die Wahl zwischen Schweden und Israel hatte?

Wenn ja, wäre Rune Janssons Eckpfeiler der gesamten Ermittlung hinfällig: Dann brauchte sich der Mörder nicht im Studentenwohnheim in Umeå aufgehalten zu haben.

Andererseits aber, wenn man jetzt Israel als Mörderkandidaten einführte, warum um Himmels willen sollten sie schwedische Agenten ermorden, von denen sie vermutlich großen Nutzen hatten? Weil Hamilton *Dagens Nyheter* zufolge bei der schwedischen Sicherheitspolitik einen neuen Kurs eingeschlagen hatte und Israel jetzt ein Exempel statuieren und die Agenten der Säpo sogar dann ermorden wollte, wenn der Säpo-Chef anwesend war?

Nein, das war zu verrückt. Rune Jansson lächelte verlegen, als ihm aufging, daß er jetzt diesen Glühwürmchen zu ähneln begann, wie die Polizei Privatfahnder nannte.

Er las weiter über Mahmoud Saadanis Vergangenheit, und zwar weiterhin von hinten nach vorn. Politischer Aktivist in den sechziger Jahren und Anfang der siebziger. Der Mann hatte in einem Studentenkollektiv gelebt und wurde 1973 von der Säpo angeworben. Sein Führungsoffizier war von Anfang an ein Polizeioberrat Frans Andersson gewesen, der später nach Israel verschwand, um nicht als Zeuge in einem bestimmten Abhörprozeß aussagen zu müssen. Saadani hatte mehr als zwei Jahre lang alle Mitglieder seines Linkskollektivs an die Säpo verraten, bevor er sich auf ein anderes Tätigkeitsfeld hatte begeben müssen, und das aus dem einfachen Grund, daß es kaum noch linksgerichtete Studenten gab, die er hätte verpfeifen können. Aus dem einfachen Grund, daß die

Linke zu existieren aufhörte. Möglicherweise auch weil es illegal geworden war, sie überhaupt zu registrieren.

Jedenfalls hatte er da seine Arbeit neu gestaltet und begonnen, mit Israel Geschäfte zu machen. Kurz, der Mann war ein prachtvolles Schwein und hätte vermutlich auf der Stelle Hunderte von Todfeinden gehabt, wenn einer von ihnen, beispielsweise einer der elf an Nüssen knabbernden und Tee trinkenden Personen, die bei seinem Tod anwesend waren, gewußt hätte, womit er sich befaßte.

Mahmoud Saadani war also insofern exklusiv, als zwei Staaten mit allen Ressourcen, die ein Staat nun einmal hat, beispielsweise Froschmännern und Schock-Blend-Granaten, sowie eine bestimmte Zahl von Einwanderern ein Motiv zu seiner Ermordung haben konnten.

Sein letzter Führungsoffizier bei der Säpo war kurz nach Hamiltons Amtsantritt gefeuert worden.

Ein Kollege von Saadanis Führungsoffizier war jedoch bei der Elitetruppe des Personenschutzes angeworben worden, der Gruppe, die den Ministerpräsidenten und den Säpo-Chef zu schützen hatte. Sein Name war Carsten Johnsén.

Plötzlich veränderte sich das ganze Muster wie in dem Kaleidoskop, das er neulich seiner Tochter geschenkt hatte. Erst jetzt schlug er den Abschnitt über Carsten Johnsén auf und erkannte schnell, wie interessant der Mann war.

Carsten Johnsén hatte sich sofort nach Beendigung seiner Ausbildung zum Reserveoffizier bei der Polizeischule eingeschrieben. Nach halbjähriger Dienstzeit als Ordnungspolizist, wie sie vermutlich jetzt alle durchlaufen mußten, hatte er sich um Aufnahme bei der Personenschutzeinheit bei der Säpo beworben und war sofort angenommen worden. Innerhalb der Säpo war er dann in das Dezernat versetzt worden, das personell am stärksten ausgeweitet wurde, nämlich das Terrordezernat, und dort hatte er gearbeitet, bis Hamilton Chef wurde. Statt ihn zu feuern – so stand es tatsächlich in der Akte –, hatte er ihn in die Personenschutzeinheit zurückversetzt.

Also fing alles wieder von vorn an. Johnsén hatte sechs Jahre als Terrorismusexperte gearbeitet und kannte folglich zahlreiche der Säpo-Leute, die mit diesen Dingen zu tun hatten, vor allem den Mann, der Saadanis Führungsoffizier gewesen war.

Johnsén hätte also über sein Kontaktnetz bei der Säpo, über jetzige oder gefeuerte Kollegen, die Möglichkeit gehabt, in Erfahrung zu bringen, wer die Agenten waren. Außerdem war er bei zwei Anlässen vor Ort gewesen.

Der Rest von Saadanis Akte bestand überwiegend aus Auszügen aus seinen Berichten und einer Art Übersicht der Konsequenzen seiner Berichte: soundso viele Personen ausgewiesen, soundso viele Häuser auf besetztem Gebiet in Israel gesprengt, soundso viele Menschen gefoltert.

Die Liste von Saadanis Todfeinden stieg damit auf fast tausend Personen, abgesehen von den beiden Staaten.

»Wasser, kaltes Wasser«, dachte Rune Jansson verzweifelt. »Was immer palästinensische Flüchtlinge in den Lagern des Libanon oder den besetzten Gebieten in Israel von Saadani gehalten haben mögen, können sie doch nicht in eiskaltem Wasser unter Eisschollen schwimmen, während ein Schneesturm tobt.«

Damit war er wieder bei den beiden Staaten. Er stellte sarkastisch fest, daß israelische Froschmänner zwar tüchtig seien, aber Eis und Schneesturm gehörten wohl kaum zu ihrem gewohnten Umfeld.

Also Schweden, also die Säpo. Also wieder alles von vorn.

Er klappte resigniert die Mappe mit den Dokumenten und Computerausdrucken zu, die ihm im Grunde nur mitgeteilt hatten, daß rund tausend Personen sowie zwei Staaten gute Motive hatten, Saadani zu ermorden. Und daß Carsten Johnsén die Möglichkeit gehabt hatte, sich Erkenntnisse über Saadani zu verschaffen. Dieser Fallschirmjäger und Karatekämpfer. Aber wie gut verstand er sich auf Schneestürme und Eisschollen?

Rune Jansson hatte das Gefühl, in Fakten zu ertrinken. Es gefiel ihm nicht, als Ermittler mit zu vielen ungedeuteten Tatsachen dazusitzen, so daß er anfangen mußte, Vermutungen anzustellen und »zu raten«, wie es hätte sein können.

Ohne übertriebenen Optimismus nahm er sich die nächste Mappe vor, in der es um das Mordopfer in Lund ging, Ali Hussein Fadlallah. Diesmal begann er, durch den Schaden seiner soeben durchlittenen Verwirrung klug geworden, am Anfang der Akte. Hamiltons Zusammenstellungen waren nicht wie normale Ermittlungsergebnisse oder Obduktionsprotokolle, sondern man las sie tunlichst in der korrekten Abfolge.

Ali Hussein Fadlallah war bei seiner Ankunft in Schweden 1982 von der Sektion Malmö der Säpo angeworben worden. Damals war Israel in den Teil des Libanon eingefallen, in dem seine Familie wohnte. Er gehörte einer Schiiten-Sekte an und hatte um diese Zeit, bevor der Iran in den Augen der westlichen Welt zum Großen Satan wurde, bei der Säpo keine große Rolle gespielt. Er hatte ganz einfach nur versprochen, Informant zu werden, wofür man ihn ins Land gelassen hatte. Er hatte sogar einen Job an einem Gemüsestand auf dem Möllevångs-Markt in Malmö bekommen. Er war homosexuell, und deshalb hatte die Frage, ob Ehefrau und Kinder nachkommen könnten, nie zur Debatte gestanden.

Er hatte also lange in Schweden gelebt, ohne als Agent für die Säpo tätig zu werden. Doch als der Iran und der Schiiten-Islam immer interessanter wurden, hatte er sich selbst bei der Säpo in Malmö gemeldet und Arbeit und Bezahlung verlangt. Beides war ihm gewährt worden. Es folgte ein steter Strom von Denunziationen, die dazu führten, daß die Säpo eine bestimmte Zahl von Personen aus dem Land werfen und einer noch größeren Zahl die schwedische Staatsbürgerschaft verweigern konnte. Damit waren die Terroristengesetze weiterhin für sie gültig. Und so war es weiterhin möglich, von Zeit zu Zeit weitere Personen des Landes zu verweisen.

Das alles war zunächst in kursiver Schrift in kurzen Abschnitten dargestellt. Namen und detaillierte Beschreibungen fehlten. Bis zum letzten Fall.

Der letzte Fall in Ali Husseins Karriere als Säpo-Informant war für ihn selbst wie für die Säpo ein höchst aufsehenerregender Erfolg geworden, da man die Zustimmung der neuen sozialdemokratischen Regierung zu einem Ausweisungsbeschluß gewonnen hatte. Der Grund, weshalb man beim Terrordezernat der Säpo der Sache solche Bedeutung beimaß, war, daß man nach dem Regierungswechsel eine gewisse Besorgnis empfunden hatte; die konservative Justizministerin hatte sich niemals eingemischt, wenn es um die Ausweisungskandidaten ging, die ihr die Säpo vorlegte. Sie hatte im Gegenteil damit geprahlt, niemals einen Ausweisungsbeschluß gestoppt zu haben.

Doch jetzt hatte man also mit einiger Erleichterung feststellen können, daß der Regierungswechsel keinen weicheren Kurs gegenüber Terrorismusverdächtigen bedeutete, wie manche bei der Firma schon befürchtet hatten.

Und der Mann, den man auf diese Weise hatte ausweisen können, ein gewisser Muhammed Hussein Bermanyi, war in gewisser Weise ein Fang gewesen, da man ihn schon lange verdächtigt hatte, ohne ihm etwas Konkretes nachweisen zu können. Da man sein Telefon schon seit mehr als einem Jahr abgehört hatte, ohne daß er sich auch nur einmal eine unvorsichtige Äußerung am Telefon entschlüpfen ließ, galt die Arbeitshypothese, daß der Mann eben ein besonders geschickter Terrorist sei.

Bermanyi hatte überdies eine äußerst gut gemachte sogenannte Legende im Gepäck. Man hatte seine Geschichte einfach nicht zertrümmern können, so daß sie folglich höchst geschickt konstruiert sein mußte. Er war 1982 nach Schweden gekommen, als Israel den Südlibanon besetzte, womit bestimmte Teile der schiitischen Bevölkerung dort schnell zwischen zwei Stühlen landeten. Wenn diese Menschen gegen die israelischen Besatzer Widerstand leisteten, liefen sie Gefahr, daß ihre Angehörigen getötet wurden und israelische Panzer ihre Häuser demolierten. Wenn sie keinen Widerstand leisteten, liefen sie Gefahr, von den schiitischen Widerstandsgruppen als Verräter gebrandmarkt zu werden. Diese Widerstandsgruppen bildeten sich gerade um diese Zeit. Der Iran gewährte ihnen finanzielle Unterstützung und lieferte ihnen Waffen.

Dem zufolge, was er den schwedischen Behörden gegenüber mit Erfolg behauptet hatte, hatte er sich zur Flucht entschlossen, statt die israelischen Besatzer zu bekämpfen oder zum Verräter gestempelt zu werden, weil er es nicht tat. Er hatte eine Frau und ein neugeborenes Kind bei sich. Irgendwie gelang es ihm, seinen Aufenthalt in Skåne so einfallsreich zu verlängern, daß er und seine im Lauf der Zeit zahlreicher gewordene Familie eine Aufenthaltsgenehmigung erhielten. Die Säpo hatte damals nicht viel dagegen tun können, da zu Beginn der achtziger Jahre sehr viele Flüchtlinge aus dem südlichen Libanon nach Schweden kamen. Die schwedische Flüchtlingspolitik war immer noch sehr großzügig, und die Säpo durfte ihre Macht, Araber des Landes zu verweisen, nicht überstrapazieren. Dann hatte die Säpo allerdings verhindert, daß er schwedischer Staatsbürger wurde. Damit würden die Terroristengesetze für immer gegen ihn angewendet werden können.

Es war unmöglich gewesen, ihm konspiratives Verhalten nachzuweisen, geschweige denn irgendein Verbrechen. Was demnach also zeigte, daß er ein äußerst geschickter Terrorist war, ein sehr cleverer Feind. Er war überdies sehr religiös oder spielte einfach nur den Gläubigen. Jedenfalls hatte er eine herausragende Stellung unter den Schiiten der moslemischen Gemeinde in Malmö. Dort setzte er sich für so etwas wie eine auf Frieden abzielende moslemische Ökumene ein, eine Zusammenarbeit der verschiedenen Gruppen. Bei den Freitagsgebeten der Moschee in Malmö hielt er oft Predigten und wandte dabei seine clevere Taktiv an, statt von Krieg und Rache von Friede und Versöhnung zu sprechen.

Erst als die Säpo in Malmö den frisch aktivierten Agenten Ali Hussein Fadlallah einsetzte, begannen verwertbare Ergebnisse hereinzuströmen. Der Agent konnte schon nach einwöchiger Arbeit enthüllen, daß Muhammed Hussein Bermanyi der Anführer der Terrororganisation Hisbollah für ganz Skandinavien sei. Nach den Freitagsgebeten würden in der Moschee geheime Treffen abgehalten, die als religiöse Gespräche getarnt würden. Die Schiiten besäßen schon große Waffenverstecke und bereiteten einen Heiligen Krieg gegen Schweden vor, der im Süden des Landes beginnen solle, um dann nach Norden über das ganze Land ausgedehnt zu werden.

Der Agent Ali Hussein wurde natürlich aufgefordert, sich etwas detaillierter zu äußern. Er lieferte schon bald Listen mit den Namen der Sympathisanten des verdächtigen Terroristenführers, Namenslisten, die weitgehend mit denen übereinstimmten, die man schon besaß, nämlich über die tiefreligiösen Schiiten, die sich verdächtig oft in der Moschee sehen ließen.

Jedoch mißlangen dem Agenten alle Bemühungen, eins der angeblichen Waffenverstecke zu orten, obwohl er mehrmals behauptete, den entscheidenden Erkenntnissen schon sehr nahe zu sein. Doch auch das zeigte nur, wie schwer zu fassen und professionell der sechsunddreißigjährige Muhammed Hussein Bermanyi war. Zu seinem Cover gehörte beispielsweise auch, als höchst liebevoller Vater seiner vier Kinder aufzutreten. Ferner hatte er einen moslemischen Kindergarten gegründet, in dem alle moslemischen Kinder willkommen waren, unabhängig davon, zu welcher Sekte sie selbst oder ihre Eltern gehörten. Dem Agenten Ali Hussein zufolge gehörte dieser Kindergarten zu einem langfristigen Programm zum Aufbau von Terroristenkadern in Schweden.

Nach zahlreichen Vorstößen seiner Auftraggeber war es dem Agenten Ali Hussein schließlich gelungen, etwas vorzulegen, was als Beweis erscheinen konnte. Es war ein hektografiertes Papier, das von einer alten Matrize der Moschee abgezogen worden war. Im Text war vage von dem bevorstehenden Heiligen Krieg in Schweden die Rede, der von Malmö ausgehen werde. Mit Zitaten aus dem Koran wurde die These untermauert, daß demjenigen, der sein Leben im Kampf gegen die ungläubigen Schweden lasse, ein Platz im Paradies sicher sei.

Dieser schriftliche Beweis war als Durchbruch in der Fahndung gegen den verdächtigen Terroristenführer betrachtet worden. Unglücklicherweise hatte der Ernst des Themas den arabischen Dolmetscher, dessen sich die Säpo bedient hatte, offenbar dazu gebracht, pedantisch alle Sprachfehler und religiösen Mißverständnisse, die der Text erkennen ließ, zu korrigieren, weshalb die erste Übersetzung der Säpo einen recht überzeugenden Eindruck gemacht hatte.

Erst lange nachdem Muhammed Hussein Bermanyi von seinen vier Kindern und seiner Frau getrennt und in Begleitung von vier Sicherheitsbeamten nach Beirut gebracht worden war, hatte man von dem entscheidenden Dokument eine neue Übersetzung anfertigen lassen. Auf direkten Befehl Hamiltons.

Da hatte sich herausgestellt, daß der angeblich von einem schriftgelehrten religiösen Mann mit akademischer Bildung verfaßte Text einen sehr eigenartigen Eindruck machte. Abgesehen davon, daß der Urheber dieses Textes das Hocharabische nicht beherrschte, zeichnete sich der Text überdies durch einen greifbaren Mangel an Übung in der Koran-Exegese aus. Der Text schien eher von einem ungebildeten Menschen geschrieben worden zu sein, etwa auf dem Niveau des Agenten Ali Hussein.

Das konnte natürlich so gedeutet werden, daß der hochgebildete Muhammed Hussein Bermanyi die einzigartige Fähigkeit besaß, sich zu verstellen, und daß er es vermied, Beweise seiner tatsächlichen Absichten aus der Hand zu geben. Daß der Text bei einer genaueren Prüfung nicht von ihm selbst geschrieben zu sein schien, deutete demnach darauf hin, daß gerade er ihn verfaßt hatte, da das zu dem übrigen Verhaltensmuster paßte, daß er sich etwa am Telefon nie verplapperte, daß er sich nie zu einem unangekündigten Treffen beschatten ließ und so weiter.

Da man ihn inzwischen ohnehin ausgewiesen hatte, waren diese Fragen nur noch von theoretischem Interesse. Das Dokument jedoch, in dem er zwar nur wenig literarisch seine tatsächlichen Absichten mit der Flucht aus dem Südlibanon nach Schweden verraten hatte, war der entscheidende Beweis gegen ihn gewesen, als man ihn vor Gericht stellte.

Das heißt, er wurde so wie andere Verdächtige in Schweden vor Gericht gestellt. Nachdem man ihn bei einem Stärke demonstrierenden Einsatz von Sicherheitspolizei in Malmö mit Hilfe eines Überfallkommandos von Frau und Kindern weggeholt hatte, wurde er in rasender Fahrt nach Stockholm gebracht, während in Malmö die Hausdurchsuchung anlief. Der Umstand, daß die Hausdurchsuchung keine einzige Beschlagnahme erbrachte, die ihn mit terroristischen Aktivitäten in Verbindung bringen konnte, wenn man von einer großen Anzahl von Korantexten absieht, zeigte erneut, wie außerordentlich geschickt dieser Terrorist war.

Dann war es Zeit für einen sogenannten Terroristenprozeß, bei dem er sogar einen Anwalt haben durfte. Ein Terroristenprozeß ist jedoch kein Prozeß im gewöhnlichen Sinn, da die Säpo dabei beide Funktionen erfüllt, die des Staatsanwalts und des Richters. Außerdem haben der Angeklagte und sein Rechtsanwalt nicht das Recht, die Beweise einzusehen, welche die Säpo zu besitzen behauptet, da ein solches Verfahren das Risiko bedeutet, daß die Quellen der Säpo enthüllt werden.

Der Angeklagte Muhammed Hussein Bermanyi leugnete hartnäckig in allen Anklagepunkten und behauptete sogar, daß es seiner religiösen Überzeugung widerstrebe, den Islam mit Hilfe von Terrorismus zu verbreiten. Ferner erklärte er, daß er Schweden keineswegs als feindliches Land ansehe, denn immerhin habe das Land ihm und seiner Familie eine Freistatt gegeben. Er führte zahlreiche religiöse Argumente zur Untermauerung seines Standpunkts an, wurde jedoch bald unterbrochen, da weder der Richter der Säpo noch deren Staatsanwalt der Meinung war, daß diese Argumente relevant seien.

Der Staatsanwalt der Säpo erklärte daraufhin, man habe unwiderlegbare Beweise, nämlich aus Quellen, die nicht enthüllt werden könnten. Der Verdächtige sei Terrorist mit Verbindungen zur Hisbollah im Libanon, und »... wenn im Hinblick auf das, was über die frühere Tätigkeit des Ausländers und sonstige Umstände bekannt ist, befürchtet werden muß, daß er Straftaten begehen oder an ihnen mitwirken wird, die Gewalt, Drohung oder Zwang zu politischen Zwecken umfassen« – die tragende Formulierung im Terroristengesetz –, »ist er des Landes zu verweisen«.

Es war mit anderen Worten ein normaler sogenannter Terroristenprozeß. Aus dem Justizministerium waren zwei Beobachter anwesend, doch auch sie durften die Beweise nicht einsehen, was ihnen im übrigen nichts auszumachen schien. Kurz darauf entschied die Regierung, den Mann auszuweisen. Danach war über das weitere Schicksal des Muhammed Hussein Bermanyi im Libanon nichts bekannt. Er schien von der Bildfläche verschwunden zu sein. Die Frage, was man von schwedischer Seite mit seinen vier Kindern und seiner Ehefrau tun sollte, war noch nicht geklärt.

Dieser Terroristenprozeß mit dem nachfolgenden schnellen Ausweisungsbeschluß fiel in die ersten Tage nach Hamiltons Amtsantritt. Er fand erst sehr viel später Zeit, sich in die Angelegenheit zu vertiefen. Erst da war die Neuübersetzung des entscheidenden »Beweisstücks« veranlaßt worden.

Die interne Untersuchung der Angelegenheit hatte bei der Säpo jedoch konkrete Folgen: Drei Personen waren entlassen worden, zwei in Malmö und ein Mitarbeiter des Terroristendezernats in Stockholm. Ein arabischer Dolmetscher hatte eine letzte Abmahnung erhalten. Der Agent Ali Hussein Fadlallah war anschließend abgewickelt worden und hatte keine weiteren Aufträge der Säpo erhalten. Die Teile des Säpo-Archivs, in denen Angaben des Agenten Ali Hussein Fadlallah gespeichert wurden, waren gründlich gesäubert worden.

In einem kurzen, zusammenfassenden Kommentar schrieb Hamilton, daß man mit Fug und Recht davon ausgehen könne, daß nichts in den Angaben des Agenten Ali Hussein Fadlallah als glaubwürdig angesehen werden könne. Jedoch hatte das Verhalten des früheren Säpo-Agenten recht umfassende praktische Folgen gehabt. Rund zehn Männer, von denen alle mit einer Ausnahme in

Schweden Familie hatten, waren ausgewiesen worden. Ihren Familienangehörigen war die schwedische Staatsangehörigkeit verweigert worden, weshalb sie weiter unter die Terroristengesetze fielen.

Es gab kein legales Instrument, das sich gegen den einfallsreichen Agenten einsetzen ließ. Selbst wenn man jetzt davon ausgehen konnte, daß er der Säpo gegen Bezahlung zahlreiche unwahre Angaben gemacht hatte, konnte man ihn nicht einmal wegen Betruges anklagen, da er in allem, was seine Tätigkeit als Agent betraf, Immunität genoß.

Die Amtsinhaber bei der Säpo, die den Agenten ernst genommen hatten, konnte man zwar kritisieren oder noch lieber entlassen. Ein klar umrissenes Verbrechen hatten sie jedoch nicht begangen, da es im schwedischen Recht großzügig bemessenen Raum für schwere Dummheit gibt, bevor man die Grenze zum Amtsmißbrauch oder zum Dienstvergehen überschreitet. In der Geschichte waren also alle unschuldig, sogar der ausgewiesene Muhammed Hussein Bermanyi.

Was schließlich den Mord an dem Agenten Ali Hussein Fadlallah betraf, ließ sich leicht feststellen, daß rund zehn libanesische Familien in Malmö ein theoretisches Motiv haben konnten, ihn zu ermorden – vorausgesetzt, sie hatten von seiner Informantentätigkeit Kenntnis gehabt.

Hingegen schien es nicht sehr wahrscheinlich zu sein, daß eine fremde Macht irgendein Interesse daran hätte haben können, sich an einem einzigartigen Versager von schwedischem Säpo-Agent die Finger schmutzig zu machen, der überdies verbraucht war.

Rune Jansson klappte die Mappe mit einem aggressiven Knall zu. Er fühlte sich bis zur Übelkeit angewidert. In seiner Polizeiarbeit hatte er sich jetzt schon seit Jahrzehnten immer darum bemüht, Beweise zu finden, was meist eine triste Schufterei war, ein zähflüssiges Wühlen in Details. Aber Beweise mußten gefunden werden, denn sonst gab es kein Urteil.

Die Terroristengesetze waren ihm im Wortlaut nicht bekannt, und er hatte bisher keine Ahnung davon gehabt, daß es solche geheimen Scheinprozesse in Schweden gab, bei denen Polizeibeamte Staatsanwalt und Richter zugleich spielten. Noch weniger hatte er geahnt, daß die Polizei nicht einmal die Schuldigkeit besaß, ihre Beweise vorzulegen. In einem solchen Prozeß mußte jeder Angeklagte als schuldig verurteilt werden, da kein Mensch seine Unschuld beweisen kann, wenn die Polizei immer nur behauptet, sie »wisse« um die Schuld des Angeklagten. Da mußte man sich schon die Frage stellen, weshalb man mit solchen Parodien überhaupt Zeit verschwendete.

Aber offenbar gab es dieses System. Und dieses System gab folglich die Möglichkeit zu schnellen Maßnahmen. Überdies war es der Sicherheitspolizei damit möglich, jeden Irren zu beschützen, der beschloß, Erkenntnisse über Personen zu erfinden, über die die Säpo *keine* Erkenntnisse besaß und die sie gerade aus diesem Grund für verdächtig hielt.

Es gehörte jedoch nicht zu Rune Janssons Job, über andere zu moralisieren oder sich angewidert zu fühlen. Er hatte einen richtigen Polizeijob und mußte sich fragen, wer eine bestimmte Person ermordet hatte, über deren Tod sich aus allgemein menschlichem Blickwinkel viele Menschen in ihrer Umgebung freuen würden.

Es war zwar selbstverständlich, daß die Kollegen in Lund und Malmö sich jetzt im Bekanntenkreis des Opfers umsehen würden. Die Vernehmungseinheiten würden in der nächsten Zeit nicht ohne Arbeit sein.

Wie sehr jedoch libanesische Flüchtlingsfamilien sich auch über den Tod des Denunzianten Ali Hussein Fadlallah freuen würden, konnte der Mörder kaum in ihren Kreisen zu suchen sein.

Nicht einmal wenn Gerüchte über ihn im Umlauf gewesen wären, nicht einmal dann, wenn jemand aus diesem Kreis durch Zufall oder sonstwie tatsächlich erfahren hätte, daß er Denunziant war, wäre es sonderlich wahrscheinlich, daß der Mörder unter ihnen zu finden war.

Das ist der Vorteil, richtiger Polizist zu sein und nicht etwa bei der Säpo zu arbeiten, sagte sich Rune Jansson. Man muß in erster Linie darauf achten, was an objektiven Erkenntnissen vorhanden ist.

Und das objektive Wissen im Fall des ermordeten Ali Hussein Fadlallah war in einer entscheidenden Hinsicht höchst bestechend.

An zwei Stellen in Schweden, in Umeå und in Lund, waren Menschen mit exakt der gleichen Technik ermordet worden. Zwei Fälle in der gesamten Kriminalgeschichte.

Das war das Entscheidende. In dieses Muster würde keiner der jetzt sicher fünfzig libanesischen Flüchtlinge oder von deren Kindern in Skåne hineinpassen. Das war schon eine mathematische Unmöglichkeit. Denn wenn bestimmte Libanesen oder Schiiten in Skåne ein hinreichendes Motiv gehabt hätten, Ali Hussein Fadlallah im Botanischen Garten in Lund zu ermorden oder woanders, wo die Möglichkeit dazu bestand, warum gerade Lund, wenn diese Stadt den gleichen Säpo-Besuch hatte wie Umeå zuvor? Was wäre, wenn einer dieser Menschen, die theoretisch ein Motiv gehabt hätten, in Lund einen Denunzianten zu ermorden, zufällig eine Methode beherrschte, die nur in einem früheren Fall angewendet worden war – was hatte dies dann mit einem türkisch-kurdischen Säpo-Informanten in Umeå zu tun?

Also zurück zum Ausgangspunkt. Der Mörder mußte sich im Studentenwohnheim in Umeå aufgehalten haben und folglich eine der fünf bekannten Personen sein. Soweit jetzt bekannt war, hatten sich zwei von ihnen, wenn man Hamilton selbst mitzählte, auch in Lund aufgehalten, als der Informant Ali Hussein ermordet wurde. Es war am einfachsten, so zu denken. Die Ermittlung, die Hamilton im Fall Ali Hussein Fadlallah angestellt hatte, fügte dieser grundlegenden Logik nichts Neues hinzu. Hamilton hatte nur gezeigt, daß der Informant ein selten widerwärtiger Typ war und daß das System, das die Hilfe solcher Typen in Anspruch nahm, ebenfalls außerordentlich widerwärtig war. Das konnte zwar eine gewisse Übelkeit auslösen, bewies in der Sache jedoch nichts. Wenn man mit der *Sache* nur die Aufklärung des Mordes meinte.

Rune Jansson hatte plötzlich das Gefühl, unabsichtlich etwas formuliert zu haben, was für ihn selbst von Bedeutung war. Wenn man mit der Sache *nur* die Aufklärung des Mordes meinte? Genau das war doch seine Aufgabe.

Der Mörder hatte eine ganz andere Sicht der Dinge. Er sah etwas, was er, Rune Jansson, nicht sehen konnte. Er hatte kurz gesagt ein Motiv. Im Ermittlungsmaterial gab es reichlich stellvertretende Motive, beispielsweise bei sämtlichen libanesischen Flüchtlingsfamilien in der Region Malmö-Lund, die jetzt vernommen werden sollten. Aber der Mörder wußte ja sehr viel mehr als diese Menschen, vor allem wußte er, wer von den Einwanderern in Schweden als Informant arbeitete.

Rune Jansson spürte, daß er dabei war, schon wieder in Spekulationen abzugleiten. Das war eine Tendenz, gegen die er immer angekämpft hatte, in letzter Zeit jedoch mit immer geringerem Erfolg. Er versuchte irritiert, seine Phantasien zu verscheuchen, und kehrte zwanghaft zu den Tatorten und den grundlegenden Fakten zurück, zu den Dingen, die wirkliches Wissen waren. Trotzdem schaffte er es nur selten, so weit vorzudringen, denn meist wurde er durch das Telefon in seinen Überlegungen gestört. Als es jetzt läutete, näherte er sich dem Apparat mit dem größten Mißtrauen. Der Gedanke an neue Journalisten machte ihn besorgt.

Es war jedoch nur der Kollege aus Ystad, der unten in der Rezeption stand. Rune Jansson bat ihn heraufzukommen. Er räumte sein geheimes Material beiseite, ging zur Minibar und entnahm ihr zwei Erfrischungsgetränke einer ihm unbekannten Marke und zwei Leichtbiere.

Rune Jansson hatte Kurt Wallander nie persönlich kennengelernt, sondern nur mit ihm telefoniert. Vor ein paar Monaten hatte er in der Zeitschrift *Svensk Polis* unter der Überschrift »Sherlock Holmes in Ystad« etwas über ihn gelesen; das war eine Überschrift, wie sie Rune Jansson nicht einmal seinem schlimmsten Feind gewünscht hätte.

Dummerweise hatte er es nicht geschafft, sich von dieser Assoziation zu befreien, als er die Tür aufmachte und sich spontan als Doktor Watson vorstellte. Das traf offenbar viel zu hart, denn sein Kollege aus Ystad machte eine gequälte Grimasse, als er eintrat und Rune Jansson die Hand schüttelte.

»Man sollte nie mit Journalisten sprechen. Du weißt ja, wie das ist«, brummte Kurt Wallander, als er den Teil der Hotelsuite betrat, der als Wohnzimmer diente. »Nicht mal dann, wenn sie von unserer eigenen Zeitung sind, wie es scheint«, seufzte er, als er auf das mit weißem Kunstleder bezogene Sofa sank.

»Ja, Verzeihung«, sagte Rune Jansson verlegen, als er sich dazusetzte. »Es passiert dir wohl nicht zum ersten Mal, daß man deswegen dumme Witze macht. Das war nicht sehr intelligent von mir. Ich hätte dir lieber zu ein paar bemerkenswerten Ermittlungsergebnissen gratulieren sollen.«

Das war kein guter Anfang. Rune Jansson zeigte fragend auf die Erfrischungsgetränke und das Bier, erhielt aber ein fast erschrockenes Kopfschütteln zur Antwort. Er fragte, ob er Kaffee oder Tee bestellen solle, aber auch das wurde wie erwartet mit einem »Nein danke« beantwortet, und anschließend herrschte peinliche Stille.

»Ich nehme an, daß du wegen dieser Serienmorde an Einwanderern in Lund bist«, sagte Kurt Wallander vorsichtig.

»Ja«, bestätigte Rune Jansson und streckte sich vorsichtig nach einem der Erfrischungsgetränke. Er machte die Flasche auf und goß sich ein.

»Stimmt es, daß alle Opfer Denunzianten der Säpo gewesen sind?« fragte Kurt Wallander mürrisch weiter.

»Ja, das stimmt«, sagte Rune Jansson mit einem Seufzen. »Es ist aber bedauerlich, daß es durchgesickert ist. Das macht uns die Arbeit nicht gerade leichter. Was Journalisten betrifft, meine ich.«

»Nein, wahrhaftig nicht«, sagte Kurt Wallander. »Wie geht es denn?«

»Nicht sehr gut, weil wir inzwischen bei fünf oder sechs Morden angelangt sind und der Täter noch immer auf freiem Fuß ist. Aber wir kommen ihm langsam näher. Ich vermute, daß wir den Fall recht bald lösen werden. Aber jetzt zu deinem Anliegen. Worüber wolltest du sprechen?«

»Ja, es geht um die Sache mit diesen Hamilton-Morden. Ich glaube, ich habe einen guten Ansatz«, sagte Kurt Wallander und machte plötzlich ein Gesicht, als bereute er seine Entscheidung, das Erfrischungsgetränk abgelehnt zu haben.

»Den Hamilton-Morden?« fragte Rune Jansson verblüfft. Er streckte langsam die Hand nach dem Flaschenöffner und der zweiten Flasche aus. »Von was für Morden sprichst du?«

»Na ja, von den Hamilton-Morden«, sagte Kurt Wallander verständnislos. »Von seiner Frau, seinen Kindern, seiner früheren Frau und jetzt zuletzt seiner Mutter unten bei uns in Ystad.«

»Ach so«, sagte Rune Jansson. Er hatte das Gefühl, sich blamiert zu haben. »Du hast ja diese Sache mit seiner Mutter aufgeklärt. Der überlebende Sizilianer hat lebenslänglich bekommen, wie ich neulich las.«

»Ja, genau«, sagte Kurt Wallander. Er machte ein Gesicht, als hätte er sich gerade entschlossen, dem *small talk* ein Ende zu machen, wurde aber unterbrochen, als Rune Jansson ihm ein giftgrünes Erfrischungsgetränk eingoß.

»Dann legen wir los«, sagte Rune Jansson. »Was habt ihr da unten in Ystad rausbekommen?«

»Erstens, daß zwei Sizilianer, die unseres Wissens noch nie zuvor in Skandinavien gewesen waren, nicht die alleinigen Täter gewesen sein können«, begann Kurt Wallander entschlossen. Rune Jansson bestätigte das mit einem Kopfnicken. »Zweitens, daß einer von denen, die bei diesem Festessen auf Vrångaholm anwesend waren, vielleicht ein Verwandter oder Bekannter des Täters sein muß, den wir suchen.«

»Genau«, sagte Rune Jansson nach kurzer Bedenkzeit. »Alle Hamilton-Mörder sind festgenommen, verurteilt oder erschossen worden, alle bis auf einen. Ist das euer Ausgangspunkt gewesen?«

»Ja, das ist schließlich eine unausweichliche Schlußfolgerung«, erwiderte Kurt Wallander. »Jetzt ist es so, daß wir einen verdächtigen Täter haben, aber der wohnt zufällig in Stockholm.«

»Aber das ist ja sehr schön für euch«, sagte Rune Jansson und probierte es mit einem kleinen Lächeln. »Ich meine, wenn er in Rom leben würde, wäre es schlimmer. Wenn er in Stockholm lebt, dürfte es wohl keine Probleme geben. Aber was weißt du über ihn?«

»Für eine Festnahme reicht es«, sagte Kurt Wallander eifrig. »Soll ich erzählen?«

»Aber ja, gern«, sagte Rune Jansson mit einem etwas breiteren Lächeln. »Erzähl die ganze Geschichte, dann werden wir ja sehen, ob ich eine Frage dazu habe.«

Als Kurt Wallander jetzt endlich auf sein eigentliches Anliegen zu sprechen kam, legte sich seine Unsicherheit schnell. Es fiel ihm leicht zu erzählen.

»Zunächst beschäftigten wir uns damit, die privaten Finanzen der Leute zu durchleuchten, die am Abend des Mordes Gäste auf Schloß Vrångaholm waren. Das Ergebnis war sehr vielfältig und manchmal schwer zu deuten. Manche Grafen und Barone scheinen nämlich mit Einnahmen aus der Landwirtschaft wie von staatlichen Geldern in Saus und Braus zu leben, während andere Grafen und Barone ein steuerliches Einkommen von Null haben, aber trotzdem recht gut zurechtzukommen scheinen. Wir bemühten uns darum, völlig voraussetzungslos die Frage zu prüfen, ob es eventuell finanzielle Motive gegeben hat. Wir haben es also nicht für gegeben angesehen, daß der Schuldige zwangsläufig unter dem für diesen Abend engagierten Personal ist. Dieses Vorgehen war jedoch die reine Zeitverschwendung, wenn ich davon absehe, daß wir einige amüsante Einblicke in die Haushaltsfinanzen des Schloßadels in Skåne bekommen haben.

Aber kaum waren wir zu den für diesen Abend engagierten Frauen übergegangen, die das Essen auftrugen und hinterher abwuschen, landeten wir einen Treffer.

Die jüngste der drei, Marja-Liisa Jönsson, erwies sich als besonders interessant. Sie ist eine geborene Tuominen. Ihre Eltern sind aus Finnland eingewandert, daher der Vorname. Jetzt lebt sie mit ihrem Mann, einem gelegentlich arbeitslosen Landarbeiter, in einem kleinen Haus außerhalb von Tomelilla. Die beiden haben lange einen harten Kampf gegen Zinsen und Hypothekendarlehen geführt, denn sie haben das Haus im Zusammenhang mit ihrer Heirat in einem Anfall übertriebenen romantischen Optimismus' gekauft. Aber kurz nach den Morden auf Vrångaholm haben sie sich plötzlich schuldenfrei machen können. Marja-Liisa Jönsson erschien nämlich eines Tages bei der Sparbank in Tomelilla und zahlte das Hypothekendarlehen auf das Haus in bar zurück, zweihunderteinunddreißigtausend Kronen einschließlich der Zinsen.

Meine Kollegen und ich spürten natürlich sofort, daß hier was Interessantes zu holen war, als wir das erfuhren, aber wir entschieden trotzdem, vorsichtig vorzugehen und weder jemanden festzunehmen noch einen Verdacht zu äußern. Der Grund dafür ist einfach, Marja-Liisa, die vierundzwanzig Jahre alt ist, und ihr Mann bewegen sich nur selten über die Grenzen ihrer Heimatgemeinde hinaus, was an ihrer belasteten Haushaltskasse liegt, vielleicht auch daran, daß die Sprachkenntnisse des jungen Paares sich im großen und ganzen auf den Skånedialekt beschränken. Es gibt sozusagen kein selbstverständliches Bindeglied zwischen Tomelilla und Palermo.

Doch dann haben wir es uns zur Arbeitshypothese gemacht, daß es von Marja-Liisa aus auf anderem Weg eine interessante Verbindung geben muß.

Ihr Bruder Heiki Tuominen erwies sich schnell als besonders interessant. Heiki hatte ein paar Jahre in einer der beiden Pizzerien in Tomelilla gearbeitet. Er muß sehr tüchtig gewesen sein. Soweit wir feststellen konnten, hatte er sich selbst zu etwas ausgebildet, was man wohl am treffendsten als den besten italienischen Koch in Tomelilla bezeichnen kann. Doch gegen Ende der achtziger Jahre nahm er sich plötzlich etwas Großes vor; damals lief eine Kampagne des Arbeitgeberverbands, junge Leute sollten sich selbständig machen und auf die eigenen Fähigkeiten vertrauen. Die Sparbank in Tomelilla war natürlich der gleichen Meinung, denn damals entsprach es dem Zeitgeist, möglichst viel Geld an Leute mit privater Initiative auszuleihen. Heiki kaufte also die eine Pizzeria und ließ sie für das geliehene Geld total umbauen. Dann eröffnete er darin ein italienisches Restaurant, das er auf den Namen Little Italy taufte. Danach ging er jedoch schnell in Konkurs.

Seit zwei Jahren arbeitet er in verschiedenen italienischen Restaurants in Stockholm. Ich weiß allerdings nicht, wie die heißen. Zwei Wochen vor den Morden auf Vrångaholm hat er aber seine Schwester in Tomelilla besucht.

Außerdem hat er über ein Konto bei der S-E-Bank in Stockholm alle seine restlichen Schulden in Tomelilla, die mit dem Konkurs entstanden waren, zurückgezahlt, obwohl er es gesetzlich gar nicht hätte tun müssen. Insgesamt hat er mehr als siebenhunderttausend Kronen ausgehustet.

Da hatten wir also das Gefühl, daß es plötzlich wärmer wird. Ich sah nur noch eine Möglichkeit, auf eigene Faust weiterzumachen, bevor es Zeit war, die Reichskripo hinzuzuziehen. Es stellte sich schließlich die Frage, ob Marja-Liisa schon zwei Wochen vorher von dem kleinen Nebenjob auf Vrångaholm wußte. Vor allem wollten wir in Erfahrung bringen, ob ihr bekannt war, welche Gäste zu dieser Feier erwartet wurden.

Die Antwort auf die erste Frage war leicht zu finden. Die Einladungen von Vrångaholm waren schon mehr als einen Monat vorher verschickt worden. Auf den Schlössern in Skåne verfährt man oft so, besonders im Herbst während der Jagdsaison, daß man die Einladungen lange im voraus verschickt. Alle haben ziemlich mit ihrem Terminkalender zu tun, da in dieser Gegend jeder jeden einlädt. Im Zusammenhang mit der Versendung der Einladungskarten von Vrångaholm hat der Schloßherr sich auch um zusätzliches Personal für den Abend bemüht. Insoweit war es also einfach für uns. Marja-Liisa hatte schon vier Wochen vorher gewußt, daß sie am Abend des Tages der Volksabstimmung über den EU-Beitritt auf Vrångaholm arbeiten sollte.

Die Frage aber war, ob sie eine Ahnung haben konnte, welche Grafen und Barone zu diesem Festessen eingeladen waren. Vielleicht interessierte sie das nicht einmal. Von Vrångaholm hatte sie jedenfalls nichts über die Gästeliste erfahren; Graf Peiper auf Vrångaholm jedenfalls hat sich bei dieser Frage sehr verwundert gezeigt.

Da blieb uns also nur eins übrig, sie erneut zu verhören, damit wir uns vorsichtig auf die entscheidende Frage zubewegen konnten, ohne ihr Mißtrauen zu erregen. Das Vordringen zu dieser Frage hatte ich mir als theoretische Grenze für meine Arbeit und die meiner Kollegen in Ystad gesetzt, bevor wir die Reichskripo hinzuziehen wollten.

Marja-Liisa zeigte sich jedoch erstaunlich entgegenkommend. Ja, es amüsierte sie fast, als ich sie vorsichtig zu diesem empfindlichen Thema befragte. Vertreter der Säpo in Malmö hatten sie nämlich mehr als zwei Wochen vor dem fraglichen Wochenende aufgesucht, um sie »zu überprüfen«, wie sie gesagt hätten. Außerdem hätten sie ihr gesagt, sie dürfe absolut keinem Menschen erzählen, daß die Gräfin Hamilton sich unter den Gästen befinden werde, da diese Morddrohungen erhalten habe.

Mit anderen Worten: Marja-Liisa Tuominen hatte keine Ahnung davon, daß das künftige Mordopfer sich auf Vrångaholm befinden würde. Das erfuhr sie erst, als es ihr die Säpo erzählte und ihr strengstens einschärfte, sie dürfe kein Sterbenswörtchen darüber verlauten lassen, daß sie von dem wisse, was sie von da an tatsächlich wußte.

Zwei Tage später kam ihr Bruder zu Besuch.

Anschließend brachte ich das Gespräch vorsichtig auf Themen wie Hypothekendarlehen und andere Alltagsprobleme, und da erzählte mir Marja-Liisa spontan, daß sie und ihr Mann entsetzliche Probleme gehabt hätten, doch dann sei ihr Bruder Heiki als gute Fee erschienen und habe sie in letzter Minute gerettet. Heiki habe beim Pferderennen einen großen Betrag gewonnen, und außerdem gingen seine Geschäfte in Stockholm recht gut, habe er erklärt.

Soweit die Tatsachen. Bis hierhin konnte ich mit meinen Kollegen in Ystad weitermachen, ohne die Reichskripo um Hilfe zu bitten. Doch jetzt stehen wir also genau an diesem Punkt.«

Rune Jansson hatte mit zunehmender Faszination zugehört. Es gab nicht den leisesten Anflug von Prahlerei bei seinem Kollegen aus Skåne, als dieser von seiner ohne jeden Zweifel recht geschickten Arbeit erzählte. Außerdem konnten nicht sehr viele Beamte auf diesen Fall angesetzt gewesen sein. Rune Jansson fiel es jedoch schwer zu verstehen, wie die Kollegen aus Ystad auf diese Zusammenhänge hatten kommen können. Er selbst glaubte schließlich nicht an Dinge wie Intuition, Glück oder die Technik, am Schreibtisch zu sitzen und sich bestimmte Dinge »auszudenken«.

»Wie bist du auf die Idee gekommen, ihre finanziellen Verhältnisse zu untersuchen?« fragte er nachdenklich.

»Die Idee kam mir, als sie diesen ABAB-Wachmann in Marbella gefunden hatten, den mutmaßlichen Täter im Fall von Hamiltons Frau und Kind«, murmelte Wallander. Er war enttäuscht darüber, daß seine Schilderung nicht mal den Anflug von Beifall ausgelöst hatte. »Das Honorar dafür war eine Million Dollar, soviel ich in Erfahrung gebracht habe.«

»Ja, das stimmt«, sagte Rune Jansson. »Unser ehemaliger Konkursritter in Tomelilla hat vielleicht gewußt, was man mit bestimmten Jobs verdienen kann, nämlich durch seine Kontakte zur Restaurant-Mafia in Stockholm.«

»Schon möglich«, gab Kurt Wallander übellaunig zu. »Das ist jedenfalls eine auf der Hand liegende Möglichkeit. Unser Freund Heiki muß bei seinem Job ja die in Stockholm lebenden Italiener kennen, die in der Restaurantbranche arbeiten. Vielleicht hat er ein bißchen geprahlt und sich so den Ruf eines Mannes verschafft, der etwas weiß, wofür die Mafia viel bezahlen würde, etwas in der Richtung.«

»Und du meinst, daß irgend jemand dann angebissen hat?«

»Ja. Kurz nach dem Doppelmord in Skåne ist er jedenfalls zu sehr viel Geld gekommen. Und es steht fest, daß die Täter über eine gute Ortskenntnis verfügten. Diese Leute von der Säpo hatten seiner Schwester ja geradezu auf die Nase gebunden, daß auf Vrångaholm viel Geld zu holen sei.«

»Dann bleibt nur eine kleine Frage«, sagte Rune Jansson. Er nickte, um Kurt Wallander zu zeigen, daß er dessen Schlußfolgerungen zustimmte. »Eine kleine Frage, die man Schwester Marja-Liisa stellen müßte. Ich nehme an, daß du sie nicht gestellt hast?«

»Nein«, erwiderte Kurt Wallander. »Ich hatte zwar Lust dazu, aber wenn es so ist, wie ich glaube, hätte das wohl alles zerstört. Ich habe sie *nicht* gefragt, ob sie ihrem Bruder zufällig von dem hohen Besuch der Säpo erzählt hatte.«

»Das hat sie ganz bestimmt getan, aber sie hätte es auf jeden Fall geleugnet, wenn du sie gefragt hättest«, sagte Rune Jansson. »Es ist eine entscheidende Frage, aber nicht ganz leicht zu stellen, sofern du sie nicht aufs Revier holen und ihr die Daumenschrauben ansetzen kannst.«

»Das geht ja nicht, bevor ihr euch diesen Heiki gegriffen und am besten vorläufig festgenommen habt«, entgegnete Kurt Wallander ungeduldig.

»Darauf wollte ich gerade kommen«, entgegnete Rune Jansson. »Wir werden uns also Herrn Heiki schnappen, am liebsten mit Haufen von Geld in seiner Wohnung. Dann werden wir ihm von unserem Verdacht erzählen, daß er sich der Mittäterschaft bei einem Mord schuldig gemacht hat. Gleichzeitig schnappt ihr euch die Schwester. Wir synchronisieren das einfach.«

»Du bist also meiner Meinung«, sagte Kurt Wallander mit einem plötzlich aufflammenden Optimismus, der Rune Jansson erstaunte.

»Ja, natürlich«, sagte er. »Da gibt es gar keinen Zweifel. Du hast einen Zusammenhang gefunden, der in die richtige Richtung führt, soweit ich sehen kann. Ich verstehe zwar nicht, wie ihr das da unten in Ystad in so kurzer Zeit herausgefunden habt, ich meine, so viele Leute seid ihr sicher nicht beim Ermittlungsdezernat. Ihr habt aber eine verdammt gute Arbeit geleistet. Es würde mich sehr erstaunen, wenn wir den Kerl jetzt nicht schnappen könnten.«

»Wann machen wir's?« fragte Kurt Wallander eifrig.

»So schnell wie möglich«, sagte Rune Jansson. »Wir setzen erst die Fahnder ein paar Tage auf diesen Heiki an, und dann erhältst du von uns einen genauen Zeitpunkt, wann wir ihn festnehmen wollen. Damit du sie gleichzeitig schnappen kannst. Dann halten wir telefonisch Kontakt, während die Vernehmungen laufen. Wir möchten ihn möglichst schnell damit quälen können, daß wir wissen, woher er die entscheidenden Informationen erhalten hat.«

»Ja, ja, das verstehe ich«, sagte Kurt Wallander mit einem Kopfnicken und machte dann eine Grimasse des Abscheus. »Das wird kein angenehmes Verhör. Sie soll mithelfen, ihren Bruder wegen Mordes zu überführen.«

»Na ja«, sagte Rune Jansson. »Wenn sie lügt, könnt ihr sie darüber aufklären, daß sie Gefahr läuft, selbst der Mittäterschaft verdächtigt zu werden, außerdem stimmt das ja auch. Vielleicht ist es sogar ihre Idee gewesen. Dann ist sie nämlich der Beteiligung an einer Mordverschwörung schuldig. Angesichts einer solchen Auskunft dürften die meisten Leute in Tomelilla recht kooperationswillig werden, könnte ich mir vorstellen.«

»Wenn nun dieser Heiki unser Mann ist, kapiert er vielleicht gar nicht, was für ein schweres Verbrechen er begangen hat«, überlegte Kurt Wallander weiter auf derselben Bahn.

»Nein, ich weiß schon, was du sagen willst: *Ich hab' doch nur den Wagen gefahren*«, sagte Rune Jansson nachdenklich. »Er glaubt sicher, ein kleines Delikt begangen zu haben, aber daß er lebenslänglich kriegt, was wohl der Fall sein dürfte, ahnt er kaum. Traurige Geschichte.«

Beide versanken in eine kurze Grübelei, bei der es um die Fähigkeit von Menschen ging, Verbrechen zu begehen, indem sie verdrängen, was sie wirklich tun. Das Aufwachen vor Gericht wird in solchen Fällen meist sehr hart. Beide waren schon oft mit Mordermittlungen befaßt gewesen, Rune Jansson in den letzten Jahren sogar ausschließlich. Doch keiner von ihnen hatte je einen Mörder aufgespürt, der selbst nicht begriff, daß er im Sinn des Gesetzes genau das war.

Als sie auseinandergingen, waren beide sichtlich aufgemuntert. Die anfängliche Unlust war wie weggeblasen. Vergessen war die unangemessene Anspielung auf den Sherlock Holmes aus Ystad. Rune Jansson hatte Kurt Wallanders Schlußfolgerungen schließlich so schnell und vorbehaltlos akzeptiert, wie dieser es sich nicht besser hätte wünschen können. Obwohl sie vermutlich als Polizisten sehr unterschiedlich waren, erkannten beide sofort einen überzeugenden Zusammenhang, wenn man ihn ihnen präsentierte.

Kurt Wallander pfiff im Auto leise vor sich hin, als er nach Ystad fuhr. So guter Laune war er schon lange nicht mehr gewesen. Er hatte es fast als Ehrensache empfunden, den letzten Hamilton-Mörder aus dem Verkehr zu ziehen, und jetzt standen sie kurz davor, genau das zu tun. Rune Jansson hatte überdies vorgeschlagen, daß der Festnahmebeschluß in Ystad erwirkt werden solle, damit der Einsatz der Reichskripo sich darauf beschränken konnte, den Verdächtigen zu schnappen, die ersten Verhöre zu absolvieren und eine Hausdurchsuchung vorzunehmen. Damit blieb es der Polizei in Ystad erspart, daß man ihr die Vollendung einer langwierigen Arbeit wegnahm. Vermutlich war sich Rune Jansson der diplomatischen Delikatesse solcher Entscheidungen sehr viel bewußter als Kurt Wallander. Rune Jansson ging höchst sensibel mit diesem »Jetzt übernimmt die Reichskripo den Fall« um, während Kurt Wallander in diesem Punkt vermutlich völlig unempfindlich war. Für ihn war es die Hauptsache, daß der Mörder eingesperrt wurde, doch bei näherem Überlegen ging ihm auf, daß sein Chef, Polizeidirektor Björk, in dieser Hinsicht wohl ein wenig anders dachte. Björk liebte Pressekonferenzen.

Rune Jansson blieb noch eine Weile sitzen und las die Notizen durch, die er während des Vortrags von Kurt Wallander gemacht hatte. Punkt für Punkt nickte er beifällig. Nein, er sah keine Lücke in der Argumentation. Es wären schon viele Zufälle à la Pferderennen in Solvalla und anderes nötig, damit das hier nicht stimmen sollte; ganz *unmöglich* war es schließlich nicht. Doch nach einer Hausdurchsuchung und den Verhören würde man es mit Sicherheit wissen, und das war entscheidend.

Er führte einige Telefongespräche mit Stockholm, unter anderem mit dem Leiter des Fahndungsdezernats bei der Stockholmer Polizei. Er informierte diesen über ein Objekt namens Heiki Tuominen. Dann wandte er sich der letzten Arbeit des Tages zu, die genau in dem Zimmer begann, in dem er sich jetzt befand, Zimmer 302, einer einfachen Suite im Hotel Lundia. Darin hatte Hamilton vor ein paar Tagen gewohnt.

Rune Jansson kramte einen Grundriß der beiden obersten Stockwerke des Hotels hervor, den er in seiner Aktentasche mitgebracht hatte. Darauf befanden sich numerierte Markierungen, die genau bezeichneten, wo das übrige Säpo-Personal in der fraglichen Nacht ab etwa 22.30 Uhr gewesen war.

Die erste Frage, die er sich stellte, lautete, wie man das Hotel verlassen und betreten konnte, ohne den Haupteingang und die Fahrstühle zu benutzen. Es mußte einen besonderen Notausgang geben, etwa wenn ein Feuer ausbrach.

Kriminalinspektor Carsten Johnsén wies schon die ersten leisen Anzeichen von Verzweiflung auf, obwohl er sich natürlich die größte Mühe gab, nichts von der vermuteten Schwäche zu zeigen. In einem kurzen Anfall von Galgenhumor sagte er sich, daß irgendwann jeder, der diesen beiden Vernehmern in die Hände fiel, am Ende alles gestehen würde, was man ihm vorwarf, damit man ihm nicht mehr zusetzte.

Anna Wikström und Roger Jansson hatten sich sehr sorgfältig auf dieses Verhör vorbereitet, weil sie davon ausgingen, daß sie vielleicht nur eine Chance erhielten, wenn auch eine sechsstündige, denn danach mußte ein Festnahmebeschluß erwirkt werden, bevor sie fortfahren konnten.

Sie stellten ihre Fragen abwechselnd. Sie hatten zwar keinerlei Absicht, den guten beziehungsweise bösen Bullen zu spielen. Das würde kaum funktionieren, wenn das Vernehmungsobjekt selbst Polizist war. Aber so konnte einer von ihnen von Zeit zu Zeit hinausgehen, um die Notizen durchzulesen, und anschließend wieder von vorn anfangen. Außerdem wollten sie sich natürlich den psychologischen Vorteil zunutze machen, daß sie immer wieder ganz von vorn beginnen konnten. Erfahrene Verbrecher können sich nicht mit dieser Art Verhör abfinden, gerade weil sie erfahren sind. Ihre persönlichen Erfahrungen brennen ihnen im Gedächtnis. Sie wissen, was es heißt, Stunde um Stunde dazusitzen und Fragen zu beantworten, die man schon hundertmal gehört hat. Es beginnt meist damit, daß der Vernehmer ein paar kleine Widersprüche entdeckt, über die dann immer wieder hartnäckig gesprochen wird. Dann folgt im allgemeinen die erste Lüge, und dann wird es immer schwerer zu widerstehen. Wenn der Beschuldigte dann plötzlich den Mund hält, ist es eigentlich zu spät. Vor Gericht würde ein solches Schweigen sehr merkwürdig erscheinen. Kein Vernehmer versäumt es, darauf hinzuweisen. Und wenn der Beschuldigte weiterredet, macht er es meist nur schlimmer.

Carsten Johnsén war jedoch kein erfahrener Verbrecher. Im Moment war er noch nicht einmal offiziell vorläufig festgenommen. Dennoch blieb ihm keine Wahl. Er mußte die seelische Folter über sich ergehen lassen. Ein anderes Wort als Folter gibt es dafür nicht. Er war Polizist und wurde von zwei Spezialisten der Vernehmungseinheit bei der Reichsmordkommission vernommen, und diese verhörten ihn ohne jeden Zweifel so, als stünde er im Verdacht, mehrere Morde begangen zu haben.

»Ich fürchte, wir müssen wieder von vorn anfangen«, sagte Roger Jansson mit einem müden ironischen Lächeln, während Anna Wikström hinausging, um eine Pause einzulegen. »Du bist Polizeibeamter und nachweislich bei zwei sehr speziell durchgeführten Morden anwesend gewesen. Das findest du nicht merkwürdig?«

»Das habe ich nicht gesagt«, knurrte Carsten Johnsén mit zusammengebissenen Zähnen und richtete seinen mächtigen Oberkörper demonstrativ auf. »Ich habe gesagt, daß ich dafür keine Erklärung habe.«

»Aber du mußt doch über das Problem nachgedacht haben?«

»Ja, natürlich. Aber ich war nicht der einzige Polizist an diesen Orten, weder in Umeå noch in Lund.«

»Wir haben drei Opfer, die nichts weiter verbindet als die Tatsache, daß sie bezahlte Agenten der Säpo waren. Du hast die Möglichkeit gehabt herauszufinden, wer sie waren?«

»Ja, vielleicht. Ich hätte vielleicht in Erfahrung bringen können, wer sie waren. Ich habe es aber nie getan.«

»Alle drei sind mit einer militärischen Nahkampftechnik ermordet worden, die du an und für sich beherrschst?«

»Ja und nein. Ich weiß ja nicht genau, wie sich das Ganze abgespielt hat. Einer dieser drei wurde totgeschlagen oder totgetreten, das hätte ich vielleicht selber machen können. Aber die beiden anderen? Ihr habt ja noch kein Wort darüber verloren, wie es sich abgespielt hat.«

»Du bist Offizier der Fallschirmjäger.«

»Ja.«

»Zu dieser Ausbildung gehört auch der Umgang mit Messern, sozusagen die Kunst, mit einem Messer zu töten?«

»Ja, natürlich. Fallschirmjäger sind so etwas wie Aufklärer. Wir sollen in erster Linie vermeiden, daß ein Feind uns entdeckt, in zweiter Linie jede Konfrontation vermeiden und erst in dritter Linie so leise wie möglich kämpfen. Ungefähr so.«

»Du bist also durchaus fähig, mit einem Messer schnell und leise zu morden?«

»Die beiden anderen Opfer sind also mit einem Messer umgebracht worden? Ja, ich denke schon, daß ich einen Menschen mit einem Messer töten könnte.«

»Ich glaube schon?«

»Nein! Ich *kann* einen Menschen mit einem Messer töten.«

»Du bist also in der Nähe gewesen, als zwei Morde begangen wurden. Die Opfer sind einmal mit so etwas wie Karate umgebracht worden und dann mit einem Messer. Wie groß ist die Wahrscheinlichkeit, daß du nichts damit zu tun hast? Wenn die Opfer Männer waren, deren Aufenthaltsorte nur Säpo-Personal bekannt gewesen sein können?«

»Das weiß ich nicht. Doch es spielt keine Rolle, da ich nicht der Täter bin. Die Wahrscheinlichkeit ist vielleicht klein, aber es spielt trotzdem keine Rolle.«

»Und du kannst immer noch nicht genau angeben, wo du dich am Mittwoch abend um 21.13 Uhr befunden hast?«

»Nein, nicht genau. Ich hatte zu der fraglichen Zeit aber nachweislich Dienst. Ich gehörte zu Hamiltons Personenschutz bei dieser Studentenveranstaltung.«

»Ihr seid mit vier Mann dazu abgestellt worden?«

»Ja. Wie oft sollen wir das noch durchkauen?«

»Ihr wart vier Mann. Zwei standen vorn im Saal neben Hamilton?«

»Ja. Und wir beiden anderen bewegten uns im Saal.«

»Warum?«

»Weil wir die Aufgabe hatten, Hamilton vor einem Überfall zu beschützen.«

»Und genau wie beschützt du ihn, wenn du dich bewegst? Die da vorn auf dem Podium standen doch die ganze Zeit still?«

»Ja, die Leute da vorn stehen die ganze Zeit still. Sie sollen nämlich gesehen werden. Ein eventueller Attentäter muß also damit rechnen, von diesen beiden beschossen zu werden. Oder er muß ihnen zuvorkommen und sie beseitigen, während er gleichzeitig sein Ziel erschießt.«

»Meine Frage galt aber jetzt deinem Bewegungsmuster.«

»Wir beiden anderen sollen ständig unsere Position verändern, damit der eventuelle Attentäter nicht genau wissen kann, wo wir uns gerade befinden.«

»Ja, das haben wir nachgeprüft. Aber du hast ein paarmal den Saal verlassen?«

»Ja, aber immer nur ganz kurz.«

»Wie kurz denn? Fünf Minuten?«

»Hör doch auf mit dem Quatsch! Ich *weiß*, wo der Tatort ist. Ich oder ein anderer hätte in fünf Minuten theoretisch zum Botanischen Garten rennen können, um unseren geehrten freien Mitarbeiter zu ermorden und dann zurückzusprinten. Vorausgesetzt, daß er brav dastand und darauf wartete, ermordet zu werden. Vorausgesetzt, ich hätte damit rechnen können, daß niemand mich raus- oder reingehen sieht. Aber das habe ich nicht getan. Ich habe das Gebäude nicht verlassen.«

»Was hast du denn gemacht, als du den Hörsaal verlassen hattest?«

»Ich habe kurze Kontrollgänge in der Nähe des Saals gemacht.«

»Warum?«

»Du solltest dir mal einen Grundriß der Akademischen Vereinigung in Lund ansehen, dann würdest du es verstehen.«

»Ich habe einen solchen Grundriß hier. Ich verstehe trotzdem nicht, warum du von Zeit zu Zeit dein Schutzobjekt verlassen mußtest. Das schwächt ja seinen Schutz.«

»Weil die Akademische Vereinigung in Lund für einen solchen Auftrag ein wahrer Alptraum ist. Überall gibt es Korridore und Treppen, rund zehn Ein- und Ausgänge. Nicht mal dieser *Ädil* wußte genau, wie all diese Gänge verbunden sind.«

»Der Ädil?«

»Ja, es heißt so. Das ist so eine Art Leiter des Hauses. Der Kerl wohnt ganz oben in einem Turm wie so eine verdammte Eule. Ich war einen Tag vorher unten und habe mit ihm alles durchgesprochen.«

»Also was hast du draußen in dem Korridor gemacht?«

»Stichproben. Ich ging raus und prüfte, daß niemand rauf- oder runterging, daß es überall still war.«

»Aber keine dieser Expeditionen hat fünf Minuten gedauert?«

»Ehrlich gesagt, ich weiß es nicht. Ich habe nicht auf die Uhr gesehen. Es fällt mir aber schwer zu glauben, daß ich irgendwann den Hörsaal volle fünf Minuten verlassen haben soll.«

»Warum hast du nicht auf die Uhr gesehen?«

»Weil es nicht nötig war.«

»Warum nicht?«

»Weil wir alle ständigen Sprechfunkkontakt miteinander hatten. Das ist sehr wichtig. Wenn man da draußen irgendwo einen Feuerüberfall auf mich verübt hätte, hätten die Kollegen es über ihre Kopfhörer mitbekommen und wären sofort gewarnt gewesen.«

»Hast du deinen Kollegen bei solchen Expeditionen Mitteilungen gemacht?«

»Ja, ich habe ihnen kurz mitgeteilt, wie ich mich bewegte, daß alles im grünen Bereich sei und so weiter.«

»Sie hatten da aber keine Möglichkeit festzustellen, woher du ihnen diese Durchsagen gabst?«

»Nein, aber möglicherweise hätten sie Windgeräusche hören können oder so was, ein fahrendes Auto vielleicht, wenn ich mich außerhalb des Hauses aufgehalten hätte.«

»Aber du hättest auch dein Mikrophon ausschalten können, wenn du hinausgegangen wärst?«

»Ja, das hätte ich tun können. Ich bin aber nicht rausgegangen.«

»Und das hätten die Kollegen nicht feststellen können?«

»Wahrscheinlich nicht. Aber ich bin eben nicht rausgegangen.«

»Findest du dieses Verhör anstrengend?«

»Aber ja, was zum Teufel glaubst du wohl?«

»Möchtest du eine Pause?«

»Nein, meinetwegen nicht. Was mir auf die Nerven geht ... na ja, ich glaube nicht, daß ich das überhaupt erklären muß. Stell dir doch nur vor, wir säßen hier mit vertauschten Rollen. Die verfluchten Journalisten rufen wie die Irren oben in der Abteilung an. Die wissen, daß einer von uns hier sitzt.«

»Ja, das kann nicht sehr lustig sein. Wir wechseln das Thema. Du hast die Akademische Vereinigung also um 22.20 Uhr zusammen mit Hamilton und drei anderen Kollegen der Personenschutzeinheit verlassen.«

»Ja, etwa um die Zeit.«

»Was meinst du mit etwa?«

»Eine Minute früher oder später.«

»Und dann habt ihr euch in zwei Gruppen geteilt. Du hast Hamilton mit einem Kollegen direkt zum Hotel Lundia begleitet?«

»Ja, wir drei gingen sozusagen nach rechts und dann auf einem anderen Weg zum Hotel Lundia. Die beiden anderen gingen zum Grand Hotel, um dort die Lage zu sondieren und sich uns später im Hotel Lundia anzuschließen.«

»Und bei der Ankunft im Hotel sind alle gleich auf ihre Zimmer gegangen?«

»Ja. Wir haben in unseren Zimmern belegte Brote gegessen und Bier getrunken, Leichtbier.«

»Wie spät war es, als du auf dein Zimmer gingst?«

»Ungefähr 22.30 Uhr.«

»Und wie spät war es, als du beim nächsten Mal dein Zimmer verlassen hast?«

»06.15 Uhr.«

»Das weißt du genau?«

»Ja, das weiß ich ganz genau, denn alle von uns traten auf die Sekunde gleichzeitig auf den Flur. So ist das bei Hamilton. Man ist auf die Sekunde pünktlich, und auf die Sekunde bedeutet wirklich, wonach es sich anhört.«

»Muß lustig ausgesehen haben. Ich meine, wenn fünf Mann gleichzeitig die Tür aufmachen?«

»Ja, sicher.«

»Aber zwischen *ungefähr* 22.30 Uhr und *exakt* 06.15 Uhr hast du dein Hotelzimmer also kein einziges Mal verlassen?«

»Nein.«

»Und was habt ihr nach *exakt* 06.15 Uhr gemacht?«

»Wir haben den schon vorher festgelegten Operationsplan befolgt. Zwei Mann, ich und der Kollege Håkansson, begleiteten Hamilton durch den Ausgang ins Freie und dann in ein angrenzendes Gebäude. Die beiden anderen Kollegen gingen in die Garage hinunter, holten einen der Wagen und drehten eine Runde um den Block. Als der Wagen vor unserer Tür hielt, ging Hamilton hinaus und stieg ein. Wir beiden anderen gingen zur Garage und nahmen einen eigenen Wagen. Dann schlossen wir uns der Expedition ein paar Minuten später an. Dann fuhren wir zum Flughafen Sturup und nahmen die Maschine nach Stockholm.«

»Das war also ein geübter Plan, oder wie soll man das nennen?«

»Ja, natürlich.«

»Also alle in eurer Gruppe kannten die Lage der Notausgänge, den Weg zur Garage, alle Aus- und Eingänge und so was?«

»Ja, natürlich.«

»Na schön. Du hast also dein Zimmer vor exakt 06.15 Uhr kein einziges Mal verlassen. Hat ein anderer es getan?«

»Nein.«

»Woher weißt du das?«

»Verzeihung, das nehme ich zurück. Das weiß ich nicht.«

»Ist es möglich, daß einer der anderen sein Zimmer verlassen hat?«

»Theoretisch ist das natürlich möglich.«

»Du hättest es aber nicht gehört?«

»Doch, wenn derjenige, der sein Zimmer verließ, nicht die Absicht hatte, es zu verbergen. Wir hatten den ganzen Flur da oben belegt, so daß sich dort keine anderen Gäste befanden. Es war aber nichts von knallenden Türen zu hören oder so.«

»Es wäre möglich gewesen, sich davonzuschleichen?«

»Ja, das nehme ich an. Aber das hätte dann ja lange nach 21.13 Uhr sein müssen.«

»Ja. Und was meinst du, was das für eine Bedeutung hat?«

»Das ist der vermutete Zeitpunkt des Mordes.«

»Woher weißt du das?«

»Weil es so besonders wichtig ist, was ich zu diesem Zeitpunkt getan habe.«

»Es wäre also möglich gewesen, sich hinauszuschleichen, ohne daß einer der Kollegen es merkt?«

»Ja, davon gehe ich aus. Theoretisch also.«

»Praktisch aber nicht?«

»Na ja, wir hatten ja unsere Befehle.«

»Ich verstehe. Mit wem von den anderen hattest du im Lauf des Abends zuletzt Kontakt?«

»Mit Hamilton selbst.«

»Wann war das?«

»Kurz vor Mitternacht.«

»Aha. Und was wurde dabei gesprochen?«

»Er rief mich an und sagte, ich könne es ruhig angehen lassen. Er lese und könne nicht einschlafen. Er übernehme meine Wache bis 02.00 Uhr. Dann sollte ihn Håkansson ablösen.«

»Hamilton hat also deine Wache kurz vor Mitternacht übernommen?«

»Ja, das ist richtig.«

»Was hast du dann gemacht?«

»Ich ging ins Badezimmer, machte meine Abendtoilette, wie es in Ermittlungsakten heißt, und dann habe ich mich schlafen gelegt.«

»Wann bist du eingeschlafen?«

»Keine Ahnung, eine Viertelstunde oder zwanzig Minuten später, etwa so. Ich kann ziemlich leicht einschlafen, und es war ein langer Tag gewesen.«

»Håkansson kann das also alles bestätigen, ich meine, daß er um 2.00 Uhr von Hamilton geweckt wurde und nicht von dir?«

»Ja, davon gehe ich aus. Wir haben das zwar nie besprochen, aber es würde mich sehr erstaunen, wenn Hamilton verschlafen hätte.«

»Na schön, wir brechen das Verhör bis auf weiteres ab. Bleib erst mal hier sitzen.«

Roger Jansson streckte die Hand nach dem Tonbandgerät aus, sprach den Zeitpunkt der Unterbrechung des Verhörs aufs Band und ging dann zu der wartenden Anna Wikström hinaus. Sie saß mit zerzausten Haaren da, da sie beim Nachdenken und Schreiben immer daran zupfte. Als sie hochsah und dem Blick ihres Kollegen begegnete, schüttelte er nur resigniert den Kopf.

Carsten Johnsén, der allein im Vernehmungszimmer sitzen geblieben war, hatte plötzlich das paranoide Gefühl, daß man ihn insgeheim filmte. Er vermutete, daß sie ihn von Zeit zu Zeit allein ließen, um zu sehen, wie er reagierte, wenn er sich entspannen zu können meinte. Er versuchte, vor den imaginären Kameras Theater zu spielen, schüttelte den Kopf und lächelte über den Irrsinn der Welt oder was ihm sonst gerade einfiel. Er fühlte sich aber tatsächlich sehr stark unter Druck gesetzt. Das Verhör war alptraumhaft, und er machte sich keine Illusionen. Bald würde wieder die ehemalige Kollegin hereinkommen. Sie würde frische neue Ideen mitbringen, und dann würde alles wieder von vorn anfangen. So brachten sie ihre Mörder schließlich dazu, sich am Ende zu verplappern oder unter dem Druck zusammenzubrechen. Dann gestanden sie, einfach nur um dem ewigen Gequatsche ein Ende zu machen.

10

Rune Jansson wußte, wer der Mörder war. Normalerweise hätte diese Erkenntnis, besonders nach einer langen und manchmal trostlosen Fahndungsarbeit, ihn mit etwas erfüllt, was zumindest andeutungsweise als Erleichterung oder Befriedigung hätte bezeichnet werden können.

Doch was er jetzt empfand, war eher Trauer. Enttäuschung wäre ein zu leichtgewichtiges Wort gewesen. Und er kam sich ein wenig dumm vor, obwohl das weniger wichtig war. Wenn er wie dieser Kollege Wallander aus Ystad gewesen wäre, hätte er natürlich schon in einem weit früheren Stadium alles ausgerechnet, ohne Rücksicht auf das Gewimmel irrelevanter Tatsachen. Denn so war es: Er hatte sich in irrelevanten Fakten ertränkt.

Außerdem war der Durchbruch beinahe aus purem Zufall erfolgt. Anna und Roger waren dabei, Carsten Johnsén zu bearbeiten, und das schon weit länger, als eigentlich erlaubt war, zumindest bei Verdächtigen, die gewöhnliche Staatsbürger waren. Die Polizei in Lund und Malmö hatte vollauf damit zu tun, Angehörige und Bekannte des letzten Mordopfers Ali Hussein Fadlallah zu vernehmen. Die Ermittlungseinheit in Södertälje klopfte an Türen und arbeitete sich so durch die elf Zeugen hindurch, die den Tod des zwölften Mannes mit angesehen hatten. In Linköping war man mit dem Klinkenputzen schon etwas weitergekommen und hatte zumindest ein alternatives Automodell ermittelt, in dem der unbekannte Mann sich entfernt hatte, einen Citroën XM. Das war jedoch nicht ganz sicher; bei ungewöhnlichen Automarken waren Zeugenaussagen selten verläßlich.

Womit sich die Kollegen in Umeå beschäftigten, war Rune Jansson vollkommen gleichgültig. Er verzieh ihnen nicht, daß sie nicht nur die ersten gewesen waren, die etwas an die Journaille hatten durchsickern lassen, sondern daß sie es auch so blitzschnell getan hatten.

Was Västerås anging, war noch kein vernünftiger Ansatzpunkt gefunden. So hatte man beschlossen, die Verhöre Carsten Johnséns zu Ende zu bringen, bevor man sich überlegte, was mit der Frau geschehen sollte, die von sich behauptete, in einem abgeschlossenen Haus geschlafen zu haben, als ihr Mann ohne ihr Wissen ermordet worden war.

Sobald Roger und Anna mit Carsten Johnsén fertig waren, hatte man diesen Heiki Tuominen geholt und seine Wohnung durchsucht. Das war gut und über Erwarten schnell gegangen, da er das Geld in Dollarscheinen zu Hause aufbewahrte. Es mußte sich ursprünglich um eine halbe Million Dollar gehandelt haben. Möglicherweise war das erst eine Anzahlung oder eine angebliche Anzahlung gewesen.

Roger und Anna hatten fünf oder sechs Stunden gebraucht, um den Mann mürbe zu machen. Als er gestand, verwies er natürlich darauf, daß er nur einen Tip gegeben, aber kein Verbrechen begangen habe. Daraufhin wurde er wegen des Verdachts der Mittäterschaft an einem Mord vorläufig festgenommen. Man schickte ihn zu Kurt Wallander nach Ystad, der ihn zum Amtsgericht Ystad weiterbefördern sollte. Er erhielt eine lebenslängliche Freiheitsstrafe, die in einer der Haftanstalten des Landes zu verbüßen war, in seinem Fall vermutlich Tidaholm. Seine Schwester hatte man bis auf weiteres auf freien Fuß gesetzt. Man hatte ihr den Verdacht der Beteiligung an einer Mordverschwörung mitgeteilt, sie aber nicht verhaftet. Mit Hilfe eines guten Anwalts würde sie wahrscheinlich davonkommen.

Damit waren alle Hamilton-Mörder, wie Kurt Wallander gesagt hatte, abgehakt. Und das war ja ein gutes Ergebnis.

Als ein paar Tage ein Vakuum entstanden war, da es für Rune Jansson nichts Vernünftiges zu tun gab, hatte er in den besseren und größeren Buchhandlungen Stockholms gestöbert und nach Büchern über Elitesoldaten, Fallschirmjäger und Froschmänner gefragt.

Es war recht peinlich, da er merkwürdig angesehen wurde, als er nach diesen Dingen fragte. Einmal hatte er sich sogar verzweifelt als Polizeibeamter ausgewiesen, um nicht wie ein Irrer zu erscheinen, obwohl er durchaus nicht sicher war, daß ihn das irgendwie glaubwürdiger gemacht hatte.

In Hedengrens Buchhandlung, einen Steinwurf vom Eingang zur Sturecompagniet entfernt, wo der Traum von Elitesoldaten mit gesprenkelten Uniformen und grünen Baskenmützen vor kurzem vier Menschenleben gekostet hatte, fand er das Buch.

Es hieß *Elite Forces of The World.* Es war ein großformatiger Schinken mit farbenfrohem Umschlag, auf dem drei sehr harte Typen in wahrhaft gesprenkelten Uniformen mit grimmigen Gesichtern zu sehen waren. Damit wußte er, daß dieses Werk genau das war, wonach er suchte.

Er war mit dem teuren Buch unter dem Arm aus der Buchhandlung geschlichen, weil er das Gefühl hatte, eine besonders perverse Form von Pornografie gekauft zu haben. Während der U-Bahnfahrt zum Bahnhof Rådhuset hatte er nicht gewagt, es auszupacken und darin zu blättern.

Das alberne Gefühl von Scham hatte noch in ihm gesteckt, als er auf dem Flur Anna Wikström begegnete. Sie berichtete ihm von der unveränderten Vernehmungslage bei Carsten Johnsén, während er lächerlicherweise eher an seine Scham über ein Buch dachte, das immerhin in einer Tüte mit der respektablen Aufschrift Hedengrens steckte.

Wie er schon geahnt hatte, erwies sich, daß die Welt voller Baskenmützen, Embleme und gesprenkelter Uniformen ist. Um eine Art Ordnung zu erhalten, suchte er konsequent nach Froschmännern, da dies der Tip war, den er nach dem Mord in Södertälje von Hamilton erhalten hatte.

Der erste Froschmann tauchte auf Seite zweiunddreißig auf. Es war ein Mann der britischen Einheit SBS, der Special Boat Squadron. Es war auch das erste Bild ohne Baskenmütze, Bartstoppeln und eine wütende Miene, da der größte Teil des Soldatengesichts durch eine Taucherbrille verdeckt wurde. In der rechten Hand hielt der britische Froschmann der Bildunterschrift zufolge ein kleines Brett mit Kompaß und Tiefenmesser. In der linken Hand hielt er eine rätselhafte Waffe. Wenn Rune Jansson den Text richtig verstanden hatte, war es eine Art Pistole, mit der kleine Unterwasserpfeile abgefeuert werden konnten.

Dann folgten wieder fast hundert Seiten wild dreinblickender Personen in gesprenkelten Uniformen. Diese sahen tatsächlich ungeheuer gefährlich aus, möglicherweise mit Ausnahme eines Mannes, der als »Swedish Ranger« bezeichnet wurde. Wie sich herausstellte, war es ein schwedischer Fallschirmjäger, ein vergleichsweise bäurischer Typ ohne Tarnfarbe im Gesicht.

Auf Seite einhundertsiebenundzwanzig kam der nächste Froschmann. Rune Jansson hatte inzwischen den Überblick verloren und wußte nicht mehr, in welchem Land er sich befand.

Doch plötzlich überlief es ihn eiskalt. Die Waffe, die der Froschmann in der rechten Hand hielt, war einmal seine gewesen, als er seinen Wehrdienst ableistete. In der Bildunterschrift stand, der Froschmann sei mit einer *»in Schweden hergestellten Maschinenpistole des Typs 9 mm Carl Gustav bewaffnet, einer Lieblingswaffe bei den Spezialeinheiten der USA«*.

Unten rechts auf der Seite befand sich ein kleines Sortiment von Emblemen, die diese Froschmänner an ihren Uniformen trugen, und eines davon kam Rune Jansson sehr bekannt vor.

Mit Hilfe eines englischen Wörterbuchs hatte er es eine runde halbe Stunde später geschafft, den Text auf dieser und der vorhergehenden Seite durchzuarbeiten.

Da hatte er zu verstehen begonnen. Auf den beiden Seiten ging es um eine Sondereinheit der amerikanischen Marine, die sogenannten US Navy Seals. Das allen Seals gemeinsame Uniformabzeichen war bei schwedischen Männern mit einem Minimum an militärischem Interesse wohl ziemlich bekannt. Außerdem war in der schwedischen Presse viel darüber geschrieben worden, da nicht nur Hamilton, sondern auch dieser hochgewachsene Chef der Küstenjägerschule dieses Abzeichen an ihren Uniformen trug.

Dem Buch zufolge wurden die Navy Seals an zwei Stellen in den USA ausgebildet. Die bekannteste Ausbildungsstätte war die Halbinsel Coronado vor San Diego in Kalifornien, die weniger bekannte war eine Basis namens Little Creek außerhalb von Norfolk im Staat Virginia.

Die Navy Seals waren unter anderem offenbar darauf spezialisiert, mit Messern zu töten.

Rune Jansson hatte mehrere Minuten lang wie gelähmt dagesessen und nur blicklos ins Leere gestarrt. Eigentlich wußte er schon in diesem Augenblick, wie es sich verhielt. Bei näherem Überlegen hatte ihn Hamilton immer wieder auf die richtige Fährte gebracht.

Er ertränkte seine schreckerfüllte Entdeckung jedoch in der Lösung praktischer und unmittelbar bevorstehender Probleme.

Er nahm mit dem Pathologen Anders Eriksson in Umeå Verbindung auf und berichtete diesem kurz, auf welchen gemeinsamen Nenner man Norfolk in Virginia und Kalifornien bringen konnte, rief bei der Interpol-Einheit an und bestellte bestimmte Kontaktadressen beim FBI in den USA. Darauf erhielt er eine Faxnummer, an die er Fotos von den Obduktionen in Umeå und Lund schicken konnte.

Dann folgten vierundzwanzig Stunden der Leere. Er sprach mit niemandem über das, was er gefunden zu haben glaubte. Er wollte zumindest die Nachricht vom FBI abwarten. An diesem Abend ging er wie gewöhnlich nach Hause. Vielleicht wirkte er auf seine Frau ein wenig geistesabwesend. Doch das war nicht ungewöhnlich. Er sah sich irgendein Quiz im Fernsehen an, bei dem das Thema Verbrechen zur Sprache kam. Er glaubte, wenigstens dieses eine Mal mit seinen Antworten besserzuliegen als seine Frau. Doch das tat er nicht, da sie sich blitzschnell an das Datum des Tages erinnerte, an dem Julius Cäsar ermordet worden war. Gerade dies war die entscheidende Tausend-Kronen-Frage: Welches berühmte Mordopfer wurde am 15. März umgebracht?

Es bereitete seiner Frau ungeheuren Spaß, ihn sogar bei Mord zu schlagen, sie mißverstand jedoch seine zögernde Reaktion und glaubte vermutlich, daß er sich nur in seiner männlichen Eitelkeit verletzt fühlte.

Möglicherweise mißverstand sie auch seine Geistesabwesenheit während des restlichen Abends.

Am späten Nachmittag des nächsten Tages kam die Antwort vom FBI in Washington D.C. Die Antwort bestand aus zwei Teilen. Zunächst die Schilderung einer bestimmten Messertechnik bei den Sondereinheiten namens SEAL; das Rückgrat war das wichtigste Angriffsziel beim menschlichen Körper, wenn man im Dunkeln jemanden von hinten überfiel oder mit einem anderen rang. Die Beschreibung des Themas war fast lusterfüllt in ihrem Detailreichtum. Es wurde eingehend erklärte, weshalb gerade Froschmänner so viel mit dem Messer trainieren müßten. Rune Jansson konnte den größten Teil der Beschreibung und der Bilder einfach überspringen. Die Antwort, die man ihm gegeben hatte, war tatsächlich über alle Maßen ausführlich. Dann kam er zu einem Bild, das zwischen dem zwölften Brustwirbel und dem ersten Lendenwirbel einen Schnitt ins Rückgrat zeigte. Die folgende Beschreibung dessen, was für eine Wirkung dieser Schnitt hatte, erkannte er von zwei schwedischen Obduktionsprotokollen sofort wieder.

Der zweite Teil der FBI-Nchricht war fast eine Anfrage, ob es Anlaß zu der Annahme gebe, daß irgendein Mord in Schweden einen Zusammenhang mit dieser Technik haben könne. Offenbar hatte man bis zu Rune Janssons Anfrage keinen Anlaß gesehen, drei der unaufgeklärten Morde in den USA gerade mit dieser eigenartigen Technik zu verbinden. Es sei aber unleugbar interessant, hieß es, daß drei Morde ganz in der Nähe der Heimatbasen dieser Sondereinheiten in den USA mit dieser Seal-Technik verübt worden seien.

Was Rune Janssons Zusatzfrage betraf, welche Strecken diese Seal-trainierten Spezialisten unter Wasser zurücklegen könnten, erhielt er eine fast spöttische Antwort. Es hatte den Anschein, als läge die Höchststrecke bei mehr als zwanzig Kilometern.

Rune Jansson hatte wieder sein Buch aus Hedengrens Buchhandlung hervorgeholt und die Bilder studiert. Beim Abschnitt über Froschmänner hatte ein Soldat ein Instrument vor der Taucherbrille befestigt, das offenbar so etwas wie ein Nachtsichtgerät für Unterwassergebrauch war.

Danach hatte Rune Jansson eine Karte des Tatorts und dessen näherer Umgebung nördlich von Södertälje auf den Tisch gelegt. Der Tatort befand sich wahrscheinlich weniger als acht Kilometer von Hamiltons Haus auf der anderen Seite des Fjords entfernt.

Rune Jansson bemühte sich, sich gegen seine Erkenntnisse zu wehren, ebenso gegen das, was unausweichlich getan werden mußte. Ein paar kurze, schwindelerregende Augenblicke lang glaubte er, verrückt geworden zu sein, zu halluzinieren oder zu träumen.

Es gab jedoch keinen Fluchtweg. Er rief Willy Svensén an und bat um ein möglichst schnelles Gespräch unter vier Augen. Das war ein ungewöhnlich förmliches Verhalten zwischen dem Chef der Reichsmordkommission und seinem wahrscheinlichen Nachfolger. Willy Svensén würde nach Ostern in Pension gehen, und bis dahin war es nicht mehr lang. Er erhielt die Nachricht, er möge zehn Minuten warten, da Svensén gerade Besuch habe. Während dieser zehn Minuten saß er vollkommen still an seinem Schreibtisch und starrte vor sich hin. Albernerweise schwirrte ihm nur eine Frage klar im Kopf herum: Was soll ich als erstes sagen, wenn ich zu Willy reinkomme?

»Also, folgendes: Wir haben ja darüber gesprochen, wie gut es passen würde, den Serienmörder zu schnappen, bevor du in Pension gehst«, sagte er etwas gequält, als er sich im Zimmer seines Chefs setzte. Sein Gesichtsausdruck paßte sehr schlecht zu der Fortsetzung. »Ich glaube, wir können das auf die eine oder andere Weise tun. Ich weiß jetzt nämlich, wer es ist.«

»Das nenne ich eine fröhliche Nachricht mit traurigem Gesicht«, sagte Willy Svensén abwartend und rückte seine Brille zurecht. Er sah sich vorsichtig um, als wollte man ihm zum Abschied einen Streich mit versteckter Kamera spielen.

»Ja, aber nun ist es so, daß das Ganze nicht ganz einfach ist«, fuhr Rune Jansson fort. »Der Mörder ist nämlich der Chef der Sicherheitspolizei in Schweden.«

Willy Svensén nahm langsam die Brille ab und begann sie demonstrativ zu putzen, weil er auf eine Fortsetzung wartete, die nicht kam. Falls sein jüngerer Kollege ihn auf den Arm nehmen wollte, spielte er erstaunlich gut Theater.

»Und dessen bist du dir sozusagen absolut sicher?« fragte Willy Svensén vorsichtig.

»Bedauerlicherweise ja. Die entscheidenden Tips habe ich außerdem von ihm selbst bekommen.«

»Und jetzt willst du also, daß wir zu Jan Danielsson runtergehen und ihn bitten, Hamilton persönlich wegen Mordes vorläufig festnehmen zu lassen?« fragte Willy Svensén langsam und übertrieben deutlich.

»Ja, das dürfte der übliche Ablauf sein«, sagte Rune Jansson mit einem Seufzen. »Aber weiß der Teufel. Wenn es um die Säpo geht, scheint die Welt voll merkwürdiger Gesetze zu sein. Ich weiß nicht, wie man es anstellt, einen Säpo-Chef festzunehmen. Du etwa?«

»Nein. Ich habe zwar schon viel erlebt, aber das noch nicht«, erwiderte Willy Svensén. »Aber verzeih, wenn ich pingeling bin, laß uns den Dingen jetzt nicht vorgreifen. Und das hier ist doch *wirklich* kein Streich zum Abschied oder so, denn wenn es so sein sollte, würde es mich nicht sehr amüsieren.«

»Ich bin, glaube ich, nicht verrückt. Und es ist auch kein Scherz«, sagte Rune Jansson leise.

»Aha. Dann legen wir los. Das heißt, bevor wir zu Jan Danielsson runterstürmen, der im Augenblick übrigens mit den Mördern vom Stureplan in der Verhandlung sitzt, könntest du mir vielleicht ein bißchen was erzählen? Oder hast du was dagegen?«

»Gern, ich werde berichten«, sagte Rune Jansson. »Hamilton ist bei zwei Anlässen nachweislich vor Ort gewesen. Er hat auch die Möglichkeit gehabt, die anderen Morde zu verüben. Er hat auch ein Motiv gehabt. Ich weiß, bis jetzt hört es sich nur so an, als wäre ich nicht ganz richtig im Kopf. Aber es verhält sich so: Diese beiden Karate-Morde sind mit einer bestimmten Technik verübt worden, wie du weißt. Es ist die gleiche Technik, die bei drei amerikanischen Fällen angewandt wurde. Die amerikanischen Fälle haben sich in der Nähe zweier Militärbasen für ganz bestimmte Spezialisten der amerikanischen Navy ereignet, Basen, in denen wir Schweden einige wenige Leute, darunter zwei bekannte Personen, haben ausbilden lassen.«

»Du meinst diese Seal-Einheiten?« unterbrach ihn Willy Svensén ungeduldig.

»Ja, woher weißt du das?« fragte Rune Jansson erstaunt.

»Hör mal!« schnaubte Willy Svensén. »Dieses goldene Abzeichen, das Hamilton und dieser Riese haben, wie heißt er noch, der Chef der Küstenjägerschule. Darüber müssen doch Spaltenkilometer in der Presse gestanden haben. Jeder Skinhead könnte das im Schlaf herunterleiern. Nun?«

»Na ja, wie auch immer«, fuhr Rune Jansson fort. Das unerwartete militärische Wissen seines scheidenden Chefs hatte ihn kleinlaut gemacht. »Diese Seal-Leute haben außerdem auch im Umgang mit dem Messer eine Eigenheit.«

»Zwischen dem zwölften Brustwirbel und dem ersten Lendenwirbel?« unterbrach ihn Willy Svensén ungeduldig. »Na? Und wie viele solche Leute haben wir in Schweden?«

»Das weiß ich nicht«, erwiderte Rune Jansson, »offenbar mindestens zwei. Ich gehe davon aus, daß alle, wie viele es auch sein mögen, auf große Entfernungen gut schießen können. Aber einer von ihnen ist Sicherheitspolizist. Einer von ihnen befand sich in diesem Studentenwohnheim in Umeå. Einer von ihnen wohnt weniger als acht Kilometer vom Tatort Södertälje entfernt. Einer von ihnen ist *sowohl* in Lund *als auch* in Umeå anwesend gewesen. Einer von ihnen hat mich darauf hingewiesen, daß der Mörder in Södertälje vielleicht unter Wasser zum Tatort gekommen ist.«

»Was für eine Bedeutung hat es, daß er acht Kilometer von Södertälje entfernt wohnt?« begann Willy Svensén, dessen Haltung sich plötzlich zu verändern begann. »Er würde doch mehrere Stunden brauchen, um diese Expedition mit dem Wagen …? Teufel auch! Du meinst, er ist von Stenhamra zum Tatort *geschwommen?«*

»Ja, genau das«, bestätigte Rune Jansson. »Er hat eine Art Motiv, und er hätte in rein technischer Hinsicht alle Morde verüben können. Das haben wir zwar von Anfang an gewußt, aber dieses Detail hat uns natürlich nicht interessiert. Soviel ich weiß, ist er außerdem der einzige Seal in der ganzen Welt, der die Namen von Informanten der Säpo in Erfahrung bringen kann. Was für ein Ergebnis erhältst du, wenn du ausrechnest, wie wahrscheinlich das bei einem anderen ist? Was mich am meisten grämt, ist folgendes: Wir haben die ganze Zeit gewußt, daß der Täter sich da oben in diesem Studentenwohnheim in Umeå aufgehalten hat. Alles andere wäre in der Praxis unmöglich gewesen. Und wer schlief direkt neben der Feuerleiter, und wer kann so eine elektronische Alarmanlage außer Betrieb setzen?«

»Ja, aber das erschien uns natürlich undenkbar«, gab Willy Svensén zu. Ihm war erst jetzt allen Ernstes klargeworden, daß seine letzte Zeit vor der Pensionierung und das bevorstehende Frühjahr im Schrebergarten nicht besonders ruhevoll sein würden. »Und was ist deiner Meinung nach das Motiv?«

»Ich bin mir nicht ganz sicher«, gab Rune Jansson zu. »Aber ich habe ja wirklich jedes einzelne Wort gelesen, das Hamilton selbst über die Leute geschrieben hat, die offenbar seine Opfer sind. Einfach ausgedrückt könnte man es wohl so sagen: Wenn man ein Anhänger der Todesstrafe ist, haben wir hier ein paar selten geeignete Kandidaten in den Scheißkerlen, die Hamilton mir zum einen äußerst pingelig beschrieben, zum anderen aber offenbar auch ermordet hat.«

»Wir beide kennen sicher ebenfalls eine große Zahl von Scheißkerlen, sicher mehr als die meisten Schweden. Aber trotzdem würde keiner von uns auch nur ansatzweise auf die Idee kommen, persönlich die Todesstrafe zu verhängen, als eine … wie sollen wir sagen, als eine privatisierte Form von Justiz«, fühlte Willy Svensén vor. Jetzt machte sich bei ihm eine gewisse Angst vor dem unausweichlichen Beschluß bemerkbar, der immer näher rückte.

»Nein, natürlich nicht. Wir sind Bullen, um mal damit anzufangen«, erwiderte Rune Jansson. »Aber es gibt da, wie ich glaube, noch einen weiteren Unterschied, abgesehen von diesen militärischen Kunststücken. Stell dir vor, man hätte deine Frau, deine Kinder und deine Mutter ermordet, vielleicht sogar deine frühere Frau, wenn du eine gehabt hättest. Und stell dir dann vor, wie das Ganze weitergeht. Als nächstes käme dein Vater an die Reihe, deine Vettern und Cousinen, alle Leute mit dem Namen Svensén, und immer so weiter bis in alle Ewigkeit. Was würdest du dann tun?«

»Vielleicht Selbstmord verüben?« meinte Willy Svensén unsicher.

»Ja, das glaube ich dir gern«, sagte Rune Jansson. »Aber *wie* würdest du Selbstmord begehen?«

»So gut wie möglich …«, überlegte Willy Svensén. »Ich nehme an, daß ich nach Palermo fahren würde, um mich dort zu rächen. Ich meine, wenn ich in Hamiltons Situation wäre.«

»Falsch«, sagte Rune Jansson. »Das wäre dein erster Gedanke. Der nächste würde auf mehr hinauslaufen als nur Rache, auf etwas, wofür du einstehen könntest.«

»Serienmorde an Leuten in Schweden?« sagte Willy Svensén mit einer Grimasse des Abscheus. »Das kann ich mir nicht vorstellen. Teufel, jetzt sitzen wir hier und spekulieren. Ich gebe dir insoweit recht, daß es ein mögliches Motiv gibt. Aber das sollte uns vorläufig scheißegal sein. Zurück zu dem Konkreten. Der Giftmord in Västerås? Gehört das auch zu den besonderen Fähigkeiten dieser Seal-Einheiten?«

»Nein«, sagte Rune Jansson mit gesenktem Kopf. »Wohl kaum. Es gibt nur eine einzige bei den Seals ausgebildete Person in der ganzen Welt, die auch diese Methode in ihrem Arsenal haben könnte.«

»Und das wäre Hamilton persönlich?« fragte Willy Svensén angespannt. Erst jetzt sah man ihm an, daß er seinem wahrscheinlichen Nachfolger voll und ganz Glauben schenkte.

»Ja, genau«, erwiderte Rune Jansson. »Ärgerlich ist nur, daß ich auch das die ganze Zeit gewußt habe. Es war nur so, daß ich es sozusagen nicht in den Schädel reinbekam, daß der Säpo-Chef persönlich … na ja, aber wo hat es sich zugetragen. Du erinnerst dich doch an diese Kernwaffenschmuggelgeschichte vor ein paar Jahren, Haparanda und all das? Wie auch immer: Als Hamilton und ich in Murmansk waren, erfuhren wir nicht nur eine ganze Menge über Giftmorde, die so aussehen, als hätte sich ein plötzlicher Herztod ereignet. Wir haben auch einen ganzen Haufen solcher Giftspritzen gefunden. Also. Hamilton ist der einzige, und das nicht nur in Schweden, sondern der einzige von den Seals ausgebildete Militär in der ganzen Welt, der alle Morde verübt haben kann, von denen wir sprechen. So einfach ist es.«

»Soso«, sagte Willy Svensén resigniert. Er schien ebenfalls keine Freude darüber zu empfinden, die Lösung des Problems erreicht zu haben. Denn jetzt war es endlich soweit, davon war er überzeugt.

»Also, was machen wir jetzt?«

»Tja. Ich habe schon damit gerechnet, daß wir genau hier landen, bei dieser Frage«, erwiderte Rune Jansson. »Offen gestanden habe ich darauf keine Antwort. Ich weiß es nicht.«

»Wir haben einen mehr als hinreichenden Verdacht«, fühlte Willy Svensén vor. »Was pflegen wir in solchen Fällen zu tun?«

»Sehr einfach«, bemerkte Rune Jansson und atmete schwer und hörbar aus. »Wir gehen fröhlich plaudernd zum Leiter der Voruntersuchung hinunter, welcher Staatsanwalt es auch sein mag, und sagen, der Fall ist gelöst, wir schnappen uns den Kerl jetzt, während du den Festnahmebeschluß ausstellst und unterschreibst.«

»Genau, und jetzt sind wir, wie es scheint, in dieser Lage«, sagte Willy Svensén.

»Wie es scheint?« bellte Rune Jansson zornig.

»Nein, so habe ich es nicht gemeint«, sagte Willy Svensén mit einer entschuldigenden Handbewegung. »Mißversteh mich jetzt richtig: Jeder Staatsanwalt im Land wird sich in die Hosen machen, wenn wir bei ihm aufkreuzen und ihn bitten, den Säpo-Chef festnehmen zu lassen. Das gilt bei allem Respekt auch für Jan Danielsson, der sich im Augenblick nur mit den Morden auf dem Stureplan beschäftigt. Worüber ich nachdenke … ja, wie du weißt, ist das Gesetz nicht für alle gleich, und dabei sehe ich von eventuellen Gesetzen ab, die wir nicht mal kennen und die ausschließlich für Säpo-Chefs Gültigkeit haben. Also, stell dir vor, wir könnten noch eine Kleinigkeit schaffen. Was wäre, wenn diese Chemiker in London endlich den definitiven Beweis dafür liefern könnten, daß es sich bei der Sache in Västerås um Mord handelt? Vielleicht sollten wir aber … nein, falsch gedacht. Was ich meine, ist folgendes: Wenn man den Mörder des Ministerpräsidenten überführen soll, genügt es, daß er sich am Tatort befand, daß er schon vorher gemordet hat und daß die einzige Zeugin erklärt, ihn wiederzuerkennen. Du weißt schon, was ich meine. Was wir haben, würde theoretisch jeden überführen, nur Hamilton nicht. Hier ist es sozusagen umgekehrt. Haben wir noch was?«

»Nein, aber wir können ja auf den Bescheid aus London warten. Vielleicht können wir sie damit antreiben, daß ihnen unter Umständen die Ehre zuteil wird, zur Aufklärung von Serienmorden beigetragen zu haben«, sagte Rune Jansson. »Aber dann haben wir ein anderes Problem. Während wir warten, macht Hamilton vielleicht weiter. Und selbst wenn es zufällig Scheißkerle sind, die er umbringt …«

»Na schön, ich gebe mich geschlagen«, sagte Willy Svensén. »Der Säpo-Chef muß verhört und festgenommen werden. Aber damit sind wir bei der interessanten Frage: Wer soll diese Entscheidung treffen? Kann der Säpo-Chef nicht aus eigener Machtvollkommenheit die Voruntersuchungen einstellen?«

»Doch, nachweislich«, bestätigte Rune Jansson. »Aber ich bezweifle, daß das auch für Voruntersuchungen gilt, die sich gegen ihn selbst richten.«

»Denk an den Mord in Lund!« sagte Willy Svensén nach kurzem Grübeln mit neuer Energie. »Wenn der Mord um 21.13 Uhr verübt wurde, wissen wir doch, daß Hamilton zu diesem Zeitpunkt vor tausend Zeugen stand?«

»Hör mal, laß bitte den Quatsch«, sagte Rune Jansson müde. »Medizinisch gibt es nichts, was die Richtigkeit dieses Zeitpunkts stützt. Das Opfer hat genau wie einer der Toten in Umeå nur eine einzige Verletzung. Die Kurzschluß-Methode, eine von Hamiltons Spezialitäten. Im übrigen gibt es keine Spur eines

Kampfes, aber trotzdem eine bemerkenswert präzise zerschlagene Armbanduhr. Das ist natürlich arrangiert. Es grämt mich genausosehr wie bei dem Gift, daß ich nicht schon früher darauf gekommen bin. Es grämt mich übrigens auch, daß ich es dir nicht gesagt habe.«

»Was denn gesagt?« wollte Willy Svensén wissen.

»Die letzten Zahlen in Hamiltons Personennummer sind 2113«, sagte Rune Jansson leise. »Das ist bestimmt kein Zufall. Er will nicht davonkommen. Er will, daß wir ihn schnappen.«

»Nein, das ist bestimmt kein Zufall«, bestätigte Willy Svensén. »Na schön! Damit erhebt sich die Frage: Was machen wir jetzt? Gehen wir zum Generalreichsanwalt? Zum Juristenkanzler? Zur Regierung? Zu Jan Danielsson? Oder, im schlimmsten Fall, zum Reichspolizeichef? Nun, die letzte Frage war natürlich ein Scherz.«

Carl war sichtlich guter Laune, als er, von seinen Leibwächtern begleitet, in den gepanzerten Wagen einstieg. Er gab Befehl, ihn zu einer bestimmten Parkbank auf Djurgården zu fahren.

Erik Ponti erstaunte es nicht im mindesten, als er den Wagen mit den geschwärzten Scheiben zwanzig Sekunden vor der festgesetzten Zeit auf den Parkplatz rollen sah. Das paßte haargenau zu seinen Erfahrungen mit Carl.

Eine der hinteren Türen des Wagens ging auf. Carl stieg aus und ging mit einer Aktentasche in der Hand schnell auf Erik Ponti zu, während er auf die Armbanduhr sah. Als es auf die Sekunde 14.00 Uhr war, setzte er sich neben Erik Ponti auf die Parkbank.

»Du kommst vielleicht immer pünktlich«, begrüßte ihn Erik Ponti.

»Spione kommen immer pünktlich. Das ist eine gesunde Angewohnheit, die auch für Angehörige der Gegenspionage gelten sollte«, erwiderte Carl leichthin in einem fast heiteren Tonfall, der auf Erik Ponti einen höchst überraschenden Eindruck machte.

»Als wir beide zuletzt auf dieser Parkbank saßen, bekam ich von dir eine Aktentasche mit zwei Millionen. Was gibt es diesmal?« fragte Erik Ponti.

»Richtig, aber dafür hast du das Geld auch bis zum letzten Öre auf das Konto der Afghanistan-Sammlung eingezahlt«, sagte Carl mit einem amüsierten Augenzwinkern. »Man kann sich auf dich also verlassen, und das ist gut.«

»Mit sozialistischen Grüßen von der Clarté«, brummte Erik Ponti ironisch. »An wen soll die Kohle diesmal gehen?«

»Es ist kein Geld, sondern etwas viel Schlimmeres«, erwiderte Carl ernst. »Ich werde dich einem Konflikt aussetzen, aber du bist der einzige Schreiberling, den ich mit einem solchen Problem zu belasten wage. In der Aktentasche sind Dokumente. Diese werden vernichtet, wenn du oder ein anderer den Versuch machen sollte, die Aktentasche aufzubrechen. Der Code der beiden Schlösser ist 2113. Nein, schreib's dir nicht auf. Als Eselsbrücke kannst du dir merken, daß es die vier letzten Zahlen meiner Personalnummer sind.«

»Ich nehme an, es sind geheime Dokumente«, sagte Erik Ponti mit einem Seufzen.

»Ja, das kann man ohne weiteres sagen«, sagte Carl und gluckste leise vor sich hin. »Es sind Säpo-Dokumente.«

»Und jetzt willst du dem *Echo des Tages* einen Haufen geheimer Säpo-Dokumente übergeben?« fragte Erik Ponti erstaunt. »Wenn du dich auf den Quellenschutz des Gesetzes über die Pressefreiheit berufen willst, dürfte das nicht für dich gelten, fürchte ich. Es gibt nämlich Ausnahmen, und geheime Säpo-Dokumente sind eine solche Ausnahme.«

»Ich weiß«, erwiderte Carl kurz. »Ich bin aber nicht auf Rechtsschutz aus.«

»Worauf dann?« fragte Erik Ponti mißtrauisch.

»Folgendes«, begann Carl entschlossen. »Ich wünsche, daß du diese Dokumente möglichst sicher aufbewahrst. Na ja, du verstehst schon. Du sollst sie aber nur in einer bestimmten Situation zur Kenntnis nehmen und dann natürlich auch den Inhalt veröffentlichen. Diese Situation ist gegeben, wenn ich tot bin und du *weißt,* daß ich nicht mehr lebe.«

Erik Ponti schwieg eine Zeitlang und bemühte sich, den Inhalt dessen zu begreifen, was er soeben gehört hatte. Carl wartete höflich ab, ohne etwas zu sagen.

»Du rechnest aber doch nicht damit, daß dein Leben jetzt stärker bedroht ist als in den letzten Jahren?« fragte Erik Ponti angestrengt, als ihm aufging, daß er für Carls Worte keine spontane Erklärung fand.

»Nein, das kann ich nicht sagen«, erwiderte Carl. »Das hier ist eine reine Vorsichtsmaßnahme, denn das Wissen, das sich in dieser Aktentasche befindet, darf nicht zerstört werden.«

»Und wenn du nicht stirbst?« fragte Erik Ponti. Er schloß die Augen vor Anstrengung, sich zu konzentrieren. Er wollte verstehen, worauf dieses Spiel hinauslief.

»Dann werde *ich* dafür sorgen, daß die Erkenntnisse in der Aktentasche publik werden«, erwiderte Carl.

»Wie denn?« frage Erik Ponti, immer noch mit geschlossenen Augen.

»Ich kann dir versichern, daß dir das nicht entgehen wird«, sagte Carl mit etwas, was sich in Erik Pontis Ohren wie ein Kichern anhörte.

»Wunderbar!« sagte Erik Ponti sarkastisch und schlug die Augen auf. »Das bedeutet also, daß ich jetzt ungeheuer interessantes journalistisches Material in den Händen halte. Du gibst es mir. Du bittest mich aber gleichzeitig, es nicht zu verwenden, sofern du nicht zufällig ermordet wirst. Soll ich das so auffassen?«

»Haargenau so«, erwiderte Carl lächelnd.

»Es ist nicht wenig, was du da verlangst!«

»Nein. Und gerade deshalb kann ich nur zu dir kommen.«

»Was bringt dich zu der Annahme, daß ich darauf verzichte herauszufinden, was sich in der Aktentasche befindet? Hat es übrigens was mit der sogenannten Säpo-Spur zu tun?«

»Ja, das hat es«, erwiderte Carl knapp. »Das, was du da in der Aktentasche hast, *ist* die Säpo-Spur.«

»Es ist also wahr«, bemerkte Erik Ponti mit einem Ächzen. Der Gedanke, daß die schlimmsten Konspirationstheoretiker und Privatfahnder dieses eine Mal recht behalten sollten, gefiel ihm ganz und gar nicht.

»Ja, es ist wahr. Du solltest jetzt aber einen kühlen Kopf bewahren«, sagte Carl mahnend. »Und nicht in dem Glauben losrennen, daß alles, was ihr bisher in den Medien gesagt habt, wahr sei, denn so verhält es sich nicht. Ein kleiner Tip unter uns. Alle bisher vernommenen Beamten der Säpo sind unschuldig.«

»Das weißt du genau?« fragte Erik Ponti mit automatischer Aggressivität.

»Ja, das weiß ich mit absoluter Sicherheit.«

»Dann komme ich auf eine Frage zurück, die du nicht beantwortet hast«, seufzte Erik Ponti. »Nämlich. Was zum Teufel bringt dich eigentlich zu der Annahme, daß ich jetzt nicht einfach in die Redaktion gehe, den richtigen Code benutze, so daß der Inhalt nicht vernichtet wird, um dann die Aktentasche zu öffnen, zu lesen, bis mir die Augen tränen, und dann der Öffentlichkeit die Wahrheit mitzuteilen? Kurz, warum sollte ich nicht das tun, was mein Job ist?«

»Weil ich dich darum bitte«, sagte Carl ruhig. »Worum es hier letztlich geht, ist Solidarität mit der dritten Welt und mit einer Million Einwanderer in Schweden. Für mich wie für dich ist diese Frage wichtiger als vorübergehende Triumphe im Berufsleben. Ich meine, daß man die Konkurrenten überflügelt und solche Dinge. Wenn ich es dir sage, weiß ich, daß du es mir abnimmst. Oder?«

»Ja, ich glaube dir«, seufzte Erik Ponti und warf einen mißtrauischen Seitenblick auf die Aktentasche. »Es ist wirklich zum Verzweifeln, daß du mich immer wieder in solche Situationen bringst.«

»Du mußt entschuldigen, wenn mir nicht gleich das Herz blutet«, sagte Carl sarkastisch. »Es gibt trotz allem Fragen, die größer und wichtiger sind als deine berufliche Integrität.«

»Na schön«, sagte Erik Ponti resigniert. »Ich behalte das Material. Es ist eine Versicherung. Du wirst dafür sorgen, daß der Inhalt bekannt wird. Solltest du aber sterben, springe ich ein. Ist das die Abmachung?«

»Genau«, bestätigte Carl nachdenklich. »Genau so … und dann vielleicht noch eine Sache. Entschuldige, wenn ich mich so geheimnisvoll ausdrücke. Sollte ich in einer entscheidenden Phase *zum Schweigen gebracht werden,* einer Phase dessen, was du Säpo-Spur nennst … dann mach die Aktentasche auf und veröffentliche das Material!«

»Zum Schweigen bringen?« sagte Erik Ponti säuerlich. »Wie wird man zum Schweigen gebracht, ohne ermordet zu werden? Worauf willst du jetzt hinaus?«

»Das wird mit aller wünschenswerten Klarheit aus dem Zusammenhang hervorgehen«, erwiderte Carl verlegen. »Du wirst über diese Formulierung nachgrübeln. Du wirst sie nicht vergessen.

Und damit wirst du das verstehen, worauf ich hinauswill, was ich aber nicht im Klartext sagen möchte.«

»Nein, ich werde die Formulierung nicht vergessen«, brummte Erik Ponti sauer. »Das ist ja wirklich reizend. Du überreichst mir eine Aktentasche mit journalistischem Sprengstoff. Und du bittest mich, das Material nicht zu verwenden. Das macht wirklich Spaß.«

»Langsam, langsam«, sagte Carl. »Du hast keinen Grund, dich zu beklagen. Frühestens nach vierundzwanzig Stunden und spätestens nach drei oder vier Tagen wird sich der Nebel für dich lichten. Und dann das Wichtigste, worin du mir schon bald recht geben wirst: Es geht um unsere Solidarität mit den Unterdrückten. Du weißt, so drückte man sich früher in der Welt aus, als man für junge Konservative den Begriff *Marktwirtschaftler* noch nicht erfunden hatte.«

»Damit hast du mir die Hände gebunden«, bemerkte Erik Ponti.

»Genau!« bestätigte Carl und sah auf die Armbanduhr. »Dann bleibt leider nur noch eins. Lebewohl zu sagen. Wir beide werden uns wohl nie mehr begegnen, und das bedaure ich.«

»Wie bitte? Willst du auswandern?« fragte Erik Ponti bestürzt.

»Etwas in der Richtung«, sagte Carl mit einem Lächeln. Er stand auf, überreichte die Aktentasche und ging mit schnellen Schritten auf den Wagen mit den geschwärzten Scheiben zu, ohne sich umzusehen. In dem Augenblick, in dem er eingestiegen und mit einem dumpfen Knall die schwere Tür zugeschlagen hatte, fuhr der Wagen los und verschwand mit hoher Geschwindigkeit.

Erik Ponti stand brummend auf, nahm die schwere Aktentasche an sich und ging zu seinem alten Citroën.

»Ich bitte wirklich sehr um Entschuldigung dafür, daß ich alles so kompliziert gemacht habe«, sagte Rune Jansson verlegen, als er sich zu Hause bei Generalreichsanwalt Jon Thorstensson aufs Sofa gesetzt hatte.

»Keine Ursache«, sagte der Generalreichsanwalt verbindlich und zeigte freundlich auf einen kleinen Teller. Darauf lag etwas, was wie selbstgemachte Zimtschnecken aussah. Rune Jansson nahm zögernd eine. Eigentlich hatte er sich vorgenommen, sich bei süßen Sachen zurückzuhalten, doch in diesem Augenblick hatte er das Gefühl, daß es unhöflich wäre, nein zu sagen. Vermutlich hatte die Dame des Hauses die Schnecken gebacken.

Es war eine schöne Wohnung im fünften Stock am Norr Mälarstrand mit einer schwindelerregenden Aussicht auf Riddarfjärden.

»Von hier muß man den Absturz der JAS-Maschine genau gesehen haben«, sagte Rune Jansson mit einem Stück Zimtschnecke im Mund.

»Das stimmt«, bestätigte der Generalreichsanwalt. »Der Absturz war von hier aus absolut perfekt zu sehen.« Er erzählte sogar, wer damals gerade zu Hause gewesen sei. »Zunächst hatten wir das Gefühl, als wäre es ein dramatischer Kunstflug. Doch dann sahen wir die dicken schwarzen Qualmwolken.«

Es war eine sehr schwedische Wohnung. Die Einrichtung verriet gebildetes schwedisches Bürgertum. Es roch nach dem Möbeldesigner Carl Malmsten. An den Wänden viel helle und moderne Kunst. Rune Jansson hatte in Norrköping einen Klassenkameraden gehabt, der genauso wohnte.

Die selbstgebackene Zimtschnecke klebte ihm am Gaumen, und er erkannte, daß seine Schonzeit bald abgelaufen war. Er hatte angerufen und um ein Vier-Augen-Gespräch mit dem Generalreichsanwalt gebeten, und jetzt saß er hier. Er hatte sogar darum gebeten, man möge sich doch nicht im Büro des Generalreichsanwalts treffen. Er hatte nur angedeutet, es gehe um eine selten komplizierte Mordermittlung und er brauche den Rat gerade des Generalreichsanwalts. Es war natürlich unmöglich gewesen, einem Kommissar der Reichskripo eine solche Bitte zu verweigern. Doch jetzt mußte er endlich sagen, was er auf dem Herzen hatte.

»Ja, soweit der Flugzeugabsturz«, sagte der Generalreichsanwalt und verließ seine Position am Balkon, ging über den knarrenden Parkettfußboden und setzte sich Rune Jansson gegenüber. »Und jetzt zu der selten komplizierten Angelegenheit?«

»Also, es sieht wie folgt aus«, sagte Rune Jansson und schluckte. »Wir beim Dezernat A haben uns also eine Zeitlang damit beschäftigt, diese Serienmorde an Ausländern aufzuklären. Wir sind jetzt so weit gediehen, daß wir zu wissen glauben, wer der Täter ist. Als nächstes müßte jetzt die Festnahme erfolgen. Dann müßten die üblichen Zwangsmittel verhängt werden.«

»Aha«, sagte der Generalreichsanwalt erstaunt. »Das nenne ich aber eine gute Nachricht. Steht schon fest, wer die Voruntersuchung leiten soll?«

»Ja«, erwiderte Rune Jansson. »Oberstaatsanwalt Jan Danielsson wird die Voruntersuchung leiten.«

»Ausgezeichnet«, sagte der Generalreichsanwalt. »Aber dann ist doch alles unter Kontrolle? Wo liegt die Komplikation?«

»Also, die Komplikation liegt in der Identität des Täters«, sagte Rune Jansson und holte tief Luft. »Der Täter ist nämlich Carl Hamilton, der Chef der Sicherheitspolizei.«

Der Generalreichsanwalt verzog keine Miene. Er sagte aber auch nichts. Das einzige, was eine Zeitlang im Raum zu hören war, war eine tickende Standuhr.

»Wir sind unserer Sache sehr sicher«, sagte Rune Jansson, als das Schweigen allmählich unerträglich wurde. Seine Stimme und seine Körpersprache sagten vermutlich das genaue Gegenteil aus.

»Das hoffe ich wirklich«, sagte der Generalreichsanwalt langsam.

»Ja«, sagte Rune Jansson leise. »Aber es ist tatsächlich so.«

»Der Säpo-Chef steht im Verdacht, Verbrechen begangen zu haben, die nicht das Verhältnis zu einer fremden Macht berühren, sondern gewöhnliche Straftaten sind?« fühlte der Generalreichsanwalt mit einem neutralen Gesichtsausdruck vor. Rune Jansson hatte das Gefühl, plötzlich in einem Gerichtssaal zu sitzen.

»Ja, in der Sache verhält es sich so«, erwiderte Rune Jansson gehorsam.

»Wenn das so ist, ist das keine Angelegenheit für die Generalreichsanwaltschaft«, sagte der Generalreichsanwalt. »Aber laß mich trotzdem ein paar Fragen stellen.«

»Natürlich«, sagte Rune Jansson.

»Welche Gründe habt ihr für euren Verdacht«? fragte der Generalreichsanwalt höflich und mit einer Juristenmaske, die nichts mehr über seine Gedanken verriet.

»Ich und Willy Svensén, also, das ist mein Chef, und …«

»Schon gut, ich kenne Willy«, unterbrach der Genralreichsanwalt freundlich. »Ihr habt diese Angelegenheit also gründlich diskutiert?«

»Ja«, erwiderte Rune Jansson. »Wir sind uns vollkommen einig. Würde es sich um einen, verzeih den Ausdruck, normalen Menschen handeln, hätten wir ihn schon längst festgenommen. Aber wir waren uns nicht sicher, ob … na ja, ob es in diesem Zusammenhang uns unbekannte juristische Hindernisse gibt. Und deshalb habe ich mir die Freiheit genommen, um diese Beratung, oder wie wir das nennen wollen, zu bitten.«

»Aha, das kann ich schon verstehen«, sagte der Generalreichsanwalt mit einem Anflug von Ungeduld in der Stimme. »Aber hast du etwas dagegen, mich zumindest andeutungsweise mit der Beweislage vertraut zu machen?«

»Natürlich nicht«, sagte Rune Jansson und schilderte dem Generalreichsanwalt, worauf der Verdacht gegen Hamilton fußte.

»Wenn das so ist ...«, sagte der Generalreichsanwalt nachdenklich. »Das sind alles interessante Umstände, das muß ich schon zugeben. Wobei es wohl nicht direkt ausgeschlossen ist, daß sich auch ein anderer bei der Säpo die entscheidenden Erkenntnisse über die Opfer hat verschaffen können. Dieses Gerede von der Säpo-Spur stimmt also?«

»Leider ja«, gab Rune Jansson peinlich berührt zu. »Zumindest in dem Sinne, daß der Verdächtige ja Chef der Säpo ist.«

»Und das, was du mir bisher erzählt hast, würde in normalen Fällen für eine Festnahme mehr als ausreichend sein?« überlegte der Generalreichsanwalt. »Wer vorläufig festgenommen worden ist, kann oft ziemlich diskret verhört und dann wieder auf freien Fuß gesetzt werden. Wenn aber jemand Säpo-Chef ist, ist das ausgeschlossen. Ist das die eigentliche Nuß, die hier zu knacken ist?«

»Nein, nicht direkt«, erwiderte Rune Jansson. »Der Mörder hat bei einer Gelegenheit die vier letzten Zahlen von Hamiltons Personennummer am Tatort zurückgelassen. Wir glauben also, daß Hamilton geschnappt werden will. Die entscheidenden Informationen bei der Fahndung haben wir nämlich gerade von ihm erhalten. Kurz, wir sind unserer Sache sicher. Das ist nicht das Problem.«

»Wenn das so ist, gibt es kein Problem«, entgegnete der Generalreichsanwalt leise. »Ich muß gestehen, daß ich in erster Linie aus reiner Neugier gefragt habe. Aber wenn du und Willy der Meinung seid, ihr könnt eurer Sache sicher sein, dann legt einfach los wie immer.«

»Ich soll also zu Oberstaatsanwalt Jan Danielsson gehen und ihn bitten, gegen den Verdächtigen einen Festnahmebeschluß auszustellen?« fühlte Rune Jansson optimistisch vor.

»Ja, genau das«, sagte der Generalreichsanwalt nachdenklich. »Genau das. Ich kann deine Besorgnis verstehen, daß hier plötzlich irgendein Spezialgesetz in Funktion treten könnte, etwas, was sozusagen völlig außerhalb dessen liegt, was wir beide bei der Arbeit erlebt haben. Aber so ist es nicht. Das Gesetz gilt für alle, wie du weißt. Der Umstand, daß der Verdächtige ein hohes Staatsamt bekleidet, ändert daran nicht das geringste. Wenn Hamilton noch Militär gewesen wäre, hättest du dir wohl keine Sorgen gemacht, nehme ich an?«

»Na ja«, sagte Rune Jansson und wand sich. »Ich habe tatsächlich einmal eine seltsame Erfahrung gemacht, als ich noch bei der Polizei in Norrköping war. Es war eine Mordermittlung, die sich plötzlich in nichts auflöste, weil das Militär beteiligt war.«

»Dann gab es einen Zusammenhang mit einer fremden Macht«, meinte der Generalreichsanwalt.

»Ja, ich nehme es an«, sagte Rune Jansson.

»Aber bei dieser Ermittlung gibt es keine solche Komplikation«, sagte der Generalreichsanwalt im Brustton der Überzeugung. »Ihr habt einen Verdächtigen, einem mutmaßlichen Täter, der in Schweden ganz gewöhnliche Verbrechen begangen hat. Das ist das einzige, worauf es hier ankommt. Ob er nun Polizeichef oder Mitglied der Klasse der Nichtstuer ist, spielt juristisch keine Rolle. Wenn es der König wäre, würde sich die Sache möglicherweise komplizieren, aber so ist es ja Gott sei Dank nicht.«

»Wir sollen also so verfahren wie immer?« fragte Rune Jansson.

»Ja, genau so!« sagte der Generalreichsanwalt entschlossen. »Du und Willy präsentiert dem Leiter der Voruntersuchung, also Oberstaatsanwalt Jan Danielsson, eure Verdachtsmomente und Ermittlungsergebnisse, und zwar so, als wenn der Verdächtige Immobilienmakler oder sonst etwas wäre. Wenn der Leiter der Voruntersuchung dann zu dem Schluß kommt, daß ihr euch warm genug angezogen habt, geht es auch *juristisch* genau wie immer weiter.«

»Juristisch?« fragte Rune Jansson.

»Ja, nur daran können wir uns in dieser Frage halten«, sagte der Generalreichsanwalt. »Juristisch gesehen ist es eine Tat wie viele andere. Psychologisch und praktisch haben wir es hier mit etwas zu tun, was weit über jedes Normalmaß hinausgeht. Aber darauf kann ich keine Rücksicht nehmen. Möchtest du noch eine Zimtschnecke?«

Rune Jansson lehnte höflich dankend ab, da ihm plötzlich aufging, daß er es eilig hatte. Der Rest des Tages würde vermutlich sehr ereignisreich werden.

Er ging langsam die fünf Treppen hinunter, statt den Fahrstuhl zu nehmen, und hüllte sich enger in seinen Mantel, als er auf Norr Mälarstrand hinaustrat. Dann schlenderte er langsam in Richtung Kungsholmstorg. Es wehte ein kalter Wind, obwohl es ein schöner Frühlingstag war und das Licht auf dem Wasser des Riddarfjärden einladend glitzerte.

Er ging langsam, als wollte er das Unvermeidliche irgendwie hinausschieben. Vielleicht wollte er auch nur eine Zeitlang im Auge des Sturms allein sein. Die Frage, die er sich stellen mußte, war nicht ganz leicht zu beantworten. Doch jetzt, aus nachträglicher Sicht, erschien alles so selbstverständlich, daß Selbstvorwürfe fast unvermeidlich waren. Er hätte das Ganze schon viel früher begreifen müssen. Schon die ersten Berichte der Pathologen hätten ihm aufsehenerregend vorkommen müssen. Und dann die Sache mit der Alarmanlage im Studentenwohnheim in Umeå, die nur von zwei Personen hätte ausgeschaltet werden können. Und davon war einer ein Mann, der nicht hätte morden können, während der andere gerade die extremen Talente auf diesem Gebiet besaß, von denen die Gerichtsmediziner gesprochen hatten.

Nach einem Giftmord derselben Art, wie er ihn schon einmal aufgeklärt hatte, zu allem Überfluß auch noch zusammen mit Hamilton selbst.

Andererseits hatte es tatsächlich den Anschein, als hätte Hamilton gar nicht die Absicht, davonzukommen. Er hatte Rune Jansson schließlich mit zahlreichen Informationen versehen, die er hätte verbergen oder manipulieren können. Am bemerkenswertesten war jedoch, daß er im Botanischen Garten von Lund trotz seines sicher sehr großen Repertoires die haargenau gleiche Methode gewählt hatte wie neben der Ålidshems-Kirche in Umeå. Außerdem hatte er Teile seiner Personennummer am Tatort zurückgelassen. Das war nichts anderes als eine Bitte, geschnappt zu werden.

War Hamilton also verrückt geworden? Es fiel Rune Jansson sehr schwer, das zu glauben. Die verrückten Mörder, mit denen er im Lauf der Jahre zu tun gehabt hatte – inzwischen waren es recht viele –, hatten sich in nichts so verhalten wie Hamilton. Doch letztlich war es nicht Rune Janssons Sache, über die seelischen Aspekte nachzugrübeln. Dieser Frage sollte sich die Gerichtspsychiatrie von Huddinge annehmen, wenn sie dazu aufgefordert wurde.

Das Problem war, daß er so lange Zeit gebraucht hatte, das Selbstverständliche zu sehen und objektiv zu denken. Er versuchte sich einzureden, daß die Situation in etwa die gleiche wäre, wenn alle Indizien bei einer Ermittlung plötzlich auf Willy Svensén gezeigt hätten. Auch dann hätte es reichlich lange gedauert, bevor er sich über die einfache Selbstverständlichkeit hätte hinwegsetzen können, daß Willy nicht nur ein guter Freund war, sondern auch ein über jeden Verdacht erhabener Bürger.

Er war mit dieser Parallele jedoch nicht richtig zufrieden. Hamilton war nachweislich ein Berufsmörder, eine ebenso offenkundige wie unangenehme Tatsache. Und der Mörder, den sie gesucht hatten, hatte sich auch genauso verhalten. Logisch war das Ganze sehr einfach.

Rune Jansson blickte unmotiviert finster drein, als er Willy Svenséns Zimmer betrat und die Tür hinter sich zumachte. Dann ließ er sich schwer auf einen der Besucherstühle fallen, ohne den Mantel auszuziehen.

»Nun, was hat der gute Jon Thorstensson gesagt?« fragte Willy Svensén vorsichtig nach anfänglichem Schweigen.

»Der gute Generalreichsanwalt hat mir mitgeteilt, daß es keine Probleme gibt«, erwiderte Rune Jansson mit einem Seufzen. »Es sei ein gewöhnlicher Fall, der so behandelt werden solle wie alle gewöhnlichen Fälle.«

»Ein gewöhnlicher Fall?« sagte Willy Svensén zweifelnd. »Das kann doch kaum seine Meinung sein?«

»O doch, rein juristisch gesehen ist es ein gewöhnlicher Fall«, sagte Rune Jansson. Er gab sich plötzlich einen Ruck, zog den Mantel aus und warf ihn über die Rückenlehne des Besucherstuhls. »Er sieht natürlich ein, daß es sich hier praktisch und psychologisch um eine Festnahme handelt, die ein wenig über das Normale hinausgeht. Aber nicht nach dem Gesetz.«

»Und mit der interessanten Neuigkeit sollen wir einfach zu Jan Danielsson runtertippeln?« fragte Willy Svensén ironisch. »Der wird sich aber freuen.«

»Ja, so ist es«, bemerkte Rune Jansson und schüttelte lächelnd den Kopf. »Er ist derjenige, der die Beschlüsse treffen muß. Der Generalreichsanwalt hat nichts mit der Sache zu tun. Hamilton hat vor dem Gesetz keine Sonderstellung, sondern soll so behandelt werden wie alle anderen.«

»Soso …«, sagte Willy Svensén zögernd. »Bald ist Ostern, und dann werde ich pensioniert. Immerhin ein bemerkenswertes Ende nach dreiundvierzig Jahren als Polizist.«

»Du solltest versuchen, das Positive zu sehen«, sagte Rune Jansson in einem Versuch, ihn und sich aufzumuntern. »Es wäre schlimmer gewesen, wenn du aufgehört hättest, bevor das Ganze aufgeklärt war.«

»Ja, so kann man es natürlich auch sehen«, sagte Willy Svensén und erhob sich. »Holst du die Unterlagen? Dann rufe ich unten bei Danielsson an und kündige unser Kommen an.«

Als Willy Svensén den Oberstaatsanwalt am Apparat hatte, sagte er kurz und geradeheraus, es sei Zeit für eine Festnahme. Sie hätten den Serienmörder. Und der Oberstaatsanwalt, der zuerst etwas von Müdigkeit und viel Arbeit gemurmelt hatte, wurde natürlich auf der Stelle hellwach. Die beiden brauchten einfach nur herunterzukommen, meinte er.

Eins hatte Willy Svensén jedoch wohlweislich nicht erzählt, nämlich wer festgenommen werden sollte.

Die beiden Kommissare gingen gemeinsam zum Oberstaatsanwalt hinunter, als wären sie sehr bedrückt. Sie machten nicht einmal den Versuch, irgendeinen cleveren Vortrag zu präsentieren, um nicht gleich wie zwei Idioten zu erscheinen.

Doch das war trotzdem der erste spontane Gedanke des Oberstaatsanwalts, als Willy Svensén nach einigen einleitenden Floskeln offen sagte, wen sie wegen Mordes festnehmen lassen wollten.

Der Oberstaatsanwalt saß eine Zeitlang buchstäblich mit offenem Mund da, nachdem er die Nachricht in sich aufgenommen hatte. Sein Spitzbart und die große Brille verliehen ihm das Aussehen einer kleinen Eule. Doch die beiden mit zusammengebissenen Zähnen dasitzenden Polizeibeamten vor ihm erweckten durch nichts den Eindruck, als machten sie einen Scherz. Außerdem gehörten sie nachweislich zu den allerbesten Mordermittlern im Land.

Als Jan Danielsson sich ein wenig erholt hatte, bat er um eine Darlegung der faktischen Umstände, die den Ermittlungsbeamten zufolge einem Festnahmebeschluß zugrunde gelegt werden könnten. Die beiden entnahmen zwei Aktentaschen seelenruhig ihr Material und begannen mit einem systematischen Vortrag, der sich tatsächlich so anhörte, als ginge es um einen beliebigen Fall.

Nach einer halben Stunde waren sie fertig. Jan Danielsson hatte nicht viele Fragen gestellt und war jetzt überdies in der Sache überzeugt. Dennoch sagte er, er brauche ein bißchen Zeit, um sich alles durch den Kopf gehen zu lassen, vielleicht eine halbe Stunde oder so? Und dann bat er die Polizeibeamten, oben im Dezernat zu warten, bis sie Bescheid erhielten.

Als die beiden sich getrollt hatten, rief er sofort den Generalreichsanwalt an, um, wie er sagte, über ein Problem von besonderer Sensibilität zu diskutieren, worüber er am Telefon eigentlich ungern sprechen wolle. Zu seinem Erstaunen hörte sich der Generalreichsanwalt richtig abweisend an. Er hielt ein persönliches Treffen überhaupt nicht für nötig. Statt dessen verlangte er fast brüsk zu wissen, worum es gehe.

Als Jan Danielsson unter vorsichtigen Worten beschrieb, daß ein wohlbegründeter Verdacht gegen einen Amtsinhaber bei der Sicherheitspolizei entstanden sei, hörte sich der Generalreichsanwalt nicht im mindesten erstaunt an. Im Gegenteil, er unterbrach Jan Danielsson schnell mit dem Hinweis, daß ein Oberstaatsanwalt in einer solchen Frage völlig selbständige Entscheidungen zu treffen habe. Die Generalreichsanwaltschaft habe nichts damit zu tun. Im Prinzip sei es nichts, was über den gewohnten Arbeitsablauf hinausgehe. Natürlich könne es sich um eine Angelegenheit handeln, über die das Kabinett informiert werden müsse. Wenn Jan Danielsson nun eine solche Entscheidung treffe, wäre es gut, wenn sie eilig an die Generalreichsanwaltschaft übermittelt werde. Hingegen bestehe im Augenblick keinerlei Anlaß, sich sozusagen von Amts wegen in die Details einzumischen.

Jan Danielsson rief schnell bei Willy Svensén und Rune Jansson an. Sie waren kaum oben in Willy Svenséns Zimmer angekommen, als es Zeit war, umzukehren und hinunterzugehen.

»Er hat natürlich den Generalreichsanwalt angerufen«, sagte Rune Jansson und zwinkerte seinen Chef zu. »Und was der gesagt hat, können wir uns inzwischen ausrechnen.«

Während er dasaß und auf die beiden Polizeibeamten wartete, hatte Jan Danielsson das Gefühl, alles um ihn herum sei unwirklich. Das Belastungsmaterial wäre bei normalen Fällen mehr als ausreichend, nicht nur für eine Festnahme, sondern auch für einen Haftbefehl. Insoweit war alles einfach. Wenn es um einen gewöhnlichen Bürger gegangen wäre, hätte er seine Entscheidung längst getroffen.

Doch jetzt ging es um einen der beiden höchsten Polizeichefs des Landes, was es in neuerer Zeit noch nie gegeben hatte. Was passierte, wenn Hamilton sich am Ende doch als unschuldig erwies? Und was passierte, wenn er sich überdies weigerte, sich mit seiner Festnahme abzufinden?

Doch das lag glücklicherweise nicht in Jan Danielssons Verantwortung. Er war nur für den eigentlichen Beschluß verantwortlich, während die Polizei ihn auszuführen hatte. Die praktischen Probleme konnte er ohne weiteres auf die Beamten abwälzen. Doch wie sollte ein solcher Beschluß veröffentlicht werden? Im Augenblick hatte Jan Danielsson das Gefühl, in Journalisten zu baden, da der Prozeß gegen die mutmaßlichen Mörder auf dem Stureplan sich schon in die dritte Woche hinzog. Und das war vermutlich nur ein leiser Windhauch gegen das, was nach einem Festnahmebeschluß gegen Hamilton geschehen würde.

Der Generalreichsanwalt hatte ihm jedoch keinen Ausweg aus der Klemme gewiesen, im Gegenteil. Und merkwürdigerweise war er über die Nachricht gar nicht erstaunt gewesen, sondern hatte sich eiskalt logisch verhalten, als er sich vor eine einfache Stellungnahme gestellt sah.

Es gab also kein Entrinnen. Die Polizei hatte genügend Beweise zusammengetragen, mehr als genug, um einen Festnahmebeschluß zu rechtfertigen. Und angeblich galt das Gesetz ja für alle.

Als Willy Svensén und Rune Jansson wieder das Zimmer des

Oberstaatsanwalts Jan Danielsson betraten, lagen Festnahmebeschluß und Beschluß über eine Hausdurchsuchung schon fertig auf dessen Schreibtisch.

»Ich habe hier in den nächsten Stunden einiges zu tun. Wenn ihr mir mitteilen könnt, was er sagt und wie er sich zu der Anschuldigung stellt und so weiter, wäre ich für einen Anruf dankbar«, sagte er schnell und tonlos und zeigte auf den schriftlichen Festnahmebeschluß.

»Aha«, sagte Willy Svensén. »du meinst also, wir sollten ihn einfach schnappen, als wäre er ein x-beliebiger Ganove?«

»Das weiß ich nicht. Die Entscheidung liegt bei euch«, sagte Jan Danielsson, dem die Situation sichtlich unangenehm war. »Ich kann natürlich nicht übersehen, daß es sich hier um den bei weitem gefährlichsten Gewaltverbrecher handelt, dem wir je auch nur nahe gekommen sind. Aber wenn ihr mit Einsatzkommandos losgehen wollt, ist das ja eure und nicht meine Sache …«

»Das wäre selten dumm, wie ich glaube!« unterbrach ihn Rune Jansson so aggressiv, daß er sofort verlegen wurde. »Verzeihung, aber das glaube ich wirklich«, fuhr er etwas verbindlicher fort und zeigte fragend auf das Telefon des Oberstaatsanwalts. Er bekam ein Kopfnicken zur Antwort, trat entschlossen an den Schreibtisch, nahm den Hörer ab und wählte vier Zahlen.

Niemand im Zimmer rührte sich, während er auf Antwort wartete.

»Ja, hallo«, sagte er leichthin, als er Verbindung bekam. »Ich bin's wieder, Rune Jansson von der Reichskripo. Ich möchte den Generaldirektor in einer sehr dringenden Angelegenheit sprechen. Ist er da?«

Rune Jansson legte die Hand auf die Sprechmuschel und nickte den beiden anderen eine Bestätigung zu. Dann blieb er eine Weile gespannt wartend mit dem Hörer am Ohr stehen.

»Hej, ich bin's, Rune«, sagte er plötzlich. »Ich fürchte, ich muß dich in einer sehr wichtigen Sache stören … Ja, am liebsten gleich … Gut, dann sehen wir uns in fünf Minuten.«

Rune Jansson legte auf und blieb noch eine Weile mit der Hand auf dem Telefon stehen, bevor er sich zu den anderen im Raum umdrehte.

»Ja, ihr habt's gehört?« sagte er mit rauher Stimme. »Ich schlage vor, daß wir wie folgt verfahren. Ich gehe hinauf und teile ihm den Festnahmebeschluß mit. Dann hole ich ihn in unsere Abteilung runter, und dort findet dann das erste Verhör statt.«

»Und wenn er freiwillig nicht mitkommen will?« fragte der Oberstaatsanwalt leise.

»Nun, wenn das seine Einstellung ist, können wir wohl den Göttern danken, daß ich kein Einsatzkommando mitgenommen habe«, sagte Rune Jansson und verließ das Zimmer.

Willy Svensén blieb noch ein wenig, um den Festnahmebeschluß durchzulesen. Dann ging er auch, und zwar langsam, um seinen vermutlichen Nachfolger nicht einzuholen.

Als Rune Jansson einige Minuten später zu Hamilton ins Zimmer gelassen wurde, klappte ihm der Unterkiefer herunter. Er blieb verblüfft stehen.

Carl trug Jeans und ein amerikanisches Sweatshirt. Er saß hinter seinem Schreibtisch und hatte die Füße auf die Tischplatte gelegt. Er hatte Laufschuhe an. Daneben lag eine große schwarze Pistole, deren Kolben mit Perlmutt eingelegt war. Doch neben der Pistole lag ein Magazin. Das war eine sehr deutliche Demonstration.

»Ist der Festnahmebeschluß fertig?« fragte Carl mit einer fast amüsierten Miene, die möglicherweise Rune Janssons versteinerter Pose galt.

»Ja, das ist er, hrm. Ich habe die Pflicht, dir mitzuteilen, daß du auf Grund eines Beschlusses von Oberstaatsanwalt Jan Danielsson wegen Mordverdachts vorläufig festgenommen bist«, sagte Rune Jansson mit einer Stimme, die nicht richtig trug.

»Gut«, sagte Carl, ohne sich zu bewegen. »Ich nehme an, ihr wollt auch eine Hausdurchsuchung vornehmen.«

»Ja, natürlich«, sagte Rune Jansson und sah sich unentschlossen um.

»Setz dich ein paar Minuten, dann werde ich einige praktische Details erklären«, sagte Carl und zeigte auf den ersten Ledersessel der Sitzgruppe. »Mach dir übrigens keine Sorgen. Ich werde gleich mitkommen. Diese Pistole da ist nicht geladen. Ich nehme an, du weißt das?«

»Aber ja«, erwiderte Rune Jansson matt und setzte sich gehorsam hin.

»Es ist also wie folgt!« sagte Carl energisch und nahm die Füße vom Schreibtisch. »Hier habe ich eine Anweisung für die Hausdurchsuchung auf Stenhamra. In meinem Büro ist alles aufgeräumt. Es befindet sich nichts von Interesse hier, aber ihr müßt selbst entscheiden, ob ihr trotzdem alles auf den Kopf stellen wollt. Auf Stenhamra aber befinden sich die Waffen, die ihr untersuchen müßt. Ich habe euch eine Wegbeschreibung beigelegt, Anweisungen für verschiedene Codes und so weiter, dazu eine Beschreibung, wie die Waffenschränke zu öffnen sind, et cetera. Das alles liegt hier zusammen mit Schlüsseln und einer Kassette!« sagte Carl und tippte auf einen Papierstapel, der in einer schwarzen Mappe auf dem Schreibtisch lag.

»Was befindet sich auf der Kassette?« fragte Rune Jansson erstaunt.

»Meine Telefongespräche mit den Opfern. Ich nehme an, daß ihr sie so nennt. Kurz, das ist der Beweis dafür, wie ich sie zu ihrem jeweils letzten Treffen gelockt habe. Dann noch etwas. In der Aktentasche hier habe ich einige Toilettenartikel, ein bißchen Wäsche zum Wechseln und einige Romane. Im Augenblick beschäftige ich mich gerade mit Turgenjew. Ich würde es sehr zu schätzen wissen, wenn ich diese Dinge möglichst schnell bekommen könnte.«

»Das wird sich wohl regeln lassen«, erwiderte Rune Jansson. »Woher hast du gewußt, daß ich in dieser Angelegenheit komme?«

»Ich bin davon ausgegangen, daß es jetzt an der Zeit war«, antwortete Carl und hob vielsagend die Augenbrauen. »Wollen wir jetzt gehen?«

»Ja, das ist wohl am besten«, sagte Rune Jansson mit etwas wie Trauer in der Stimme. »Laß diese Pistole da liegen, dann nehme ich deine Aktentasche.«

Sie erregten einiges Aufsehen, als sie losschlenderten. Erst gingen sie durch die Korridore der Säpo, in denen man den Schwarzen Admiral wohl noch nie in einer solchen Kleidung gesehen hatte, dann fuhren sie mit Fahrstühlen und gingen durch unterirdische Gänge. Sie begegneten verschwitzten Polizisten, die trainiert oder geschwommen hatten, und zuletzt erreichten sie die Räume der Reichsmordkommission. Rune Jansson führte Carl in Willy Svenséns Zimmer. Dort setzten sie sich vor einem ebenso ernsten wie vor Neugier fast platzenden Willy Svensén, der schon ein Tonbandgerät bereitgestellt hatte.

Carl setzte sich ohne Aufforderung vor das Mikrophon und gab Willy Svensén durch ein Handzeichen zu verstehen, daß er bereit sei, jederzeit anzufangen.

»Hej«, sagte Willy Svensén und gab ihm die Hand. »Ich heiße Willy Svensén. Ich nehme an, wir können uns duzen.«

»Ausgezeichnete Idee«, erwiderte Carl und nahm die ihm entgegengestreckte Hand.

Willy Svensén gab Rune Jansson ein Zeichen, er solle sich neben ihn setzen und mit dem Verhör beginnen. Carl wartete ruhig ab, bis Rune Jansson Notizblock und Mikrophone fertig hatte und das Tonbandgerät einschaltete.

»Verhör von Generaldirektor Carl Hamilton. Ort: Dezernat A der Reichskriminalpolizei. Zeit: 12. April 1995. Leiter des Verhörs: Kriminalkommissar Rune Jansson. Zeuge: Kriminalkommissar Willy Svensén. Beginn des Verhörs 16.17 Uhr«, leierte Rune Jansson schnell herunter. Dann machte er eine kurze Pause und überlegte, bevor er fortfuhr.

»Bevor wir mit diesem Verhör begannen, haben wir uns darauf geeinigt, einander mit du anzusprechen. Ich nehme an, daß das immer noch in Ordnung ist?« fragte er.

»Natürlich«, erwiderte Carl.

»Gut«, sagte Rune Jansson und holte tief Luft. »Dann möchte ich zunächst wiederholen, was ich dir vor etwa zehn Minuten schon oben in deinem Büro gesagt habe. Oberstaatsanwalt Jan Danielsson hat beschlossen, dich vorläufig festnehmen zu lassen. Du wirst wegen Mordes in sechs Fällen verdächtigt. Zunächst möchte ich dich fragen, wie du dich zu dieser Anschuldigung stellst?«

»Ich bin in allen sechs Fällen schuldig«, erwiderte Carl ruhig.

»In sechs Fällen, in allen sechs? Also auch in dem Fall, bei dem wir den Verdacht haben, daß es sich um ein Gift gehandelt haben könnte?« fragte Rune Jansson mechanisch weiter.

»Ja«, bestätigte Carl. »Es war kein kompliziertes Gift, nur Insulin. Es erstaunt mich, daß die Chemiker es noch nicht gefunden haben. Die Ampulle befindet sich aber noch in der Wohnung des Opfers. Sie ist mit einem Etikett markiert, auf dem sich eine chemische Formel befindet, die den Inhalt beschreibt.«

»Wo befindet sich diese Ampulle?« fragte Rune Jansson.

»In der Wohnung des Opfers. Im Wohnzimmer im Erdgeschoß, und zwar oben rechts im Saum eines Wandbehangs, der einen arabischen Reiter mit gezogenem Krummsäbel im Mondschein darstellt«, erwiderte Carl mit einem Anflug von Ungeduld. »Aber wartet mal, soll das jetzt noch lange so weitergehen? Wieviel Zeit braucht ihr?«

»Wie bitte ...«, sagte Rune Jansson verwirrt. »Wir verhören dich als Mordverdächtigen in sechs Fällen. Ich fürchte, wir haben noch viele Fragen an dich.«

»Ich weiß offen gestanden nicht, ob ich dazu Lust habe«, entgegnete Carl. »Wenn ihr nach Beschreibung mein Haus durchsucht, werdet ihr an der angegebenen Stelle in einem meiner Waffenschränke die Messer finden, die in zwei Fällen verwendet worden sind. Ihr werdet auch das Scharfschützengewehr des Armeetyps finden, das ich in Linköping verwendet habe. Sicherheitshalber habe ich die Patronenhülse im Lauf steckenlassen. Und im Bootshaus werdet ihr die Taucherausrüstung finden, die ich vor Södertälje verwendet habe, und zwar zusammen mit einer Maschinenpistole M-45 und zwei Blend-Schock-Granaten des dort verwendeten Typs. Müßt ihr denn noch sehr viel mehr wissen, um das Polizeiliche zu Ende zu bringen?«

»Das Verhör wird um 16.21 Uhr abgebrochen«, sagte Rune Jansson und stellte das Tonbandgerät ab. »Ja, das könnte man sich schon fragen, aber das sollten wir lieber den Staatsanwalt entscheiden lassen«, sagte Rune Jansson und nickte Willy Svensén zu. Dieser nahm sofort den Hörer auf und murmelte etwas in die Sprechmuschel. Am anderen Ende mußte schon jemand dagesessen und auf das Klingeln gewartet haben.

»Er kommt zu uns«, sagte Willy Svensén und lehnte sich mit einem Seufzen gegen die Rückenlehne.

»Alles, was ich jetzt sage, muß ich natürlich wiederholen, wenn Danielsson hochkommt«, sagte Carl und rieb sich mit einer müden Geste die Augen. »Ich möchte euch aber trotzdem mit meinen Absichten vertraut machen. Ich arbeite mit euch zusammen, indem ich euch genügend Unterlagen in die Hand gebe, daß es für eine Anklage und ein Urteil reicht. Im Grunde habe ich das ja schon jetzt getan. Ich möchte aber bei Verhören nicht über meine Motive und so weiter ausgequetscht werden, Dinge, die in Presseberichten entstellt wiedergegeben werden, bevor ich die Möglichkeit habe, selbst etwas zu sagen. Das hier wird also mein einziges Verhör sein. Und sehr viel länger wird es nicht werden. Haben wir uns verstanden?«

»Aber ja«, sagte Willy Svensén. »Wir verstehen, was du sagst. Aber verzeih einem alten Polizisten, der bald in Pension gehen wird: Warum hast du es getan?«

»Darüber gedenke ich im Moment kein Wort verlauten zu lassen. Das muß bis zum Prozeß warten«, sagte Carl scharf, fast wie im Befehlston.

»Dann werde ich wie gesagt schon in Pension gegangen sein«, sagte Willy Svensén still. »Du hattest offenbar nicht die Absicht, davonzukommen. Du willst, daß es zu einem Prozeß kommt?«

»Natürlich«, bestätigte Carl erstaunt. »Wenn ich diese Operation hätte durchführen wollen, ohne am Ende von euch geschnappt zu werden, hätte ich es getan. Das hätte jedoch sehr schlecht zu meinen Absichten gepaßt, und deshalb sitzen wir jetzt hier.«

»Merkwürdig«, sagte Rune Jansson leicht geistesabwesend. »Ich habe dich früher schon mal verhört beziehungsweise in einer bestimmten Frage vernommen. Hätte ich damals einfach fragen sollen, ob du der bist, den wir suchen?«

»Vielleicht. Ich habe darüber nämlich nachgedacht«, sagte Carl zögernd. »Ich habe mich jedenfalls gefragt, was ich geantwortet hätte, wenn du mir die Frage so direkt gestellt hättest. Wie du entdecken wirst, habe ich dich damals bei diesem Verhör nicht angelogen. Ich habe dir gegenüber überhaupt keine falschen Angaben gemacht. Ich nehme aber an, daß es damals undenkbar war, mir diese Frage zu stellen.«

»Und dennoch wäre sie höchst passend gewesen«, sagte Rune Jansson leise.

Es klopfte an der Tür. Ein fast andächtig dreinblickender Oberstaatsanwalt trat ein und entdeckte sofort, daß er in psychologischer Hinsicht abseits stand. Die drei Männer vor ihm machten nicht im mindesten einen empörten, eifrigen oder gequälten Eindruck. Das erschien ihm vollkommen unnatürlich.

Eine Zeitlang wurde über den Kopf von Carl hinweg palavert. Willy Svensén und Rune Jansson trugen abwechselnd die Lage vor und berichteten von Carls Entscheidung, sich an weiteren Verhören nicht beteiligen zu wollen. Schließlich zeigte Jan Danielsson demonstrativ auf das Tonbandgerät, worauf Rune Jansson erneut das Gerät einschaltete, den Zeitpunkt auf das Band sprach und erklärte, das Verhör werde jetzt von Oberstaatsanwalt Jan Danielsson fortgesetzt.

»Generaldirektor Hamilton, in der Sache haben Sie schon den Verdacht bestätigt und Mord in sechs Fällen gestanden? Habe ich das richtig verstanden?« fragte er mit leiser, konzentrierter Stimme.

»Ja, das stimmt«, bestätigte Carl. »Ich habe ferner mitgeteilt, wie man bestimmte Tatwerkzeuge in meinem Haus finden kann, da ich sie zu diesem Zweck aufgehoben habe. Dann habe ich erklärt, daß der Rest erst vor Gericht zur Sprache kommt, da Sie schon genügend Material für eine Verhaftung und für den Prozeß haben.«

»Es würde sich für uns also sozusagen nicht lohnen, hier zu sitzen und auf Sie einzureden, Herr Generaldirektor?« fragte der Oberstaatsanwalt enttäuscht.

»Nein, genau«, erwiderte Carl. »Im übrigen haben wir schon vereinbart, uns bei diesen Verhören zu duzen.«

»Verzeihung, das habe ich nicht gewußt«, sagte der Oberstaatsanwalt verlegen. »Aber du willst also in Untersuchungshaft bis zum Prozeß mit allen Aussagen warten, habe ich das richtig verstanden?«

»Ja, so ist es«, sagte Carl. »Aber da du als Staatsanwalt im Augenblick über meine Rechte entscheidest, würde ich es sehr zu schätzen wissen, wenn ich mir bestimmte Toilettenartikel, Kleidungsstücke und Bücher in die Zelle mitnehmen könnte.«

»Brecht das Verhör ab!« befahl der Oberstaatsanwalt. Rune Jansson leierte schnell die notwendigen Angaben herunter und schaltete dann das Tonbandgerät ab.

»Was sind das für Dinge, die du mitnehmen willst?« fragte der Oberstaatsanwalt, als das Verhör jetzt sowohl formell als auch psychologisch beendet war.

»Wie ich schon sagte«, erwiderte Carl mit einem Achselzucken.

»Rasierwasser ohne Alkohol. Wenn ich richtig informiert bin, ist Alkohol in der Untersuchungshaft verboten. Dann noch einige andere Toilettenartikel, Wäsche zum Wechseln und Literatur, zwar auf russisch, aber es ist nur Belletristik.«

»Bedauerlicherweise müssen wir diese Sachen untersuchen, bevor du sie bekommen kannst«, sagte der Oberstaatsanwalt mit einer Miene, die sehr deutlich verriet, wie sehr ihm das kleine Problem mißfiel.

»Verstehe«, sagte Carl mit einer ironischen Miene. »Personal der Säpo soll also die Tasche kontrollieren, die ich für mich selbst gepackt habe. Verzeihung, aber das kommt mir etwas albern vor, wenn ich daran denke, daß ich ja durchaus bereit bin, bis zum Ende des Prozesses zur Aufklärung aller Fälle beizutragen.«

»Das ist also deine Einstellung?« fragte der Oberstaatsanwalt.

»Genau«, erwiderte Carl ernst. »Ich werde zu einer lebenslänglichen Freiheitsstrafe verurteilt werden, wie uns allen klar ist. Das kann ich ertragen. Mein Leben war ohnehin zu Ende. Ich würde es jedoch schwer erträglich finden, in einem öffentlichen Prozeß keine Möglichkeit zu haben, mich zu erklären. In meiner Ausrüstung für die U-Haft befinden sich also keine Metallsägen.«

»Na schön«, sagte der Oberstaatsanwalt. »Du kannst die Sachen mitnehmen, aber der Form halber wünsche ich, daß einer der Kommissare hier den Inhalt mit dir durchsieht, bevor du oben in Empfang genommen wirst. Wenn ich alles richtig verstanden habe, sehen wir uns dann erst vor Gericht wieder?«

»Ja, so ist es vorgesehen«, sagte Carl. »Ich weiß dein Entgegenkommen zu schätzen.«

»Angesichts der Umstände war es wohl nicht zuviel verlangt«, sagte der Oberstaatsanwalt, stand auf, verneigte sich leicht vor Carl und ging hinaus.

»So«, sagte Willy Svensén. »Was tun wir jetzt?«

»Wir befolgen den Befehl«, schlug Carl mit hochgezogenen Augenbrauen vor. »Ihr prüft mein Gepäck und übergebt mich dann dem Personal des Untersuchungsgefängnisses. Ach, übrigens, es kann sein, daß draußen in Stenhamra jetzt ein ausländisches Umzugsunternehmen arbeitet. Ich hoffe, daß euch das bei der Hausdurchsuchung keine Probleme macht.«

»Wie bitte?« sagte Rune Jansson verblüfft. »Ziehst du gerade um?«

»Ganz und gar nicht. Es dürfte wohl feststehen, in welcher Wohnung ich in den nächsten zwölf Jahren hausen werde. Nein, ich bin gerade dabei, einige Dinge zu verkaufen, die ich in dieser Zeit nicht brauche. Das ist alles.«

Rune Jansson wühlte pflichtschuldigst in Carls Aktentasche mit der seemannsmäßig ordentlichen Ausrüstung für das U-Haft-Dasein. Dann trennten sie sich. Willy Svensén ging allein mit Carl nach oben zu den Haftzellen. Dieser erbot sich höflich, seine Tasche selbst zu tragen.

Das Wachpersonal erkannte natürlich sowohl den Chef der Reichsmordkommission als auch den Chef der Sicherheitspolizei, als Carl und Willy Svensén, die sich leise miteinander unterhielten, bei der Aufnahme des Untersuchungsgefängnisses Kronoberg erschienen. Während der folgenden Minuten verwandelte sich die Szene in bizarre Unwirklichkeit, als Carl und Willy Svensén gemeinsam und mit immer größerer Ungeduld, zum Schluß unter nachdrücklicher Berufung auf ihre dienstlichen Funktionen, verlangten, daß man ihnen endlich glaube. Carl hatte keinen Gürtel in seinen Jeans und nichts in den Taschen, so daß die Leibesvisitation im großen und ganzen mündlich durchgeführt wurde. Anschließend wurde er von einem sehr zweifelnden Wachmann tatsächlich eingeschlossen.

In der Zelle sah es genauso aus, wie Carl es erwartet hatte. Mit einem tiefen Seufzer der Erleichterung legte er sich auf die grüne Pritsche. Er zog die Turnschuhe aus, die man ihm wegzunehmen vergessen hatte, und kramte eine Weile unter den Büchern in seiner Aktentasche, bis er das Buch fand, von dem er schon mehr als die Hälfte gelesen hatte.

Als Rune Jansson und sein Gefolge rund eine Stunde später Stenhamra erreichten, um mit der Hausdurchsuchung zu beginnen, fanden sie das Einfahrtstor zu ihrem Erstaunen geöffnet. Noch erstaunter waren sie, direkt vor dem Haupteingang des Hauses einen geschlossenen Lastwagen mit englischem Kennzeichen zu entdecken. *BERRY BROs&RUDD Ltd* stand in großen Buchstaben auf der Seite des Lastwagens. Das Unternehmen schien seinen Sitz in Nummer 3, St. James's Street, London SW1 zu haben. Zwei Personen in Handschuhen und weißen Kitteln waren dabei, sichtlich behutsam Weinflaschen aus dem Haus zu tragen.

Rune Jansson trat zu ihnen, zeigte ihnen seinen Dienstausweis und erklärte, er habe einen Hausdurchsuchungsbefehl. Er erinnerte sich von vielen Fernsehabenden her an das englische Wort dafür. Er sah jedoch keinen Anlaß, die Arbeit dieser Männer zu unterbrechen, nachdem die Ladung inspiziert worden war. Es war tatsächlich nur Wein, der weggebracht werden sollte.

Dann folgte er Carls Beschreibung in den Keller. Er folgte dem gleichen Weg, auf dem der Wein nach oben gebracht wurde, und kam zu den Waffenschränken, die sich genau wie angegeben auf einer Art Schießstand befanden. Als die Männer den Waffenschrank geöffnet hatten, der der Beschreibung zufolge der richtige war, fanden sie alles bestens geordnet vor. Auf dem obersten Regal lagen zwei Messer. Sie waren in dicht verschlossenen Kunststoffbeuteln des Typs verpackt, den die Polizei verwendet, um Beweise zu sichern. Die Plastikbeutel waren mit den Zahlen 1 und 6 bezeichnet.

Rune Jansson studierte die Funde mit einer Faszination, bei der ihm Schauer über den Rücken liefen. Er kannte diese Faszination, seit er in einem Sommer seiner Kindheit in St. Annas Schären zum ersten Mal Schlangen begegnet war.

Die Messerklingen waren kurz und bis auf die doppelt geschliffene Scheide völlig schwarz. Der Griff war aus tarnfarbenem Kunststoff. Wenn man genau hinsah, schienen am Schaft in der Nähe des Hefts noch bräunliche Blutreste zu kleben. Hamilton war bei der Zusammenstellung des Beweismaterials gegen sich selbst tatsächlich pedantisch gewesen, wenn er sogar Blutreste an den Mordwerkzeugen gelassen und diese mit 1 und 6 bezeichnet hatte, um die Bestimmung der Blutgruppen zu erleichtern.

Unter dem Regal mit den beiden Messern stand ein Gewehr mit einem starken Zielfernrohr. Das Gewehr war in durchsichtigen Kunststoff gehüllt und mit einer 3 numeriert. Neben dem Kolben auf dem Boden des Waffenschranks lag eine Patronenschachtel, daneben eine Plastikschachtel mit kleinen, zigarrenähnlichen Ampullen mit russischer Aufschrift. Die Plastikschachtel war mit einer 4 markiert.

Die Beamten fotografierten den Waffenschrank und verpackten dann die beschlagnahmten Gegenstände in einer großen schwarzen Tasche. Dann öffneten sie den Waffenschrank daneben, in dem sie zahlreiche Gewehre und Pistolen sowie Hunderte von Patronen der verschiedensten Art fanden. In der Tür hing ein Zettel. Darauf hieß es, kein Gegenstand in diesem Schrank sei in Schweden bei einem Verbrechen benutzt worden. Alles sei militärisches Eigentum und solle über den Generalstab an die Streitkräfte zurückgegeben werden.

Sie begnügten sich damit, den Schrank bis auf weiteres abzuschließen. Sie gingen dann die Treppe hinauf und verließen das Haus durch den Hintereingang, um sich das Bootshaus unten am Ufer anzusehen.

Im Bootshaus standen einige große Blechschränke mit schweren Hängeschlössern, wie sie Versicherungen neuerdings verlangen, wenn auf Dachböden oder in Kellern Wertgegenstände aufbewahrt werden.

Die beiden Blechschränke waren etwa genauso geordnet wie die beiden Waffenschränke unten im Keller des Hauses. Der erste enthielt eine Seglergarnitur von Helly Hansen, einen Taucheranzug, den einer der anwesenden Polizeibeamten sachkundig als Trockenanzug definierte, eine Gesichtsmaske, Sauerstoffausrüstung, eine Schalttafel mit Tiefenmesser und Kompaß, zwei kleine Gegenstände aus hellem Metall, die wie Granaten aussahen. Das mußten die sogenannten Schock-Blend-Granaten sein. Ferner eine Maschinenpistole schwedischer Bauart, M-45. Die Maschinenpistole war ebenfalls in Kunststoff gehüllt und mit einer 5 markiert. Daneben, auf dem Boden des Schranks, lag eine Patronenschachtel mit 9-mm-Munition, wie sie von den schwedischen Streitkräften verwendet wird.

Damit hatte Hamilton also Mordwaffen übergeben, die er in vier von sechs Fällen benutzt hatte. Die Polizei in Västerås war schon unterwegs, um im Saum eines orientalischen Wandbehangs nach einem eigentümlichen Gegenstand zu suchen. Rune Jansson bezweifelte keine Sekunde, daß sie finden würden, wonach sie suchten.

Der zweite Blechschrank enthielt mehrere verschiedene Taucherausrüstungen. Dort befand sich ebenso wie in dem zweiten Waffenschrank im Keller des Hauses eine schriftliche Anweisung. Die Ausrüstung gehöre der Marine und solle baldmöglichst an die Taucherzentrale der Seekriegsschule von Berga zurückgegeben werden.

Die Polizeibeamten verpackten die Ausrüstung, die Hamilton offenbar in Sandviken in der Nähe von Södertälje verwendet hatte. Dann verschlossen sie die beiden Schränke und gingen wieder zum Haus hinauf. Keiner der Männer sagte etwas. Die Stimmung war sehr eigentümlich.

Im Grunde genommen war die Hausdurchsuchung damit beendet. Kein Mensch konnte verlangen, daß sie noch mehr Beweise fanden.

Rune Jansson drehte dennoch eine Runde durchs Haus, ob nun aus Neugier oder weil er das Gefühl hatte, daß alles zu leicht ging. Selbstverständlich war dies die seltsamste Hausdurchsuchung, die er in seiner gesamten Polizeilaufbahn miterlebt hatte.

Das ganze Haus vermittelte Aufbruchstimmung. Die Möbel in den meisten Zimmern waren mit Bettlaken bedeckt. Einige Bilder an den Wänden schienen schon fortgeschafft worden zu sein, denn Rune Jansson sah nur noch die Umrisse von Bilderrahmen an manchen Stellen an den Wänden.

Im Obergeschoß war die Bettwäsche schon abgezogen. Die Betten waren ebenso zugedeckt wie die Möbel in den Gesellschaftsräumen im Erdgeschoß.

Rune Jansson blieb eine Weile nachdenklich in dem Zimmer stehen, das einmal das Schlafzimmer Hamiltons und seiner erst vor kurzem ermordeten Frau gewesen war. Da nichts mehr von persönlichen Dingen oder Schmuckgegenständen zu sehen war, sah der Raum unpersönlich und steril aus. Neben dem großen Doppelbett stand eine völlig leere kleine Wiege aus dem neunzehnten Jahrhundert. Rune Jansson hatte das Gefühl, als kämen ihm gleich die Tränen. Er verließ das Zimmer schnell und schloß die Tür behutsam hinter sich.

Das nächste Zimmer im Flur war ein kleines Gästezimmer. Es machte den Eindruck, als wäre es noch vor kurzem bewohnt gewesen. Dort stand eine große, halb ausgetrunkene Flasche Mineralwasser auf dem Nachttisch. Das Bett war bezogen, und der Überwurf war faltenlos geglättet. Hier hatte er offenbar geschlafen, wenn er zu Hause war.

Rune Jansson betrat das Zimmer und sah sich mit dem merkwürdigen Gefühl um, sich aufzudrängen. Er glaubte, trotz seiner gesetzlichen Vollmacht ein Eindringling zu sein. Er machte einen Wandschrank auf und fuhr zusammen, als er seinen Namen auf einem Blatt Papier entdeckte, das an einem Kleidersack mit geöffnetem Reißverschluß befestigt war. Er las zunächst den Zettel. Es war eine kurze Mitteilung an ihn selbst:

Rune,
Ich wäre Dir dankbar, wenn Du diese Kleidungsstücke mitnehmen könntest, die ich bei dem bevorstehenden Prozeß tragen will. Vielleicht wollen meine ehemaligen Kollegen noch untersuchen, daß hier tatsächlich nichts Illegales versteckt ist. Mit bestem Dank im voraus.

Hamilton

Rune Jansson untersuchte errötend den Kleidersack, der kaum mehr zu enthalten schien als saubere Hemden, ein paar Pullover, Unterwäsche, ein paar Schuhe, ein paar Jeans und ein blaues Jackett. Plötzlich erinnerte er sich an etwas, was Hamilton in seinem seltsamen Amtszimmer über »Theater« gesagt hatte. So würde er sich also anziehen, wenn es für ihn keine Rolle mehr zu spielen gab: fast so etwas wie Freizeitkleidung.

Rune Jansson zog den Reißverschluß hoch, hob den Kleidersack herunter und ging hinaus. Das letzte Zimmer im Obergeschoß überraschte ihn mit seinem völlig anderen Aussehen. Der Raum war weiß gestrichen und erst vor kurzem renoviert worden. Er sah aus wie eine kleine EDV-Zentrale und war ohne Zweifel ein Arbeitsplatz. Mehrere der Geräte im Raum hatten Funktionen, von denen Rune Jansson nichts begriff. Er nahm an, daß dies Hamiltons privates Arbeitszimmer im Haus gewesen war. Die rosafarbenen Wolkengardinen paßten jedoch nicht zu dieser Vorstellung. Auf einer Schreibtischunterlage neben dem wohl wichtigsten PC lag ein Lederordner mit dem Logo von IBM und einem in Goldbuchstaben gedruckten Namen: Tessie Hamilton.

Es war also ihr Arbeitszimmer gewesen. Erst jetzt sah er ihr Bild, ein Foto in einem Silberrahmen. Sie lächelte sehr breit mit weißen Zähnen. Sie hatte den Kopf mit einer schnellen Bewegung in den

Nacken geworfen, die sich bis in ihr schwarzes Haar fortsetzte. Sie war sehr schön gewesen. Er erkannte sie schwach von irgendeinem Zeitungsfoto. Vor dem Bild lag eine noch recht frische rote Rose. Er streckte die Hand aus und betastete vorsichtig die weichen Blütenblätter. Die Rose war höchstens ein paar Tage alt.

11

Im Lauf der letzten zwanzig Jahre waren die Mörder Schwedens auf fast sensationelle Weise geistig gesünder geworden. Um die Mitte der siebziger Jahre wurden nur fünfundzwanzig Prozent der Mörder des Landes zu Haftstrafen verurteilt. Die große Mehrheit wurde in geschlossene psychiatrische Anstalten eingewiesen.

Um die Mitte der neunziger Jahre hatte sich das Verhältnis genau umgekehrt. Jetzt wurden fünfundsiebzig Prozent aller Mörder im Sinne des Gesetzes für geistig gesund befunden und konnten somit zu Haftstrafen verurteilt werden.

Der Grundsatz, daß verrückte Menschen nicht für ihre Taten verantwortlich sind, ist uralt. Man kann ihn in allen bekannten Gesetzen der schwedischen Geschichte finden, bis in die Zeit der Landschaftsgesetze des Mittelalters. In unserer Zeit findet sich der Grundsatz in Kapitel 30, Paragraph 6 des Strafgesetzbuches:

§ 6 Wer eine Straftat in einem die klare Urteilsfähigkeit ausschließenden Geisteszustand begangen hat, darf nicht zu Freiheitsentzug verurteilt werden. Wenn das Gericht in einem solchen Fall zu der Überzeugung kommt, daß auch eine andere Strafe unangemessen ist, bleibt der Angeklagte straffrei.

Dieser gesetzliche Grundsatz mag einfach und klar erscheinen. Doch die Frage lautet natürlich zum einen, was eigentlich unter »einem die klare Urteilsfähigkeit ausschließenden Geisteszustand« zu verstehen ist, zum anderen, wer entscheiden soll, ob ein solcher Zustand vorliegt, der die Urteilsfähigkeit ausschließt.

Die scheinbare Genesung, die bei den schwedischen Mördern in nur zwanzig Jahren erfolgt zu sein scheint, läßt sich jedoch weder medizinisch noch juristisch erklären. Es handelt sich vielmehr mehr um eine politische Frage, wer zu einer Haftstrafe und wer zur Einweisung in eine psychiatrische Klinik verurteilt werden soll.

Ende der Achtziger hatte die Presse die Politiker schon seit mehreren Jahren gedrängt, endlich tätig zu werden. Die Presse hatte die Öffentlichkeit mit aparten Fällen bekannt gemacht, die von niemandem recht verstanden wurden. Das galt besonders, wenn die

Öffentlichkeit durch die Medien nur eine kurzgefaßte Version des jeweiligen Falles kennenlernte. So gab es beispielsweise einige Fälle, bei denen der Mann seine Ehefrau totgeschlagen hatte und dann ihre Lebensversicherung kassieren durfte (»Der Mörder, der sein Opfer beerben durfte«).

Politikern fällt es schwer, solchem Druck der Öffentlichkeit zu widerstehen. In den letzten Jahren der sozialdemokratischen Herrschaft in den achtziger Jahren wütete die konservative Opposition gegen diese Laschheit und diesen rücksichtsvollen Umgang mit Straftätern. Die Konservativen traten 1991 auch mit der Forderung zur Wahl an, dieser Laschheit endlich ein Ende zu machen. Damit kulminierte die schnelle geistige Genesung der Mörder, und diese Veränderung wurde auch kodifiziert, das heißt zu einem neuen Gesetz gemacht, und zwar 1992.

Dem neuen Gesetz zufolge kann man *ein bißchen* verrückt sein. Dann wird das »Persönlichkeitsstörung« genannt, was eine Gefängnisstrafe zur Folge hat. Wenn man *sehr* verrückt ist, nennt man es eine »ernste psychische Störung«, und dann kommt man nicht ins Gefängnis.

Aber noch immer entscheidet nicht die Wissenschaft. Im übrigen ist die Gerichtspsychiatrie keine objektive Wissenschaft. Immer noch ist es so, daß Verrücktheit bei Mördern eher politisch als medizinisch bestimmt wird.

Der Fall des Leutnants Flink stellte das neue Gesetz auf eine erste harte Probe. Dieser Mann war eines Tages offenbar verrückt geworden. Eines Nachts tötete er mit seinem automatischen Karabiner in Falun sieben Menschen.

In der Stunde, in der Mattias Flink tötete, war er natürlich zum Opfer einer »ernsten psychischen Störung« geworden. Darauf konnten sich Laien wie Gerichtspsychiater leicht einigen. Doch da er keinen verrückten Eindruck machte, als er vor Gericht stand, war es aus politischen Gründen nicht möglich, ihn nach dem geltenden Gesetz zu verurteilen. Das hätte nämlich zur Folge gehabt, daß das Gericht sich gezwungen gesehen hätte, ihn zu einer Bewährungsstrafe zu verurteilen und ihn mit sofortiger Wirkung auf freien Fuß zu setzen.

Dem Gesetz zufolge wäre ein solcher Beschluß einfach und logisch: Er war verrückt, als er die Taten begangen hatte, und aus diesem Grund durfte er nicht zu einer Gefängnisstrafe verurteilt werden. Er war gesund, als er vor Gericht stand. Und in einer Demokratie kann ein gesunder Mensch nicht zur Einweisung in eine psychiatrische Anstalt verurteilt werden. Folglich Bewährungsstrafe und Freiheit.

Ein solches Urteil, dem Gesetz nach perfekt, hätte die sogenannte öffentliche Meinung niemals akzeptiert. Aus diesem Grund wurde sehr starker politischer Druck ausgeübt, um sicherzustellen, daß Mattias Flink gesund war. Die Abendpresse wollte ihn gesund sehen. Auch die Angehörigen der unschuldigen Todesopfer ließen über die Abendpresse ihren Wunsch sehr deutlich erkennen, daß man Flink für gesund erklären möge. Diesem kompakten Druck ließ sich nicht widerstehen, und folglich wurde der Mann zu Lebenslänglich verurteilt.

Dies war Carls Problem. Oder vielmehr war sein Problem ein spiegelverkehrtes Bild des Falls Mattias Flink.

Mattias Flink hatte ihm unbekannte junge Frauen umgebracht und war allein für seine Taten verantwortlich. Carl hatte Denunzianten der verächtlichsten Art getötet, die zudem noch Einwanderer waren.

Schon dieser Unterschied bewirkte, daß Carls eventuelle Geisteskrankheit bedrohlich näher rückte. Überdies konnte jedoch die Verantwortung für seine Taten auch außerhalb seiner Person zu suchen sein, beispielsweise bei der Regierung, die ihn mit den extremen Machtbefugnissen eines Säpo-Chefs ausgestattet hatte.

Und die Medien, die sich für berufen hielten, die öffentliche Meinung zu vertreten, begannen von einer Tragödie zu sprechen. Sie meinten damit Carl und nicht seine Opfer; die Medien heuerten ein Bataillon von Psychologen an. Diese sprachen davon, welch ein traumatisches Erlebnis es sein müsse mit anzusehen, wie die eigene Familie nach und nach von sizilianischen Mördern ausgerottet werde.

Es gab in der Bevölkerung keinen allgemeinen Wunsch, um einiger denunzierender Einwanderer willen einen Nationalhelden am Galgen baumeln zu sehen. So wie die öffentliche Meinung gewünscht hatte, Mattias Flink für geistig gesund zu erklären, ebenso angelegen schien es jetzt zu sein, Carl für vorübergehend verrückt zu erklären.

Dieser selbst hatte schon während des kurzen Haftprüfungstermins die Gefahr gewittert. Die Verhandlung hatte bemerkenswerterweise hinter verschlossenen Türen stattgefunden. Er hatte vergebens gegen die Geheimniskrämerei protestiert. In nur wenigen Minuten beschloß das Amtsgericht Stockholm, daß Carl wegen dringenden Mordverdachts in Haft genommen werden solle. Die Frage einer offenen Verhandlung müsse bis zum Beginn des eigentlichen Prozesses anstehen. Carl solle mit sofortiger Wirkung einer gründlichen Untersuchung seines Geisteszustands unterzogen werden. Normalerweise dauerte eine solche Prozedur drei Wochen.

Doch schon am nächsten Tag ließ Carl über seinen Rechtsvertreter mitteilen, daß er ganz einfach nicht die Absicht habe, sich an der Untersuchung seines Geisteszustands zu beteiligen. Sein Anwalt war ein junger Mann, ein Wirtschaftsjurist, der sich nur selten mit Strafsachen befaßte. Da es weder nach dem Gesetz noch praktisch möglich sein würde, einen Häftling gegen seinen Willen zu einer solchen Untersuchung zu zwingen, schlug Carl deshalb vor, man solle die unnötige Verzögerung einfach überspringen. Er betrachte sich nicht als verrückt und habe absolut kein Interesse daran, den Geisteskranken zu simulieren, um sich so seiner Strafe zu entziehen.

Dieses Problem, mit dem das Amtsgericht noch keinerlei Erfahrungen hatte, gab den Richtern reichlich Stoff zum Nachdenken. Personen, denen eine lebenslange Freiheitsstrafe drohte, wenn sie für gesund erklärt wurden, zeigten sich normalerweise mehr als kooperationswillig, wenn es um die gründliche Untersuchung ihres Geisteszustands ging. Doch hier hatte man es offenbar mit dem umgekehrten Problem zu tun. Es erschien nicht als empfehlenswerte Lösung, Carl einfach zum Krankenhaus von Huddinge zu transportieren. Es kam den Richtern unangemessen vor, die damit verbundene Aufregung in Kauf zu nehmen, nur weil er sich weigerte, sich untersuchen zu lassen.

So wurde nach einem Kompromiß gesucht. Der Ankläger in dieser Sache, Staatsanwalt Jan Danielsson, wurde gebeten, einen Vorschlag zu machen. Dieser lief darauf hinaus, daß Carl sich einem Gespräch mit dem vom Amtsgericht eingesetzten Psychiater stellen solle. Carl solle Professor Lars Lidberg persönlich seine Motive darlegen, weshalb er sich der Untersuchung nicht unterwerfen wolle.

Carl zeigte sich äußerst widerwillig, als Jan Danielsson ihn in seiner Haftzelle aufsuchte, um über den Vorschlag zu diskutieren. Da Carl so einzigartig kooperationswillig gewesen war, als es darum ging, die Ermittlungen zu schnellen und konkreten Ergebnissen zu führen, hatte man ihm keinerlei Beschränkungen auferlegt. Er hatte einen Fernseher und ein Radio in der Zelle und las alle Zeitungen. Darum setzte man absurderweise auch sein Einvernehmen voraus, als es darum ging, ihm eine ernsthafte psychische Störung zu bescheinigen.

Er hatte den Verdacht, daß ein Wissenschaftler, der es mit der Wahrheit nicht so genau nahm, sich vielleicht damit begnügen würde, ihn nur ein wenig anzusehen, um dann die Expertise abzugeben, die sich außer Carl selbst alle wünschten.

Jan Danielsson und Carl kamen jedoch gut miteinander aus, da sie keine gegensätzlichen Interessen hatten. Beide wünschten einen schnellen Prozeß mit einem Schuldspruch. Das war natürlich ein höchst ungewöhnliches Verhältnis von Staatsanwalt und Angeklagtem, hatte zwischen den beiden jedoch ein Vertrauensverhältnis geschaffen. Als Jan Danielsson versicherte, er könne sich um keinen Preis der Welt auch nur vorstellen, daß ein Psychiater allein durch ein schnelles »Ansehen« Carl für verrückt erklären könne, dies aber trotzdem die schnellste Lösung des Problems sei, gab Carl widerwillig nach.

Als der Oberstaatsanwalt ging, erlaubte er sich einen drastischen Scherz: Carl solle sich vielleicht doch hüten, dem Psychiater ein allzu großes Mißtrauen entgegenzubringen, denn Mißtrauen sei ein Charakterzug, dem solche Figuren große Bedeutung beimäßen. Carl verzog bei dieser Bemerkung den Mund, sagte aber nichts.

Er bat auch darum, man möge ihm helfen, sich vorzubereiten. Jan Danielsson versprach ihm Gesetzestexte und Anweisungen des Zentralamts für Gesundheits- und Sozialwesen zu schicken, bevor der Professor ihn aufsuche.

Als Professor Lars Lidberg ein paar Tage später das Untersuchungsgefängnis Kronoberg besuchte, hatte Carl somit schon Zeit gehabt, sich in das Thema der sogenannten psychischen Störungen einzulesen. Und das, was er in den Texten gefunden hatte, hatte ihn einigermaßen beruhigt.

Der Professor sah sanft aus, ja sogar wie ein Professor alten Schlages. Sein Blick war verständnisvoll, was Carl im Grunde für ein böses Vorzeichen hielt. Er zeigte es jedoch nicht, da er nicht als mißtrauisch erscheinen wollte.

Sie saßen einander in einem der kahlen Besucherzimmer der U-Haft gegenüber. Carl schwitzte heftig, da der Besuch gleich nach dem Ende seiner Trainingsstunde in einem der wie Tortenstücke geformten Bewegungskäfige oben auf dem Dach gekommen war. Carl nutzte diese Stunde von der ersten bis zur letzten Sekunde. Den Wachen der Haftanstalt war es zu einem heimlichen Vergnügen geworden, Carls bemerkenswert imposanten gymnastischen Übungen zuzusehen.

Die beiden sagten zunächst nicht viel, sondern nahmen gleichsam mit den Augen Maß.

»Soviel ich weiß, widersetzt du dich einer gerichtspsychiatrischen Untersuchung. Hast du etwas dagegen, mir die Gründe dafür zu erklären?« fragte der Professor schließlich. Seine Stimme war leise und hörte sich professionell verständnisvoll an.

»Nein, natürlich nicht«, erwiderte Carl und sah dem Professor offen in die Augen, da er sich vorstellte, ein flackernder Blick könnte als Zeichen von Krankheit gewertet werden. »Wie du weißt, habe ich in der letzten Zeit sechs Menschen getötet. Ich bin der Meinung, dafür sehr gute Gründe gehabt zu haben, Gründe, die ich bei einem öffentlichen Prozeß darzulegen gedenke. Ich bin sogar der Meinung, daß meine Gründe so rational waren, so wichtig für mich selbst, für das Verhältnis zwischen Einwanderern und uns übrigen, kurz für unser ganzes Land, daß ich bereit bin, den persönlichen Preis dafür zu bezahlen. Also lebenslange Haft. Eine Voraussetzung ist dabei, daß ich den Prozeß zur Beschreibung des moralischen und politischen Hintergrunds nutzen kann. Über das Juristische gibt es ja nicht viele Worte zu verlieren. Aber sollten deine Kollegen und du sagen, ich sei verrückt, dann …«

» … würde das deine Argumentation auf entscheidende Weise schwächen«, unterbrach ihn der Professor mit einem Lächeln, das mitfühlend zu sein schien.

»Ja, das kann man ruhig so sagen«, bestätigte Carl mit einem

Kopfnicken. Er ließ sich von dem Lächeln seines Gegenübers anstecken.

»Besteht denn deiner Ansicht nach ein Risiko, daß man dich für verrückt halten könnte, wie du sagst?« fragte der Professor in dem gleichen leichten Tonfall.

»Das ist natürlich eine Gewissensfrage«, bemerkte Carl ironisch. »Laß es mich so ausdrücken: Ich habe nicht gerade das allergrößte Vertrauen zu der Wissenschaft, die du vertrittst. Ich freue mich nicht gerade auf das höchst zweifelhafte Vergnügen, vor Gericht zu sitzen und mit deinen Psychologen über meine Kindheit und andere Dinge zu sprechen. Ich habe auch keine Lust, allerlei Tests über mich ergehen zu lassen. Ich unterliege hier keinerlei Beschränkungen und lese die Zeitungen. Und so wie ich es verstehe, würde man es dir nicht gerade übelnehmen, wenn du mich für schuldunfähig erklären würdest.«

»Nein, damit könntest du sogar recht haben«, brummte der Professor amüsiert. »Aber darf ich dich ganz offen fragen, wie du es selbst beurteilst, ich meine, sechs Personen zu töten. Hast du angesichts eines derart extremen Verhaltens keine moralischen Bedenken?«

»Wenn ich darauf mit nein antworte, bin ich also ein innerlich verhärteter Psychopath ohne Mitgefühl?« fühlte Carl vor. »Laß mich da auf etwas hinweisen, was eine gewisse Bedeutung haben kann. Ich habe in meinem früheren Beruf eine große Zahl von Menschen getötet. Das ist natürlich immer unter Umständen geschehen, die durch hohe Prinzipien vergoldet wurden, Begriffe wie die Sicherheit einer Nation, der Weltfrieden und ähnliches. Damals sind die Entscheidungen von Personen wie den Präsidenten der USA und der UdSSR in Übereinstimmung mit unserer Regierung getroffen worden, einem schwedischen Verteidigungsminister, einem schwedischen Ministerpräsidenten und so weiter. Wenn man es kraß ausdrücken will, könnte man sagen, daß ich ein sehr fleißiger und tüchtiger Mörder in staatlichen Diensten gewesen bin. Dafür hat man mich mit einer Menge buntem Lametta behängt. Verstehst du, worauf ich mit dieser Argumentation hinauswill?«

»Ich glaube schon, aber sprich trotzdem weiter«, entgegnete der Professor. »Das ist alles sehr interessant. Ich meine, moralisch interessant, nicht in psychiatrischer Hinsicht.«

»Danke für diese Einschätzung«, erwiderte Carl. »Ich meine dafür, daß du es genauso siehst wie ich, als eine moralische Frage und nicht als eine medizinische. Also, ich wollte nur darauf hinaus, daß es ein militärischer und legaler und sogar hochangesehener Job sein kann, andere Menschen umzubringen, etwa so, wie es bei den etablierten Mördern der sizilianischen Mafia in deren heimischem Umfeld der Fall ist. Denn genau das bin ich nämlich gewesen. Der Unterschied ist diesmal rein juristischer Natur, einen anderen gibt es nicht. Dafür erhalte ich zwar keinen Orden, sondern eine lebenslange Freiheitsstrafe, aber im übrigen ist alles gleich geblieben.«

»Für wie extrem hältst du diese Auffassung?« fragte der Professor leise.

»Sie ist sicher sehr ungewöhnlich«, sagte Carl, während er darüber nachgrübelte, ob er dabei war, sich mit seinen Worten ein wenig Verrücktheit in Form einer sogenannten Persönlichkeitsstörung an den Hals zu reden. »Doch das liegt daran, daß meine frühere Tätigkeit sehr ungewöhnlich ist. Aus diesem Grund haben nur wenige Menschen Anlaß gesehen, über diese Probleme nachzudenken. Möchtest du auf eine sogenannte Persönlichkeitsstörung hinaus?«

»Nicht ohne weiteres«, entgegnete der Professor erstaunt und hob mit einer Art Eingeständnis die Augenbrauen. »Darf ich fragen, wie du in letzter Zeit deine Arbeit bewältigt hast?«

»Aber gern«, erwiderte Carl. Er glaubte, die mit dieser Frage verfolgte Absicht zu durchschauen. »Ich habe sehr hart gearbeitet. Unter anderem habe ich eine umfassende Reform von Organisation und Ausrichtung der Sicherheitspolizei durchgeführt. Ich habe eine Menge Leute auf andere Posten versetzt und ebenso viele gefeuert, die sich als ungeeignet erwiesen hatten. Daneben habe ich Morde an sechs Personen geplant und verübt.«

»Das deutet kaum auf eine Psychose hin«, bemerkte der Professor fast zu sich selbst.

»Eben!« sagte Carl mit leichtem Sarkasmus. »Ich habe also weder geistige *Verwirrung* noch *Gedankenstörungen* an den Tag gelegt. Ich habe in letzter Zeit auch nicht unter *Halluzinationen* oder *Wahnvorstellungen* gelitten. Dann hätte ich nämlich weder meinen Job noch meine Nebentätigkeit als Verbrecher bewältigt. Dinge wie

Delirium tremens, Alkoholneurosen, Abstinenz mit psychotischen Problemen und so weiter können wir wohl gleich streichen. Davon gehe ich jedenfalls aus.«

»Du hast dich vor diesem Treffen offenbar recht gut vorbereitet«, bemerkte der Professor vorsichtig.

»Natürlich«, erwiderte Carl. »Du befindest dich jetzt in der vielleicht ungewöhnlichen Situation, eine Person vor dir zu haben, die Gesundheit simuliert, um verurteilt werden zu können. Normalerweise dürfte es umgekehrt sein. Obwohl ich davon ausgehe, daß eine Simulation in beiden Richtungen gleich schwer ist.«

»Ja, davon gehe ich ebenfalls aus«, erwiderte der Professor und machte sich eine kleine Notiz, durch die Carl sich nicht stören ließ. »Sag mal, darf ich dich etwas fragen?« fuhr er dann fort und blickte Carl ins Gesicht. Sein Blick schien vollkommen offen und frei von jeder Bosheit zu sein. »Bist du der Meinung, nach dem Tod deiner Frau und deines Kindes sehr deprimiert gewesen zu sein?«

»Ja, selbstverständlich«, erwiderte Carl wachsam. »Jede andere Antwort wäre so unpassend wie unwahr gewesen, aber es hat sich *nicht,* dessen bin ich mir ziemlich sicher, um ›Depression ohne psychotische Symptome, aber mit Selbstmordgefahr‹ gehandelt, wie es in den Anweisungen des Zentralamts für das Gesundheits- und Sozialwesen heißt.«

»Du hast dich offensichtlich *sehr* genau informiert«, bemerkte der Professor mit ausdruckslosem Gesicht. »Kannst du aber ehrlich sagen, nicht an Selbstmord gedacht zu haben?«

»Natürlich habe ich an Selbstmord gedacht. Wer hätte das in meiner Situation nicht getan?« entgegnete Carl schnell. »Ich habe mich aber mit Arbeit davor geschützt, Arbeit, die ich sogar als sehr wichtig ansah. Im übrigen habe ich – wenn wir schon bei gerade diesem Abschnitt in deinem Formular sind – keinerlei Neigung zu Kleptomanie, Pyromanie oder sexuellen Perversionen an den Tag gelegt.«

»Nein, das wäre ja noch schöner«, sagte der Professor mit einem Lächeln. »Aha, du weißt jedenfalls, worauf ich aus bin, das ist vollkommen klar. Was aber ist, wenn man beispielsweise Kleptomanie gegen Serienmorde austauscht?«

»Kleptomanie in Verbindung mit einer Psychose ist hier etwas völlig Irrationales«, sagte Carl nachdenklich. »Meine Serienmorde haben dagegen einen vollkommen rationalen Hintergrund gehabt. Ich weiß nicht, ob wir diesen Begriff verwenden sollten, aber vielleicht ist er doch richtig. Ich bin nämlich gewohnt, daß meine Morde immer als etwas Edles umschrieben werden können.«

»Keine Gewissensbisse?« fragte der Professor weich.

»Nein«, entgegnete Carl. »Ist unser Gespräch vertraulich? Kann ich dir etwas erzählen, was eigentlich geheim ist, ohne Gefahr zu laufen, daß es später vor Gericht ausgebreitet wird?«

»Mit genau diesem Vorbehalt kannst du es mir erzählen«, sagte der Professor und machte sich eine Notiz.

»Gut. Meiner Ansicht nach könntest du dies nämlich interessant finden. Es ist, in berufsmäßiger Hinsicht, meine ich, so etwas wie ein Schnittpunkt zwischen unseren beiden Welten, der unser Problem erhellen kann. Ich habe vor einiger Zeit in einem fremden Land einen Prozeß wegen Landesverrats miterlebt. Der Angeklagte, der Gefahr lief, zum Tode verurteilt zu werden, war ein Kollege und Freund von mir. Doch die Dinge waren noch komplizierter. Er war angeklagt, mir, oder sagen wir, der Spionage der westlichen Welt, Angaben über die Operateure des eigenen Landes in einem anderen Land zugespielt zu haben. Das hatte dazu geführt, daß ich die fraglichen Personen tötete, überdies mit Unterstützung unserer eigenen Regierung. Dafür habe ich übrigens auch eine dieser besonders begehrten Medaillen erhalten. Doch der Mann, der jetzt angeklagt war, lief wegen seiner Teilnahme an dieser Aktion Gefahr, zum Tode verurteilt zu werden. Er war sich dieses Risikos ständig bewußt gewesen. Er hatte immer gewußt, daß es so enden konnte. Dennoch ging er das Risiko ein, weil er der Meinung war, daß seinem Land mit seinem Handeln am besten gedient war.«

»Wie ist es ausgegangen?« fragte der Professor. Die Dramatik der Darstellung hatte ihn unwillkürlich gefangengenommen.

»Er wurde zwar freigesprochen, doch das war keine Selbstverständlichkeit. Er hätte ebensogut zum Tode verurteilt werden können. Ich bewundere diesen Mann sehr wegen seines Muts. Ich bin der Meinung, daß er richtig gehandelt hat.«

»Und jetzt bist du in der gleichen Situation, meinst du?«

»Ja, obwohl ich nur zwölf oder fünfzehn Jahre riskiere oder das, was bei uns als lebenslänglich gilt. Das hängt natürlich ein wenig davon ab, was für einen Justizminister wir in zehn Jahren haben.«

»Und du bist der Ansicht, es habe sich gelohnt?«

»Ja, und das möchte ich bei dem Prozeß darlegen, bei dem man mich hoffentlich nicht zum Irren stempeln wird. Wie mache ich mich übrigens?«

»Nun ja«, sagte der Professor mit einem listigen Lächeln. »Sieh mal, das möchten die Patienten immer aus mir herauslocken, besonders die, die ihren Zustand simulieren. Doch im Ernst und sachlich gesehen sieht es so aus: Wir haben vom Amtsgericht den Auftrag erhalten, mit dem vorhandenen Material zu einer Meinung zu kommen. Es besteht in erster Linie aus bekannten Tatsachen über dich. Also keine Psychose bei der Arbeit und so weiter, außerdem gehört auch dieses Gespräch dazu. Das ist alles. Insgesamt ist das ein bißchen dünn.«

»Zu dünn, um mich für ernsthaft psychisch gestört zu erklären?« fragte Carl.

»Genau. Wirklich ein bißchen dünn für eine solche Schlußfolgerung. Was mich während unseres Gesprächs am meisten fasziniert hat, ist eine Frage, die eher philosophischer oder politischer Natur ist als psychiatrischer. Nebenbei bemerkt macht unsere Unterhaltung kaum den Eindruck auf mich, als unterhielte ich mich mit einer ernsthaft psychisch gestörten Person. Das hast du aber selbst schon längst gewußt. Aber, wie du sagtest, die Wissenschaften überschneiden einander und kommen manchmal auch der Politik und allgemeinen Wertvorstellungen in die Quere.«

»Und wie lautet diese Frage?« wollte Carl wissen. Er war erleichtert, offenbar nicht für verrückt erklärt zu werden; und er bereute, sich auf ein so langes Gespräch eingelassen zu haben. Damit war er unnötige Risiken eingegangen.

»Nun, dem Formular zufolge würden wir jetzt zu der Frage kommen, ob eine sogenannte *Persönlichkeitsstörung* vorliegt.«

»Ein kleines bißchen verrückt, aber nicht genug, um straffrei auszugehen«, bemerkte Carl mißtrauisch.

»Genau. Sehr interessant. Man könnte ja etwa so argumentieren, daß ein Mann, dessen Beruf es gewesen ist, für Orden und Medaillen andere Menschen zu ermorden, schon *qua definitionem* eine gestörte Persönlichkeit haben muß. Da dieses Verhalten so extrem ist, meine ich. Doch dann erhebt sich natürlich die Frage, ob dann das Gesellschaftssystem, das diese Medaillen und Orden verleiht, nicht auch verrückt ist.«

»Ich würde es sehr zu schätzen wissen, wenn du mich nicht in diese Auseinandersetzung hereinziehst«, sagte Carl mit einem feinen Lächeln. Er fand die Fragestellung akademisch bis an die Grenze der Parodie.

»Nein, nein, natürlich nicht«, erwiderte der Professor schnell. »Das war nur eine allgemeine Überlegung. Erstens habe ich gar keinen wissenschaftlich haltbaren Anlaß, eine solche Argumentation aufzubauen. Zweitens ist es sozusagen sinnlos, die Gesellschaft für geisteskrank zu erklären, wenn du diese nachlässige Ausdrucksweise entschuldigst?«

»Sehr gern«, sagte Carl und erhob sich mit der Selbstverständlichkeit des Admirals, um das Treffen zu beenden.

Sie gaben einander zum Abschied herzlich die Hand.

Der Markt reagierte sehr positiv auf die Nachricht, daß Carl Hamilton wegen begründeten Mordverdachts in sechs Fällen verhaftet worden sei. Die Zinsen sanken, und der Kurs der Krone stieg erstaunlich schnell.

Erik Ponti knirschte mit den Zähnen, als er erfuhr, daß dies die wichtigste Nachricht des Tagesechos in den wichtigen Abendsendungen werden sollte. Mit der Entscheidung, das Wirtschaftsressort zu verkleinern, hatte man die Absicht verfolgt, ein paar Sendungen zu beseitigen und somit radikal Geld zu sparen. Jedenfalls war nicht beabsichtigt worden, daß die astrologischen Übungen dieser Leute an die Spitze der Nachrichtensendungen rücken sollten. Zumindest nicht mit dem Bierernst, wie es jetzt geschah; gegen eine ironische Darstellung des Themas hätte Erik Ponti nichts einzuwenden gehabt. Man hätte etwa zeigen können, daß »der Markt« aus nichts weiter bestand als einer kleinen Ansammlung völlig meschuggener Rechtsextremisten, die auf alles positiv oder negativ reagieren konnten. Die rund zweihundert Personen, aus denen dieser Verein zur gegenseitigen Beweihräucherung e. V. bestand, gingen wohl davon aus, daß sie alle anderen dazu bringen konnten, genauso zu reagieren wie sie. Massenmord oder Sparpaket. Hoppla, wir leben.

Erik Ponti hatte nicht ohne Seelenpein Carls Aktentasche aufgemacht. Er hatte zwei Dinge versprochen, von denen das eine leicht zu verstehen war. Im Fall von Carls Tod sollte er die Aktentasche öffnen. Die zweite Anweisung war allerdings etwas geheimnisvoller, nämlich daß die Tasche geöffnet werden sollte, wenn Carl »zum Schweigen gebracht werde«.

Als sie draußen auf Djurgården auf der Parkbank gesessen hatten, war diese Formulierung völlig unverständlich gewesen, was Carl auch eingeräumt hatte. Er hatte jedoch auch gesagt, daß die Zusammenhänge bald klarer werden würden. Erik Ponti hatte natürlich allerlei Vermutungen angestellt. Er wäre jedoch nie auf die Idee gekommen, daß man Carl wegen der Ermordung von sechs Informanten der Säpo verhaften würde.

Beim Haftprüfungstermin hatte es einen unerhörten Ansturm der internationalen Presse gegeben und aus diesem Grund eine um so größere Enttäuschung, als ein nervöser Gerichtsassessor bekanntgab, der Haftprüfungstermin werde hinter verschlossenen Türen stattfinden. Erstaunte Juristen kommentierten dies sofort damit, daß sie den Grund dieser Maßnahme nicht verstehen könnten, ja nicht einmal ihre Legalität. Zumal es von seiten der Verteidigung gar nicht verlangt worden sei, diese Verhandlung hinter verschlossenen Türen stattfinden zu lassen. Der junge Wirtschaftsjurist, den Carl zu seinem Verteidiger bestimmt hatte, fand sich plötzlich vor den Kameras der großen Fernsehsender der Welt wieder. Er überbrachte die etwas schwammige Nachricht, daß Carl verhaftet worden sei und daß er selbst als Anwalt nichts von dem mitteilen dürfe, was hinter verschlossenen Türen stattgefunden habe. Er erklärte jedoch, er habe sich als Verteidiger bemüht, sich dieser Maßnahme zu widersetzen.

Diese Situation hatte Erik Ponti so interpretiert, daß man Carl damit »zum Schweigen gebracht« habe, und danach hatte er die Aktentasche geöffnet.

Das Material bestand hauptsächlich aus Dokumenten aus dem Archiv der Säpo. Sie beschrieben die Karriere der sechs Informanten sowie ihre »Leistungen«. Es war eine unerhörte Lektüre, denn sie erklärte ein System totaler Willkür und einen gelinde gesagt geheuchelten Glauben an die Fähigkeit der Informanten, korrekte Informationen zu liefern. Die Willkür wiederum hatte Hunderte von Menschen ebenso hart wie unerklärlich getroffen. In den Akten fanden sich lange Listen. Es ging an mit gesprengten Wohnhäusern, festgenommenen Palästinenserfamilien im Westjordanland und endete bei der Hinrichtung ganzer Familien durch türkisches Militär in Anatolien. Angeblich war es bei Razzien gegen die PKK zu Fluchtversuchen gekommen.

Die Schlußfolgerung ergab sich schon beim Lesen der Dokumente selbst. Die schwedische Sicherheitspolizei war direkt für Untaten verantwortlich, die das Hundertfache dessen ausmachten, wofür ihr Chef jetzt angeklagt wurde.

In der Aktentasche befanden sich folglich Berichte und Einschätzungen der Konsequenzen, zu denen die Weitergabe der Informationen der Denunzianten geführt hatten. Daneben aber auch ausführliche und kritische Ausführungen über das Zustandekommen der Berichte. Meist schien es so gewesen zu sein, daß der Kontaktmann des Informanten zu diesem kam und fragte, ob nicht dieser Hassan ein verdächtiger Typ sei. Eine Woche später bestätigte der Informant, der fragliche Hassan sei tatsächlich ein höchst verdächtiger Typ, und wurde dafür bezahlt. Anschließend konnte der schwedische Staat drastische Maßnahmen gegen Hassan in Schweden oder seine Familie zu Hause ergreifen, indem er einen verbündeten Sicherheitsdienst im Nahen Osten mit der jetzt bestätigten Auskunft belieferte, Hassan sei ein verdächtiger Typ. In den Akten fanden sich zahlreiche authentische Fallbeschreibungen, die Erik Ponti die Haare zu Berge stehen ließen.

Carl hatte zudem eine einleitende Darlegung beigefügt, in der er beschrieb, wie mühsam es gewesen sei, diesem System ein Ende zu machen. Er erklärte, welche Mitarbeiter er gefeuert habe, da diese geplant hätten, seine Anweisungen mißachten zu können. Er kam zu der Schlußfolgerung, das System, sich unter den Einwanderern in Schweden zahlreicher Informanten zu bedienen, sei in der Säpo-Kultur so fest verwurzelt, daß ihm mit administrativen Maßnahmen nicht beizukommen sei.

Ferner schilderte Carl, wie er allmählich zu der Schlußfolgerung gelangt sei, daß man das perverse System nur mit der Wurzel ausreißen könne. Dann sei er zu der Überzeugung gelangt, daß das gegebenenfalls mit einem persönlichen Preis verbunden sein müsse, da es den geltenden Gesetzen und Verordnungen zufolge nicht erlaubt sei, so zu verfahren. Dies wollte er vermutlich vor Gericht vorbringen, wenn er die Möglichkeit erhielt, sich zu erklären. Er hatte jedoch offensichtlich nicht die Absicht, sich im klassischen Sinn des Worts zu verteidigen.

Bis auf weiteres konnte Erik Ponti das Material nicht verwenden. Er hatte Carls Bemerkung, man werde ihn eventuell »zum Schweigen bringen«, wohl etwas zu weit ausgelegt. Die Reaktion bei schwedischen Juristen und der internationalen Presse auf die Geheimhaltung des Haftprüfungstermins war nicht gnädig gewesen. Inzwischen stand schon so gut wie fest, daß der bevorstehende Prozeß öffentlich sein würde.

Nachrichtenmäßig war es um die Hamilton-Affäre vorübergehend stiller geworden, da alle jetzt auf die Anklage warteten, was die Spekulationen ganz automatisch vorsichtiger werden ließ. Wer es jetzt etwa unternahm, irgendwelche sensationellen Enthüllungen einer vermeintlich »hochgestellten Quelle bei der Säpo« an die Öffentlichkeit zu bringen, lief Gefahr, mit allzu kurzer Frist von der Wirklichkeit dementiert zu werden.

Die Sensation war inzwischen keine mehr, und sämtliche Bilder von Hamilton in Uniform mit Medaillen und Orden waren schon publiziert. Überdies hatten schon alle Blätter die Morde an seinen Angehörigen rekapituliert.

Im übrigen herrschte jetzt Flaute, was die Hamilton-Affäre anging. Das *Echo des Tages* hatte drei Plätze im Hochsicherheitssaal des Amtsgerichts Stockholm bestellt.

Erik Ponti hatte mit seiner neuen Chefin und alten Kollektivfreundin aus den sechziger Jahren darüber gesprochen. Beide waren recht schnell zu dem Schluß gekommen, daß es nicht gut wäre, wenn er Hauptverantwortlicher für die objektive Berichterstattung über den Prozeß sei. Immerhin wüßten alle, daß er und Hamilton eine besondere persönliche Beziehung zueinander hätten. Anwesend solle er trotzdem sein und vielleicht nur so etwas wie persönliche Kommentare sprechen. Das müsse jedoch später entschieden werden, je nachdem, wie der Prozeß laufe.

Er hatte ihr ebensowenig wie sonst jemandem erzählt, daß er eine Art Schlüssel zu Hamiltons Motiven hatte, nämlich in Gestalt einer prall gefüllten schwarzen Aktentasche mit der unangenehmen kleinen Eigenheit, daß sie in die Luft flog, wenn man sie falsch aufmachte.

Er hatte voller Faszination studiert, was die Sprengladung sein mußte, sowie ein Bündel roter, blauer, grüner und gelber Kabel, welche die Sprengladung mit dem Schloß der Tasche verbanden. Möglicherweise war es unverantwortlich, so etwas in seinem Dienstzimmer aufzubewahren, auch wenn er die Tasche eingeschlossen hatte. Der Gedanke, sie zu Hause aufzubewahren, erschien ihm jedoch noch schlechter.

Er war jetzt so etwas wie Hamiltons *back-up*. Das ging ihm jetzt auf, und wie immer quittierte er es mit recht gemischten Gefühlen. Wenn es Carl nicht gelang, das zu sagen, was in der Aktentasche steckte, würde es dem *Echo des Tages* ohne Zweifel gelingen.

Wie gewohnt hatte Carl ihn manipuliert, und zwar gerade so, wie er, Erik Ponti, es bei seinen Vorträgen vor Journalistenschülern überall im Land selbst hervorzuheben pflegte: So etwas dürfe ein richtiger Reporter nie zulassen. Dennoch mußte er sich damit abfinden. Wie ihm jetzt aufging, hatte Carl es ihm sogar fast spöttisch auf die Nase gebunden, als er sagte, es gebe manche Dinge, die größer seien als das Berufsethos eines Journalisten, zum Beispiel unser Verhältnis zu den Einwanderern.

Logischerweise sollte er also unermüdlich an den journalistischen Voraussetzungen weiterarbeiten, die in Carls Aktentasche steckten. Nämlich mit der Wahrheit über die Sabotage der Säpo an der Zukunft Schwedens. Denn unabhängig davon, was das Terroristendezernat bei der Säpo glaubte, würden in Zukunft zahlreiche Mitbürger schwarzhaarig sein.

Das war natürlich die Frage, um die es ging. Erik Ponti hatte eigentlich allen Anlaß, sich optimistisch zu fühlen. Eigentlich mußte er sehen, welche Möglichkeiten er jetzt hatte, etwas aus seinem Wissen zu machen. Dennoch fühlte er sich deprimiert. Es war paradox. Als er vor langer Zeit seine Reporterlaufbahn begonnen hatte, hatte er bei *Palestinsk Front* gearbeitet, einem gelinde gesagt oppositionellen Blatt. Damals hatten er und die anderen Genossen ohne spürbaren Einfluß unverdrossen mit Matrizen und einfachen Druckerpressen gearbeitet, um der Propaganda des Establishments entgegenzuwirken. Jetzt saß er selbst mitten im Establishment und konnte all das tun, was er damals nicht hatte tun können. Dennoch fühlte er sich müde und resigniert. Die Wahrheit ist immer revolutionär, dachte er. Das war sein Lieblingszitat. Er wußte aber nicht mehr, woher er es hatte.

Plötzlich hatte er ein ungeheuer schlechtes Gewissen. Carl, der schweigsame und korrekte kleine Genosse von der Clarté, wollte jetzt mit einer lebenslangen Haftstrafe oder dem Aufenthalt im Irrenhaus für etwas bezahlen, wofür, wie er offenbar annahm, Erik Ponti mit der gleichen Selbstverständlichkeit kämpfen würde. Lustigerweise kam Erik Ponti Carl in der Erinnerung immer *klein* vor, was schlecht zu seinem jetzigen Bild eines Elitesportlers mit gut neunzig durchtrainierten Kilo Körpergewicht paßte.

In dieser Lage war es wirklich ungehörig, sich müde zu fühlen.

Der erste Prozeßtag war schauerlich langweilig. Das war die treffendste Zusammenfassung, die den versammelten Medien als Urteil einfiel. Schauerlich im Hinblick auf die scheußlichen Details, die jetzt ans Licht kamen, unter anderem Obduktionsfotos. Langweilig, weil der Prozeß ohne jede Spannung war, weil zwischen Staatsanwaltschaft und Verteidigung keine Gegnerschaft herrschte.

Das bedeutete unter anderem, daß keine Zeugen aufgerufen werden mußten, da die Verteidigung alle Behauptungen des Staatsanwalts akzeptierte, wenn man von einigen pingeligen Korrekturen Carls bei waffentechnischen Fragen absah. Die sachliche Darstellung des Staatsanwalts geriet dennoch erstaunlich schnell, da die Verteidigung sie in keinem einzigen Punkt in Frage stellen würde.

Oberstaatsanwalt Jan Danielsson und Carl legten überdies eine vertrauliche, fast kollegiale Stimmung an den Tag, die bei einem Mordprozeß wohl einzigartig war. Die beiden duzten sich und traten gelegentlich fast auf, als führten sie ein Gespräch über ganz triviale Dinge. An diesem ersten Verhandlungstag äußerte Carls Verteidiger kaum ein Wort. Es war also zunächst ein von Sensationen sensationell freier Prozeß. Der Prozeß wurde im ersten Programm des Rundfunks direkt übertragen, und die Reporter in dem an den Gerichtssaal angrenzenden provisorischen Studio zwangen sich gelegentlich zu langen, geschwätzigen Kommentaren, mit denen sie im Grunde nichts sagten. Sie wollten damit nur den Eindruck erwecken, als handele es sich hier tatsächlich um den Prozeß des Jahrhunderts in Schweden, wie es die Medien unisono versprochen hatten.

Ein Prozeß, bei dem es um eine Mordanklage in sechs Fällen ging, würde sich normalerweise mehrere Wochen hinziehen, doch jetzt reichten zwei Tage.

Der erste Tag war somit in auf die Medien effektiv einschläfernder Weise damit zugebracht worden, objektive Ereignisabläufe festzustellen, Mordwaffen zu zeigen, Blutgruppentests und die Ergebnisse chemischer Untersuchungen des Staatlichen Kriminaltechnischen Labors in Linköping sowie des New Scotland Yard in London darzulegen. Damit konnte der zweite und letzte Verhandlungstag um so interessanter werden. Er sollte Vernehmungen Carls und die Schlußplädoyers der Parteien bringen; der Staatsanwalt hatte nämlich angekündigt, daß er diesmal für die gelegentlich sehr anstrengende Paradenummer vermutlich nicht mehr als ein paar Minuten brauche. Normalerweise erforderte es größere Mühen, die Richter von der Notwendigkeit eines bestimmten Urteils zu überzeugen.

Auf gewisse Weise war die Verhandlung also zweigeteilt: in einen langweiligen Tag, an dem im großen und ganzen nur das rekapituliert wurde, was die Medien schon ausführlich berichtet hatten, nachdem Anklage erhoben war und die Voruntersuchung mit all ihren scheußlichen Details allgemein bekannt wurde.

Und in einen spannenden Tag, an dem Carl sich endlich ausführlich äußern würde.

Die Säpo-Führung hatte sich ohne Erfolg mit der Forderung an das Amtsgericht gewandt, den zweiten Verhandlungstag hinter verschlossenen Türen stattfinden zu lassen. Carl hatte – vielleicht ohne jede Absicht – die ersten und einzigen spontanen Lacher des Prozesses für sich verbuchen können, als man ihn in aller Form gebeten hatte, sich zu dem zu äußern, was die schwedische Sicherheitspolizei in der Sache vorgebracht habe. Er hatte sehr kurz geantwortet, daß er erstens gegen verschlossene Türen in dem für die Allgemeinheit entscheidenden Abschnitt sei. Und zweitens sei er der Meinung, bedeutend besser als die jetzige und sicher sehr nervöse Säpo-Führung beurteilen zu können, was der Sicherheit des Landes dienlich sei.

Danach hatte das Amtsgericht die Forderung abgelehnt, die Verhandlung hinter verschlossenen Türen fortzusetzen. Es gab ganz einfach keine gesetzliche Grundlage für einen solchen Beschluß.

Oberstaatsanwalt Jan Danielsson war sich sehr wohl bewußt, welche Spannung im Gerichtssaal herrschte, als die Verhandlung am folgenden Tag um 10.33 Uhr fortgesetzt wurde. Carl wurde hereingeführt und zeigte demonstrativ auf die Uhr. Dann erklärte er entschuldigend, es sei schwierig, pünktlich zu sein, wenn man mit Fußfesseln herumlaufen müsse. Die Säpo hatte nämlich erneut einen Antrag beim Stockholmer Amtsgericht gestellt und auf zwingende Sicherheitsgründe verwiesen. Folglich müsse Carl an Händen wie Füßen gefesselt auftreten. Das Ganze hatte mit einem Kompromiß geendet – die Fußfesseln hatte das Gericht zugestanden.

Im übrigen hatte die Polizei ihr gesamtes Arsenal aufgeboten, um zu zeigen, daß hier tatsächlich Fußfesseln nötig seien und daß der Angeklagte besonders hinterhältig und gefährlich sei.

Der zweite Verhandlungstag sollte damit beginnen, daß der Staatsanwalt Hamilton verhörte. Unter den Zuhörern im Saal wurde geflüstert, und die Erwartung wurde immer spürbarer. Wegen des großen Zustroms aus dem Ausland befanden sich unter den Zuhörern fast ausschließlich Journalisten und Polizeibeamte in Zivil. Angehörige Carls hatten keine Plätze im Gerichtssaal verlangt, auch keine Nebenkläger. Allenfalls Angehörige der ermordeten Agenten hätten als Nebenkläger Plätze beanspruchen können.

»Nun, Carl, jetzt fangen wir also an einem anderen Ende an als gestern«, begann Jan Danielsson fast demonstrativ vertraulich. »Du hast meine Darstellung ja bestätigt und sogar die Freundlichkeit besessen, sie in einigen Punkten zu ergänzen. Das kann ich nur so deuten, als wären wir uns über die objektiven Handlungsabläufe völlig einig. Nicht wahr?«

»Ja, voll und ganz«, bestätigte Carl.

Er saß leicht vornübergebeugt da und hatte eine Hand unter dem Tisch, als irritierten ihn seine Ketten. Es hatte den Anschein, als kratzte er sich.

»Gut«, fuhr der Oberstaatsanwalt fort. »Wir sind also jetzt mit allen Fragen durch, die das Wie und das Was betreffen. Damit kommen wir zu der Frage: warum? Wenn ich richtig verstanden habe, was du bei Verhören und einigen inoffiziellen Unterhaltungen angedeutet hast, die wir im Lauf der Ermittlungen geführt haben, hast du also ein Motiv für diese Taten gehabt?«

»Ja, selbstverständlich«, erwiderte Carl. Er streckte sich und setzte sich etwas bequemer hin.

»Möchtest du etwas über dein Motiv sagen?« fuhr der Staatsanwalt fort. »Du brauchst also jetzt kein Plädoyer zu halten, wenn du verstehst, was ich meine, sondern du sollst nur beschreiben, worum es sich gehandelt hat.«

»Ja, ich verstehe. Ich werde es kurz machen und mit einfachen Worten berichten«, sagte Carl und machte eine kurze Pause, als konzentriere er sich. An dieser Stelle waren nur hier und da geflüsterte Übersetzungen unter den ausländischen Korrespondenten zu hören.

»Diese Informanten, die sechs Personen, die ich so getötet habe, wie wir es gestern hier geklärt haben, waren das letzte Glied in einer Kette, die von Schweden bis nach Ostanatolien reicht oder von hier bis zu besetztem Palästinensergebiet oder nach Lateinamerika. Es ist um etwas gegangen, was wir Massenherstellung falscher Angaben nennen könnten, die zwar auch mit einigen echten Angaben gemischt waren. Schweden hat diese Informationen an allerlei Diktaturen oder an bestimmte Demokratien exportiert, die diese Angaben jedoch weiterexportieren oder sich ihren Minderheiten gegenüber sehr unangenehm verhalten können, in erster Linie natürlich Israel. Es läßt sich nur schwer exakt abschätzen, wie sich diese Praxis konkret ausgewirkt hat, etwa in der Zahl gefolterter oder ausgewiesener Menschen, getrennter Familien, ermordeter Menschen, gesprengter Häuser und anderer Dinge, die als Konsequenz am anderen Ende der Kette festzustellen sind, die mit Informanten und Denunzianten in Schweden beginnt. Wir sprechen hier von mindestens zweihundert Toten, mindestens zweihundert Inhaftierten, mindestens hundert auseinandergerissenen Familien, mindestens hundert des Landes verwiesenen Flüchtlingen, die nicht hätten ausgewiesen werden müssen, mindestens fünfundzwanzig Häusern auf palästinensischem Gebiet, die buchstäblich von Panzern zermalmt worden sind. So sieht das konkrete Ergebnis des Kampfes aus, den die schwedische Sicherheitspolizei gegen die Einwanderer in Schweden geführt hat. So sieht also mein Motiv aus.«

»Aha. Im Augenblick kann ich nichts weiter tun, als deine Darstellung so zu akzeptieren«, sagte der Oberstaatsanwalt, »obwohl ich die Situation, die du uns darstellst, vollständig grotesk finde. Aber gut, sagen wir um der Argumentation willen, ich akzeptiere deine Darstellung. Hätte es dann für den höchsten Beamten der Säpo, der du immerhin gewesen bist, nicht andere und legalere Methoden geben müssen, mit den von dir geschilderten Mißständen aufzuräumen?«

»Nein, aber auch das ist eine Frage, mit der ich mich wirklich auseinandergesetzt habe«, erwiderte Carl nachdenklich. Er zögerte eine Weile, bevor er fortfuhr. »Man kann natürlich mit Recht darauf hinweisen, daß es sich um ein völlig antidemokratisches System gehandelt hat, eine Kette mit vielen Gliedern. Da haben wir zunächst die ausländischen Informanten, die gekauft oder erpreßt wurden, mit der Sicherheitspolizei zusammenzuarbeiten. Dafür haben sie mal falsche, mal korrekte Angaben geliefert. Dann haben wir die Beamten der Säpo, die diese Angaben manchmal haarsträubend naiv, um nicht zu sagen böswillig systematisiert haben. Dann haben wir die für Auslandskontakte der Säpo zuständigen Beamten, die Informationen weitergaben, von denen sie wußten, daß sie zu menschlichen Tragödien führen würden. Es ist möglich, daß man die Schuld auf all diese Menschen verteilen kann. Vielleicht liegt sogar ein größerer Teil der Schuld bei Beamten der Säpo als bei den Informanten da draußen auf dem Feld. Sieht man die Angelegenheit jedoch aus einer praktischen Perspektive, ergibt sich ein anderes Bild. Dann sieht es nämlich so aus: Schneidet man das letzte Glied der Kette ab und beseitigt die Informanten, bricht das gesamte System zusammen. Ich habe natürlich auch die interne Organisation der Säpo geändert, habe mehrere sogenannte Führungsoffiziere der Informanten entlassen, habe diese sogenannte Klatsch-Zentrale verkleinert, Leute intern versetzt und so weiter. Doch das sind nur kosmetische Veränderungen. Funktionen, wie ich sie verändert hatte, würden im Körper der Säpo leicht wieder von neuem entstehen können wie Metastasen. Wenn man hingegen die Informanten beseitigt, stirbt das ganze System.«

Carl lehnte sich abwartend zurück und faltete die Hände vor sich auf der völlig leeren Tischplatte. Er hatte kein Prozeßmaterial bei sich, weder Papier noch Kugelschreiber. Er machte einen ruhigen oder vielleicht eher noch ausgeglichenen Eindruck. Hundert Paar Journalistenaugen, die nach Anzeichen von Unsicherheit, Arroganz, Irrsinn, Aggressivität oder anderem suchten, was die Dramatik hätte verstärken können, sahen nichts weiter als einen einfach gekleideten und äußerst durchtrainierten Mann mittleren Alters, der an einem Cafétisch zu sitzen und über interessante Dinge zu sprechen schien.

»Zusammenfassend ließe sich also sagen«, fuhr der Staatsanwalt nach einer langen Pause fort, die fast den geflüsterten Übersetzungen unter den Zuschauern angepaßt zu sein schien, »daß dein Motiv die wirksame Unschädlichmachung eines Systems gewesen ist, das in letzter Konsequenz zu Tod und menschlichen Tragödien geführt hat?«

»Ja, das ist eine korrekte Zusammenfassung«, bestätigte Carl.

»Willst du damit sagen, daß du dich auf eine Art übergesetzlichen Notstand berufst?« fragte der Staatsanwalt grübelnd. »Ich meine, daß du behauptest, für einen guten Zweck gearbeitet zu haben, ferner dafür, ein gefährliches System unschädlich zu machen, und so weiter. Demnach hättest du das Recht gehabt, so zu handeln, wie du gehandelt hast?«

»Ich bin äußerst mißtrauisch, was Berufung auf sogenannte übergesetzliche Notstände angeht«, erwiderte Carl mit einem schiefen kleinen Lächeln. »Das habe ich während meiner Zeit beim militärischen Nachrichtendienst viel zu oft gehört. Ich fürchte aber, daß wir hier wohl einen bestimmten entscheidenden Unterschied finden werden. Denn wenn der Verteidigungsminister oder der Ministerpräsident mir Befehl gegeben hätten, in der Sache haargenau das gleiche zu tun, was in diesem Verfahren einer juristischen Würdigung unterzogen wird, wäre es legal gewesen. Ungeachtet dessen, ob damit ein guter Zweck verfolgt worden wäre oder man nur geglaubt hätte, einen guten Zweck zu verfolgen, um später zu erfahren, daß es nicht so war. Worüber ich jetzt berichte, sind Dinge, die ich tatsächlich miterlebt habe. Aber es wäre auf jeden Fall *legal* gewesen, ob nun mit oder ohne Notstand oder schlimmstenfalls *verfassungsmäßigem Notstand*, was ein bißchen feiner ist und für Minister gilt.

Aber wenn ich ohne Unterstützung der Regierung in der Sache

die gleichen Taten verübe, handle ich kriminell. Dann haben die Taten einen Strafwert, dann ist für sie ein Preis zu zahlen. In meinem Fall lebenslängliche Haft. Das ist sehr einfach.«

»Aber wenn ich dich richtig verstehe«, begann der Oberstaatsanwalt zögernd, bevor ihm eine neue Assoziation kam und er auf ein anderes Gleis einbog, »und ich glaube schon, dich richtig verstanden zu haben, wobei es allerdings nicht alltäglich sein dürfte, daß der Angeklagte selbst meine bevorstehenden Einwände vorbringt. Ich darf mich also herzlich dafür bedanken, wie du für mich die Notstandsproblematik aufgedröselt hast. Aber, um noch ein letztes Mal auf diese Frage zurückzukommen: Bist du der Meinung, daß es Situationen geben kann, in denen es moralisch gerechtfertigt ist, Verbrechen zu begehen, sozusagen eine Art moralischen Notstand?«

»Ja, selbstverständlich«, erwiderte Carl und hob die Augenbrauen, als setzte ihn die Frage tatsächlich in Erstaunen.

»Könntest du dann so freundlich sein, dem Gericht diese Selbstverständlichkeit zu erläutern?« fragte der Oberstaatsanwalt ein wenig verwirrt.

»Die Menschen, die gegen den Nazismus in Deutschland Widerstand leisteten, begingen damals natürlich ebenfalls Verbrechen und mußten selbstverständlich den gesetzlichen Preis dafür zahlen, wenn man sie schnappte«, erwiderte Carl schnell. »Die Nachwelt betrachtet sie natürlich nicht ohne weiteres als Verbrecher. Oder nehmen wir die PKK in der Türkei. In türkischen Gefängnissen sitzen vielleicht einhundert Schriftsteller und Journalisten, weil sie über Kurdistan geschrieben haben, und das ist ein Wort, das in der Türkei verboten ist. Übrigens sitzen auch zahlreiche Rechtsanwälte mit ihren früheren Mandanten ein, weil sie nichts weiter gewesen sind als Anwälte und das Recht ihrer Mandanten verteidigt haben, das Wort Kurdistan hinzuschreiben. Diese Menschen sind im Sinn der türkischen Gesetze natürlich auch Verbrecher. Sie sind es jedoch ganz bewußt, wissen, was sie tun, und bezahlen den dafür fälligen Preis. Irgendwann in der Zukunft dürfte man sie allerdings nicht als Verbrecher betrachten.«

»Es dürfte aber doch … reichlich unverfroren sein, Schweden mit Nazi-Deutschland und der Diktatur in der Türkei zu vergleichen?« wandte der Oberstaatsanwalt zweifelnd ein.

»Das lag natürlich auch gar nicht in meiner Absicht«, sagte Carl und schüttelte leicht den Kopf. »Schweden als staatliches System läßt sich nicht mit diesen Diktaturen vergleichen. Aber *innerhalb* des schwedischen Systems gibt es kleine schwarze Inseln mit Dingen, die man ebensogut etwa in der Türkei finden könnte. Dieses Informanten- und Denunziantensystem war eine solche schwarze Insel. Daher also das Dilemma: Es wird zu einem Verbrechen, das System unschädlich zu machen, weil nur verbrecherische Methoden Wirkung zeigen. Ich glaube nicht an die Möglichkeit einer demokratischen Reform der Verhältnisse, über die wir gerade sprechen. Ich möchte das noch einmal wiederholen, um Mißverständnisse zu vermeiden: *gerade der Verhältnisse, über die wir jetzt sprechen.* Doch da das Risiko besteht, daß ich unrecht habe, bin ich also ein Verbrecher. Was ich eingestanden habe.«

»Nun, wie wäre es denn, wenn wir ein wenig vom hohen Roß unserer Prinzipien hinunterstiegen?« begann der Oberstaatsanwalt zögernd, da er in seinen Papieren suchte. »Es gibt ja auch so etwas wie einen menschlichen Aspekt, der zu beachten ist. Wenn die Angaben, die mir hier vorliegen, korrekt sind, hast du mit deinen Taten sechs minderjährige Kinder und zwei Heranwachsende vaterlos gemacht. Wie schwer wiegt dieser Aspekt bei deinen Motiven?«

»Wer einen Job als Informant eines Sicherheitsdienstes übernimmt, der die eigenen Freunde und Verwandten bekämpft, geht bewußt ein Risiko ein. Geld und andere Vergünstigungen auf der einen Seite, auf der anderen Seite das Risiko, daß es die Familie auf genau diese Weise trifft. Zwei schwedische Säpo-Agenten sind in den letzten zehn Jahren ermordet worden, weil sie durch Schlamperei von seiten der Säpo aufgeflogen waren. Die beiden Mörder sitzen übrigens in schwedischen Gefängnissen. Mit mir sind es also drei in dieser Kategorie.«

»Du meinst also, wer A sagt, muß auch B sagen?« unterbrach ihn der Oberstaatsanwalt zum ersten Mal während des Verhörs mit offener Aggressivität.

»Ja, so könnte man es vielleicht ausdrücken. Ich habe mir aber erlaubt, noch einen Schritt weiter zu gehen, wenn ich das darlegen dürfte, ohne gleich unterbrochen zu werden«, entgegnete Carl mit etwas lauterer Stimme.

»Bitte sehr«, sagte der Oberstaatsanwalt, der sich wieder ruhig und neutral anhörte.

»Die Säpo hätte sich natürlich der Familien ihrer beiden früher ermordeten Agenten annehmen müssen, doch das ist nicht geschehen. Statt dessen leugnete man einfach alle Kenntnis von den Vorfällen und nannte die beiden Überläufer. Ich habe zumindest versucht, diesen Mangel symbolisch zu kompensieren. Die sechs Kinder werden bis zum Tag ihrer Volljährigkeit eine Leibrente erhalten, also die minderjährigen. Die beiden Heranwachsenden werden ungefähr eine entsprechende Unterstützung erhalten, vor allem für ein Studium. Rechtsanwalt Lönnerheden hier neben mir wird über einen Fonds in Liechtenstein die steuertechnische Seite dieser Angelegenheit regeln.«

»Ist es der Säpo gelungen, einen solchen Fonds zu gründen?« fragte der Oberstaatsanwalt mit spontanem Erstaunen.

»Natürlich nicht«, entgegnete Carl und verzog das Gesicht zu einer amüsierten Grimasse. »Ich würde auch stark bezweifeln, ob ein solches Versprechen überhaupt legal ist. Nein, es handelt sich hier um private Mittel, die ich zur Verfügung gestellt habe. Ich kann nur bedauern, daß der schwedische Staat diese Verantwortung gegenüber unschuldigen Kindern nicht auf sich nehmen will.«

In psychologischer Hinsicht war damit dem Verhör die Luft genommen. Mochte diese Überraschung juristisch bedeutungslos sein, war ihre journalistische jedoch beträchtlich. Hier eröffnete sich ein Markt für Hunderte von Reportagen über dunkeläugige kleine Kinder, kurz »human touch« bis zum Abwinken. Wie es schien, wollte Oberstaatsanwalt Jan Danielsson damit aufgeben. Er wandte sich an den Vorsitzenden des Gerichts und den jungen Rechtsanwalt an Carls Seite und fragte, ob dieser noch ergänzende Fragen stellen wolle, was dieser zur Überraschung aller, nur der Carls nicht, nervös verneinte.

Der Vorsitzende konferierte kurz mit seinen Richterkollegen. Als sich herausstellte, daß keiner von ihnen weitere Fragen zu stellen hatte, wurde beschlossen, eine zehnminütige Pause zu machen und den Raum zu lüften, bevor mit den Pläydoyers begonnen wurde.

Als Carl aufstand, um hinauszugehen, zog er fast lässig die Ketten, die in einem komplizierten System an seinen Fußgelenken und am Körper befestigt gewesen waren, hoch und ließ sie rasselnd auf den Tisch fallen, bevor er sich umdrehte und auf seinen Seitenausgang zuging. Seinen beiden Bewachern fiel nichts anderes ein, als ihm zu folgen. Die Fußketten blieben wie ein Zeichen von Humor oder eine Geste der Arroganz auf dem Tisch liegen.

Als der Saal sich zehn Minuten später wieder füllte, waren die Fußketten zum Gegenstand einer gewissen intellektuellen Bearbeitung geworden. Der Mann, der das Problem löste, war Oberstaatsanwalt Jan Danielsson. Er erklärte, die Staatsanwaltschaft sehe keinen Anlaß, den Angeklagten erneut in Ketten zu legen, da alles dafür spreche, daß er in jeder Hinsicht mit dem Gericht zusammenarbeiten und die Gerichtsordnung akzeptieren wolle. Das Gericht folgte dem Antrag des Staatsanwalts umgehend. Da hob Carl demonstrativ die Ketten zwischen Daumen und Zeigefinger hoch, als wollte er sich damit nicht schmutzig machen. Er überreichte sie einem heftig errötenden Wärter. Dieser stopfte sie unter allgemeiner Heiterkeit und lautem Gerassel in eine seiner Jackentaschen.

In der amüsierten Stimmung erhielt der Staatsanwalt das Wort für sein Schlußplädoyer.

»Ja, Herr Vorsitzender …«, begann Jan Danielsson. Er rückte seine große Brille zurecht, räusperte sich und wartete ab, bis das muntere Stimmengewirr sich gelegt hatte. »Wir haben in diesem Gericht das schwedische Recht anzuwenden und nichts sonst. Selbst wenn man Sympathie oder gar Verständnis für die Kritik an den Verhältnissen empfindet, die man durchaus als ungeheure Mißstände bewerten kann und auf die Carl Hamilton uns hier aufmerksam gemacht hat, haben wir uns dennoch nur an unser Gesetz zu halten. Dann wird es in der Sache für mich leicht, die Anklage aus Sicht der Staatsanwaltschaft zusammenzufassen. Der Angeklagte ist einem gerichtspsychiatrischen Gutachten zufolge nicht psychisch gestört. Es gibt keine mildernden Umstände, denn ideologische Motive, andere Menschen zu töten, können in unserem Rechtssystem niemals als mildernde Umstände gewertet werden. Der Angeklagte ist der ihm zur Last gelegten Taten überführt und hat sie auch gestanden. Ich möchte nicht versäumen, darauf hinzuweisen, daß der Prozeß durch Carl Hamiltons Mitwirkung und Hilfe auf beispiellose Weise erleichtert worden ist. Ich möchte dies gern in aller Öffentlichkeit sagen, obwohl es, was die juristischen Konsequenzen angeht, ohne jede Bedeutung ist. Bei den Taten handelt es sich um Mord in sechs Fällen. Die Morde waren sorgfältig geplant und wurden kaltblütig verübt. Da der Angeklagte rechtswidrig und schuldhaft gehandelt hat, kommt keine andere Strafe als lebenslänglicher Freiheitsentzug in Betracht. Und damit, Herr Vorsitzender, schließe ich meine Darlegungen.«

Der Oberstaatsanwalt sah ein wenig mitgenommen aus, als er sich setzte. Er hatte bei einem Mordprozeß noch nie ein so kurzes Plädoyer gehalten und würde es auch in Zukunft wohl nie mehr tun. Juristisch hatte er alles gesagt, was nötig war. Das enttäuscht murmelnde Journalistenpublikum hatte sicher etwas mehr erwartet.

»Hm«, sagte der Vorsitzende und blickte unmotiviert in seine Papiere. »Ich gehe davon aus, daß der Herr Oberstaatsanwalt sich das Recht vorbehält, nach dem Pläydoyer der Gegenseite ergänzende Fragen zu stellen?«

»Ja, natürlich«, murmelte Jan Danielsson und lehnte sich zurück. Dann verschränkte er die Arme auf der Brust, als erwartete er jetzt keinerlei Grund mehr, sich Notizen zu machen.

»Verstehe«, sagte der Vorsitzende. »Dann darf ich die Verteidigung um ihr Schlußpläydoyer bitten. Ich übergebe das Wort Herrn Rechtsanwalt Lönnerheden. Bitte sehr!«

»Herr Vorsitzender! Ich habe kein Schlußpläydoyer zu halten«, sagte der junge Rechtsanwalt nervös. »Die Verteidigung hat keine Einwände gegen die juristischen Schlußfolgerungen, welche die Staatsanwaltschaft vorgebracht hat. Aus diesem Grund möchte ich meinem Mandanten das Wort zu einem eigenen Schlußwort übergeben.«

»Aha«, sagte der Vorsitzende leicht verwirrt. »Wenn das so ist, übergebe ich Admiral Hamilton das Wort. Bitte sehr!«

»Danke«, sagte Carl. Er sammelte sich kurz, bevor er begann. »Wie schon deutlich geworden ist, teile ich die Darlegung von Oberstaatsanwalt Jan Danielsson in allen wesentlichen Punkten, welche die rein juristische Analyse betreffen. Ich glaube, mein ganzes Berufsleben lang für unsere Demokratie eingetreten zu sein. Dabei hat mir immer das Ziel vorgeschwebt, unter anderem das Rechtssystem zu verteidigen, das jetzt mich selbst richtet. Ich werde jetzt also nichts sagen, was das Amtsgericht zu einer milderen Bewertung meiner Verbrechen bewegen könnte. Hingegen will ich noch einige Erklärungen abgeben, damit Sie mein Handeln vielleicht etwas besser verstehen. Ich habe übrigens alle mir zur Last gelegten Taten im Vollbesitz meiner geistigen Kräfte verübt. Die sechs Informanten, die jetzt tot sind, haben den größten Teil des schwedischen Informantensystems gelöscht. Man könnte fast sagen, sie hätten es durch Kurzschluß zum Erliegen gebracht. Es gibt noch weitere Informanten unter unseren Einwanderern, und ich weiß, wer sie sind. Ich glaube allerdings, daß sie sich gern aus diesem Geschäft zurückziehen wollen. Ich kann mir sogar vorstellen, daß die schwedische Sicherheitspolizei ihnen dabei helfen wird. Überdies bin ich überzeugt, daß es der schwedischen Sicherheitspolizei schwerfallen wird, dieses System zu reaktivieren, *sehr schwer.* Die Säpo wird zum Gegenstand einer Reihe von Untersuchungen werden, die auf Initiativen des Justizministeriums zurückgehen. Dieses Ministerium ist nämlich für die administrative Leitung der Säpo verantwortlich. Doch das ist nicht das wichtigste. Am wichtigsten ist, daß die Anwerbung neuer Informanten in der Praxis jetzt unmöglich geworden ist. Versuchen Sie mal, sich den Säpo-Mann vorzustellen, der es jetzt noch wagen würde, einen Einwanderer dazu zu verlocken, seine Landsleute zu verpfeifen. Sie werden entdecken, daß das gar nicht so leicht ist.

Das Notstandsrecht, auf das der Herr Oberstaatsanwalt eingegangen ist, besagt, daß man das Recht hat, gegen Gesetze zu verstoßen, wenn Gefahr für Leib, Leben und Eigentum besteht. Dieses Notstandsrecht wird jedoch gerade von solchen geheimen staatlichen Organen mißbraucht, wie ich einem angehört habe. Ich habe sechs Menschen das Leben genommen. Das liegt in der einen Waagschale. Ich weiß es natürlich nicht genau, aber vielleicht habe ich damit mindestens zehnmal so viele Menschenleben gerettet. Einfacher lassen sich meine Motive nicht beschreiben.

Eine solche Auslegung des Notstandsrechts kann und darf in diesem Prozeß nicht gelten. Wie der Herr Oberstaatsanwalt schon sehr richtig betont hat, könnte dies in letzter Konsequenz entsetzliche Folgen nach sich ziehen. Für *mich selbst* jedoch bedeutet dieses Gleichgewicht zwischen Gut und Böse eine Menge, wenn ich mich jetzt für lange Zeit zurückziehe. In der Zelle und vielleicht auch in einem künftigen Leben ohne Zelle werde ich mich an dieses Gleichgewicht halten. Ich möchte dem Gericht dafür danken, daß es mir erlaubt hat, diese Gesichtspunkte vorzubringen, die für mich persönlich zwar wichtig, juristisch aber nicht ausschlaggebend sind. Und damit, Herr Vorsitzender, möchte auch ich meine Ausführungen beenden.«

Drückendes Schweigen senkte sich auf den vorderen Teil des Gerichtssaals. Am hinteren Ende waren nur die geflüsterten Übersetzungen zu hören, die nach und nach aufhörten.

»So«, sagte der Vorsitzende, als wäre er plötzlich aufgewacht. Er sah sich fragend um und stellte fest, daß die übrigen Angehörigen des Gerichts diskret den Kopf schüttelten. Demzufolge wollte niemand mehr etwas sagen. »Damit ist die Verhandlung für heute beendet. Das Urteil wird in zwei Wochen ergehen und wird wie üblich in der Geschäftsstelle des Amtsgerichts verfügbar sein. Admiral Hamilton bleibt bis dahin in Haft!«

Der Vorsitzende ließ den Hammer niedersausen, und die Anwesenden begannen sich zu erheben. Carl blieb einige Augenblicke sitzen, als hätte er sich in Gedanken verloren. Doch dann stand auch er auf, nickte seinen Wärtern zu und ging mit langen Schritten und ohne sich umzusehen zum Seitenausgang.

Wie das Urteil ausfallen würde, war sehr leicht vorauszusehen. Vermutlich war es auch nicht schwer, es zu Papier zu bringen. Der Grund dafür, daß das Amtsgericht sich bei der Niederschrift des Urteils zwei Wochen Zeit ließ, waren eher die Osterfeiertage als intellektuelle Probleme. Auf Carls Verlangen wurde er vom Untersuchungsgefängnis Kronoberg auf Kungsholmen in die Sonder-U-Haft im Hochsicherheitsgefängnis Hall in der Nähe von Södertälje verlegt. Dort war es möglich, seine Haftbedingungen ein wenig zu erleichtern. So erhielt er beispielsweise Zugang zu Trainingsräumen und größeren Höfen als den »Tortenstücken« auf dem Dach der Kronoberg-Anstalt.

Er schien guten Mutes zu sein, wie man sich hinterher erzählte. Irgendwann habe er sogar gescherzt, daß er sein körperliches Training früher mit mehreren Stunden Pistolenschießen kombiniert habe, daß dies jedoch unter den gegebenen Umständen wohl ein bißchen viel verlangt sei.

Die neue provisorische Säpo-Führung opponierte natürlich heftig, als bekannt wurde, daß Carl seine Zeit jetzt so verbrachte, als wäre er schon verurteilt, obwohl er offiziell noch in Untersuchungshaft saß. Oberstaatsanwalt Jan Danielsson schmetterte jedoch alle diese Einwände als kleinlich ab, da Carl deutlich genug erklärt habe, das Urteil nicht anfechten zu wollen, sondern im Gegenteil sofort zu akzeptieren, sobald es verkündet werde. Wahrscheinlich werde er in Hall bleiben, so daß man sich in Wahrheit nur den Verhältnissen angepaßt habe, die für Carl, soweit abzusehen sei, mehr als ein Jahrzehnt gültig sein würden. Wozu dann um eine Woche mehr oder weniger jammern?

Carl wurde sofort der beliebteste Gefangene der Haftanstalt Hall. Die Erklärung dafür ist sehr einfach. Hall ist eine sogenannte Reichsanstalt, das heißt ein Gefängnis für die schlimmsten Verbrecher, für Gewalttäter, Drogenhändler, Räuber und Mörder. In diesen Verbrechenskategorien sind Einwanderer und Ausländer stark überrepräsentiert. Somit beginnen unsere schwedischen Reichsanstalten allmählich wie Gefängnisse in amerikanischen Fernsehfilmen auszusehen.

Und unter allen Einwanderern und Ausländern Schwedens, ehrlichen Menschen wie Verbrechern, war Carl fast so etwas wie ein lebender Heiliger geworden, ein Märtyrer, der seine Freiheit geopfert hatte, um ein für allemal das brutalste Instrument des Staates zur Verfolgung ethnischer Minderheiten zu zerschlagen.

Irgendein heller Kopf im Zentralamt für Strafvollzug und Bewährungshilfe hatte Befürchtungen geäußert, Carls Sicherheit könne in einer Reichsanstalt in Gefahr sein. Diese Befürchtungen erwiesen sich also als Ergebnis eines fast komisch falschen Denkens.

Die Mithäftlinge wählten Carl sofort in den Rat der Vertrauensleute, und er nahm diese Wahl an. Hingegen lehnte er einen optimistischen Vorschlag des Häftlingsvereins für Kampfsport ab, sich als Ausbilder zur Verfügung zu stellen.

Es hatte also den Anschein, als wäre Carl dabei, als König der Gefangenen von Hall eine höchst unerwartete neue Identität zu erhalten.

Das war möglicherweise eine Illusion. Vielleicht war es auch eine der Erklärungen für den Skandal.

Am Mittwoch, dem 26. April 1995, um 10.00 Uhr verkündete das Stockholmer Amtsgericht Carls Urteil. Es lautete wie erwartet auf lebenslangen Freiheitsentzug.

Als der Anstaltsleiter von Hall, dem das Urteil vom Amtsgericht per Fax zugestellt worden war, persönlich in die Haftabteilung hinunterging, um Carl das Urteil mitzuteilen, war er ziemlich sicher, daß es Carl wohl kaum erstaunen oder enttäuschen würde. Er selbst jedenfalls war kaum erstaunt. An diesem Urteil war nichts sensationell.

Doch als die Zelle geöffnet wurde und der Anstaltsleiter sie betrat, war sie leer. Das heißt, sie war perfekt aufgeräumt, wie es bei Seeleuten üblich ist. Doch von Hamilton war keine Spur zu sehen.

EPILOG

Die erste Spur von Carl, wenn man sie überhaupt so bezeichnen kann, erreichte Erik Ponti. Es war Mittwoch, der 26. April, um 9.30 Uhr, genau eine halbe Stunde, bevor das leicht vorhersehbare Urteil des Stockholmer Amtsgerichts verkündet werden sollte.

Erik Ponti erhielt einen etwas unverständlichen Bescheid vom Portier, da unten sei ein Bote und spreche von einer LKW-Ladung, die Erik Ponti persönlich zu überbringen sei. Dieser ging murrend die Treppe hinunter, wandte sich an die Portiers in dem kleinen Glaskäfig beim Eingang, die ihm eine wartende Person auf einem der Besuchersofas zeigten.

Wie sich herausstellte, war der Mann ein auf Teilzeitbasis angestellter Jäger draußen auf Stenhamra. Allerdings habe er sich auch um einiges andere zu kümmern, wie er sagte. Und jetzt sei es so, daß er im Auftrag des Admirals eine LKW-Ladung bringe, die draußen auf dem Parkplatz warte. Die Ladung bestehe aus tausend Flaschen Wein, von denen die meisten Rotweine seien, wie es scheine. Der Admiral habe ihm ausdrücklich eingeschärft, den Wein gerade an diesem Tag und pünktlich um 9.30 Uhr zu liefern. Er habe überdies versprechen müssen, nichts vorher zu sagen. Im übrigen habe er auch einen Brief vom Admiral persönlich mitgebracht …

Erik Ponti riß den weißen Leinenumschlag unmotiviert aggressiv – oder war es Nervosität? – an sich und öffnete ihn achtlos mit dem Daumen. Es war eine mit Tinte geschriebene Mitteilung auf einer weißen Briefkarte. Das Emblem der schwedischen Marine prangte in der linken oberen Ecke:

Bruder und Genosse,
unsere Vereinbarung im Weinkeller, an die Du Dich hoffentlich erinnerst, sah aus wie folgt: Du solltest einiges an Wein übernehmen, wofür ich keine Verwendung mehr habe, wenn ich nicht mehr da bin. Hier nun ein gutes Sortiment. Dies ist, wie Du jetzt wohl allmählich einzusehen beginnst, ein Angebot, das Du nicht mehr ablehnen kannst … Rechtsanwalt Lönnerheden kann Dich über steuerrechtliche Details etc. informieren. Alles ist legal, die Schenkungssteuer bezahlt.

Ich bedaure, daß wir uns nie mehr wiedersehen werden. Aber jetzt hast Du etliche Toasts auf einen abwesenden Freund vor Dir.

In Freundschaft Carl

Erik Ponti war wie versteinert und versuchte zu verstehen. Am wichtigsten war jetzt nicht das berufsethische Problem, ein Geschenk anzunehmen, das zwischen einer viertel und einer ganzen Million wert war, wie er schnell, aber beschämt ausrechnete. Am wichtigsten waren die Worte: *wenn ich nicht mehr da bin.*

Und dieser Moment sollte jetzt sein, genau jetzt. Er sah nervös auf die Armbanduhr. Noch sechzehn Minuten bis zur Bekanntgabe des Urteils im Stockholmer Amtsgericht. Und Carl behauptete, *nicht mehr da* zu sein.

»Sei so nett und warte noch ein bißchen mit dieser Ladung. Ich habe in der nächsten halben Stunde reichlich zu tun. Nein, zwanzig Minuten dürften reichen«, sagte er verkniffen zu dem freundlichen, aber verständnislosen Berufsjäger von Stenhamra.

»Ja, aber inzwischen kriege ich vielleicht einen Strafzettel. Außerdem soll ich dir auch ausrichten, daß du auf Stenhamra Hirsche jagen darfst«, sagte der Jäger, leicht gekränkt, daß das gewaltige Geschenk nicht mit der gebührenden Begeisterung empfangen wurde.

»Ich bezahle den Strafzettel, mach dir keine Sorgen!« sagte Erik Ponti desperat. »Aber ich *muß* jetzt wieder an die Arbeit. Es hat etwas mit diesem Brief zu tun, und du mußt mich wirklich eine Weile entschuldigen!«

Er rannte die Treppen hinauf, stürmte in den Bereitschaftsraum und schnappte sich das erste beste Telefon. Er rief die Auskunft an und erbat die Nummer des Hall-Gefängnisses. Einige der Kollegen in nächster Nähe sahen ihm natürlich an, daß er auf eine Weise aufgeregt war, die für einen Nachrichtenjournalisten mit dreißigjähriger Berufserfahrung eher untypisch war. Als sie diskret näher kamen, legte er die Hand auf die Sprechmuschel und flüsterte, er habe einen Tip bekommen, daß Hamilton sich vielleicht das Leben genommen habe.

Das Stimmengewirr in der Redaktion verstummte. Jemand beschloß, den Nachruf vorzubereiten, der bis auf die letzte aktuelle Meldung und die Todesursache fertig dalag; alle berühmten

Schweden liegen nachrichtenmäßig bestens vorbereitet in solchen Todesarchiven.

Als in Hall abgenommen wurde, sagte ihm eine Sekretärin, der Anstaltsleiter sei gerade zu Hamilton hinuntergegangen, um ihm das Urteil mitzuteilen, das per Fax gekommen sei.

Erik Ponti fragte in einem journalistischen Reflex, wie das Urteil laute, und erhielt die Antwort »lebenslänglich«. Er legte die Hand auf die Sprechmuschel und flüsterte »lebenslänglich«. Diese Auskunft bewirkte, daß einer der Mitarbeiter sofort losrannte, um die Neuigkeit in den Kurznachrichten um 10.00 Uhr als erste zu bringen.

Vier Minuten später hatte er den Anstaltsleiter am Apparat. Dieser war so aufgewühlt, als er nach dem Hörer griff, daß er zuerst nicht erfaßte, daß er mit dem *Echo des Tages* sprach. Er wollte der Polizei mitteilen, daß Hamilton ausgebrochen sei.

Erik Ponti schaffte es sogar, einige klärende Fragen zu diesem Thema zu stellen und auch eine Antwort darauf zu erhalten, bevor dem Anstaltsleiter sein Irrtum aufging.

So konnte das *Echo des Tages* als erstes aller Medien, was für Journalisten erstaunlich wichtig ist, die kurze Mitteilung bringen, die überall in der Welt zu großen Schlagzeilen führte. Die Nachricht führte sogar dazu, daß die schwedische Krone auf den internationalen Devisenmärkten erneut stärker wurde:

Hamilton spurlos aus verschlossener Gefängniszelle verschwunden!

Erik Ponti ging fast wie ein Schlafwandler zu dem wartenden Jäger auf dem überdimensionierten Parkplatz neben dem Funkhaus hinunter.

»Ach ja, wie war doch noch dein Name?« fragte er leicht geistesabwesend.

»Gustafsson«, erwiderte der Jäger.

»Ich habe natürlich den Vornamen gemeint«, sagte Erik Ponti mit der Andeutung eines Lächelns.

»Gilbert. Wirklich«, sagte der Jäger. »Na ja, du weißt schon, genau wie dieser …«

»Ja, genau wie der«, sagte Erik Ponti und blickte kurz zu der tristen Fassade des Funkhauses hoch, vor der ein paar Dohlen dem Frühlingshimmel entgegentaumelten. »Es sieht so aus, Gilbert«, fuhr er fort und schenkte dem Mann ein breites Lächeln. »Wir haben vor ein paar Minuten eine Nachricht gebracht, die dir sicher gefallen wird. Carl Gustaf Gilbert ist ausgebrochen.«

»Ja, aber das ist ja einfach zu gut!« rief der Jäger spontan aus.

»Ja, und wir dürften nicht die einzigen sein, die das finden«, sagte Erik Ponti.

Das waren sie auch nicht. An diesem Abend wurde Stockholm von einer Demonstration überrascht, die so groß war, daß man zu den Jahren des Vietnamkriegs zurückgehen mußte, um eine Entsprechung dafür zu finden.

Doch es war auch aus einem anderen Grund eine ungewöhnliche Demonstration: Nicht nur die große Zahl von Menschen, die daran teilnahmen, war ungewöhnlich. So gut wie sämtliche Teilnehmer waren Einwanderer oder Kinder von Einwanderern.

Wie ein aufgeregter Offizier der Stockholmer Polizei es einem Rundfunkreporter gegenüber etwas unglücklich ausdrückte:

»Sie quollen einfach wie Ratten aus den Vororten herein. Wir hatten also gar keine Chance, etwas anderes zu tun, als den Verkehr umzuleiten. Wir hatten ja keine Ahnung, daß es so viele sind!«

Da ein sehr großer Teil der Demonstranten aus dem spanischen oder arabischen Sprachgebiet stammte, in dem das Alphabet kein stimmhaftes »H« enthält, war die einzige richtige Parole der Demonstration so speziell, daß sie nach und nach ein Bestandteil des Einwanderer-Schwedischen wurde, zunächst als Grußwort, später als ein Signal im weitesten Sinn, das bei vielen Gelegenheiten verwendbar war, angefangen bei der Bedrohung durch Anabolika-pralle Türsteher bis hin zur Antwort auf rassistische Schmähungen oder als Ausdruck gegenseitiger Solidarität:

Viva, viva 'amilton!

Im folgenden Monat, als es darum ging, Carls Verschwinden zu erklären, fehlte es nicht an Spekulationen. Die Privatfahnder hatten ihre Theorie und sprachen von einer militärischen Befreiungsaktion, der Militärspur. Es gab sogar religiöse Erklärungen, die Jesus-Spur, oder hochpolitische Erklärungen, die Spionagespur.

Für die Polizeibeamten, die darauf angesetzt waren, die Sache aufzuklären, und die Wirklichkeit etwas realistischer sahen, gab es nur die Hall-Spur. Auf ihre im Vergleich zu den Privatfahndern phantasielose Weise gingen sie davon aus, daß die Erklärung dafür, daß es Hamilton gelungen war, von Hall auszubrechen, in der Anstalt zu finden sein müsse. Für diese Betrachtungsweise mußte die Polizei zwar manchen Spott und manche Schmähung ertragen, vor allem, da die Beamten bei der Jagd nach einer Erklärung erfolglos blieben.

Wärter und Häftlinge von Hall wurden sehr eingehend verhört. Die Häftlinge waren fast arrogant und triumphierend in ihrer Haltung. Viele von ihnen deuteten sogar an, sie wüßten zwar Bescheid, würden aber niemals verraten, was passiert sei; das Schlagwort *Viva 'amilton* war schon bald an erwartete wie unerwartete Stellen gesprüht.

Die Wärter waren eher peinlich berührt, was auf einer einfachen, in polizeilicher Hinsicht phantasielosen, aber doch logischen Schlußfolgerung beruhte. Eine Gefängnistür läßt sich nämlich nicht von innen öffnen und kann von außen nur mit einem Schlüssel auf- oder zugeschlossen werden. Die Klientel von Hall bestand hauptsächlich aus Einwanderern, und was solche Leute über Hamilton dachten, war ja inzwischen bestürzend klar geworden. Aber die Wärter?

Der einzige Polizeibeamte in Schweden, der genau wußte, was passiert war, war ein Kommissar bei der Polizei in Ystad. Er hatte zwar noch nie seinen Fuß in das Gefängnis von Hall gesetzt, hatte auch nicht an Verhören teilgenommen, sondern arbeitete meist mit seiner Intuition. Und diese Intuition sagte ihm mit Entschiedenheit, daß nicht nur Philipp II. von Makedonien, sondern auch die sizilianische Mafia sowie mit Sicherheit auch Hamilton wußten, daß keine Mauer so hoch ist, daß ein mit Gold beladener Esel sie nicht überwinden könnte.

Dies machte dem Kommissar jedoch nichts aus. Hamiltons Flucht amüsierte ihn insgeheim wie übrigens die meisten Schweden.

Die erste konkretere Spur Hamiltons brachte die Fahndung zwar nicht weiter, war dafür aber komisch. Die Auktionsfirma Sotheby's in London konnte nämlich plötzlich die Versteigerung der bemerkenswertesten Ordens- und Medaillensammlung ankündigen, die je angeboten worden sei.

Das Sammeln von Medaillen und Orden wird in vielen Ländern gepflegt, vor allem aber in Großbritannien. Die Wertkriterien erinnern ein wenig an die der Philatelisten, weisen aber einige Besonderheiten auf, die nur bei Orden und Medaillen gültig sind.

Das erste Kriterium ist natürlich, ob die fragliche Auszeichnung interessant ist. In der angelsächsisch dominierten Sammlerwelt würde ein alter schwedischer Vasa-Orden demnach wohl ziemlich weit unten rangieren.

Zweites Kriterium: ob die Auszeichnung einer berühmten Person gehört hat. Somit könnte selbst ein Vasa-Orden einen großen Sammlerwert haben, wenn er etwa Winston Churchill gehört hätte.

Das dritte Kriterium: eine geschlossene Sammlung von Auszeichnungen, die alle ein und derselben Person gehört haben.

Viertes Kriterium: der Bekanntheitsgrad dieser Person.

Also. Sotheby's konnte jetzt eine einzigartige Sammlung anbieten, die einer weltbekannten Person gehört hatte. Die Experten des Auktionshauses hatten nur kurze Zeit gebraucht, um festzustellen, daß die Auszeichnungen dem Schweden Hamilton gehört hatten, dem realen Gegenstück zu James Bond.

Die Sammlung war außerdem exquisit und enthielt mehrere wirkliche Raritäten, die auf dem Markt überhaupt nicht existierten. Schweden hatte zufällig nicht nur die beiden seltensten Briefmarken der Welt zu bieten, die gelben Drei-Schilling-Banko-Marken, sondern auch die beiden einzigen bekannten Exemplare der goldenen Medaille für »Tapferkeit im Feld«.

Das Großkreuz des Sankt-Georgs-Ordens war unter Umständen genauso exklusiv, obwohl sich die Experten da nicht einig waren. Diese Auszeichnung war im zaristischen Rußland einige Male vergeben worden, und ein Exemplar befand sich in der Schatzkammer des Kreml-Museums in Moskau. In der neuesten Zeit war sie jedoch nur noch ein einziges Mal vergeben worden, was allgemein bekannt war, nämlich an Hamilton. Doch danach hatte der russische Präsident es sich anders überlegt, was die höchste Auszeichnung Rußlands betraf. Er hatte einen neuen Orden gestiftet, »Held Rußlands«, der genauso aussah wie die frühere sowjetische Auszeichnung »Held der Sowjetunion«. Es war eine Urteilsfrage, ob man dieses Großkreuz folglich als exklusivste Auszeichnung der

Welt betrachten konnte, da es in der neueren Zeit nur ein einziges echtes Exemplar gab, oder ob sie von eher zweifelhaftem Wert war oder gar ein Juxartikel.

In der Sammlung befanden sich jedoch auch einzigartige Kombinationen. Etwa die des sowjetischen Roten Sterns mit dem britischen Distinguished Service Order – eine Zusammenstellung, die es in der Welt nur einmal gab. Oder die Palästinensische Ehrenlegion (deren Wert umstritten war) im Verein mit dem amerikanischen Navy Cross.

Solche Kombinationen konnte es nie wieder geben, das stand fest.

Diese Sammlung wurde bei Sotheby's für den bisher höchsten Preis ausgerufen, für zweihundertfünfzigtausend Pfund, und wurde nach einem harten Bietgefecht vom Herzog von Hamilton für dreihundertachtundsiebzigtausend Pfund ersteigert.

Die Wirkung für Schweden war wieder einmal sehr positiv. Der Kurs der schwedischen Krone stieg erneut.

Bei dem erst vor kurzem entschlafenen Verein »Volksfront für Menschen gegen Gewalt«, den ein paar Millionärsfrauen in dem Villenvorort Djursholm gegründet hatten, war die Wirkung jedoch noch durchschlagender.

Der »anonyme« Einlieferer bei Sotheby's hatte die Kaufsumme ausgerechnet diesem schwedischen Verein vermacht, der sich schnell wieder konstituierte. Man hatte ein Treffen für schwedische Manager im Stockholmer »Cirkus« veranstaltet. Mehrere Manager hatten ebenso wie die Frauen schöne Reden gegen die Gewalt gehalten, sich aber unwillig gezeigt, Bargeld zu spenden. Folglich hatten die Djursholm-Frauen beschlossen, den Verein aufzulösen. Nicht zuletzt, da es ihnen nicht gelungen war, ihre letzte Idee durchzusetzen, nämlich die Ministerin für Gleichstellung, Mona Sahlin, dazu zu überreden, sechshunderttausend Kronen dafür auszugeben, daß sich hier gerade Frauen gegen Gewalt einsetzten.

Und jetzt saßen die Damen also wieder zusammen und hatten mehr als fünf Millionen in der Kasse. Fünf Millionen, welche die äußerste Gewalt repräsentierten, mit der man nämlich anderen Menschen das Leben nimmt.

Voller Tatkraft beschlossen sie, im »Cirkus« eine neue Manifestation einzuberufen. Sie waren sich jedoch in der Frage uneinig, ob sie im Foyer große Porträtfotos des Spenders aushängen oder ihm bei der Begrüßung nur schnell danken sollten.

Es kam den Damen nie in den Sinn, daß in diesem Geschenk so etwas wie Ironie liegen könnte, denn Hamilton war schließlich ein ganz bezaubernder Mensch, besonders in Uniform, und auf seine nette Weise war er bestimmt auch gegen Gewalt. Noch weniger kam es den Damen in den Sinn, daß er den Wert seiner Sammlung vielleicht unterschätzt haben könnte.

Die nächste Spur Carls war konkreter und wichtiger. Auf einer kleinen Insel vor Birka, knapp zwei Kilometer von Carls Stenhamra entfernt, machten einige Paddler einen bemerkenswerten Fund.

Militärs und Polizisten, die daraufhin erschienen, konnten schnell feststellen, worum es sich handelte. Angesichts des Vorrats an militärischem Notproviant und Konservendosen hatte sich hier jemand vielleicht länger als einen Monat versteckt gehalten. Der Müll und der Abfall waren säuberlich geordnet und nicht einfach in den Mälarsee gekippt worden.

Die kleine Basis war professionell geschickt getarnt gewesen. Der Mann, der sich dort aufgehalten hatte, war mit Sicherheit nicht nur Überlebensexperte, sondern auch Taucher.

Und als würde das noch nicht genügen, um zu erkennen, worum es sich handelte, fand sich dort noch etwas, was man fast als eine Mitteilung des Mannes verstehen konnte, der sich dort versteckt hatte. Auf einer Art Bettpfosten über dem Schlafplatz, wo immer noch ein perfekt zusammengerollter Schlafsack und eine Iso-Matte lagen, klebte ein kleiner Farbdruck mit einem Wappenschild. Auf rotem Grund zeigte er einen nach oben gedrehten Halbmond in Silber in der Mitte, der von drei heraldischen Blüten umgeben war.

Der Fund wurde von der Polizei von Södertälje feierlich einem Experten im Riddarhuset in Stockholm übergeben. Dieser sollte das Wappen identifizieren. Sein Bescheid kam für die Polizeibeamten natürlich nicht unerwartet.

»Hamilton, das Grafengeschlecht der Hamilton«, stellte der Experte sofort fest.

Dies war das letzte Lebenszeichen Carls in Schweden. Die Fahndungsleitung der Polizei, die unter dem persönlichen Oberbefehl des Reichspolizeichefs »einen eisernen Ring« um das Land geschlagen hatte, sobald die Nachricht von Carls Flucht aus der Haftanstalt Hall bekannt wurde, hatte keine Mühe, die Bedeutung dieses Funds zu verstehen. Der ausgebrochene Lebenslängliche hatte auf seiner Insel etwa einen Monat abgewartet. Er hatte sich einen Bart wachsen lassen und dann unauffällig das Land verlassen, obwohl unbekannt war, wie. Finanzielle Mittel fehlten ihm nachweislich nicht. Alle finanziellen Spuren Carls endeten jedoch an dem eisernen Bankgeheimnis Luxemburgs.

Linda Martinez arbeitete als Oberschwester in der chirurgischen Notaufnahme eines der größten Krankenhäuser in Los Angeles. Das bedeutete, daß sie ständig mit jungen Schwarzen oder *hispanics* – sie war selbst südamerikanischer Abstammung – umgehen mußte, die mit Schußverletzungen eingeliefert wurden. Da Los Angeles in manchen Stadtteilen eine Art Kriegszone ist, hatte sie in jeder Nacht mehrmals mit dem Tod zu tun. Linda Martinez wußte so gut wie alles über Verletzungen durch Messer und Schußwaffen.

An manchen Wochenenden, wenn sie mehrere Tage hintereinander frei hatte, fuhr sie nach San Diego hinunter, um ihre beiden jüngeren Schwestern zu besuchen, um die sie sich große Sorgen machte. Sie waren zwar geborene US-Amerikanerinnen, waren also auf US-Territorium groß geworden. Trotzdem war es ihnen nicht leicht gemacht worden, als Amerikanerinnen aufzuwachsen. Das war keinem in der Familie leichtgefallen.

Die älteste der beiden, Corazón, befand sich wegen Drogenbesitzes auf Bewährung in Freiheit. Sie lief Gefahr, für fünf Jahre ins Gefängnis zu gehen, wenn man sie erneut mit Drogen erwischte. Die jüngste Schwester, Teresia, hatte sich vermutlich prostituiert, doch dessen war sich Linda Martinez nicht sicher und wollte es auch nicht so genau wissen.

Linda Martinez war es durch einige persönliche Kontakte gelungen, beide Schwestern im Rehabilitationszentrum Santa Teresia in San Diego unterzubringen, einer privaten Stiftung, die sich zum Ziel gesetzt hatte, jungen Mexikanern zu helfen, die auf die schiefe Bahn geraten waren. Jetzt sah es glücklicherweise aus, als würde es gutgehen. Die beiden hatten sogar einen Job bekommen.

Es waren natürlich Jobs, die beinahe nach Wohltätigkeit rochen, da sie sowohl überbezahlt waren als auch leicht zu bewältigen. Sie arbeiteten als Putzfrauen bei einem eigenbrötlerischen Millionär namens Hamlon. Sie halfen ihm auch bei der Gartenarbeit und anderen Dingen. Hamlon war offenbar in der Computerbranche reich geworden und hatte sich jetzt ins Privatleben zurückgezogen.

Er besaß eine fabelhafte Villa draußen in La Jolla, dem schicksten Wohnviertel für Reiche in der Region San Diego. Hamlon gab nie Partys und machte auch nicht so viel Dreck wie andere reiche Menschen, so daß das Putzen manchmal eher symbolisch war. Die beiden kleinen Schwestern hatten jedenfalls einen eigenen Job, der sie über Wasser hielt.

Jetzt saßen alle drei am Strand und sahen ihn von weitem näher kommen. Corazón und Teresia erzählten kichernd, er habe einen absolut fabelhaften Körper, obwohl er immer wie ein Gentleman auftrete. Wahrscheinlich sei er schwul, obwohl das nicht ganz sicher sei, da er ein paar Pornogemälde mit nackten Frauen im Haus hätte, die an einer felsigen Küste badeten. Er behauptete, über dem Ganzen schwebe »nordisches Licht«, was immer darunter zu verstehen sei. Außerdem besitze er ein paar verrückte Gemälde mit weißen Wildkaninchen im Schnee irgendwo in Kanada, daneben aber auch eine Menge revolutionärer mexikanischer Kunst. Er habe ihnen Bilder von Emiliano Zapata und Pancho Villa gezeigt.

Die beiden jüngeren Schwestern wurden immer eifriger und redeten durcheinander, während ihre große Schwester mit zunehmender Neugier den Läufer betrachtete, der unten am Wasser näher kam.

Linda Martinez' Schwestern plapperten munter drauflos und erzählten von einem merkwürdig großen Weinkeller mit Weinen, die nicht aus Kalifornien kämen. Außerdem habe er eine Menge verrückter Bücher, in denen man nicht mal die Buchstaben lesen könne. Und er trainiere jeden Tag wie ein Verrückter, laufe zwei Stunden, eine am Morgen und eine am Abend. Außerdem trainiere er mitten am Tag eine Stunde in seinem Fitneßraum. Und er übe Pistolenschießen auf einem Schießstand im Keller und schwimme manchmal bis zu einer Stunde im Pool. Mehr tue er den ganzen Tag nicht. Ach nein, er höre sich auch viel komische Musik an, sitze auf seiner Veranda, blicke aufs Meer und höre sich eine Menge alte Musik an. Aber anständig sei er trotzdem, da gebe es nichts. Schade nur, wenn er wirklich schwul wäre.

Linda Martinez kniff die Augen zusammen und betrachtete genau den Mann mit Stirnband und Pferdeschwanz, der sich jetzt mit leichten Laufschritten näherte. Er schien in einem unbestimmbaren Alter zwischen fünfunddreißig und fünfundvierzig zu sein. Sein Alter war schwer zu schätzen, da er körperlich so durchtrainiert war. Er lief ohne sichtbare Anstrengung und hörte dabei Musik. Man sah es deutlich an den kleinen Ohrstöpseln.

Gerade an diesem Tag war das Wasser eiskalt. Es herrschte ablandiger Wind mit einer starken Strömung. Die rote Flagge hinten am Badewärterturm signalisierte Badeverbot.

In der Nähe der Wasserlinie, nicht weit von den drei Schwestern Martinez entfernt, spielte ein älteres Paar mit seinem Pudel. Dieser trug eine Bademütze und eine Art Schwimmweste, was dem kleinen Hund das Schwimmen erschwerte.

Plötzlich erfaßte die Strömung den Pudel und trieb ihn einige Meter aufs Meer hinaus. Dort packte der Wind die Schwimmweste, worauf es schnell und anscheinend unrettbar nur noch weiter aufs Meer hinausging. Das ältere Paar begann vor Panik zu schreien.

In diesem Augenblick kam Hamlon an. Er sah den Hund, der von der starken Strömung aufs Meer hinausgetrieben wurde, blieb stehen und senkte den Kopf. Es hatte den Anschein, als ließe er einen schweren Seufzer hören. Dann nahm er ohne jede Eile seinen Walkman und die Kopfhörer ab und zog die Laufschuhe aus. Er zog sein ausgeblichenes Sweatshirt der UCSD über den Kopf und watete ein paar Meter in dem eiskalten Wasser hinaus, was ihm jedoch nicht das geringste auszumachen schien. Dann tauchte er. Fünf oder sechs Meter weiter draußen kam sein Kopf wieder zum Vorschein. Er schwamm mit ruhigen, ausgreifenden Zügen auf den Hund zu, packte ihn am Nackenfell und hielt ihn fröhlich hoch, damit das verzweifelte ältere Paar am Strand das Tier sehen konnte. Dabei wurden Hund und Hamlon wie von einer riesigen unsichtbaren Faust weiter aufs Meer hinausgetrieben.

Dann begann Hamlon, an Land zu schwimmen, ohne etwas zu übereilen. Er hielt den Hund mit einer Hand fest. Wegen der starken Strömung dauerte es einige Zeit. Die Badewärter waren inzwischen von ihrem Turm herabgestiegen und herbeigeeilt, doch sie schienen schnell zu erkennen, daß sie keinerlei

Grund hatten, sich ins Wasser zu stürzen. Der Mann da draußen wußte, was er tat.

Als Hamlon an Land kam, warf er den kleinen Pudel wie zum Scherz seinem Frauchen zu. Die ältere Dame machte zunächst den Eindruck, als wollte sie ihren Hund küssen. Das tat sie zwar auch, doch ihre hauptsächliche Anstrengung bestand darin, bei einem inzwischen vollständig geretteten Hund eine Mund-zu-Mund-Beatmung zu praktizieren. Das arme Tier versuchte verzweifelt zappelnd, dieser würgenden Fürsorge zu entgehen.

Hamlon gab dem Herrchen schnell die Hand und eilte dann zu seinen Kleidern. Das Herrchen des Hundes sah ihm verblüfft nach und zögerte. Der Mann schien nicht zu wissen, wie er seine Dankbarkeit zum Ausdruck bringen sollte, doch dann stürzte auch er sich in die vermeintlichen Wiederbelebungsversuche.

Als Hamlon die Arme über den Kopf hob, um sein Sweatshirt überzustreifen, sah Linda Martinez es.

Es waren nur Sekunden, in denen er seinen ganzen Oberkörper entblößte. In dieser kurzen Zeit las sie vieles von ihm ab, genauso automatisch, als hätte sie Röntgenaufnahmen kurz vor einer Operation vor sich. Zwei der Schußwunden waren relativ frisch und säuberlich genäht. Andere Schußwunden waren bedeutend älter und schlechter versorgt. Sein rechter Unterarm war voller Narbengewebe, das von dem Angriff eines Tieres herrühren müßte. Außerdem war die Brust des Mannes mit einem Messer aufgeschnitten worden – also Folter.

Sein Oberkörper war wie ein ärztliches Protokoll. Man hatte bei mindestens drei Anlässen auf diesen Mann geschossen. Außerdem war er gefoltert worden. Für Vietnam war er zu jung, und im Irak hatte er diese Verwundungen nicht erhalten können. Trotzdem sah man ihm an, daß er ein Militär war. Linda Martinez war sich ihrer Sache sicher. In Los Angeles kann es einem passieren, daß einmal oder möglicherweise zweimal auf einen geschossen wird. Militärs hingegen können noch öfter Schußwunden erhalten.

Sie sah Hamlon nach. Dieser hatte sich inzwischen angezogen, den Kopfhörer wieder aufgesetzt und seinen Walkman befestigt. Er setzte seinen unterbrochenen Lauf fort. Da sagte sie scherzend zu ihren jüngeren Schwestern, sie müßten sie unbedingt einmal mit diesem »Computerspezialisten« bekannt machen. Die zwei antworteten kichernd mit ein paar Scherzen voller anzüglicher Anspielungen; sie liebten es, ihre wohlgeratene große Schwester manchmal mit einer Sprache auf den Arm zu nehmen, die sie verlegen machte.

Sie warf sich in den Sand, breitete die Arme aus und schloß fest und demonstrativ die Augen, als hätten die fröhlichen Grobheiten ihrer Schwestern sie tatsächlich sehr verlegen gemacht.

»*Jesús*«, dachte sie, »dieser Mann kann niemals sterben.«

Mein besonderer Dank gilt:

Anders Eriksson, Professor am Gerichtsmedizinischen Institut der Universität Umeå
Anders Eriksson, Generaldirektor der Säpo, Stockholm
Laila Freivalds, Justizministerin, Stockholm
Matthias Johansson, Verwaltungsangestellter, Universität Umeå
Torsten Jonsson, Generalreichsanwalt a. D., Stockholm
Julia Kolikowa, Übersetzerin, Moskau
Kjell Larsson, Staatssekretär a. D., Stockholm
Lars Lidberg, Professor an der Gerichtspsychiatrischen Abteilung der Universität Stockholm
Anna Lind, Verwaltungsangestellte, Universität Umeå
Redaktion der Zeitschrift *Lundagård,* Lund
Henning Mankell, Schriftsteller, Mozambique
Leif G. W. Persson, Professor an der Polizeihochschule Solna und Schriftsteller
Familie Claes Graf Piper, Schloß Bellinga, Ystad
Birgitta Parkner, Chefkuratorin, Gerichtspsychiatrische Abteilung der Universität Stockholm
Christina Rennerstedt, Staatssekretärin, Stockholm
Staatliches Kriminaltechnisches Labor, Waffenabteilung, Linköping
Willy Svensk, Kriminalkommissar bei der Reichsmordkommission, Stockholm

Diese Personen haben mich manchmal mit bewundernswerter Geduld oder leichter Nachsicht mit einer großen Menge notwendigen Wissens und Materials versorgt. Dabei ging es um Abläufe in der Verwaltung, Ermittlungsmethoden der Polizei, Gerichtspsychiatrie, Jurisprudenz, politische Prozeduren, Gerichtsmedizin, Kriminaltechnik, eigentümliches soziales Verhalten, Tagesordnungen bei studentischen Veranstaltungen und so weiter. In einem Fall schulde ich einem Kollegen sogar Dank für die Erlaubnis, mir eine literarische Gestalt auszuleihen. Doch keine dieser Quellen hat auch nur andeutungsweise Angaben über verbrecherische Tätigkeiten gemacht.

Folglich gibt es anonyme Quellen, denen ich danken muß, ohne sie namentlich zu nennen. In meinem Buch ist keine identifizierbare Person als verbrecherisch oder als Säpo-Informant dargestellt worden. Ich habe mich von der Absicht leiten lassen, das Quellenmaterial bis zur Unkenntlichkeit zu verändern, da ein Roman nicht dazu da ist, bestimmte Menschen an den Pranger zu stellen.

JG

SERIE PIPER

Jan Guillou

Coq Rouge

Ein Coq-Rouge-Thriller. Aus dem Schwedischen von Hans-Joachim Maass. 440 Seiten. SP 5578

»Clever mischt Guillou verbürgtes Insiderwissen und realistische Fiktion, und so ist ›Coq Rouge‹ … zu einer kompakten Agentenreportage geworden, die es mit den Romanen eines John Le Carré aufnehmen kann.«
Stern

Der demokratische Terrorist

Ein Coq-Rouge-Thriller. Aus dem Schwedischen von Hans-Joachim Maass. 418 Seiten. SP 5592

»Die präzise Schilderung vom Hamburger Hafenstraßen- und Geheimdienstmilieu, die politische Auseinandersetzung im fiktiven Dialog mit Terroristen, deren Biographien echt sind, fasziniert. Das Ende schließlich schockiert.«
Neue Presse Hannover

Im Interesse der Nation

Ein Coq-Rouge-Thriller. Aus dem Schwedischen von Hans-Joachim Maass. 482 Seiten. SP 5634

»Was die Action-Romane von Guillou so faszinierend macht, ist die Mischung aus Sciencefiction und Insiderwissen.«
Abendzeitung

Feind des Feindes

Ein Coq-Rouge-Thriller. Aus dem Schwedischen von Hans-Joachim Maass. 436 Seiten. SP 5632

Ein hochbrisanter Thriller voller packender Action und mit überraschenden Wendungen.

Der ehrenwerte Mörder

Ein Coq-Rouge-Thriller. Aus dem Schwedischen von Hans-Joachim Maass. 480 Seiten. SP 5644

Unternehmen Vendetta

Ein Coq-Rouge-Thriller. Aus dem Schwedischen von Hans-Joachim Maass. 560 Seiten. SP 5654

Niemandsland

Ein Coq-Rouge-Thriller. Aus dem Schwedischen von Hans-Joachim Maass. 512 Seiten. SP 5656

Der einzige Sieg

Ein Coq-Rouge-Thriller. Aus dem Schwedischen von Hans-Joachim Maass. 600 Seiten. SP 5682

Im Namen Ihrer Majestät

Ein Coq-Rouge-Thriller. Aus dem Schwedischen von Hans-Joachim Maass. 576 Seiten. SP 2932